Ludovici Antonii Muratorii

Opera Omnia

Ludovici Antonii Muratorii

Opera Omnia

ISBN/EAN: 9783742821140

Manufactured in Europe, USA, Canada, Australia, Japa

Cover: Foto ©Andreas Hilbeck / pixelio.de

Manufactured and distributed by brebook publishing software
(www.brebook.com)

Ludovici Antonii Muratorii

Opera Omnia

LUDOVICI ANTONII

MURATORII

OPERA OMNIA.

ANTIQUITATES ITALICAE MEDII AEVI,

SIVE

DISSERTATIONES

De Moribus, Ritibus, Religione, Regimine, Magistratibus, Legibus, Studiis
Literarum, Artibus, Lingua, Militia, Nummis, Principibus, Libertate,
Servitute, Foederibus, aliisque faciem & mores Italici Populi referenti-
bus post declinationem Rom. Imp. ad Annum usque MD.

OMNIA ILLUSTRANTUR ET CONFIRMANTUR

INGENTI COPIA DIPLOMATUM ET CHARTARUM VETERUM,

Nunc primùm ex Archivis Italiae depromtarum,

ADDITIS ETIAM

NUMMIS, CHRONICIS, ALIISQUE MONUMENTIS

NUNQUAM ANTEA EDITIS.

AUCTORE

LUDOVICO ANTONIO MURATORIO

SERENISSIMI DUCIS MUTINAE

BIBLIOTHECAE PRAEFECTO.

*Aretino Seminario & Collegio Ecclesiasticarum Castilianosi Episcopalibus
alteram hanc editionem curantibus.*

TOMUS DECIMUSTERTIUS.

ARRETII MDCCLXXVIII.

Typis MICHAELIS BELLOTTI Impress. Episcop. sub signo PETRARCAE.

Ihil me impediet puerilis Tua aetas, SERENISSIME PRINCEPS, quominus Tomum Quinctum *Italicarum Antiquitatum*, Tuo illustri Nomine ornatum, Celsitudini Tuae venerabundus offeram & sacrem. Quamvis enim literarum Latinarum expers assequi nondum possis, quae ad Tuam laudem spectant; ceteri tamen, quibus eadem Lingua perspecta est, atque hic Liber in manus veniet, probe intelligent, Te non incrementum annorum exspectasse, ut laude dignus appareres. Certe

indo-

indolem fortitus egregiam, animum praefers difciplinae
parientem, & ad omnium Virtutum experimenta jam
pronum, in primis vero in Sanctiffimae Religionis officiis hilarem atque folicitum. Rem notiffimam memoro:
Regis ac Reginae Parentum Tuorum Pietas ita in nu-
merofam feliciffimamque Prolem pervafit, ut vel tene-
rioris aetatis Filii omnis probitatis Magiftri evaferint, &
admirationi jam fit tanta in Divinis rebus Saxonicae Aulae Devotio. Hujufce benedictionis quàm particeps fit
tua quoque Celfitudo, cunctis exploratum eft. Ingeftâ
autem in animos Principum, immo & ceterorum hominum, tam fanctâ affectione, quid inde proditurum fit,
facile quifque conjicit. Nimirum e Religionis fonte Virtutes reliquae effluere confueverunt, quae Deo & Hominibus nos caros efficiunt. Grande hoc ornamentum,
Coronam hanc Regalibus Diadematis pretiofiorem, Tibi,
Serenissime Princeps, prae omnibus a Deo datis gra-
tulor, atque hanc ipfam a Te potiffimum eximii Parentes Tui expofcebant. Quod fupereft, fingulare meum
erga Te obfequium hujus Libri oblatione teftari cupiens,
ferventibus votis Deum deprecor, ut omnia Tibi faufta
fuccedant. Utinam Tu quoque aliquando memineris, me
inter Tuae fplendidiffimae Nobilitatis admiratores, & ex-
celfi Nominis amatores, poftremum non tenuiffe locum.

CELSITUDINIS TUAE SERENISSIMAE

Mutinae XV. Kal. Jun. MDCCXLI

Humillimus, Addictiff. & Obfequentiff. famulus
Ludovicus Antonius Muratorius.

D E

ADVOCATIS

ECCLESIARUM,

ET

VICEDOMINIS.

DISSERTATIO

SEXAGESIMATERTIA.

DISSERTATIO

SEXAGESIMATERTIA.

IN Historiae Ecclesiasticae monumentis, ac potissimum in Chartis rudium Seculorum frequens est mentio Advocatorum, quos Episcopi, Abbates, Canonici, & ceteri Sacerdotes Ecclesiarum Rectores, sibi ad suarum rerum tutelam adsciscebant. Eos habere perspectos ad eruditionem nostram pertinet. Et antiquissima quidem est hujusce dignitatis origo. Nam uti dudum ostendit Clariss. Thomassinus Tom. I. Lib. 2. Cap. 97, atque etiam eruditissimus Du-Cangius in Glossar. Latinitat. ipso Seculo Christianae Aerae Quinto, Concilium Milevitanum II. (non autem Carthaginiense, ut idem Du-Cangius censet) decrevit, ut peterentur a *gloriosissimis Imperatoribus*

Tom. XIII.

Defensores Scholastici, qui in illa forent in officia defensionum caussarum Ecclesiasticarum, eisque titulo justo liceat ingredi Judicum Secretaria. Qui tunc Defensores appellabantur, subsequutis temporibus Advocatorum nomen gessere frequentius. Inde vero notam necessitatem Ecclesiasticis viris adhibendi ejusmodi caussarum patronos, Thomassinus putavit, quod summopere abhorrescerent Clerici & a litibus & Tribunalibus Judicum Saecularium. Ego quidem non abnuo, si de primis Ecclesiae Seculis id affirmetur. Verum subsequentibus ego passim ad Saecularium forum confluxisse reperio Episcopos, Abbates, immo & ipsas Abbatissas, & reliquum Clerum, ibique litibus operam dedisse, nunquam tamen sine interventu & ope Advocati sui. Horum igitur opera & auxilium potissimum adhibebatur, quod si in ejusmodi Legum scientia excul-

B

exculti effent, & forenfibus tricia & contentionibus affueti: quae peritia tunc neque aderat Ecclefiafticis viris, neque facrum eorum miniſterium fat decere temporibus iis cenfebatur. Propterea Caufidicis Laicis commendata eſt ea cura ac difputatio in judiciis. Acceſſit & altera cauſſa. Videlicet litigare volenti ante Judices Saeculares deferendum fuit Juramentum calumniae; atque aliis etiam de cauſſis jurare neceſſe erat: quem ritum, etſi legitimum ac juſtum ratio probet, attamen facri Canones averſabantur in Clero: tum quod vellent Ecclefiae milites lenitatis ac patientiae ſtudiofos, atque adeo ab accufando Proximo alienos; tum etiam, quod ab eis periculum perjurii, quantum poſſent, arcere omnino cuperent. Advocatorum ergo erat pro Clericis jusjurandum praeſtare. Diſerte id conſtitutum in Lege Prima Langobard. Henrici II. Auguſti, Part. II. Tomi I. Rer. Italicar. pag. 178. Mirum denique in modum neceſſitas crevit adhibendi Laicos Advocatos, ubi fub Regibus Langobardis, Francis, ac Germanis, Singularium Certaminum Iniquiſſimus alioquin ufus tantopere invaluit, ut & ipſi Ecclefiaſtici viri, quum de fuis juribus tuendis aut recuperandis agebatur, non rarò pugnam oblatam fufcipere, & quod acrius deteſtandum eſt, etiam offerre, ſi licet dicere, cogebantur. Eos nemo neſcit, quantum olim dedecuerit, & adhuc dedeceat, arma corripere, atque in certamina fanguinolenta profilire. Itaque ad ea ſpectacula eligebant Clerici aut Advocatos fuos, non Cauſi-

dicos tantùm, fed & militares viros, aut alios, ut ajebant, *Campiones*, ac propterea Sceculares, uti jam oſtendi in Diſſertatione XXXIX. *de Duello*. Proinde videas, temporibus barbaricis duplex fuiſſe munus Ecclefiarum Advocatis, nempe tum ore ac fcientia legali eas tueri, tum manu ac fortitudine. Utrumque Laicis, non Clericis, commiſſum. In Lege VII. Pipini Regis Italiae inter Langobardic. conſtitutum eſt, ut Epifcopis, in quocumque Comitatu agros & jura poſſiderent, liceret habere unum Advocatum, & conſequenter non unus erat eis interdum Advocatus, fed plures. Tum additur: *Et talis fit ipſe Advocatus, liber homo, bonae opinionis, Laicus, aut Clericus, qui facramentum pro cauſſa Ecclefiae, quam peregerit, deducere poſſit juxta qualitatem fubſtantiae, ſicut Lex eorum habet.* Ita in vulgatis editionibus, & Baluziana hactenus ſcriptum: fed vitiofe, ut oſtendi in Notis ad eam Legem. Quippe Codice Eſtenſi praeeunte ſcribendum eſt: *Laicus autem, aut Clericus.* Dial, poteſtatem factam Epifcopis conſtituendi fibi non unum Advocatum. Et profectò duos *fanctae Mediolanenſis Ecclefiae Advocatores, Deuipraedam* fcilicet & *Aribertum* reperio in Charta Placiti, olim habiti in Urbe Novocomenſi, quam ex opulenti Archivi Monachorum Sancti Ambrofii Majoris Mediolani apographo pervetuſto defcripfi, atque huc inferendam cenfui, ut fimul tyrones intelligant, quae in Placitis five Judiciis eſſent Advocatorum partes antiquis temporibus.

Aistulphus & Everardus Missi Ludovici II. Imperatoris in Placito Novocomensi sententiam proferunt pro Monasterio Mediolanensi Sancti Ambrosi contra quosdam de casis & terris positis in Vico Dugno & Gravadona, Anno 865.

Dᵁᵐ *ad potestatem Domni Ludowici Imperatoris Missi directi fuissemus nos quidem* Aistulfus Archidiaconus Capelle sacri Palatii, & Everardus Vasso, & Senescallo Domni Imperatoris, *una cum Rafredo, Rapaldo, Trutulfus, Judicibus Imperiales, qui tum ipsis ad ipsum Missaticum aderant, inter quibus per singulas denominatas Comitatus dum venissemus nos suprascriptis Aistulfus & Everardus in Civitate Cume, cepit ipse Everardus una cum insimul cum Rafredo, Rapaldo, residere in judicio in atrio Ecclesiae Sancte Eufemie: & adesset ibi cum eis Apo Gastaldio Domni Imperatoris, Arto de Canimalo, Augisfredus, & Aribertus de Magiarini,* Boalprandus, & Aribertus Advocatus sancte Mediolanensis Ecclesie, Rachifret, & Angilpertus Notariis, *& reliqui plures. Ibique in eorum presentia veniens Jordanne Advocato Monasterii Sancti Ambrosi foris muro Civitate Mediolanum, una cum Petrone Prepofito ipsius Monasterii, seu ex alia parte Andreas, & Ermefret, qui & Fredelo germanis filii quondam Albini de Dugno inter se altercatione habente. Dicebat bis ipse Jordanne Advocato ad eidem prenominatis germanis:* Mitte mihi responsum de Casis & rebus illis in Vico Dugno & Gravadona, qui pertinet ad parte Monasterii Sancti Ambrosii. *Respondebant bis ipsis Andreas & Ermefretus:* Casis & rebus ipsis, quod dicitis, habemus & detinemus, pro eo quod quia Aviani nostre fuit, & non per legem heredi-

tatem habere debemus. *Dicebat jam nominato Jordanne:* Non est veritas, quod res ipsas Aviani vestra Johannie umquam fuisset. Sed ecce judicato hic pre manibus habeo, quomodo jam antea casis & rebus ipsis per judicatum presentia Angilberti Archiepiscopi, & Ursiniani Missi Domni Imperatoris victum habuit. *Relecto ipse judicato conturbatur inter reliquos, quomodo Sunderarius Monachus ipsius Monasterii una cum Garimundo Advocatore suo, Casis & rebus in Dugno & Gravadona, quae fuerunt quondam Liuperti & Sicbimundi, Aviane istorum germanis super Maria cum jugale sua Albina genitor & genetrice istorum germanis, ville habuit ad Judices, & a Notario roboratum erat. Respondebant bis ipse Andreas & Ermefretus germanis:* Nulla vobis inpetit judicato ipso, quia casis & rebus ipsis non pertinuit da parte genitrix nostre, sed Aviani nostre fuerunt, & nos ipsis casis & rebus possesse habemus per annos triginta ad proprio. *Tunc eorum Judicatum est, ut perportent, qualiter dixerunt. Iterum venerunt ambas partes ibi in ipso loco in presentia Everardi Misso Domni Imperatoris, Rafredo, Raspaldo Judicibus & reliquorum multorum: ibique in supra scriptorum presentia conjunxerunt se Jordanne Advocato cum Andreas & Ermefres germanis, sicut inter se wadiatum habebat. Dicebat bis ipse Jordanne Advocatus Monasterii Sancti Ambrosii ad jam nominatis germanis:* Da mihi ipsa testimonia, unde mihi

waida data habetis. Et ipsi sui professi sunt & dixerunt, quia nullo co-
stes exinde non haberet, nec invenire
potuisset, quomodo casis & rebus ipsis
a parte suprascripto Monasterio contendere potuit. *Tunc nos suprascripti
Auditoribus talem audiremus illorum
altercationem, seu & ipsorum germanis
professione seu manifestatione, nolle no-
lis, cui supra, Auditoribus paruit, &
ita judicavimus, ut revestisset suprascriptis germanis de ipsis casis & rebus Jordanne Advocato a parte suprascripti Monasterii, & ipsi germani
ibi ante nos eundem Jordanne Advocato
per fuste de manu de suprascriptis Casis & rebus revestivit; & in eo modo
finita est haec causa. Unde qualiter acta
vel deliberata est, & praesentem notitia pro illorum securitate suprascripti
Missis & Auditoribus mihi Angilberti
Notarius scribere admonuerunt in Anno
Imperii* Domni Hludowici *Sextodecimo* quondam Chlotharii filius, *Mense Martio, Indictione Tertiadecima.*

*Signum manus Everardi Misso Dom-
ni Imperatoris interfui.*

*Rotfretus Notarius Domni Imperato-
ris interfuit.*

*Haraldo Judice Domni Imperatoris
interfui.*

*Signum manibus Arierti & Bertal-
di Vassalli Aistulfi, qui interfuit.*

*Signa manus Petroni l'assallo Aistulfi
interfui.*

*Signum manibus Atoni, Ricelfi, Uro-
ni Vassalli Everardi, qui interfuerunt.*

Vide etiam infra Dissertationem
LXX. *de Cleri Immunitate*, in qua
Placitum evulgabo, habitum Senis
Anno Christi DCCCXXXIIII. Ex eo
constat, *Petro Episcopo Aretino* fuisse
tres Advocatos in controversia contra *Vigilium Abbatem Monasterii Sancti Antonii;* sed & ipsi Abbati duos
adiisse Advocatos. Magni autem
momenti res fuit ejusmodi Advocatorum electio; quippe illustre officium
vel antiquissimis temporibus fuit Ecclesiarum Advocatia, ob annexos, ut
infra dicam, honores atque proventus. Eam ergo ambiebant, ad eam
certatim convolabant multi. Et profecto, ut nunc etiam accidit ad reliqua fortunae munera, tam apti quàm
inepti, tam boni quàm mali, quibus quisque poterat artibus, ad illam
inhiabant. At Carolus Magnus, cui
in omnibus cordi erat rectus rerum
ordo, in Lege Langobard. XXII.
decrevit, *ut pravi Advocati, Vicedomini &c. tollantur, & tales eligantur, quales sciant & velint juste cauf-
sas discernere & determinare.* Infra
addit: *Judices, Advocati &c. quales
meliores inveniri possunt, & Deum timentes, sublimentur ad sua ministeria
exercenda.* Idem repetitum videas in
Lege LV. ejusdem Caroli. Ludovicus etiam Pius in Lege Langobard.
LVI. *praecipit omnibus Episcopis, Abbatibus, cunctoque Clero, Vicedominos,
Praepositos, Advocatos, seu Defensores,
bonos habere, non malos, aut truculentes,
aut cupidos, aut perjuros, sed Deum
timentes, & in omnibus justitiam dili-
gentes.* Eam ob caussam statuisse videtur Carolus Magnus in Lege Langobard. LXIV. *ut Advocati in praesentia Comitis eligerentur, nec haberent
malam famam, sed tales, quales Lex
jubet eligere.* Ratus fortasse fuit sa-
pientissimus Imperator, frenum ita
injectum iri tum eligentibus, tum
eligendis, ne indigni ac Improbi in
hujusmodi munus irreperent. Accessit & altera caussa, cur Magistratus
Regius ad electionem Advocatorum
accersendus esset. Fruebantur enim
Laici isti Advocati variis Regum
Privilegiis, eisque non levis conce-
deba-

debatur auctoritas, ut proinde Reges consensum quoque & confirmationem suam, aut saltem Comitum, hoc est, Ministrorum suorum, expetendam juberent, quum primum erant eligendi. Immo, nisi singulare Privilegium intercedebat, Interdum Reges libimet ipsis Advocatorum electionem reservarunt, atque ab iis erant petendi. Possem pluribus exemplis jam editis hanc firmare sententiam, sed Lectorum gratiam potiori jure inituram me spero, si Chartis nondum evulgatis argumento huic fecero satis. Ea ergo Diploma Lotharii I.

Augusti, quod etiam descripsi e Tabulario antiquissimi Parthenonis Ticinensis Sanctae Mariae Theodotae, nunc de Posterula. Quamquam ibi nullum Monogramma Caesaris occurrat, neque signarit membranam Cancellarius, nihilominus authenticum Praeceptum a Sigillo adhuc membranae impresso confirmabatur: quod animadvertendum in re Diplomatica. Non ejus ponderis, ut puto, fuit ejusmodi negotium, ut adhibenda foret Augusti subscriptio. Mirum tamen, quod neque Cancellarius Chartam signaverit.

Lotharii I. Imperatoris Praeceptum, quo Leonem & Johannem Comites constituit Tutores ac Advocatos Monasterii Ticinensis Sanctae Mariae Theodotae, cum facultate inquirendi de rebus & mancipiis ejusdem Coenobii, Anno 841.

IN nomine Domini nostri Jesu Christi Dei aeterni. Hlotharius divina ordinante providentia Imperator Augustus. Omnibus fidelibus nostris praesentibus & futuris notum sit, quia Deo devota femina nomine Asia & ex Monasterio Teodotis Abbatissa, retulit Serenitati nostrae, quod de rebus Ecclesiae suae vel familiis multum patereretur diminutionem atque dispendium a pravis & invasoribus hominibus: unde nostram deprecata est pietatem, ut & Tutorem Monasterii sui illi concederemus, & nostrae auctoritatis scriptum fieri juberemus, concedendo inquisitionem de rebus & mancipiis ejusdem Coenobii. Cujus precibus ob divinum amorem adquiescentes, Leonem & Johannem Comites constituimus ad hujuscemodi Advocationem; hoc simul nostrae Excellentiae scriptum fieri decernentes, per quod praecipimus, ut ubicumque necessitas postulaverit, de rebus vel familiis memoratae Ecclesiae vera

fiat inquisitio per veraces & idoneos homines, & quorum testimonium dinoscitur esse probabile. Ut autem a nobis hoc jussum esse credatis, ac diligentius observetis, de anulo nostro subter jussimus sigillari.

Data Decimo tertio Kalendas Augusti Anno Christo propitio Imperii Domni Hlotharii Pii Imperatoris in Italia XXII. & in Francia II. In Indictione IV.

Actum Aquisgrani Palatio in Dei nomine feliciter. — Amen.

Sigillum cereum absque ulla Epigraphe.

Vide;

Vides, non unum tantummodo *Tutorem*, sed duos, eosque *Comites*, a Lothario Augusto delectos ad hujus Asceterii *Advocationem*, fortasse quod in duobus diversis Comitatibus sita forent sacrarum illarum Virginum bona. Ita Carolus Crassus Augustus in Diplomate Anni DCCCLXXXII. Aroni Episcopo Regiensi concessit *Advocatos duos vel tres, quos ipsius Ecclesiae Pontifices aptos & sibi congruos eligant, qui causas Ecclesiae suae diligenter examinent & inquirant.* Simul autem hinc disce, jam tum potentes viros, eosque sublimis dignitatis, quales profecto erant *Comites*, non detrectasse, immo lubentissime amplexos fuisse, atque etiam exquisiisse sacrae Advocatiae munus, Quum tamen Episcopi, Abbates, ceterique Clero addicti, sibi non levi incommodo esse sentirent necessitatem adeundi Imperatoris, quoties Advocati forent eligendi: plerique opportune deinceps sibi consuluere. Facultatem nimirum ac Privilegium impetrarunt constituendi sibi, quos mallent, suarum rerum patronos, inconsultis ipsis Augustis. Quamquam attritum a tempore fuerit Diploma Ludovici II. Caesaris, quod in Archivo nobilissimi Monasterii Brixiani Sanctimonialium Sanctae Juliae olim autographum vidi, nihilo tamen secius usui nostro heic erit. Pertinet ad Monasterium Carinthiae. Cur vero in Brixianum Asceterium immigrarit, divinare nescio. Fortasse Brixiano olim subjectum Carinthianum illud fuerit.

Ludovicus II. Imperator Monasterio Sancti Michaëlis in Viliana quaedam Privilegia concedit, Anno 857.

IN nomine Domini nostri Jesu Christi Dei aeterni. Hludowicus gratia Dei Imperator Augustus. Si Locis Deo dicatis munus benevolentiae impendimus, Deoque inibi militantibus studium tuitionis conferimus, compotes orationum nos esse confidimus, & ad beatitudinem capessendam prodesse maxime ambigimus. Ideoque omnium fidelium Sanctae Dei Ecclesiae ac nostrorum, praesentium videlicet futurorumque comperiat sagacitas, quia Dux Eberinus Palatii nostri Archicancellarius, una cum Hittone dilecto Vasso nostro, adiit et excellentiam culminis nostri, insecuturunt, qualiter Selmo Abbas Congregationis Sancti Michaëlis in Viliana, fecisset quandam Cartam cum consensu Fratrum ibi Degentium, Perronasio & Tadasio germanis, ut Missi eorum existerent, ut ubicumque necessarium eis foret, amminiculum ferrent. Et quia jam olim nas ipsum Cenobium sub nostro receptum habebamus mundeburdo, & inopia pressi nostram frequentare & pulsare consuebant praesentiam, eorum nostra authoritate freti auxilio, non solum pro nobis, sed & pro ipsis Domini clementiam propensius experterent. Nec non petierunt iidem Fideles nostri sublimitatem Excellentiae nostrae, ut quia iisdem Abbas jam dictum Monasterium propriis fundaverat sumptu, nostra authoritate concederetur ex se ipsi Abbatem eligere simul cum ipsis Missis, ne quarumlibet pressione, aut pulsationi Seculari premeretur, aut potestati Episcopali subdita videretur, sed potius nostro Privilegio illud consistens Monasterium hereditarium maneret ubique, scilicet anteriores Ecclesiae, tam in pagulis

lis animalium, quantum in praecisione lignorum, ac captione piscium, libere-que eis ad...... habere ab omnibus liberum sicut reliqua Monasteria. Nos itaque justas considerantes petitiones, eorum precibus libenter adquievimus, & praesens Praeceptum nostrum fieri jus-simus: per quod memoratis germanis Petronasio scilicet ac Tadasio, sicut in Carta a praefato Abbate Selmone facta continetur, omnem Missaticum de praedicto conferimus Monasterio, ut nostro mundeburdio, & nostra au-ctoritate sub eorum maneat Tuitio-ne & electionis Defensione assiduo ritu religionis Monastici. Statuimus autem, ut mox praesens Abbas cita ex-

tasserit. Monachi ibi degentes, una cum consensu memoratorum Petro-nasii & Tadasii, ex se ipsis Abba-tem faciant, Episcopusque ipsius Ci-vitatis, idest Carentinae, atque alia retardatione, ipsum consecret Abbatem. Concedimus quoque Advocatum eis habere im...... reliqua...... & in-vigilet, ut nullus quis....... eorum vel possessionibus invasionem aut op-pressionem faciat, non Episcopus, non alius quispiam, sed tantum..... praedictorum germanorum consistat De-fensione. Quod si quis contra hoc Prae-ceptum agere temptans in rebus vel bo-minibus ipsius Monasterii violentium fe-cerit &c.

Signum [monogram: HLUDOWICI] *Hludowici serenissimi Imperatoris.*

Locus Sigilli ✠ cerei deperditi.

Flavo Notarius ad vicem Druttemi-vi recognovi & subscripsi.

Data III. Nonas Aprilis, Anno Im-perii Domni Hludowici Pii Imperato-ris in Italia VII. Indictione V.

Actum Mantua Civitate & Palatio Regio, in Dei nomine feliciter. Amen.

Hele habes *Tutorum ac Defenso-rum*, quos antea Selmo Abbas pro Monasterio suo Sancti Michaelis in Viliana *per quandam* publicam *Char-tam* constituerat, confirmationem ne-dum a Ludovico II. Imperatore lar-gitam, sed & *Advocati* concessionem; qui *invigilet ut nullus* Monasterio ei-dem, *eisque rebus vel possessionibus invasionem aut oppressionem faciat, non Episcopus, non alius quispiam &c.* Ve-rum deficientibus verborum formulis in hac pergamena, integre non le-gitur concessa venia eligendi Advo-catum. At Istam nobis luculentius expressam exhibebit alterum Diplo-ma, Lamberti videlicet Augusti, quod in Archivo Capituli Canoni-corum Arretii notas omnes primiti-vi exemplaria praeferens vidi.

Confirmatio omnium jurium & bonorum facta Ecclesiae Arretinae a Lamberto Imperatore, Anno 898.

IN nomine Sanctae & indi[vi]duae Trinitatis. Landbertus divina cle-mentia Imperator Augustus. *Decet nos justas Pontificum preces exau-dire, ut nostra apud omnipotentem Do-minum exaudiatur oratio. Idcirco om-nium* num fidelium sanctae Dei Ecclesiae, nostrorumque scilicet & futurorum noverit industria, quia Johannes Aretinus venerabilis Episcopus per interventum Dominae Genitricis nostrae, seu Amolonis Episcopi insignis Archicancellarii nostri, suggessit nostrae Serenitati, ut omnes res Ecclesiae suae juste & legaliter acquisitas & acquirendas, precipue quoque res illas, quas Winibertus Tusciae Habitator, videlicet in Comitatu Aretino jam dictae Ecclesiae per Cartulam emphiteosis, quae vulgo Precaria dicitur, obtulit; idest Curtem unam in loco Casliano, vel ejus vocabulis cum forticellis triginta, quam dirae memoriae Genitor noster tradidisse Winiberto per suum Preceptum donavit, cum omnibus adjacentiis vel pertinentiis suis, nostra Imperiali auctoritate confirmare dignaremur. Nos itaque dignis ejus precibus adquiescentes, & postulationes Dominae Genitricis nostrae, seu Amolonis Episcopi libenter exaudientes, omnes res & familias prefati Aretini Episcopatus confirmare decrevimus, in quo Sanctus Donatus humato Corpore requiescit, ut decumque ibi juste ordine pertinere videntur, tam de oblatione fidelium, quamque alicujus ordinis datione; familias quoque ejus, Liberos ac Servos utriusque sexus, Libellarios ac Comitatos, eodem ordine confirmamus; ut nullus Dux, Comes, Gastaldius, aut quislibet publicus exactor, nec aliqua persona parva vel magna in rebus aut familiis ipsius Ecclesiae aliquam invasionem seu molestationem aut diminorationem facere temptet sine legali judicio; sed liceat Pontifici proelibati Episcopatus cum exiversit suae Ecclesiae rebus, tuendisque sibi subjectis Liberis & Servis omni tempore sub protectionis nostrae tuitione quiete vivere, & pro nobis Domini misericordiam feliciter exorare. Statuimus denique, ut quemcumque Episcopus, & pars Ipsius Ecclesiae, Advocatum ad utilitaria suae necessitudinem constituerint, libera sui fronte, res & familias jam dictae Ecclesiae acquisiturus, quae ei juste pertinent, nullius adversarii impedientia obstaculo, ad honorem & decus prelibati Episcopatus. Quicumque igitur temerarius hoc nostrae confirmationis Praeceptum in aliquo violare temptaverit, sciat se compositurum auri optimi Libras centum, medietatem Palatio nostro, & medietatem parti praefatae Ecclesiae. Ut autem verius credatur, & diligentius ab omnibus observetur, manu propria subsignavimus, nostroque anulo jussimus assignari.

Signum   *Domini Lamberti serenissimi Imperatoris Augusti.*

LAMBERTVS (monogram)

Locus Sigilli ✠ cerei deperditi.

Andreas Notarius ad vicem Amolonis Architancellarii recognovi & subscripsi.

Data Anno Incarnationis Domini DCCCXCVIII. Domni quoque Lamberti piissimi Imperatoris Septimo. III. Nonas Septembris, Indictione II.

Actum Mariano in Dei nomine feliciter. Amen.

Hadria-

Hadrianus Valesius vir Clariss. In Praefatione ad Anonymi Poëma de Laudibus Berengarii Augusti, Tomo II. Rer. Italicar. pag. 383. mortem Lamberti Augusti statuens ad Annum DCCCXCVII. ultra quàm deceat, d. Eratorie scribit: *Carolus Sigonius falsò cujusdam Diplomatis subscriptione deceptus, Anno Domini DCCCXCVIII. Imperii sui VII. Lambertum obiisse tradit.* Verùm nulla nunc dubitatio est, quin Valesius basilice falsus heic fuerit. En alterum Diploma, & quidem authenticum, Sigoniano, sive Mutinensi, plane concors in notis Chronologicis. Servatur autem adhuc, mihique non semel prae oculis fuit, In Archivo Capituli Canonicorum Mutinensium Diploma idem, quod Sigonius memoravit, Immo illud expurgatum à vitiis dabo in Dissertatione LXXIII. *de Monasteriis in beneficium datis.* In eo autem de prebendi charactere omnes autographi Praecepti cum hisce Notis: *Signum Domni Lamberti Imperatoris* piissimi Augusti. Andreas Notarius ad vicem Amelonis Archicancellarii recognovi & subscripsi. Data Anno Incarnationis Domini DCCCXCVIII. Domni quoque Lamberti piissimi Imperatoris Septimo, Pridie Kalendas Octobris, Indictione II. Actum Marinae, in Dei nomine feliciter. AMEN. Haec adferre placuit; non enim ea Sillingardus in Catalogo Episcoporum Mutinensium, neque Ughellus in Italia Sacra sat exacte expresserunt. Itaque non Anno Christi DCCCXCVII. sed quidem subsequenti DCCCXCVIII. Lambertus Augustus finem vivendi fecit, quod & Pagius antea recte animadvertit. Diu verò perduravit consuetudo petendi ab Imperatoribus Privilegium eligendi sibi Advocatos. Quae res constabit ex Diplomate Henrici inter Imperatores Primi, quod In Archivo Monasterii Arretini Benedictinorum Sanctarum Florae & Lucillae autographum egomet legi atque descripsi.

Henrici Regis II. Imperatoris I. Diploma, quo confirmat Monachis Arretinis Sanctarum Florae & Lucillae omnia illorum Privilegia & jura. Anno 1022.

IN nomine Sanctae & Individuae Trinitatis. Heinricus divina favente clementia Romanorum Imperator Augustus. Si Sanctorum Dei Ecclesiis ex nostris rebus aliquid offerimus, presentis & aeternae vitae bravium adipisci non titubamus. Quapropter omnium sanctae Dei Ecclesiae fidelium, nostrorumque praesentium ac futurorum industria universis, qualiter pro Dei amore, animaeque nostre remedio, per hujus nostri Precepti paginam concedimus, donamus, atque largimur, & omnimodis confirmamus ad stipendium & usum atque sumptum Fratrum Monachorum in Coenobio Sanctae Florae Deo famulantium, quandam Ecclesiam in honore Sanctae Mariae constructam, in Monte Janio sitam, cum omnibus terris, rebus, mancsis, & familiis ad eam in integrum pertinentibus; necnon & campum juxta eandem Ecclesiam Regiae potestati obnoxius pertinentibus; necnon & campum juxta eandem Ecclesiam, Regiae potestati obnoxius pertinentem; atque Barbaritanos, & Martinenses similiter juris Regni nostri pertinentes, cum omnibus rebus & terris conjacentibus in Comitatu Aretino,

quae dicuntur Martinenses, & Barba-
visanae in locis ac fundis, qui dicuntur Galognanum; & Castrum in Qua-
ratà, & Monte Jonio, in Cignano, &
Fisarita: & item Lusignano, Quillia-
no, & Carna, atque Orneta Vesigiae,
& Castellum Feravianum in Mariena,
& Sejio, atque Lina, & in Carpiui-
to, & Campobarbarensi, cum omnibus
earum pertinentiis a Sibiam usque Clas-
sem flumen, ab Arno usque Alatriviu-
nam. Insuper & omnem illum terram,
quam Berta Regina ex Camarino ac-
quisivit in Monte Feiewivo & in Alu-
glam, & fortem de Luro, & Ugo
Rex ejusdem Bertae filius, cum Ecclesia Sancti Marini Monasterio Sanctae
Florae concessit cum Capella Sancti Ma-
me, & ejus pertinentiis, quam quidam
Gudolprandus per Cartam vindicationis
prefato Monasterio dedit Arnox ejus
Prepofito, atque mansum de Gragnano
cum pertinentiis ejus, situs alicuus rebus fuerat per Januarium, & nunc tenetur per Leonem Crassum & consortes
ejus & Rodulphum Abbatem, cum
Ecclesiam, quam ipse ibi statuit, sicut
Regiae alicuus potestati pertinnis. Nec-
non etiam Costellum & Ecclesiam atque
Cortem de Bulgari, & Corticellam de
Cellule cum omnibus earum pertinentiis
cum Sezgi, & in Mountrello, & in
Waldinario, & in Divignano, & in
Campille, & in Gregi, sicut Ugo Ju-
dex, & Berta ejus Conjux Monasterio
Sanctae Florae dederunt; & omnes
Mansos cum pertinentiis & edificiis
earum, quas in Comitatu Aretino Teu-
zo filius Offredi, & Petrus filius In-
gylelmi, Rainaldus de Rosina, Azzo
Presbyter, Gerardus & Albertus filii
Bonizonis, Johannes Longobardus, &
Dominicus Ardi, & Angelus filius Mar-
tini, & Georgius & Gariprandus Pre-
sbyteri, & Rodulfus filius Liutardi, &
Leo Presbyter, & Wido filius Grisso-

nis in loco Corsigrano, vel alii fi-
Christiani pro amore Dei eidem Monasterio dederant in Cajano tam terra &
omni decimatione illa, quam Episcopi
Aretini prefato concesserunt Monasterio.
Omnia autem, quae ab Ugone & Lothario, & a nostra clementia, vel ab
aliis fidelibus Christianis data sunt &
dubnntur, ut dictum est, Deo & predicto Monasterio in usum & sumptum
Fratrum Monachorum concedimus atque
largimur, & de nostro jure & dominio
in eorum jus & dominium omnimodis
transfundimus ac delegamus, & in illorum stipendio prefata predia cum rebus & familiis ad ea pertinentibus va-
ceant; ipsi eorumque successores aeternaliter habeant, teneant, firmiterque
possideant. Necnon & etiam omnes res
& familias, quas constructor ejusdem
Loci, ejusce posteri presini contulerunt
Cenobio, per hoc idem Preceptum eidem
concedimus & confirmamus cum omni
terra illa, quam quidam Widelmus
Clericus filius Artii Sanctae Florae concessit. Concedimus & eidem Abbati
ejusdem Loci, qui pro tempore fuerit, secundum eligendi sibi Advocatos quales voluerit. Insuper etiam ad
augendum securitatem & tranquillita-
tem Fratrum Monachorum ibidem Deo
famulantium, quatenus eis pro nobis &
imperio a Deo nobis commissa orare liceat, tam ipsos Monachos, & omnes
prefatas res, quaecumque illarum familiam & Massarius, cunctasque res mobiles & immobiles, seseque moventes ej-
sdem Cenobii, sub nostrae defensionis
Mundiburdium recepimus. Precipientes,
ut nullus Dux, Marchio, Archiepisco-
pas, Episcopus, Comes, aut quislibet
mortalium praedictam Cenobium, ejusque Rectores, suamque familiam de rebus suis absque legali judicio devestire,
tollere, molestare, minuare, vel in aliquo ledere audeat. Si quis igitur hu-

jus

jus precepti & mundiburdium violator extiterit, sciat se compositurum auri optimi Libras centum, medietatem Camerae nostrae, & medietatem predicto Cenobio & Fratribus ibi Deo famulan- | tibus. Quod ut verius credatur, diligentiusque ab omnibus observetur, manu propria roborantes, hanc paginam sigillare jussimus.

Signum Domni Heinrici  Imperatoris invictissimi.

Locus Sigilli ✠ cerei deperditi.

Theodericus Cancellarius vice Eberhardi Papebergensis Ecclesiae Episcopi & Archicappellani notavi.

Data X. Kalendas Augusti, Anno Incarnationis Dominicae MXXII. Indictione V. Anno Domni Heinrici regnantis Secundi XXI. Imperii verò VIIII.

Actum Privariae in Comitatu Lurasse.

Versabatur Henricus I. Augustus *Decimo Kalendas Augusti*, hoc est, die XXIII. Julii, Anni MXXII. in Comitatu Lucensi. Ergo jam post ereptam Graecis in Apulia Civitatem Trojam eo ipso Anno, in Germaniam regrediebatur. Idem quoque tradit Annalista Saxo, ab Eccardo editus. Quod adnotatum volui, utpote opportunum ad ejus Chronologiam certius stabiliendam, quam nonnulli Historici turbant. Nunc autem prodenda est caussa, quare tanto olim studio ambiretur Ecclesiarum *Advocatia*. Nimirum ejusmodi munus consequebantur emolumenta non pauca, quorum primum spes promerendae protectionis caelestis, & cumulandi apud Deum meriti, ob impensam sacris Locis protectionem suam. Vide Codicem Carolinum, in quo Romani Pontifices Pippino & Carolo Magno Francorum Regibus inculcare non desinunt, quantopere ii Deum sibi obstringerent, quod protegendam atque amplificandam suscepissent Ecclesiam Beati Petri. Uti ego quoque ostendi Cap. 36. pag. 353. Part. I. Antiquit. Estens. Obizo Marchio Estensis Anno Christi MCLXXXVIII. *Advocatiam Monasterii Ferrariensis Sancti Romani recepit*, obtestans, se id facere *pro remedio animae suae*. Alteram similem Chartam nunc profero, cujus exemplum antiquum in pergamena apud se adservat nobilis vir Comes Brandolinus de Brandolinis Foroliviensis Patricius, cujus erga me humanitatem ac beneficentiam non semel sensi. Hanc autem contuli cum altero authentico existente in Archivo Estensi, & quae in altero exemplo deerant, supplevi.

Advocatia Monasterii Sancti Romani Ferrariensis collata Azoni VII. Marchioni Estensi, Anno 1230.

ANno Domini Millesimo Ducentesimo Trigesimo, Indictione Tertia, die II. intrante Aprili, in presentia Domini Simonis Professoris Legum, Dominorum Jacobi de Tratta, Jacobi de l'ecla, Petri Contrarii, Wigelmini de Jocalo, Cuni Judicis, Guizardini, Petriboni de Aldrevandino, Gerardini de Raucio, Moiseo, & aliorum: cum Dominus Azo Estensis Marchio foret coram Domno Alemano Priore, & peteret sibi Investituram de suo vetio Feudo & suo jure, & de Avocaria Ipsius Monasterii, secundum quod quondam Obizo Marchio Estensis, & Dominus Azo Marchio, & Aldrevandinus, & Dominus Willelmus & Athelardus de Marchesella habuerunt & tenuerunt a praefato Monasterio. Qui dictus Dominus Prior Sancti Romani una cum consensu & voluntate suorum Fratrum, Domni Widonis, & Domni Petri, & Domni Leonis, & Domni l'evture, & Domni Wigelmi, & Domni Rubaldi, Investivit dictum Dominum Marchionem Azonem cum Libro & Stola ante Altare Sancti Romani, de Avocaria Monasterii Sancti Romani, & de omnibus benefactis Sancti Romani, secundum quod quondam Marchio Opizo, & Marchio Azo, & Marchio Aldrevandinus, & Guillelmus & Athelardus de Marchesella habuerunt & tenuerunt a dicto Monasterio. Et predictus Marchio recepit eam pro remedio arime sue: & promisit supra Altare & osculo pacis, esse fidelis Domino Abbati Sancti Benigni Fructuariensis, & omnibus suis Catholicis Successoribus, & Prioribus Sancti Romani, qui fuerint ordinati ejus voluntate & consensu. Et insuper investivit eam per Feudum in filio masculo & femina de omni eo jure, quod habet in Domo predicta, in qua habitabat dictus Marchio quondam Obizo, qui fuit quondam Domini Wilielmi de Marchesella & Athelardi ejus fratris. Et investivit eum similiter per Feudum ad usum Regui de omni eo, quod quondam Wigelmus & Athelardus fratres habuerunt per Feudum a Sancto Romeno in fundo Domorii, & in pertinentia Villenove. Et de omni alio Feudo & onori, quem Marchio Opizo, & Marchio Azo, & Marchio Aldrevandinus sui predecessores, & Dominus Wigelmus predictus & Athelardus fratres habuerunt & tenuerunt, vel visi sunt habere & tenere a dicto Monasterio Sancti Romani. Et predictus Dominus Azo eidem Domno Priori, recipienti pro dicto Domna Abbate, & se Priore, contra omnes homines (excepto Imperatore & suis anterioribus Dominis) tactis sacrosanctis Evangeliis, gratissima voluntate fidelitatem juravit. Hiis omnibus ita peractis precepit prefatus Dominus Azo Domino Petro de Mercataria ejusdem Domini Marchionis Vicecomiti, quatenus necessaria predicti Monasterii servicia, tanquam ipsius Domni propria, peragere deberet diligenter.

Actum est hoc in Ferraria in Ecclesia Sancti Romani predicti ante Altarem.

✠ Ego Bonifacius filius Gerardi de File, Palatini Comitis Notarius, presens rogatus scripsi.

Ego Bonzijunta Dei gratia Imperiali auctoritate Notarius hoc instrumentum sumtum ab authentico exemplari, scripto manu Bonifacii Notarii filii Gerardi de F.I., ita bona fide scripsi & exemplavi, nihil addens vel minuens me fuisse, quod senfum vel praesentiam moveret, in MCCLXXXIII. Indictione XI. Ferrariae, die VIII. intrante Martio.

Praeterea jure Patronatus fruebantur nobilissimi Marchiones Estenses in Monasterio Sanctae Mariae de Vangadicia intra Hadriensem Dioecesim sito, non longe a Lendenaria, utpote tunc iisdem regionibus dominantes. Diploma Henrici IV. Germaniae ac Italiae Regis, Anno Christi MLXXVII. datum produxi olim Cap. 7. Antiquitat. Estensium, in quo inter alias Ditiones Henricus ipse confirmat *Hugoni & Fulkoni germanis, Azonis Marchionis filiis, Abbatiam Vangaditiam.* Hujus quoque rei egregium testem, quo tunc carebam, adferre nunc placet, Auctorem scilicet synchronum Translationis sacri Corporis Sancti Theobaldi Confessoris, ex Urbe Vicentina in Monasterium Vangadicense translati Anno MLXXIV. Acta illa intulit Mabillonius in Partem 2 Seculi VI. Actor. Sanctor. Ordinis S. Benedicti pag. 168. Haec igitur ille Auctor scribit: *Quum itaque tam Fratres Monasterii, quàm reliquus Populus circumstarent, & attentius Sancti suffragia postularent, contigit, illustrem virum Azonem Marchionem, illius videlicet Monasterii Possessorem, advenire &c.* Infra addit: *Azo denique supra memoratus Marchio cum universis, qui* aderant, prae gaudio resoluti in lacrymas, postquam Christo Domino immensas, & pro debito gratias solvit, iterum manus ad caelum extendens, universarum Creatorem benedixit, quod se, Suaeque Ditionis Populum in adventu beati & omni laude celebrandi Confessoris Theobaldi visitaverit. Quum verò frater Sancti Theobaldi ab ipso Marchione peteret sacrum Corpus in Galliam deferendum, o quàm longe distans ab hac petitione fuit Marchio in sua responsione! Afferebat sibi abesse tanti effectus posse? se nolle tanti pretii thesauro Regionem Suam depauperare. Sed Dei pietas, in cujus manu est cor Regis, cito mutavit sensentiam Principis. Itaque jam tum Oppido Abbatiae Vangadicensis dominabatur insignis ille *Princeps,* ex quo tum Regium Brunsvicensium Ducum in magna Britannia regnantium, tum Marchionum Estensium, Ducum Ferrariensium & Mutinensium, genus rectà descendere, palam feci, atque demonstravi in eisdem Antiquitatibus Estensibus. Monasterio autem Vangadiciensi, ut arctam, dominabantur Marchiones Atestini jure Patronatus & Advocatiae, quod semper retinuere, donec potentia major in eorum ditiones ac jura successit *. Atque juris hujusce documentum, argumento praesenti perquam affine, ex Archivo Estensi depromptum, Lectori hic exhibere statui.

Instrumentum tutelae Monasterii Vangadiciensis, susceptae seu confirmatae ab Obizone II. Marchione Estensi, Anno 1270.

ANno Domini Millesimo Ducentesimo Septuagesimo, Indictione XIII. die ultima Martii, in Castro Villae Abbatiae, super Palatium infrascripti Domini Abbatis, praesentibus hiis testibus, Dominis Albertino & Nicolao de Fontana,

(*) Exstare hac de re Commentarios eruditione refertos nos vulgasse, Lugduni Batav. ut praeferunt, impressos Anno 1755. quosque vidi aliquando, Literatorum Resp. non ignorat.

*...ana, Upranfino de Gafaris ne Mun-
ena, Antonio filio Domini Petri de
Navelatis, Sibello qui fuit de Monte-
filite, Antonio qui fuit de Coltardo,
& Fratre Alberto, qui fuit de Lenle-
naria, & aliis.* Ibique Dominus Onizo
Eftenfis Marchio *quafdam fecit* * pe-
tiores Domno Joanal *Dei gratia* Abbati Sanctae Mariae de Vangadicia,
& *fuo Conventui: cujus tenor talis eft.
Primo ei dixit:* Volumus & petimus,
quod Syndicus Monafterii, Conventus, feu Capituli Monafterii Abbatiae Vangadiciae, ad infrafcripta fpecialiter conftitutus, ficut de conftitu-
tione ejus plenius patet ex Inftru-
mento Sindicatus ipfius, *fcripto motu mei Notarii:* confiderata utilitate
Monafterii memorati, & ad hoc ut
Monachi & Converfi in pace vivere
valeant & quiete, & divinum valeant Officium celebrare, in fuis..
...... & domicilio conftituri; &
ad hoc jura ipfius Monafterii per a-
liquam perfonam fingularem, vel a-
liquam Univerfitatem, feu Corpus
non ufurpentur, fed libere Defendan-
tur, augeantur, & Tueantur. *Confiderata itaque fide Illuftris viri Domini
Obizonis Marchionis Eftenfis & Anco-
nitani, & fide & Devotione, quam
praedictus Dominus Marchio, ac ejus
nobiles Anteceffores habuerunt versùs Sanctam Ecclefiam Matrem omnium fidelium, & Chriftianae Fidei fun timen-
tus, nec non adversùs alias Ecclefias,
& Religiofas perfonas, & fpecialiter
adverfus fupradictum Monafterium Abbatiae, & perfonas praedicti Monafterii, & res ejufdem.* Confiderata itaque utilitate locorum praedicti Domini
Marchionis, & aliorum fuorum amicorum & fidelium: intentâ etiam & con-
fideratâ potentiâ & viciniâ ipfius Domini Marchionis, de confenfu & voluntate Domini Johannis venerabilis Abbatis

*Conventus pofiti in tali loco, & infra-
tale confilium, cum omnibus fuis juribus & jurifdictionibus, pifcariisbus,
& venationibus, pafcuis, & pratis,
nemoribus, & vallibus, & paludibus,
fluminibus navigabilibus, vel non,* pofuit
in Protectionem & Defenfionem curâ & follicitudine...... Illuftris
& potentis & magnifici viri Domini Marchionis Eftenfis, & Ancoita-
ni Marchionis; ita quod praedictus
Dominus Marchio poffeffionem &
quafi poffeffionem, dominium, five
proprietatem Defendat, Protegat,
Tueatus, & augeat, & ex integra-
biliter ab omni violentiâ, & expu-
gnatione, injuriâ, & turbatione Defendat & Confervet illaefam, ad utilitatem, & bonum ac pacificum fta-
tum Monafterii fupradicti: opponen-
do fe cuilibet Univerfitati, Corpori,
feu Collegio, & fingulari perfonae
Seculari vel Ecclefiafticae, quae contra praedicta vel aliquod praedictorum, aliquod prefumeret facere, &
attentare.

*Qui Dominus Marchio, tamquam
fidelis & devotus Ecclefiae in honorem
beatae Mariae Virginis, in cujus honorem praedictum Monafterium eft conftru-
ctum,* & pro remedio animarum fuorum Antecefforum, & aliorum omnium fidelium Defunctorum, *grater
ter & libenter fufcepit, & folemni ftipulatione promifit fecuranee praedicto
Sindico, nomine & vice dicti Monafterii ftipulanti, attendere & obfervare
eam* tota ipfius fortiâ & potentiâ &
virtute Caftrorum & Turrium ad fe
fpectantium, cum Populo, & militia, militia & Populo, cum armis &
fine armis, fi res exegerit; Exerci-
tus & Cavalcatas ipfius propriis ex-
penfis facere, quandocumque necefle
fuerit pro praedictis attendendis & ob-
fervandis, & non contra facere vel venire

nire vel attentare, sub pœna mille Librarum de argento purissimo in quolibet & pro quolibet Capitulo, a predicto Sindico Monasterii solemniter stipulanti Domino Marchione solemniter promissa, sub obligatione damnorum & expensarum.

Ob quas promissiones supradictas per
dictum Dominum factas prædictus Sindicus Monasterii Abbatiae Vaugadisiae,
nomine & parte dicti Monasterii, spontanea voluntate & speciali pacto & stipulatione convenit, & promisit Domino
Marchioni stipulanti, quod supradictum
Monasterium, nec ejus jurisdictionem,
nec ejus aliquod in totum vel in partem,
nec dominium nec quasi dominium, non
donare, nec vendere, nec possessionem
in predicta Monasterio alicui Universitati, Collegio, & Corpori Clericorum
vel Laicorum, vel singulari personae
Seculari, vel Ecclesiasticae concedere.
Et quod non permittet fieri, nec faciet
fieri, & non concedere alicui vel a-
liquibus, Universitati, vel Corpori Clericorum vel Laicorum, & nec alicui
Singulari personae Seculari vel Ecclesiastice, ad faciendam aliquam munitionem
vel Castrum vel Fortezam in toto vel
parte, seu loco alio ipsius Monasterii,
titulo venditionis vel permutationis vel
solutum dationis vel donationis, vel
contractus emphyteoseos, sive livellarii,
vel dationis in Feudum, vel aliquo a-
lio titulo, qui dici vel excogitari possit, sine expressa licentia & voluntate
predicti Domini Marchionis. Liceat
tamen eis solitos contractus, & in solitis quantitatibus & qualitatibus facere, & cum solitis personis, & simili-
bus, dum tamen non cum extraneis nec
Potentibus. De qua licentia & voluntate appareant & apparere debeant tria
publica Instrumenta manu trium Tabellionum in forma publica scripta, & in
presentia trium religiosorum personarum:

& sint dicta Instrumenta roborata Sigillo
Domini Marchionis; & alia forma dicta licentia non valeat. Asserendo dictus Sindicus nomine predicti Monasterii, quod dictum Monasterium in totum
vel in partem fuit jurisdictionibus &
juribus nullam donationem usque in horam presentis contractus in aliquam U-
niversitatem, Corpus, sive Collegium,
vel singularem personam Ecclesiasticam
vel Secularem, factam non esse. Et si
contra factum esset hic retro, vel fieret
deinceps contra supradicta vel aliquod
supradictorum, constituit predictus Sindicus, se possidere dictum Monasterium,
& omnes jurisdictiones ipsius & jura,
& quasi possidere in causis predictis, &
cuilibet eorum, precario nomine pro dicto Domino Marchione ex nunc sic ex-
tunc, ita quod super dictis omnibus seu
aliquo prædictorum possit auctoritate propria, & sine cujuscumque Judicis inqui-
sitione Secularis seu Ecclesiastici, possessionem predicti Monasterii & quasi possessionem, jurisdictionem, & jurium,
sicut ei quæsitum, retinere, & de novo auctoritate propria ex vigore con-
tractionis presentis acquirere, ad honorem & gloriam Virginis Mariae, &
bonum statum Monasterii supradicti.

Et insuper promisit dictus Sindicus
solemni stipulatione predicto Domino Marchioni, nomine & vice Monasterii, quod
predictum Monasterium faciet & cura-
bit, quod summus Pontifex presentem
contractum, & omnia & singula supradicta scripta, & infrascripta, quae in
eo continentur, confirmabit & proba-
bit, & solemniter suam virtutem inter-
ponet. Renunciando dictus Sindicus nomine & vice dicti Monasterii exceptio-
ni doli mali & metus, conditioni sine
causa, & actioni in factum, & omni
alii Legum & Juris auxilio tam Canonico quàm Civili. Juravit etiam dictus Sindicus, corporaliter tactis sacrosanctis

sanctis Evangeliis in sui animum, & dicti Domini Joannis Abbatis, & omnium Monachorum & Conversorum dicti Monasterii, quae dicta sunt de alienatione predicta non facta aliqua in horum presentia contractus, vera esse; & quod dictum Monasterium seu Capitulum perpetuo omnia suprascripta & infrascripta & singula habebit rata & firma.

Quae omnia & singula promiserunt predictae partes sibi ad invicem solemni stipulatione attendere & observare, & non contra facere vel venire sub predicta pena in qualibet & pro qualibet, hujus contractus contraventione committenda, commissa, possit exigi cum effectu, quoties contra factum fuerit, sive ventum, & ea commissa vel non, predicta omnia & singula permaneant firma sub obligatione bonorum cujuslibet predictorum, & sub refectione damnorum & expensarum. Asserente dictus Sindicus sub juramento supradicto, omnia & singula supradicta, quae in presentibus promissionibus & conventionibus continentur, acta esse in commodum, & utilitatem Monasterii supradicti.

Item petiit dictus Dominus Marchio Estensis dicto Abbati & ejus Vicario, quandam institutionem fieri in illius Monasterii, quam porrexit dicto Abbati in scriptis sic continentem: Nos Dominus Johannes de Valvoletis Abbas dicti Monasterii, & Obizo Estensis & Anconae Marchio, statuimus & ordinamus, quo de cetero nullus habitator, terrerius vel forensis, predicti Monasterii, seu Terrae Abbatiae possit vel debeat fieri Civis, & Cittadinanziam acquirere alicujus Civitatis, Tarvisinae, seu Lombardiae, aliqua de caussa generali vel speciali, sive aliquo ingenio vel colore, nisi hoc processerit de speciali consensu, licentia & voluntate utriusque

A nostram, ita quod consensus unius nostrum non excuset eum. Et qui contra fecerit vel facere attemptaverit, perpetuo banniatur de jurisdictione Abbatiae praedictae, & omnia ejus bona publicentur in nos Dominos supradictos. Et si captus fuerit, puniatur in pede sibi amputando. Ad quae omnia respondit dictus B Dominus Abbas unanimiter & ejus Conversus, quod non poterat, nec valebat consentire vel obedire aliquo modo vel ratione praedictis petitionibus sine Summi Pontificis licentia, voluntate, vel consultatione; cum dictae petitiones factae contra justitiam & contra libertatem Ecclesiae contra sacramentum dicti Abbatis, & jurium, bonorum & juri- C sdictionum . . . . derogatione. (Cetera desiderantur.)

Neque tantum antiquis Ecclesiarum Advocatis meritum apud Deum ob rite munus, quo fungebantur, curabatur, sed etiam accedebant temporales proventus. Quippe veteres Advocati *ab omni publica expeditione,* D atque ab aliis publicis oneribus ex indulgentia Caesarum immunes erant. Praeterea consuevere Advocati quilibet ab Episcopis, Capitulis aut Abbatibus, Beneficio aliquo, sive Feudo donari in remunerationem laboris pro Ecclesia suscipiendi. Quae Beneficia, quo praestantiores ac ditiores erant Ecclesiae, uberiora etiam & majora fuere. Ad haec non modica E fuit ejusmodi Advocatis potestas, quandoquidem Placita iis habere licebat, in quibus ex Imperiali Privilegio Vassallis, ac hominibus Ecclesiarum jus dicebant. Neque labori isti suum praemium deerat. Tunc eis ab Ecclesia cibaria decentia ministrabantur, & tertia Bonorum pars in eorum utilitatem cedebat. Ut autem

est

est humanae cupiditatis nunquam saturari, nunquam dicere satis, praeter consueta stipendia non pauci ex Advocatis quotidie studebant, ut Ecclesiarum ubera, quanta posset viribus, atque artibus exsugerent, hoc est nova Beneficia, (Castella videlicet, Decimas, ac praedia) ab Episcopis atque Abbatibus clientelari jure sibi possidenda impetrarent. In hanc rem multae prostant Ecclesiasticorum virorum querelae, ab Historicis memoratae, a quibus recensendis compendii causa abstineo. Sed tum praecipue Advocatorum fames, & importunitas invaluit, quum Advocati ad eum potissimum finem occupi sunt deligi, ut armata manu Ecclesiarum bona tuerentur, & ad proelium prodirent tum contra hostes finitimos, tum adversus reliquos usurpatores; aut quum necessitas posceret, & Cleri milites ac Vassallos ad bellum Imperator acciret, ut eis praeesset, ipsosque in aciem ductarent. Propterea Proceres & Magnates in conferenda Advocatia ceteris praeferre mos deinde fuit. Erat autem Advocatorum in hisce expeditionibus Vexillum Ecclesiae deferre, unde etiam *Signiferi & Confalonerii* sunt appellati. Debebatur sua merces viris, tot pericula pro Ecclesia adeuntibus, & Ecclesiarum defensionem cuicunque negotio suo anteferentibus. Et procul dubio ad eam petendam segnes non fuere Advocati, ita ut oneri eadem esse coeperit clientibus suis illorum aviditas. Nolo pluribus distinere Lectorem, sed potius referam eorum, quae dixi, proferre Diploma Henrici II. Augusti, quod ex authentico existente in Archivo antiquissimi Monasterii Veronensis Sancti Zenonis depromsi.

Henrici inter Imperatores Secundi Diploma, quo duos Advocatos cum variis juribus ac Privilegiis concedit Monasterio Veronensi Sancti Zenonis, Anno 1036.

IN nomine Sanctae & individuae Trinitatis. Heinricus divina favente clementia Romanorum Imperator Augustus. *Imperialem sublimitatem condecet, ut quanto ceteris dignitaribus excelsior colitur, tanto justis petitionibus Deo servientium benignior ac non clementior inveniatur. Quapropter notum esse volumus omnibus sanctae Dei Ecclesiae, nostrisque fidelibus tam futuris quàm praesentibus, qualiter Abbas Michael Monasterii Sancti Zenonis Martyris, nostram clementiam suppliciter exorando adiit, ob amorem Dei omnipotentis, beatique Zenonis Martyris reverentiam multum nos deprecans, quod de rebus Ecclesiae Sancti* sti Zenonis Monasterii, quas nostra ei concessit pietas, ab incusoribus non modicum patitur dispendium. Unde deprecatus est, ut ex nostris Fidelibus duos ei concederemus Advocatos, Benifredum videlicet, & David, qui causam Monasterii procurent Advocationis gratia. Nos vero justis ejus petitionibus consentientes, pro remedio animae nostrae, & ob intercessum dilectissimae Conjugis nostrae Imperatricis Agnetis, & propter incrementum filii nostri Heinrici Quarti Regis, predicto Monasterio concedendo confirmamus. hac serenitatis nostrae Literas censuimus fieri; quibus precipimus, ut memorati Vassalli nostri in quibuslibet Comitmitantibus seu Pagis Advocati illius existant de rebus supradictae Ecclesiae, Castris, Arimannis, seu Famulis, & in quibuscumque necessitas postulaverit, nullusque eis ad hoc exercendum opus aliquis contradicere praesumat. Sed sic huic rei studeant, ne per aliquam injuriam jam dictae Ecclesiae minuantur facultates. Jubemus quoque, ut ubi necessitas postulaverit, & utilitas dictaverit, et in illorum bonis, hac possessionibus, Arimannis, vel famulis, neque Dux, neque Marchio, neque Comes, aut aliqua major, vel minor persona nullo modo potestatem habeat placitandi, aut aliquod districtum habendi, vel Notitias aut Cartas faciendi, excepto prenominatis Advocatis Michaelis Abbatis, suorumque Successorum. Concedimus potestatem placitandi, & Notitias vel Cartas faciendi in omnibus rebus, hac possessionibus Sancti Zenonis Monasterii, eo tantum videlicet ordine, ut jam supradicti Advocati de omni generali Placito, semel in anno facto, terciam porcionem in beneficia suae militiae consequantur, excepto de Parona, & Castano, & Villa. Si ultra hoc beneficium aliqua importunitate Monasterium quovis ingenio molestare, aut inquietare temptaverint, tamen Abbas nostrae auctoritatis robore fretus, indubitanter habeat potestatem illis auferre dominium pariter cum beneficio, & aliis Fidelibus provida dispensatione concedere; & insuper de importunitate minime refrenata, quinquaginta Libras auri sciant se compulsuros, medietatem &c.

Signum Domni Heinrici Tercii Regis invictissimi, Secundi Romanorum Imperatoris Augusti.

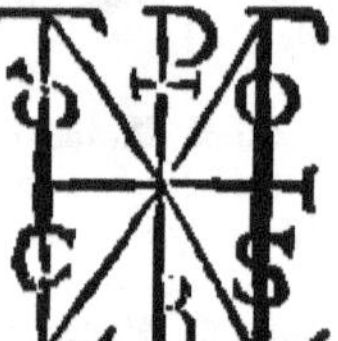

Sigillum cereum, inscriptione partim corrosa.

Gunterius Cancellarius, vice Herimanni Archicancellarii recognovit.

Data III. Idus Novembris, Anno Dominicae Incarnationis ML. Indictione IIII. Anno Domni Heinrici Tercii Regis, Imperatoris autem Secundi, ordinationis ejus XXIIII. Regni quidem XIII. Imperii vero IIII.

Actum Veronae in Dei nomine feliciter.

Videa, dum haec *Alienator* concedi Veronensi Coenobio! Facultatem hanc, ut supra vidimus, Carolus Magnus Episcopis largitus est, utendi nempe pluribus Advocatis; eamque Lotharius I. Augustus in Lege XVIII. Langobardor. ad Abbatem quoque extendit, ita statuens: *Singulis Episcopis, Abbatibus & Abbatissis duos concedimus Advocatos: unum, qui caussas procuret, alterum qui sacramentum deducat. Eosque, quamdiu Advocationem tenuerint, ab hoste reservamus.* Ecce unum e privilegiis, quibus Ecclesiarum Advocati olim fruebantur. Porro Indultum illud fuit, quo tempore eligebantur ad id muneris viri Legum periti, potius quam militares uti subsequutis temporibus factum est. Repeto nunc Diploma nuper editum Henrici II. ut studiose animadvertat Lector, exclusos fuisse *Duces, Marchiones, & Comites, a placitando, aut aliquod districtum habendo, & Notitias, vel Chartas faciendo in bonis illius Coenobii.* Hoc enim jus Advocatis ejusdem reservatur. Insuper decernit Henricus, ut *supradicti Advocati de omni generali Placito, semel in anno facto, tertiam portionem* (idest bannorum, sive multarum) *in beneficia suae militiae consequantur.* Tum ad horum reprimendam cupiditatem addit Imperator: *Si ultra hoc beneficium aliquid importunitate Monasterium quovis ingenio molestare, aut inquietare tentaverint, tamen Abbas nostrae auctoritatis robore fretus, indubitanter habeat potestatem illis auferre Dominium pariter cum Beneficio, & aliis Fidelibus provida dispensatione concedere. Et insuper de importunitate minime refrenata quinquaginta Libras auri sciant se composituros.* Mirum videatur, quei Abbatibus implorandum foret Caesarum praesidium, ut Advocatos ministros suos in officio continerent. Sed jam eo prolapsa res erat. Advocatia speciem dominationis assumserat, disertisque verbis *Dominium* heic appellatur. Quare luctandum saepe Monachis fuit cum Advocatis suis; ideoque ad cautelam imploratum est Imperiale subsidium, & poenae iis propositae, si ultra pacta gravarent Ecclesiam. Eoque magis implorandum fuit Imperatorum praesidium; quippe tempora fuere, quibus Imperatores titulum ipsum ac munus Advocati Ecclesiarum, veluti nomine scudi, Laicis viris elargiebantur. Propterea quum Fridericus I. Augustus Germanico Monasterio Usterstalensi (hujus situm eruditis Germanis designandum relinquo) Privilegium concederet, *Advocatorum* impotentiam hisce verbis repressit: *Nos deinde Usterstal accedentes, super Altare beatae Dei Genitricis Mariae eidem Allodium contradidimus, ita sane quod nullus omnino jure Advocatiae vel alias potestatem illi habeat vel exercere praesumat, praeter Abbatem Monasterii illius loci.* Inserta sunt haec verba in Diplomate Adolfi Romanorum Regis, cujus me participem fecit nobilis olim ac humanissimus vir Octavius Angelus de Abramo, Canonicus Primatialis Pisanae. Illud autem si tenebris ereptum volo, nemini molestum, immo Literatis Germanis gratum futurum esse confido.

Confirmatio Privilegiorum facta Monasterio Uslerstalensi Ordinis Cisterciensium, ab Adulpho Rege Romanorum, circiter Acnum 1293.

ADolfus *Dei gratiâ Romanorum Rex semper Augustus. Universis sacri Romani Imperii fidelibus, praesentes literas inspecturis gratiam & omne bonum. Binorum Imperatorum & Regum Romanorum nostrorum Predecessorum devotionem catholicam imitari corde piissimo cupientes, Loca Religiosa ad ampliationem divini cultus ab ipsis devote plantata, beneficiis cumulata, &. convenientibus libertatibus condonata, intendimus suis juribus & libertatibus conservare, & gratiosius confovere. Cum itaque religiosi* viri Berlatus Abbas, & Conventus Monasterii la Urlestal, Cisterciensis Ordinis, *ad nostrae Majestatis culmen humiliter accedentes, a nostra magnificentia perpetuae pacis fru... petierunt suppliciter provideri, suasque libertates & Privilegia confirmari, & de benignitate Regis innovari; nostris conspectibus quoque exhibueram Privilegia subnotata. Primo videlicet Privilegium suae primariae fundationis, sub sigillo Rabodenis, quondam Spirensis Episcopi conscriptum, quod sic incipit:* Facile a memoria &c. *In quo, descripto Monasterii Fundo ab eodem Episcopo, & duabus germanis ejus* Armanno Comite de Lodenborg, & Ortone Comite de Alrchrim, *eidem Coenobio collato, hec clausula subjuncta:* Silvaeque adjacentis eidem Fundo, que vulgari linguâ Almende nominatur, quam .... frequentant, que juris nostri, sicut & aliorum esse dignoscitur, communionem, & omnem utilitatem Fratribus tradimus, pasturam animalium tam equorum quàm armentorum, ovium & porcorum. Et

deinde subinfertur: jura scilicet alia eidem Fundo competentia, a progenitoribus nostris tradita, huic Cartae dignum duximus inserenda, ne forte succedente tempore excidant a memoria, si quando propter extraneam seu vastatores, communis Silva, cujus superius fecimus mentionem, custodienda est a forinsecis rusticis, duo Custodes ab Abbate & rusticis, qui sunt in Valle, tertius accipiendus est; si quid vadimonii retentum fuerit, tertia pars Abbati & rusticis, qui sunt in Valle, dabitur, duae partes dabuntur rusticis, qui intrinsecus morantur. *Item Privilegium magnifici* Friderici Romanorum Imperatoris Augusti, *sic incipiens:* Si Ecclesiis & Ecclesiasticis viris &c. *In qua premissâ donatione atque descriptione Allodii supradicti Coenobii, in persona Imperatoris gloriosissimi percensati hec: clausula et annexa:* Nos deinde Uslerstal accedentes, super Altare beatae Dei Genitricis Mariae, eidem Allodium contradidimus ita sane, quod nullus omnino jus Advocatiae, vel aliam potestatem ibi habeat vel exercere presumat, preter Abbatem Monasterii illius Loci. *Et quibusdam interpositis subinfertur:* Omnem quoque Almende supradicti Allodii in quolibet genere utilitatis sue, super idem Altare de Urlerstal contradidimus, sicut predicti largitores habuisse dignoscuntur, & prescripto Ordini libere contulisse. *Item Privilegium divi Imperatoris Romanorum* Heinrici, *sic incipiens:* Si Ecclesia &c. *& hanc clausulam continens:* Preter ea,

que

quæ dicta sunt, omnem Almeæ prædictorum locorum, cum omni genere utilitatis suæ cum universis bonis & possessionibus suis, quas eidem Monasterio diva memoria Patris nostri Friderici Romanorum Imperatoris semper Augusti contradidit, & suis Privilegiis confirmavit, nos Imperiali auctoritate corroboramus, & præsenti pagina confirmamus. Item Privilegium Heinrici Romanorum Regis, quod sic incipit: Talentum cum lucro &c. In quo hæc diffinitiva sententia est descripta: Sententialiter ordinavimus, & juxta prælibatorum tenorem Privilegiorum, firmum esse decrevimus, ut Silva in fundo præfati Monasterii adjacenti, de quo fuit contentio, Conventus ipse ad omnem suam utilitatem liberam habeant communionem. Ceterum si quando propter extraneos, seu vastatores communia Silva custodienda est, secundum quod in fundationis Privilegio est ordinatum, teneat. Item Privilegium invictissimi Regis Romanorum Rudolfi illustris, quod sic incipit: Regalis excellentia &c. In quo cum præscripto Privilegio Imperatoris Friderici jam præmissa Regis Henrici sententia confirmatur, & favorabiliter innovatur. Item aliud Privilegium ejusdem Predecessoris nostri, quod sic incipit: Accedens jam pridem &c. In quo ab ipso Predecessore nostro divæ recordationis Rudolfo approbatur, & de certa scientia confirmatur sententia arbitraria ac diffinitiva a strenuo viro Heinrico de Bannaker Milite, & quamur aliis Coarbitris, in eodem Privilegio nominatis, juxta formam compromissi in ipsos facti, & tenorem præscriptorum Privilegiorum pro Monasterio lata: quod videlicet absque omni ambiguitate & scrupulo Abbas & Conventus Ursisialensis Monasterii accedidi, ad omnem sui militatem, tam sectionem lignorum quorumcumque, quam pasturam quorumlibet animalium, communionem Almende prædictæ absque contradictione & prohibitione qualibet, sicut & rustici, libere noxisu debeant, & ipsis uti: ac quod rustici prædicti quicquid juris in communione Silvæ præfatæ sibimet vindicant, & se ipsos habere fatentur, id ipsum & omnino consimile per omnia debeant Abbati & Conventui recognoscere, & illibatum pacifice observare. A quibus arbitris parti dicto Monasterio adversanti silentium perpetuum in hac causa est impositum & indictum, prout in Instrumento pronuntiationis eorumdem Arbitrorum, sub eorum sigillis sensello, plenius continetur. Nos prædictis omnibus Privilegiis diligenter perspectis, & lucide intellectis, pie considerationis oculum advertentes, quod ex ea quod religiosi viri Abbas & Conventus prædicti Regalibus obsequiis & Imperialium Insignium custodiis, ab antiquo a nostris Predecessoribus, atque nobis, suis specialiter deputati: ad ipsos debet nostræ benignitatis favor specialius justinari, omnia prædicta Privilegia, & contenta in eisdem, sicut perinde sunt rencta, ratificamus, approbamus, innovamus, & presentis scripti patrocinio confirmamus. Nulli ergo omnino hominum liceat hanc nostræ ratificationis, approbationis, innovationis, & confrmationis paginam infirmare, vel ei ausu temerario in aliquo contraire. Quod qui facere presumpserit, se gravem nostræ Majestatis offensam noverit incurrisse, & multandum pena, quæ in Privilegiis antescriptis Dominorum Imperatorum Friderici, & Heinrici hujusmodi transgressoribus & injuriatoribus est inflicta, in premissis omnibus nostro & Imperii jure penitus tamen salvo.

   Datum Spiræ..... Reliqua desiderantur.

Quid

Quid praestarent etiam Ecclesiis antiqui illi Advocati nobis enarrabit Donizo Monachus in Vita Mathildis Comitissae Cap. postremo. Nam inclytae illius Principissae morte indicata haec subdit, quibus quoque confirmatur quidquid *de causis immutantur Ecclesiasticorum potentiae* in Dissertat. LXXII. dicturus sum de raptoribus Ecclesiastici patrimonii.

Stabant ô quanti crudeles atque Tyranni
Sub specie justi, noscentes se fore justam!
Qui dissolvuntur, jam pacis foedera rumpunt,
Ecclesias spoliant. Nunc nemo vindicat ipsas.
Si quis se forsan, Tutor quod sit quasi, monstret,
Ecclesiae partem terrae grandem prius aufert.

Ejusmodi Advocatorum impotentiam ultra non tulit Walricus Patriarcha Aquilejensis, ac proinde eos coëgit eo munere se abdicare, uti constat e praelaudati Friderici I. Diplomate Anni MCLXXVII. apud Ughellium Tom. V. Italiae Sacrae, ubi haec leguntur: *Praeterea sicut Durobardus Aquilejensis Ecclesiae Advocatus, & postea Henricus placitum Advocariae in manu Patriarchae Walrici pro se & fautoribus refutarunt super omnibus bonis Aquilejensis Ecclesiae pertinentibus; ita & eas Placitum, districtam, & cetera ejusmodi jura eidem Ecclesiae Imperialis auctoritatis statere confirmamur.* Chartam quoque adfert Ughellius, in qua Advocati praedicti suo jure ac munere cedunt. Accedat nunc & altera Charta, in qua constitutum videas, quod jure Feudi Ollivolense Monasterium olim concesserit Advocato suo nuper electo, simulque formulam habebis, qua ille Dominico Contareno Venetiarum Duci, ejusdemque Coenobii Abbati, jusjurandum praestitit fidelitatis. Antiquum apographum adservatur in Archivo celeberrimi Monasterii Patavini Benedictinorum Sanctae Justinae.

Promissio recte exercendi jus Advocatiae pro Monasterio Sancti Hilarii Olivolensis, facta ab Uberto de Fontaanive Duci Venetiarum Dominico Contareno, & Johanni Abbati ejusdem Monasterii, Anno 1064.

IN nomine Dei aeterni. Amen. Anno ab Incarnatione Domini nostri Jesu Christi MLXIV. Quinto Calendas Septembris, Indictione II. Qua vos quidem Dominicus Contareno Dei gratia Venetie, Dalmatieque Dux, Imperialis Magister, atque Domnus Johannes Abbas Coenobii beatorum Sanctorum Hilarii & Benedicti, quod est positum in territorio Ollivolensi, super flumen quod dicitur Hane: concedistis mihi Uberto filio Ariprandi de loco Foanaanive esse me Advocato per vestram inventionem & jussionem de praenominato vestro Cenobio, quod est proprie de vestro Ducatu: unde promittens promitto ego praenominato Uberto filio quondam Eriprandi cum meis heredibus vobis supradicto Domno Dominico Contareno inclito Duci, atque Domno Johanni Abbati ejusdem Cenobii, & Suc-

& Successoribus vestris, amodo in antea usque dam Advocatore sum ejusdem vestri Cenobii per vestrum consensum in omnibus factis vel pertinentiis ejus, quomodocumque ad prefatum Cenobium pertinet, ab intus & foris Advocatore & Defensore, esse promitto secundum quod valuero & potuero, sive ante presentiam Imperatoris, quam & Ducis, Marchionis, & Episcopi, Comitis, sive coram omnibus hominibus, ut valuero & potuero, sine fraude & bono ingenio, tam in illis pertinentiis, quae modò retinent, verum etiam in antea pro qualicumque ratione de rea ejusdem Cenobii invenire potuero. Pro nullo amore parentum vel amicorum, neque pro ullo servitio de hoc, ut supra dixi, me subtrahere debeo, sed semper constans & fidelis esse promitto in omnibus, ut supra legitur, ad honorem vestrum & de prefato vestro Cenobio. Nam verò per vestram honorem & meae fidelitatis, usque dum Advocatore sum de prefato vestro Cenobio preferendum, concedatis mihi in loco, qui dicitur Nogariola, cum Silva, quae dicitur Galianiga, & loco ubi dicitur Fossa Liniaria, & locum ubi dicitur Pedriadrio, & loco cum Silva, ubi dicitur Flexen, cum suis jugis & certis finibus ac terminibus seu circumdatis lateribus, hoc est de supra nominatis locis: primo latere dirsuper publica antiqua, quae pergis de ipso loco supradido Nogariola & evout fines inter ipsam Nogariola & subter: & locum qui dicitur Peragrolo desuper, secundo latus Fotano percurrente in fossa, que dicitur Rudula, tertia latus fluvio, qui dicitur Serrola percurrente, quarto latus de subter vado, qui dicitur Massuro. Infra istis partibus accessariis, que per secundum mibi concedatis, ut supra legitur, suas quatuor Massaritiae, sive & alios quamque & idem sunt, & unum Molendinum, quod est allevandum in fossa, que dicitur Fossalta. Hec supradilie Massaritiis cum prefato Molendino, quod est ad levandum, cum omnibus ejus pertinentiis ab intus & foris usque dum vester Advocatore sum, in mea debet esse potestate. Et si in supradictis silvis spatium aliquod scirere, ad amplificandum territorii vel massaritiis, campis aut pratis: due partes inde sint de prefato vestro Cenobio, & tertia mihi prope Feudum, eo ordine, ut supra legitur. Et si in perdidlis silvis vobis opus vel necesse fuerit, ligna incidere pro aliquo vestro servitio, in terris sit potestate faciendi quodcumque vobis placuerit. Nam verò statutum est inter nos. Quod si aliquam fraudem in me videritis de hoc, & quod supra legitur, supradicta investitione in terris transjale debeat esse in potestate cum supradicto...... ut supra legitur, observare promitto. Quod si non observavero, & non adimplevero omnia, quae ut supra legitur, & si recte cum bona fidelitate non valuero & potuero, prefato vestro Cenobio non sum Advocatore & Defensore, ut supra dixi, nec eo amplius de pertinentiis ejusdem Cenobii invidere aut retinere voluero pro aliquo ingenio, nam tantumodo quod mihi concessum habetis, ut supra legitur. Et si recte hoc non observavero, & vos mihi in hoc, quod supra legitur, condiceritis, & ego me recitas & separatas esse voluero, omnibus modis componere promitto cum meis heredibus, vobis & successoribus vestris auri optimi Libras decem.

Signum ✠ manus suprascripto Domnus Uberto Advocatore, qui hanc Cartulam promissionis fieri rogavit, & ab eo relecta est.

Signum

Signum ✠ manibus supradscripto
Richarda filius Rodulfi, & Richardo
Grimaldi testes.

Ego Johannes Notarius, qui dicitur
Bovim, scriptor hujus Cartulae promis-
sionis post traditam complevi.

Praeterea omnibus ejusmodi Advocatia mos, immo obligatio fuit, sacramentum praestare fidelitatis clien-
ti suo; eoque titulo exploratum est,
vel ipsos Romanorum Imperatores
consuevisse idem sacramentum dicere
Romanis Pontificibus, ex quo singu-
lares Romanae Ecclesiae Advocati ac
Defensores esse coeperunt. Sed progrediamur. Illud prae ceteris animadvertendum est, multis in locis
Advocatiae munus stabile factum fuisse in una Familia, & Feudorum ad
instar in liberos ac descendentes transiisse. Id contigit vel ex industria
Advocatorum ipsorum, qui ad posteros suos officium ac beneficium illud
transferendum enixe curarunt; aut
etiam Episcoporum & Abbatum pro-
vido consilio, ne in novos Tutores
nova liberalitas exercenda aliaque
Feuda iis conferenda forent. Porro
inter Ecclesiarum Advocatos in Italia famosum fortasse prae ceteris sibi
peperere nomen in Civitate Tarvisina illius Ecclesiae Advocati, qui &
Advocarii, Avogarii, & Avogadri aliquando appellabantur. Scilicet pro
Advocatia aliquando dictum est *Advo-*
garia: quare postea nonnullis familiis ex hoc ipso munere adhaesit cognomen *De gli Avogadri.* Bella, se-
ditiones, ac nobilitatem Advocatorum Tarvisinae Ecclesiae habes in
Historiis Patavinis, atque in Tarvisinis Johannis Bonifacii. Primo *Tem-*
pestas Familia, deinde *Azzonum,* ejusmodi munere, & quidem hereditа-
rio, functa est; atque illius gratia

ab Ecclesia Tarvisina Feudali titulo
receperunt *Terras de Anvali, de Ber-*
miguana, de Abriana, de Mazaratel-
la, de Raiza, Zumignana, Vigo'allo,
Damilemo, Tascenigo cum Decimis &
Novalibus ad usum opulentum dictae
Dignitatis: ut habent monumenta e-
vulgata in controversia inter Tarvisi-
nos & Acelanos (nunc *gli Asolani*)
nuper agitata. Mutinae quoque fuer,
quae persuadeant, olim hujusmodi
praerogari à ornatam fuisse Familiam
de Balugola, cui cognomen accessit a
loco olim sito ad Scultennam fluvium
in finibus Gombolae & Friniani ultra Guilliam. Gaspar Sillingardus in
Catalogo Episcoporum Mutinensium,
& post eum Ughellius in Italiae Sacras Tomo 2 Chartam adserunt,
Anno MCLXVI. scriptam, per quam
Dodo Dei gratia Mutinensis Episcopus
investivit Rainerium Advocatum, &
Guizardum, & Ubertum fratres, filios
Domini Rotbechildi Advocati, de Roccha
Sanctae Mariae &c. Erravit Sillingardus, putans, Castellum sive Arcem illam feudali jure fuisse concessam *no-*
bilibus de Advocatis. Erant ii *de Fa-*
milia de Balugola natu autem major
Advocatus Episcopi fuit. Anno Christi MCCXIII. ut ex authenticis tabulis constat, in Tabulario Canonicorum Mutinensium adservatis, Ga-
lietmus Episcopus Mutinensis eamdem
Roccham Sanctae Mariae confirmavit
filiis Tavicani de Balugola, recipien-
tibus pro se & omnibus aliis de Balugo-
la, cum usantiis, quas dicti Domini,
& eorum Majores habuerunt & tenue-
runt a Domino Episcopo Mutinensi &c.
Ad hanc autem Familiam, atque,
ut opinor, non alia ratione, quam
Advocatiae, spectabat olim, novum
Episcopum Mutinensem in equo in-
sidentem deducere a Porta Civitatis
usque ante fores Ecclesiae Majoris, hinc

inde equi habenis manibus ruendo. *Addestrare* Italica Lingua appellat regere equum Principum atque Magnatum. Ad eos quoque pertinebat hastas deferre umbellae, five *Baldachini*, quod super Episcopum ea occasione portabatur. Episcopo ad officium Templi maximi deducto, equus gradarius (*Palafrenum* nuncupabant) super quem Episcopus processerat, cedebat in jus nobilium de Balugola. Praeterea illis commendata fuit *custodia camporum Duellorum*, quoties nempe in terra Episcopi peragebatur singulare aliquod certamen. Cogebantur pugnatores Custodibus hisce persolvere *Libras septem Imperiales*, & *unum Imperiale*, atque insuper nobiles isti lucrabantur *arma illius*, qui in campo succumbebat, aut deteriorem partem habebat. Haec omnia illi jure Feudi ab Episcopis Mutinae acceperant. In Diplomata Conradi II. Italiae Regis, Anni Christi MCLI. pag. 168. Tomi 2. Bullarii Cassinensis, lego *Fodrum*, *Albergariam*, & *Districtum*, *Bannum*, *Placitum*, *Affatum*, & *cetera, quae Regis sunt*. Vox *Affatres* veri videtur simile, significari Custodiam, ut super dixi, Pugnantium singulari certamine. Eadem vero simul indicia sunt, Advocatiam Mutinensis Ecclesiae Familiae de Balugola aliquando fuisse commissam. An diu continuatum fuerit in iis ejusmodi munus, nulla documenta legi, quae id ostendant. At certe diu perseverarunt apud eos honores & Feuda conlata ab Episcopis. Cui rei, uti & moribus antiquorum temporum, lucem afferet Charta ab Alprando de Balugola Anno MDCXII. Mutinae edita in Opusculo de Familia sua, spectans ad Annum MCC. LXXXIII, quam utilem huic loco censui.

Investitura seu confirmatio Feudorum & jurium data filiis Francisci de Balugola ab Arditione Episcopo Mutinensi, Anno 1283.

ANno a Nativitate Christi MCCLXXXIII. *Indictione XI. die Mercurii XIV. intrante Martio. In Christi nomine*. Cum a Dominis Rainerio, Gerardo, Racese, Pipiono, Lanfranchino, Richerio, Zopillarino, & Zaccharia filiis quondam Francisci de Balugola, etiam cum instantia petatur, ut venerabilis pater Dei gratia Episcopus investiret eosdem de Feudo, quod habent ab Episcopatu Mutinae, quando primo consecratus intrat Palatium Episcopatus, dictis Balugulis ducentibus per fraenum equum ipsius Domini Episcopi a Porta Civitatis, usque ante fores Ecclesiae Majoris, eodem super sedente: & pariter, ut super custodia Camporum Duellorum habeant Libras septem Imperiales, & unum Imperiale, & arma illius, qui succubuerit, vel etiam in campo deteriorem partem habuerit: & de aliis Feudis antiquis; qui dicebant se habere paratas plures Chartas Instrumentorum, & testium, antiquitus productorum.

Et primo, sicut venerabilis pater Dominus Guielmus *Dei gratia* Mutinae Episcopus *fecit, & constituit Gerardam de Ricò de Albareto suum Nuntium & Procuratorem in causa, quam habet cum illis de Balugola, sive cum Baluganis, sub examine Domini Zanelli Zacagbi, & Domini Gerardi Urioni, super facto Equi sive Palafreni,* quem

quem ei videntur postulare. *Actum MCCXXII. Sexto Octobris per Albericum Notarium.*

Item aliud Instrumentum traditum isto Anno, sicut Domini de Balugula confitentur Dominum Lanfranchinum eorum Procuratorem in causa, quam habens cum Domino Episcopo super fa- cto Equi & de Feudo, traditum per Lazarium de Palermo.

Item aliud Instrumentum, sicut Do- minus Guilielmus Mutinae Episcopus una cum Campido, & Zopellarium de Balugula pro se & consortibus suis ele- gerunt in communi concordia Dominum Zinellum Zacagum, & Gerardum de Hemribus, Procuratores Curiae Epi- scopatus Mutinae, ad cognoscendam su- per facto Palafreni, quem dicunt ad ipsos pertinere per Feudum.

Item Libellum authenticum, in quo petebant praedicti pro illis de Balugu- la, ut promitteretur Palafreaum, quem equitat Dominus Episcopus, cum primo ascendit Palatium, rediens a consecratione, & item ut de cetero omnes Episcopi illum Palafreaum dare teneatur. Actum & Scriptum per Albericum Zanellum Notarium MCC. XXII. de Mense Decembris.

Item testes productos in praedicta causa, in quibus evidenter probatur, quod illi de Balugula debeat habere ipsum Palafreaum: *scriptos per ipsum Albericum Zanellum Notarium, qui ipsos authenticavit & jurare fecit MCC. XXIII.*

Item, sicut praedicti Domini de Balugula habeat a dicto Domino E- piscopo Mutinae in Feudum Custo- diam Camporum Duellorum, in prae- dictis testes productos per ipsos de Balugula super praedicto facto. In quibus probant, quod praedicti habent in Feudum a Domino Episcopo Muti- nae: *Scriptos manu Petrizzoli de Sen-*

tto Marino Notarii Domini Bernardi- ni de Cornazzano Potestatis Muti- nae , *MCCXXVIII. Iudictione I. per Johannem Angelicum Notarium.*

Item alios quamplures testes receptos praecepto Domini Boccacii Bremae Potestatis Mutinae MCCXXI. *Iudi- ctione IX. per Johannem Angelicum Notarium.*

Item alios quamplures testes receptos super eodem facto MCCXLVII. Item si- cut coram Domino Boccactio Bremae Po- testate Mutinae Arditio promisit Domi- no Zopillarino dare arma. Item sicut Dominus Bernardinus de Cornazzano *Potestas Mutinae dixit, quod Domini* de Balugula debent habere arma U- bertacii, *qui amiserat Duellum: scri-*

ptum MCCXXVIII. per Bonifacium Regale.

Item sicut venerabilis pater Domi- nus Albertus *Mutinae Episcopus con- fessus fuit, quod illi de* Balugula *de- bent habere Libras septem Imperia- les & unum Imperiale, occasione Duelli facti a Gerardo cum Guido- ne. Quot denarios ipse Episcopus habe- bat penes se. Et sicut praedicti de* Balugula *confessi fuerunt se habuisse praedictas septem Libras Imperiales, &*

unam Imperiale, MCCXXXVIII. Iudi- ctione XI. Scriptum manu Bonifacii Aspectati Notarii.

Item Sententia lata super hoc, quod ipsi debebant habere arma Bernardi- ni Becceti, *qui amisit Duellum, per sententiam latam MCCXXVII. per Do- minum Bernardinum de Cornazzano Po- testatem Mutinae, scriptam per Boni- facium Aspectatum Notarium.*

Item affirmantes praedicti de Balu- gula, quod quamplura alia jura super hoc habebant, sed ea amiserant, quan- do Balugula combusta fuit, & etiam superrime propter combustionem Becca- riorum, testes produxerunt in causa

Palafreni Reverendi patris Domini Arditionis Dei gratiâ Mutinae Episcopi. Unde ex praedictis omnibus dicebant, praedictum Dominum Episcopum debere admittere petitionem eorum, cum non sit Feudum novum, sed antiquum, & eos investire de Feudo ipsius Palafreni, de cetero in futurum habendi, ducentibus praedictis Balugulis per frenum Equum ipsius Domini Episcopi a Porta Civitatis usque ante forum Ecclesiae Majoris, Domino Episcopo supersedente. Et de Custodia Camporum; salvis omnibus juribus praedictis de Balugulis in aliis Feudis, quae dicunt se habere debere, si ostenderint, & habere debere alia Feuda a praedicto venerabile patre Domino Episcopo.

Quare idem venerandus Pater nolens a juris tramite deviare, nec contra canonicas & legitimas sanctiones in aliquo procedere, sed eos omnimodo observare, videns, quod justum est justis petitionibus subjectorum annuere, in quantum potest, per Amulum, quem in suis tenebat manibus, investivit supradictum de Balugulo, recipientes pro se & consortibus suis de suprascriptis Feudis, quatenus de jure potest, secundum jura & canonicas sanctiones. Ita quod non sit contra formam sacramenti praestiti per ipsum Dominum Episcopum Domino Archiepiscopo Ravennati, in quo continetur, quod non possit alienare de novo. Et de omni Feudo antiquo, quod consueti sunt antiquitus habere ab Episcopo Mutinae, praestitit ipsi Domino Episcopo a praedictis Dominis sacramento fidelitatis, quod praestare debent Vassalli Dominis suis, pro se & suis successoribus in hunc modum. Quod ipsi juraverunt ad sancta Dei Evangelia corporaliter tacta, quod ab hac hora in antea usque ad finem vitae suae fideles erunt venerabili Patri Domino

Arditioni Dei gratiâ Episcopo Mutinae, & Episcopis suis successoribus, canonice ingredientibus, contra omnem hominem, Collegium, vel Universitatem de Mundo. Et nunquam scienter erunt in consilio vel in facto, quod ipse amittat vitam vel membrum aliquod, vel mala captione capiatur, vel quod recipiat in persona aliquam laesionem vel injuriam, vel amittat aliquem honorem, quem nunc habet, vel habere debet, vel in antea possidebat. Et si sciverint vel audient de aliquo, vel aliquid supradictorum contra eum fieri, pro posse eorum, ut non fiat, impedimentum praestabunt; & si impedimentum praestare nequiverint, dicto Domino Episcopo suum auxilium praestabunt. Et si contigerit, quod ipse rem aliquam, quam habet, vel habebit, injuste vel fortuito casu amittat, eam recuperare curabunt, & recuperatam omni tempore retinere. Et si sciverint, ipsum velle injuste contra aliquem procedere, & in specialitate vel generalitate fuerint requisiti, ipsi Domino Episcopo suum, sicut poterunt, auxilium praestabunt. Et si aliquod in secretum eis ab ipso Domino Episcopo manifestabitur, illud sine sua licentia nemini pandent, vel quod praedictur eos facient. Et si consilium eis ab ipso Domino Episcopo super aliquo facto postulatum fuerit, illud ei dabunt consilium, quod eis videbitur magis expedire, & nunquam scienter aliquid facient, quod pertinent ad suam injuriam vel contumeliam. Et alia & singula facient, quae Vassalli facere tenentur & debent suo Domino. Sic Deus eos adjuvet. Ad sancta Dei Evangelia promittentes, quod rata & firma habebunt supradicta omni tempore & contra non venient, sub expressa obligatione omnium bonorum suorum.

Actum in Palatio Episcopali Mutinae, praesentibus Nicolao de Matte-

*rello, Gerardo Carepto, Domino Petri-
no Praeceptore Templi de Mutina,
Domino Pilogarro de Pilognariis Com-
mico Mutinae, Domino Ritonella Archipresbytero Plebis de Pulinago, & Vicario ipsius Domini Episcopi, Domino
Bazalerio de Montegarullo, Jacobino filio Domini Martini Pretenarii, Zor-
dano filio quondam Domini Azzoboni
de Gorzano, Domino Thomafino filio
Domini Philippi de Pedothis, Petrano
de Rotibus Beccario, & Ghibertono filio quondam Petri de Savignano.*

*In praesentia supradictorum testium
& ipsorum de Balugula, ante aliquam
investituram factam ipsis de Balugula,
Dominus Arditio Dei gratiâ Episcopus
Mutinae dixit, quod intendit investire
de Feudo antiquo, non de novo Feudo,
vel in aliqua venire contra leges vel
canonicas sanctiones: & sub hac conditione, si Feudum erat antiquum, supradictos de Balugula investiebat, secundùm quod continetur in Instrumento
per me Notarium tradito, & aliter
non.*

*Ego Bartholomaeus de Brvilariis No-
tarius scripsi.*

In desuetudinem abiere multis in
Italiae Urbibus, & non uná de cauf-
sá ritus varii ad solennem Episcoporum novorum Ingressum, olim familiares, quo tempore aut Episcopi ipsi
Civitatibus dominabantur, aut in Republica illustrem locum tenebant.
Proinde excidit etiam praerogativa,
Familiis aliquot olim reservata, deducendi novum Praesulem ad Cathe-
dralem Basilicam. Eam tamen Mediolani constantissime adhuc retinet
post tot temporum ac rerum viciss-
itudines nobilis Familia *Confaloneria.*
Nam quotiescumque novus aliquis
Archiepiscopus Mediolanum solenni
ritu ac processu, universis Magistra-

tibus, Clero, ac Populo stipatus intrat, quotquot viri in ea gente numerantur, ad illum deducendum ex
privilegio singulari accersuntur. Singuli, uti egomet spectator vidi, tunc
rubris omnibus vestibus induti, tam
Seculares, quàm Ecclesiastici, pars
Equum Antistitis regunt, pars hasti-
lia umbellae deserunt, quam & subinde lucrantur; reliqui verò praece-
dunt. Hos quoque *Advocariali* titulo
atque officio olim donatos, Mediolanensi Ecclesiae suam operam prae-
stitisse, Cognomen ipsum indicare
videtur. Nam *Confaloneries,* sive *Con-
faronerios,* appellatos credere par
est, quod *Confanonem,* hoc est *Vexillum Archiepiscopi* antiquitus in bello
atque in solennitatibus gestarent: quae
praerogativa, ut supra memoravi,
Advocatiis Ecclesiarum deferri consuevit. Idem dicendum de *Confaloneriis*
Ticinensibus ac Placentinis. Dubius
tamen sum, num eodem munere,
quo nunc funguntur *Confaronerii* Mediolanenses, aliae ante eos familiae
fungerentur, an verò & illis suus
effet locus in famulitio Archiepiscopi, diversaque ratio officii. Neque
enim audeo sine tabulis affirmare,
unam eamdemque gentem, in varias
lineas propagatam, diversa Cognomi-
na assumpsisse. Scilicet animadverti,
Rodulfos quoque, sive *de Rende, de
Rhò,* & *Litros,* quos nunc *Litras* appellamus (quae nobilis prosapia non
unum Archiepiscopum Mediolano o-
lim dedit, & nunc etiam gloriari potest, quod in Cremonensi Civitate
Episcopum habeat Illustrissimum Dominum Alexandrum Littam, pietate,
zelo, eloquentiâ, ceterisque animi
ac mentis virtutibus spectatissimum)
animadverti, inquam. & hasce Familias olim in obsequium Antistitis
Mediolanensis adhibitas fuisse. Ea

Gualvanei de la Flamma circiter Annum Christi MCCCXXX. scribentis verba Cap. 627. Chronici Majoris, quod MStum Ambrosiana Bibliotheca adservat : *Angilbertus Archiepiscopus Broti Ambrosii tumbam marmoream aperiri fecit, & ex devotione dentem de ore beati Ambrosii extraxit, & in annulo suo imposuit. Dum autem processionem in die Olivarum faceret Archiepiscopus more Ecclesiae Mediolanensis, & de Ecclesia Majori iret ad Sancti Laurentii Ecclesiam, ibi Archiepiscopus facit sermonem ad Populum. Postea benedixit palmas, & dedit Clericis. Postea venit extra Ecclesiam, ubi sunt columnae (& adhuc supersunt illustre antiquitatis vestigium) ubi erat unus equus coopertus de vajo, idest panno aureo. Et unus de genere Rodensium* (in margine eadem manu additur: *Rodenses sunt Cathanei Archiepiscopi*) *vestitus variis, tenens strepam, Archiepiscopus equum conscendit. Et postea data fuit in manu sua Crux chrystallina, ornata palmis & olivis, qua signabat Populum. Et ille de genere Rodensium vestitus variis, cum stroebecis in manu tenens frenum equi, duxit eum ad Ecclesiam Sancti Ambrosii. Praecedebant autem equum quatuor Nobiliores de Littis* (in margine Codicis adnotatur Littes sunt l'atvassores Archiepiscopi) *praeparantes viam Archiepiscopo, amoventes lapides & trabes, & alia impedimenta. Post Archiepiscopum veniebant universi Clerici cantantes: & subsequebatur Populus cum palmis & olivis. Nec fuit tanta solemnitas in universo Mundo, quemadmodum erat ista, quam tenetur facere Archiepiscopus singulis annis. Quam autem pervenisset Archiepiscopus ad locum, ubi consuevit Leprosum lavare, cantabatur Missa. Et postea Archiepiscopus ad suum Palatium rediit. Procedente autem tempore,*

hoc est, Anno MCCCXXXIX. oborta lis est inter *Advocatos & Consanguineos* Mediolanenses, contendente utràque cognatione, ad se pertinere jus deducendi Archiepiscopi, & lucrandi equi ipsum devehentis. *Falsa est,* inquit idem Gualvaneus in Opuscul. de reb. gest. Azonis Vicecomitis, Tomo XII. Rer. Italicar. *controversia inter Advocatos & Consanguineos, quis equum Archiepiscopi habere debuerit. Et quia jura antiqua super hoc clara non inveniebantur, Johannes Vicecomes Episcopus Novariensis, Ecclesiae Mediolanensis Conservator, ordinavit, quod Advocati ipsum conducerent per frenum, peditando usque ad Ecclesiam Majorem. Inde usque ad Sanctum Ambrosium conducerent Consanguinei; & equus Archiepiscopi pendente quaestione in deposito positus fuisset. Ita Bergomi, quando novus Episcopus Urbem ingrediebatur, equus, in quo is advehebatur, in potestatem veniebat parentelae de Advocatis, qui debent habere secundùm antiquam consuetudinem, uti auctor est Castellus de Castello in Chronico Bergom. Tomo XVI. Rer. Italicarum. Archidiaconorum verò Familiae dabatur Episcopi chlamys, seu mantellum de panno pavonacio: Familiae de Trenis sakaria Praesulis ejusdem.*

Sed ut Lectores fortasse lassos heic aliquantulum recreem, addere juvat, quae antiquitus, & ad nostra fere tempora, agebantur in Etruria, hoc est Florentiae, & Pistorii. quum primum consecrati novi Episcopi ad possessionem Cathedrae suae deducebantur. Quod juris Mutinae fuit *Balugolensibus,* Florentiae fuit *Vicedominis,* teste Ferdinando *del Migliore* in *Florentia illustrata;* sed ita ut ephlpoium & frenum equi Episcopalis traderetur Familiae *del Bianco,* qui

subla-

sublatâ idem jus in nobilem *Stroz-
ziorum* Familiam translatum est, qui
tubâ sonantibus, sacrum hoc tro-
phaeum ad suas aedes deferebant, ex-
positumque ad fenestras, honoris caus-
sâ diu servabant. Equum Episcopi,
statim ac ille descenderat, in jus cedebat *Abbatissae Monasterii Florentini
Sancti Petri Majoris*, quam in solemni illo processu Episcopus sacra-
bat, sive uti olim vulgo dicebatur,
anulo desponsabat. Ingratum Lectori
non erit caeremoniae hujus descriptionem accipere a Petro Ricordato
Monacho Casinensi, qui in Historiâ
Monasticâ Romae Anno MDLXXV.
impressâ, haec habet pag. 368.

Caeremonia Ingressus novi Ar-
chiepiscopi Florentini.

*Poichè vel fue entrato in San Pier
Maggiore, io voglio dirvi una cerimonia, che usa questo Monasterio, o-
gni volta, che un nuovo Arcivescovo
entra in Firenze a pigliare il possesso
dell' Arcivescovato. La qual cerimonia
non s'usa, cred'io, in altro luogo, salvo, che in Pistoja in un Monasterio
medesimamente del nostro Ordine, e detto ancora di San Pietro. E m'è venu-
ta voglia di dirlo, perciò la Famiglia
degli Strozzi interviene a tal cerimonia, come adivere, e in quella di Pistoja la nobil Casa de' Cellesi. Quando fa l'entrata il nuovo Arcivescovo, lo
va ad incontrare tutto il Clero e Magistrati, e così accompagnato s'invia
sopra una Chinea a San Pietro. Et i-
vi giunto, smonta, e subito dagli uomini della Famiglia Strozzi, e non da
altri, sono saccheggiati i fornimenti
della Chinea, che sono ricchissimi, &
ella così nuda resta alle Monache di
San Pietro suddetto. Smontato l'Arcivescovo, entra nella Chiesa, incensato &*

*asperso d'acqua benedetta da i Preti,
à perciò apparecchiati, essendo poi a-
spettato dall' Abbadessa, e da tutte le
Monache sopra un Palco benissimo parato presso l'Altare Maggiore. Saglie in
su quello, e fatta un'Orazione, si pone
a sedere sopra ricca sedia, e presa un'
anella d'oro, la mette in dito all' Abbadessa, alla quale è tenuta in mano e
il dito da uno de' più vecchi della Par-
rocchia. E data la Benedizione al Popolo e la perdonanza, se ne va al nuovo Palazzo, dove ella si manda e dinare un letto con tutti i suoi fornimenti di gran valore.*

Ita Ricordatus. Admiratus quoque
junior in Histor. Florentin. Lib. XV.
ad Annum MCCCLXXXVIII. memo-
rat controversias compositas inter *Vicedominos* & *Tosingos*, uti *Custodes &
Patronos Episcopatus*, & homines Parochiae Sancti Petri Majoris, excita-
tas non semel in solemni ingressu Episcopi Florentini. Pistorium nunc adea-
mus, ubi nobilis & antiqua *Cellesio-
rum* Familia eodem jure ac privilegio
fruebatur, quo *Strozzii* Florentiae, u-
ti Ricordatus nuper meminit. Quare
Cellesiis quoque commendatam olim
fuisse *Advocatiam* Pistoriensium Episcoporum, vestigia honoris diu servata in novi Antistitis processu innuere videntur. Legi ego olim in Tabulario Episcopatus ejusdem pergamenam, in calce quidem corrosam,
quae, ut fert veri similitudo, ad ipsam Cellesiam gentem referenda est;
nam in cunctis erga Advocatos suos
Episcopi olim perquam liberales esse
consueverunt uti supra vidimus. Et
profecto hanc ipsam Chartam exscre-
re juvat, ut Lector evidentius in-
telligat, quam plena manu sacri o-
lim Pastores Ecclesiae patrimonium
in Laicos effunderent.

Inve-

Investitura Plebis Cellensis & subjectarum Ecclesiarum, titulo emphyteusis data Signoretto filio Gerardi a Leone Episcopo
Pistoriensi, Anno 1067.

IN nomine Domini nostri Jesu Christi. Anno ab Incarnatione ejus ML-XVII. Mense Novembris, Indictione VI. Placuit atque convenit inter Leo Pistoriensis gratia Dei humilis Episcopus, necnon Signoretto filio bone memorie Jerardi, ut & ipse Leo Episcopus de pertinentia Ecclesiae Domus Sancti Zenonis libellario nomine dare, sicut de presente dedit & tradidit, i-dest Plebe & Ecclesia illa, cujus vocabulum est Sancti Pancratii, & Sancti Joannis Baptiste, que est edificata prope Celle, cum pertinentiis & jacentiis, que pertinet aut pertinere debet ad suprascripta Plebe, cum redditum, & oblationem, offertionem, & mortuorum exitum & introitum, atque Cimiteriis, primitiam, & decimationem, quod a-modo in antea, Domino Deo donare dignatus est, mobilibus & immobilibus, de Villis illis atque titulis nuncupare. Prima Villa, que dicitur Cella. Alia Villa, que vocatur Viugnem. Tertia Villa, que nominatur Petriolo. Quarta Villa, que vocatur Sancto Justo. Quinta Villa, que dicitur Montagnana. Sexta Villa, que vocatur Campillia. Septima Villa, que dicitur Munigm. Octava Villa, que vocatur Pagno. Nona Villa, que nominatur Rosana. Decima Villa, que dicitur Bovare. Undecima Villa verò, que nominatur Fabrica & ad Artiliam reforti duo. Duodecima verò Villa, que dicitur Caola. Tertiadecima Villa, que vocatur Presiano. Quartadecima verò Villa que nominatur Copano. Quintadecima Villa, que dicitur Lacajuo. Sextadecima Villa, que vocatur Gulliam. Septimadecima verò Villa, que nominatur Vittham: vel per alie locas & vocabola ubicumque, quod ad suprascripta Ecclesia & Plebe sua pertinuerit, aut pertinere debent undecumque homines de suprascriptis Villis ...... vel debiti reddendi ad pars suprascripte Ecclesie; excepto autem una ibi Villa illa, que dicitur Varatham Major ...... prope Nrule & Gagrlano. Nam aliis omnibus rebus, que ad predicta Plebe sunt pertinentes, & ubicumque de rebus suprascripte Ecclesia esse invenitur cum referri duo. Una est posita in loco Carlatica, alia in loco Pagno, ubi Manzo vocatur, cum rebus & terris illis, qui sont positi in loco Pagno & in loco Bovare. Has suprascripta Ecclesia & Plebe cum pertinentia sua, que modo ibidem pertinet, aut in antea pertinere debeat, excepto quod suprius exceptavi, cum offertionem, introitum, & exitum, debitionem, & mortuorum primitiam, & decimam, quod amodo in antea ad jam dictam Ecclesiam Domino Deo, donare dignatus est, & modo pertinet, aut in antea pertinere videtur in integrum ipse Leo Episcopus per se & suos Successores eidem Signoretti, & ad sustitutos heredes ...... dedit & tradidit ad habendum, tenendum, regendum, meliorandum, laborandum, & laborare faciendum ...... privato nomine ad habendum, & suprascriptam Decimationem & offertionem & primitiam de ...... professionem recolligendum & recolligere faciendum ...... ipso Signoretto, & supradicti heredes ad ...... & Plebe per vestros conrogatos Sacerdotes & Clericos ministerium Dei diurnum vel nos ......

& Lu-

& Luminariam ibidem prebeatis, aut prebere faciatis, & Censum exin reddere .... supradicti heredes, aut eorum certo misso aput Carte Episcopata Domus Sancti Zenonis infra Civi ..... dicto Leo Episcopus vel ad suos Successores, vel ad eorum Ministeriale, qui pro tempore ibidem fuerit ..... Decembris argentum Denariorum bonorum expendibilium de Moneta de Luca Solidos quatuor. Nam non amplius .... ut si quis ex his de suprascriptis convenientibus, si suprascripto Pontifex, vel suus ..... certe vel suis heredibus de suprascripta convenientia distollere aut minuare, aut supra .... & Plebe ipsa pro ipsis usurpaverint pejoratas vel subtractas, aut in aliquo quod & .... per quem ex eis minus fos .... fuerint, componere debeant ad partem fidem servantem .... XX. quia in tali ordine inter eis .... duo Libelli.

Petrus Notarius, & Judex Sacri Palatii ..... Castro de Cella .... hunc Libellum ..... facto mea manu scripsi.

Ego Azo Archidiaconus mea manu scripsi .... Propositus in hunc Libello mea manu scripsi.

Ego Vitalis Archipresbyter Sanctae Pistoriensis Ecclesiae mea manu scripsi.

.... Petri & Radulfini germani filii bone memorie Radulfi, & Donati filii bone memorie Petri, rogati testes.

.... Judex sacri Palatii post traditionem complevi & dedi.

Nulla quidem heic Advocatiae mentio. Sed quum constet, Collectas subsequutis temporibus Episcopum novum deducere solitos fuisse, aut post illam Investituram Advocatiam suscepere, aut etiam tunc eodem munere fungebantur. Neque enim id opus fuit memorare, quam idem munus, uti fit in Placitis, minime tunc exercerent. Itaque Pistorii eadem ab Episcopo novo praestabantur, quae Florentiae. Scilicet ubi in veniebat ad Monasterium Sancti Petri Majoris, de equo descendens, ac Templum ingressus ibi Abbatissam annulo desponsabat. En verba Salvii Tom. 3. pag. 87. Histor. Pistoriens. editae Anno MDCLXII. Venetiis.

Caeremonia Desponsationis Abbatissae S. Petri Majoris Pistoriensis, a novo Episcopo factae.

AL entrare della Porta della Città erano tutti gli uomini de' Collegi, che quivi erano raunati, per dargli l'ingresso all'Antiporto il quale avevano ornato con panni d'arazzo, imprese, e festoni, e l'accompagnarono per tutta Pistoja. Entrato dentro, i Collegi, che l'aspettarono in San Pierino, se li fecero innanzi. E fatta dal Capo di loro certa diceria, n'andò seguito da questi e da molta gente a San Pier Maggiore, ove discese da cavallo, montatovi sopra uno de' Collegi, e tenuta uno sprone in mano. E quel stette aspettando finché il Vescovo le sue cerimonie finisse. Egli dunque entrato in detta Chiesa, ornata quant'era possibile, fece orazione. Poi s'accostò, dove era rotto il muro dalla banda del Monasterio; & essendovi un letto di gran valuta, egli sposò Madonna, e vogliamo dire Badessa, alla quale restò l'Anello, ch'era molto ricco e bello. Et andato alla Cattedrale, e fatte quivi molte cerimonie, i Bonvassalli diedero a lui la tenuta del Vescovado.

Eumdem quoque ritum descripsit P. Dondorius e sacra Cappuccinorum familia in Libro, cui titulus *La Pietà di Pistoja*, quem Anno MDCLXVI. evulgavit. Et illum audiamus, ita de novo Episcopo scribentem.

Alte-

Altera descriptio Desponsationis supra memoratae.

IL Monasterio di San Pier Maggiore di Pistoja è de' principali, massimamente per la funzione, che fa ivi il Vescovo, quando solennemente piglia il possesso della Cattedrale: ed è questa. Fa la sua entrata per porta Lucchese, e colla comitiva, cerimonie, ed accompagnature solite, viene a dirittura a San Pietro, dove sopra un Palco a posta alzato avanti l'Altar Maggiore, dalla Badessa è ricevuto. E dopo una breve Orazione fatta da ambedue in ginocchione, si pongono a sedere in faccia del Popolo, poco il Vescovo dalla Badessa distante. E portato per uno della Corte del nuovo Pastore sopra un bacino d'argento un ricco Anello, Monsignore sposa con esso quella veneranda Madre. Questa cerimonia finita, senz'

altro dire, ella torna in Clausura, e il Vescovo seguita la sua gita verso il Duomo. Quivi in nome della Badessa gli è presentato un Letto riccamente fornito &c.

Ejusdem quoque ritus descriptionem infra habebis in Dissertatione LXVI. de Monasteriis Monialium. Sed quando prae manibus habemus novi Episcopi Pistoriensis ingressum, quem non vulgares ritus maxime spectabilem faciunt, minime subtrahendum Lectorum oculis puto ordinem, quo Matthaeus de Diamantibus ejusdem Civitatis Episcopus primùm processit ad capiendam suae Sedis possessionem: quod contigit Anno Christi MCCCC. Excerpta fuit haec narratio e brevi Historia, quam manu exaratam reliquit Ser Lucas filius Bartholomaei Dominici, Auctor synchronus & Pistoriensis.

Ordo servatus Pistorii in primo ingressu Matthaei de Diamantibus novi Pistoriensis Episcopi. Anno 1400.

Domenica mattina a dì 30. di Maggio 1400. si fece la Festa del Vescovo nuovo, il quale è Monsignor Matteo di Ser Lazzaro Diamanti: e entrò in Pistoja, perciocchè il Papa a Roma l'avea vestito, e datoli la Mitria, e Pastorale, e l'altre cose, sicchè non aveva se non a pigliare la tenuta. E venne, e fecesi in questo modo, cioè. Egli fu per tempo, come era dato grande e bello ordine, a Santa Trinita fuori di Porta Lucchese con sua Compagnia. Ivi andorno moltissimi Cittadini a cavallo incontroli; e detta la Messa per tempo, a Duomo sonò forte per un gran pezza la Campana grossa. Ivi vennero tutte le Regole de' Frati con le Croci, e tutta la Chieri-

cia. Poi si mosse la Croce di Duomo; innanzi poi quelle de' Frati per ordine. E attorno a Porta Lucchese insue fuori della Porta: e fermonsi allora alla Porta. L'Uffiziali tutti a cavallo andorno incontro al Vescovo, e subito il Vescovo montò a Santa Trinita a cavallo, e venne verso Pistoja in questo modo, cioè. In prima erano innanzi molti somieri di Cavalieri, e Abati a cavallo; poi molti Donzelli dell' Uffiziali a cavallo; poi suoi del Vescovo, di nuovo vestiti di divisa furono quattro; poi erano quelli portano le spade all' Uffiziali: poi li Notari del Vescovo a cavallo; poi due Calonaci parati. L'uno era l'Arciprete, l'altro Messer Bonino. E Messer Bonino portava il Pastorale. Poi

Monsignor lo Vescovo a cavallo in su un grande e bello Cavallo, coperto tutto di panno lino bianco sottilissimo e bello; e egli suti parato con Pieviale bianco, e con la bella Mitria in capo, e Guanti, e Anello in mano. E venia seguendo; e intornoli a piedi di ogni lato tre giovani, grandi Cittadini e orrevoli, con bastoni lunghi d' asta bianca e guanti bianchi. Dirietro a lui tutti gli Ufiziali a cavallo: poi Cavalieri, Giudici, Abati, Prelati, Chierici, e molti Cittadini a cavallo. Quando furono presso alla Porta ivi si cavarono tutte le Croci dell' Ilipisi; e Messer Giovanni Cibicbi prima quella del Duomo, poi ogni Priore del suo Convento la sua perseronia in mano senza nulla in capo a Monsignor lo Vescovo, l' uno di vietro all' altro, cantando dolce, e soavemente. E egli a una a una tutte le baciò divotamente. Poi rimesse le Croci nelli flipisi, s' avviorno a una a una dentro in Pistoja per Porta Lucchese, prima quella de' Frati Minori, e poi ordinatamente gli altri, com' è usanza. Quando il Vescovo fu sull' entrare dell' Antiporto, quelli della Casa Cellesi, com' è usanza, e alloro s' appartiene, si fecero innanzi, senza nulla in capo; e fatta bella diceria, lo riceverno graziosamente, e presenti la briglia, e addestronlo, e messenlo dentro. E di ciò si fece Carta. E erano essi Cellesi a piè d' ogni lato del Vescovo. E così vennero continuatamente. E così si venne giuso, sempre cantando molti belli Inni da San Vitali alla Porta Vecchia, al Maltassone, a San Luca, e San Pietro Maggiore. Ivi in San Piero erano i Signori in Coro: e tra dentro, e fuori era e venne tutto il Popolo di Pistoja, e le trombe, e fuori uno desco d' anzi uno tappeto, & ivi sù montò un Calonaco; e sposò Monsignor lo Vescovo, e darò alla Badessa di San Pietro il Cavallo suo; e finalmente tutti gli altri spasirono. E sonando le trombe, entrorono in San Pietro, e in sù la Porta erano due Parati, che l' uno dava l' Acqua Benedetta, l' altro l' Incenso: e andorono per Chiesa dentro nel Monastero. Ivi era acconcio e ordinato molto bene. Ivi sedea l' Abbadessa, e più là erano tutte l' altre Monache ginocchioni. E ivi come giunse alla Badessa, la Badessa si gittò ginocchioni, e baciolli la mano. Poi si posero a sedere insieme. E fatto e detto quello è d' usanza, si la sposò, e dielli l' anello. Poi se ne venne in Coro, e andò all' Altare, e orò, e baciallo, e poi ritornò in giù; e nel mezzo del Coro era fatto un bel Letto, e vi si pose suso a sedere, e stette un poco, e la Badessa dond' essù Letto a Monsignor lo Vescovo predetto, come è usanza. E poi fatto quello le Croci si mossero, e vennero a Duomo da San Luca, e per Porta Guidi a Duomo a piedi ognuno, come di sopra ho detto. E come giunse a San Pietro, Filippo Zaccheria, e Prete Filippo di Lazzero Ser Conti il presero per le valle del Piviale, l' uno da un lato, l' altro dall' altro. E così vennero infine a Duomo con alcuni di vietro a loro, a cui fare così s' appartiene. E entrati in Duomo, tutti i Frati se n' andorno, e i Preti entrorno in Coro. E giunto il Vescovo a piedi delle scalette dell' Altar Maggiore, e cavatogli la Mitria di capo per un Calonaco, cominciò il Vescovo, a cantare Te Deum laudamus &c. E tutto il Coro rispose, e cantollo infine alla fine. E il Vescovo montò sù all' Altare, che era scoperto, e orò, e baciallo. E rimissesi la Mitria, e prese il Pasturale in mano, e stette ivi retro in mezzo d' Calonaci, in fine che su compiuto di cantare; e poi disse:

Sit

Sit nomen Domini benedictum, e
fece la Benedizione, come è usanza de'
Vescovi. E uno de' Calonaci riprese il
Pastorale. E tennero per Duomo alla
Porta del Vescovado. Tutto il Duomo
e la Piazza era piena di gente. E
giunto alla Porta del Vescovado, ivi
erano quelli della Casa de' Buonovassalli. E il soprascritto Filippo Zabba-
rella, come è usanza disse: E ci è
niffuno della Casa de' Buonovassalli?
E eglino risposero: Noi. E egli disse
a loro: Tenete; Siavi raccomandato
il Signor vostro. Et eglino fecero uol-
la in capo il prestero e riceverono graziosamente e reverentemente. E messenlo dentro, e messenti la mano sull' a-
scio, e di tutto si fece Carta publica.
E andaronsene suso con tutti gli Uffiziali, e co' Signori, Prelati, Chierici, e
Cittadini assai, a' quali fece un grande, e bell.imo desinare, però che erano invitati, e dato l'ordine con molte
grandi e belle vivande. Ivi erano
quanti giovani d'è a servire, e ordi-
ture. E mando e fece mandare infini-
ti e belli presenti per Pistoia à Cittadini. E desinato, ciascuno se n'andò a
Casa con la grazia di Dio.

Erunt hercle, qui majorum nostrorum ritus hactenus descriptos, ac tandem sublatos, audientes, a cachin-
nis vix abstinebunt. Sed ita fortasse
compositi erant antiquae gentis animi, ut nullam in hisce ritibus deformitatem sentirent. Praeterquamquod mos (*) conservandi, sive, ut eje-
bant olim desponsandi anulo Sanctimoniales jam professas a multis Seculis invectus, perdurat adhuc in
nonnullis Urbibus Italiae. Idque ego
Mutinae ac Lucae peractum vidi summa cum religione ab istarum Civitatum Episcopis. Sed jam tempus est
monendi, a multis Seculis *Advocatorum Ecclesiasticorum* munus desiisse,
unde Cognomen suum aliquot Familiae in variis Urbibus traxere & adhuc retinent. Simul autem desiit *Vicedominorum* officium, de quo nunc
pauca mihi dicenda supersunt. Vidimus super, *Boavassallos* novo Pistoriensi Episcopo adstitisse, eumque ab
iis invectum fuisse in possessione aedium Episcopalium. Suspicor ego, ad
eam Familiam antiquitus pertinuisse
munus *Vicedomini*, atque illud here-
ditario jure in illius gentis posteros
transiisse. Vicedominis autem Episcoporum commendabatur cura temporalium bonarum Ecclesiae seu Episcopatus, ita ut nihil a Majore Domus,
aut ab Oeconomo (nunc *Mastro di
Casa*) differret. Eorum quoque fuit
Vassallis Episcoporum jus dicere, &
quum Episcopus supremum diem obi-
bat, ejus domum, ac reditus Ecclesiae custodire. Quapropter *Vicedomini*
justitiam petentis ad instar Advocatorum, interdum mentio occurrit in
Placitis. Unum ego proferam, quod
authenticum in insigni Tabulario Archiepiscopii Lucensis olim sub oculis habui, atque uti idoneum rei testem producere statui.

Placitum coram Petro Lucensi Episcopo habitum, in quo Viventius
Archipresbyter, & Vicedominus ejusdem Episcopi causam
obtinet contra Ghisbertum Presbyterum, Anno 902.

IN nomine Domini. Dum nos Petrus
gratia Dei hujus sanctae Lucanae Ecclesiae *humilis* Episcopus, *resedissemus
in judicio* hic *Civitate Luca, in treile
sub*

F 2

(*) Certe legendum conservandi, aut aliquid simile.

fub lapia prope muro Ecclefie Epifcopa-
tui Sancti Martini, infimul cum Adalberto Arcbidiacono, Paldo &c. Presbiteris Cardinalibus, Martino & Petrus
Presbiteris, Romaldo Subdiacono, Laicos homines Gbifilfridi & Adalberto &c.
Ibique noftris prefentiis veniens Viventius Archipresbiter & Vicedominus,
qui caufam de pars ipfius Ecclefie E-
pifcopatui agebat, & ex alia parte
Gbiffertus Presbiter, filio quondam Auriperti, altercationem inter fe aben-
tes. Dicendum ipfe Viventius Archipresbiter: Volo juftitiam habere ab
ifto Ghiferto Presbitero, eo quod
ipfe introivit in Ecclefiam Sancti
Gervafii Pleben Baptifmalem, fita loco Verriana, una cum cafis & rebus
ad eam pertinentem, & tulit exinde
oblationes & fruges tam ipfe quam
homines, quas ipfe trafmifit, & In
fua poteftatem malo ordine avet.
Hoc dicto respondebat ipfe Gifbertus
Presbiter, quod hec veritas non faiffet.
Tunc ipfe Adalbertus Archidiaconus interrogavit exinde Viventius Archipresbiter, fi hoc per teftes approbare potuiffet hos, quod dicebat, an non? Qvi-
bus ipfe Viventius Archipresbiter dixit,
quod hoc per teftes approbare uça poffet. Et dum taliter diceretur, fic ipfe Adalbertus Archidiaconus judicavi
te ...dia dare ..... ipfe Ghiperto
Presbiter eidem Vivenci Archipresbi-
tero & Vicedomino jurandi ad Evangelia jufta lege, quod in Plebe Sancti
Gervafi, & hi cafis & rebus ad eam
pertinentes non introiffe, nec oblationem
& fruges, exinde tuliffent, nec homines a tollendum mififfet, neque infra
poteftatem abuiffe malo ordine, pro quod
legibus componere deberet. Et ipfe Viventius mediis paratus effet facramentum ipfam ab eo fibaltandum pofuerunt
inter fe fideliter. Verò conftitutio &
ipfe Viventius Archipresbiter cepi dice-

[A] re averfus eundem Ghifpertus Presbitere: Volo fcire, fi ifte Ghifpertus
contendere aut contradicere vuld fu-
prafcriptam Ecclefiam Sancti Gervafii cum cafis, & rebus ad eam pertinentibus, aut fi abiit & abet exinde ordinationem, aut electionem, vel
qualibet fcriptionem, aut firmitatem,
per quas ipfam Plebem, vel rebus
[B] ejus contendere, aut contradicere poffit. Tunc ipfe Ghifpertus Presbiter
fouiiuuo ante nos profeffus dixit: De
ipfa Ecclefia Sancti Gervafii, & cafis
& rebus ejus ordinationem, nec electionem, neque firmitatem nuuquam
abuit, nec abeo &c. Dum ipfe Ghifpertus
Presbiter taliter ante vos profeffus & ma-
nifeftus fuiffet, rectum nobis parais ef-
[C] fe, qui fupra Adalbertus Archidiaconus,
& fuprafcriptis Presbiteris Cardinales,
ita judicavimus, ut abere pars Epifco-
patui ..... fuprafcripta Ecclefia Sancti Gervafi cum cafis &c. fine contradictione ejufdem Ghifperti Presbiteri &c.
Unde hanc notitia Cofpertum Notariam
fcribere juffimus, Anno Imperii Domni noftri Hludowici gloriofiffimi Impe-
[D] ratoris, poftquam in Italia ingreffus
eft, Secundo, XIV. Kalendas Junii,
Indictione V.

    Ego Eripaldus Presbiter Cardinalis
interfui.

    Ego Teafmundus Presbiter Cardina-
lis interfui.

    Ego Adalbertus Archidiaconus in-
serfui.

[E]   Ego Rappertus Presbiter Cardinalis
interfui &c.

    Ego Ghifelfridi Notarius & Schabi-
nus interfui &c.

    Verùm ex Charta ifta minime de-
ducas velim, *Vicedomini* munus idem
fuiffe atque *Advocati*. Du Cangius
quoque hoc fcribit: *Videmus etiam
ex Ordine Cleri habere Abbates, qui*
inter-

interdum iidem, qui *Advocati*. Quam sententiam ad Episcoporum quoque *Vicedominos* extendit. Non subscribo. Diversa haec munera semper fuere. *Vicedominis* oeconomia bonorum Ecclesiasticorum commendabatur. Advocatis tutela. Et quamquam interdum *Vicedomini* identidem occurrant tueantur in judicio jura Ecclesiae, non idcirco eodem, quo Advocati, munera fungebantur. Ii ab Institutione sua e Clero tantum assumebantur, sed progrediente tempore id munus etiam delatum fuit Saecularibus viris, & per successionem in una Familia perdurabat; *Advocati* contra semper e Laicorum coetu assumti fuere. Atque inde prodierunt *Vicedominorum* Familiae (nunc Italice *Vicedomini*) celebres in quibusdam Civitatibus. In aliis verò *Vicedomini* munus Ecclesiastica dignitas adhuc est in Canonicorum Collegiis, ac praecipue in Mediolanensi. Florentiae *Vicedominorum* Familia tempore Dantis vigebat, atque ad eam spectabat administratio redituum Mensae Episcopalis Sede vacante. Propterea is scribit Paradis. Cant. XVI.

Così faceua i padri di coloro,
Che sempre che la Chiesa vostra vaca,
Si fanno grassi stando a Concistoro.

Haec Dantes de *Vicedominorum* Familia, uti scribit Benvenutus de Imola in Commentariis MStis. Et Ughellius quidem Tom. 3. Ital. Sacr. in Episcopia Florentina, Chartam refert *Raynerii Episcopi*, Anno MLXXXIV. scriptam, cui subscribunt *Guido Vicedominus, Albizo Confidicus & Vicedominus, & Petrus Vicedominus*. Quod sane rarum: uno quippe Vicedomino uti consueverunt Antistites sacri, ibi verò tres uno tempore memorantur. Clariss. vir Don Virginius Valsecchius Monachus Benedictinus in Pisana Academia Professor, Anno MDCCXXVII. Epistolam edidit *de veteribus Pisanae Civitatis Constitutionibus*: & rarum ibi nobis exhibuit Judicatum, ex quo intelligas, quale olim foret Vicedominorum munus. Chartam plane dignam, quae majori luce fruatur, inferre huc statui. Desumta haec fuit e Tabulario Pisani Archiepiscopii.

Judicatum Reghinardi Pisani Episcopi, & Locopositorum Pisanae Civitatis in controversia agitata inter Arnulfum Vicedominum, & quosdam Clericos, contendentes, se liberos esse homines, non verò Servos Pisanae Ecclesiae, Anno 796.

IN *Christi nomine. Amen. Regnante piissimo* Domino nostro Carulo *viro excellentissimo* Rege Francorum & Langobardorum, *hic* Patricius Romanorum, quod *Langubardia cepi, Anno Vigesimo Secundo, & Domino nostro* Pippino Rege Langubardorum *filio ejus Anno Regni ejus Sextodecimo, Quinto die intrante Mense Junio, Inditione Quarta. In Dei nomine, dum* resedissi Reghinardus in Dei nomine *venerabilis* Episcopus *Sanctae Ecclesie Pisane Civitatis, & nos insimul* Petrus Diaconus, Fiducia Clericis, Locopositi *suprascripte* Ecclesie hujus Pisane Civitatis, *atque & Dondo idem Scabino de Pisa, ubi aderant nobiscum & Thomas Diaconus, Oeus Presbiter, Chonifrid Presbiter, Aschisi Presbiter, Johannis Clericus, Hildipertus Subdiaconus,*
Grimpo

Grimpo Clericus, Sanitas Notarius, Sochipertus Clericus, Perro Clericus, Bancherus Vasus Domini Regis, Willardo gart istabili manepus, Guarpertus filius quondam Ursi, Teodingo, Pertualdo, Amato, Alto, Gumprando & Walprando germanis, Gransio Clericus, Sotprando, Kundisrid, Lauspertus, & alios plures. Venerans ibi ante nos Arnulfus Vicedomui, nec non & Sotprandulo, Aspertulo Clericus, & Perticausulo germanos personas, altergationem habentes. Dicebat Arnulfus Vicedomui contra jam nominatos Sotprandulo, Aspertulo Clericus, & Perticausulo: Pro qua rei personas vestras queritis subtrahere de servitio Sancte Marie, quia quondam Ascausulo genitor vestrorum servo fuit Sancte Marie Domui Episcopalis Civitatis Pisana. Hoc contra respondebat suprascripti Sotprandulus, Aspertulus Clericus, & Perticausulo: Non faciat dictus, quod genitor nostrorum servus fuisset Sancte Marie, nec nos de personas nostras servi esse devemus, nisi tantum de ipsa Casa Sancte Maria hic faciemus servitio pro liveris homenis. Tunc qui supra Petrus Diaconus, Fiducia Clericus, seu Dondo Stabiai pertractantis nos una cum suprascripti Auditores judicabimus, & uuadiam dare fecimus Arnulfus Vicedomui, ut consignare per testimonia, qualiter Ascausulo pater Sotpranduli Clerici, & Perticausuli, servus fuisset Sancte Marie, & ante nos eorum fidejusso reposuet. Et dum prefatus Arnulfus ibi presentem testimonia ante nos presentaset, & nos eos singulatim, & diligenter sub Dei timore inquisivimus; in primis Tiontis dixit: Ille Ascausulo pater istorum Sotpranduli, Aspertuli Clerici, & Perticausuli infra triginta annos esset servus Sancte Marie, & quando Rinevaldo battedit ipsum Ascau

A sula, ad partem Sancte Marie con, posuet. Gumprando filius quondam Ciausperti similiter dixit. Aurulus germanus ejus similiter dixit: Antilosi Presbitero dixit: Scio, Sicualdo Presbiter esse Vicedomoi Sancte Marie, & priadere Ascausulu pater istorum Sotpranduli, Aspertuli Clerici, & Perticausuli, & batebant eum pro servo, & infra triginta annos servo fuit Sancte Marie de persona sua. Post testimonium vero reddito ipse testimonia unusquisque ipsorum germanis, per Dei Evangelia juratas dixerunt ante nos: Sicut testimonium rededimu, sic fuit certa veritate. Et insuper Arnulfus Vicedomoi ante nos omnes Sotpranduli, Aspertuli Clerici, & Perticausuli juratus dixit. Per sanctam Dei Evangelia, sicut testimonias istas ad parte Sancte Marie testimonium reddiderunt, sic fuit certa veritate. Postea interrogabimus nos Petrus Diaconus, Fiducia Clericus, & Dondo Stabini jam dictas Sotprandulo, Aspertulo Clericus, & Perticausulo, ut si poterit adaniare liberate sua, aut per chartulam, aut per testimonia vel possessorum juxta lege quidem: ipsi dixerunt, quod sua liverate adprovare poterit, & taliter ipsi Arnulfi de consignationem uuadiam dare fecimus. Tunc ibi presentem Sotprandulo, Aspertulo Clerico, & Perticausulu post wadiam data manifestaberunt in judicio ante nos omnes, quia neqre per testimonia, neque per chartulam, nec per possessionem juxta lege, nulla consignationem, sicut wadiam dedimus de persone nostre, qualiter liveri fuissemus facere non potemus, nec livertate nostra adaniare non potemus, quia servi sumus de persone nostre Sancte Marie Domus Episcopalis Pisane Civitatis. Unde nos, qui supra Petrus Diaconus, Fiducia Clericus, & Dondo Scabini, judices *judicaimus, sicut Arnulfo Vicedomni per testimonia consignabit, & per sacramentum firmaverunt; & secundam ipsorum manifestationem judicabimus deservire in Casa sancte Marie de persona sua pro servi omnibus diebus vite sue. Et femita est inter eis causatio. Et hanc notitia Judicati Istaiperta Notario scribere ammonemus.*

Actum Pisas per Indillione suprascripta feliciter.

+ *Ego Petrus Diaconus in unc Judicato ad nos falla manus mea subscripsi.*

+ *Ego Fiducia Clericus in hoc Judicato ad nos fallam manus mea subscripsi.*

Signum + *manus Dondi Laciffi (fort. Luco positi, vel Loci Servatoris) qui hanc notitia Judicati pariter fieri ammonuit.*

+ *Ego Thomas Diaconus in hoc judicio interfui.*

+ *Ego Otus Presbiter in obc judicio interfui.*

+ *Ego Cbonifridi Presbiter in hoc judicio interfui.*

+ *Ego Rofibifi Presbiter in hoc judicio interfui.*

+ *Ego Johannes Clericus filius Alpert in oc judicium interfui.*

+ *Ego Sanitos Notarius in hoc judicio interfui, & manu mea subscripsi.*

+ *Ego Nexperto Subdiaconus in hoc judicio interfui.*

+ *Ego Gbrimpo Clericus in hoc judicio interfui.*

+ *Ego Rachipertus Clericus in una judici interfuit.*

Signum + *manu Gumperti filio quondam Ursi in hoc judicio interfuit.*

+ *Ego Teudinto in hoc judicio interfui.*

Signum + *manus Amuli filio quondam Pertuingbi in hoc judicio interfui.*

Signum + *manus Alti filio Aduli in hoc judicio interfuit.*

+ *Ego Graufus Clericus filio Dondi in oc judicio interfuit.*

+ *Ego Petrus Clericus filio quondam Psuifrigi, in oc judicio interfuit.*

+ *Ego Seilprandus filius quondam Tiasuli in oc judicio interfui.*

Signum + *Walprandi filio quandam Aurali in hoc judicio interfui.*

Ego Staipertus Notarius post recuperatam supplevi.

Laipusci hele memorati, Vicarii fuerint Comitis, sive Praefecti Civitatis, qui tunc fortassis aberat, & una cum Episcopo ad judicium sedent. Interfuerunt etiam *Willardo Gast. Istabili Marepas.* Nescio an scribendum sit *Gast.* idest *Gastaldius,* & *Marepas,* sive *Marepais,* hoc est *Strator.* Sed quando erudite pro more de *Vicedominis* multa loquuti sunt Clarissimi Viri, Ludovicus Thomassinus in Lib. de Veter. & nova Ecclesiae Disciplina, & Du-Cangius in glossar. Latin. ego rem innuisse contentus, hoc unum addo, si quando controversia de praediis olim erumpebat inter Ecclesias, & privatas personas, quae Chartarum ope dirimi non posset, compluribus Episcopis, Abbatibus, & Abbatissis concessum fuisse, ut aut adductis testibus, aut jurejurando suscepto per Advocatum suum, liti finis imponeretur. Cujus privilegii etsi multa in hoc ipso Opere exempla dederim, unum tamen hele proferre statui, desumtum ex Tabulario Capituli Canonicorum Parmensium.

Privilegia nonnulla Ecclesiae Parmensis, incendio consumta, Berengarius Imperator novo Privilegio, Aicardo ejus Urbis Antistiti reparat, Anno 920.

IN nomine Sanctae & individuae Trinitatis. Berengarius divina favente clementia, Imperator Augustus. Juste quidem fore credimus, si in Ecclesiarum Dei desolatione dexteram misericordiae porrigamus, & eas nostro clippeo protectionis muniamus, & relevare satagimus pro pace Regni, & futura manente mercede. Igitur omnium fidelium Sanctae Dei Ecclesiae, nostrorumque praesentium semper, & futurorum comperiat solertia, quia Hicardus sanctae Parmensis Ecclesiae venerabilis Episcopus, nosterque dilectus fidelis, per Grimaldum, & Odelricum illustres Comites, & dilectos fideles nostros, nostram adiit clementiam pro eo quod peccatis ingruentibus divini flagelli repentino incendio Civitatis ejus Ecclesia cum sua Canonica igne consumpta est, ubi inter cetera ornamenta, quaedam munimina ipsius Ecclesiae, & praefatae Canonicae (heu proh dolor!) perierunt. Super quibus idem Praesul deprecatus est nostram mansuetudinem, ut pro honore Sanctae Dei Genitricis Virginis Mariae, nostraeque animae mercedis intuitu, ipsas res, quarum munimina interierunt, taliter nostro corroborassemus Edicto, ne a pravis, aut occasionariis personis ipsa Ecclesia vel Canonica, necnon & Plebes sibi subjectae in suis rebus damnum paterentur. Cujus precibus aures misericordiae, prout dignum fuit, inclinantes, pro eadem consulimus, & hoc damnum cum fidelibus nostris compossibili indignatione pertractantes, jussimus praelibato fideli nostro hoc nostrum fieri Praeceptum. Per quod statuimus & decrevimus, ut ipsa Ecclesia cum sua Parochia omnes suas res, quascumque ingenio adquisitas, ubicumque sitas, de quibus hactenus investita fuit, per hoc idem nostrum Praeceptum habeat & possideat & defendat, tam per inquisitionem, quamque per sacramentum adjurante suo Advocatore, ut eo die, quando ipsum incendium repentinum advenit, supradicta Ecclesia corroboratas firmitates exinde haberet, & in suo proprietario jure teneret. Si quis vero, quod minime credimus, hujus nostri Praecepti paginam aliquando infringere aut violare temptaverit, sciat se compositurum auri Libras optimi sexaginta, medietatem Palatio nostro, & medietatem eidem Parmensi Ecclesiae. Et hoc ut verius firmiusque ab omnibus credatur & observetur, manu propria subter firmantes, anulo nostro insigniri jussimus.

Signum Domni  Berengarii serenissimi Imperatoris.

Locus Sigilli ❧ cerei deperditi.

Petrus Clericus & Notarius ad vicem Johannis Cancellarii recognovi & subscripsi.
Data

Data Mense Octobris, Anno Dominicae Incarnationis DCCCCXVI. & Anno Domni Berengarii V. Indictione VIII.

Auctore Carta Regia, in Dei nomine feliciter. Amen.

Descriptum ab aliis hoc monumentum accepi: atque utinam accuratius e membrana expressum fuisset. Certe heic notae Chronologicae intolerandis erroribus laborant, quos Librario potius quàm antiquae pergamenae tribuendos puto. Ita ergo, si me audire vis, restitue: *Data Mense Octobris Anno Dominicae Incarnationis* DCCCCXX. *& Anno Domni Berengarii V. Indictione VIII. aut VIIII.* Ibi quoque locum dati Diplomatis corruptum puto. Emendationem verò a me adhibitam juvare & confirmare poterit alterum Diploma, eisdem ferme diebus, Aicardo ipsi Parmensi Episcopo concessum, & ex eodem Chartophylacio depromtum.

Confirmatio omnium Privilegiorum Episcopii Parmensis facta a Berengario Imperatore, Anno 910.

IN nomine Domini Dei aeterni. Berengarius divina favente clementia Imperator Augustus. Si revelandae matri Ecclesiae necessariam solaminis opem impertimur, eique nostrae protectionis dexteram porrigimus, a Christo, qui Ecclesiae sponsus est, pro hac re nos specialiter sublimandos, minime diffidimus. Unde notum esse volumus omnibus ejusdem sanctae Dei Ecclesiae Fidelibus, nostrisque, praesentibus ac futuris; qualiter interveniente Odelrico gloriosissimo Marchione nostro, Aichardus reverentissimus Parmensis Ecclesiae Praesul, nostram adiit celsitudinem, nostris optutibus offerens quaedam Praecepta Praedecessorum nostrorum, Regum videlicet ac Imperatorum, quibus Dominae nostrae Dei Genitricis & Virginis Mariae Basilicae, quae ipsius Parmensis Episcopi caput est........ donaria, multipliciaque beneficia, ab ipsis ibidem collata, corroboraverant: universas res quacumque modo eidem venerabili loco ab animabus fidelibus collatas, per quae etiam Praecepta inibi statuerant, ut si vel suberante vetustate vel negligentia, vel ignium impetu occupante, instrumenta Cartarum deficerent, de rebus, unde eadem Ecclesia legitimam teneret vestituram, nullus eam exueret, sed per vicinos & circummanentes probatas........ per munimina & diversa instrumenta Cartarum possideret. Quibus oblatis suppliciter imploravit nostram munificentiam, ut nostrae auctoritatis Praecepto roborare dignaremur, & eadem Praecepta, & quae ab ipsis Praeceptis........ videbantur. Nos quidem hujusmodi petitionem ratam existimantes, id fieri annuimus, hoc nostrum Pragmaticum scribi jubentes, per quod eidem Parmensi Ecclesiae tam eadem Praecepta, quamque universa Cartarum instrumenta........ res mobiles & immobiles, servos & ancillas, Aldios & Aldianas, & omnia, quae ab Antecessoribus suis, usque ad tempus ejusdem Aicardi Episcopi possedit, & quaecumque in posterum per fideles animas adeptura est, confirmamus, concedimus........ ut teneat & possideat, fruaturque jure perpetuo sine qua-

licet inquietudine & ...... ipsas Ecclesiae munimina flammâ consumpserint
perierint, statuimus, ut de rebus suis
tamquam pars nostra publica per vicinos inquietetur........ Si quis igitur
hanc nostrae auctoritatis, concessionis, &
confirmationis Praeceptum infringere vel
violare temptaveris, sciat se composite-
ram auri optimi Libras centum, medietatem Camerae nostrae, & medietatem praedicto Aichardo venerabili Episcopo, suisque Successoribus. Quod ut
verius credatur, & diligentius asser-
vetur, manu propria roborantes, annulo
nostro subter insigniri jussimus.

Signum Domini  Berengarii serenissimi Imperatoris Augusti.

Locus Sigilli ✠ cerei deperditi.

Johannes Episcopus & Cancellarius ad vicem Ardingi Episcopi & Archicancellarii recognovi & subscripsi.

Data VI. Kalendas Octobris, Anno Dominicae Incarnationis DCCCCXX. Domni verò Berengarii serenissimi Regis XXVIII. Imperii autem sui V. Indictione VIII.

Actum Papiae, in Christi nomine feliciter. Amen.

Heic Notae omnes Chronologicae recte procedunt, si Annos Regni excipias, in quibus describendis nullo negotio agnoscas, Librarium hallucinatum fuisse; nam pro *XXXIII.* scripsit *XXVIII.* hoc est unum *V.* pro *X.* sumsit: quod in aliis & vetustis & recentibus exemplis interdum contigisse animadverti. Denique *Advocatorum* ejusmodi familiare munus fuit, quod & apud veteres Romanos institutum atque usurpatum novimus, tueri in judicio ac litibus erumpentibus causas Ecclesiarum, in judicio stare, ac pro iis petere & excipere, immo & aliis Contractibus adesse, ne quid detrimenti Ecclesia pateretur. Exemplo uno rem conficiam. Salerni regnante Rogerio I. Siciliae Rege, quarumdam Ecclesiarum Presbyteris infestus erat **Landolfus** filius **B Ademari** Comitis. Opem iis ab Archiepiscopo Guilielmo implorantibus, Advocatus Archiepiscopi Landolfum ad Judices traxit, & victor in caussa discessit. Rursus eosdem Presbyteros infestante Landolfo, idem Advocatus Judicum praesidium imploravit, atque iterum decretum est, ut nihil aliud oneris Presbyteris incumberet, **C** nisi dandi Landolfo aliquot *Candelas, & duas Salutes singulis annis,* eique cantandi Missam, quoties vellet. *Salutes* dicebantur Xenia (nunc *Presento* Lingua nostra appellat, & inde *Salutaticum,* ut puto vectigalis, seu doni genus, a navibus persolvendum) sive ex piscibus, sive ex aliis rebus comestibilibus, quae **D** directo domino pensitabantur. Chartam exhibeo depromptam ex Tabulario insigni Monasterii Cavensis.

Sentencia Judicum Salernitanorum, pro quibusdam Presbyteris contra
Landolfum Ademari Comitis filium, instante Guilielmo
Archiepiscopo Salernitato. Anno 1151.

IN nomine Dei æterni & Salvatoris nostri Jesu Christi. Anno ab Incarnatione ejus Millesimo Centesimo Quinquagesimo Primo, & XXI. Anno Regni Domini nostri Rogerii Siciliæ & Italiæ gloriosissimi Regis, & Primo Anno Domini Guilielmi carissimi ejus filii, Mense Octobris, XV. Indictione. Nos Petrus Protojudex, & Johannes, & Alfanus, & Petrus, & Salernus, Judices Salernitanæ a Deo conservandæ Civitatis, brevem recordationem facimus, quod cum Atenulfo Dominico de Fasanella, & Florio de Camerata, Justitiariis, & ab Alfano Camerario invictissimi dicti Domini nostri Regis, Curia solemniter celebraretur, ante nostram & aliorum presentiam Dominus Guilielmus venerabilis noster Archiepiscopus per Advocatum suum prius ostendit quoddam Placitum, quod Anno præterito tractatum & definitum fuerat in Curia ejusdem Domini Regis, celebrata in Palatio Terracinæ. Dum enim prædictus Dominus noster Rex in eadem Palatio moraretur, coram Cossa, Baccariorum, & Gualterio de Mifano, & dictis Lampo & Florio Justitiariis, & alii, qui tunc aderant, facta est talis proclamatio a parte prefati Domini Archiepiscopi adversus Landolfum filium quondam Ademari Comitis, quod ipse Landolfus invaserat terras cum arbustis, Ecclesiæ Sancti Petri, & Ecclesiæ Sancti Laurentii, & Ecclesiæ Sancti Martialis, quæ sitæ sunt in territorio Nacerino, & per suam violentiam expulerat inde Presbyteros ipsarum Ecclesiarum, quos Dominus Archiepiscopus ibi ante ordinaverat. Ad quos prefa-

tus Landolfus responderat, se ideo Presbyteros de suis Beneficiis expulisse, quia de Contave & de Altari sibi non serviebant, sicut Mantoni olim fratri suo erant soliti servire. Ad quod prefati Presbyteri responderant, quia nunquam Mantoni fratri suo aliud dare soliti fuerant, nisi per aliquot vices Candelas, & duas Salutes, alteram in Pascha, alteram in Natali Domini; & cum Missam audire vellet, Presbyteri eam cantarent sibi. Cumque diu multumque res ventilata & examinata fuisset, tali veritate a Curia cognita, judicatum fuit, ut prefatus Landolfus restitueret Presbyteris, & parti ejusdem Domini Archiepiscopi terras & arbusta ipsarum Ecclesiarum, & quidquid inde abstulerat. Et Presbyteri earundem Ecclesiarum nihil dare cogantur prefato Landolfo, nisi Candelas per vices, & Duas Salutes per annum singulos, & Missas ibi cantarent, sicut dictum est hoc Placitum anni præteriti. Per Advocatum suum prefatus Dominus Archiepiscopus adversus eundem Landolfum proclamationem fecit, quod ipse Landolfus easdem terras earundem Ecclesiarum, & Beneficia earundem Presbyterorum iterum invasit, & per suos ministros vendemiari fecit. De quibus judicium & definitiva sententia data fuerit anno præterito in Palatio Terracinensi. Quod jam dictus Landolfus cum primis negare vellet, tandem confessus est, ministros suos arbusta sua precepto vindemiasse. Tunc nos, & dictus Lampus de Fasanella, & Florus, & Guaimarius Terracinenses Justitiarii, recordati sumus, quod anno præterito coram nostrâ præsentiâ sic fuerat tractata causa, & sic fuerat inde judicatum, sicut superius scriptum est. Hanc commemorationem facere de judicio præteriti Placiti, quod tractatum & definitum fuerat in Terracine Palatio, consilio habito in universa Curia judicatum est, id ipsum debere teneri & observari, quod anno præterito in Palatio Terracine præsentialiter fuerat definitum. Videlicet ut prædictus Landolfus restitueret, & deinceps quiete pacificare haberet prædictum Dominum Archiepiscopum, & partes ejus prædictas tres Ecclesias sitas, ut dictum est, in territorio Nucerino, cum terris, arbustis, & omnibus pertinentiis suis. Nec aliud a Presbyteris earum exigeret, nisi ut superius legitur, per aliquas vices Candela, & per annos singulos binas Salutes, alteram in Pascha, alteram in Natali Domini, &

Missam sibi cantaret. Tamen vero nullus ab eis exigeretur. Et quoniam quod in prima Curia judicatum, constitutumque fuerat, ausus fuerat sæpe dictus Landolfus removere, nequius præsumere dare Curie judicatus est.............. Verum de talibus constituerunt & voluerunt prædicti Justitiarii, Lampus videlicet & Florius, quæ superius leguntur, te Landolfum Notarium ad memoriam in scriptis redigere jusserunt.

✠ Ego qui supra Petrus Protojudex.
✠ Ego qui supra Johannes Judex.
✠ Ego qui supra Alfanus Judex.
✠ Ego qui supra Petrus Judex.
✠ Ego qui supra Salernus Judex.

Ceterum de veterum Advocatis, sive de Advocatia armata, spissum edidit Tractatum Martinus Magerus, creditus in Germania Jurisconsultus, quem consulere plura cupienti licebit

DE VARIO STATU

DIOECESEON

EPISCOPALIUM.

DISSERTATIO

SEXAGESIMAQUARTA.

DISSERTATIO

SEXAGESIMAQUARTA.

Idimus in Differtatione XXI, *de Statu Italiae,* atque in Differtatione XLVII. *de Amplificata Civitatum Italicarum potentia,* quot mutationibus obnoxii olim fuerint politici regiminis ac Urbium fines. Nunc difquirendum, an meliori fidere Ecclefiae, earumque Dioeceses fruerentur. Sine haefitatione credendum, quamquam longe firmiorem antiquis etiam Seculis fuerint Epifcopatuum limites, nihilominus ne ipfos quidem perftitiffe humanarum rerum viciffitudine immunes. Erant & inter Epifcopos, non fecus atque inter Urbes, aliquando controverfiae de finibus Dioecefeon. Idque potiffimum edifcere licet ex iis, quae infra in Differtatione LXXIV. *de Perrubiis* funt allaturi. Atque heic non reticenda lepida ratio, quam iniiffe feruntur Epifcopi Mutinenfis ac Bononienfis, ut litem de finibus fuarum Dioecefeon diu flagrantem componerent. Primus Carolus Sigonius, illuftre Mutinenfium decus, Lib. I. de Epifcopis Bononienfibus haec habet ad Annum DCCXLIV. de Praefule Bononienfi, cujus nomen ipfe ignorabat: *Dioecefim cum Epifcopo Mutinenfi bus ratione divifit. Fa-*

lâ inter fe fponfione finguli detecti utrimque juvenes funt, viribus corporis ac peditis pernicitate aequales, quorum unus Bononiâ, alter Mutinâ eodem die, horâque profecti, curfum quam velociffime intenderent. Atque ubi inter fe obvii fuerant, ibi communes terminos utriufque Ecclefiae pofuerunt. Hujus rei vetus monumentum exftat in Aliis Civitatis, atque eft aliud eo vetuftius. Peregrinam hanc narrationem, ut fieri folet, ambobus ulnis excepit, atque expreffit in fuo Catalogo Epifcoporum Mutinenfium Sillingardus Epifcopus nofter: tum Ghirardaccius in Hiftoriam Bononienfem intulit; eamque rurfus in Italiam Sacram invexit Ughellus, qui eo tempore Bononienfium Epifcoporum ftatuit Clariffimum, poftea Barbarum fubjiciens, quam tamen ex ea Infcriptione, quam ipfe adfert, liqueat, Barbatum floruiffe Liutprando Rege regnante, & ante Ratchifium, atque ideo ante Annum DCCXLIV. Porro Amicus meus eruditiffimus D. Gafpar Berettus Monachus Benedictinus, num. 33. Differtationis Chorographicae, praepofitae Tomo X. Rer. Italicarum, Sillingardum ridet, atque hoc factum ad fabellas amandet. Riferem & ego, quum primum legi: neque enim quicquam excogitari poteft tam alienum a fapientia illorum Praefulum, ac fimilitudine

veri

veri deſtitutum, quàm adeo fallaci
ac puerili lavento, ejuſmodi contro
verſae deciſionem committere; &
praeſertim quod neceſſe foret, ut
bini Mutinenſes elegerint pro ſe
cluendum, quando ad Mutinam ambo
curſores, unus tam lentus, alter tam
velox occurrerunt. Quare Bononien-
ſes amicos rogavi, ut ſuerent me

A intime poſſe rem perſcrutari. Illi
verò, qui commenta etiam in util-
tatem, gloriam ve Patriae ſuae fa-
bricata minime amant, immo aſper-
nantur, humaniſſime e pervetuſto
ſuo *Regiſtro* **Chartam** ipſam deſcri-
ptam ad me miſerunt: quam evulgare non ingratum Lectoribus futurum
puto.

Charta commonticia de diviſione finium inter Epiſcopatus Mutinae atque Bononiae, Anno 745.

De quadam antiqua determinatione Epiſcopatus Bononiae ab Epiſcopatu Mutinae.

*I*N nomine Dei eterni. Regnante
*Domino noſtro Excellentiſſimo ſeu
magnifico Rege Langobardorum in Italia. . . . . . . Ratchis Imperadore Auguſto,
Anno Imperii ejus vel pietatis a Deo
coronando pacifico Rege imperio Secundo die Menſe Septembris per Indictione Quinta. Quando verò ipſe Domnus
Imperator Auguſtus conmoravad in Corte Cardeto, regalia ejus domga, cum
magnifico Populo Longobardorum, ſuper
intentione litis de Epiſcopo ſanctae Bo-
nonienſis Ecclſie, nec non ſanctae Moti-
menſis Ecclſie, de confinia ſua trovade
in terminatione controvata entem ſcriſ-
ſe convinctione & conſervatione deſni-
re homines ipſius Epiſcopio Bononie incontra omnis Epiſcopio Mutine. Tunc
controvare, ſed primitas voce galli can-
to ſurgere & movere ſe tirare illi
incontra illi, & ubi ſe ſe conjunxere
inſimul, ibi debebant facere termina-
tiones. Paſta autem controvatione per
ſingulas perſonas per ſingulos Epiſcopios
Bononie & Mutine conſurgerent, &
iteruuti ſunt itinere noctis cuſtodia quilli incontra quillis, tantum, ſed perve-
nere in Strata Predoſia. ſe verò limite
Plano conjunxere ſe inſimul ambas par-*

B *tes in ipſa noctis, & per illius ambas
partes collaudatione controvare, grande una petra ficaverunt in Strada de
ambas parte Strada Predoſa. Item duas
petras ficaverunt, ut memoria fit e
retinenda impoſtero de perpetuis temporibus. Poſtea patefacta veritate, non
volebant ſtare in ipſa controvatione. Partes aliqua de eo reveniere in Corte Cardeto in conſpectu ſupraſcripti Regis Au-*
C *guſti excellentiſſimi Imperatoris ex. . . . . .
Longobardoro mandavit ſeu precepit, ut
a noticias faſtas de ambas partes, ut
que neque quilli, & incontra quilli ve-
niere amplius, neque de ſacratione,
neque de ordinatione, neque aliqua ju-
dicatione peccatoro, ſeu de conſecratione
Presbiterorum ſeu Clericorum, vel de illa aliqua re, qui ad Epiſcopio pertine-*
D *ordinationem non amplius pertineat ex
ipſa re ultra eodem limite Plano, excepto Pleve Sancti Anaſtaſii de ipſa Pleve
contra planitiem. Et ſic vocade ſ' amodo limes Mutias: & ſed homines Bononie Eccleſia Mutia-re. . . . . . pedes duodecim ultra ſupraſcripto limite erat
ipſo Epiſcopio Bononie pro rectitudine
eorum limitem Mutia per uſque ſtrata*
E *Lotida. Item per uſque a Pleve Sancti
Mar-*

Martini, ut ipsi & illi aveat, illi
de una parte limitem, & illi de alia
parte illius limitis omne a conservatio-
nibus, omne...... omne a districtuni-
bus, qui ad Episcopia pertinet, in jura & potestate, dominioque illorum
Episcoporum reveranda religiositate sa-
cratissimas Ecclesias vocabule Sancte Marie Virginis sancte Motinensis Ecclesie,
atque beati Petri Apostoli sancte Bononiensis Ecclesie, & omne a successitas
illorum de perpetuis temporibus de successore in successore in perpetuum. Cod
nullus unquam Augustus usque Augusta
da presenti die in antea licentia avea
inrumpere nostra annotatione & colau-
datione, vel violarere. Et si qui con-
trafecerit, vel violarerit, nihil legis
aveat virtute, si quid in leges situm
vel projecturum est de pallicuibus vel
pasti, conventionisque fides servanda
est, vel judicariis Confetmus Judice, seu
Adelperto Judice, atque Ildeprandus
Judice, seu Odelberto Judice, atque
Lauxis Judice, seu & multos Scabinos
ad causa intrata audienda, & colaudanda, ut ac notitia memoranda salla
impostero tenenda colaudanda, ut qui
qui confregerit vel violaverit seu inru-
perit vel aperierid de ullo, qui Aga-
sio sive Agusta sit, ut nihil petat, ut
nihil valeas, nihil firmitatis obtineat,
sed sit irritum factum & violatum perpetuis temporibus corruptum. Et si qui
contra petierit, componat poena ab A-
gusto statuta auro obriza optimi Man-
sojos mille, & argenti Pondera cento;
aut qui modo presente Episcopio fuit,
aut qui de ullo qui tempore successore
illorum fuerit in perpetuum. At enim
a notitia me Adelberto Notario roga-
to, & de sumno Agusto preceprando
ascrivii, ut impostero memoria retenea-
da de cunctis statuta illius a presentibus Ducibus, Comitibus, Warius Duco, Rutharius Duco. Johannes Duco,

Tom. XIII.

Uiso Duco, Anselmo Duce, Analmas
Duco, Desiderius Duco, Demetrio Du-
co, Gricorius Duco, Florius Duco, Pe-
tro Duco, Herbis Duco, Tedis Duco,
Notepertus Duco: Voderagus Comes,
Aterius Comes, Hipone Comes, Uso
Comes, Aldeberto Comes, Odelberto Co-
mes, Blandus Comes, Frammundus Co-
mes, Sigelardus Comes, Gerbus Comes,
& alios innumerabiles ommissis, qui....
presentaneastatuta conlaudatione illorum.
Canelmus Judice interfue.
Ildeprandus Judice interfue.
Arcinus Scavino interfue.
Adelperto Judice interfue.
Odelberto Judice interfue.
Lanco Judice interfue.

Profecto miratus sum, quei Sigonius, vir emunctae naris, & in Historia Italici Regni, eorumque temporum Chartis, aevo suo versatissimus,
minime animadverterit, heic agi de
putida impostura, cujus figmenti signa apertissima vel in oculos incur-
sum incurrere possunt. Verum Sigonii Opus de Episcopis Bononiensi-
bus, illo jam e vivis sublato, atque
adeo Inconsulto, in lucem prodiit.
Fortassis haec ab illo minime haberemus, si vivens ipse suscepisset eden-
di Libri curam. Veri, inquam, mihi videtur similius, quum postumo
ejus labori non unus pannus adsutus
fuerit (ut jam monui in Vita ejusdem Sigonii Tomo I. illius Operum, nuper Mediolani recusorum)
non heic in unum ex iis additamen-
tis Incurrere. Animadverte quaeso,
obvium nos habere in Charta ista
Ratchisum Regem Langobardorum
Imperatorem simul & Augustum. Ad
exsibilandam Chartam nihil aliud est
opus. Attamen adde, Anno Secundo
Ratchisi Regis, idest Anno Christi
DCCXLV. vel DCCXLVI. in cursa

H fuisse

fuisse *Inditionem* XIII. aut XIV. aut XV. si illam a Septembri deducis, nunquam verò *Quintam*, ut Charta illa praefert. Linguae ibi ufurpatae peregrinitatem, & reliqua praetermitto, quum paucula illa satis certos nos faciant, corruere prorfus cum ipfa membrana divifionem ludicram, & fomniatam illorum Epifcopatuum. Quod tamen diffimulare nolo, antiquitatem fapit ejufmodi figmentum; atque id deducere poffe mihi videor e mentione *Scrvinorum*, atque a nominibus Procerum, qui fententiam illam comprobaffe finguntur. Ii funt *Urfo Dux*, cujus nomen nobis obtulit Charta *Jubannis Ducis* illius filii, fupra a me edita in Differtatione XXI. *de Statu Italiae*. Itidem *Anfilius Dux*, qui Seculo abjurato Monafterium Nonantulanum, Aiftulpho Rege regnante, condidit: *Norteperinus Dux*, cujus memoria occurrit in Donatione Nonantulano Coenobio facta a Carolo Magno, ut infra in Differtatione LXVII. videbimus; & *Defiderius Dux*, is nempe, qui Rex Langobardorum renunciatus finem vivendi fecit in carceribus ejufdem Caroli Magni. Quei nomina heic non falfa impuftor in Chartam hanc falfam invexerit, mirari quifquam poffit. Sed fortaffe ufus fuerit alicui alii germanâ Chartâ ad confingendam fuam. Atque utinam tempus confictae Chartae divinare mihi liceret. Nam fi antiquitate multâ eadem conftaret, & referenda exempli caufâ foret ad Saeculum Chrifti Undecimum, aut etiam ad Decimum, illam magni facerem, quod nullam

A. fortaffe parem Chartam haberemus, quae Vulgaris noftrae Linguae veftigia exhibeat.

Ceterum antiquis Seculis, quum bella fuifdeque omnia verterent, in iis tumultibus, aut etiam Sedibus vacantibus, aut Epifcopis in exfilium trufis, interdum territoria Epifcoporum, quae a Graecis *Paroeciae* B feu *Paroeciae*, poftea *Dioecefes* appellata funt, grave quandoque detrimentum accipiebant, multifque mutationibus obnoxia fiere, Epifcopis vicinis aut Caritatis caufâ, aut dilatandi imperii Cupiditate, in aliorum jura intrantibus. Ad haec nonnunquam unus Epifcopus Intra Epifcopi alterius territorium facram aliquam C Aedem aut jure patronatus poffidens, aut aedificans, aut ibi Epifcopale munus fortè, confulto-ve exercens, litem fubinde movebat de finibus Dioecefis. Quem in rem confule Gratianum XVI. Quaeft. I Et ante annos quidem mille *Haffiri Lucenfis Epifcopus*, ut Ecclefiae fuae illaefa jura fervaret, quum *Johannes D electus Pifurienfis Epifcopus* in quadam Baptifmali Ecclefia aut facrandus effet, aut aliquid juris fibi effe contenderet, Ipfum adegit ad antea fatendum, Aedem illam ad Lucenfis Epifcopi Dioecefim ac poteftatem pertinere, nihilque ex eo actu diminutum iri Lucenfi Ecclefiae. Id poffe deduci mihi vifum eft ea Charta E plane obfcura, vocibus etiam nonnullis prae vetuftate abfumtis, quam ex antiquiffimo apographo defcripfi, adfervato in Tabulario Lucenfis Archiepifcopii.

Johannis electi Episcopi Pistoriensis professio facta Balsari Lucensi Episcopo, nihil juris deperiturum Ecclesiae Lucensi in quamdam Aedem sacram, Anno Christi 700. aut 715.

IN nomine Domini Dei nostri Jesu Christi. Repromitto tibi Balsari Deo gratia Episcopus, me . . . . ad filio meo Johannis electus Civitati Pistoriensis Sacerdotibus, ut justo moderamine conservemus firmitatem quotiens alia inter bo . . . . . . e, foris evenerit bone voluntati . . . . Et si de officiorum . . . . Ecclesiasticis oportet de ea, que semel fecerit, per scripto firmari, & ideo auctori Deo pro metto atque spondeo Johannis electus Civitatis Pistoriensis tibi viro beatissimo Balsari Episcopus, postea quam me Populus Pistoriense in loco Episcopi elegerunt, recordati simus, eo quod de Deocisis at Luzano Episcopus semper fuerat, & renime potuimus foris tuo consilio Episcopus predictus in ipso loco proficiscere, recurrentis nos ad orationibus petivimus licentiam, ut in eo loco Episcopatio nos suscepere deveremus; si tamen et at governatione erga Eglesie Pistoriensis patrocinio, sit ita, at dum advivere meruerimus. ordinationem Presbiterorum, Diaconorum faciendam, non nobiscum, sed tua Sanctitas peragendum. Et hoc repromitto tibi Dominus Balsari Episcopus vel Secessoribus tuis, de Eglesie, vel qui prope nos esse videtur, me numquam esse causator, neque subtragendum da vos hoc ipse Eglesie. Vel & si subtraere voluero ero Johannis per me ipos de . . . . . . vel Celesis Eglese, vel per somessione alio via . . . . . promessionem ire temtaverimus, componat parti vestre auri Soledus centum sene causa, sed in emcibus adiungtera,

qualiter decreximus, & omulo Dei incerrat judicium, & ad sacrosancto Alterio sed remotus, si ego Johannis, & cum causa vero da supra,criptes remamissionem . . . . Quam viro repromissionem per Domno genitore meo Adrobald Abbas vocis suprascripte parti pars elegi, avi & propria conformationem vel conscriptionem manecus meis, vel Sacerdotum meorum tradidi scribendum.

Actum in Domo Sancte Eclese Civitati Lucense, sub die XII. Kalendarum Januarum, Indictione XIII. feliciter.

Fuerunt etiam tempora, praecipue post Seculum Aerae Christianae Decimum, quibus propter aliquod enorme crimen, puta Schismatis, Imminuta fuit Metropolis Archiepiscopis, aut Dioecesis Episcopis, non secus ac ablatum Civitatibus nonnullis, quae ira Imperatorum seu Regum aliquo Comitatus jure exult. Sed quod in primis animadvertendum, plurimis in locis, ubi Insignia Monachorum Monasteria invaluere, decurtata olim fuit Episcoporum ditio atque Dioecesis. Sunt adhuc plura Monasteria, sive a suis Abbatibus recta, sive Secularis Cleri primoribus commendata, quae propria Dioecesi fruuntur, ibique tanquam Episcopi, Ordinum, & Chrismatis collatione excepta, omnia administrant. Notissima sunt Casinense, Farfense, Sublacense, Novaliciense, Pomposianum, atque, ut alia omittam, amplissimum Nonantolanum in agro Mutinensi funditum, cujus Dioecesis vario ac intercifo curfu in plurimas Parochias excurrit in Mutinenfi, Patavino, Bononienfi, aliifque territoriis, atque in Friniatam, five Frigniani Provincia fitas: quas omnes Epifcopali jure nunc moderatur Eminentiffimus S. R. E. Cardinalis Alexander Albanus, perpetuus Abbas Commendatarius. Plura ejufmodi Monafteria vetufta aetas agnovit, quorum jura & auctoritas turbidiffimis Italiae temporibus exciderunt. Plura etiam praerogativa hac praedita oftendit adhuc Germania. Quanam ratione, petas, quove tempore, ita Monachorum potentia aucta eft, ut ex Epifcoporum fpoliis ditionem fibi propriam conftituerint. Illud exploratum, non folum Baptifmales omnes Ecclefias antiquis Seculis Epifcopo uni obtemperaffe, fed etiam jus Epifcopis fuiffe in ipfos Monachos, eorumque Monafteria. Quae auctoritas multis in locis etiam poft Saeculum Chrifti Decimum perduravit, donec Pontificii Maximi integrum Monafticum Ordi-nem fenfim Epifcopali poteftati fubducere. Vide infra Differtationem LXX. *de Cleri Immunitate.* Antiquiffimis etiam Seculis fuerunt Ecclefiae in jure Monachorum, aut ex eorum fundatione, aut ex dono Fidelium; q ae tamen Oratoria fere omnia & Capellae erant, atque illie fuos Clericos, & Rectorem Abbatem conftituebant, quamquam ne id quidem Epifcoporum juri officeret, uti neque officiebat jus Patronatus, quo Laici multi in varias Ecclefias fruebantur. Sed ad Parochiales Ecclefias quod attinet, arduum puto decernere, quo praecipue tempore divelli ea Epifcoporum poteftate, ac pleno jure ab Abbatibus, feu Monachis poffideri coeptae fint. Juvabit interim Lectori ante oculos fiftere fragmentum non parvi faciendum, hoc eft, partem Catalogi veterum Privilegiorum praelaudatae Abbatiae Nonantulanae, quam, Privilegiis ipfis deperditis, aut alib deletis, in Archivo Monafterii ejufdem fuperftitem deprehendi.

Index aliquot vetuftiffimorum Privilegiorum Nonantulano Coenobio a Regibus Langobardorum, ac primis Imperatoribus Francis concefforum, confcriptus a Monacho ejufdem Monafterii, Anno 1179.

Quoniam ego novi, quod in hoc Cenobio multi funt Fratres, qui ignorant rationes, & jura illorum, & bona Monafterii, idcirco infra memoratiffam cogitans volui breviter retrahere fubftantiam omnium noftrorum Privilegiorum tam Papalia, quàm Imperialia. Ideo noverit univerfitas veftra Kariffimi Fratres; quod omnia bona, quae poffideris, & etiam illa, quae olim poteftis fuerant a noftro Monafterio, quae tamen amifimus, acquifivimus folummodo ab Imperio Romano, largitione Ducum, Marchionum, Comitum, feu oblatione fidelium hominum ac mulierum. Ab Ecclefia verò Romana habemus tantùm fpiritualia, fcilicet exemtionem noftri Monafterii, & Ecclefiarum nobis fpectantium, confirmationem quoque temporalium rerum, largita a fupradictis, & alias Indulgentias, ut notata funt inferius, ideft Mitra, Dalmatica, Cirotecas, Sandalia, & omnia infignia Epifcopalia, quae . . . . . . ad Abbatem noftrum. Quibus fingulis reducto in fcriptis, ut ambiguitas & ignorantia . . . ., certitudinem verò jurium ac Privilegiorum noftrorum vobis fit cognita con-

congruenter. Annotare enim disposui omnia & singula Privilegia supradicta Papalia & Imperialia ...... nunc habet tempore custodiae meae. In Millesimo Ducentesimo Septuagesimo Nono, Indictione VII, vacante Sede Abbatiae, tempore Domini Nikolai Papae Tertii, Volui incipere a papyris Imperatorum, propter vetustatem.

In primis Privilegium Aistulfi Regis in papyro (iste enim est exordium Nostri Monasterii Nonantulani) qualiter donatur Monasterio in sanctissimo Abbate Anselmo Pacanam, & Silva de Gena, quae est Curtis Nonantulae, cum confine Seprara publica, Panarius, Zela, quae est intus Persiitanas usque in Rivo mortuo, & Paludes, una cum Basilica Sancti Martini in Catiano, & ipsa Silva cum flavio Gena usque in Rosilice. Et ut nullus autem aedificare molendina a Strata publica inferius, sine consensu Rectoris Monasterii, praeter duo in Corte Panciam, neque cum sandonibus & navibus navigare, atque pontem vel transfetum facere, neque piscare in ipsis flaminibus Panario & Grena ..... illorum fluminum ab utraque parte duodecim pedes via. Curtem quoque Canetulum in territorio Matinensi, cum omnibus pertinentiis suis: & duas partes de Silva Lubstere, seu de Silva Marianese, Matematicam, Cupraisa ...... Gremulanese usque in limite Decimana, qui percurrit in Masinum, & Villam Ulianam, & de ipso limite in Panarium veniente. Et Casale Medranla, & Lelnria ...... Macluna, sicut vadit Argile Satel cum Fossa Quintana, seu Vico Siculo, qui nunc dicitur Sancti Petri in Cextta, cum ipsa Ecclesia, & cum omnibus pertinentiis suis. Item omnibus silvis, paludibus, campis & piscariis, usque in Roselase per supradictos confines. Item silvis, fossis omnibus, campis, latis,

A | piscariis, flaminibus, & cunctis quae nobis pertinent in Bondeno, cum omnibus jurisdictionibus & piscariis in territorio Mantuano. Et quod possumus piscare Padum a loco Sirmate usque ti mare. Et quod in omni loco, ubi habemus Cellas, aut bibebimus in futuro, semper nostram portionem de silvis & piscariis debeamus habere, si ibi fuer-

B | Et ut nullus praesumat in Italico Regno servos vel ancillas Monasterii, qui fuga lapsi fuerint, quoquo modo retinere, & in tota Italia ripaticum vel teloneum non solvere, nec publicam functionem facere. Comedit etiam ricriata in propriis nostris terris, & .... in omnibus nostris Monasteriis. Et quod quicumque voluerit refugium facere pos-

C | sit, & res suas offerre Monasterio.

Item aliud Privilegium Flavii praedicti in papyro factum supradicto Abbati Anselmo, confirmans supradicta, adjungens medietatem Porti in Aquilerga, quae est Situla, scilicet a Strata publica inferius, incipiens in loco Citarone; ac etiam Massa ...... cum pertinentiis & familiis suis.

D | Item aliud Privilegium Flavii antedicti, consectum Abbati praedicto Anselmo in papyro, confirmans supradictis, adjungens Insulam, quae est intus ...... & Fossa, quae dicitur de Munda: confines ponantur Salicetum, ipsa Fossa, & Militaria, intrante in Panarium. Et silvam unam in Gauri, & Arne's. Et etiam Monasterium Do-

E | mini Salvatoris de Fanano, & Massa lizano, ut omnes homines habitantes ibi faciant operas cum bobus & manibus, necnon & angarias, atque porticum exigere, ubi opportunitas fuerit. Similiter namque quadraginta octo praeceptores Persiciranas, quas Ursus Dux donavit huic Monasterio. Etiam ut Notarii possint fieri Cartas de omni conditione, quae pertineat ad Monasterium,

fine.

fine alicujus contradictione. Et adjungens quamdam viam per Witacbara. Confirmatur donatio illa, quam nobis Aucaufus Epifcopus, & Guidoaldus Medicus fecerat. Et quod quando obierit Abbas, femper de ista Congregatione eligatur. Et quod, quando de navibus noftris in omni loco, ubi habebimus, portaticum tollere; & ut nulla perfona Ecclefiaftica vel Secularis audeas manfiones facere five noftra licentia in noftris locis, vel freda exigenda, five parafredos aut fidejuffores extollere, aut in placitum conducere, five homines fervos livellarios, & emphiteoteticarios, ad aliquid functionis publice cedere vel diftringere, nec non fupraferiptos praepofitatos Perfiteratos ullo modo diftringendos, aut redibitionem ullam, aut inlicitas occafiones requirendas coufurgere audeas. Irritas fint feriptiones fuidae five confenfu omnium Aleatborum . . . . . . fine confenfu Abbatis. Concedens etiam Olivetam . . . . Caftellum Aginulfi in Comitatu Lucenfe, & duas cafas maffaritias. Et pro benediſtione debeas Regi quadraginta Lucios in Quadragefima majore, & Sanctae Mariae in Papia, in Manina, & in Ravenna.

Item aliud Privilegium Ludovici Imperatoris Petro Abbati, confirmans pactum, quod fuit inter ipfum Abbatem, & Gifonem Epifcopum Mutinenfem de Ecclefiis Baptifmalibus, & aliis: videlicet, quod ipfe Abbas dedit eidem Epifcopo Ecclefiam Sancti Thomae Baptifmalem prope Lamma pro univerfis aliis Ecclefiis; & ipfe Epifcopus alias reliquit in pace. Et ita invicem inter fe firmaverunt pactum.

Item aliud Privilegium ejufdem Ludovici in ipfo Petro, reconfirmans viam per Guilzachara, & fluvium Genze, veniente per ea.

 Item aliud Privilegium ipfius Ludovici, reconfirmans adhuc femel Privilegia Aiftulfi, & Karoli patris fui, recipiens fub protectione Monafterium cum fuis famulis, fervis, livellariis, emphyteoteticariis, & omnibus rebus quae pertinent ad Monafterium, & de ordinatione Abbatis de Congregatione illa.

 Item aliud Privilegium dicti Ludovici in praedicto Petro. Simili modo concedit.

Item aliud Privilegium praefati Flavii in papyro, enucleo in fupradicto venerabili Anfelmo, confirmans antedicta, adjungens Caftrum Fanani cum Ecclefia, & univerfe ejus pertinentiis, alpibus, rupinis, planitiebus, cultis & incultis, aquis, aquarumque decurfibus. Seu Caftrum Sclopanum, Sexula, Montecadro, Cervariolo, & Alpe currente Rivo Cerciliense, & Lardiniola fluvio. Necnon Plebem Sancti Mammae in Lizano cum jurifdictionibus rerum temporalium, & cum univerfis, quae pertinent ipfis fupraferiptis Lizano & Galba, ideft Aquaviva, Rivofrigido, Viliciatico, Saxodaxiano, Grixla, Variana, & Porcile, cum montibus, vallibus, & filvis, hominibus, & domibus quae nunc funt, & in futuro erant.

Item aliud Privilegium in papyro Adelchifi Regis in Silveftro Abbate, confirmans omnia Privilegia fuperius annotata, cum univerfis rebus mobilibus & immobilibus.

 Item aliud Praeceptum Flavii Aiftulfi in papyro . . . . . donans illo Urfoni quadraginta octo praeceptales Perfiteranos . . . . confirmant nobis. Et quod falto . . . . . . & . . . . . . juget terrae in loco Cafale, qui vocatur Caftellionus, & in loco Verou . . . . . . quarum rerum ipfe Urfus videtur noftro Monafterio conceffit. Et in ipfo Urfonis Praecepto continetur, quia donaverat

noverat illi ipsi Flavius Rex Bono-
niam, & Imolam, atque Castellum,
quod dicitur Trentum, *in illa & in
suis heredibus.*

*Item Privilegium clementissimi Karo-
li Imperatoris in cartula pergamena
emissa in praedicto Anselmo-Abbate,
confirmans Privilegia Astulfi, & Desiderii Regum, scilicet Privilegium,
de quo facio mentionem superius:* Ideo
non scripsi, sicut illa Astulfi & Adelchisi, quia consumptum est, & dissolutum prae vetustate, quia fuit in
papyro, ita quod non potui ex illo
extrahere bonum quidquam: unde
dimisi. Sed istud supradictus Karolus
comprehendit, confirmans illud Desiderii & Astulfi in omnibus similiter, ut
ipsi dicunt. Adjungens, ut homines de
Fanano, Lizano, Galba, non audeant
conducere extraneos homines in ipsis
Curtibus, & locis praenominatis. Item
de Aqua Gemae veniente per Guilmeba-
rum ad molendina nostra.

Item aliud Privilegium ipsius Karoli
*in ipso Abbate praefato, qualiter ipse
donavit huic Monasterio Plebem de Boadeno, cum hominibus & colonis universis, & feminis, & massariciis, aedificiis, & omnibus rebus & pertinentiis in ipsa Corte Boadeno cum paludibus quam piscariis usque in Spino, pro
reverentia Beati Silvestri, cujus Corpus hic requiescit.*

Item aliud Privilegium uno tenore
Karoli *praedicti in ipso* Anselmo, *quem
Almachbam ipse dicit, ubi offert Monasterio
Camuranam, Solariam, & Gramolum,
cum pertinentiis suis, domibus aedifi-
ciis &c. aquis, fluminibus, & piscariis.*

Item aliud Privilegium ipsius Karoli *in ipso praefato* Anselmo, *qualiter
ipse suscipit Monasterium in suam man-
drebardam vel defensionem, cum omnibus rebus vel hominibus Monasterii, &
quod quando ipse obiret, ipsi Mona-*

A *ubi semper de ista Congregatione eli-
gent Abbatem.*

Item aliud Privilegium predicti Karoli *in ipso* Anselmo Abbate, *confirmans quandam sententiam, quae Ita
fuit inter ipsum* Anselmum Abbatem *&
Poss . . . . . Avocatum suum ex una
parte, & homines de Vico Silella,
Vico Plexo de Comitatu Regiense, &
B alia de Silva & Palude de Gajo Lu-
mese.*

Item aliud Privilegium praefati Karoli *in praelibato* Anselmo, *confirmans
aliam quandam sententiam, quae Ita
fuit inter ipsum Abbatem & inter Ray-
unidum Castaldionem Civitatis Novae,
& Populum ejusdem Civitatis, & Populum Serbariensem, Albaream, & Co-
C legeariam, de Insula & Silva, quae
esse videtur inter Pauaria & Fossa,
quae dicitur Almula.*

Item aliud Privilegium praelibati
Karoli *in saepe fato* Anselmo, *concedens illi quosdam homines de Perficeta
in hac forma:* Item concessimus, ut
Abbas vel Monachi pro ut aliqui
homines liberi ex territorio Perfice-
D tano ex nostra voluntate licentiam
habeant . . . . . sine ullius inquietudine aut interitione judicii pro jure
& pro utilitatibus Monasterii discur-
rere ubi necessitas fuerit. Hi sunt
Deodatus, Persuic, Arnald, Gual-
marenus, Trasolo, Armato, Vitalia-
nus, Januarius, Maurus. Johannes,
Reyoaldus, Ubaldus, Amicus, Gui-
E sus, Constantinus, item Dominicus,
Senator, item Joannes, item Wol-
bertus, Curianus, item Johannes
Blanca, item Dominicus, Apolenaris. Hi omnes in ejus obedientia de-
serviant Monasterio.

Item aliud Privilegium ejusdem Karoli *in jam dicto Abbate* Anselmo,
*confirmans quandam offersionem, quam
huic Monasterio fecit quidam, qui vocabatur*

cabatur Aldum filius Vectari quandam scilicet in Comitatu Vicentino & Veronense. Insuper concedens in territorio Caronicese Sacido, Caldario, & Cesaretico, & fundo Casanova.

Item aliud Privilegium ipsius Karoli in ipso Anselmo, confirmans concordiam, quae fuit inter ipsum Anselmum Abbatem, & Vitalem Episcopum Bononiensem de Plebe Sancti Mammae in Lizano, videlicet ut ipse Episcopus habeat spiritualia tantum, ipse verò Abbas habeat temporalia & Patronatus in eligendis Ibidem Clericis.

Item aliud Privilegium ipsius Karoli in supradicto Anselmo Abbate, confirmans breviter omnia, quae concessa fuerunt per Astulfum, etiam adjungens duas Ecclesias in Comitatu Mutinensi in honorem Sancti Martini consecratas, nihil dicens de locis, ubi sint, cum universis appendiciis.

Item Privilegium piissimi Imperatoris Ludovici in Petro Abbate, confirmans Praecepta Astulfi, Desiderii, Adelchisi, & serenissimi patris sui Karoli Magni Imperatoris. Cetera desiderantur.

Clarissimus Vir Scipio Marchio Maffejus Veronensis, cui eruditum Opusculum debemus de antiquorum *Papyris*, sub *Diplomaticae* nomine editum, jam post Mabillonium adnotavit, diu viguisse in Italia Aegyptiaceae *Papyri* usum ad conscribenda Regum Diplomata, & Acta publica, sive privatorum hominum contractus. En quanta eorum copia Anno etiam MCCLXXIX. custoditur in Tabulario Nonantulano. Animadvertas autem velim, Langobardorum quidem Regum Diplomata *Papyro* inscripta fuisse, Francorum verò Caesarum pergameno: Privilegium Desiderii Regis ait Auctor Catalogi, *non scripsi,*

fient illa Astulfi & Adelchisi, quae consumtum est & dissolutum prae vetustate, quia fuit in Papyro, ita quod non potui ex illo extrahere bonum quidquam. Ceterae Papyri intactae erant; sed jamdiu evanuere. Nunc ad rem nostram redeundo. ex Privilegio Ludovici Pii Augusti heic memoratur concordia inita inter *Gisonem Episcopum Mutinensem* & *Petrum Abbatem Nonantulanum* (eum nempe, quem Eginhardo teste in Annalibus Francor. Carolus Magnus Anno Christi DCCCXIII. una cum *Amalario Trevercense Episcopo* propter pacem cum *Michaele Imperatore confirmandam Constantinopolim misit*) concordia, inquam, *de Ecclesiis Baptismalibus, videlicet quod ipse Abbas dedit eidem Episcopo Ecclesiam Sancti Thomae Baptismalem prope Lenuma pro universis aliis Ecclesiis; & ipse Episcopus alias reliquit in pace.* Ergo ex his inferas, jam circiter annum DCCCXV. ad Nonantulanum Abbatem spectasse quasdam *Ecclesias Baptismales*, atque in ejus jure fuisse, non (*) repugnare Episcopo Mutinensi, in cujus Parochia sive Dioecesi aedificatum fuerat Monasterium ipsum. Verùm his superstruere judicium certum nemo audet, quando ipsum Diploma, pactumque tunc stabilitum periit, neque licet nobis rite narrationem illius perpendere. Potuerunt enim pertinere ad Nonantulanum Monasterium Ecclesiae illae, sed ut Abbas temporalia earum administraret, aut jure Patronatus ille Parochum, & Clericos collocaret, Intacto tamen Praesulum Mutinensium jure, quibus probandus esset Rector electus, & a quo accipienda foret Sacramentorum ministrandorum facultas. Infra quoque memorati audis concordiam alteram *inter Anselmum Abbatem, & Vitalem Epi-*

fopum

(*) *Lego non repugnante* &c.

stopum Bononiensem de Plebe Sancti Alemnae in Lizano, videlicet ut ipse Episcopus habeat spiritualia tantum, ipse verò Abbas habeat temporalia, & Patronatus in eligendis ibidem Clericis. Si qua ergo Monasteria ante Annum Christi Millesimum, immo & postea pleno jure, aut excluso Episcopo, dominata fuisse Ecclesiis Parochialibus deprehenduntur, aequum erit exposcere, ut Id certis, neque confictis tabulis confirmetur, quod si fiat, tunc edocendum restabit, num liberâ concedentium Episcoporum voluntate, aut saltem Apostolicae Sedis Privilegio; in Abbates Episcopale jus ejusmodi translatum fuerit, an ad eos devenerit illegitimâ potius aliquâ ex ratione. Quod postremum dico; fuerunt enim olim potentes, qui illustriores Abbatias, Saeculo praesertim Aerae nostrae Decimo commendatas habuerunt: notumque omnibus est, easdem rursus novissimis hisce Saeculis primoribus Ecclesiae fuisse traditas, ut ajunt, in *Commendam*. Quod Proceres amplissimo Monasterio Nonantulano dominati fuerint eodem Saeculo Decimo, ostendam in Dissertatione LXXIII. *de Monasteriis in Beneficium datis*. Fieri potuit, ut veteres ii Commendatarii Abbates (nam quos recentiora Secula peperere, venerabundus praetereo) Archiepiscopi nempe, ac Episcopi in Italia, apud Reges potentissimi, uti in Monasteriis sibi traditis, ita in Ecclesiis etiam Baptismalibus, ad jus Monasteriorum spectantibus, dominari voluerint spretâ Episcopi auctoritate in cujus Dioecesi eaedem Ecclesiae sitae erant. Principes quoque viri Saeculo Decimo, ac Undecimo, quum Ecclesias etiam Parochiales invasissent, eas postea non Episcopis restituere, sed Monasterio-

rum Abbatibus tradere, immo & vendere consueverint: quam ob rem inter Episcopos, & Abbates acerrimae obortae sunt controversiae; & deductae ad judicium Apostolicae Sedis. Id erudite animadvertit Thomassin. 2 Part. 2. Lib. I. Cap. 36. de Beneficiis; atque eâ de re extat Epistola Johannis Sanctae Romanae Ecclesiae Cardinalis ad Episcopum Molisinea-sem, Tomo 9. pag. 479. Concilior. Edition. Labbeanae, scripta circiter Annum Christi MLXXX. Quo Cardinali fatente discimus, *omnes Ecclesiarum res in manu Episcoporum esse debere, uti canonica decreta constituunt: sed invectas postea consuetudines contrarias, & lites non modicas, turbatae videlicet jurisdictionis Episcopalis causâ.* Idem vero Thomassinus Part. I. Lib. 3. Cap. 22. plura congerit, ad ostendendum, Episcoporum jus antiquitus etiam servatum fuisse in Ecclesias Monasteriis subjectas. Tum eodem Lib. 3. Cap. 30. & sequentibus in originem Privilegiorum inquirit, quae Monachis aut ab Episcopis, aut a Metropolitis, sive a Romanis Pontificibus concessa fuere.

Unum mihi tantummodo addendum, scilicet quod est ad antiquiora tempora, circumspecte admodum de pleno jure Abbatum in Plebes sive Parochiales Ecclesias, esse judicandum. Certe Inficias non ierim, quin & longe ante Millesimum a Christo nato Annum Monasteria fuerint ad eam dignitatem evecta, ut aliquid ex juribus Episcopalibus commune cum iis foret: quae videlicet ab Imperatoribus condita erant, aut eorum Immediatâ protectione fruebantur, qualia fuere Casinense, Farfense, Nonantulanum &c. Exemplum accipe. Monasterium Domini Salvatoris non longe ab Urbe Ticinensi construxit Auno DCCCCLXXII. religiosissima Augusta Adhelais Ottonis Magni conjux. Impetravit illa, ut sacer locus immediate subesset Apostolicae Sedi: ac proinde Johannes XIII. Papa Constitut. LIII. edita in Bullario Casinens. Part. 2. inter alia Catuit, ut *Baptismus etiam in eisdem Ecclesiis Monasterii licenter fieret Apostolica auctoritate*. Tum alter) Constitutione Interdicit Episcopo, *ne in eodem Monasterio alterius potestatis praerogativam sibi aliquando usurpare praesumat*. Haec sunt (praecipue verò quod de jure Baptismatis conferendi auditur) innuere satis videntur, Praesuli Ticinensi ex vi Apostolici Privilegii nihil juris relictum fuisse in Ecclesias Baptismales eidem Monasterio subjectas: quod an secus esse potuerit, judicent alii. In hisce enim casibus dispiciendum est, num Diplomata autographa sint: interpolationis quippe suspicio in apographis licet vetustis suboriri potest. In eo autem Diplomate desideratur Annus Pontificatus *Johannis XIII.* & perpendendum superest, an *VIII. Kal. Majas*, Anni DCCCCLXXI. decurreret *Annus V. Ottonis II. Augusti*; & quare eidem Monasterio nuper condito ab ipsa Augusta confirmentur *possessiones, quae a Regibus & Principibus, seu quibusvis Christi fidelibus collatae sunt*; & cur Augusta simul dicatur *aedificasse ac renovasse* ejusmodi Coenobium. Basilica quidem Salvatoris ante multa Secula fuerat condita. An ibi antea fuerit & Monasterium, eruditi Ticinenses ostendent. Vide quae supra, de hoc ipso Monasterio memoravi in Dissertatione XXI. *de Italiae flora*. Denique in Literis ejusdem Johannis Papae ad Episcopum Ticinensem Adhelais Augusta *Monasterium* illud *in propriis* constituisse dicitur; cique Antistiti jus *in*

idem Monasterium abrogatur (quod de aliis multis factum novimus) sed nihil *de Ecclesiis Baptismalibus* additur. Certe animadvertas, in aliis ante Annum Christi Millesimum Romanae Sedis Privilegiis nullam fieri Baptismi ministrandi mentionem. Neque statim afferenda est Monachis plena immunitas in iisdem Ecclesiis, quod licuerit eis *Chrisma, Oleum Sanctum, Consecrationes Altarium, Ordinationes Clericorum &c.* a quocumque vellent Catholico Episcopo recipere: nam consistere haec poterant cum jure Episcoporum in Parochiales Ecclesias. Atque heic praesertim considerandus venit Canon IV. Concilii Claremontani, habiti Anno MXCV. praesidente Urbano II. Papa. Haec sunt ejus verba: *Quia Monachorum quidam Episcopis, jus suum auferre contendere (ea quod antea pronuntiavi, nempe observationes aliquas in hanc disciplinae Ecclesiasticae partem irrepere potuisse) statuimus, ne in Parochialibus Ecclesiis, quas tenent, absque Episcoporum consensu Presbyteros collocent. Sed Episcopi Parochiae curam cum Abbatum consensu Sacerdoti committant; ne ejusmodi Sacerdotes de Plebis quidem cura Episcopo rationem reddant.* Ceterum post Seculum Undecimum in Illustrioribus quibusdam Monasteriis clarius spectanda se praebent Dioecesis propriae vestigia; inter quae eminet nobilissimum Casinense, cujus Dioecesim atque jurisdictionem spiritualem illustravit Angelus de Nuce in Dissertatione apposita ad Cap. V. Lib. I. Chronici Casinensis a me jam editi Tomo IV. Rer. Italicarum, An autem ea tantae sit antiquitatis, quantam ipse opinatur, aliorum erit inquirere. Dicam & ego infra aliquid in Dissertatione LXX. *de Immunitate Cleri*. Neque enim hac de re certum jacjudicium proferre possit, nisi qui ab alversa atque integra amplissimi loci Privilegia ante oculos habeat. Margarinus Part. 2. Constitut. 81. Bulla sii Casinensis, Bullam Benedicti VIII. Papae pro eodem Coenobio evulgavit, sed mutilam, atque in eake etiam addendae erant Chronologicae notae istae: *Datum XI. Julii, per manum Desonis* (Rossam depravate appellat Ughellius in Episcopia Tiburtinis) *Episcopi Sanctae Tiburtinae Ecclesiae, & Bibliothecarii sanctae Sedis Apostolicae: Anno ab Incarnatione Domini Millesimo Vigesimo Tertio, Pontificatus verò Domini Benedicti Hortani Papae, sedente Anno XII. Imperii verò Domni Henrici Romanorum Imperatoris .... Indictione VI. Mense Junii die Vicesima ....* . Quare Ciamplaio in Catalog.

Bibliothec. sanctae Romanae Ecclesiae, minimè subscribendum est, exhibenti ad Annum Christi MXX. *Benedictum Episcopum Portuensem, & Bibliothecarium sanctae Apostolicae Sedis: quum Bofo Tiburtinus, ut constat ex alterà Bullà Farsensis Monasterii, ejusmodi munere fungeretur Anno MXVII. & fungi perrexerit Anno MXXII.*

Pari praerogativà Dioecesi propriae antiquissimum Pomposianum Monasterium post Annum Christi Millesimum fuisse deprehenditur: qua de re certos nos faciunt plura Privilegia apud Monachos Benedictinos, nunc Ferrariae in Coenobio Sancti Benedicti Deo famulantes. Unum tantummodo ex Archivo Estensi depromtum dabo.

Leonis IX. Papae Bulla, qua Monasterio Sanctae Mariae de Pomposa confirmat varia illius jura & bona, Anno 1052.

Leo Episcopus, *servus servorum Dei, Ecclesiae gloriosae Matris & Virginis perpetuae Beatae Mariae, sitae in Insula Pomposiae, & per eam dilecto in Domino Jesu Christo filio, Mainardo venerabili Abbati, suisque successoribus juste intrantibus in perpetuum. Regina Caelorum Dei Genitrix super Choros Angelorum exaltata, ut a nobis pia exaltetur devotione, nostra, in quantum praeest, providere debet sollertia, scilicet in locis nomini suo dicatis, augendo beneficium, quo sui speciales famuli commodius sibi possint exhibere servitium. Quapropter te, venerande fili, quem sibi videmus fideliter .... in praefato Monasterio ei famulantibus Monachis voluntas nostro adjutorio bene praeesse, ne tu ipse mercliter, sicut oportet, vivas, debitum debes consilium, & bona, quae vel aliunde vel praecipue a Sede Romanà, tua tenet Ecclesia, vel acquireret in perpetuum, confirmantes tibi per hac sanctae Apostolicae auctoritatis Privilegium. Igitur quia petisti a nobis, quatenus ex nostra largitate, utroque dono concederemus vestrae Religiositati Massacellam integram, quae vocatur Materaria, & Massam, quae vocatur Mansuali, integram, & secundum integram, qui vocatur Casale publico, & Massam, quae vocatur Nepoti, & Massam, quae vocatur Caputbovis, Terram & Vineam, sicuti modo res habetis, & tenetis jure Beati Petri Apostoli. Necnon & ripam Fluminis Alemonis ex utrisque partibus juxta Massam, quae vocatur Praon, extendente ipsa ripa a Riezalolo usque ad Campum Cedelli, & Terram & Vineam juxta muros Civitatis Ravennae*

cum Turre, quae vocatur Branca, in
integrum a Pusterula Augusta usque ad
Portam Taurensem. Et Hortum unum
in integrum in loco Pontis Calsiati in
.... Sancti Andreae a duabus lateribus jure ipsius Sancti, a reliquis duobus via publica. Et Latum, qui vocatur Sanctus, cum omnibus rebus &
pertinentiis suis, cum Plebe & Capellis ac titulis ipsius, vocabulis Sanctae
Mariae & Sancti Martini, Sancti Petri, Sanctique Venantii, cum Piscaria,
quae vocatur Tidini, & Fossa Archipresbiteri, & Piscaria, quae vocatur
Falte, cum loco, qui dicitur Alanticel-
lo Laci ficco, cum ripis Fluminis Padi & Gauri ex utrisque partibus usque
in Mare, & a loco Concas Agathae ex
una parte usque in Mare, cum loco
in integrum, qui dicitur Mafurcatita,
inter affines de toto loco ac territorio
Maffae, quae vocatur Locus Sanctus,
ab uno latere Fossa Molendini de Volta
Laterali, descendente in Aquilielo, &
a fluvio Tribba usque in Elliam, &
per Paludem usque mediam Carbam, u-
traque Carbam usque Padum, & ultra
Padum usque ad Giazium Episcopii Sanctae Comaclensis Ecclesiae, inde usque
ad Fluvium, qui vocatur Cefi; ab alio
latere Curio descendente in Concam A-
gathae, & per ipsam in Gaurum; a
tertio latere Palude, quae pergit inter
Rivum Anzeli & Mafenzaticum usque
Alanticellos, & Vedrofa currente in
Padum; a quarto latere l'aculino, &
Arzere mela, & Calle de l'incarets
pergentem in Laterculum. Insuper concederemus vobis Piscariam integram,
quae vocatur Veluna, cum Rivo Bada-
rico, & Gazelina majore ad ipsam
Piscariam pertinente, cum Portinellis
ex utrisque partibus, ficut olim intra-
verunt in Mare, eidem fimiliter pertinentibus. Cuncta praedicta loca cum
omnibus suis integritatibus ac perti-

nentiis, quantum fanctae Romanae, cui
Deo auctore praesidemus ac deservimus,
pertinere videntur Ecclesiae vobis ad
tenendum emissa praeceptione concedere
deberemus. Inclinati precibus vestris
cuncta praefata loca, vel quaecumque
modo habetis ac tenetis cum omnibus
suis integritatibus & pertinentiis, ut
supra legitur, & insuper nostro dono ac
largitate, fi aliquid amodo in futuro
de pertinentiis fanctae Romanae Ecclefiae acquirere potueritis circa vos in
toto Exarchatu Ravennae, licentiam
nostram, nostrorumque Successorum canonice intrantium, tibi, tuisque Successoribus, regularem vitam ducentibus,
Monachisque religiose viventibus, perpetualiter concedimus habendum & tenendum. Ita fane, ut a te tuisque Successoribus fingulis quibusque annis pen-
fionis nomine fanctae nostrae Ecclesiae
Romanae tres argenti Solidi, dissicilius-
re possposita, persolvantur Attuariis.
Praeterea amore ejusdem intemeratae
Genitricis Dei, tuoque dilecte in Domino Fili, constituimus & ordinavus
per istam auctoritatem, quam Christus
Dominus noster beato Petro Apostolorum
Principi, suaeque Ecclesiae Rectoribus
concessit, ut numquam Locus ipse, aut
res ad ipsum pertinentes, alicui fub-
mittantur personae, nisi Apostolicae sul-
tioni, & Regiae ditioni: nullusque
mortalium praeter Imperialis potestatis
culmen, in praefato Monasterio aut in
Curtibus, vel in Castellis, five in Ple-
bibus, aut Cellis, feu Villis, vel omnibus rebus mobilibus & immobilibus ipfi
pertinentibus, necnon in fervis aut famulis atriusque fexus, five etiam vil-
licis super terram ejusdem Monasterii
refidentibus, aliquam ordinationem, aut
jurisdictionem, vel potestatem tenere,
aut conversationem Monachorum impedi-
re, feu molestiam inferre praefumat,
vel in aliquibus locis ipsius districtum

fca

seu Placitum tenere, aut res Monasterii invadere, vel quovis modo allienare, aut fodrum, vel paratas, seu aliquas publicas functiones exigere audeat. Ipsius quoque proprietates Monasterii tam a potestate Archiepiscoporum, quàm omnium mortalium, praeter Regiae sublimitatis......... Irrevocabiliter subtrahimus, ac liberam esse censemus, salvà inibi auctoritate Apostolicà, ac primae Sedis Invocatà, si necesse fuerit, audientià. In acquirendis autem bonis Sancti Petri, haec servetur conditio, ut prius ex ipsà qualitas & quantitas rerum nobis, aut nostris Successoribus intimetur, & tunc licentià, praecepto, & consilio a Romana Sede accepto, additâ justa pensione, a te suscipiatur. Hoc quidem modo proprietas terrarum & aquarum Sancto Petro remanebit, & bono eorum usu vos amodo fruemini. Violatorem igitur hujus sacri Privilegii, nisi resipuerit, & ad condignam satisfactionem venerit, Apostolicum anathema condempnet. Conservatorem verò Dominae nostrae Beatae Mariae intercessio gloriosa laetificet.

Datum XV. Kalendas Aprilis, per manus Friderici sanctae Romanae Sedis Bibliothecarii & Cancellarii, vice Domni Herimanni Archicancellarii & Coloniensis Archiepiscopi, Anno Domni Leonis Papae Quarto, Indictione V.

Ita post Saeculum Christi Decimum se prodere videtur integrum jus Nonantulani Monasterii in Ecclesias Parochiales sibi subjectas, quum ipse Abbas novam quoque condidisse dignoscetur. Testes habeo tabulas, quas licèt attritas ex apographo existente in Archivo augustae illius Abbatiae descripsi, atque heic in lucem efferendas censui.

Fundatio Parochialis Ecclesiae Sancti Michaëlis apud Nonantulanum Coenobium in agro Mutinensi, facta a Rodulpho ejusdem Coenobii Abbate, Anno 1011.

SErgius Episcopus servus servorum Dei. Apostolatus nostri est proprium, quoties si qua in illa Ecclesia adjutorii aliquid seu corroborationis ab ea poposcerit, totiens cum omni alacritate se,v impetrasse congaudeat. Et ne aliqua improborum calliditas, sive adversariorum sanctae Ecclesiae astutia in posterum eidem addere praesumat calumniam, non solùm dictis, sed etiam scriptis quicquid a nobis sibi concessum fuerit, in perpetuum confirmare dignum duximus. Quapropter notum fore volumus omnibus Christianis fidelibus, qualiter Rodulfus venerabilis Abbas Ecclesiae sanctae Nonantulensis, una cum omni Congregatione Fratrum seniorum Monachorum, motu divino, & instigatione Spiritus Sancti, qui mentes, quas repleveris, ad omnipotentis Dei obsequium, ejusque Sponsae, scilicet sanctae Ecclesiae, ineffabiliter accendit, praedicatione quoque fidelium praedictorum Fratrum coëgit habitatores atque agri cultores jam praefatae Abbatiae nostrae ...... Parrochiae Decimas Deo dare, qui actenus usque rerum suarum decimas Deo minime tribuebant? Q...... tum scelus arbitrabantur, eo quod in Veteri ac Novo Testamento praecep..... meminerant, eos solùm ...... Deo conferre decimas dierum. Ad quorum exhortationes, venerabilis videlicet Abbatis & praedictae Congregationis, omnes unanimiter sua corda militantes, contrito corde Decimas Deo per annos singulos de omnibus, quae possessuri erant, offerre voverunt, atque obnixe petierunt, et praedictas Decimas; quas li-

A brevter Deo reddere dis...... bona, ne in futuro Laicis hominibus in beneficio dirventur, nostro Apostolico interdiceremus Praecepto. Propter hoc autem jam factus Abbas una cum consilio Fratrum, nostram deprecatus est magnificentiam, ut constitueret de jam dictis Decimis nostro largimine unam Canonicam, suae etiam Abbatiae subjectam, in qua Clerici diurnis ac nocturnis horis Domino, & ibidem convenienti Populo sollicite divina exhiberent obsequia. Hae autem sunt fines Decimarum istius praefatae Canonicae: a Claudia Strata usque ad Porcelanum: a Nuxia verò usque ad Penarium flumen, & ultra quicquid & quicquam a praedicti fluminis vill...... seu a Nonantulae habitatoribus laboretur. Et quicquid Clerici in praefata Canonica Deo communiter militantes justè adquirere poterunt. Nos verò precibus illius annuimus, quod memoriam ipse pro ...... denique constituta est in honore Sancti Michaëlis Canonica, ordinati sunt Clerici, Archipresbyter......... lis, cui etiam Archipresbytero hanc potestatem concessimus, ut de criminalibus culpis ipse judicium inferat poenitentibus. Attamen, si necessitas incubuerit, ab aliquo Episcopo expetat judicium, ne desideranti animae poenitentium interim negare videatur. Eidemque verò Archipresbytero cura sit pro omnibus, in divinis videlicet officiis, in luminariis, in architectis, in hospitibus, in decimis, & in oblationibus dividendis inter ceteros, sic qualiter se recognoscat Deo redditurum rationem in die judicii; sique tunc a est

decima

decima unius Villae, quae dicitur Sa-
licetum, ante alias propter curam soli-
citudinis. Statuentes Apostolica auctoritate, ut quicumque hanc ordinationem,
quam Deo auxiliante pro salute animarum fidelium ordinare jussimus, &
ut ab errore pristino liberarentur, ampliare, vel observare studuerit, nostra
solidetur benedictione. Qui autem, quod
nos optamus, violare tentaverit, aut
consilium violandi dederit, aut a sub-
jectione Sancti Monasterii Canonicam subtrahere cupiverit, seu Laicis
Decimam in beneficio dare voluerit,
anathematis vinculo feriatur. Quod ut
verius credatur, diligentiusque ab omnibus observetur, hoc decretum nostro
Cancellario scribere praecepimus, nostrisque litteris, ut superius praelibavi-
mus, ac impressione nostri Sigilli corro-
boravimus. Et praefato Abbati Rodulfo, atque omnibus Fratribus in hoc
Decreto unanimiter falso scribere praecepimus

✠ BENE VALETE.

✠ Datum per manum Petri Episcopi
Sanctae Praenestinae Ecclesiae, &
Bibliothecarii Sacri Palacii, An-
no Domini Millesimo Undecimo,
VI. Kalendas Junii, Indictione
VIIII.
Rodulfus Abbas jussione Apostolicae Se-
dis in hoc decreto manu propria
subscripsi.

A Ego Frogerius Prior manu mea subscripsi.
Laurentius Presbiter & Monachus manu mea subscripsi.
Gualterius Monachus, manu mea subscripsi.
Gregorius Presbiter & Monachus manu mea subscripsi.
Linzo Monachus subscripsi.

B Insueta quidem, fateor, videatur
subscriptio Monachorum, uti & formula illa Bibliothecarii Sacri Palatii,
quum II Bibliothecarii Sanctae Sedis A-
postolicae nuncupari consueverint, &
Petrus ipse ita se subscribat in altera Bulla, ab Ughellio in Episcopis
Aeserninis edita. Sed nequaquam
C ignotum est, Sacrum Palatium, hoc
est, Lateranense, fuisse Romanis Pontificibus. Praeterquamquod in apographo pervetusto scripta haec erant;
ne dubitatio suboriri possit, an anti-
quus Tabellio autographum, qua
decebat, cura descripserit. Ea autem
heic enarrantur, ac praecipue ad
Poenitentiam spectantia, ut antiquita-
D tem omnino redoleant. Animadvertas etiam velim, Anno Christi MXI.
Claudiam Stratam appellari, quae antiquis Aemilia fuit: qua de re in
Notis ad Donizonem, Tomo V. Rer.
Italicar. aliquantulum egi. Immunitas etiam ejusdem Nonantulani Coenobii deduci posse videtur e Bulla
Paschalis II. Papae, quae in ipsius
E Tabulario adservatur. Apographum
est pervetustum.

**Bulla Paschalis II. Papae, Johanni Nonantulano Abbati, Privilegia
illius Monasterii confirmans, Anno 1113.**

Paschalis Episcopus, servus servorum Dei, dilecto in Christo filio,
Johanni, nostra per Dei gratiam

manibus in Abbatem Nonantulani
Monasterii consecrato, ejusque Successoribus regulariter substituendis in perpetuum

...tatum .... auctoritate .... compellimur, pro universarum Ecclesiarum statu satagere, & earum maxime, quae Apostolicae Sedi specialius adhaereant, ac tamquam jure proprio subjectae sunt, quieti, auxiliante Domino, providere. *Quapropter petitionibus tuis, fili in Christo carissime, non immerito annuendam censuimus, ut* Nonantulanum Monasterium, *cui Deo auctore praesides,* quod ab ipso sua dudum, Aistulfo videlicet Longobardorum Rege, Apostolicae Sedi oblatum est, *ad praedecessorum nostrorum, ejusdemque Apostolicae Sedis, ... Privilegio muniremus. Per praesentis igitur Privilegii paginam Apostolica auctoritate statuimus, ut quaecumque ad praedictum* Nonantulanum Monasterium *in praesenti Sexta Indictione, juste ac legaliter pertinent, sive in futurum concessione Pontificum, liberalitate Principum, vel oblatione fidelium juste atque canonice poterit adipisci, firma tibi, tuisque Successoribus & illibata permaneant. In quibus haec propriis vocabulis sunt nominibus annotanda. Ipsum videlicet Castellum Nonantula: Castellum Veras: Gallianum: Casinianum: Painianum: Lizanum: Scoppanum: Samaum: Campilium: Maraaum: Mons-Oliveti: Pratum Albini: Monasterium Sanctae Luciae de Rosseno, cum Ecclesiis, & pertinentiis suis: & Ecclesia Sanctae Trinitatis de Savino: Manzelinum: Taivalum: Rastellinum: Sancta Maria in Gromalo: Spina-Lamberti: Soltria: Ronzalia: Camorana: Sorhavia: Curtiule Siccum: Castellum Pellavi: Trecentula: Bundenum: Stagaria: Castellum Cella: & Marzalia: cum pertinentiis eorum: praeterea Castellum Cellulas: Curtem Raguse. & Castellum Tedaldi, cum omnibus allodiis, quae in ipso Comitatu Ferrariensi Bonifacius Marchio acquisita possedit, vestro in*

A — *perpetuam Monasterio confirmamus: uti etiam, quae Comitissa Mathildis de oblatione, quam Sancto Petro & Romanae Ecclesiae dederat, vobis nuper dedisse cognoscitur, sub Censu scilicet annuo unius Aurei.* Sane nec Mutinensis omnino, nec alicuiquam Episcoporum, vel Principum, aut alicui Ec-

B — clesiasticae, Secularive personae liceat supradicto Monasterio, aut ejus Cellis, vel Ecclesiis, aliisve possessionibus gravamen inferre, exactionem imponere, Placitum, sive colloquium, praeter Abbatis ac Fratrum voluntatem indicere vel tenere. Obeunte te nunc ejus Loci Abbate, vel tuorum quolibet Successorum, nullus ibi quali-

C — bet surreptionis astutia seu violentia praeponatur, nisi quem Fratres communi consensu vel Fratrum parte consilii sanioris, secundum Dei timorem, & beati Benedicti Regulam elegerint, ab Apostolicae Sedis Praesule consecrandum. Crisma, Oleum Sanctum, Consecrationes Altarium, sive Basilicarum, Ordinationes Monachorum, qui ad Sacros fuerint Ordines promovendi,

D — sive Clericorum, Monasterio, Cellis, vel Ecclesiis pertinentium, a quo malueritis Catholico accipietis Episcopo, si quidem gratiam & communionem Apostolicae Sedis habuerit: & si ea gratis ac sine pravitate voluerit exhibere. Non enim Episcoporum cuiquam permittimus, invito Abbate, in Monasterio, vel in Monaste-

E — rii Cellis, vel Ecclesiis, Ordinationes facere, Missas publicas celebrare, vel earum decimas vendicare. Nec de Monasterio ipso, vel ejus rebus rescriptum subripere, aut quolibet modo impetrare, cuiquam personae facultas sit. Quod si forte praesumptum fuerit, irritum penitus habeatur. Ad haec adjicientes decernimus, ut nulli omnino hominum liceat idem Monasterium te-

mere

mare perturbare, aut ejus poffeffiones auferre, vel ablatas retinere, vel injufte datas fibi ufibus vendicare, minuere, vel temerariis vexationibus fatigare; fed omnia integra conferventur, pro quorum fuftentatione & gubernatione conceffa funt, ufibus omnimodis profutura, ac in omnibus femper Apoftolicae Sedis, cujus eft proprium, munimine ac protectione congaudeat. Si quis igitur in futurum Archiepifcopus aut Epifcopus, Imperator, aut Rex, Princeps, aut Dux, Comes, Vicecomes, Judex, Caftaldio, aut Ecclefiaftica qualibet, Secularifve perfona, hanc noftrae Conftitutionis paginam fciens contra eam temere venire temptaverit, fecunda, tertiove commonita, fi non fatisfactione congrua emendaverit, poteftatis, honorifque fui dignitate careat, reamque fe divino judicio exiftere de perpetrata iniquitate cognofcat, & a facratiffimo Corpore ac Sanguine Dei & Domini Redemptoris noftri Jefu Chrifti aliena fiat, atque in extremo examine diftrictae ultioni fubjaceat. Cunctis autem eidem loco jufta fervantibus fit pax Domini noftri Jefu Chrifti, quatenus & hic fructum bonae actionis percipiant, & apud diftrictum Judicem praemia aeternae pacis inveniant.

Scriptum per manum Gregorii Notarii Sacri Palatii.

Ego *PASCHALIS* Catholicae Ecclefiae Epifcopus fubfcripfi.

Data Tiberiae per manum Johannis fanctae Romanae Ecclefiae Diaconi Cardinalis, ac Bibliothecarii, Quarto Idus Novembris, Indictione VI. Incarnationis Dominicae Anno Milleffimo Centeffimo Deçimo Tertio, Pontificatus autem Domni Pafcalis II. Papae Anno XIV.

Heic habes *Annum XIV.* **Pafchalis II. Papae, conjunctum cum** *Anno* **Tom. XIII.**

* *Lege id genus, five ejus generis nodos)*

Incarnationis Dominicae MCXIV. & Indictione VI. Errorem patentem continuo heic deprehendiffe fibi videberis, ubi e Donizone, Baronio, Pagio, ac aliis intellexeris, Pafchalem ipfum die XIV. Augufti Anno MXCIX. Romanam Cathedram confcendiffe. Sed bona verba. Sunt & aliae Bullae, quae hoc ordine procedunt, ut prope ad credendum adducaris Anno fubfequenti MC. Pafchalem renuntiatum fuiffe Pontificem Maximum. Vide Bullarium Cafinenfe Part. 2. Ughellium, Bullarium Cluniacenfe, Balutium in Mifcellaneis, atque, ut ceteros omittam, Mabillonium Lib. 5. Tabul. 31. Diplomatic. ubi refert autographam Bullam Pontificis hujus Datam Roviae per manum Johannis fanctae Romanae Ecclefiae Diaconum Cardinalem, Decollectio Kalendis Aprilis Indictione X. Incarnationis Dominicae Anno MCIII. Pontificatus autem Domni Pafchalis Secundi Papae III. Differunt haec aperte a calculis Pagii ac aliorum. Quando immotus eft Annus & Menfis, quibus Pontificiam dignitatem tulit Pafchalis II. fcilicet dies XIV. Augufti Anni MXCIX. neceffe eft intelligamus (idque arimadvertendum diligentiffime nobis ad folvendos alios * ad genus nodos) ufum illum fuiffe aliquando Aera Pifana, quae non a Nativitate, neque a Circumcifione Domini, fed ab ejus Incarnatione, five a die XXV. Martii exordium novi Anni deducit, ac propterea novem Menfibus Annum Vulgarem noftrum praevertit. Quare quamquam Bulla nuper producta Annum exhibeat MCXIII. non alium fignificatur, quam Annum MCXII. Indictio autem Sexta illic adhibita, Septembri Menfe ejufdem Anni MCXII. initium fumfit; Alteram Pa-

schalis II. Bullam praelaudatam Mabillonius prodidit in Appendice ad
Tom. V. Annalium Benedictin. pag.
693. Data fuit II. Idus Aprilis, Indictione VI. Incarnationis Dominicae Anno MCXIIII. Pontificatus quoque Domni Paschalis Papae II. Decima quarto.
Censet Clariss. Vir. ibi scribendum
esse Indictione VII. Hanc enim revera
exigit Annus Vulgaris MCXIV. Verba ibi agitur de Anno Pisano, ac
propterea data fuit Bulla Anno secundum nos praecedenti, quo reapse
Secundo Idus Aprilis in cursu erat Indictio Sexta. Ita in Thesauro Ane-
cdotor. P. Pezii Tom. 3. Part. 2.
pag. 659. altera ejusdem Pontificis
Bulla refertur, Data VIII. Kalendas

A Novembris Indictione XII. Incarnationis Dominicae Anno MCV. Pontificatus
autem Domni Paschalis II. Papae Anno
VI. Et ibi intelliges, Annum Vulgarem MCIV. quo decurrebat Annus
Sextus Paschalis, Octobri Mense,
uti & Indictio XII. continuata usque
ad finem Anni: Redeo ad Nonanta-
lanum Monasterium, cujus jura (ut
B praeteream quae in Synodo Nonantulana Anno MCLXXXVIII. a Cardinali de Angelis Abbate Commen-
datario celebrata leguntur) perspicue
percipias ex sententia quadam Innocentii III. Papae, quam authenticam
inspexi inter pauculas Chartas super-
stites amplissimi illius Coenobii.

Decretum Innocentii III. Papae in controversia de Ecclesia aedificata Spinalamberti, agitata inter Martinum Episcopum Mutinensem, & Raimundum Abbatem Nonantulanum, Anno 1213.

INnocentius Episcopus, servus servorum Dei, dilecto filio Raimundo
Abbati Nonantulano salutem & Apostolicam benedictionem. Causa, quae inter te, ac venerabilem fratrem vestrum
Martinum Episcopum Mutinensem,
super Ecclesia, quam in Castro, quod
dicitur Spinalamberti, dictus Episcopus aedificavit, vertebatur a venerabili fratre vestro O. Parmensi Episcopo, & suis Conjudicibus, delegatis a
nobis, cum depositionibus testium, ju-
ramentis & confessionibus partium ad
nostrum remissa judicium & utriusque
partis Procuratoribus in vestra praesentia constitutis, tuus proposuit Procurator, sufficienter esse probatum, eundem
Episcopum Ecclesiam in fundo tui Alo-
derii construxisse. Cum enim Castrum-
verus, & totum Spinalambertum ex donatione clarae memoriae Ursonis Ducis ad Monasterium pertinet memora-

C tum, sicut per instrumentum donationis
apparet, & ostensum fuit, quod R.
quondam praedecessor tuus in emphi-
teosim concesseris Marchioni Bonifacio;
& alii successores ipsius in feudum postmodum successive Manfredis & Dominis
Beccafabis, qui fidelitatem exinde faciunt Monasterio, & ejus nomine de
terris illis exigunt pensionem, distri-
D ctum habentes & jurisdictionem exer-
centes ibidem, non sine injuria Episcopis in solo ipsius Monasterii eandem e-
dificavit Ecclesiam, praesertim cum i-
dem Monasterium Privilegiis gaudeat
Pontificum Romanorum, ut nullus in
Parochiis Ecclesiarum suarum, in quibus nullus Episcopus jurisdictionem
habet, Ecclesiam edificare presumat,
E nec in aliis etiam, nisi tuo & Monachorum assensu requisito primitus
optento, asserebat nihilominus, per testes esse probatum, locum litis, in quo
Epi-

Episcopus edificavit Ecclesiam, sitam in Parochia Ecclesiae Sanctorum Senefii & Torquampi, quae ad dictum Monasterium pertinet pleno jure. Adjecit etiam quod etiam edificavit Episcopus Ecclesiam memoratam, quia celavit adversarium, nec denuntiavit eidem, cum extimaverit vel extimare debuerit, se prohiberi debere. Unde quod sic edificatum esse dignoscitur demoliri penitus postulabat, praesertim cum tu olim ad edificandam ibidem Ecclesiam primariam lapidem a Sede Apostolica postularis, & dilecti filii I. Archipresbyter & G. Canonicus Bononiensis, a nobis delegati, cognoverint, locum illum ad ipsum Monasterium pertinere, ac esse praefatum exemptum. Ceterum allegavit ad ultimum, quod cum justam causam possidendi habeat Monasterium, & sub justo titulo possessionem continuaverit ab antiquo, etiam si actum sit interdicto Uti possidetis, in illa superior pars ejusdem Monasterii reperitur, & sic pro ipso deberet fieri sententia, non obstante, quod Episcopus asserit, se coepisse in proprio aedificare allodio, cum ex instrumento permutationis, quo Procurator ejus in judicio fuit usus, appareat, quod longo tempore, postquam coepit aedificare, fundum, quo aedificium est combustum, a Romanello permutationis titulo recepisset. Procurator autem Episcopi proposuit ex adverso, quod cum Mutinenses Cives, in loco praedicto & inhabitato Castrum aedificaverint, quod dicitur Spinalambertum, & novos habitantes adduxerint, Episcopus jure Dioecesano voluit in divinorum perceptione suo Populo providere, ibi Ecclesiam in proprio solo fundavit; contra quam non admittendam petitionem partis adversae dicebat, allegans quod ad demoliendum istud edificium per denuntiationem novi operis agi non poterat, quia denuntiatio novi operis non praecessit. Et ad-

jecit, quod cum Procurator tuus peteret, ne idem Episcopus in toto litis te ullatenus molestaret, & Procurator Episcopi adversus te petitionem similem replicaret, interdictum Uti possidetis deductum in judicium videbatur. Sed in eo partem suam superiorem esse dicebat, quoniam in eodem interdicto ille debet haberi superior, qui non vi, non clam, non precario ab adversario tempore litis possides contestatae. Unde cum Episcopus locum parit, et proprium, & justo titulo, scilicet permutationis, possideas, nec vi possidere, nec nulli vim ibidem intulerit, nec etiam dici debebat, cum in suo edificans non debuerit credere, quod super hoc adversus eum movere debuerit aliquis quaestionem; unde peccat pars Episcopi super hoc a tua impetitione absolvi, non obstante quod praedicti Bononienses denuntiaverint, locum ipsum, sicut fertur, exemptum: quia cum non fuerit citatus Episcopus, cujus intererat, ex quo agebatur de loci exemptione, notari, eo quod nulli magis quam Dioecesano Episcopo ex hoc poterat generari praejudicium, eorum processus erat in irritum revocandus; quia secundum legitimas sanctiones nec Imperiale responsum, quod supplicatio litigatoris obtinuit, nec interlocutio cognitionis ex parte actoris vel rei, statum valet innovare possessionis, eo, qui rem tenens absente. Auditis igitur hiis & aliis, quae hinc inde fuere proposita coram nobis, providimus quaestionem hujusmodi per concordiam sopiendam. Unde assentientibus tam & partis alterius Procuratoribus, sic deximus providendum: Ut Ecclesia, de qua quaestio vertebatur, Episcopo pleno jure remaneat; & aliam in eodem Castro in fundo proprio, si volueris, edifices, & ipsa ad tuum Monasterium pertineat pleno jure. Parochiani autem,

qui ad locum accessere praedictum,
postquam Castrum edificari coepit ibidem, & qui accesserint in futuro,
Inter Episcopum & Monasterium per
medium dividentur, salvis semper aliis Privilegiis Monasterii supradicti:
*Nulli ergo omnino hominum liceat hanc
paginam nostrae provisionis infringere,
vel ei ausu temerario contraire. Si quis
autem hoc attemptare presumpserit, indignationem omnipotentis Dei, & beatorum Petri & Pauli Apostolorum ejus,
se noverit incursurum.*

*Datum Romae apud Sanctum Petrum
V. Kalendas Junii, Pontificatus nostri
Anno Septimo decimo.*

Quod hactenus commentatus sum
de Coenobio Nonantulano, transferendum est ad Cavense, Farfense,
Volturnense, Bobiense (si quidem
A omni suspicione careant antiquissima
eorum Privilegia) atque ad alia celeberrima Italiae Monasteria. Et haec
sane e Privilegiis Monachorum ediscas. Verum cum iis conferenda quoque forent Episcoporum monumenta
ac Privilegia. Exempli causa prodeant Literae Alexandri III. Papae,
quas in Archivo Monachorum Bene-
B dictinorum Sancti Petri Mutinae autographas vidi, in quibus ea verba
potissimum consideranda sunt: *Statuimus quoque, ut infra Parochias Monasterii & Ecclesiarum vestrarum, nullus Ecclesiam, vel Oratorium sive assensu EPISCOPI, & vestro aedificare
praesumat.* Viden' ut Episcopi juri-
C bus consultum voluerit sanctissimus Pontifex. Sed ipsas Literas integras preferre satius duco.

Alexandri III. Papae Bulla, qua Monachis Sancti Petri Mutinensis omnia illorum jura ac bona confirmat, Anno 1172.

A Lexander Episcopus, *servus servorum Dei, dilectis filiis Geminiano Abbati Sancti Petri Mutinensis, ejusque Fratribus tam presentibus
quam futuris, Regularem vitam professis, in perpetuum. Religiosam vitam
eligentibus Apostolicum convenit adesse
praesidium, ne forte cujuslibet temeritatis incursus, aut eos a proposito revocet, aut robur, quod absit, sacrae Religionis infringat. Ea propter, dilecti
in Domino filii, vestris justis postulationibus clementer annuimus, & praefatam Ecclesiam, in qua divino mancipati estis obsequio, sub beati Petri, &
nostra protectione suscipimus &c. Praeterea diffinitionis sententiam, quae super
causa, quae inter vos & venerabilem
fratrem nostrum G. Paduanum Episcopum de Monasterio Candiana, diutius est*
D *agitata a venerabilibus fratribus nostris
Papiense & Placentino Episcopis, &
dilecto filio B. Electo Sancti Sepulcri,
lata esse dinoscitur, sicut in autentico
scripto exinde facto continetur, vobis &
Monasterio auctoritate Apostolica confirmamus, & eam firmam & ratam in
perpetuum manere sancimus. Ad haec
correctionem, ordinationem, & dispositionem ipsius Monasterii, & omnia
ad ipsum pertinentia, secundum quod
E vobis per sententiam concessa sunt, tibi, fili Abbas, & Successoribus tuis,
& per vos eidem Monasterio duximus
integra auctoritate Apostolica confirmanda. Statuimus quoque, ut infra Parochias Monasterii & Ecclesiarum vestrarum nullus Ecclesiam vel Oratorium sine assensu Episcopi & vestro
edificare praesumat. Sane coralia
vestro-*

vestrarum, quæ propriis manibus aut sumptibus colitis, sive de nutrimentis vestrarum animalium, nullas a vobis Decimas praesumat exigere. Prohibemus insuper, ut nullus Laicus a vobis decimas exigere audeat, vel quamdolibet extorquere. Decernimus ergo, ut nulli omnino hominem liceat praefatam Ecclesiam temere perturbare, aut ejus possessiones auferre vel ablatas retinere, minuere, seu quibuslibet vexationibus fatigare, sed illibata omnia & integra conserventur eorum, pro quorum gubernatione & sustentatione concessa sunt, usibus omnimodis profutura, salva Sedis Apostolicæ auctoritate & Diocesani Episcopi Canonica justitia. Si qua igitur &c. potestatis, honorisque sui dignitate careat, reamque se divino judicio &c.

Ego Alexander Catholicæ Ecclesiæ Episcopus subscripsi.

Ego Bernardus Portuensis & Sanctæ Rufinæ Episcopus subscripsi.

Ego Gualterius Albanensis Episcopus subscripsi.

Ego Guillelmus Presbyter Cardinalis titulo Sancti Petri ad Vincula subscripsi.

Ego Boso Presbiter Cardinalis Sancto Pudentianæ titulo Pastoris subscripsi.

Ego Petrus Presbiter Cardinalis titulo Sancti Laurentii in Damaso subscripsi.

Ego Johannes Presbiter Cardinalis titulo Sancti Marci subscripsi.

Ego Oddo Diaconus Cardinalis Sancti Nicholaji in Carcere Tulliano subscripsi.

Ego Cinthius Diaconus Cardinalis Sancti Adriani subscripsi.

Ego Manfredus Diaconus Cardinalis Sancti Georgii ad Velum aureum subscripsi.

Ego Hugo Diaconus Cardinalis Sancti Eustachii juxta Templum Agrippæ subscripsi.

Ego Vitellus Diaconus Cardinalis Sanctorum Sergii & Bacchi subscripsi.

Ego Petrus Diaconus Cardinalis Sanctæ Mariæ in Aquiro subscripsi.

Datum

Datum Anagniæ per manum Gratiani sanctæ Romanæ Ecclesiæ Subdiaconi & Notarii, XII. Kalendas Julii, Indictione VI. Incarnationis Dominicæ Anno MCLXXII. Pontificatus verò Domni Alexandri Papæ Tertii, Anno XIIII.

Signum Bullæ plumbeæ prudentis deperditæ.

Verum longe majoris momenti hanc in rem mihi videtur Bulla Callisti II. Papæ pro Mutinensi Ecclesia, quam etsi evulgarint Sillingardus & Ughellius, heic tamen Lectoribus exhibendam putavi, tum correctiorem, tum Cardinalium subscriptionibus, ac Notis Chronologicis auctam, ex authentico existente in insigni Tabulario Canonicorum Mutinensium.

Callisti II. Bulla, qua Episcopo Mutinensi, ejusque Ecclesiæ omnia jura ac privilegia ad ipsam pertinentia confirmat, Anno 1131.

CAlixtus Episcopus, *servus servorum Dei venerabili Fratri Dodoni Mutinensi Episcopo, ejusque Successoribus canonice substituendis in perpetuum. Sicut injusta poscentibus nullus est tribuendus effectus, sic legitima desiderantium non est differenda petitio. Tuis ergo, frater in Christo carissime Dudo Episcope, precibus annuentes, ad perpetuam sanctæ, cui Deo auctore presides, Mutinensis Ecclesiæ pacem et stabilitatem, præsentis Decreti auctoritate sancimus, ut universi Mutinensis Episcopatus fines quieti deinceps omnino & integri tam tibi quàm tuis Successoribus conserventur. Qui nimirum fines his distinctionibus distenduntur, videlicet a terminis illis, qui Lucensem & Pistoriensem Episcopatus a Mutinensi dividunt usque ad flumen illud, quod appellatur Barana, & usque ad terminum illum, qui Muria vocatur; atque inde usque ad illum terminum, qui Bononiensem Episcopatum a vestro Episcopatu disjungit. Ex altera verò parte usque ad terminos, qui Episcopatum Alutinensium a Regino discernunt. Ecclesiarum verò, quæ intra hos terminos continentur, consecrationes, Clericorum* promotiones, decimas & oblationes, secundùm sanctarum Canonum constitutiones, tibi tuisque Successoribus concedimus & confirmamus; Præcipuè in Plebe Sanctæ Mariæ de Dodrantio, quæ est in Curte Sicl, & in Capellis ejus; In omnibus Ecclesiis, quæ sunt in Castro Curte Solariæ, & in Plebe Roncalie: In omnibus Ecclesiis de Ponte Ducis; In Ecclesia de Camurana; in Ecclesiis de Curte Curtiole; in Ecclesia de Scoplano; in Ecclesia Sancti Petri in Sicula; & in Ecclesiis, quæ sunt in Castro Veteri, & in Curte ipsius; In omnibus Ecclesiis, quæ sunt in Castro & Curte Panciani de Leonensi Abbatia; & in omnibus Ecclesiis quæ sunt in Plebe Rubiani. *Quæcumque præterea loca, quascumque possessiones vel in præsenti legitime possideris, vel in futurum, largiente Deo, juste atque canonice poteris adipisci, firma tibi, tuisque Successoribus & illibata permaneant. Determinimus ergo, ut nulli omnino Episcoporum facultas sit infra prædictos fines sine tuo vel Successorum tuorum consensu, Ecclesiam consecrare, Chrisma conficere, aut Clericos ordina-*

re,

re, praeter Ecclesias & Clericos de Castro & Burgo Nonantulae. *Nulli etiam hominum liceat Ecclesiam vestram perturbare, aut ejus possessiones auferre vel ablatas retinere, minuere, vel temerariis vexacionibus fatigare; set omnia integra conserventur tam eius, quam Clericorum & Pauperum usibus profutura. Sane de Presbiteris, qui per Parochias ad Monasteria pertinentes in Ecclesiis constituuntur, Praedecessoris nostri sanctae memoriae Urbani Secundi sententiam confirmantes, statuentes, ne Abbates in Parochialibus Ecclesiis, quas tenent, absque Episcoporum consilio Presbiteros collocent: set Episcopi Parochie curam cum Abbatum consensu Sacerdoti committant, ut ejusmodi Sacerdotes de Plebis quidem cura Episcopo rationem reddant; Abbati vero pro te-* nua temporalibus ad Monasterium pertinentibus debitam subjectionem exhibeant, & sic sua cuique jura serventur. Si qua igitur in futurum Ecclesiastica, Secularisve persona, hanc nostrae constitutionis paginam sciens, contra eam temere venire temptaverit, secundo tertiave commonita, si non satisfactione congrua emendaverit, potestatis honorisque sui dignitate careat, reamque se divino judicio existere de perpetrata iniquitate cognoscat, & sacratissimo Corpore ac Sanguine Dei & Domini Redemptoris nostri Jesu Christi aliena fiat, atque in extremo examine districtae ultioni subjaceat. Cunctis autem nostro Ecclesiae justa servantibus sit pax Domini nostri Jesu Christi, quatenus & hic fructum bonae actionis percipiant, & apud districtum Judicem premia eterne pacis inveniant. Amen, Amen, Amen.

Ego Calixtus Catholicae Ecclesiae Episcopus subscripsi.

Ego Crescentius Sabinensis Episcopus subscripsi.
Ego Petrus Portuensis Episcopus subscripsi.
Ego Vitalis Albanus Episcopus subscripsi.
Ego Divizo Tusculanus Episcopus subscripsi.
Ego Bonifacius titulo Sancti Marci Presbiter Cardinalis subscripsi.
Ego Robertus Cardinalis Presbiter titulo Sanctae Sabinae subscripsi.
Ego G. G. Cardinalis Presbiter titulo Sanctae Priscae subscripsi.
Ego Theobaldus Presbiter Cardinalis titulo Pammachii subscripsi.
Ego Rainaldus Presbiter Cardinalis Sanctorum M. & P. subscripsi.
Ego

Ego Desiderius Presbiter Cardinalis titulo Sanctæ Pra-
xedis subscripsi.

Ego G. G. Presbiter Cardinalis titulo Lucinæ subscripsi.

Ego Asdrait titulo Sancti Laurentii Presbiter Cardi-
nalis subscripsi.

Ego Georgius Presbiter Cardinalis titulo Sanctæ Susan-
næ subscripsi.

Ego Johannes titulo Sancti Grisogoni Presbiter Cardi-
nalis subscripsi.

Ego Sigizo Cardinalis titulo Sancti Sixti subscripsi.

Ego Romoaldus Diaconus Cardinalis Sanctæ Mariæ in
Via Lata subscripsi.

Ego Johannes Diaconus Cardinalis titulo Sanctorum Co-
smæ & Damiani subscripsi.

Ego Girardus Diaconus Cardinalis Sanctæ Luciæ sub-
scripsi.

Ego Jacinctus Sanctæ Romanæ Ecclesiæ Subdiaconus, &
Subdiaconorum Prior subscripsi.

Ego Romanus Sanctæ Romanæ Ecclesiæ Subdiaconus sub-
scripsi.

Ego Ugo Romanæ Ecclesiæ Subdiaconus subscripsi.

Data Laterani per manum Grisogoni Sanctæ Romanæ Ecclesiæ Diaconi Cardinalis ac
Bibliotecarii, Quarto Nonas Marcii, Indictione XIIII. Incarnationis Domini-
cæ Anno MCXXI. Pontificatus autem Domini Calixti Secundi Papæ Anno III.

Heic ad Jus Mutinensis Ecclesiae pertinere dicuntur Ecclesiae *de Do-drantio, in Corte Sixi, in Corte Sa-larias, Romaliae, Pontis Ducis, Ca-maranae, Cortiolae, Sclopani, Sancti Petri in Sicula, Castriveteris, Pancia-ni, & Rubiant.* Atqui has ipsas Ecclesias enumeratas deprehendis in Bullis Pontificiis Nonantulano Coenobio concessis. Ad haec decernitur heic, *ut nulli Episcoporum facultas sit infra praedictos fines sine tuo vel Successorum tuarum consensu, Ecclesiam consecrare, Chrisma conficere, aut Clericos ordina-re, praeter Ecclesias & Clericos de Ca-stro & Burgo Nonantulae.* Non sit Ecclesias Abbatiae aut Monasterii No-nantulae; tantummodo sit *Ecclesias & Clericos de Castro & Burgo Nonan-tulae;* hoc est minime excipit reli-quas Ecclesias Nonantulano Coeno-bio subiectas. Immo disertis verbis addit Pontifex: *De Presbyteris, qui per Parochias ad Monasteria pertinen-tes in Ecclesiis constituuntur, Praede-cessoris nostri sanctae memoriae Urbani Secundi Papae sententiam confirmamus, ut Abbates &c.* Quei ergo post An-num Christi MCXXI. quo data est Bulla haec, ita Nonantulani Mona-sterii jura invaluere, ut exinde pro-priam Dioecesim, & excluso Episco-po Mutinensi, Parochos in eisdem locis confirmet? Ad haec, cur ei-dam Episcopo aliae nunc subsunt, quae tamen Abbati Nonantulano in antiquis Privilegiis subesse dicuntur? Exquirere caussas non vacat: illud tantum ajo, si quae olim controver-siae fuerunt, jamdiu tempus omnia com-

compoluisse, & utramque Dioecesim quiete nunc ordine regi, ita ut disputandi in posterum de illarum juribus sublatus sit locus. Sed animadvertisse non poenitet ad aliorum exemplum, qui scissuras Episcopatuum suorum commodius poterunt hac luce investigare. Tu, si plura cupis, consule infra Dissertationem LXX. *de Cleri & Ecclesiar. Immunitate.* Interea dissimulandum nequaquam est, in Lateranensi Concilio L quod sub eodem Callisto II. Papa celebratum fuit Anno Christi MCXXIII. excitatam fuisse ab Episcopis multiplicem querimoniam adversus Monachos, quorum ditio & Privilegia adeo amplificata fuerant, ut jam extenuata atque expilata videretur Episcoporum auctoritas, & sublimis gradus. Neque enim tantummodo Abbatibus Pontificalia ornamenta conlata fuerant, sed quam quisque partem e Dioecesibus Episcopalibus arripere potuerat, veluti Dioecesim propriam regebat. Rem memoriae prodidit Petrus Diaconus Lib. 4 Cap. 78. Chronici Casinensis, cujus verba sunt: *In eo Saeculo Episcopi & Archiepiscopi adversus Monachos proclamationem fecerunt, dicentes, nil aliud superesse, nisi ut sublatis Virgis & Anulis deservirent Altaribus. Illi enim Ecclesias, Villas, Culta, Decimationes, vivorum & mortuorum Oblationes retinent. Et rursus haec saepius ante Pontificem conquerentes: devicit pudor: Canonicorum honestas obliterata est: Clericorum religio cecidit: dum Monachi contra se seculi desideria, jura Episcoporum insatiabiliter concupiscunt; & omnes, quae sua sunt, quaerunt: & qui Mundum cum suis concupiscentiis reliquerunt, his, quae in Mundo sunt, inhiare non desinunt. Et quibus per Beatum Benedictum a curis mundialibus ultra quiescendi locus offer-*

tur, ad tollenda ea, quae Episcoporum sunt, opportune importune fatigentur. Ibi propterea Canone XVII. interdictum fuit, *Abbatibus & Monachis publicas poenitentias dare, & infirmos visitare, & unctiones facere, & Missas publicas cantare: Chrisma, & Oleum, Consecrationes Altarium, Ordinationes Clericorum ab Episcopis accipiant, in quorum Parochia manent.* Quid Monachi pro se tunc reposuerint, nihil attinet referre. Neque enim lubet, momenta rationum utriusque partis in praesentia expendere. Potuissent tamen Monachi, & ipsi poscere, cur Episcopi & Archiepiscopi, postquam Apostolus secunda ad Timotheum Cap. 2. vers. 4. eos uti *milites Dei* monuerat, ne *implicarent se negotiis secularibus*, non minori cupiditate Comitatus, Urbes, Castella, aliaque Secularium hominum munera ac jura sibi conquisissent, & adhuc in dies conquirerent. atque in sanguinolentia etiam bella ferrentur. Quod unum nosse heic juvat: frustra fuit illorum Episcoporum proclamatio, & adeptis honoribus, ac juribus frui perrexerunt Monachi, eorumque Abbates.

Contra fuere olim etiam nonnulli ex Episcopis, quibus satis non fuit suam propriam Dioecesim regere, sed placuit manus immittere in alienas; hoc est, curarunt, ut Populo Episcopatui sui alter aliquis conterminus adderetur, atque unus Episcopus duas regeret Dioeceses. Id factum quandoque fuit justis de caussis, & assensum praebente Apostolica Sede, si quando bellorum rabies, aut succrescentes paludes attrivissent Ecclesias, vastassent agros, & Episcopo reditus debiti, ac necessarii periissent. Interdum vero id sine caussa perpetratum, atque ut ambitioni quorumdam fieret fatis, Principibus Laicis, non verò Pontificibus Romanis, usurpationem hujusmodi contra sacros Canones foventibus. In Chronico Vulturnensi Part. 2. Tomi I. Rer. Italicar. pag. 388. habita est quaestio Anno Christi DCCCXXXIX. coram *Sicardo Principe Beneventano inter Hermeritum Episcopum Beneventanum*, & Monachos Sanctae Mariae de Sano, causa Baptismalis Ecclesiae cujusdam, quam Episcopus ad se, Monachi verò ad suum Monasterium pertinere contendebant. Nullam hujus *Hermeritti* Episcopi Beneventani mentionem habet Ughellus In Catalogo Beneventanorum Praesulum; qui propterea statuendus est inter *Ursum* & *Agonem* Antistites, Anno DCCCXXXII. Ad haec in eadem Charta Vulturnensi legitur, Baptismalem Illam Ecclesiam *usque ad tempus Domni Gisulfi Ducis* & *Maraldi reverentissimi Episcopi fuisse in dominio sanctae Beneventanae Ecclesiae*. Et hic *Maraldus* Episcopus ibidem Beneventanus Innotuit fuit Ughellio. Ab Anno DCCXXXII. usque ad DCCXLIX. Ducatui Beneventano praefuit G. sulfus II. secundum Peregrinii calculos. Ergo inter *Hermeritam* & *Agonefum*, qui ex fide Marii Viperae Cathedram Beneventanam tenuerunt post Annum Christi DCC. collocandus erit *Hermaldus, seu Maraldus*. Itaque in illo Placito ostendebat *Hermeritus* seu *Hermeris Episcopus*, detineri a Monachis, repugnantibus sacris Canonibus, Parochialem Ecclesiam. Ad haec quid illi? Recriminabantur, contendendo, *Principes, & Antistites ponere in oblivionem Canones, & Edicta gentis nostrae Langobardorum, & sequi in judicando usus hujus nostrae Provinciae*. Tum adducunt: *Attamen si hoc per Antecessores minime stare potest, quia ad*

Canones judicare vultis: quomodo sanctus noster Barbatus Episcopus obtinuit a bonae recordationis Domno Romualdo, ut usurparet sanctam Sedem Sipontinam; & per ejus obsecrationem, praedicta Sedes usurpata est, & contradita sanctae Sedis Beneventanae Ecclesiae; & ab eo tempore usque nunc ibidem minime fuit consecratus Episcopus? Pergunt etiam dicendo, *Sipontinam Episcopatum, & ejus Parochiam per Praeceptum Domni Romualdi Beneventano Episcopo fuisse concessam: quod & nobis esse videtur, contra Canones factum fuisse.* Haec audiens Sichardus Princeps, periit a Justo Archipresbytero sanctae Beneventanae Ecclesiae, ibi agente pro Episcopo Hermariffo, *an ipsa Sedes Sipontina cum Canonica sanctione* (hoc est secundum Canones, & probante Apostolica Sede) *fuisset sublata. Et ipse nobis claruit, dicens, quod contra Canones facta est usurpatio praedictae Sedis Sipontinae.* Habemus heic, unde falsi postulemus Literas Vitaliani Papae, a Mario Vipera productas, quibus unio Sipontinae Ecclesiae cum Beneventana probatur. Ut alia omittam, pugnat reatus, pugnant & Notae Chronologicae Bullae illius cum Historia: quod & Camillus Peregrinius & Ughellius sunt suspicari. Quam ob rem nil mirum, si Anno Christi DCCCXXXIX. quo scripta fuit Charta Vulturnensis, hasce Literas ignorabant veteres Beneventani; sed tantummodo norint, factam unionem illam fuisse *per Praeceptum Romualdi Ducis Beneventani*, & quidem, si mendo caret Charta, *per usurpationem*.

Vicissim vero abundant exempla locorum & Urbium Dioeces & Episcopo suo olim fruentium, quorum nomina in vetustis Historiis, Conciliis, & Chartis occurrunt; sed nunc

aut nullum, aut modicum retinent
antiquae dignitatis vestigium. Legitimis autem de caussis ejusmodi decus aut in iis cessavit, aut ab iis a-
vulsum fuit, sive quod illis in locis
succreverit Illustrior quaepiam Civitas, in quam translata fuerit Cathedra Episcopalis; sive quod funditus
eversae Urbes, Populique succisi, locum fecerint finitimis Episcopis, ut
pristinam amplificarent Dioecesim; sive etiam quod ob facinora Civium
Episcopalis honor eorum Ecclesiae
ereptus fuerit. Sunt ergo loca non
pauca, quae suos antiquitus aluere
Episcopos, nostris verò temporibus,
Dioecesi in conterminas Ecclesias divisa, nihil servaot vetusti decoris.
Sunt & quae nomen saltem retinent,
unitae quippe eorum Ecclesiae alteri, *Con-cathedralitatis,* ut ajunt, titulum atque ornamentum adhuc o-
stentant. *Brixelli* Oppidum ad Padum, Atestinis Mutinae, Regii &
Ducibus subjectum, nunc in spiritua-
li regimine subest Episcopo Mutinensi. Olim Episcopalis Civitas fuit,
ejusque Dioecesim Parmensis & Regienses Episcopi absorbuerunt. *Aci-
liam* quoque (*Asolo* Italice) Oppidum,
Tarvisinis conterminum, a propriis
olim Episcopis regebatur. A compluribus Seculis Tarvisino Episcopo paret, nostrisque diebus ut honorem
saltem *Con-cathedralitatis* tandiu amis-
sum reciperet, frustra insudavit. Contra *Adriensis* Episcopatus Rhodigium;
Lavensis Sereranam, & *Tuscanensis* seu
Tuscaniensis Viterbium, ab antiquis
Urbibus ad novitias translati, in ti-
tulario Episcoporum nostri aevi, non
interrupto splendore, vario tamen
ordine commemorantur. *Bovium* contra Flaminiae Civitas, cujus Episcopos antiqua aetas novit, ita periit,
ut ne ejus quidem rudera nunc Eru-

ditis sint nota, ejusque Dioecesis u-
niversa in Antistitem Sarsinatensem
coaluerit. Reliquis autem praetermis-
sis, id unum omittere nolo, nempe
incertum esse, quo tempore Ferraria,
nunc Illustris Civitas, & Archiepi-
scopali dignitate nuper aucta, quamquam barbaricis temporibus nata, ad
Episcopalem Civitatem evecta fuerit.
Nam quae de Marino primo Episcopo, aliisque eorum temporum vetu-
stissimis Episcopis circumferuntur, fa-
bulas olent, & nullo certe stabili
fundamento nituntur. Regioni verò
illi ante conditam Ferrariam censent
Eruditi Ferrarienses, praefuisse Episcopos, quorum Sedes foret *Vico-habentiae* (nunc vulgo *Voghenza*) quae
nostro aevo vicus est Ferrariensis Ducatus, atque Dioecesis, unde antiquis temporibus Ferrariam translati
fuerint. Et sane inter Episcopos Metropolitae Ravennati olim subjectos
numeratur *Vico-habensis* in Diplomate Valentiniani III. Augusti apud
Rubeum in Historia Ravennate, quod
monumentum etsi omnino supposti-
cium est, antiquissimum tamen lateri o-
portet, quum de illo mentionem fecerit circiter Annum Christi DCCCXXX.
Agnellus in Vitis Archiepiscoporum
Ravennatum, Part. I. Tomi I. Rer.
Italicarum. Ferrariensium quoque
sententia est, neque improbanda, *Vi-
querium* (nunc *Voghiera*) alterum vi-
cum non longe a Vico-habentia positum, qui idem cum Vico Adventi-
no a vetustis Scriptoribus memorato
creditur, ejusdem Vico-habentini E-
piscopi Sedem aliquando fuisse. Atque ibi sane vetustissimi lapides cum
literis rescissi sunt, & in iis monumenta duo visuntur, in quibus Episcoporum nomen legitur. Is autem
tractus eminens est, aeque non per-
tingunt unquam Padi aquae, aggeri-

bus ruptis effusae. Lubet producere
duas illas Inscriptiones, quas debeo
Josepho Antenori Scalabrinio, in
Ferrariensi Civitate Rectori Ecclesiae
Sanctae Mariae in Bucca, accuratis-
simo Antiquitatum Ferrariensium in-
vestigatori. Alterius marmor bifa-
riam divisum, ubi pineae & pampi-
ni inscripti fuere, nunc in ea Villa
os putei exornat. Primam igitur earumdem Inscriptionum accipe:

DE D̄ONIS DEI ET SC̄E MARIE
ET SC̄I STEFANI
TEMPORIBUS DN̄ GEORGIO V̄B EPS
HUNC PERSIM FECIT P̄ INDS SEC

Altera Inscriptio in eadem Viqueriae Villa legitur, in marmore Insculpta super Arcam, in qua olim jacebat Corpus Sancti Leonis, translatum postea Ferrariam.

INNI ✠ DNI TEMPORIBS DN̄ MAVRICINI
V̄B·EPIS. SERVVS TVVS SERVIENS TIBI FECIT

✠ INDIC XI

Hanc descripsit Scalabrinius supra
laudatus e Chartis Matthaei Fiaschi
Notarii. Pro INNI legendum fortassis est INNO, ut sit IN NOMINE.
Vereor etiam, ne in vocabulis illis
SERVVS & SERVIENS aliquid viti lateat. Heic autem se nobis offerunt duo *Venerabiles Episcopi* (Ita
quippe reddendae sunt literae V̄B
EPS, aut EPIS.) *Georgius & Mauri inus*. Culnam Ecclesiae praefuerint,
non facile decernas. In Catalogo
Archiepiscoporum Ravennatium occurrunt *Georgius* ad Annum Christi
DCCCXXXVI. cujus nomen Ughellius perperam in *Gregorium* convertit;
& *Maurus*, qui Anno DCL. Ravennatem Cathedram implebat. Eum
suspicari aliquis posset vulgo appellatum *Mauricinum*, quanquam *Mauri-
nus* diminutivum potius *Mauricii* videatur. Apud Fabrum & Rubeum,
sed castigatius apud Illustrissimum &
Clarissimum Fontaninium Archiepiscopum Ancyranum, in Disserta-
ne de Disco Votivo, legitur Inscriptio existens adhuc Bagnacavalli, in
Dioecesi Faventina his verbis, primae nostrae Inscriptioni respondeen-
tibus:

D̄C

DĒ DONIS DĪ ET SC̄I PETRI APOSTOLI
TEMPORIBVS DN DEVS DEDI VB EPC
IOHANNIS VMLIS PR̄ FECIT ☧ IND. V.

Doctissimi ii viri censuerunt, memorari heic *Deusdedit* Archiepiscopum Ravennae, positumque lapidem circiter Annum Christi DCCCXLVII. sive Anno DCCCLVII. uti rectius opinatur idem Fontaninius, quum eo Anno in cursu esset *Indictio V*. Verùm divinando potibs, quàm certa aliquâ ratione, cruditi illi viri in hac Inscriptione invenerunt *Deusdedit Archiepiscopum Ravennatem*. Nam quòd hujus nominis Archiepiscopum Ravenna dederit, parum est, quum & Faventiae alter *Deusdedit* sedisse potuerit, ad cujus Dioecesim, ut nunc, ita olim Bagnacavallum, seu Tiberiacum Ospidum, ut Rubeus putat, pertinuisse credendum est. Et sane corruit Illustrissimi Fontaninii sententia. Neque enim ad Annum DCCCLVII. protrahenda est Deusdedit Archiepiscopi Ravennatis Vita, quam Johannes Archiepiscopus ejus successor jam Anno DCCCLIII. Ravennatem Cathedram teneret. Lege Acta Concilii Romani habiti Anno eodem DCCCLIII. edita ab Holste- nio & Labbeo. Iis subscribit *Paulus Diaconus vicem agens Johannis Archiepiscopi Ravennatis*. Ergo Deusdedit jam locum fecerat Anno DCCCLIII. Johanni Successori, eumque respicere nequit Inscriptio posita *Indictione V.*, nulla enim *Quinta Indictio* cadit in Vitam Deusdedit. Ac propterea alterius Dioecesis Episcopus quaerendus. Ibi. Faventinis liceat eum sibi tribuere. Scalabriolus supra memoratus *Vico-habentinum* suspicatur, & Inscriptionem referendam putat ad Seculum Christianae Aerae Quinctum aut Sextum. Et sane ad verum propior accedat, qui opinetur, *Georgium & Mauricium*, Episcopos Vico-habentiae fuisse, Ughellio & Scriptoribus Ferrariensibus hactenus ignotos. Sermo CLXXV. Sancti Petri Chrysologi in consecratione *Marcellini Episcopi Vico-bauensini*, testis est, Vico-habentiae sedisse olim Episcopos, quorum Sedes primo Vigueriam, denique Ferrariam translata fuit. Tribuendi igitur Vico-habentinae Ecclesiae & ii videantur.

DE MONASTERIORUM ERECTIONE, ET MONACHORUM INSTITUTIONE.

DISSERTATIO SEXAGESIMAQUINCTA.

DISSERTATIO

SEXAGESIMAQUINCTA.

Et ab ipso Ecclesiae initio Monachorum originem si quis deducere velit, argumenta non deerunt, quibus ejusmodi opinio veri omnino similis appareat; non quod Monasteria jam tum esse coeperint, sed quod homines inter Christianos ne tunc quidem defuerint, qui divinâ Christi Philosophiâ imbuti, Seculo contento, sibi vivebant, & coelestium rerum contemplationi ac severiori disciplinae vitae sese totos addicebant. Non Monachi ii appellabantur, sed *Philosophi*, & 'Ασκηταί, quorum Philosophorum mores in vitae rebus atque in studio omnium virtutum, & scientiae, cum Theologiae, tum Moralis aemularentur, sed longe meliori scopo, lumine atque progressu, quàm Ethnicorum Philosophi. Trita jam disputatio est, num veteres Esseni ac Therapeutae Christi sectatores fuerint. Utcumque statuas, satis est unus Hieronymus, qui Seculo Christianae Aerae Quarto florebat, ad nobis persuadendum, Monasticae vitae primordia atque institutionem non in eo tantum Seculo esse quaerenda, sed & in praecedentibus, quamquam nondum Ascetae illi,

Tom. XIII.

sive Philosophi Christiani certis legibus ac regulis suam constabilisse sectam credendi sint. Tandem verò *Monachi* appellari coepti sunt, quum solitudini sese dedere, sive Eremiticam vivendi rationem sequerentur, sive in Monasteria a Populi consortio remota sese reciperent: quod factum novimus Seculo eodem Quarto post Christum natum. Nam invalescente, ac jam mirum in modum dilatatâ primum sanctissimâ Christi Religione per Orbem, tum primum in Oriente, hoc est in Aegypto, ac Palaestina, Monachorum Coenobia coepta sunt Institui, quo convolabant, qui spretis, & ejuratis Seculi pompis, aut ex humanarum rerum instabilitate fessi, ad Virtutem tantùm atque ad coelestium meditationem in solitudine inhiabant. Eorum vitam Angelicam pluribus describunt praelaudatus Hieronymus, Athanasius, Chrysostomus, Cassianus, aliique eorum temporum Patres. Ex Oriente in Occidentem praeclarissima hujusmodi institutio delata deinde fuit: neque a verò abludat quisquis opinetur. In Italia prima illius fundamenta jacta fuisse Mediolani in Urbe splendidissimâ, atque inde in reliquas Italiae, immo & Occidentis Civitates eamdem fuisse diffusam & propagatam. Clarissimus Vir Christianus Lupus in Scholiis ad Tertulliani Librum de

M   Prae-

Praescriptione pag. 41. haec scribebat: *Usque ad Augustini Episcopatum Africana Ecclesia & Virorum & Virginum Coenobia penitus ignoravit. Nam & ipse Augustinus, dum in Italiam doceret Rhetoricam, ignoravit vocem Monasterium.* Sententiam hanc, auctoritate viri tanti fretus, sine ullo examine excepit alter celeberrimus Scriptor, Daniel Papebrochius e Societate Jesu, in Respons. ad Exhibit. Error. Art. XV. num. 105. in haec verba scribens: *Quid si pariter ostendam, ante Augustini Episcopatum, qui non fuit nisi Saeculo Quinto, nullum in Italia, nullum in Africa, quae praecipue Fidei Catholicae tunc erant regiones, fuisse seu Virorum seu Mulierum Coenobium? Certe id asserit Christianus Lupus &c.* Sed neuter non satis accurate in rem istam inspexit. Teste Augustino Lib. 4. Cap. 6. Confessionum, *erat Monasterium Mediolani plenum bonis Fratribus extra Urbis moenia sub Ambrosio nutritore.* Ambrosius ipse idem confirmat in Epistola ad Vercellenses, carpens Sarmationem ac Barbatianum, qui Joviniani errores adoptarant. *Fuerunt*, inquit, *nobiscum, sed non fuerunt ex nobis; neque enim pudet dicere, quod dicit Evangelium Johannis. Sed heic postea jejunabant, intra Monasterium continebantur &c.* Ergo jam Seculo Quarto Monasteriorum usus Mediolanum Invectus fuerat. Immo longe etiam ante Sancti Ambrosii tempora idem institutum illuc penetrarat curâ Sancti Martini, celebratissimi postea Turonensium Episcopi. Severus Sulpicius in ejus Vita Cap. 4. de eo in hunc modum loquitur. *Italiam repetens, quam intra Gallias quoque discesso Sancti Hilarii, quem ad exsilium Haereticorum vis coegerat, turbatam Ecclesiam comperisset, Mediolani sibi Mona-*sterium statuit. Gregorius Turonensis in Histor. Franc. in fine Libri primi, & in Libro decimo Cap. 31. hoc idem repetit scribens: *Apud Urbem Mediolanensem Italiae primo Monasterium constituit.* Audi etiam Paulinum Petricordium in Vita ejusdem Sancti Martini, Libro primo ita loquentem.

- - - - - - - constructa fuerat regulari fiere Cella
Heic, ubi gaudentem nemoris vel pabulis umbris
Italiam pingit pulcherrima Mediolanus.

Sed heic insurgit magnus Annalium Ecclesiasticorum parens Baronius, contendens ad Annum Christi CCCXL. Sanctum Athanasium, eo Anno Romam profectum, illuc intulisse Monachismum, & ab Urbe in universas Ecclesias Occidentis emanasse postea sublime illud vivendi genus. En Sancti Hieronymi verba, quae in hanc rem ipse laudat, desumta ex Epistola ad Principiam. *Nulla eo tempore nobilium feminarum noverat Romae propositum Monachorum, neque audebat propter rei novitatem, ignominiosam (ut tunc putabatur) & vile in Populis nomen assumere. Haec (scilicet Marcella) ab Alexandrinis prius Sacerdotibus, Papaque Athanasio, & postea Petro, qui persecutionem Arianae haereseos declinantes, quasi ad tutissimum communionis suae portum, Romam confugerant, vitam beati Antonii adhuc tunc viventis, Monasteriorumque in Thebaide Pachomii, & virginum ac viduarum didicit disciplinam; nec erubuit profiteri, quod Christo placere cognoverat.* Accedat iterum Augustinus, qui in Libro de Morib. Ecclesiae Cap. 33. haec scribit: *Vidi ego diversorium Sanctorum Mediolani non paucorum boni-*

hominum, quibus unus Presbyter prae-erat, *vir optimus & doctissimus. Romae etiam plura cognovi &c.* Atque hinc infert Baronius ad Annum Christi CCCXXVIII. *nobiliores Ecclesias nume-ratas fuisse Romanam, ut Mediolanensis, quae primum Monasterium juxta Civi-tatem positam habuit.* Verum nihil adfert doctissimus Cardinalis, quo nobis persuadeat, primò Romae, tum Mediolani Monasteria fuisse constitu-ta. Nam e vivis abiit Marcella a Sancto Hieronymo laudata Anno Ch. CCCCX. ac proinde Monastica vi-ta ab ea suscepta aut circiter Annum CCCLXX. aut serius collocanda vi-detur; quum illud instituturam ipsa cicicerit a magno Athanasio, qui Anno CCCLXXIII., e vivis abiit, immo & a Petro Epiphanii successo-re. Contra nos supra vidimus, a Sancto Martino fundatum fuisse Mo-nasterium Mediolani, quo tempore *Sanctum Hilarium ad exsilium Haere-ticorum vis cogebat.* Atqui Hilarius Anno CCCLVI. in exilium actus est; ac proinde, nisi clariora docu-menta exerantur, primum in Occi-dente Monasterium Mediolani consti-tutum opinari licebit.

Itaque Seculo Christi Quarto & Quinto Monachorum Monasteria coe-pta sunt aedificari in Italia, & prae-cipue Mediolani, Romae, Ravennae, Nolae, atque in aliis Campaniae & Calabriae locis, in Insulis Etrusci maris, Aquilejae, & alibi. Celeberri-ma quoque Saeculo Sexto fuere, quae Cassiodorius, cognomento Se-nator, in ulteriori Calabria excitavit. Quo etiam tempore fulgidissimum lu-men Ecclesiae suae a Deo datum, Sanctus Benedictus floruit, suumque religiosum Ordinem condidit, per quem tum maxime ordinem, leges, melioremque disciplinam in exterio-ri, & potissimum in interiori ani-morum cultu suscepit Monasticum in Italia institutum. Nova haec Regu-la, quidquid laudabile erat in anti-quis retinens, brevi per totum fer-me Occidentem diffusa est, & ad eam normam excitata ubique fuere Mo-nasteria. Immo & quae ante San-ctum Benedictum, vel eo vivente, aut vita functo sine ejus Regula e-merserant, sensim sibi eum deinde ascivere Patrem atque Magistrum. In Concilio Cabilonensi II. habito An-no DCCCXIII. Canone 22. legi-tur: *Pateat omnia Monasteria regula-ria, in his regionibus constituta, se-cundum Regulam Sancti Benedicti se vi-vere fateantur.* Olim praeter Mona-chos non paucos, Coenobiticae, aut Anachoreticae vitae addictos, & san-ctitate morum percelebres, passim alluebant Monachi *sordida tunica pal-lati*, nulli Abbati, nulli Coenobio obstricti, qui in Urbes, ac privato-rum aedes, muscarum more, pene-trabant, suis commodis, suisque vo-luptatibus potius, quàm Deo servien-tes, & *Sarabritae* peculiari nomine appellari. Istorum vitam, si nomen ac velim Monachi excipias, cetera Saecularem, exagitavit non semel Sanctus Hieronymus, & boni omnes oderant, quippe a Monastica profes-sione plane alienam, & scandalis fre-quentibus obnoxiam. Ubi verò san-ctissima & severior disciplina Bene-dicti invaluit, (ut mittam Sancti Columbani, aliorumque Instituta a Benedictinis aliquantulum diversa) tum paulatim evanuere Pseudo-Mona-chorum spissa examina, & in bene ordinatis Monasteriis sanctitas mo-rum, & virtutum omnium cultu-ra conspiciendam se dedit. Certe longe aberant vel ipsi Benedictinae familiae alumni a posteriorum temporum inftitutis, quibus tot Viri Regularem profeffionem amplexi, contemplationi quidem divinarum rerum fe addicunt, fed fimul in Sacramentis miniftrandis, in facris ad Populum concionibus, atque in aliis activae vitae operibus fe quotidie exercent, & hominum fanctificationem totis viribus curant. Attamen ejufmodi quoque Monachorum vivendi genus, aufteritatem & Seculi contemtum undique fpirans, virtutibus multis conjunctum, & folitudinem veluti gratiffimum portum quaerens, merito in admiratione Populorum erat; idque etiam exemplum ad vitia avertenda, & ad virtutem propagandam non parum valebat in animis Secularium. Acceffit procedente tempore Literarum, ac praecipue Ecclefiafticarum, ftudium in Monachiis non paucis, quibus etfi familiaris erat, & ex praecepto etiam indictus, manuum labor, tamen aeque Eruditioni ac Scientiis operam dare in ufu fuit: quae ftudiorum ratio, praefertim ubi in Saeculari Clero Literarum amor & cultus deficere encepit, exiftimationem auxit Benedictinae inftitutioni.

Praeterea quod in illuftrioribus Coenobiis Scholae etiam haberentur, illuc Nobiles ac Potentes Viri filios fuos in puellari aetate deftinabant, ut fub egregiis Magiftris, veluti nunc fit in Nobilium adolefcentum Collegiis, educarentur, & pietatis ac eruditionis lac ebiberent. Denique jugis oratio, Pfalmodiae, & cantus Monaftici perennis ac pius ufus, ut alia praeteream, in aures & oculos Populi incurrentes, venerationem fingularem Coenobitis tam bene compofitis conciliabat; ac potiffimum, quod ü in Populo Chriftiano praecipui forent, in quibus coalefcerent

A. evncta ferme ornamenta Virtutis ac Religionis. Illud certe fatendum eft, quoties aequis lancibus, & veterum Monachorum acta penfemus, maximum Catholicae Religionis fulcrum fuiffe Monachicum inftitutum cum in Oriente, tum in Occidente. Sancti quippe Monachi Ordinis Benedictini, & ejus Abbates (& horum quidem

B. non levis olim numerus fuit) Saeculis iis, quibus Barbari totum pervafere Occidentem, atque Ignorantiae ac vitiis omnibus apud Saeculares clauftra aperuere, egregie confuluerunt neceffitati Ecclefiae, non minus excolendo literas, quàm Virtutibus operam dando; ita ut ne pravis quidem temporibus iis defiderata fint

C. viva ac crebra Sanctitatis exempla, atque Ecclefia vel tunc oftendere potuerit, fuam pulchritudinem nunquam defeciffe. *Iftiorum* quoque, five *Recluforum* auftera vivendi ratio admirationem omnium facile olim in fe convertebat. Effe enim coeperunt poft Tertium a Chrifto nato Seculum pii Viri, qui non folùm Eremiticae five

D. Anachoreticae vitae in folitudine fe tradiderunt, fed etiam inter anguftias unius cellae conclufi, ibi reliquum fuorum dierum, nunquam inde exeuntes, agebant. Genus hoc Monachorum per quamplurima Secula perduraffe reperimus: & quamquam a Caffiano Collat. 18. Cap. 8. & a Sancto Ifidoro in Regula Cap. V. minime probetur, multum tamen venerationis a Populo impetrabat. Eofque

E. acmulatae virgines ac mulieres non paucae occurrunt in veterum Libris, pleraeque tamen extra Italiam, quae pariter in Cella oftio carente inclufae, tam durum ac periculofum vitae Inftitutum fequutae funt. Quid uni ex hifce Reclufis Virginibus contigerit Seculo Chrifti XV. (nam ad

ea usque tempora mos iste perduravit) narrat Antonius Astesanus Lib.
primo, Cap. 9 Poëmatis a me editi
Tom. XIV. Rer. Italicarum. Paucorum
tamen miser casus minime obstitit,
quin rigidum illud consilium Populus & laudaret & suspiceret, quoties
spectandum sese praebebat. Nil ergo
mirum, si ex montibus & agris, ubi
prima Benedictinorum Coenobia lo-
cata sunt, in Urbes etiam advocati
olim ac stabiliti fuere illorum coetus; uti neque mirum, si nova in
dies Coenobia excitarentur, & non
Urbium tantummodo, sed & Oppi-
dorum & Vicorum habitatores certatim conquirerent, aut lubentissime
exciperent unam. Immo plures apud
se Benedictini Ordinis familias: quod
& nostris temporibus de aliis Religiosorum hominum institutis usuvenit.

Fuerunt autem Reges, qui Coenobia, quantum Regalem magnificen-

tiam decuit, illustria condidere.
Nonnulla memorat Paullus Diaconus
a Regibus Langobardis extructa.
Eamque piam liberalitatem aemulati
sunt Magnates ipsi, ut hisce donariis
Deum sibi propitium efficerent: quam
in rem unum exemplum dabo. Faulo,
qui *Mro Domus* Cuniperti Langobardorum Regis fuisse videtur, in
Lucensi Urbe insigne Monasterium
Sanctorum Vincentii & Frigidiani
aut condidit, aut restauravit, multis opibus eidem collatis, & constituto ibi Abbate Balbino cum non
paucis Monachis. Legitur adhuc in
ditissimo Lucensis Archiepiscopii Archivo antiquissima Charta, per quam
Felix illius Urbis Episcopus donationem ratam habet, simulque Privilegium Abbati, ejusque successoribus largitur, uti constabit ex pervetusto antigrapho, quod olim ego descripsi.

**Felix Lucensis Episcopus Monasterio Sancti Frigidiani confirmat,
quae a Faulone donata fuerant, ac futuras oblationes
eidem concedit. Anno Christi 685.**

ET ideo nos Felix gratia Dei Episcopus, una cum Presbiteri, vel
Diaconus, seu Clero, habitatoris Civitatis istius nostrae Lucensis, qui subter
subscripturi sunt, unde promittimus tibi
Balbino Abbas, vel Monachorum tuorum, ut firmiter inibi in Monasterio
Sancti Fridiani residere debeatis, &
ut superius legitur, pro anima vel ge-
nerationem jam dicti Fauloni orare di-
beatis tam vos, vel qui post vos fuerint, qui digne peragere valeant in eodem familiae loco Sanctorum Dei. Et
nunquam vos eadem precaria, quae
mihi obtulis saepe dictus Faulo, una-
quam ullo tempore a vobis recurrendum
est ad alium Ecclesiam, aut ad aliam

Sacerdotem, nisi qui ibidem Abbas fuerit, & quem voluerit, si cum adibeat
ipsi fructus in honorem Domini & elemosinarum fuerit, eo quod pro opus fidelium
ipsas fiscellas oblata est. Et si Abbas de
hanc luce migratus fuerit, & dormierit
cum patribus suis . . . . . . ipsi elegerint sibi
Abbatem ordinandum, ipsam sibi Abbatem
debeant ordinare, reliquias vero dandas
de ipsum eo . . . . sanctum ad consilium Episcopi sine vigilia tenendum Abbati cum Monachi suis; & nihil adgrave-
tur quoquo tempore neque ab Episcopus,
neque ab ullo Sacerdotem, nisi tantum
per unamquamque annus semel in alba ad
omnis Sacerdotes utrant praudram faciendi, sicut consuetudo suis Ecclesiae illius;

E0

Et hoc addimus in hanc paginam, si quiscumque bonus Dei fuerit, sibe homines, seo equos, vel boves, aut terra, & mancipium tam movile quam inmovile, quidquid ibidem offertum fuerit in potestatem illius Abbati sius, qui in eadem loco reservire videtur, & regula custodiendam, vel Monachorum consuetudinem & ordinem sanctam tenendum iacb . . . . . quandoque ipse presumat, nec nos, nec qui post nos venturi sunt, quia quos bene disponitur, & legibus roboratur, oportum est perennis & futuris temporibus permanire. Et si quis contra hanc discritionem nostrae cartulam ire presumserit, Dei incurras periculum, sicut Judas traditor, qui se laqueo suspidit, & ad judiciali reverentia reatus recidat; & cum summa dulcidinem & desideria Domini colendum Petroniaci filio nostro scrivendom drelavionn, & manibus nostris subscriptsimas, ut perpetuis temporibus stabilitum persistere dibeant.

Actum in Civitate Lucense sub die XIII. Kalendarum Februariarum, per Indictione XIII. Regnante Domnis nostris Pertharit, & Cunipert viris excellentissimis Regibus, cum felicissimis Regni eorum Tertiodecimo & Quinto, per Indictione subrascripta, feliciter.

Ego Felix venerabilis gratia Dei Episcopus abic Carrode cessionis nostre, postea mihi reddam est, consensi & subscripsi.

Ego Johannacis v. v. Arcipresbiter.
Ego Clarus v. v. Presbiter.
Ego Teutkracis v. v. Presbiter.
Ego Candidus Presbiter.
Ego Geminianus v. v. Presbiter.

Hanc Felicis Episcopi Chartam confirmatam videas a Cuniberto Langobardorum Rege *Anno Nono* ejus Regni, in Appendice ad Tomum Primum Annal. Benedictinor. Mabillo-

nii, pag. 707. Chronologicae Notae hujus Chartae, nempe *Annus XIII.* Bertharidi, & *V.* Cuniperti Regum cum *Indictione XIII.* decurrente Januario Mense, si recte se habent, concordes minime sunt cum calculis Pagii, qui Anno DCLXXI. Bertharidum Langobardis dominari coepisse scribit: Anno vero DCLXXIX. Cunibertum a Bertharido patre Regni consortem renuntiatum contendit. Si Anno DCLXXXV. quem indicat indictio XIII. *Annus Bertharidi Decimus tertius* in cursu erat, & Cunibertus numerabat *Annum* Regni *Quintum* series illi Regalis titulus conlatus fuerit, necesse est. Mabillonius Diploma Cuniberti supra mihi memoratum retulit ad Annum DCC. quo neque *Indictio XIV.* decurrebat Mense Novembri, neque *Annus Novus* Cuniberti, nisi Epocham a supra laudata diversam invehere velimus: quare vereor, ne depravatae sint illius Diplomatis notae Chronologicae. Neque minori studio ceteri Italiae Principes, atque Episcopi, pro *peccatorum suorum* remissione nova Monachorum Coenobia fundarunt. Multa ex iis numerantur, a Romanis Pontificibus, aliisque Episcopis constructa: multa a Principibus Beneventanis: multa demum a Ducibus Fori Julii, Tusciae, atque ab aliis Italiae Magnatibus, ut reliquos praetermittam. Nonnullorum originem Diplomata heic eunda illustrabunt. Attamen Langobardorum adventu ac populatione factum est, ut Saeculo VI. & VII. Monasteriorum in Italia fundationes non tam frequentes fuerint, atque in Gallia, & Britannia. Immo & ex iis, quae ante condita fuerant, non pauca fuere excisa, ita ut ne eorum quidem memoria supersit. Sed illa potissimum celeberrima ac

diuissima Monasteria evasere, quibus
Initium dedit quispiam aut Nobilitate generis, aut Sanctitate vitae praestans; Fundatoris enim virtus, qui
lares ibi figebat, sui nominis celebritate piae gentis oblationes crebras,
& ingentem discipulorum atque so-
dalium copiam ad se trahebat. Ita
Sanctus Benedictus Monasterio Casinensi ac Sublacensi, Sanctus Colum-
banus Bobiensi, Sanctus Anselmus,
primo Dux Forojuliensis, tum circiter Annum DCCLII. Fundator, &
Abbas Monasterii Nonantulani in a-
gro Mutinensi, ut hos tantum me-
morem, incredibilem iis locis famam
& opes peperere. Neque segniores
in eiusmodi studio fuerunt alii Reges
ac Proceres extra Italiam. Quot,
exempli causa, Monachorum domicilia excitarunt Carolus Magnus, e-
jusque filius Ludovicus Pius, Annales Francorum & Mabillonieni sat
produnt. In Caesarea Vindobonensi
Bibliotheca habetur antiquissimus Co-
dex, Chronica Ottonis Frisingensis
complectens. Illic additamenta per-
vetusta manu scripta leguntur, &
quid de plus Caroli Magni & Ludovici Pii operibus ibi referatur, non
inutile erit hoc prodere. An haec
e pseudo-Turpino desumta fuerint,
alii inquirant. Certe Clarissimus Mabillonius auctor est in Annalibus Benedictinis eos esse, *qui viginti quatuor Monasteria pro totidem Alphabeti
literis a Carolo Magno condita scripse-
re.* In eo igitur Msto haec inse-
runtur de Carolo Magno, Lib. V.
Cap. 32.

*Placet autem huic Operi inserere sub
compendio Ecclesias, Titulos, & Monasteria a piissimo, & sanctissimo Karolo
fundata, & e lapide constructa, cujus
memoria in benedictione est, cum quibusdam aliis perpensis. De innumeris*

A | *autem Ecclesiis, quas iste gloriosus Im-
perator a primario lapide fundavit,
quaedam hic summarie pertingantur.
In Saxonia apud Heresburc, idolo Yr-
mensul destructo, Basilica valde formosa,
& aliae quamplures. Item Arianensis
Monasterii archisterium, ubi Benedictum
nomine instituit patrem. Item per totam . . . . . & provinciam Winidorum*
B | *& Fresonum. Item in Hispania Mo-
nasterium Sanctorum Martyrum Facun-
di & Primitivi. Item in Aquitania
viginti tria Monasteria, secundum ordinem & numerum Alfabeti. Item de
opere valde perspicuo eximia Basilica
Sanctae Mariae Aquisgrani, ubi Romano Imperio sedes est Regiae Magestatis.
Et Ibidem Basilica Sancti Jacobi, quae*
C | *est apud Urbem Beserrensem. Et Basi-
lica Sancti Jacobi apud Tolosam. Et
illam, quae est in Gasconia inter Urbem, quae dicitur Asta, & Sanctum
Johannem Pordae via Jacobitana. Et
Ecclesiam Sancti Jacobi apud Purisini.
Has omnes & plures alias Ecclesias
praediis, auro, argento, gemmis, quibuslibet aliis ornamentis, & reliquiis*
D | *studuit insignire. Hic etiam felicissi-
mus Princeps inter alia virtutis suae
opera Ecclesiam Imperialis Praepositurae
Thuricensis Constantiensis Dioecesis fundavit, viginti quatuor in ea Canonicos ut inveni in quadam compendio, instituendo, quam largis honoribus & possessionibus ditavit. Villam Ridem prope
Albis, famulis, mancipiis, & juribus*
E | *ad eam pertinentibus, & in Homo prae-
ter Salicam terram duos mansos . et
dimidium. In Tharego segregata lata
cum vineis, molendinis, decimarum limitibus ex Imperialibus Salicae terrae
Curtibus, videlicet in Stadelbercen,
Wihelbingen, Ostia, Ilnova, Vellanden,
Mare prope Gisalse, Holstecen, Meila-
num, Dosieile. Ludovicus tamen ae-
mulus Karoli fundans Monasterium Regalis*

la Abbae Thuricens. ... Praepofitu-
ras inter alia villam Vellandra, Mure,
& Bafvile, & ejufdem Monafterii Abbatiae donat, & contradit, ut in fe-
quentibus patebit.

Tum Libro Sexto, Capite Quincto, ubi de Ludovico I. Germaniae
Rege fermo eft, haec interponuntur:

*Ifte Ludewicus nepos Karoli Magni,
Rex Germaniae, tres genuit filios,
Ludewicum, Karolum, & Karoloman-
num, & Berchtam, & Hildegardem, &
plures alias filias, & inter multa,
quae fecit egregia, gloriofe fundavit
& largiflue ditavit, ut adhuc in fuis
dignitatibus oftenditur, Monafterium
Regalis Albae inter muros Thuregi
Conftantienfis dioecefis: in qua praedictas filias Berchtam fcilicet & Hille-
gardem fub religione Ordinis Sancti Benedicti pofuit, & praefecit. Tamdem
ipfe Anno ab Incarnatione Domini
DCCCLXXII. fecundum Prifiagenfem,
vel VI. juxta Chronicam Regimenis apud
Francofurt Palatium, diem claufit ex-
tremum V. Kalendas Septembris. Sepultus et in Monafterio Sancti Nazae-
rii, quod Lorahheim nuncupatur. Fuit
autem ifte Princeps Chriftianiffimus &.
Iftarum duarum filiarum cineres facrati
cum offibus de lapideis farcophagis fub-
terraneis, in quibus defunctae fepultae
per annos fere quadringentos jacuerant,
diligentiffime & divifim colliguntur;
fed in farcophago, Altari beatae Virginis proximiore, offa & cineres illuftris Berchtae Anno Domini MCCLXXII.
decimo Kalendas Novembris, Indictione
I. fub Gregorio Papa X. fub Eberhar-
do Epifcopo Conftantienfi de Waltpurg,
fub Elizabetha Abbatiffa dicta de We-
zinlen. In altero vero farcophago con-
fimili, & quafi contiguo offa & cineres illuftris Hildegardis reconditi
funt decenter & devote Anno Domini
MCCLXXIII. quinto Kalendas Januarii,*

*videlicet Fefto Innocentium, qui tunc
in IV. feriam evenit Indictione praedicto, fub Papa, Epifcopo, Abbatiffa antedictis. Tamdem Affectus laudabilis,
quem ifte fereniffimus Rex, cujus memoria ab auditione mala non time-
bit, habuit ad Monafterium, quod ipfe fundavit magnifice dare mira in honorem fanctiffimorum Martyrum Felicis
& Regulae, quorum Corpora in eodem
Monafterio ab ipfo reverenter condita
requievit, ac ob dilectionem fpecialem,
quam liquido patet habuit? ad illuftrif-
fimas filias fuas, Deo maxime devotas
Virgines immaculatas, Berchtam fcilicet, & Hildegardem; quarum Corpora, ut praemifi, in praemiffo Monafterio requiefcunt, vita & converfatio
ipfarum qualis fuerit, Jefus Chriftus
Filius Dei omni tempore ad tumbas earum multipliciter revelat. Nam di-
verfi variis languoribus irretiti, illic
fanitatis recipiunt incrementum. Ut
igitur tam defiderabilis affectus, & vere multipliciter commendandus in ab-
fcondito non lateat, fed in auribus hominum, & Ecclefiae fanctae notitiam
transferatur, fcripti maximiue fuffra-
gante, placuit Privilegium, quod in-
victiffimus Rex Ludewicus faepe dicto
Monafterio pro fui libertate tradidit &
donavit, praecedentibus fubmotare.*

Sequitur ibi Diploma, quo Ludovicus eidem Monafterio Sanctorum
Felicis & Regulae donat *Curtim Tha-
regum in Ducatu Alamannico in pago
Thurgavenfi fitam: Pagellum Uraxiae,
& foreftam Albis dictam.* Incipit: *In
nomine fanctae & individuae Trinitatis. Ludewicus divina favente gratia
Rex. Si de rebus terrenis &c.* Quod
etiam in ufo fuit, erant qui Saeculares curas atque tumultus pertaefi, ad
condendum aliquod Monafterium u-
niverfas fuas fortunas conferebant, ut
Ille reliquum vitae In folitudine &

operibus sanctus transigerret. Neque
se tantum Monastico instituto alliga-
bant, sed etiam liberos offerebant,
atque eos interdum pueros, interdum
quoque vix unum aut alterum an-

A num supergressos, ut infra ostendam.
Exemplum accipe ex Archivo praelaudati Archiepiscopii Lucensis desumtum, ubi in archetypa Charta
haec leguntur.

Aurinandus & Godefridus Lucenses Cives Monasterium Sancti Petri in loco Castellione pro filiis suis fundant, Anno 715.

IN nomine Domini Dei & Salvatoris
nostri Jesu Christi, regnante Domno nostro Liutprand vire excellentissimo Rege, Anno....... Regni ejus Undecimo, per Indictione Sexta, Mense
Januario, feliciter. Dum Deus omnipotens...... filium illustrare dignatus
est, expansis manibus ad ejus aulam
concurrentis divi...... misterio confor-
titur, ut ad illam desideravilem fontis
satietur, sicut Evangelicam vox ad-
monet dicens: fratres mei, & amici
mei, venite ad regnum Patria.......
possedite, quod paratum est vobis.
Et alios: Vendite, que possedites,
& date elimosina, & avellitis tea-
saurum in Celo: & sequimini me ut
sancta Jerusalem ad Deo transmissa
descentem de Celo, ubi lux Indefi-
ciens est, mereamur conlocari, & mea-
eam illam celestem Angelicam cum Sancti & justi participes esse inveniamur.
Hinc itaque ego Aurinand V. D. una-
cum Gudifrid V. D. germanus meus,
tractavimus, et de parvitatis rebus
nostris ecclis mercidem adcriscat, &
accessimus ad V. D. Thalesperiano Deo
gratia Episcopo, in Christo pater nostro, ut cum ejus consilio, seu licentia
Oratorium sancte Dei Virtutis construere
decrevimus, & quamvis brevis ad fundamentis fabricis Ecclesiam constituimus
in honore beati sancti Petri Apostoli in
loco, qui vocitatur Castellione, & par-
butum munusculum ividem offerimus:
idest terrola circa ipsa Ecclesia uedie-

B rum sex, & in alio loco de illo latere
Riammdi loco vinea; & ad hoc nostram
decrevimus voluntatem uns Auriand,
Gudifrid, ut filii nostri ibidem in
ipso Monasterio servire deveas una-
cum filio meo Galduald religioso Clerico, seu alii filii nostri, qui Deo servire voluerit, & ividem Monacale
vita vivere deveas. Et hoc volumus
nos suprascripti Auriand, Gudifrid,
ut in nostra, vel de filii nostri sit potestatem ividem Sacerdotem ordinando,
& post nostro decesso, quem vel ipsi
Monaci de ea consecrationem eligere
ipsum creat ordinatum; & quod superius nomine memoravimus duodeci forma olive, que nobis ex comparationem
de Gualislado adviuet, ita ut ab hac
die firma ad ipsa sancta Vertute in
integro possedeat, & unquam ullo tempore ad novis retrahendum est ad alia
Ecclesia, aut ad aliam Sacerdotem,
quod ad novis offertum est, nisi qui
inivi Abbas fuerre, & quem volere rectum abire ipsi fruatur in honore Domini. Et quod ab se, si quis de novis
subtragere voluerre, vel proprio disen-
dere, vacuus & inanis exinde exeat,
& dona nostra in integro Deo & Sancto Petro permaneat confirmata; &
cum summa delectatione Sicherad Presbiter amico nostro hanc Cartolam de-
talium scrivere rogavimus, & perpetuis temporibus permaneat.

Actum Luca, Regnum & indictione suprascripta feliciter.

Tom. XIII.   N   ✠ Si-

✠ *Signum manus Aurinard v. D. benefactori & conservatori.*

✠ *Signum manus Gudefrid V. D. benefactori & conservatori.*

✠ *Signum manus Gulielmi filio ejus & Clirico, benefactori & conservatori.*

✠ *Signum manus Gairte V. D. testis.*

✠ *Signum manus &c.*

Ad hujusmodi verò sacras Monachorum aedes erigendas atque dotandas utut proclivis ex se foret, ac sponte non raro festinaret pietas hominum tunc Deum quaerentium, attamen nefas minime erit sibi persuadere, opportunas atque importunas Monachorum solicitationes, preces atque consilia, interdum intercessisse, quibus inclinati Fideles non sua tantùm sed se nonnunquam offerebant Deo, novo Monasterio constr. &o. Non erant à nostris diversa illorum temporum ingenia, affectus & vota. Piissimum Institutum dilatare supra multa alia holocausta gratissimum Deo putabatur; neque desiderabantur in Evangelio aperta ad hanc rem hortamenta; & praeter meritum pii operis, vel tunc aliqua latens minimeque observata humanae gloriae cupido impellere ad hoc homines poterat. Addam quoque: non omnes sancti erant in sanctitatis domicilio, neque tanta sub Monastica veste humilitas & Mundi contemptus vigebat, quin multi inhiarent ad sacras Praefecturas, quas quando in propriis claustris consequendi sublata spes erat, in novis condendis anxie exqui-

rebant. Huc referendum est Capitulare Regum Francorum Lib. 6. Cap. 140. *Ut nullus Monachus, congregatione Monasterii derelicta, Ambitionis aut contrariis impulsu Cellam construere sive Episcopi permissione, vel Abbatis sui voluntate praesumat.* Monachi enim, ut ipse Angelus Nuce Casinensis Abbas fatetur in Notis ad Chronicon Casinense, *tamquam apes ex Coenobiali alvearia de more egressi, nova Monasteria, sive dicas Cellas, Construere* amabant. Aliis exemplis parco, hanc in rem prolaturus, quod Mutinae olim contigit animadversione dignum. Amplissimum Nonantulanum Monasterium, quinque tantùm passuum millibus ab Urbe diffitum diu in causa fuit, ne Mutinenses prope aut intra Urbem aliquod aliud Monachorum Collegium inducerent, contenti antiquo illo ac celebri loco. At Hildeprandus Mutinensis Antistes, Monasticum coetum propiorem habere cupiens. Anno DCCCC LXXXIII. Ecclesiam Sancti Petri Stephano Presbytero & Monacho concedens, novo Monasterio prope moenia Urbis fundamenta praeparavit, quod postea auctum & nobilitatum in hanc usque diem perdurat. Ejus literas vide apud Ughellium Tom. 2. Ital. Sacr. in Episcopis Mutinensibus. Quid verò subinde Nonantulanus quidam Monachus egerit, malo ex altera ejusdem Episcopi Charta, in Archivo ipsius Monasterii adservata, discas, quàm ex meis verbis.

Confirmatio Ecclesiae Sancti Petri facta ab Hildeprando Episcopo Mutinense Stephano Monacho, & abrogatio actorum Monachi cujusdam Nonantulani, Anno 981.

IN *nomine Sanctae & individuae Trinitatis. Hildeprandus per Christi misericordia sanctae Mutinensis Ecclesie Episcopus. Omnibus filiis nostre Ecclesie notum fore volumus, qualiter quidam venerabilis Presbiter & Monachus nomine Stephanus nostram deprecatus est clementiam, ut pro Dei amore ei concessissemus illum locum, ubi Ecclesia beati Petri Apostoli nunc est edificata, in qua Deum omnipotentem jugiter exorare potuisset. Nos autem ob amorem & timorem Domini nostri Jesu Christi, nostreque remedio anime, nostrisque Successoribus, audientes ejus petitionem libentissime concessimus. Quapropter considerantes nos, ut illius orationibus ceterisque ibidem servientibus Deo, tam nos quamque Successoribus nostris indulgentiam de peccatis nostris a Domino accipere credimus; unde vero comedimus & damamus ibidem in ipsum altum locum, ut idem praenominatus Monachus & venerabilis Presbyter, suisque Successoribus habeant in perpetuum & teneant, & secundum eorum voluntatem ordinandi & faciendi exinde, qualiter illis placuerint. Hoc est illum terram, que est finis Strada Salicitana usque in Fossa Militaria, & ultra Fossa Militaria illum terram, que laborata est per Gudemarium, sive ceteris hominibus ibidem laborantibus, usque Cemosa, sive Fossato novo in Fossa Militaria currente, atque Fossato, que exiit de Fossato novo in Motina currente, & de subtus, usque prato nostro domnicato, cum introito & undique legitimo exito, seu cum decimis atque offertionibus, atcum & sepulturis ibidem per-*

tinentibus, quatinus illis, qui in ipsum sanctum locum Deo deservierint, aliquam substentationem pro remedio animae nostrae, nostrisque Successoribus, exinde habeant & detineant jure perpetuo. Si quis igitur aliquis, quod absit, instigante Diabolo per cupiditatem, aut aliquam rationem hoc infringere temptaverit, a Sancta Trinitate atque individua Unitate sit condempnatus, nisi emendaverit, & insuper ira Dei omnipotentis incurrat, & a consortio omnium Fidelium excommunis habeatur, & in die Judicii non cum illis inveniatur, qui sua ad Christi Ecclesiam contesserunt, sed cum illis potius, qui de Ecclesia illic contessa injuste tulerunt, & emendare noluerunt. Nullaque illius auctoritas unquam a suis successoribus unquam possit observari. Istorum praedicta observantibus pax & misericordia seu benedictio atque credifas a Domino & Sanctis ejus tribuatur aeterna. Infrangentibus quoque, & emendare nolentibus ira & odium, atque rixas, perpetuaque maledictio e Domino & Sanctis ejus sit, & in eterna concedatur Secula. Notum sit omnibus nostre Ecclesie fidelibus quod quidam Nonantule Monachus, nomine Petrum, nostram extratus est clementiam, ut cum prelibato Stephano Presbitere & Monacho se sociari quivisset, causa sue anime remedium, & observationem regule. Nos autem paravimus, ut ipse causa bone fidei toc fecisset. Consideravimus petitionem, & indiciam postulavimus, ut eam predicto Monacho constitutam habere quivissemus. Qua pro re illum ad nos properare fecimus, & omnia

nia

...si ei narravimus. Ipse hoc audita a-mabiliter illam suscepit, & Privilegia cum omnibus pertinentiis illi sociavit. Hoc facto, Insidiator malorum in cor Monachi irrepsit; opus ipsius in malum convertit. Itaque Stephanus Decanum optabat, ut ei hanc discordiam tulisset, & in bonis operibus perseverare fecisset. Ille insidiante Diabolo in * modum Latronis conversus est. Privilegia furavit. Abscondite iter arripuit. Statim ut hoc gessit, ad nos venit. Plurimum nummos nobis dare voluit ob hoc, ut medietatem Ecclesie cum suis pertinentiis ei dedissemus, quatinus suam domum ibi edificare, & se majori suo adsimilaret insidiante illo, qui dixit: Ponam thronum meum ab Aquilone, & ero similis Altissimo. Nos autem cernentes pravitatem illius, Privilegia requisivimus. Nullo modo habere quivimus. Igitur omnibus notum facimus, quoniam Stephanus vestram optavit misericordiam, ut pro Dei amore suum Privilegium firmum fecissemus, furatum vero vacuum, & sine virtute permansisset. Hoc quod ipse petiit, libenter fecimus, & manu propria firmavimus.

Ildeprandus Episcopus in hoc decreto a me facto subscripsi.

Ego Liuzo Presbiter in hunc decretum manu mea subscripsi.

Ego Joannes Presbiter in hunc decretum manu mea subscripsi.

Andreas Presbiter in hunc decretum subscripsi.

Joannes Presbiter in hunc decretum subscripsi.

Ego Garualdus Presbiter in hunc decretum manu mea subscripsi.

Irad Presbiter in hunc decretum subscripsi.

Joannes Diaconus manu mea subscripsi.

Andreas Diaconus in hunc decretum subscripsi.

Ego Marinalus Diaconus in hunc decretum manu mea subscripsi.

Ego Petrus Diaconus in hunc decretum manu mea subscripsi.

Rolandus Archidiaconus ex jussione Domini Ildeprandi Praesulis, & ammonitione fratrum scripsi, complevi & dedi.

Actum est hoc Anno ab Incarnatione Domini Nongentesimo Octogesimo Octavo, V. Kalendas Novembris Indicione Prima.

Actum in Mutina, feliciter.

Animadverte heic Indictionem Primam, quae in Kalendis Januarii Anno DCCCCLXXXVIII decurrebat, non immutatam Septembri Mense, sed usque ad finem Anni cooriauatam fuisse. Quod autem Hildeprandus inchoaverat, Johannes Episcopus Mutinensis Illius successor complevit Anno DCCCCXCVI. Constituit enim apud eamdem Ecclesiam, juxta Mutinensem Civitatem sitam, ad honorem beatissimi Petri Apostolorum Principis Coenobium Monachorum, cum consensu & notitia omnium ejusdem sanctae Mutinensis Ecclesiae Canonicorum, ejusdemque Civitatis Militum ac Populorum. In Monasteria vero, quae Saeculares viri condebant, non raro fundatori jus Patronatus reservabatur, atque ad heredes transibat. Ordinario tamen jure Abbatum electio ad Monachos spectavit. Certum quippe est, vel ab antiquis temporibus, atque ab ipsa Benedictini Ordinis origine, constitutum fuisse, ut ad Monachos singulis Monasteriis addictos pertineret, Abbatem suum sibi praeficere: quemadmodum Clero quoque & Populo facultas erat olim suum sibi spirituale caput, hoc est, Episcopum, deligendi. Et quamquam non desiderentur Episcoporum & Abbatum exempla, qui viventes Successorem sibi statuerunt, nihilo ta-

men

...en lecius Monachorum jus in hisce electionibus, tum Pontificum tum Augustorum calculo firmatum, stabile semper fuit. Lubet heic adferre antiquissimam membranam, non tamen autographam, quam olim legi in super memorato Archivo Lucensi Archiepiscopii. Eam quoque memorat Clariss. Mabillonius in Annalib. B. nedictin. ad Annum DCCXIV. Uti ex eu intelligitur, *Radchis Abbas & Presbyter* (ita appellatus, quod multi ex Abbatibus adhuc sine Sacerdotio viverent) in Lucensi agro loco Apuniano Monasterium sub nomine Sancti Mich.ëlis construxerat, atque illud regebat. Is autem Anno XVI. Liutprandi Regis, Indictione XI. hoc est, Anno Christi DCC-

A   XXVIII. Successorem sibi Abbatem elegit Waltprandum, *Waltperti Ducis*, sive *Comitis Lucensis filium.* eundem videlicet, qui post Talesperianum in Lucensem Episcopum fuit cooptatus. Tabulis ipsis subscribit idem *Talesperianus eximius Episcopus* (in archetypo legebatur, ut puto *exiguus*) quem Florentiolus, & Mabillonius *Talerperianum*, Ughellius *Tabenperianum* appellant, ego *Talesperianum*, aut *Telesperianum* semper legi. Non aliunde puto ego Radchisium Abbatem deduxisse facultatem Successoris decernendi, nisi ex jure Patronatus, quod sibi fundatori reservatum fuerat. En ipsam Chartam Latinae Linguae perquam corruptas testem.

Radchis Abbas Monasterii Sancti Michaëlis in Lucensi agro siti, Successorem sibi in eodem munere constituit Waltprandum Clericum filium Walperti Ducis, Anno 718.

IN nomine Domini nostri Jesu Christi. *Regnante Domno nostro Liutprand, Anno felicissimi Regni ejus Sextodecimo, per indictione Undecima feliciter.* Radchis *venerabilis* Abbas Presbiter *sibi dulcissimo & in Christo filio* Waltprand Clericus silio Domni Walipert glorioso Duci *salutem. Manifestum mihi est, & multorum claruet,* quod ego Radchis una cum bone memorie Ansfred germanus meus Monasterio Sancti Michaëlis a fundamenta edificare visi sumus *hic in loco, cui vocabulum est Apuniano; & qualiter supraʼscriptus Ansfred germanus meus medietatem omnibus rebus substantie sue ividem per dotis pagina nos tulit. simul & ego memoratus Radchis meam parte in integro idem per predictas dotis fermavi. Nunc vero recolev ego hunc Radchis fragilitas Seculi istius:*

C   *ideo bona mentem & spontanea voluntatem* volo adque decerno, ut tu nominatus Waltprand ipso Sancto Dei Monasterio beati Michaëli cum omnia & in omnibus ividem pertenentem ad gubernandum, & regendo in tua sid potestatem, *quatenus ad te, & parentibus tuis omni tempore ipsa venerabilis Dei Monasterio ab omni controversia seculari defensatus esset inveniatur; & tu dulcissime, & in Christo filie, Waltprand sic in ipso Monasterio gubernare & regere diveas, ut omni tempore in omnibus melioratas, & non in luminariis vel Ostiio depereat; & post obito meo omnia, & in omnibus, sicut dixi, ipsa sancto Monasterio, & omnes per ividem pertenente in tua defensionem & dominio valeat permanere. Et dum ego superius nominatus Radchis advivere meruero,* omnia

omnia rei ipsa cum prediclo Monasterio gubernando & regendo, in mea sid po-testatem. Post obito verò meo tu Ividem dominus & gubernator esse inveniaris, & familiola Sancti Michaili, qui post me remanserit, tu eos regere gubernare diveas hic in ipso Dei Monasterio, ut non in erro-re vel aliqua deceptiourm post me re-maneant: & deinceps ficut in suprascri-pta docis a me Radchis, & bone me-morie Ansfred germano confirmatam le-gitur, in tua Waltprand potestatem permaneat. Et nullo tempore a noris posterus nostrus bec ficut superius valeat molestare. Et Servos vel Ancilla, quod pro anima mea livertari voluero, volo ut liveram areat potestatem, & fir-mando livertadem, & quem per Car-tula quam firmitatis mei Cartula Eoin Notario & in Christe filio meo scri-vendo rogavi, in quo ego subter signum Sancte Crucis firmans, & testibus obtu-li rovorando subscriptionis.

Altum in suprascripto loco Aeoniano, Regum & iudiciore suprascripta feli-citer.

✠ *Signum manus* Radchis venera-vilis Abbas Presbiter, qui ipso firmi-tatis monimen fieri rogavit.

Ego Talesperianus *eximius Episco-pus, huic Cartule donationis factis ad* Radchis *Presbiter in* Waltprand *Cle-rico, ficus superius legitur ad confir-mando suscribsi.*

Ego Sichimundus *veneravilis Presbi-ter rogatus ad* Rachis *veneravilis, in inus donationis Cartola facta in* Walt-prand *Clericus, ficus superius legitur, ad confirmando subscribsi.*

Signum manus Teupold V. D. *Sca-vino, testis.*

Ego Taifred *Presbiter rogatus ad* Rachis *Presbitero in Iaec Cartola do-nationis facto in* Waltprand *Abbate, propriis manus meis subscribsi.*

Signum manus Raduald *filio* Gutti-fred, *testis &c.*

Ego Gaudentius *insignus Presbiter, Notarius sancte Ecclesie Lucensis Civi-taris, quantum in autentico invenire potui, fiue fraude vel dulo exemplavi, complevi, & dedi, nec meaime scribsi.*

Neque silentio praetereundum est fundatoribus ac patronis Monasterio-rum licuisse olim Abbates eligere extra etiam gremium Congregationis illius. Interdum quoque id ubi tri-buebant Episcopi, quoties cultus Dei & disciplinae restaurandae studium exigebat. Non multis ab annis insti-tutum fuerat Mediolani celebre Am-brosianum Coenobium, quumque Ab-bas sacri loci decessisset, Angilber-tus II. Archiepiscopus Mediolanensis Anno DCCCXXXII. cogitabat, quem *Abbatem illic constituere deberet, quia ibi non reperiebatur talis, eo quod ob negligentiam Ordo Regularis valde ine-ras corruptas,* ut habent tabulae a Puricello evulgatae in Monumentis Basilic. Ambrosian. oum. 44. Quare *consulentibus etiam Sacerdotibus nostris,* ait Angilbertus ipse, *abstuli Gauden-tium Abbatem Sancti Vincentii, quem etiam ego ibi Abbatem jam dudum ordi-naveram, & in praefato Monasterio Sancti Ambrosii Abbatem constitui.* In Tabulario ejusdem Monasterii altera se mihi obtulit pergamena, quae Pu-ricellium effugisse videtur. Archety-pon sane non erat, sed vetustum apographum, ex quo discimus, ab eodem, ut arbitror, Angilberto Ar-chiepiscopo alterum Abbatem ibi fuis-se constitutum, nempe *Archipresbyte-rum Mediolanensis Ecclesiae,* quem ne-mo credit Monasticam vitam fuisse professum. Chartam hanc, qualiscum-que fit, accipe.

Angil.

Angilbertus Archiepiscopus Mediolanensis Archipresbyterum Ecclesiae suae ordinat Abbatem Monasterii Mediolanensis Sancti Ambrosii Majoris, circiter Annum 840.

ANgilbertus *beatae Medio-lanensis Ecclesiae humilis* Archiepiscopus. *Noveris...... praesen tiam scilicet & futurorum, adeo nos Bea-ti Ambrosii patroni nostri Coenobium dili...... voluisse, ut etiam* Archipre-sbiterum Ecclesiae nostrae ibi cum ele-ctione omnium ordinaremus Abba-tem...... *Et quia idem Abbas jam ordinatus nostram solertiam postulare cu-ravit, ut per nostrae auctoritatis....... quo villas & Castella, quae nunc ha-bet, vel adepturus est idem locus cum omni integritate...... diminutione vel inquietudine eidem & Successoribus ejus p'videre liceret ad Dei....... ob Dei & beati Ambrosii amorem, per consen-sum Sacerdotum nostrorum per hanc no-stram...... aliquis Successorum nostro-rum jam predicto Abbati aut Successori-bus ejus ullam contrarietatem...... in rebus diminutionem. Concedimus etiam, ut post obitum ipsius Abbatis de ipsa Congregatione Pater eligatur, si ido-neus ad hoc opus...... institutio melior habeatur subter eam propria manu fir-mare....... Andream Notarium Ecclesiae* nostrae scribere jussimus:*

Angelbertus *indignus* Episcopus in hoc Precepto subscripsi.

Andreas Archidiaconus ex jussione Domni Angelberti Archiepiscopi in hoc precepto subscripsi.

Adoaldus Diaconus in hoc precepto ex jussione Domni Angilberti subscripsi.

Gonzius Diaconus in hoc precepto subscripsi.

Petrus indignus Presbiter subscripsi.

Angilbertus humilis Presbiter sub-scripsi.

Hermenfredus humilis Diaconus sub-scripsi.

Lisprandus Presbiter in hoc precepto subscripsi.

Deusdedit humilis Presbiter subscripsi.

Walpertus humilis Presbiter sub-scripsi.

Celtus humilis Presbiter subscripsi.

Ermenaldus indignus Presbiter sub-scripsi.

Petrus Diaconus subscripsi.

Adroaldus Presbiter subscripsi.

Quae verò Officia in augustioribus Monasteriis olim haberentur, non ingratum fortasse Lectoribus erit heic intelligere ex vetustissima membrana, quam olim legebam in Archivo insi-gnis Monasterii Bobiensis. Comple-ctitur Illa *ordinationem Monasterii* e-jusdem, quam *Domnus Abba Walla* fecit. Ughellius Tomo 4. Ital. Sacr. Catalogo Episcoporum Bobiensium adjunxit etiam seriem Bobiensium Abbatum, sed nulla ibi facta men-tione Abbatis *Walae.* Accuratissimum verò Mabillonium minimè fugit eju-smodi notitia. Itaque agitur heic de Wala celebratissimo viro, qui Cor-beiae primum Abbas, inimicus dein-de fuit teterrimis dissidiis ac turbis inter Ludovicum Pium Augustum, ejusque filios, atque ex Francia abi-re compulsus Anno DCCCXXXIII. *Italiam petens (sunt verba Mabillo-nii) in Bobiense Sancti Columbani Coe-nobium se recepit, ubi a Fratribus e-lectus Abbas, illud nobiliter ac pacifice usque ad obitum rexit, hoc est usque* ad Annum DCCCXXXVI. Quare tempus, quo decreta sunt ista ab ea-dem Wala Abbate, facile depre-hendas.

Ordi-

Ordinatio Monasterii Bobiensis facta a Wala ejus Coenobii Abbate, circiter Annum 835.

Breve memorationis. Incipit de Curtibus, quas Domnus Abba Wala ad victum & ad vestimentum Fratrum, seu de singulis infra Monasterium ministeriis, quomodo qualiterve exerceri a Fratribus debeant. Has enim Curtes ad victum instituit Fratrum, idest Rancis, Casusco, Audelasci, & cum ceteris appenditiis suis, Virdi cum omnibus appenditiis suis, Vulpidini, Ovilias, Prato Silvanto, Tabasia secundum Simphorianum, Montebugo, Memoriola, Barbata cum Solariolo, Vico Barosi cum Prato Agiantis, Cerredello cum Variano, Linare, Sanctam Resurrectionem in Cariano, Traveno cum appenditiis suis, Carice, Carelio, Comurga, Turio, & omnes cellas seu laborationum, quae in ipsa Valle sunt, in qua sita est Monasterium, & Sanctum Georgium. Has quippe ad Cameram deputavit Fratrum: idest Vilianum, Purpurariam, Saraam, Carastam, Casinas, Granaria cum olle Granaria. Haec enim suprascripta ad ceteras necessitates, idest Cella in Papia, Ricalta, Cella Sancti Columbani cum Argile, & Senodochium, quod est Casale Ovani. Garda deputavit ad oleum; Juliatica ad ferrum, Fraxenedum & Currei in Tuscia deputavit ad quasiumque necessitates, quae venire solent.

Nunc vero de "Monasteriis, quae infra Monasterium aguntur, memorandum est. Praepositus primi sit post Abbatem in Monasterio infra extraque, tamen specialiter hare sint in sua potestate, idest omnis laboratio agrorum & vinearum & aedificiorum, figulorumque, pastorum, atque omnium Cellarum bus in

Valle consistentium praeter illas, quae aliorum Fratrum providentias deputantur, seu omnes Curtes, quae ad stipendi . . . . . pertinerum, caballi domiti indomitique, & ipse Mansiones in Monasterio, cui necessariae sunt, distribuas.

Decanus ubique specialiter curam habeas intra extraque de conversatione Fratrum, & cottidianus cum Fratribus in obedientia sit, & si defuerit Abbas seu Prepositus, cuncta ad ipsum respiciant,

Custos Ecclesiae provideat luminaria, & omne ornamentum ejusdem, seu competentiam orarum, & ipse recipias eleemosynam, que Fratribus administret.

Bibliothecarius omnium Librorum curam habeat, Lectionum, atque Scriptorum.

Custos Cartarum omnia provideat Monasterii munimenta.

Cellararius provideat quisquid ad cibum & potum pertinet, postquam in Monasterio adducta fuerit, praeter panem, & poma, atque dispenset, & ad ipsius curam pertineat, quod in Refectorio, vel in Quoquina agi . . . . .

Cellararius familias provideas potum illorum sub Praeposito.

Junior Cellararius custodiat Refectorium, & omnia vasa ejus.

Custos panis provideat summam, postquam in Monasterio adducta fuerit, panem, & pisones.

Portarius hospites omnes suscipiat primum, & nunciet. Decimas omnium rerum accipiat, de quibus juxta constitutum tribuat Hospitalario pauperum.

Hospitalarii Religiosorum ipsi reci-
piant eos, qui in Refectorio comire de-
bent, & ministrent ac ducant. Haben-
tes domum super se, ubi dormiant.

Hospitalarius Pauperum recipiat eos,
& ministret eis, & accipiat a Porta-
rio stipendium eorum.

Custos infirmorum provideat eos cum
adjutoribus suis.

Cantor . . . . ipse ordinet quic-
quid ad cantum pertinet.

Camararius primus provideat omnia
vestimenta vel pannos ad diversos usus
Fratrum, seu calciamenta pedum ac
manuum, & sutores calciamentorum, ac
vestimentorum, seu compositores pellium
& calderarios provideat, quibus admi-
nistret opus eorum, & Curtes ad Ca-
meram deputatas, de quibus haec prae-
fata exigenda sunt, & omnia aerea
vasa, quae ad usus Fratrum data sunt.

Camararius Abbati provideat omnes
fabros, scutarios, sellarios, tornatores,
pergamenarios, furbitores, & ipse pro-
videat omnia ferramenta.

Junior Praepositus super opera &
operarios ceteros, praeter eos, qui in
diversis officinis deputati sunt.

Magister Carpentarius provideat om-
nes Magistros de ligno & lapide prae-
ter eos, qui ad cetera officia deputati
sunt, idest qui buzes, & batiles, seu
scrinia, vel molendina, tofas, atque
muros faciunt.

Custos vinearum vineas provideat.
Ortolanus ortos provideat.
Decanus junior circatores, lucernarias.
Custos pomorum.

Oblatorum quoque frequens est mentio in Benedictinorum Historia, eorumque institutio etsi Sancto Benedicto antiquior sit, ab ipso tamen augmentum agnoscit. Ipsemet Sanctus
vir in Regula mentionem facit puerorum, quos in Monasterio parentes
nobiles Deo offerebant, praecipiens,
ut cum oblatione ipsam petitionem, &
manum pueri involvant in palla Alta-
ris, & sic eum offerant. Tales fuere
Sancti Maurus & Placidus. Quae
consuetudo quam sit pervulgata, ac
Eruditorum studio jamdudum illustrata, nova luce minime indiget. Quamobrem unam tantummodo Chartam
addere lubet, hujusmodi ritus testem
simul, & confirmatricem, quam Pistorii ex antiquissimo exemplari olim
exscribebam. Eumdem plane morem
a Canonicis observatum supra vidimus in Dissertatione LXII. *de Cano-*
nicis. Ibi animadverte, *offerri filios*
in palla Altarii, eosque in posterum
vivere, & deservire debere *in habitu*
Monachorum; ac proinde fuisse Oblatos olim non paucos a parentibus,
ut regularem revera professionem e-
mitterent, & Monachicam, ut heic
habetur, *vitam viverent.* Et sane
(quod mirere) pueris hisce Oblatis,
postquam pubertatis annos impleve-
rant, minime in Italia licuit resilire
e Monasteriis, & Matrimonia inire.
Id certe nefas esse scripsit Gregorius
II. Papa in responsis ad consulta Sancti Bonifacii Anno DCCXXVI. En
ipsam Chartam, quam sum nuper
pollicitus, ex Archivo Canonicorum
Regularium Sancti Bartholomaei Pistoriensis, ubi pervetustum apographum vidi.

Oblatio quorumdam Bonorum, & duorum Filiorum suorum, facta Monasterio Pistoriensi Sancti Bartholomaei a Falcone Clerico, Anno 784.

IN nomine Domini Dei. Septimo Mense Martio, Anno Regni Domni Karuli, postquam Civitate Papia ingressus est, Decimo, & Domni Pipino filio ejus Anno Tertio, Indictione Septima, feliciter. Manifestus sum ego Falco Clerico filio quondam Falcualdi, eo quod ante os plurimos annos obligationem facta habui una cum Amicasta barbana meo, ut per nulla argumenti ingenio nec ego nec meis heredibus sine permisso ejus vel de ipsius heredibus de rebus nostris alienare, aut obligare decrevimus, & dum ipsa obligatione, seu dotis, quas ipse Amicasta fecit in Ecclesia beati Sancti Georgii, in tua Domenico Abbate Monasterium Sancti Bartholomei detenisse potestate & dominatione consideravi, quia in nullo alio possum dare de rebus meis, nisi in ipsa Ecclesia beatissimi Sancti Georgii, ubi prenominatus Amicasta fuerat confirmatus, & rebus suis pro dotis firmavit. Ideo ego indignus odie in Dei nomine, do, dono, trado, offero in ipsum sanctum & venerabilem locum omnem modicam rebus meas quidquid nunc presenti die avere vijas sum tam casa avitationis mea, que est erga fluvio Umbrone, vinea, terra, pratis, pascuis, silvis, saletis, sationibus, puniferis, fructiferis & infructiferis, cultum atque incultum, omnia quicquid avere vijus sum, in ipsam sanctam locum offerri & condonare previdi una cum dilectissimi Gisilari, & Gassiprand filiis meis, qui sub potestate sanctae regule, & tue dominationi, qui supra Domenico Abbati, in ipsa sancta Ecclesia & Monasterii beati Sancti Bartholomei in avita Monachorum vivere & deservire deveat: sicut sancta sanctiores regula in Palla Altarii offerri previdi ipsi filii mei in ipsum sanctum Cenubium Monasterii Sancti Bartholomei, ut inibi diebus suis Monarchica deveat vivere vita sup potestate vestra Domno Domenico Abbate, vel vestris successoribus, ut pro vestra praeceptione secundum Deo & sancta regula vivere & Domino deveat deservire. Et ipsas modica res mea tam mobile quam & immovile omnia in ipsum sanctam & venerabilem locum offerri & condonare previdi, ut omnia in tua, qui supra Domenico Abbati, vel de successoribus tuis sit potestate avendum, ordinandum qualiter juxta deum & sancta regula nobis bona fuerit stabilitum permaneat, sicut, & jam ante os annos tibi Domenico Abbati vel in ipsum sanctum Monasterio beati Sancti Bartholomei per cartis volumine tam dotes, quam & alia munimina facta in Sancto Georgio tradedi atque dedi, ut omnia juxta ipsi doti quas inivi parentibus meis, vel ipsi Amicasta salli habuerunt, puram ordinatione & sancta congregationis suis Monasterii Sancti Bartholomei esset ordinatam ipsa Ecclesia Sancti Georgii, omni tempore stabilitum permaneat; & Avundus Diaconus scrivere rogavi.

Acta ad Umbrone, casa avitationis mea, Regnum & Indictione suprascripta, feliciter.

Signum + manus Falconi Clerico, qui hanc Cartulam fieri rogave, & comes suum, & figuras Cruci manibus suis fecit, & eis relecta complacuit.

Si

Signum ✠ manus Abiperti filio quondam Fabri rogatus testis.

Signum ✠ manus Pranduli filio quondam Pertinandi testis.

Signum ✠ manus Dipranduli filio quondam Bauti rogatus testis.

Signum ✠ manus Fusoli filio quondam Bautoni rogatus testis.

Signum ✠ Adinaldi filio quondam Achiperti Coppi rogatus testis.

Signum ✠ manus Gloriosi de Cassiao rogatus testis.

✠ Ego Guillerada Clerico rogatus ad Falco Clerico, testis subscripsi.

Ego qui supra Avundus scriptor post a testibus roborata tradita complevi & dedi.

✠ Ego Gualbertus Notarius & Judex sacri Palatii scriptor autenticum illud vidi & legi, unde hoc exemplar exemplatum est, atque imbi scriptum inveni, fideliter exemplavi.

Ea autem Seculo Christi potissimum Octavo esse coepit Monasticae vitae existimatio, ut vel ipsi Reges, Duces, & Comites, contempto ac ejurato Seculo, sponte militare Deo intra claustra Monasterii eligerent: cujus consuetudinis exempla non pauca vidit Italia, Gallia, & Britannia eodem Seculo VIII. Qui verò viventes tanta a se non impetrarunt, saltem in morte solatium hoc, quo quo poterant modo, sibi procurabant. Teste Beda Lib. 4. Cap. 11. Histor. Ecclef. Angl. Sebbi Rex Orientalium Saxonum circiter Annum DCLXXV. *torreptus infirmitate permaxima, venit ad Antistitem Lundoniae Civitatis, & per ejus benedictionem habitum Religionis, quem diu desideraverat, accepit.* Paucos post dies is finem vivendi fecit. Ejus exemplum (quippe nescio an alii praecesserint) imitati sunt deinde non pauci, eoque res proces-

sit, ut nostris quoque temporibus cernamus, non solum pios homines, sed & illos, quos viros nulla virtus ornavit, immo vitia multa foedarunt, religiosa veste post mortem indutos ad tumulum deferri, poenitentiam saltem in morte indicantes, quam vivi nunquam fortassis amarunt. Grande tamen discrimen inter illius ac nostri temporis vitum intercedit. Quippe olim aegrotantes Laici Monasticam vestem petebant, atque reapse induebant, antequam e vivis excederent, ea videlicet ratione, ut in Monachorum coetum admitterentur, eorumque postea precibus juvarentur apud Deum. Liutprandus Ticinensis Lib. 3. Cap. 5. Histor. auctor est, patrem suum ab Hugone Italiae Rege Anno DCCCCXL. Legatum fuisse missum ad Romanum Imperatorem Graecorum. *Post reditum verò ejus, paucis interpositis diebus, languore correptus, Monasterium petiit, sanctaeque conversationis habitum sumsit, in quo post dies quindecim mortuus migravit ad Dominum.* Quod si ex aegritudine convalescebant, minime eis licebat sacrum indumentum deponere, ac vota concepta infringere. Atque ejusmodi tumultuarie creati Monachi peculiari quodam nomine a ceteris distinguebantur, nempe *Monachi ad succurrendum,* idest metu mortis ad succurrendum animae suae adacti. Cujus moris exempla multa proferunt Mabillonius, Dacherius, Du Cangius, ac alii eruditi viri. Neque mirum, quod tanti fieret a Christiano Populo Monastica vestis; Graeci enim aeque ac Latini Monachi eam appellare consueverunt *Angelicam vestem, Angelicum habitum,* Ἀγγελικὸν σχῆμα, sicut Monasticam vitam dixerunt *Coenobitarum vitam* propter sanctum & angelicum vitae institutum. Refert

Ho-

Boleslaus Balbinus in Histor. Bohe-
mic. Chartam Friderici Ducis Bohemiae, Anno **MCLXXXVI.** scriptam,
ubi haec verba: *Ego Fridericus cupiens assiduis in precaminibus in futuro
connumerari ejusdem loci Fratribus, qui
die noctuque a laude Dei nec momento
cessantes, sanctis aequales esse proban-
tur Angelis.*

Illud vero praecipue animadvertendum, floruisse potissimum sub Imperatoribus Francis Monachos & Abbates sanctitate morum spectatissimos,
quorum virtutes ferrea illa Saecula
multum illustrarunt. In caussa autem fuit eximia haec illorum probi-
tas, cur pii Principes non consiliis
tantummodo praestantiorum Abbatum
uterentur, sed eos etiam in Palatio
saepe haberent, immo, & in politicis negotiis & Populo regendo illos
sibi adjutores, ut ita dicam, adsci-
scerent. Arbitrabantur ii, neque immerito, nulli melius commendari
posse, quam viris adeo piis, & in
quibus affectus animi omnes bene
compositi erant, curam Reipublicae.
Proinde legationum munus iis non
raro deferebatur; & quum *Missi ad
justitiam faciendam*, atque ad emendandas Regni corruptelas, dirigendi
erant, saepe Abbatibus demandabatur
ejusmodi provincia. Praecipue vero
Carolus Magnus, ejusque filius Ludovicus Pius Abbates in consilium ac
ministerium adhibuere. *Adelhardus* senior, celebris Corbejae veteris Abbas, Pippino Italiae Regi traditus
est a Carolo Magno patre, ut ei a
consiliis esset, isque deinde evasit I-
talici Regni administer. Prostant nonnulla Placita ab eo habita in Italia,
a me in hoc ipso Opere, & in
Chronico Farfensi edita. Ita *Fulra-
dus*, & *Hilduinus* Abbates Sancti
Dionysii Parisiensis, *Archicapellani* in

A Curia Regum fuere. Sub eodem Ludovico Pio *Helisachar* quoque Abbas
Centulensis, *Cancellarii* dignitate est
auctor. Alios praetereo, quum pauca ejusmodi exempla sat prodant,
quanto in honore & existimatione
forent ob virtutes perspectas illorum
temporum Abbates. Neque is ego
sum, qui improbare velim tantos vi-
B ros e Monasterio in Aulam transla-
tos, quum optandum sit, ut a probis tantum Respublica regatur, &
Abbates illi supra Seculares virtutibus excelluisse procul dubio putendi
sint. Non diffitebor tamen, Monachis periculosam rem fuisse, tandiu
versari in Aula, & contempta solitudine inter Palatii rumores, luxum,
C & adoratores, vitam traducere. Cavere sibi ab ambitione, atque ab a-
liis Seculi morbis in eo splendentis
fortunae fastigio paucis licet. Ac
reapse celebres illos Palatinos Abbates, turbis Regni immixtos, procella non una concussit, ita ut in exsilium protrusi fuerint, ac sero didice-
rint, non ex fluctuantis Aulae pe-
D lago, sed ex Coenobii portu tran-
quillitatem animi esse exspectandam.
Iis quoque temporibus inter ceteros
carissimus eidem Ludovico Pio fuit
Benedictus Anianensis Abbas, vir insignium virtutum, & Benedicto Patriarchae ab aliquibus non injuria
comparatus. Ejus consiliis multum
deferebat pius Augustus, & ex Mo-
E nasterio avulsum Aquisgranensi in Aula retinebat. Sed sanctus Abbas non
honorem, sed onus, familiaritatem
Palatii reputans invitus a cella sua
aberat, & nunquam deinde con-
quievit, quousque Ludovicus, Monasterio Indensi prope Aquisgrani
constructo, eum inter suos Monachos habitare sivit. Quippe ille Monachum Palatinum disertissime impro-
bavit.

bavit. Auctorem habeo synchronum Ermoldum Nigellum, cujus Poema de Laudibus Ludovici Pii evulgavi Part. II. Tomi II. Rer. Italicarum. Is in fine Libri secundi, Ludovicum Ipsum ita loquentem inducit ad Benedictum, & caussas constructi Indensis Coenobii explicantem:

Altera caussa manet, quoniam tu non
    ipse fateris,
  Ingratum vero hoc opus esse tuo.
Nec deceat Monachum civilibus insere
  . rebus,
  Resque Palatinas ferre libenter eos.
Illud sed poteris Fratrum curare la-
    bores,
  Obsequia hospitibus curâ parare piâ:
Atque iterum nostras renovatus visere
    sedes,
  Fratribus & solito ferre patrocinia.

Verùm non omnibus Monachis eadem, quae Benedicto Anianensi Abbati fuit regularis observantiae cura, & secularium rerum contemptus. Nam etsi in Historia Monastica eorum temporum nobis occurrant tot Abbates & Monachi insigni atque invidendâ sanctitate morum verè laudandi; licet etiam institutiones Monasticae vitae sint supra nostras laudes, ita ut non injuriâ alter *Paradisus* appellarentur interdum proborum Monachorum Collegia, eorumque vita omnium *felicissima* atque *Angelica* dici mereretur, uti egregie proditum fuit in Carmine, quod doctissimus Sirmondus edidit in Notis ad Epist. I. Lib. 4. Goffridi Vindocinensis: attamen illud semper tenendum, pro conditione humanarum rerum, corruptaeque nostrae naturae, nunquam inter aurum scoriam, inter triticum lolia defuisse. Nimirum tunc etiam abundarunt, qui Seculo dimisso ad Sae-

cularia in ipsis Monasteriis inhiabant; qui pertaesi disciplinam Monasticam, aut vagabantur, aut perpetuo suo Monasteriis valedicebant; qui in Abbates pensum ab eis exigentes insurgebant, & in deteriora interdum, quàm Laici ipsi, ruebant. Sub ipso Ludovico Pio, hoc est sub Principe, qui in construendis Coenobiis, amandis atque ditandis Monachis, viri parens habuit, Lupus Ferrariensis in Gallia Abbas scribebat Epistolâ 19. ad Guenilonem Senonensem Archiepiscopum: *Episcopaliter compatiendum vobis est, si multos Monachorum experti fitis a sua professione detestabiliter deviare: quum & natura humana prona sit ad malum, & hostis noster bono semini superseminare semper gestiat zizania.* Paschasius quoque Radbertus, Abbas Corbejensis, qui iisdem temporibus floruit, vir plane sanctitatis incorruptae, Lib. 4. in Hieremiam haec de Seculi sui (hoc est Noni) moribus scribebat: *Ecce jam poene nulla est Saecularis actio, quam non Sacerdotes Christi administrent (haec de Presbyteris Saecularibus) nulla Mundi negotia, in quibus Ministri Altaris se non occupent. Nulla rerum improbitas, qua se Monasticus Ordo non implicet; poene nulla illecebris vitae blanditiei, qua se castitas Sanctimonialium non commaculet.* Confer ista cum Seculi nostri moribus, ac disce, si quando deformia conspicis, hominum Infirmitatibus minime durum te praebere, nimiumque iis succensere ne velis. Misericordiae & gratiae Dei tribuendum, si nos graviori etiam lapsu aliorum facinora non superamus. Quare etsi vetustis temporibus Coenobia abundarent, in quibus exacta disciplina & vitae sanctitas florebant; abundarunt nihilominus & illa, in quibus tepor spiritus, immo mundi

vitia

vitia pacifice Inhabitabant. Erant nimirum, qui aedificabant; sed neque deerant, qui destruebant. Atque id minime mirum. Tanta de primis Monachis in Oriente audimus: nihilo secius de iis etiam paria tradebat Elias Abbas solitarius, ut est apud Johannem Moschum Cap. 52. de Vitis Patrum. Sanctissima eorum, uti & Occidentalium, Monachorum instituta fuere; Sanctos quoque plures non minus in Oriente, quàm in Occidente Monastica vita tulit: at non omnes revera sunt, aut fuerunt Monachi, qui Monasticam vestem Induerunt aut induunt. Quod potius mirari possis: quamquam inclytus Imperator Carolus Magnus, ejusque filius Ludovicus Pius & Ludovicus II. Pii nepos In amplissimo Imperio suo, ac proinde in Italia, disciplinam Monasticam quantis potuere viribus restauraverint; nova etiam Monasteria ipsi condiderint: nihilo secius Anno DCCCLV. in Concilio Ticinensi, de Monachorum & Sanctimonialium statu interrogati Patres ab eodem Ludovico II. hocce responsum dedere: *De Monasteriis autem virorum seu feminarum &c. quia inspiratio omnipotentis Dei (credimus) cor vestri modulaminis incitavit, ipsi gratias referimus. Nam quod jam MAXIMA, ex PARTE aedium suum amiserint, omnibus est manifestum. Quas ut ad pristinum statum reducantur, in Domini ac Genitoris vestri, ac vestra gloriosa dispositione consistit.*

Propterea non Canones tantùm, sed & Principum Leges olim exstabant, ut in officio continerent gregem, quem praecepta Regulae, & Pastoris virga compescere satis non poterant. Vide Legem XIV. Pipini Italiae Regis in Monachos errones. *Instituimus*, ait, *ut siue Domeni co-*

ster Rex Carolus demandavit de illis Monachis, qui de Francia, vel aliis locis venerint, & eorum Monasteria dimiserint, ac praesentialiter in illis partibus revertantur ad Monasteria, & nemo ex vobis ipsos secum detineat. Ita in Lege Langobardorum XLV. Ludovici Pii, Monachi fugitivi ad loca sua reverti jubentur. Rursus in Lege XVI. ejusdem Pippini Inter alios enumerantur Abbates, qui ad Palatium veniunt, vel inde vadunt, vel alicumque pergunt per Regnum nostrum, & militari licentiâ uti videntur. Statuitur enim, ut non praesumant ipsi, aut homines illorum alicui homini suam causam (le sue cose, le sue robe) tollere, nec sua laborata, in tantum si eam comparaverint, aut ipse homo per suam spontaneam voluntatem eis dederit. Ad haec *Gyrovagos Monachos* vel ab ipso Sancto Paulino Nolano Episcopo, & In Sancti Benedicti Regula memoratos videas. Sed neque eorum semen desideratum olim fuit inter ipsos Monachos Benedictinam Regulam professos. De iis sermo est in Synodo Vernensi II. habitâ in Gallia Anno Christi DCCCXLIII. vel DCCCXLIV. Ibi statutum fuit, ut transfugae *in ergastulis* includerentur. En verba Canonis Quarti: *Monachos, qui cupiditatis causâ vagantur, & sanctae Religionis propositum impudenter infamant, ad sua loca jubemus reverti, & regulariter Abbatum solertiâ recipi. Iis autem, qui post evidentem professionem Monachicam etiam habitum reliquerunt, vel qui suâ culpâ projiciuntur, nisi redire, & quod Deo spoponderunt, implere consentiant, hoc credimus posse remedio subveniri, si in ergastulis inclusi tamdiu a conventu hominum abstineantur, & pietatis intuitu convenientibus macerentur operibus, donec sanitatem correctionis admittant. Ita ve-*
rum

cum est, nihil esse sub Sole novum, neque defuisse Seculis retroactis exempla probitatis aeque atque improbi-
tatis, quibus ne nostra quidem ca-
rent. Tunc etiam ad Saecularia negotia conflaebant Monachorum & Clericorum non pauci, quibus disciplina, & solitudo taedio erat. Praeterea tunc minime desiderati, qui se-
ditiosis sese jungebant, consilia & o-
pem conferebant; qui profugi ad nuptias convolabant: qui divina huma-
naque per flagitia quaeque miscebant.
Nunquam certe proborum atque op-
timorum inter eos inopia fuit; sed
in tanta innumerabilium Deo sacra-
torum hominum colluvie vix fieri poterat, quin & multi veste quidem
bonos praeferrent, at moribus improbos imitarentur. Postremis hisce pr...
cissimus usus est Castruccius, famosus
Lucae Dominus & Dux, teste Nicolao Tigrino in ejus Vita, Tomo XI.
Rerum Italicarum, *Ministris* (nempe
ad disseminandas discordias & ardua
quaeque superanda) *opportunis uteba-
tur, non astricta ab inferis discordia
vadente scissa palla, non Allegerd, Del-
lond, Furiisque, sed omnibus Furiis
saevioribus Hypocritis quibuslibet viris,
Religionis habitum deferentibus, qui
vel clam pertentando, persuadendoque,
vel publice Populis, dum aliud simulant,
partium affectus in cordibus infigendo,
divitum avaritiam, & in pauperes ple-
beiosque saevitiam simulando, Optima-
tum tyrannidem, vel publici aerarii
direptionem, rapinasque fingendo, malorum omnium in Orbe fere caussas esse-
cere.* Contra is bonos Monachos a-
mabat excolebatque, *adhibens in se-
cretis saepius viros Religiosos, quorum
colloquio, quam per otium licebat, maxime delectabatur, Minorum proceres,
a quibus (quum non solum unius Civitatis, sed Orbis secreta, consiliaque te-*

*eat) diligentissime omnia perscruta-
batur &c.*

Quum vero Carolinis etiam Augustis imperantibus, ut dixi, esset
vitiis quoque & corruptelis frequens
aditus in claustra Monachorum: propterea identidem a Regibus mitteban-
tur exploratae probitatis viri, qui
disciplinam restituerent. scilicet *unus
Monachus & unus Cappellanus*, Saecularis videlicet, uti habet Lex XXI.
ipsius Pippini. Idque potissimum Ludovico Pio cordi fuisse, Historia nos
docet. Pippinus idem edicit in Lege III. *ut Monasteria Virorum & Puellarum, tam quae in Mundio (idest sub
tutela aut jurisdictione) Palatii esse
noscantur, vel etiam in mundio Episcopali, seu & de reliquis hominibus
esse inveniantur, distringantur (hoc est,
cogantur, sive emendentur) ab eo,
in cujus mundio sunt, ut regulariter
vivant.* Verum sive quod detestanda
consuetudo inoleverit, ut Secularibus viris, aut Ecclesiasticis quidem,
sed minime Monachis, Abbatiae, &
praesertim pinguiores, non in aedifi-
cationem sed in direptionem, regen-
dae traderentur, sicuti in Dissertatione LXXIII. *de Monasteriis in beneficium tradicis* infra videbimus; sive
quod progrediente tempore meliora
quaeque Instituta in deteriora ruere
consueverint; sive ob alias caussas,
quas heic recensere nihil attinet: pessum ire coepit plerisque in locis Monasticus Ordo, & in pejus ruere in-
numerabilis ille piorum coetus, unde tot exempla virtutum, & tot sanctos viros aurea collegerat Ecclesia.
Decimo potissimum, ferreo plane,
Saeculo in enormem corruptionem sacrum illud institutum declinavit.
Quare boni, quorum semen nunquam desiit, quando Principes Ecclesiae, & Seculi aut aequibant, aut

nolebant morbo acrius in dies saevienti auxiliarem manum praebere, grandi animo curam tot vulnerum ipsi suscepere, ut in pristinum valetudinis statum nobile corpus deducerent. Primi Cluniacenses Monachi in Burgundia Reformationem, uti appellant, inierunt; & quum sanctis viris eorum Congregatio diu abundare perrexerit, sensim innumera Monasteria, etiam Italica, ad Cluniacensium normam sese composuere. Aliam quoque Reformationem in Italia instituerunt Sancti Romualdus, & Johannes Gualbertus, uti & in Gallia Cistercienses, aliique exploratae atque insignis pietatis viri, ita ut Saeculo etiam XI. & XII. in Coenobiis non paucis sanctitas morum floruerit, & egregii viri inde emerserint, qui ad ipsam Apostolicam Sedem evecti, in ea restituerunt antiquum dignitatis ac virtutis honorem.

Quid exinde factum fuerit, non est hujus loci meminisse. Certe Seculis illis summo in honore ac aestimatione erant Monachi, sed potissimum qui Monasteria incolebant, ubi Regularis observantia & aemulatio virtutum efflorebat. Inter postrema haec adnumerandum sacrum Casinense Coenobium, erga quod vel ipsi Graecorum Imperatores munificentiae, ac venerationis signa non semel dedere. Id etiam discas ex Literis nunc mihi edendis, atque e Cartophylacio celeberrimi illius loci descriptis. Scilicet Anno Christi MXCVIII. quum Christi Fideles ad liberandam ex impiorum manibus sanctam Civitatem Hierusalem, expeditionem suscepissent, Monachi Casinenses tanti erant apud Alexium Imperatorem, ut ad eum Literas commendatorias dederint pro eodem Francorum exercitu. Quid ille rescripserit, accipe.

Epistola Alexii Imperatoris Constantinopolitani ad Abbatem Montis Casini, qua pollicetur, se Francorum exercitui praestiturum auxilium in Oriente Anno 1098.

Quanta Imperio meo scripsistis, Venerabilissime ac sapientissime serve Dei, Abbas Coenobii Casinensis, *didici. Declarabat autem vestra Epistola honorem atque laudem Imperii mei. Et omnipotentis quidem atque misericordis Dei nostri est in me & in subjectis nostris propitiatio maxima, & beneficia ejus innumerabilia. Et ipse quidem per ejus misericordiam honoravit Imperium meum, atque exaltavit gratis. Ego autem non solùm quia nihil boni habeo in me, sed maxime quia super omnes homines pecco, ad eum quotidie preces fundo, ut longanimis atque misericors misereatur atque sustineat meam infirmitatem. Vos autem ut boni atque virtute pleni judicatis me peccatorem sicut bonum. Et vos quidem habetis profectum ad Imperium meum, cum laudatur dignum laudis opus, non habens in condempnacionem suam laudes possidet.* Ut autem adjutorium praebeam forte exercitui Francorum, *designabant vestri prudentissimi apices. Sit inde certa vestra venerabilis Sanctitas, quoniam ita dispositum fuit super eos Imperium meum, & ita omnibus modis adjuvabit atque consiliabit eos, & secundùm posse suum cooperatum est in eis, non ut Amicus, vel cognitus, sed ut Pater, & tale expendium fecit in eis, quem non potest aliquis numerare. Et nisi Imperium meum ita exper-*

expertum fuiſſet in eis, & adjuvaſſet
eos poſt Dominum, quis alter adjutorium praebuiſſet eis? Et neque iterum
piget Imperium meum auxilium dare
eis. Et gratiâ Dei bene proſperantur
uſque hodie in ſervitio, qua imperunt,
& in antea proſperabuntur, quouſque
bona intentio praecedit eos. Multitudo
ex equitibus atque pedeſtribus ivit ad
aeterna tabernacula: eorum alii inte-

A dem ſunt, ut in bona intentione finem
mortis dantes; propterea minime oportet, nos illos habere ut mortuos, ſed
ut vivos, & in vitam aeternam atque
incorruptibilem tranſmigratos. In e-
xemplum veſtrae fidei atque bonae diſpo-
ſitionis circa veſtrum Monaſterium Imperii mei miſi unum Epilaricum de
dorſo ſuo exii deauratam.

rempti, alii mortui ſunt. Beati qui-

B Miſſa eſt Menſe Junio, Indictione Sexta, a ſanctiſſima Urbe Conſtantinopoli.

Geminae itidem Epiſtolae ejuſdem Imperatoris Alexii ad Abbatem
Montis Caſini miſſae, quarum una exarata viſitur Anno 1097.

ET ab omnibus, qui de ipſis partibus veniunt, nobilibus ac viriliſ-
ſimis Comitibus atque Ducibus, immo
& ab ipſis venerandis Praeſulibus certifi-
catum eſt Imperium meum, ſerve Dei
propinque prudentiſſime, ac ſapientiſſime
Abbas de Monte Caſino, de veſtris
maximis virtutibus. Et qualiter ſemper indeſinenter opus habes operari omnia, quae Deo acceptabilia ſunt, &
non ſolùm veſter labor talis eſt, ſed di-
ſciplina, atque ammonitiones veſtrae
circa omnes tales ſunt acceptabiles Deo,
& homines illuminantes. Et quamvis
minime te ſpecialiter aſpexit Imperium
meum, & ſatiatum eſt de veſtris ſan-
ctis orationibus; ſed ita diſpoſitum eſt
circa veſtram venerabilitatem, quaſi

C
D nos propriis oculis aſpexiſſet quotidie,
& loqueretur vobiſcum indifinite. Et
vult quatenus ad memoriam ejus veniam, cum veſtrae ſanctas atque venerabiles orationes fenditis ad Deum, &
per veſtras honorabiles Litteras ſaepius
ſcribite nobis, declarantes de veſtris a-
ctibus, & de his, qui ſub vobis ſunt,
atque de ipſis partibus. De his autem,
que de Peregrinis dicendum eſt, qualiter Deus proſpere ſe habuit circa nos
& circa illos, novit Imperium meum,
quod audiſtis a plurimis. Audies autem
apertius & ab iſtis Nuntiis noſtris.

Miſſa eſt Menſe Auguſto, Indictione
Quinta, a ſanctiſſima Urbe Conſtantinopoli.

Altera Epiſtola.

NOtum eſt ſancto Imperio noſtro,
venerabili & laudabili Domno
Abbas Montis Caſini, eo quod ſit re-
pletus multa benignitate, & omnes
Fratres Congregationis tuae, etiam omnes Laici veniunt ad conſilium tuum
& ad bonitatem tuam: & gratias Deo,
qui in ipſis malis diebus invenitur tan-

E tam bonitatem . . . . in te & lau-
dabiles inveniuntur in te omnes, qui
voluntatem Dei faciunt. Et in veſtris
partibus inveniuntur homines intelle-
ctuales, qui ſunt in adjutorio animae &
corporis. Auditum eſt noſtro Imperio,
quod nobiliſſimus Rex fecit cum nobiles
homines de Roma, & quod fecit ad

Sanctam Papa, & ad Clerum ejus. Et cum hoc audisset factum, angustiatus sum: sed quod placuit Deo, hoc factum est. Ipse inde judicet. Sed credimus, quia de tam grandi causâ Deus aliquod judicium debet ostendere ad salvationem omnium animarum & corporum: quia Deus intellexit omnia, & gubernat totum Mundum. Ipse faciat, quod ei placet. Misit vobis causâ memoriae ab Imperio nostro Pallia octo, Libras viginti quinque, & Pallium super Altare vestrae Ecclesiae.

Missa a sanctissima Civitate Constantinopoli.

Successere postea Seculo XIII. in Ecclesia Dei alii Religiosorum hominum Ordines, ac praecipue *Praedicatorum*, & *Minorum* celeberrimae Familiae. Quod Benedictinis Monachis olim acciderat, contigit & Illis. Nimirum illorum pietas & doctrina omnium animos in admirationem ac amorem sui rapuit. Certavit unaquaeque Civitas in eorum instituti amplectendis, novisque Coenobiis ad eorum commodum aedificandis. In quatuor veluti partes divisae Urbes sacros eorum coetus excipiebant. Unum quarterium, ut ajebant, Praedicatores, alterum Minores, tertium Carmelitae, quartum Augustiniani Eremitae, aut Servi Beatae Virginis arripuerunt. Totus Populus ad eos conversus vix alias salutabat Aedes sacras, vix alibi quàm apud eos Sacramenta ac Sepulturam quaerebat, ita ut passim conquererentur Parochi erepta sibi a novis hospitibus antiquissima jura sua. & necesse fuerit modum aliquem ponere invertentibus omnino veterem disciplinam. Tanta etiam fuit ejusmodi piorum hominum existimatio, ut in politicis negotiis, ac praesertim in Ci-

vium publicis discordiis sedandis, in foederibus & pacibus statuendis, illorum consilium, auctoritas, & industria saepissime interponeretur. Immo quod mirere, eorum operâ utebantur in iis etiam Reipublicae muneribus, quae a Religiosi hominis professione aliena videantur. In Mutinensi Republica invenio adhibitos fuisse eodem Seculo XIII. & subsequenti XIV. Fratres Mendicantes ad *Follicellorum* vectigal, & reliqua tributa colligenda, & ad signandas mensuras grani, sive frugum, vini, & olei, Stateras &c. Saeculus iis interdum commendabatur, in quem conjiciebantur fabae aut albae aut nigrae in Populi conciliis usurpatae ad colligenda Civium vota in electionibus ac deliberationibus Reipublicae. *Massarii* quoque, sive Oeconomi, & *Syndici*, sive generales Procuratores Reipublicae ex ipso Religiosorum Ordine adsciscebantur. In Statuto MSto Mutinensi, Anni MCCCXXVII. memoratur *Frater, qui colligit pedagium Stratae pro Communi Mutinae.* Ad Annum MCCLX. in Instrumento ejusdem Reipublicae occurrit *Frater Albertanus de Ordine Fratrum Humiliatorum, Massarius Generalis Communis Mutinae, nomine & vice Fratris Vimarii de Ordine Minorum Sindici Communis Mutinae.* Ad Annum MCCLXII. occurrit *Frater Amedeus de Sancta Trinitate Massarius Generalis Communis Mutinae.* Ad Annum MCCLXXII. videtur *Frater Symon de Sancta Catalina Massarius Generalis Communis Mutinae.* Ita Ferrarienses, uti ex eorum Statuto MSto constat, Anno MCCLXXXVIII. adhibebant *Fratres de Boleta* (idest Bulletta) & *platezolas Communis* (quo nomine significari puto Exactores tributi platearum) *qui Platezali debeant esse*

esse Fratres. Ibi quoque Lib. 2. Rubrica 329. ubi agitur *de eligendis tribus viris super victualibus,* haec statuuntur: *Eligantur tres boni & legales viri, unus per Priorem Fratrum Praedicatorum, alius verò per Guardianum Fratrum Minorum, alius verò per Priorem Fratrum Eremitarum.* En quanta fides haberetur probitati religiosorum hominum temporis illius. Verùm hoc parum videtur, si conferas quae eodem Saeculo XIII. egit Frater Johannes de Vicentia Ordinis Praedicatorum, vir sane insignium virtutum, sed majoris, quàm decebat, animi atque fiduciae, cui Veronenses, Vicentini, Bononienses, aliique Populi, integrum paene regimen suarum Urbium detulere, eo tamen infelici successu, quem Gerardus Maurisius, Rolandinus, Parisius de Cereta, aliique Historici in Collectione Rev. Italicar. legendi, posteris tradidere.

Quod si adeo Mendicantium, aliorumque Ordinum piorum recentiores coetus in singulis fere Italicis Urbibus multiplicatos, &, ut ita dicam, spissos cernimus, mirandum minime est. Non enim dispar est hominum studium, & veluti quidam a natura impetus ad propagandam speciem suam, atque Religiosis viris suum propagandi institutum, in commune videlicet bonum: licet etiam dicere in proprium commodum, & ampl. scandum imperium. Agendae potius gratiae Apostolicae Sedi, quod sua prudentia intercesserit, ne plures, quàm nunc, habeamus Religiosorum Ordines, quorum fortasse confluxu obrueremur. Ea quippe vetuit, ne novi ultra modum instituerentur; Et inutiles quosdam, aut etiam perniciosos, aliquando abolevit. Innocentius III. Papa in Concilio Generali La-teranensi IV. hoc statuit Anno MCCXV. Cap. 13. *Ne nimia Religionum diversitas gravem in Ecclesia Dei confusionem inducat, firmiter prohibemus, ne quis de cetero Novam Religionem inveniat. Sed quicumque voluerit ad Religionem converti, unam de approbatis assumat.* Ubi vides Religionem pro Ordine Religiosorum accipi, eorum scilicet, qui ejurato Seculo se Deo, peculiari Religionis voto, obstringunt: qua voce usi sunt & alii ex antiquis. Atque heic animo haereat Lector oportet, decretum hoc Lateranensis Concilii perpendens, simulque cum eo componens, quod de probatis ab eodem Innocentio III. summo Pontifice piis Praedicatorum & Minorum institutis contigisse novimus. Immo eodem ipso tempore, quo ipsum Concilium habitum est, nempe Anno MCCXV. Bernardus Guidonis in Vita Innocentii Tertii, Tomo III. pag. 485. Rer. Italicar. auctor est, Sanctum Dominicum petiisse ab eo *institutionem & confirmationem* sui Ordinis, atque hanc a Pontifice *concessam extitisse, & promissam.* Paria scribit Ptolomeus Lucensis Lib. 21. Cap. 17. Histor. Ecclesiastic. Tomo XI. Rer. Italicarum, ut alios omittam. Contendunt etiam Fratres Minores, Sanctum Franciscum ab eodem Innocentio III. atque ipso Anno MCCXV. confirmationem sui Ordinis impetrasse. Et sane in Bulla Honorii III. data Anno MCCXIIL ac edita Tomo Primo Bullarii Romani, disertis verbis legitur, *Ordinis vestri Regulam a bonae memoriae Innocentio Papa praedecessore vestro approbatam &c. confirmamus.* Denique non hos tantum Ordines, hoc est, *Praedicatorum & Minorum* sed & *Trinitatis & Scholarium* ab Innocentio III. probatos tradunt. Quod ergo, petat aliquis, Innocentius III. a novis Ordinibus Religiosis invehendis adeo alienus in Generali Concilio, se postea ac tam cito facilem praebuit ad nova haec instituta probanda? Immo in eum finem confictum videatur illud decretum, ut nascentibus tam duobus his Ordinibus spes eriperetur Pontificiae confirmationis.

Quod est ad *Fratres Praedicatores*, equidem puto, levi negotio conciliari haec posse, neque a vero abludere, eorum Ordinem ab ipso Innocentio III. fuisse probatum. Nam Sanctus Dominicus suum coetum instituit sub *Regula Sancti Augustini*, quam *Canonici Regulares* jamdiu excolebant; praetereaque Praedicatores ipsi primo inter *Canonicos* sunt recensiti, meritoque adhuc inter Canonicos Regulares sunt recensendi, etsi *Praedicatores* tantum eos appellare vulgus coepit, atque ii hoc unum nomen retinuerint: quo etiam modo nos *Capuccinos* quamdam summe piam Minorum Congregationem appellare solemus. Ergo si Praedicatores *Religionem antea approbatam*, scilicet *Canonicorum Regularium* assumserant, nihil eorum Institutioni & confirmationi obstabat Lateranensis Concilii decretum. Honorium III. Bullam, qua Praedicatorum Ordinem reapse probavit & confirmavit, editam Anno MCCXVI. in Bullario Romano, inscribit *dilectis filiis Dominico Priori Sancti Romani Tolosanensis, ejusque Fratribus, Regularem vitam professis*. Tum inquit: *Statuentes, ut Ordo Canonicus, qui secundum Deum, & Beati Augustini Regulam in eadem Ecclesia institutus esse dignoscitur, perpetuis ibidem temporibus inviolabiliter observetur*. Haec solemnis confirmatio Praedicatorum Ordinis: nam Innocentius III. (ut habet in Vita Sancti Domi-

nici apud Surium Theodoricus de Appoldia, Brovius, & alii Scriptores) commendavit quidem consilium Sancti Dominici, sed ejus Ordinem minime confirmavit. Quare in suis exordiis nihil aliud fuere *Fratres Praedicatores*, nisi *Canonicorum Regularium Ordo*: & nemo negat, quin Sanctus Dominicus Uxamensis Canonicus fuerit. Neque negotium tibi sucessat vestium habitus; nam uti ex imagine constat, quam Clariss. P. Papebrochius expressit Tomo Primo Actor. Sanctor. Junii, pag. 984. Sanctus Norbertus Praemonstratensium Canonicorum institutor, vestem plane Dominicanae similem gestabat. Ac proinde recta ejusdem Papebrochii alio in loco opinio mihi videtur, conjectaniis, de Ordine Praedicatorum loqui Jacobum de Vitriaco Lib. 2. Histor. Occident. ubi Cap. 27. hoc titulo signat. *De mera Religione & Praedicatione Bononiensium Canonicorum*. Nam haec ille scribebat circiter Annum MCCXX. atque Ordini Praedicatorum nuper, idest Anno MCCXVI. confirmatio Pontificia accesserat. Praedicabant autem Populo ejusmodi Canonici verbum Dei; & quia id insuetum erat de *Canonicis*, & ingentem in auditoribus animorum commotionem excitabant ad opera Pietatis, propterea omissa *Canonicorum* appellatione ii nuncupari coepti sunt *Praedicatores*, quod nomen adhuc retinent. Ideo vero *Bononienses Canonici* primo dicti sunt, quod Sanctus Dominicus praecipuam Bononiae fundationem Ordinis sui fecit, atque ibi vivere desiit Anno MCCXXI.

Mediolani floruit, ut alibi indicavi, circiter Annum MCCXXX. Gualvaneus de la Flamma, cujus Manipulum Florum, atque alia Historica evalevulgavi inter Scriptores Rer. Italicarum. Is ergo in Chronico Ordinis Praedicatorum, quod irrito labore hucusque perquisivi (teste Ambrosio Taegio Ordin. Praedicat. qui ipsissum opus Historicum circiter Annum MDX. reliquit, adservatum Mediolani in Conventu Gratiarum) scribit, Sanctum Dominicum Anno MCCXVII. Mediolanum fuisse profectum, *& dicit quidam Canonicus Antiquissimus (sunt verba Gualvanei) Sancti Nazarii, ubi Canonici habitum Regularem deserebant, quod ipsum Beatum Dominicum in habitu Regulari, quasi unum de ipsis honorifice susceperunt, & hospitem apud se habuerunt.* En quid primum essent Fratres Praedicatores, *Canonici* videlicet *Regulares*, quales neque postea esse desierunt, quamquam paullo post arctius vitae genus susceperint, uti Clarissimus Pater Gravesonius ostendit Tomo V. Histor. Eccles. Colloq. 6. qui & praeterea nos docet, praecipua capita Regulae Praedicatorum desumpta fuisse per Sanctum Dominicum ex Regula *Canonicorum Praemonstratensium.* Sed quando in argumentum hoc illapsus sum, neque satis adhuc per omnium manus excurrit Bullarium Ordinis Praedicatorum, collectum a doctissimo P. Antonio Bremond, inde aliquid excerpere juvat, ut lux major nobis affulgeat. Bulla Honorii Papae III. quae in praelaudato Bullario est Constitutio XVIII. data *Anno V. Pontificatus*, hoc est Anno MCCXXI. memorat *Ordinem dilectorum filiorum Fratrum Praedicatorum*, ac infra, *dilectum filium Fratrem Dominicum, tutorem praesentium, Canonicum Ordinis memorati.* Ad hanc vocem *Canonicam* haec adnotat Bremondus. „ Ita passim per „ id tempus vocabatur Ordo Fratrum „ Praedicatorum, Ordo Canonicus; „ quo circa idem Honorius in Di„ plomate: *Quoniam abundavit &c.* „ Sanctum Dominicum nuncupavit „ *Ordinis Praedicatorum Canonicum.* „ Hinc in dictis testium super in„ quisitione facta de Vita, Obitu, „ & Miraculis Beati Dominici, quae „ refert Echard Tomo primo Scri„ ptor. Ordinis pag. 49. legitur: „ *Sunt introducti a Fratre Philippo* „ *ejusdem Ordinis (Praedicatorum)* „ *Canonico constituto procuratore &c.* „ Hinc Girardus Archiepiscopus Bi„ suntinus in Diplomate dato Anno „ MCCXXIV. (quod asservatur in „ Archivo Ordinis) *memoriae*, in„ quit, *dignum duximus tradere futu„ rorum, quod venerabiles Fratres no„ stri Decanus, totumque Capitulum „ nostrae Bisuntinae Matricis Eccle„ siae &c. Reverendos Fratres Canoni„ cos Ordinis Praedicatorum ad Civi„ tatem nostram instinctu Sancti Spiri„ tus vocaverunt. Et infra: Quicum„ que in Domo illa pro tempore Prior „ exstiterit, fidelitatem & reveren„ tiam debet Ecclesiae supradictae San„ cti Johannis, sicut Canonicus spiri„ tualis Ecclesiae &c.* Hinc in Chro„ nico Maylrosensi sic legere est: „ *Anno Domini MCCXXXIII. Clemens „ Carmelita de Ordine Praedicatorum „ electus est ad Episcopatum de Dun„ blaym &c.* Hinc Jacobus de Vitria„ co Sancto Patriarchae Dominico „ coaetaneus, sic Cap. 37. Historiae „ Occidentalis *de nova Religione &* „ *Praedicatione Bononiensium* loquens, „ ait: *Est alia Regularium Canonico„ rum, Deo grata & hominibus gra„ tiosa Congregatio extra Civitatem „ Bononiae, non longe ab ea (tunc e„ nim in Coenobio Sancti Nicolai de „ Vineis, nondum intra Urbis moe„ nia concluso, habitabant Fratres)* „ in

„ in *castris aeterni Regis militan-*
„ *tium &c. Canonicam Regulam, &*
„ *salutares Regularium observantias*
„ *praedicationis & doctrinae gratiâ de-*
„ *corantes, & Praedicatorum Ordinem*
„ *Canonicorum Ordini conjungentes &c.*
„ Hinc audies ex Bullis, Fratres
„ Praedicatorum, immo Moniales e-
„ jusdem Ordinis, *Canonicas & Cano-*
„ *nicas* duobus prioribus ipsius Ordi-
„ nis Saeculis saepe saepius fuisse
„ nuncupatos. Hinc tandem est,
„ quod in Constitutionibus Ordinis,
„ Distinct. prima, Textu quinto, de
„ Recipiendis Cap. 13. sic olim le-
„ gebatur: *Nullus recipiatur in Ca-*
„ *nonicum ad probationem vel profes-*
„ *sionem, nisi a Priore Provinciali &c.*
„ Id videre est in Actis Capituli
„ Generalis Parisiensis Anni MCC-
„ XLVI. ubi nunc expuncto *Canoni-*
„ *ci* vocabulo, legimus: *Nullus re-*
„ *cipiatur in Fratrem Clericum nisi &c.*
Ita in Constitutione VII. ejusdem
Bullarii, quae Bulla est praememo-
rati Papae Honorii III. data Anno
MCCXVIII. ad vocem *Canonicus*,
haec idem Bermondus iterum adnotavit. „ Unum insuper notare velim,
„ *Sanctum Dominicum Canonicum* vo-
„ cari, licet in Capitulo Generali
„ Bononiensi possessiones & reditus
„ ejurasset. Nec audiendus qui scri-
„ psit „: (heic modestus Auctor nomen Patris Sovegii omisit, qui in
Annalibus Dominicanis sequentia verba sibi excidisse passus est) „ *Non*
„ *legendum Pontificatus Anno V. sed*
„ *Anno II. quia Anno Quinto Pontifi-*
„ *catus Honorii, seu anno MCCXXI.*
„ *Habitum Virginis, Scapulare scili-*
„ *cet, induerat Sanctus Dominicus,*
„ *quapropter Canonicus dici non potuis-*
„ *sit hoc Anno.* Quasi verò sacrum
„ Virginis vestimentum virum Ca-
„ nonicum dedeceat, aut ipsum non

„ possit exornare. Sed, amabo, num-
„ quid diem antiquiorem Instrumen-
„ to publico fas est adscribere, quia
„ opinionem meam subvertit? Meam
„ ex Instrumento, non Instrumen-
„ tum ex mente mea corrigendum
„ certe crediderim. Praeterea quid
„ criticus ille de Canonizationis San-
„ cti Dominici perscriptis actis sen-
„ tiet, si tandem aliquando evolvat
„ illa? Numquid Anno MCCXVII.
„ assignanda decernet, quia nomen
„ *Canonici* uni ex Fratribus nostris
„ acta haec indiderunt „? Ad haec
animadverte, in Bulla Gregorii X.
Papae, data Anno MCCLXXV. Sanctimonialibus Pruliaci, quae in Bullario nuper laudato legitur, ista occurrere: *Et breviditionem Canonicarum*
a Dioecesano suscipietis Episcopo. Ex
quo intelligimus, vel circiter Annos
sexaginta ab Ordinis Praedicatorum
institutione, Sanctimoniales Ordinis
ejusdem *Canonicarum* nomen retinuis-
se. Denique, uti monui in Differtatione LXII. *de Canonicis*, ratio di-
gnoscendi *Canonicos Regulares* in veterum monumentis, ea est, illos nempe sub Praeside *Prioris* nomen geren-
te, militasse Deo. Quod & factum
fuisse a Fratribus Praedicatoribus eam
ipsam ob caussam, quod inter *Cano-*
nicos Regulares recenserentur, jam
tandem agnoscas.

De Minoribus pauca dicam. Jacobus de Vitriaco synchronus Scriptor,
Sanctus Bonaventura, Matthaeus Parisius, aliique veteres, certos nos faciunt, institutum Sancti Francisci sub
Innocentio III. propagatum fuisse,
immo & illius calculo probatum. Fortassis etiam ante Lateranense Concilium IV. Pontifex piissimo illi hominum coetui suam suffragium addi-
derat, quamquam Honorius III. primus postea fuerit, qui Anno MCC-
XXIII.

XXIII. solenni ritu ac Bullâ sacrum Ordinem confirmarit. Interea vidimus, quàm aversus foret animus Innocentii III. Papae sapientissimi, ac Patrum Lateranensium, a probandis recipiendisque novis Religiosorum virorum Congregationibus. Accipe nunc, quid hanc ipsam in rem alterum Generale Concilium decreverit Anno MCCLXIV. Mirabili Incremento ac celeritate per totum ferme Christianorum Occidentalium orbem propagata fuerant sacra Instituta Fratrum Praedicatorum ac Minorum, quorum Pietatem, Zelum, & Doctrinam summa cum utilitate Ecclesiae ac Populorum conjunctam unusquisque suspiciebat atque laudabat. Tanta illorum fortuna pios alios viros permovit ad excogitandos inchoandosque diversos alios Religiosorum Ordines, prout quisque arbitrabatur, majora etiam emolumenta per novas hasce auxiliares copias praestari posse Ecclesiae Dei. Itaque defatigabant isti importunis precibus Apostolicam Sedem, ut sibi legitime prodire liceret: verùm quae in hanc rem sententia fuerit Gregorii X. sanctissimi Pontificis, ac Patrum in Generali Concilio Lugdunensi II. Anno MCCLXXII. ex Decreto vigesimo tertio ejusdem Concilii ediscere possumus. *Religionum diversitatem nimiam* (inquiunt Patres) *ne confusionem induceret, Generale Concilium* (idest Lateranense IV.) *consultâ prohibitione vetuit. Sed quia non solùm Importuna petentium Inhiatio illorum postea Multiplicationem Extorsit, verùm etiam aliquorum Praesumtuosa Temeritas, diversorum Ordinum, praecipuè Mendicantium, quorum nondum approbationis meruere principium, Effrenatam quasi Multitudinem adinvenit:* (en quantopere animos hominum invasisset pia isthaec novorum foetuum

libido) *repetitâ constitutione districtius inhibentes, ne aliquis de cetero novum Ordinem aut Religionem inveniat, vel habitum novae Religionis assumat: cunctas affatim Religiones, & Ordines Mendicantes, post dictum Concilium adinventos, qui nullam confirmationem Sedis Apostolicae meruerunt, perpetuae prohibitioni subjicimus &c.* Tum addit Pontifex: *Sane ad Praedicatorum & Minorum Ordines, quos evidens ex eis utilitas Ecclesiae universali proveniens perhibet approbatos, praesentem non patimur constitutionem extendi. Ceterum Carmelitarum & Eremitarum Sancti Augustini Ordines, quorum institutio dictam Concilium Generale praecessit, in suo statu manere concedimus, donec de ipsis fuerit aliter ordinatum.* Institutos quidem ait Gregorius X. ante Annum MCCXV. Ordines Carmelitarum, ac Eremitarum Sancti Augustini, sed eos ab Apostolica Sede nondum approbatos ait: quare neque illos proscribit, neque tamen probat, in statu in quo erant relinquens, *donec de ipsis fuerit aliter ordinatum.* Cum hocce decreto an satis consonet Bulla, quae in Bullario Romano, Tom. I. legitur, data Anno MCCXXVI. in qua Honorius III. paucissimis, praeter morem ac stilum Curiae Romanae, verbis probat *Regulam Carmelitarum*, dijudicandum aliis dimitto. Satis sit nobis heic animadvertisse, quantâ foecunditate post Annum MCC. pullularint Ordines religiosi, & contra quantâ severitate & prudentiâ caverint sapientissimi Pontificum, Ipsaeque Generalia Concilia, ne per nimiam istorum sobolem & propagationem confusio in Ecclesiam inveheretur, neque oneri esset, quod ad ipsius Ecclesiae utilitatem ac ornamentum duntaxat fuit instituendum. Attamen ejusmodi decreta sensim ab-

ro-

rogata contrariis actibus lucre, &
locus eſt factus aliis piorum virorum
coetibus, maxime profecto commen-
dandis, ita ut multas variasque eorum Familias unaquaeque Civitas
nunc alat. Et quid dixi quaelibet
Civitas? etiam in Caſtellis & exi-
guis Vicis Monaſteria, ipſaque interdum plura, viſuntur; eorumque
uberiores catervas ruri inſpiceremus,
niſi Gregorii XV. Urbani VIII. ac
aliorum Pontificum conſtitutionibus
modus Monaſterialis factus fuiſſet.

Nunc autem quando ſub oculos habemus praeſentia tempora, aliquis fortaſſe antiquorum temperantiam lau-
det, apud quos longe minor ſine comparatione ſuit tam Clericorum Secularium, quàm Monachorum copia;
& praecipue quod olim unus Benedictinorum Ordo in tota ferme Eu-
ropâ numeraretur, unum verò tantummodo ex iis Monaſterium ſingulae
Civitates habere conſueverint. Verùm
Lectores monendos reor, ne tam facile vetuſta Secula putent paucis Monachis, paucisque Monaſteriis fuiſſe
contenta. Erant enim Urbes, quae
plura eodem tempore oſtentabant, eaque cuncta Benedictini Ordinis cum
virorum tum mulierum, quamquam
temporibus noſtris nulla eorum veſti-
gia ſuperſint. Lege vetuſtiſſimas Vitas Romanorum Pontificum, quae ſub
Anaſtaſii nomine circumferuntur: palam fiet, in una Romana Urbe antiquis Saeculis exſtitiſſe permulta. E-
xempli causâ Gregorius II. *Papa Monaſteria, quae ſecus Baſilicam Sancti
Pauli erant ad ſolitudinem deducta, in-
novavit, atque ordinatis ſervis Dei Monachis, congregationem conſtituit, ut i-
bidem die noctuque Deo redderent laudes. Illic Gerontocomium Sanctae Dei
Genitricis ad Praeſepe Monaſterium in-
ſtituit. Atque Monaſterium Sancti Andreae Apoſtoli ad nimiam deductum de-
ſertionem, in quo nec unus habebatur
Monachus, adſcitis Monachis ordinavit &c.* Idem quoque Pontifex *domum
propriam in honorem ſanctae Chriſti Martyris Agathae additis a fundamento coe-
naculis, vel quae Monaſterio erant ne-
ceſſaria, a novo conſtruxit. Praedia illic urbana vel ruſtica pro Monachorum
obtulit neceſſitate.* Fortaſſe animadver-
teris, non unum Monaſterium fuiſſe
olim Romae ſecus Baſilicam Sancti Pauli. Idem de Baſilica Vaticana Sancti
Petri dicendum videtur. Nam Gregorius III. ut eſt in ejus Vita, *fecit O-
ratorium intra eamdem Baſilicam beati
Petri, ibique Reliquias repoſuit omnium Sanctorum, quorum feſta Vigi-
liarum atque Natalitiorum a Monachis
ſeriis Monaſteriorum illic ſervientium
quotidie Miſſas celebrari juſſit.* Addit infra illius Vitae Auctor de eodem Gregorio III. *Conſtruxit & Monaſterium ſanctorum Martyrum Stephani, Laurentii, atque Chryſogoni, con-
ſtituens ibidem Abbatem, & Monachorum congregationem &c.* Simili etiam
modo renovavit Monaſterium Sanctorum
Johannis Euangeliſtae ſecus Eccleſiam
Salvatoris, ubi & congregationem Monachorum & Abbatem conſtituit. HI
vero in Baſilica Lateranenſi perſolve-
bant ſacra officia laudis divinae diurnis nocturnisque temporibus. Monaſterium quoque Boëtianum Romae fuiſſe, uti & Monaſterium Sancti Mar-
tivi proximum Baſilicae Vaticanae,
veterum monumenta produnt, ut a-
lia omittam. Interea ex Anaſtaſii
verbis nuper adductis intelligimus,
functos tunc fuiſſe Monachos pio illo munere, quod proxime ſequenti
Saeculo pro decantandis Pſalmis &
Hymnis ad Canonicos delatam eſt in
Templis Secularium, etſi ne tunc
quidem deſiderarentur Preſbyteri Seculares

...culares ad ejusmodi Templorum regimen & sacra facienda. Atque haec pauca de una Roma commemoro: longam enim seriem pertexerem, si singula Monasteria recensere animus foret, quibus olim nobilissima Civitas referta fuit. Hanc in rem Anastasius atque Annales Clarissimi Mabillonii multa ministrabunt. Certe sub finem Saeculi X. numerabantur in Urbe *sexaginta Monasteria*, hoc est *quadraginta Monachorum, & viginti Sanctimonialium*; ita ut tempora illa cum nostris certare potuisse videantur, nobisque intelligere hinc liceat, quot rerum vices ac mutationes praeterita Secula invexerint, quando ex antiquis illis nunc supersint tam pauca.

Mediolanensi quoque in Urbe antiquis Seculis occurrunt nobis Monasteria Monachorum multa, videlicet *Ambrosianum, Sancti Victoris ad Corpus, Sancti Vincentii, Sancti Simpliciani, Sancti Celsi, Sancti Dionysii, Sanctorum Gervasii & Protasii, Sancti Caloeri*, & alia fortasse mihi ignota. Puellarum verò *Monasterium Majus, Wideliudae, Auroni, Datbei, Lentasii, novum de Gbisone*, & si qua erant alia. Simili ratione Veronae olim numerabantur Monasteria *Sancti Zenonis, Sanctae Mariae ad organum, Sancti Firmi, Sancti Petri in Mauriarica, Sancti Stephani in Ferrariis, Sancti Thomae, Sanctae Trinitatis*, & plura etiam, quae aut tempus obliteravit, aut Eruditi Veronenses norunt. Ticini praeterea prisca aetas vidit Monasteria *Sancti Petri in Caelo aureo, Sancti Salvatoris, Sanctae Agathae* (a Bertarido Rege constructum) *Senatoris, Sanctae Mariae Theodotae, Sancti Anastasii, Sancti Matthaei, Sancti Thomae, Sancti Apollinaris, Reginae sive Sancti Felicis, San-*
Tom. XIII.

...li Majolis, Sancti Mariui, Sanctae Mariae Venariorum, & alia, quorum nomina forsitan exciderunt. Ita Ravennae complura erant, uti in Vitis Archiepiscoporum Ravennatum Part. I. Tomi II. Rer. Italicar. nos docet Agnellus, si tamen ut Infra dicam, ea fuere Monachorum domicilia. Sed & in aliis Italiae Urbibus ejusmodi Monasteria nobis occurrerent, nisi tempus edax tot veterum monumenta absumsisset. Atque heic commemorandae mihi sunt Literae Gregorii VII. Papae, quas Ghirardaccius in Historia Bononiensi ad Annum MLXXIII. adfert, antiquas sane, omnino tamen spurias. Eas quoque habemus apud Sigonium in Episcop. Bononiensib. Sed vereor ego, ne in postumum illius foetum alterius operi adulterinae hae merces irrepserint. Nihilo tamen secius ex ejusmodi confictis tabulis elici fortasse possunt varia non conficta Monasteria, quae tunc Bononiensi in Urbe, ejusque agro numerabantur. Scilicet *Monasterium Sancti Michaëlis Archangeli in Paterno: Monasterium Sanctae Mariae in Massa Polense: Monasterium Sancti Anastasii in Petriculo: Monasterium Sancti Prosperi in Panigale: Monasterium Sancti Martini in Pojo: Monasterium Sancti Petri in Strata: Monasterium Sanctae Mariae in Strata: Monasterium Sancti Petri in Nuifatico: Monasterium Sancti Martini in Casaliethio: Monasterium Sanctae Mariae Majoris: Monasterium Sancti Columbani: Monasterium Sanctorum Gervasii & Protasii: Monasterium Sancti Thomae ante Portam Sancti Petri: Monasterium Sancti Johannis Evangelistae in Monte Oliveti: Monasterium Sancti Stephani in Hierusalem.* Memorat idem Ghirardaccius in calce Libri Sexti, alia Bononiensis agri Monasteria, nempe

                    Sancti

Sancti Archangeli apud Castellum Britterum, Sanctae Christinae, Sancti Damiani, & Sanctae Mariae in Bethleem. In eodem etiam agro sita fuere Monasterium Montis Armati, Sancti Bartholomaei de Massiliano, Sancti Fabiani in Aigonia, Sancti Gregorii extra viam Sancti Vitalis, Monasterium Sancti Laurentii, Monasterium Sancti Matthiae, Monasterium Sancti Salvatoris, ut alia praeteream. Sed hisce unum

A ego adjunctum heic volo, eidem Ghirardacco ignotum, videlicet Monasterium Sanctae Luciae, situm in Castello Russeni Bononiensis Dioecesis, cujus minime dubium testem habeo Chartam, a Joseph Antenore Scalabrinio, sacrarum Literarum in Ferrariensi Academia Professore, ad me missam. Ejus quoque Monasterii men-
L tionem alibi me videre memini.

Donatio Ecclesiae Sanctae Trinitatis facta Urso Abbati Sanctae Luciae de Rosseno ab Alberto Comite de Panigo, ejusque conjuge Imelda, Anno 1068.

IN nomine Sanctae Trinitatis. Anno ab Incarnatione Domini Millesimo Sexagesimo Octavo, Regnante Aenrico Tercio Rege, Indictione IX. in Dei nomine. Ego Albertus Comes de Panigo, & uxor mea nomine Imelda, cum filio nostro nomine Milo, *pro peccatis nostris, & omnium parentum nostrorum, vivis ac defunctis, ac in diem Judicii bonam retribucionem accipiamus a Domino, Donamus Ecclesiam* Sanctae Trinitatis, *que est fundata in loco qui dicitur Prato Baratti, ad* Sanctam Luciam Virginem *per omne sempus in proprietate & in alode, & a te venerabilis* Abbas Orso *nomine, & cunctis successoribus tuis post te tam* Abbatibus quam Monachis Sanctae Lucie Virginis; *ad tenendum, ad possidendum, & ad ordinandum in jura Monachorum omni tempore sit in tua potestate & dominatione, cum omni possessione & hereditate sua, quam olim habuit & modo habet, & in antea habuerit vel acquisierit: sicut Rolandus Presbiter & Monachus melius eam tenuit & habuit; sic tibi Donamus* Urso Abbati Ecclesiam supradictam *tradimus, donamus firma donatione in per-*

C *petuum, ut supra scriptum est, sine ingenio malo, & sine alla mala reservacione sic donamus, & propriis manibus firmamus ego* Albertus Comes, *& uxor mea* Imelda, *& filius noster* Milus, *cum consilio & voluntate cunctis fratribus meis & parentibus. In tali racionne, si fuerit aliqua submissa persona, homo vel femina ex eredibus nostris, vel aliqua extranea persona vel priza-*
D *ta, que hanc Cartam contradicere vel inrumpere aut molestare voluerit, aut aliud dicere nisi hoc, quod supra scriptum est, iram Dei omnipotentis incurrat, & cum Datban & Abiram pereat, & cum Anna & Caypha atque Pilato & cum Juda traditore Domini, & cum Simone Mago in inferno inferiori dampnacionem eternam accipiat, nisi resipuerit, & a satisfacionem erga Deo, & Sanctae Lucie venerit, ita ut per molestationem qua molestaverit, e-*
E *mendet ad Sanctam Luciam triginta Libras auri parissimi pro pena, & post pena soluta hanc Cartam in sua maneat firmitate in perpetuum.*

Signum manus Alberti Comitis, qui hanc Cartam scribere fece, propria ma-
nu firmavit.

Signum manus Imilde uxori fuæ.
Signum manus filii fui Miſi.
Presbiter Sigezi de Saxoni.
Ergezo Caſtaldo.
Bonero Caſtaldo.
Gujulfo de Stramignano.
Guido de Pagano de Flamignano ro-
gati fubfcripti teſtes.

Fго Honeſtus Chriſti miſericordiâ
Tabellio fcripſi, poſt præfatam corrobo-
rationem complevi & firmavi.

Celebres in Hiſtoria Bononienſi
funt *Comites de Paviso*, eorumque
vetuſtatem metiri hinc etiam potes.
Quod præterea animadvertas velim,
ſæpius extra, quàm intra ipſas Civitates, eadem Monaſteria conſtrui
conſueverunt, ut aliqua ſolitudinis
ratio haberetur pro Monachis, ad
ſolitudinem ſervandam veluti inſtitu-
to fuo obligatis. Ita Mediolani Am-
broſianum, Celſianum, & alia: Ticini verò Sancti Petri in Cælo Aureo, Sancti Salvatoris &c Veronæ
Sancti Zenonis, Sanctae Mariae ad
Organum &c. Mutinæ Sancti Petri,
Regii Sancti Proſperi, ut alia omittam, condita fuere. Atque inter beneficia, quae in Rempublicam efflu-
xere ex Monachorum inſtitutione,
non illud poſtremum fuit, delecta ab
iis, aut conceſſa illis ſæpe fuiſſe ad
habitandum loca inhoſpita, inculta,
ac ferarum cubilia, quae ipſi ſenſim
tum labore fuarum manuum, tum
coloniis adfcitis, ſummoque ſtudio ad
culturam inſtruxere; ita ut loca antea horrida in fructiferos ac interdum amœnos agros converterentur.
Fatendum quippe eſt, uti ſuper in-
nuebam, antiquiſſimos Monachos ſolitudinem antepoſuiſſe, atque ante
ponendam cenſuiſſe Civitatum inco-
latui, in quibus Virtuti pericula
multa & uberiorem tentationibus adi-

tum pertimeſcebant. Et profectò Monachi nomen Solitudinis amorem innuit. Abbo Novalicienſis Cœnobii
inſtitutor, uti nos docet Scriptor
Chronici Novalicienſis, Part. II.
Tomi II. Rer. Italicarum pag. 702.
ajebat: *Non poteſt tuta fore Monacho-*
rum habitatio, ſi circa Urbes vel Vi-
cos fiat eorum aſſidua converſatio. Quare olim ruri longe plura quàm ſub-
ſequutis Seculis viſebantur Monaſteria. Inſulae etiam deligebantur,
inter quas *Lirinenſis* omnium celeberrima evaſit, tot Sanctis & doctis
viris Eccleſiae Dei ſuppeditatis. Denique in montibus, & non longe à
paludibus, atque in aliis ſolitariis
locis Monaſteria plerumque olim con-
debantur, e quibus nonnulla præ
ceteris inſignia procedente tempore,
concurrentibus illic finitimis hominibus, atque ibi domos conſtruenti-
bus, ſenſim evaſere magnifica Oppida. Idque præſertim contigit *Ro-*
bienſi Monaſterio, ubi nunc Civitas
eſt, & *Nonantulæo* agri Mutinenſis,
ubi nunc illuſtre Oppidum, & *Bra-*
siatenſi in Liguria, quod in Epiſco-
patum converſum fuit: & ut alia
præteream, *Vengadicienſi* Cœnobio
sito ad Athicem, ubi nunc alterum
nobile Oppidum ſpectatur, cui *Ab-*
batia nomen eſt, in Dioeceſi Adrien-
ſi, olim ſub Marchionum Eſtenſium
ditione poſitum. Poſtremi hujus inſi-
gnis Cœnobii meminit Mabillonius
in Annalib. Benedictin. ad Annum
DCCCXCVII. donationem comme-
morans ſacro loco ab Hugone Marchione Tuſciae eodem Anno factam,
& a Puccinellio editam. Tum ille
ſubdit: *Haec prima nobis occurrit no-*
titia illius Monaſterii, cujus auctor
ignoratur. Protuli ego in Diſſertatione XX. *de Mulierum Allibus* donationem ipſi Eccleſiae Sanctae Mariae de

Vangadicia factam Anno DCCLIV. a Franca uxore quondam Almerici Marchionis, ex qua elucere videtur, nondum ibi eo tempore constitutum fuisse Monasterium. Nunc alteram Chartam producere statui, quam ex Tabulario ejusdem Vangadiciensis Monasterii descripsi, inquisiturus an haec illius Coenobii Auctorem & tempus indicare possit.

Charta donationis factae Martino Abbati Ecclesiae Sanctae Mariae Dioecesis Adriensis ab Hugone Marchione Tusciae, ut ibi Monasterium fundetur, Anno 993.

IN nomine Domini nostri Jesu Christi Dei aeterni. Anno ab ejus Incarnatione Nongentesimo Nonagesimo Tertio, II°. Calendas Junii, Indictione Sexta. Divine gratie munere, & superne virtutis auxilio a faucibus Daemonice potestatis eripuit nos misericors Dominus, & aeterne Patrie gaudiis faciens coheredes, sedulis ammonitionibus, crebrisque nos preceptis informat. Unde est illud: Venite ad me omnes, qui laboratis, & honerati estis, & ego vos requiescere faciam. Et ne quis de via ad eum perveniendi, vel qualiter ab eo recipiendi esset facultas, dubitaret, quod promisit, ipse certam ostendit formam, cum dixit. Dimittite, & dimittetur vobis. Date, & dabitur vobis…… tam hoc idem quod docuit, ne segniter quis ageret, hortatur ipse alibi, cum dicit: Vigilate, quia nescitis diem neque horam. Hanc scilicet vocem locutionis debemus frequentissime meditari, quatenus semper pre oculis mentis habeatur. Oportet denique singulos, qui se omnipotentis Dei misericordia hujus Mundi divitias vel quibuscumque temporalibus adjumentis consolatos ex his, que accepit ab eo quantumlibet, illi tam gratiarum actione conferre, a quo sibi noscit cuncta, que habet, esse concessa, & Regnum Dei tantum valet, quantum habet. Quod ut credi possit, Dominicis instruimur documentis, quia muliere dum minute devote offerente plus ceteris…… Salvator asseruit obtulisse. Unde ego in Dei nomine Ugo gratia Dei gloriosus Dux & Marchio, filius bone memorie Uberti, qui fuit item Marchio, obtumum duxi pro anime mee remedio, & pro remedio anime predicti quondam Uberti genitoris mei, seu pro remedio anime Guille genitricis mee, seu pro remedio omnium parentum meorum ordinare…… confirmare, & per hanc paginam offersionis videor in te Martine Abatem, id est Ecclesia Dei, & Beate Marie Virginis, que est juris proprietatis mee, posita in loco & fine, ubi dicitur in capite de Flumine Veclo, dare & tradere ad Monasterium ibidem faciendum & construendum seu edificandum: & Regulam ibi secundum doctrinam Beati Benedicti Abbatis tenendum, jam dictam Ecclesiam Sancte Marie tradidit atque offeruit. Ecclesiam vero ipsam cum omnibus predictis casis & rebus, sicut superius legitur, ad predictam Ecclesiam pertinentibus, cum fundamentis & edificiis vel universis fabricis suis, seu Cortis, hortoras, terris, vineis, olivetis, castanetis, quercetis, filicis, virgaretis, pratis, pascuis, cultis rebus vel incultis, venationibus, seu piscationibus, omni & ex omnibus in integrum, quantas ad predictam Ecclesiam Sancte Marie predictas Amelrigo Marchio offeruit seu tradidit, cum interioribus

rioribus & superioribus suis, seu cum accessionibus & gressuras suas, tibi quidem suprascripto Martino Abati, posterisque successoribus tuis, Monasterium faciendum & construendam seu edificandum pro anime mee remedio dare & tradere videtur. Ita ut ab hac die in antea tibi quidem supradicto Martino Abati, posterisque successoribus tuis predictam Ecclesiam cum predictis rebus, sicut superius legitur, sumere liceat potestatem habendi, tenendi, imperandi, gubernandi, Liberari faciendi & usufructuandi, & in ipsa Dei Ecclesia Sancte Marie per vos, aut vestram dispositionem officiandi, & luminaria atque incensum, & Missarum, seu Psalmorum debita die noctaque ibi canere seu facere, & pro me & pro parentibus meis ibidem orare debeatis. Et si ego, aut quicumque de heredibus meis aliquo tempore supradictas res ad supradictam Ecclesiam pertinentes agere aut causare vel intentionare seu minuere aut retollere vel subtrahere, aut contradicere per quodlibet ingenium presumpserit, tunc sciat se composituros ipsi quibus facere presumpserit penam aurum obtimum Libras centum. Et si fuerit ullus homo post meum obitum & decessum masculus vel femina, aut ulla Potestas predictas res predicte Ecclesie Monasterio sunt atinentes, aut in antea ibidem pertinentes fuerint, subtrahere vel alienare sive pro Beneficio, aut quacumque traditione, sive occasione tollere vel minuere aut molestare quacumque ingenio presumpserit, tunc sit ille maledictus a Deo Patre omnipotente, Filio, & Spiritu Sancto, & a trecentis decem & octo sanctis Patribus, qui legem Dei sanctiruerunt, & ab omnibus Sanctis: habeat partem simul cum Juda traditore: & deglutiat eos terra, sicut deglutivit Datham & Abiron: quia sic

complacuit anime mee: quia in tali ordine hanc Cartulam offersionis & traditionis Johannem Notarium Domni Imperatoris scribere rogavi.

Actum Pisa feliciter.

Ugo Marchio *subscripsi.*

Signum Domni Amedei, & Teuderici, seu Azulini, Lege viventes Salica, testes.

Leo Judex Domni Imperatoris subscripsi.

Ego Conradus testis subscripsi.

Ego Cosbertus rogatus testis subscripsi.

Ego Lambertus rogatus testis subscripsi.

Ego Johannes Notarius Domni Imperatoris hanc Cartulam offersionis post tradita complevi & dedi.

Videmus heic, Hugonem Inclytum Tusciae Marchionem Martino Abbati largiri *Ecclesiam Dei & beatae Mariae Virginis, quae est juris proprietatis meae positam in loco & fine, ubi dicitur in Capite de Flumine Veclo,* atque haec ipsa Ecclesia illa erat, quam *Almericus Marchio* multis fundis dotarat. Hanc autem *Martino Abbati* Is tradit *ad Monasterium ibidem faciendum, & construendum seu aedificandum, & Regulam ibi secundum doctrinam beati Benedicti tenendam.* Si heic agitur de ipsa Ecclesia Vangadiclensi, jam tempus & auctorem illius Monasterii habemus. In Charta Anni DCCCCXCVII a Puccinello evulgata memoratur Ecclesia Monasterii Beatae Mariae Virginis, quae est fundata in loco & finibus, ubi dicitur Vangadicia prope fluvio Adesi, qui dicitur Veclo. In Placito quoque, quod jamdiu publici juris feci Cap. XL pag. 88. Antiquitat. Estens. se nobis offert Anno MIIIL Domnus Martinus Abbas Monasterii Sanctae Mariae Virginis, quod dicitur de Petra.

tra, supra ripam Adicem. Idem reperitur in altera Charta Anni MXCVII. eodem Cap. XI. Componenda haec simul sunt ad dignoscendum veterem Vangadiciensis Monasterii situm, & an de ea Ecclesia agatur, quam Anno DCCCCXCIII. *Hugo Marchio donavit ad Monasterium ibidem facien-* dam, *sitam in loco ubi dicitur in capite de Flumine Vedo.* Ad haec in Chartophylacio ejusdem Coenobii Vangadiciensis Diploma reperi, ac studiose perpendi, quod hanc in rem praecipue nobis nunc est considerandum.

Donatio facta Monasterio Sanctae Mariae de Vangadicia a Berengario II. & Adelberto Italiae Regibus, Anno 961.

IN *nomine omnipotentis Dei aeterni* Berengarius, & Adelbertus, *divina favente clementia* Reges. *Decet Regalem excellentiam, ut votis fidelium suorum aures pietatis suae clementer inclinet, quatenus eos devotiores ac promptiores in suo obsequio reddat. Idcirco omnium sanctae Dei Ecclesiae fidelium, nostrorumque praesentium scilicet hac futurorum noverit industria, qualiter interventu ac peticione* Ugonis Marchionis Thusciae, *nostri dilecti fidelis, per hujus nostri praecepti paginam, prout juste & legaliter possumus,* Venerabilem Martinum Wangadiciens. Monasterii Abbatem *de quadam Terra, in Insula Carpi adjacente, & ad Curiam Leniaci pertinente, cujus terminus cernis caput Silzne ejusdem Monasterii usque in Flumen, quod vocatur Tartarum, pro Dei amore, & animarum nostrarum, nostrorumque parentum tam praeteritorum quam futurorum, investivimus una cum terris, pratis, silvis, paludibus, salectis, sacionibus, stallareis, ripis, rupinis, molendinis, piscationibus, pascuis, mercatis, vallibus, planiciebus, aquis, aquarumque decursibus, cum omnibus suis pertinentiis, veluti ad Curiam Leniaci pertinent in integrum. Ita ut habeat, teneas, firmiterque possideas ipse Abbas, suique successores & Fratres, omnium hominum contradictione vel molestatione remota. Si quis igitur hanc nostram investituram aliquoties infringere vel violare temptaverit, sciat se compositurum auri optimi Libras centum, medietatem Kamerae nostrae & medietatem praelibato Abbati, suisque successoribus. Quod ut verius credatur, diligentiusque ab omnibus observetur, manibus propriis roborantes, anuli nostri impressione insigniri jussimus.*

Signa serenissimorum   *Berengarii & Adelberti Regum;*

Huber-

Hubertus Cancellarius ad vicem Widonis Episcopi & Archican-
cellarii recognovi & subscripsi.

Data III. Kalendas Junias Anno Incarnationis Domini DCCCC-
LXI. Regni verò Domni Berengarii atque Adalberti piissi-
morum Regum XI. Iuditione IV.

Actum Veronae, in Dei nomine feliciter. Amen.

Aderant in hoc Diplomate omnes notae, quae autographum prodebant, Monogrammata, immo & Sigillum cereum, cujus cera plumbeam colorem referebat, sed minime integrum. Ibi supererat pars Imaginis viri & circum literae VS ET ADALBER .... Quare nulla oborta mihi dubitatio est de legitimitate membranae. At hoc posito, duo inde elucent. Alterum est, Anno DCCCC LXI. jam *Imprediciense Monasterium* exstitisse. Alterum, quod jam adnotavi Par. I. Cap. XV. Antiquitat. Essens. pag. 136. citius, quàm huctenus creditum fuit, Hugonem Insulvtum Marchionem ad Erusci Ducatus regimen evectum fuisse. Neque enim quisquam adsentiri possit Cosmo de Arena, qui in serie Ducum & Marchionum Tusciae hoc ipsum Diploma sibi objiciens putavit, *Hugonem Marchionem Tusciae* ibi memoratum, illum fuisse ab *Hugone filio Huberti*, Itidem Marchione Tusciae, qui Anno MI. finem vivendi fecit. Deceptus fuit Scriptor Ille a quadam narratione Sancti Petri Damiani; unum enim excogitare cogimur Hu-

gonem Tusciae Marchionem, non dum; & contra (quod minime Cosmus de Arena fecit) distinguere opus est *Obertum Marchionem, Comitem sacri Palatii,* progenitorem Atestinorum Principum, ab *Huberto Hugonis Regis filio, Marchione Tusciae*, & patre ejusdem Marchionis Hugonis. Sed de his jam actum fuit in nuper memorato loco Antiquitatum Essensium. Olim ergo numerabantur ruri insignia Coenobia: sed quum Monasteriola ibi complura occurrant, disquirendum est, an eorum numero Majores nostros superemus. Itaque ajo, vetusta quoque Secula ejusmodi ruralibus Monasteriolis abundasse, quae fermè omnia tempus & bellorum rabies delevit. Paucis exemplis rem inlustrabo; & quod in una aut duabus Urbibus actum videbimus, ad reliquas metiendas usui nobis esse poterit. In Archivo Canonicorum Regularium Pistorii pergamenam ex una parte excisam legi, ante annos quingentos exaratam, exemplum videlicet antiquissimi Instrumenti, quod tenebris nunc ereptum volo.

Institutio Monasterii sacrarum Virginum sub titulo Sanctorum Petri & Pauli atque Anastasii facta a Ratefredo filio Guilichisi in agro Pistoriensi, Anno 748.

IN nomine Domini. Die octavo, Mense Septembrio, Regnante Domno Rachis vir excellentissimus Regem, Anno Quarto, per Inditione Secunda, feliciter. Ratfredi filius quondam Guilichisi speravit in me divina potentia, dum complexus rejacere in infirmitat.. .... fine sint, ubi fures non effodunt nec furantur; ut illa voce audire merear, quia Dominus noster Jesus Christus et Redemptor omnium, in se credentibus promittere dignatus est: Venite, benedicti Patris: percipite regnum, quod vobis paratum est ab origine Mundi. Et iterum commonuit, dicens....... filius masculus. Providirem in proprio meo edificare Ecclesiam Monasterio beatissimorum Sancti Petri & Pauli atque Anastasii, & inibi me, vel anima mea commendare; atque offerri medietatem de omnem parvitatem pecuniam, vel adquisitam meam, quod nunc presenti die avere, &...... enere, tam Case avitacionis meo, quam & Case massericie, seu Casalia, vineae, terra, prasiis, pascuis, silvis, solectis, saionibus, cultum atque incultum, movilem vel immovilem, seseque moventibus, omnia & in omnibus ad ipsum sanctum & venerabilem locum offerri & condonare previdi..... seu & Astrualda, qui veste Monastica induta esse videtur. In eam vero tenore, ut si jam dicta filia mea voluere cum genitrice mea Munnia, atque conjuge mea Perterada, seu germana mea Ratperta, in ipsum Monasterio deservire voluere in....... Senodochio egenos vel pauperes recipiendum, & elemosina tribuendum & guvernandum

[A] per ebdomata una pauperes, vel peregrinas animas, & una cum Dominico Abbate Rectore, quem inibi ordinare previdi: cuncta, ut dixi, in sua habeat potestate regendum........ elemosinam tribuendum de quod inibi Dominus conlaudare dignatus fuerit, & pro anima mea gravata ponderibus peccatis meis, die noctuque omnipotentem [B] Deum, & etiam Dei Genitrice Maria, vel beatissimi Sancti Petri & Pauli seu Anastasii....... nimis peccator de vinculis penarum eripere dignetur, & inter Sanctis & electis suis aliqua parte vel societas tribuere jubeat, quia scriptum est per eloquium & ministrationem Domini nostri Jesu Christi: Petite, & dabitur vobis: querite, & invenietis....... [C] Pro ideo ego miser & nimium peccator creditur in ejus magna misericordia, qui est pius Dominus, & Redemptor omnium celi & terre, de parvitatis mea terrenis tribuendum ad ipsa sancta virtute nominis beatissimi Sancti Petri & Pauli seu Anastasii celeste gaudium..... conjuge mea Perterada carnale vitio [D] fuerit consecrata, & in ipso Senodochio vel Monasterio noluerit deservire, nulla de rebus meis avere debeat, nisi vacua & inane exinde foris exire debeant, ambulando ubi voluerit; & forsitan filia....... vio deservire...... cum portione sua vadas, ubi voluerit, amplius de rebus meis vel in ipso Monasterio nulla posset avere, vel impera- [E] tive facere. Nam si inibi permanserit, omnia cum supradicto Rectore vel Genitrice, atque Conjuge, vel....... Dominus vitam concesserit in bona exilium

Mundi

Mundi evitandum, omnia mea fit potestate regendum, remeliorandum, ufo-
fructu capiendum. Nam ium ad feculi-
ritus pro nullo ingenio fubtrahendum,
nifi pro anima mea...... demittendum
.... mihi heredes esse debeant, fecundum Lex gentis nostre. Et ipfe Senodochio in fua aveat poteftate, vel
quod pro ipfo inibi fuerit ordinatum.
Et fi ad fecularibus voluerit permanere, portionem fua fufcipiat, & in ipfo
Monasterio nulla imperatione...... ordinatione jufta Domino fuerit ordinatum, & quod a me optandum, ideft fi
fine filiis masculis transfiero, & antea
de hac luce migratus fuero quam ipfe
fanctum & venerabile locum confecra-
tum fit, volo atque decerno, ut ipfo
Oratorio vel Senodochio jam dictum.....
conjuge, feu forore, & filia mea, &
omnia medietatem rebus meis, que ini-
ci condonare vifus fum, diebus vite
fue aveat poteftatem. Et poft avito eorum, qui per ipfi inivi fuerit ordinatus; & Servi vel Ancillas meas......
mea liberi demittend....... ratum fic
in ipfi libertas permaneat, ficut Princeps Dominus noster bone memorie
Luitprandi Rex per ..... confirmavit, & iterum confirmare previdi, ut
fub nullius...... Ecclefia...... fubj-
centem ipfam feu Oratorium vel Senodochio parvitate....... Dominica Abbas
per me inivi pofita, & ipfa Genitrice atque Conjuge, feu germana, atque
filia mea in fua avet poteftatem diebus
vite fue, aut Fratri vel Sorori, qui
per ipfi inivi pofiti fuerint, vel poft-
modum unas quifquis fecundum Deum
electio fpiri..... & per fidelera mea Dominum deprecandum. Nam per nullo
fitalo malum hominem alienandum, aut
per corruptionem inivi alio faper jo-
nendum, nifi quam ille voluerit, qui
inivi fuerit ordinatus. Et nullus de
heredibus preteredibus meis quandoque

Tom. XIII.

aliqua poffet........ petuis temporibus
ftavilitam permaneat. Et qui contra-
rius bone Cartulam, vel ipfo Monafterio, aut fanctum Senodochio ire qua-
doque prefumpferit, aut eam irrumpere
voluerit, in primis in ira Dei, &
omnis virtutis celorum, Archangelorum,
Angelorum...... Scarioth, qui tradidit Dominum nostrum Jefum Christum,
& in tartaro fit confcriptam. Ecce, ut
mea fuerunt defideria, adimpleri, &
Avendus Notarium fcrivere rogavi.

Actum Pistoria, Regnum & Inditione fuprafcripta, feliciter.

Signum manus......

...... fredus Medicus rogatus ad
Ratperto manu mea propria tefte fib-
fcripfi.

Ego Lazarus rogatus a Ratperto
manu mea tefti fubfcripfi.

Ego Rachiperto rogatus ad Ratperto
teftis fubfcripfi.

Signum manus Maurelli quondam filio Statar......

Signum manus Anfelmi quondam filio
Barufula, teftis.

Signum manus Tatoni quondam filio
Pafoni, teftis..

Ego Avendus qui fupra fcriptor te-
jus Cartule, poft a teftibus roverata,
& tradita ipfius Abbas prefente Andrea filia......

Ego .... Domni Karoli
Anno Regni ejus Quarto per Indictione Prima compleri & dedi.

Ego Gaufferto Notarius, ficut in
autentica inveni fcriptum, fideliter e-
xemplavi.

Ego Gualbertus Notarius & Judex
facri Palatii fcriptor, autenticum illud vidi, & legi e fic inibi continuba-
tur, quomodo in hoc exempla fcriptum
eft, preter plus minufve, & manu
mea propria fcripfi.

Quid fit quod Charta fcripta dicatur Anno IV. Ratchis, ac Tabellio
in

In fine *Karoli Annum Quartum* memoret (quod etiam mendosam Indictionem praeferre videtur) perpendant Eruditi. Fortasse Caroli M. tempore veterem Chartam ab Avondo exaratam alter Notarius descripsit. Ego ad alia progredior. Quamquam hujus Monasterii conditor scribat, se illius Rectorem constituisse *Dominicam Abbatem*, satis tamen prodit, non Monachorum, sed Sanctimonialium illud fuisse domicilium, quam in eo locum futurum velit Matri, Germanae, Conjugi, ac Filiae suae. Itaque *Rector* non aliud sibi significat, ut puto, nisi Oeconomus, & qui curam redituum gere-

ret. Alterum exemplum vide in Diplomate Nonantulano Ludovici Pii Anno DCCCXIV. Dissertation. XXI. *de Italiae Statu*. Praeterea animadverte, Xenodochium Parthenoni huic in agro Pistoriensi fuisse adjunctum, *ad egenos vel pauperes recipiendum, & eleemosynae tribuendam, & gubernandum per hebdomada una paupertis, vel pere-reinas animas.* Bina alia Monasteria in eodem Pistoriosi agro olim sita prodet nobis Charta, cujus apographam ante annos quingentos, ut mihi videbatur, scriptum reperi apud nuper laudatos Canonicos Regulares antiquissimi Monasterii Sancti Bartholomaei Pistoriensis.

Donatio Monasteriorum Sancti Silvestri & Sancti Angeli facta ab Aidualdo Presbytero & Monacho Monasterio Sancti Bartholomaei Pistoriensis, Anno 764.

IN nomine Domini Dei nostri Jesu Christi. Die Nono, Mense Julio, Anno Regni Domni Desiderii & Adelgis Regi Anno Octavo & Quinto, per Indictione Secunda, feliciter. Dum in hanc exilio hujus seculi aritate merui-mur, oportunum est enim cogitare de Dei omnipotentis misericordia, & remissione animarum nostrarum, quatenus nos de vitalis penarum Dominus et Redemptor omnium indulgentia pietatis suae condonare dignatus est, & ad vera luce luminis pietatis suae inter Sanctis & electis ejus parte aliqua vel societas invenire mereantur: quoniam quidem magno consilio est Seculi relinquere, & ad sanctis, & ad venerabilibus locis nos commendare, ut dum extrema die cum viverit, ut nos in suis judiciis electionis ostenda, ut nobis peccatoris prveniat salutem & remedio anime. Ideo in Dei omnipotentis nomine ego Aidualda quondam

Presbiter de Monasterio Sancti Silvestris, qui est sito prope novo Civitatis nostre Pistoria juxta Ecclesiam sancti beatissimi Bartholomei, *dum mihi divina adveniente inspiratione introeundi in avite Sanctorum Monachorum inter alios Frater quatenus me consideravit, & pertractavit de Monasteria beatissimorum Silvestris, atque beatis sancti Angeli, qui est ero locus, qui appellatur Monticuaule prope flubio Neore, quem felicissimus Presbiter, sto Geminiana a fundamenta erexerat, seu & Totone, & Raspert, Aupertu germani in suo privilegio edificaverunt: modo vice ego qui supra Aidnald Presbiter do, dono, trado, atque offero, do, donumque esse volo tam ipse predicte Monasteria Sancti Silvestris, & Sancti Angeli omne rebus substantia de quidquid ubique modo a presenti die ad ipse Sanctorum loca preterearre dimisserint, & una in antea Deo*

pre-

praetegente ividem condonaverit in La-
jato, ivi quod exinde fuerit, aut quod
ad ipsi sanctis & venerabilibus locis
datum vel autsertum fuit, quomodo i-
videm esse videntur, omnia & in omnibus in Lojato offerre visus sum ad
Ecclesiam beatissimi Sancti Bartholomei;
in tali vero tenore, ut omnia res ipsa
una cum ipso Monasterio, sicut Regula
Sancti Benedicti condote esse debeas, in
tali enim jure capitulo ut una per ordinationem de ipso Monasterio beatissimi Sancti Bartholomei, vel de ejus Rectoribus quomodo est, vel imposterum fue-
rent, ut praedicte Dei Ecclesiae, ut qui
ividem per ipsi ordinatum fuerit pro
sancto judicio Canonico vel sancta Regula esse deceat, ut quatenus egenuis,
vidua, pauperibus elemosinis faciendum pro remissione animarum Felicissimi, Geminiani Presbyter, qui tunc antea profuer fuerat de ipso Monasterio
seu & Austperti, Tatani, Rasperti, vel
nostro faciunt, ut moris minime perveniat ad condonationem omnia ut supra decrevi, volo ut ipsi sancti Monasterii beatissimi Bartholomei, vel ejus
deservientibus, qui modo sunt, vel in
posterum fuerit, firmiter ponere, scire doceat, ut quatenus ab hac die ut
non ego qui supra Ajaoldo Presbiter,
non aliquis de heredibus atque posteris
mei unquam alio tempore aliqua possit
inferri molestia, neque molestandum,
neque per ullo argumento, ingenio, exinde aliquid subtrahendum, neque ad alia
Ecclesia, neque ad Secularia, nisi tantum perpetuis futuris temporibus firmum
& stabilitum permaneat ad ipso sancto
Monasterio beatissimi Sancti Bartholomei,
sicut supra decretum est. Ecce ut meis
taliter fuerant desideri, erga me adim-
plevit, & ut mihi liceat facere ullo
tempore nulle, quod voluit; sed quod a
me facto vel confirmato, inviolabiliter
confirmare promitto. Quam vero Cartula remissionis rerum datalium Lucio
Notario scrivere rogavit.

✠ Ego Ajaoldo Presbiter, qui bene
Cartulam datalium fieri rogavi, & manu mea propria subscripsi.

✠ Ego Teudeas Presbiter rogatus
ad Ajaoldo Presbiter, testis subscripsi.

Signum manus Tanlaisti quadam To-
nesi, rogatus testis subscripsi.

✠ Ego Guidulfo rogatus ad Ajaoldo
Presbiter, testis subscripsi.

✠ Ego Gumperto Diaconus rogatus
ad Ajaoldo Presbiter, testis subscripsi.

Signum ✠ manus Limperteri quondam Arichisi rogati testis.

Signum ✠ manus Guinefredi quondam Guilifredi rogati testis.

Ego qui supra Lucio Notarius scriptor huic Cartule, post a testibus robo-
ratam, tradita complevi & dedi.

Ego Gualbertus Notarius & Judex
sacri Platii, scriptor, autenticum illud
vidi, & legi, unde hoc exemplar e-
xemplatum est, & quod inibi scriptum
inveni, fideliter exemplavi.

Sed & aliud Monasterium, prope
moenia Pistoriensis Urbis constructum,
commemoratum videas in subsequenti Charta, apud supra laudatos Canonicos Regulares a me conspectu in
vetustissimo apographo.

Monasterium Sancti Michaëlis ab Austriperto genitore suo fundatum, Fermus Clericus subdit Monasterio Sancti
Bartholomaei Pistoriensis, Anno 775.

IN nomine Domini & Salvatoris nostri Jesu Christi, Die Decima, Mense Decembrio, Regnante Domno Karolus Rex Francorum & Langobardorum, qui in Italia Papia Civitate ingressus est, Anno Secundo, per Indictione Quartadecima feliciter. Fermus
Clericus filio quondam Austripert,
dum me previdisse in infirmitate positum, mens mea decreta in omnibus recte loquendam, manifestus sum, eo quod
antea in jam plures tempus judicavi,
& per scripti confirmavi in te Dominicus quondam Abbas Monasterii
Sancti Bartholomei, Monasterii, quas
bonae memoriae Austripert genitor meus
in suis privilegii nomine dedicavit foras muro Civitatis nostrae Pistoriense,
vel res inivi firmata, set menime po-
teo Cartulas ipsas jungere: iterum in
re jam dicto Abbas per hanc Cartulam confirmo ipso Monasterio, qui per
ipso Genitore meo fuit constructum,
adque in honore Domini, & Sancti beati Archangeli Michaeli dedicatum, vel omnes res inivi firmata
una cum omnem rebus & pecuniola mea,
quicquid in sive Faciano avere visus
sum tam de conquisto vel undecumque
inivi avere videar, una cum omnia
ipso Monasterio vel res impertinente,
excepto Casa & portione, quam Can-
dulani & Vitali que Gumpertulo &
Tauolo, omnia in sua proprietate &
libertate avendas faciendum, vel avendum quicquid, aut in quale Lex voluerit, quicquid per ipsi factum fuerit
omni tempore in sua permaneat stavi-
litate, eoque pro benigno servitio eorum, qui erga me impendere visi sunt,
ita eorum a me datum, vel pro animabus mei firmare previdi. De alia
autem res mea in suprascripto loco Fac-
ciana, una cum suprascripto Monasterio,
vel res inivi firmata omnia & in omnibus in integrum in te jam dicto Do-
menicus quidem Abba confirmo, si me
omnipotens Dominus de infirmitate ista
advocare jusseri, in omnia secundum
Deum ordinandum vel peragendum pro
animabus nostris vel de parentibus meis
quidquid melius, aut secundum Deum
appari fueri ordinandum eleemosinam, si
tam tu, vel qui pro te inivi fueris
ordinandum, in vestra sit potestate tam
ipso Monasterio vel res omnia suprascripta quantum melius & secundum Deum
previdi pro animabus nostris dispensandum, vel si aliquo injudicatum reliquе-
ro, simili modo omnia pro anima mea
tribuatur, sic tamen si michi omnipotens Dominus prestare jusseri evaden-
dum, omnia & in omnibus in mea sit
potestate avendum, ordinandum, faciendum exinde quicquid valuero, aut mihi
bonum fuerit. Quam vero Cartula,
sicut mihi complacue, in te Gaspertus
Notarius scribere rogavi.

Actum Pistoria aput ipso Monasterio,
Regnum & Indictione suprascripta.

Signum ✠ manus Fermaei, qui
hanc Cartulam fieri rogavi, & propter infirmitatem suam manus puae
subscribere.

Ego Guilipado rogatus a Fermo Clerico, testis subscripsi.

Ego Lazarus Diaconus Notarius rogatus ad Firmus Clericus, testis subscripsi.

✠ Ego Gisflari rogatus ad Firmo
Clerico, testis subscripsi.

✠ Ego

✠ *Ego Martinus Presbiter rogatus ad Firmo Clerico, testis subscripsi: & bus rememorare previdi, ut quidquid in omnibus meis aliquid dedi aut largivi per scripti, ut omnia in sua permaneat stabilitate.*

Ego qui supra Gausperrus scriptor bujus Cartule, post a testibus rocorato, eradita complevi & dedi.

✠ *Ego Gualbertus Notarius & Judex sacri Palatii, scriptor, suscrui*

cum illud vidi & legi, unde hoc exemplar exemplatum est, & quod inini scriptum inveni fideliter exemplavi.

Nulla tamen Charta uberius edocere nos posset, quanta olim foret ejusmodi ruralium Monasteriorum copia, quam quae authentica mihi oblata est in Archivo Archiepiscopii Lucensis, cujus ecce verba.

Charta Sarimundi Diaconi, per quam Johanni Lucensi Episcopo suam portionem offert in variis Monasteriis, Anno 793.

IN *Dei nomine. Regnante Domino* nostro Carulo Rege Francorum & Langobardorum, *Anno Regni ejus, quo Langobardiam coepit, Nonodecimo, & filio ejus* Domino nostro Pipino Rege, *Anno Regni ejus Duodecimo, IX. Kalendas Februarias, Indictione Prima. Manifestum est mihi* Sarimundo Diacono *filio bonae memoriae Gausperti, quia per hanc Cartulam, pro remedio animae meae, dispensare prevideo & omnibus rebus &* Monasteriis *& hominibus meis. Sit namque vel adque institutus, ut tu* Domnus Johannes, *in Dei nomine hujus Lucanae Ecclesiae Episcopo, seu Successores tui, vel cui tu hanc Cartulam ad exigendam & dispensandam dederis, potestatem habeatis pro remedio animae meae ordinandare & dispensare debeatis portionem meam de Casis & omnibus rebus illis, quas cum germanis meis ab* Trusemo Diacono *comparavimus, eas, aliquid & ipsis rebus absque minimae abeamus, quae mihi pertinere debent, & ipsam rem litentiam habeatis requirendi, & pro anima mea dispensandi qualiter vobis melius apparuerit in omnibus in tua sit potestatem faciendi qualiter volueris. Et portionem meam*

de Monasterio Sancti Petri, *sive portionem meam* de Monasterio Sanctae Mariae *in loco Gurgite; & ipsam suprascriptam* Monasterium Sancti Petri *est fundato a suprascripto* Trusemo Diacono *in Vico Gundualdi, ubi est Casa abitationis fratrum meorum. Similiter & portionem meam de* Monasterio Sancti Andreae *in loco Blentibus, necnon & portionem meam de* Monasterio Sanctae Petronillae *in loco* Curtoria, *& portionem meam de* Monasteriolo Sancti Quirici *in loco la Terraria prope Variana: ut dixi, portionem meam ex omnibus de praefatis Monasteriis una cum omnibus Casis & rebus mobilibus atque immobilibus seu semoventibus, qualiter mihi pertinere videntur, una cum portionem de aliis Monasteriis meis cum rebus suis do & confirmo adque constituo esse in potestate tua* Domnus Johannes Episcopus, *gubernando, ordinando, & faciendo qui & qualiter volueris in omnibus, in tua sua potestatem & qualiter post decessum meum de praedictis Monasteriis judicaveris vel ordinaveris sive disposueris esse, istabili ordine permaneat semper. Et homines meos Servos & Ancillas, Aldiones atque Aldias, quan-*

ti a

si a me injudicati aut remanserint, sive illi homines, qui mihi a germanis meis competunt, in tua sint potestatem pro remedio anime mee eos libertandi ab omni vinculo servitii per absolutionis Cartulas ad jus patronati absolui permaneant. Et omnia scerpa sive nutrimius mea majora & minora in tua sint potestatem pro me dispensandi. Et dum ego adVixero, omnis suprascripta res & Monasteria cum rebus suis in mea sint potestatem regendi & usumfructuandi tantum. Et quis de meis heredibus contra hanc Cartolam agere aut caussare aut intentionare seu disrumpere presumpserit per quolibet ingenium aut per summissam hominem sit compositurus ipsa & mei heres tibi Domno Johanni Episcopo, seu Successoribus tuis, sive cui vos aut Cartolam ad exigendam vel dispensandum dederitis ipsam presatam rem, sive predicta Monasteria cum rebus suis omnia in triplo meliorata in ferquidem loco sub estimationearum, sive ipsas homines, cum quibus aut quales tunc fuerint. Et neque a me, neque a meis heredibus, neque a nullo homine aliquando presens hec Cartolam posse disrumpi, sed & post datam compositionem in suo recort firmiter permaneat, quia in omnibus satisseo mee complacui voluntati, ut nulli liceas nolle, quod semel volui. Et Gumpertum Presbiterum scribere rogavi.

Altero Loco.

Ego Saximundo Diaconus in hac Cartola a me facta manu mea subscripsi.

Ego Alipertus Presbiter rogatus a Saximundo Diacono, me teste subscripsi.

Ego Rachiprandus Presbiter rogatus a Saximundo Diacono, me teste subscripsi.

Ego Alprandus Presbiter rogatus a Saximundo Diacono, me teste subscripsi.

Ego Rachiprandus Clericus rogatus a Saximundo Diacono, me teste subscripsi.

Ego Ardiprandus Clericus rogatus a Saximundo Diacono, me teste subscripsi.

Ego Gumbertus Presbiter post traditam complevi & dedi.

Siluni heic sa nobis Monasteria complura in uno Comitatu Lucensi constructa, nempe Sancti Petri in Vico Gunlualdi, Sanctae Mariae in loco Gargite, Sancti Andreae in loco Birutina, Sanctae Petronillae in loco Carmgia, & Monasteriolum Sancti Qulrici in loco la Terraria: vulgarem Linguam in postremis hisce verbis animadverte. Alterius etiam Monasterii prope moenia Civitatis Lucensis constructi memoriam exeramus, quam in tabulis, non tamen autographis, ejusdem Archiepiscopii Lucensis vidi.

Cessio Monasterii Sancti Petri in pomoerio Civitatis Lucensis aedificati, facta Peredeo Episcopo Lucensi ab Ermiperto Clerico, servato sibi tantum illius usufructu, Anno 763.

IN Dei nomine, Regnante Domno nostro Desiderio Rege, Anno Regni ejus Sexto, & filio ejus idem Domno Adalchis Rege, Anno Regni ejus Quarto, XII. Kalendas Martias, Inditione Prima, Manifestum est mihi Ermiperto Clerico, quia ante hoc annos sanctae recordande memorie Aistolf Rex per suum cessionis preceptum donavet & confirmavet Ecclesia & Monasterio Sancti Petri, fundato a quondam Sumuald hic prope muro

hujus

hujus Civitatis, cum omnia ibidem pertinentia in integrum, Auriperti Pictori germano meo, ut in ejus esset potestate regendi, gubernandi, usufructuandi, & ordinandi, qualiter ei placitum fuerit. Et postea per Cartolam donationis me in ipsa Ecclesia & Monasterio Sancti Petri in omnibus ordinare & confirmare visus est secundùm qualiter eum, ut dixi, bonæ memoriæ Aistulf Rex in ipso Monasterio confirmavit, nisi diebus vitæ suæ usufructo de ipsa Monasterio in suo reservavit dominio. Et ego petii Excellentissimo Domino meo Desiderio Rege, ut per suum Preceptum predictum donationis & firmationis me pagina confirmaret. Ita factum est. Nunc verò presenti per hanc paginam bona mea voluntate, qualiter jam dicto germano meo in me ipsa Ecclesia & Monasterio Sancti Petri confirmaret, similiter & ego confirmare prevideo, & Domino meo venerabili Peredeo Episcopo in ipsa Ecclesia & Monasterio, ut cunctis diebus in tua, & de Successoribus tuis sit potestate ibidem, ordinatione, & ...... ratione faciendo in omnibus, qualiter Deo, & vobis rectè & meliùs apparuerit. Nisi tantùm volo atque instituo, ut dum ego advixero meruero, in mea sit potestate regendi, imperandi, & usufructuandi, tantùm non in alio homine, me in Ecclesia .... confirmando, nisi ut supra dixi. Post meo decesso in omnibus in tua & de Successoribus tuis sit potestate ipsa Ecclesia & Monasterio Sancti Petri, & omnia ibidem pertinentia regendi & ordinandi, qualiter vobis placuerit &c.

Ego Ermipert Clericus in hanc firmationis paginam a me facta, sicut in præ legitur, manu mea subscripsi & confirmavi.

Ego Rachiprandus testis rogatus ad Ermiperto Clerico in hanc paginam manu mea subscripsi.

Ego Petronaci Clericus rogatus ad Ermiperto Clerico in hanc paginam me subscripsi.

Ego Osprandus Diaconus post tradita complevi & dedi.

Ego Gumpertus Presbiter ex autentico fideliter exemplavi.

Hinc habemus, tam Ecclesias, tum Monasteria temporibus iis non solùm jure Patronatus ad institutorem spectasse, sed etiam in morem Allodiorum fuisse possessa ac alienata. Monasterium illud à Sumualdo fundatum Aistulphus Rex per suum cæsaris Præceptum donavit & confirmavit Auriperto Pictori. Tum Auripertus Ermiperto Clerico fratri suo illud idem, servato sibi usufructu, concessit ac donavit: quam donationem per suum Praeceptum confirmavit Desiderius Rex. Denique Ermipertus eamdem sacram locum, usufructu iridem reservato, Peredeo Episcopo tradit ac donat. Ita Anno Christi DCCCCXCIX. Gherardus Lucensis Episcopus Majori Abbati Ecclesiæ & Monasterii Dominici & Salvatoris, positi in Sexto, libellario ordine concedit Ecclesiam & Monasterium Sancti Michaëlis Archangeli, positam in loco Verrúca, quod est sub regimine & potestate Episcopatus Sancti Martini, ita ut ipse Abbas, ejusque Successores ibi peragant Officium Dei, & Missam, Luminaria & Incensum curent, & quotannis Ecclesiæ Sancti Martini persolvant argenteum Solidos illo bonarum Lucensem. En ergo non levem copiam Monasteriorum ruralium vel ipsis vetustis Sæculis. Attamen dissimulare nihil volo: certum minime est mihi, quid sub nomine Monasterii Chartæ hactenus evolutæ significent. Nulla in eis mentio Monachorum, nulla Abbatis, nulla Regularis vitæ. Ac proinde dubitare subit, num diversa a Monachorum domicilio fuerint ejusmodi Monasteria. Certe sub variis significationibus usi sunt hac voce veteres. *Monasterii* nomine donatas simplices Ecclesias, aut Parochiales, adnotavit Du-Cangius in Glossario. Praeterea Agnellus in Vitis Archiepiscopor. Ravennat. Part. II. Tomi I. Rerum Italicar. in Vita Sancti Maximiani scribit: *Ad latera ipsius Basilicae Monasteria parva subjunxit.* Quare doctissimus Bacchinius in Observationibus ad easdem Vitas pag. 70. *Basilicas a Monasteriis* distinguebat, inquiens, ea appellata fuisse Monasteria, *quae quidem divino cultui dicata erat, sed Privatorum quodammodo usui inserviebant, nec publicis utriusque sexus Christianorum conventibus patebant: quod Basilicarum juris erat.* Oratoria, seu Sacella alii dixere. Tum addit, in circuitu Basilicae Vaticanae ejusmodi Monasteria fuisse olim constructa. Et profecto, uti supra vidimus, nonnulla ex Monasteriis hactenus recensitis sita fuere prope aliquam Basilicam. Verum ne sic quidem nodus solvitur, quum Anastasii verba pridem a no laudata evincant, in Romanis i... Monasteriis *Monachos* habitasse. Num ergo *Monasterii* nomen Lucensibus & Pistoriensibus hucusque enumeratis inditum ideo fuerit, quod ibi unus saltem Monachus habitaret? Ex Cassiano, Hieronymo, aliisque vetustis Scriptoribus discere licet, *Monasteria* appellata fuisse *Cellas.* In quibus unicus degeret Monachus. De *Cellis* istis infra erit sermo. Atqui & hoc ipsum affirmare ego non ausim, quum in praelaudato Lucensi Archivo Chartam inspexerim, exaratam *Anno XXVI. Caroli Regis Francorum & Langobardorum, & Patricii Romanorum, & Anno XIX. Pippini Regis ejus filii,*

A Octavo Kalendas Februarii, Inditione Octava: hoc est, Anno reparatae Salutis DCCC. In qua *Hilprandus humilis Abbas, filius quondam Alperti, Ecclesiae Sancti Martini Confessoris Christi in Urbe Lucensi, ubi est domus Episcopi, offert Monasterium suum San-* B *cti Petri, situm in loco Sammaid, cum suis bonis, servato sibi, ac Alberto Clerico filio suo, dum in vivis erunt, ejusdem Ecclesiae ac bonorum usufructu.* Si haec sermo esset de eodem Monasterio Sancti Petri, quod in Charta Anni DCCLXIIII. supra descripta dicitur *fundatum a quondam Sammald,* haberemus *Abbatem* eidem C sacro loco praefectum, ac proinde Monachum. Sed mihi res incerta est. Contra quam in Charta Anni DCCLXIV. nuper evulgata Aicualdus ille donator sese inscribit *quendam Presbiterum de Monasterio Sancti Silvestris,* & continuo subdat: *dum mihi divina adveniente inspiratione in-truendi* (idest intrauendi) *in avia* (nempe in habitu) *Sanctorum Mona-chorum inter alios Frater* (idest inter D alios Fratres); haec verba indicare videntur, ipsum antea Presbyteri munere praefuisse *Monasterio Sancti Silvestri,* ac deinde Monastica veste assumta adjunxisse se Monachis Sancti Bartholomaei Pistoriensis. quibus donat praelaudatum *Sancti Silvestri Monasterium.* Quod si Monachorum domicilium illud non fuit, dubitatio E succedere potest, an Canonicorum fuerit. In Concilio Arelatensi VI. Anni DCCCXIII. decernitur, *ut non amplius suscipiantur in Monasterio Canonicorum, atque Monachorum, nisi quaedam ratio permittit, & in eodem Monasterio absque necessariarum rerum penuria degere possint.* Idem quoque occurrit in Cap. V. Concilii ad Theodonis Villam habiti Anno DCCC
XLIV.

XLIV. Conjecturam hanc juvare pos- | se videtur pergamena, quam arche- | A typam vidi in Chartophylacio ipsius toties laudati Archiepiscopii Lucensis.

Tassilonis Charta, per quam Monasterium Sanctae Mariae prope Civitatem Lucensem situm, regendum tradit Johanni Episcopo Lucensi, Anno 800.

IN Dei nomine. Regnante Domno nostro Carulo Rege Francorum & Langobardorum, ac Patricio Romanorum, *Anno Regni ejus, postquam Langobardiam cepit, Vigesimo Sexto, & filio ejus Domno nostro Pipino Rege. Anno Regni ejus Vigesimo, V. Kalendas Majas, Indictione Octava. Manifestum est mihi* Tassilo *filio bonae memorie* Gausprandi, *quia Monasterium Sancte Dei Genetricis Marie situm est a parentibus meis hic prope Civitatem istam Lucense, juxta Ecclesiam beati Sancti Donati, a quondam Urso bisavio meo. Nunc autem secundum Deum de ipso Monasterio disponere providero, ut ad meliorem statu secundum Canonicam institutionem proficiat. Et ideo per hanc Cartulam ipsum predictum Monasterium Sancte Dei Genetricis Marie una cum Casis & omnibus rebus &c. ad ipsum supradictum Monasterium pertinentibus, do & confirmo in presinte esse in potestatem & defensionem adque ordinationem Viri beatissimi* Johannis, *in Dei nomine hujus Lucane Ecclesie Episcopus, excepto unam Antillam, nomine Theodipergula, quem in meam reservo potestatem. Nam alia omnia & in omnibus, ut supra dixi, in tua, qui supra Domno Johannes Episcope, confirmo adque trado esse potestatem, ut semper in tua sit defensione & ordinatione secundum Canonicam Institutum* &c.

Et si aliquando ero, qui supra Tassilo *vel heredes &c. Et Rachiprandum Subdiaconum Notarium scribere rogavi.*

Actum Luca.

Ego Tassilo *in hac Cartula ad me facta manu mea subscripsi.*

Ego Rachiprandus Presbiter rogatus a Tassilo, *me teste subscripsi.*

Ego &c.

Ego Rachiprandus Subdiaconus postrahita complevi & dedi.

Traditur hoc Monasterium Lucensi Episcopo, *ut ad meliorem statum secundum Canonicam institutionem proficias, & in ejusdem Episcopi ordinatione consistat secundum Canonicam institutum.* Non dicit secundum *Regularem institutionem,* non secundum *Regulare institutum,* sed duntaxat Canonicam & Canonicam: atque adeo sublucere videtur, plures ibi Presbyteros communem vitam sub uno claustro duxisse. Attamen ex his ipsis Chartis nihil certi elicitur ad dignoscendum, Congregationem ullam Canonicorum in iis Monasteriolis revera habitasse. Immo contrarium suadere videtur altera Charta eodem Anno DCCC. exarata, atque in supra laudato Tabulario adservata, quam eo etiam titulo producendam sum arbitratus, quod ibi mentio fit Wicherami Ducis Lucae.

Investitura Ecclesiae Monasterii Sancti Salvatoris in loco Montione facta a Johanne Episcopo Lucensi Wicheramo Duci, Anno 800.

IN Dei nomine. *Regnante Domno nostro Carulo, gratia Dei Rex Francorum & Langubardorum, ac Patricia Romanorum, Anno Regni ejus, quo Langubardiam coepit, Vigesimo Septimo, & filio ejus Domno nostro Pipino Rege, Anno Regni ejus Vigesimo, VI. Kalendas Augustas. Manifestus sum ego Johanni in Dei nomine hujus Lucane Ecclesie Episcopo, quoniam Ansoartu, Ermisridi, Ermualdu, Ansprand, E-merrisel, & Ermulau in pro....... sund memris construxerant Ecclesiam Monasterii beati sancti Salvatoris in loco Montione, & per datis titulo ibidem de rebus ...... obtulerunt, & ipsam datem unt lus praesentem heredibus suis ibidem retenuerunt, & secundam statuta Sanctorum Canonum...... rum Romana Lege devenit in potestate Ecclesie nostre Sancti Martini, & postea novus heres eorum nomine Teudimari .... per .... potestate dedit portionem suam de ipso Monasteria, seu & quondam Valerianus Presbiter, qui Reditus vocatus fuit, qui in ipsum...... suprascriptis fundatoribus ordinati fuit per Cartula, quantum exinde pervenit, potestatem faciendi omnia per Cartulam...... confirmavit in potestate suprascripte Ecclesie nostre Sancti Martini. Et dum hec omnia factum fuisset, devenit ipsum......... Conspexerunt ejus edificia esse deserta adque destructa, & in ipso loco non abuimus per qu....... cum suis edificiis restaurare deberetur. Propterea consideratus sum una cum ampliore parte Sacerdotum, quorum nomina subter legantur, ut ipsa Dei Ecclesia ad meliorem statum &*

reparationem deveniret. Proinde per hanc Cartulam eo firmore videor ego, qui supra Johannes Episcopus, in te Wicheramo Du.. ipsam predictam Dei Ecclesiam Sancti Salvatoris, una cum Casis......... potestatem abendum, possidendum, regendum, gubernandum, defensandum, restaurandum, & meliorandum in omnibus......... Deum de Sacerdote eum ordinandum, ut Ibidem Officium & luminaria & Missarum, precum & susceptione....... & assiduas orationes pro vita Domnorum nostrorum Caruli & Pippini clementissimorum Regum faciat, ut......... etionem semper ipsa Dei Ecclesia ad pristinum & meliorem statum proficiat, & per singulos annos in die........ Domini exinde in hac sancta Ecclesia Episcopatus nostri dare debeatis duo Solidos argento. Et si hec omnia vobis adin....... vel conservata fuerint, & ego vel successores mei tibi Wicheramo Duci, vel jam dictis filiis tuis intentionare aut agere presumpserimus jam dicta Dei Ecclesia vel quascumque res ibidem pertinentes vobis, vel ad illum Sacerdotem, quem res ibidem...... per quodlibet ingenium, aut per summissum hominem, vel aliquid vobis superimponere quesierimus, & adhuc vobis....... homine per nos aut per Missum nostrum usque a Lege defendere maluerimus & secundam textum Cartularum nostrarum, quas........ spondeo ego qui supra Johannes Episcopus una cum successoribus meis componere tibi Wicheramo Duci, vel prenominatis heredibus tuis pena nomine Solidos trecentos. Et si quiscumque homo absque nostro & vestro consilio vobis ea....... tinnare aut subtrahere tracre quæsieris, & nos ante vobis atque ad Legem defendere non potuerimus &c. Et Ratchiprandum Subdiaconum nostrum scribere communi.

Altum Loca.

Ego Johannes Jesu Christi servus, Episcopus, in hanc Cartulam a nobis factam, sicut supra legitur, subscripsi.

Ego Deusdona Archipresbiter manus mea consentiens subscripsi.

Ego Ratchis Presbiter manus mea consentiens subscripsi.

Ego Aoiprandus Diaconus manus mea consentiens subscripsi.

Ego Amicus Presbiter manus mea consentiens subscripsi.

Ego &c.

Ego Ratchiprandus Subdiaconus post tradita complevi & dedi.

Ego ipse Ratchiprandus Subdiaconus ex autentico fideliter exemplavi.

Verba illa animadverte: & secundum statuta sæculorum Canonum........ rum Romana Lege devenit in potestatem Ecclesiæ nostræ Sancti Martini. Et revera Canones erant, quibus decernebatur, Monasteria sub illius potestate Episcopi esse, in cujus Paroecia sive Dioecesi sita erant: qua de re tamen legenda erunt, quae afferam Infra in Dissertatione LXI. *de Cleri & Eccles. Immunitate.* Heic autem habemus datam *Wicheramo Duci* facultatem *ordinandi Sacerdotem in ea Ecclesia, ut ibidem officium, & luminaria, & Missarum, precum & susceptionem (peregrinorum) & assiduas orationes pro vita Dominorum nostrorum Caruli & Pippini Regum faciat.* Ergo iis Monasteriis unus tantum Presbyter praefuisse videtur, atque is Secularis, non Monachus. In ejusmodi Secularium Monasteriorum censum referenda pariter mihi videntur *Monasteria Sanctae Mariae Majoris, Sancti Michaelis Archangeli, beati Petri Apostoli, & beati S. Iustoris,* quae Ingo Episcopus Ferrariensis Anno MX. Capitulo Canonicorum suorum largitus est. Chortam enim, quam ex eorumdem Canonicorum Tabulario descripsit Joseph Antenor Scalabrinius, Rector Ecclesiae Ferrariensis Sanctae Mariae in Buccea, singularis amicus meus.

Donatio aliquot Monasteriorum ab Ingone Episcopo Ferrariensi facta Capitulo Canonicorum ejusdem Urbis, Anno 1010.

IN nomine Sanctæ & individuæ Trinitatis. *Pontificatus verò* Domni nostri Sergii summi Pontificis, & universalis Pape *in Apostolica sacratissima Dei Sede, Anno Primo, Regnante verò* Domno Enrico Rege a Deo coronato, *pacifico, magno, in Ytalia Anno Septimo, die Tercio Mensis Februarii, Indictione Octava, Ferrarie.* Ego quidem Ingo *gratia Dei* Episcopus *sanctæ* Ferrariensis Ecclesie Episcopii Sancti Georgii Martyris Christi, *pro salute & refrigerio animæ meæ de* .... *Canonice Ecclesie Sancti Georgii Martiris Christi, nostri Episcopatus, vobis Gregorio vir venerabilis Archipresbiter, & Petrus Diaconus qui vocatur de Zeno, & Brunengo Presbiter & Primicerius Canonicae Ecclesie Sancti Georgii &c. Totam & integram medietatem de terra vel de vinea, que ad nostram Ecclesiam pertinet de Monasterio Sancte Marie Majoris, cum omnibus ad se pertinentibus, sive in fundo qui vocatur Preruptu, vel in fundo qui vocatur Costma-rio,*

rio, vel in aliis locis, ubi de jure ipsius Monasterii vos invenire potueritis, habeatis. Et insuper Monasterium unum integrum, cui vocabulum est Sancti Michaëllis Arcangelis, quod est constructum ultra ripam Padi, unde fuit antiqua Civitas, in Villa que vocatur de Pado, cum casis & casalibus, & cum vineis & terris, & cum omnibus ad se pertinentibus. Et alterum Monasterium integrum, cujus vocabulum est beati Petri Apostoli Domini, quod est constructum infra Civitatem Ferrarie in fundo Tabernoli, cum casis & casalibus, & cum omnibus ad se pertinentibus. Et alterum Monasterium, cujus vocabulum est beati Salvatoris, quod est constructum in fundo, qui vocatur Tabernoli infra Civitatem Ferrarie cum casis &c. Istis scilicet tribus Monasteriis cum omnibus sibi pertinentibus tam adquisitis quàm adquirendis: & Salinam unam integram cum aliis vasis atque mortario suo, que sejacet in Comiacle in fundamento, quod vocatur Sitalle, & pro omnibus equis piscatoriis, sive cocolariis, que ad nostram pertinent, concedo & largior vobis &c. Et alias res omnes, que ad nostram Ecclesiam pertinent, singula vel diversa posita infra Comisatu Bononiense vel Mutinense. Et totam & integram medietatem de Decimis & Primitiis, & terciam partem de Candellis, & totam oblationem de Panibus & de Donariis, quam offerunt homines, quando celebrant Missam, & totam & integram medietatem de mercato de Olliva, & totam & integram terram, que silino pertinuit Monasterio Sancti Johannis &c.

Demetrio Tabellio & Judex hujus Civitatis Ferrarie, scriptor hujus pagine &c.

Ex aliis etiam Chartis Ferrariensibus elucet, ad jus ejusdem Capituli spectasse Monasterium Sancti Stephani, quod est constructum in superiori Burgo. Ambrosius Episcopus hoc donasse Canonicis reperitur, ibique Seculares Presbyteri habitabant. Vide rursus nuper memorati Agnelli Vitas Pontificum Ravennatum, & Pauli Scordillae additamenta in Vita Sancti Johannis Archiepiscopi Ravennatis XCV. pag. 214. Part. I. Tomi II. Rer. Italicarum. Ex quibus intelliges, olim fuisse plures in Ravennate Urbe *Abbates*, Presbyteros nempe Seculares, qui videlicet *Monasteria* regebant, de quibus antea sermo fuit. Agnellus ipse Historicus, non certe Monachus, titulo *Abbatis Monasterio Sancti Bartholomaei* praefuit. Verùm ne sic quidem tenebras tollis. Quae enim *Monasteria* apud Ravennates occurrunt, antiquissimis temporibus aluisse Monachos videntur, usurpataque demum fuisse a Clericis Secularibus, qui propterea *Abbatis* titulum gerebant. Gregorius Magnus Papa Lib. Quarto nunc Quincto, in Epistola L. ad Johannem Ravennatem Episcopum scripta conqueritur, quod *aliqua loca dudum Monasteriis consecrata, nunc habitacula Clericorum, aut etiam Laicorum facta sint.* Num ergo idem de Laccensibus Monasteriis dicendum? Ad haec in Villa Cenomanensium Antistitum a Mabillonio editis, occurrere videas ejusdem generis Monasteriola, in quibus tamen plures, aut unus saltem Monachus residebat. Animadverte, quae scripserit de Caroli Magni temporibus Auctor Chronici ejusdem Cap. 17. *Triginta*, inquit, *ac sex Monasteriola in ipso Episcopatu Cenomannico erant, quando ipse Gauziolenus praedictum Episcopatum tyrannicâ potestate adsumsit, in quibus Monachi sub Regula degentes, sancte & regulariter vixe-*

vivebant. Sed quando ipse defunctus est, quod pudet dicere, pauci & quasi nulli in his Monachi remanserant. Mirari liceat, quantopere in eo Episcopatu Monachorum industria sese dilatarit. Atqui, ut vides, *Monasteriola* illa plerumque nihil aliud fuere, nisi *Cellae*, ut apud Monachos loqui mos fuit. Gauziolenus autem improbus Episcopus, ejectis inde sensim Monachis, *Laicis ac Secularibus hominibus ipsas Cellulas beneficiario jure possidendas tradidit.* Contra Aldricus inclytus Cenomannensium Antistes sub Ludovico Pio in suis Literis Tom. 3. Miscellaneor. Baluzii pag. 77. scribit. *Porro quod multas Episcopales Sedes & matres Ecclesias, diversa Monasteria sub se habere videmur constructa, quaeso ut quidam superflue hos me fecisse asserant, praesertim quum magis pro honore Ecclesiae nobis commissae, & pro salute animarum, quàm pro facinore humano hoc me fecisse profiteor.* De Lucensibus Monasteriis paria dicere non audeo, quum potius in Chartis hactenus productis *Monasterii* nomen ita usurpatum videatur, ut significaretur per illud Ecclesia cum claustro, in quo habitaret ejusdem Rector, cum suis Clericis, ibique peregrinos plerumque hospitio excl-peret. In Capitularibus Caroli Magni occurrunt *Monasteria Regularia*, hoc est, ubi a Monachis illic habitantibus Regula Sancti Benedicti servabatur, aut servanda erat. Monasteria verò Lucensia *Secularia* fuisse videntur, & sine Monachis, ac numerata inter Allodia aut Beneficia Secularium, non secus atque Ecclesiae, quas ipsi Laici proprio jure possidebant, de iis etiam contractus plures instituendo, uti plurima monumenta in hoc Opere evulgata ostendunt. Audi Legem XII. Ludovici II. Augusti in Addlitament. ad Legem Langobardor. pag. 161. Part. II. Tomi I. Rerum Italicarum: *De Monasterio, vel Oratorio, quod a proprio domino soli aedificatum est, ornare volumus, domino constructori invito non auferatur: liceatque illi Presbytero, cui volueris, pro sacro officio (qui illius Dioecesi, & bonae auctoritatis dimissorias habeat cum consensu Episcopi sui, nec malus existat) commendare, ita ut placita justitia ipsius Episcopi, & obedientia Sacerdotis requirat.* Unum ejusdem consuetudinis exemplum adjiciam, quod mihi suppeditavit saepe laudatum Lucensis Archiepiscopii Tabularium.

Charta divisionis aliquot Ecclesiarum & Monasteriorum Inter Guntelmum & Atripaldam germanos, aliosque eorum Agnatos, Anno 840.

IN Christi nomine. *Breve divisionis facimus nos, Guntelmus & Atripaldo germani, filius quondam Gumperti, qualiter devidimus inter nos & Uperto Diacono barbanus noster seu & Gundolpertus consobrino noster, filius quondam Grumpaldi, idest Ecclesiae & Monasteria nostra Sanctorum Dei, & Beatae Mariae, sita in loco Gurgitre, & Sancti Petri in loco Turingo, seu & Sanctae Petronillae, quae sita esse videtur in loco Massa, cum casis & omnibus rebus ad* * *easdem Ecclesias pertinentes in integrum; unde in ista sorte ponimus in primis Ecclesia nostra Sanctae Petronillae, sita in eadem loco Massa, cum casis & omnibus rebus ad eandem Ecclesiae pertinentes, castrum vel incol-*

incultum in integrum animal cum casis & omnibus rebus, quantas & quale nobis pertinent de suprascripta in Ecclesia nostra Sanctae Mariae in eadem loco Massa, cultum vel incultum in integrum; seu & per nostra illa, quanta nobis pertenit de suprascriptam Ecclesiam nostram in praenominato loco Massi, cultum vel incultum in integrum et campo nostro illo, quas habemus ad super Parutiano, qui pertinuit de ipsam Ecclesiam Sancti Petri, que vocitamur prope ad Campolongo in integrum; simulque & unam alia petia de terra nostra, que fuit vineam superposita, quem modo Hildipertula abet ad manum sua, quas habemus prope Parutiano, qui pertinuit de memoratam Ecclesia Sancti Petri in integrum. Hec omnia, que superius legitur cum casis & omnibus arboribus, & clausuras suas in integram inter nos taliter dividimus, quomodo nobis Legibus pertinere videtur.

Hec decisio facta est Anno Domno rum nostrorum Hludovichi serenissimi Romani Imperatoris *Viresimo Septimo*, & Domni nostri Hlotharii gloriosissimi Augusti filio ejus in Italia *Quodecimo*, *VI. Idus Mensis Augusti*, *Indictione Tertia*. Unde inter nos tres breves decisionis Temporendum Notarium scribere rogavimus.

Actum in loco Versiciano.

Signum ✠ ✠ *manibus Guntelmi & Arcipaldi germani, qui hanc breve fieri rogaverunt.*

Ego Ilpolfu rogatus ad suprascripti germani me teste subscripsi.

Ego Andreas rogatus ad suprascripti &c.

Ego Lidleramus rogatus &c.

Sed quamquam in censum Regularium Monasteriorum, ubi Monachi degerent, minime irferre velis, quae hactenus enumeravimus, nihilominus certum est, non defuisse temporibus in Monasteriola a paucis Monachis exculta. Quam in rem duo maxime nobis erunt consideranda. Quod antequam edisseram, animadverto, antiquioribus praecipue Saeculis, ac diu post, singula Monasteria (excipe, si vis, pauca: non imperio) nullum alium Superiorem agnovisse, nisi proprium Abbatem, qui vel Episcopo, vel Metropolitae, vel Romanae Sedi unice parebat. Nondum enim institutae erant Congregationes, quae plura Monasteria, pluresque Abbates sub uno capite conjungerent. Itaque nil rei, nil juris antiquitus erat uni Monasterio in alterum Monasterium, aut uni Abbati in alterum Abbatem. Solicita ergo cura quisque Abbatum studebat, ut suo Monasterio majorem in dies potestatem, pl. res opes, plura latifundia, ac ampliorem dominationem & famam compararet. Ac proinde quod postremis hisce Seculis quorumcumque Ordinum Religiosorum alumni anxie fecerunt & faciunt, faciebat olim peculiare quodlibet Monachorum Monasterium. Videlicet Abbas & Monachi cujusque Coenobii curabant, ut sibi in q.otquot poterant, Urbibus, Oppidis, ac Villis, esset domicilium aliquod, Ecclesia, Curtis, aut praedium, uni suo Monasterio subjecta. Nos nunc numeramus in una Urbe aut Oppido multas Religiosorum hominum Familias, sed Ordinis diversi. Tunc in una Urbe, ejusque agro, plura domicilia, aut Ecclesiae numerabantur, sed ejusdem Ordinis Benedictini, quae aut a suo Abbate regebantur, aut alteri suberant Abbati, in remotis interdum locis commoranti. Familiare est in Monastica Historia *Cellarum* nomen. Nihil aliud fuere, quam ejusmodi Monasteriola, ubi nonnunquam plures, sed sæpius pauci Monachi degebant sub uno Priore. In Aquisgranensi **Concilio** Anno DCCCXVII. inter Statuta pro Monachis, Cap. 44. decretum fuit, ut *Abbatibus liceret habere Cellas, in quibus aut Monachi sint, aut Canonici. Et Abbas provideat, ne minus de Monachis ibi habitare permittat, quam sex.* Sub nomine etiam Cellae venisse interdum reperimus non infima Monasteria. Cellae autem rurales *Obedientiae* interdum appellatae sunt. Atque ejusmodi Cellas cum in Urbibus, tum ruri, pleraeque Monasteria, ac praesertim celebriora, possidebant; ac praeterea Ecclesias permultas, quas Presbyteris Secularibus regendas, consentiente Episcopo, tradebant; atque apud eas sibi jus saltem hospitii servabant, quum ferret occasio. Nam uti aliquot nostrorum temporum Ordines Religiosi nihil non agunt, ut in singulis Urbibus Monasterium sui coetus, aut saltem domicilium sui juris habeant, quo divertere possint, quoties illac iter agunt, veluti domi suae ubique esse cupientes: ita & veterum Saeculorum *Abbates & Monachi*, ubicumque poterant, Monasterium sibi subjectum, aut Cellam, aut Aedem sacram, aut saltem praedia & domos conquirebant, ut ibi, quum se offerebat occasio, hospitari, & dominium agere sibi liceret. Auctor est Leo Marsicanus Lib. 2. Cap. 62. Chronic. constructam fuisse a Casinensibus Monachis *intra Capuanam Civitatem*

Ecclesiam, sibi concessi ab Episcopo ejusdem Civitatis, *ut si quando gratia emendi aliquid illuc eos proficisci contigeret, progressu, ubi hospitarentur, locum haberent.* Id & in aliis Monasteriis summo studio per emissarios suos in quibuscumque locis procuratum. Propterea nulla erat Civitas, quae aut intra moenia, aut in agro suo non complecteretur multas *Cellas, Ecclesias, Curtes, fundos*, ac domos ad varia Monasteria, eaque Ordinis unius Benedictini, aut Canonicorum Regularium spectantia. In iis autem Cellis, ut dixi, interdum Conversus unus, aut Monachus unus habitare consuevit; sed saepius unus *Prior*, & aliquot interdum sub eo Monachi. Hinc *Prioratus* appellatae eaedem Cellae. Sub ditione insignis Monasterii Benedictinorum Ticinensium Sancti Salvatoris postea erat *Curtis Miliaria*, nunc ultra Padum in Ferrariensi agro sita, vicus non contemnendus. Infestabant ejusdem Curtis Sylvam homines *de Reverri*, quod nunc nobile Oppidum est cis Padum, Mantuanae Civitati subjunctum. Quod in ista Curte Cellae foret, e Ticinensi Coenobio Sancti Salvatoris pendens, propterea *Prior* eidem Curti perpetuo praeerat, ejusque mentio est in Charta Mathildis inclytae Comitissae, quam autographam asservat, mihique communicavit Comes Brandolinus de Brandoliniis Patricius Foroliviensis, ex antiqua nobilitate & ingenita humanitate vir mihi multum laudandus.

Sententia Mathildis Comitissae pro Monasterio Ticinensi Sancti Salvatoris in controversia inter Curtem Melariae & Castrum Reveri, Anno 1106.

IN nomine Sancte & individue Trinitatis. Mathilda Dei gratiâ, si quid est. Dum olim in Comitatu Veronensi apud Nogariam de multis negotiis, que pre manibus habebamus, comitante Dei gratiâ, justitiam faceremus, venit ad nos Frater Lutharius **Prior Curtis Melarie,** *ex parte* **Domni Johannis Sancti Salvatoris de Papia** *venerabilis Abbatis, querimoniam faciens de quibusdam controversiis a nostris* **hominibus de Reveri** *injuste sibi illatis. Scilicet nostram clementiam postulans, & clementer exorans, ne Sancti Salvatoris Ecclesie aliquam injustitiam fieri pateremur. De hoc siquidem quod praedicti homines nostri de Reveri referebant, se per totam Silvam Curtis Melarie juste ac usualiter absque omni reddita debere porcos suos pascere, & glandibus & ceteris pascuis retinere. Cujus dignis precibus annuimus, & rem diligentius relatione su firmorum fidelium cognosceremus, eandem invenimus multorum congruo testimonio, quod in illa Silva, que terminatur a Via Sancti Michaëlis de Capite Tragnoi usque in Armariam, & ab Armaria usque ad Corrigium de Capite Fraxini, violentia, qualiter supra diximus, injuste fuerat predicte Curti Melarie a nostris illata. Notum igitur fieri volumus omnibus nostris fidelibus tam presentibus quam futuris, predictam violentiam a Curte Melarie remotisse; & ne aliquis nostrorum intra predicte Silve suprascripta confinia absque consensu illius Prioris, qui pro tempore aderit in Curte Melarie, porcos suos audeat retinere, firmiter pre-*

cepisse. Ad memoriam itaque posterorum, & nostre anime, ac parentum nostrorum memoriale perpetuum apud Custellam, ubi hoc negotium in presentia Domni Ugonis venerabilis Mantuani Episcopi, & Ubaldi Judicis de Carpinere, multorumque nostrorum fidelium, plurimum ventilatum est atque discussum, jussimus super hac re fieri presens videlicet scriptum, nostra auctoritate suffultum, multorumque etiam testimonio roboratum. Si quis autem contra hanc nostre institutionis paginam venire temptaverit, & de hoc, quod fecimus pro remedio anime nostre, predictam Curtem, sive juste sive injuste molestare voluerit, sciat se nostram iram incurrere, & banui nostri penam quinquaginta Libras argenti debere persolvere, medietatem prefate Ecclese Sancti Salvatoris, medietatem verò Camere nostre, hoc tamen scripto in suo semper robore permanente. Quod ut verius credatur, & futuris temporibus firmius habeatur, proprie manus subscriptione firmavimus.

✠ *Ego Ubaldus Judex interfui & subscripsi.*

Alium

Altam Anno Dominicæ Incarnationis Millesimo Centesimo Sexto, V. Idus Januarii, apud Castellum, per manum Frangerii Archipresbyteri, & Capellani.

Testes verò interfuerunt Guibertus filius Gandulfi, Albericus de Nomantula, Gerardus & Ugicio de Herbera, Bosolinus filius Guinoli, Suffo de Ribianello, Ugo Massurius, & Deibertus de Reveri, Johannes Rivarius, Paulus Cavararius, Albertus de Melaria, Albinus, Stephanus, Petrus, Paganus, & reliqui plures.

Ceterum Monachi minime animadvertebant, quantum imminueretur e tot Cellis, Ecclesiis, & Capellis uni Monasterio subjectis, & per tot regiones diffusis, Monastica disciplina. Quum ad eas regendas unus plerumque Monachus constitueretur, cui nulla amplius erat Monasticae vitae ac solitudinis obligatio: quid mirum, si ejus mores sensim ad Secularia deflecterent, & Religiosus ardor tandem tepesceret atque periret! Propterea Saeculo Christi Undecimo Sanctus Johannes Gualbertus, Monastici instituti restaurator, & Vallumbrosani Ordinis conditor, ut est in ejus Vitâ a beato Andrea Abbate Strumensi conscriptâ, Cap. 3. *Prohibuit Monachos accipere Capellas* (idest Ecclesiae, in quibus Sacramenta ministrantur) *ad hoc, quod aliquanto a Monachis regi deberent. Canonicorum, non Monachorum, hoc esse officium di-*

Tom. XIII.

cebat. Viderat enim, sub talibus occasionibus soliæ Obedientiae multos Monachorum ita per abrupta, & intemperanda animarum incidere detrimenta. Nam id, quod duo vel tres Monachi quolibet loco sub occasione Obedientiae absque praesenti Pastore morarentur, detestabatur, & suis id facere omnibus interdicebat. Et sane mirum fuit, quàm longe olim excurreret Coenobiorum, praecipue insignium, potentia ac ditio, & in quot Civitatibus & Comitatibus Italici Regni illorum jura etsi occurrant. Exemplum dabo In una Urbe Ferraria. Ibi Cella, seu Prioratus Sanctae Agathae erat, ad P. Maurverrë Monasterium Monasterium spectans: Cella, seu Prioratus Sanctae Agnetis ad Pompofianum: Cella, seu Prioratus Sancti Johannis Baptistae, & Ecclesia Sancti Blasii ad *Nonantularum* Cella, seu Prioratus Sanctae Justinae ad *Paternam Sanctae Justinae:* Ecclesia Sanctae Mariae Novae ad *Monasterium Sancti Bartoli* sive Bartholomaei *Ferrariensis:* Cella, seu potius Monasterium Sancti Nicolai, quod ignoratur, a quonam Coenobio penderet: Cella seu Prioratus Sancti Michaelis, olim ad *Monasterium Mirandulense Sancti Genesii* pertinens. Marcus Antonius Guarinus in Compendio Eccles. Ferrariens. quo nunc utor, hanc *Prioratum* tantummodo appellat, & *aedificatam* ait *Anno* DCCCCLIV. *traditamque Venerio Abbati Aulae Regiae in Bohemia Ordinis Cisterciensis, sedente Romano Pontifice Agapito II. & Constantino Episcopo Ferrariae; ac deinte ab Ingone Episcopo concessa Brixellensi Abbati Anno* MLXIX. Atqui, si Ughellio fides, Constantinus Episcopus Ferrariensis florebat Anno DCCCXCII. Cisterciensis autem Ordo longe serius, ut omnes norunt, ortum

T   habuit.

habuit. Praeterquamquod *Monasterium Aulae Regiae* minime tribuendum fuit Bohemiae, sed quidem Comaclensi agro. Et revera Ferrariensis Ecclesia Sancti Michaëlis ab eodem Monasterio *Aulae Regiae* olim pendebat, uti A fidem facient duae Chartae, quas nobis servavit Peregrinus Priscianus in Annalibus Ferrariensibus MScis, in Bibliotheca Estensi existentibus Lib. 4. pag. 8. & 9.

Concessio Ecclesiae Ferrariensis Sancti Michaëlis Archangeli facta Bonizoni Presbytero a Venerio Abbate Aulae Regiae, Anno 969.

IN nomine Patris & Filii & Spiritus Sancti. *Imperante Domno nostro Ottone pacifico magno* Imperatore. *Anno pietatis ejus III. die XVI. Mensis Junii, Indictione XII. Ferrariae, Petimus ad vobis in Dei nomine* Domnus Venerius *venerabilis Presbiter Monachus &* Abbas Monasterii Sanctae Mariae, *quae vocatur in* Aula Regia, *una per consensu cuncta Congregatione deservientium eidem Monasterio, uti vobis in Christi nomine* Bonizo *venerabilis Presbyter, qui manere visus sum ad Ecclesiam Sancti Michaëlis Archangeli in superiori Burgo Ferrariae, sita in fundo Naniolo, juris sancti Monasterii vestri: nec non Andreas, qui vocatur Angelo, habitator in Civitate Ferrariae, in vice & pro persona Joanne filio ejus, seu in duobus successoribus vestris Libello emphiteosicario concedistis & largistis nobis de re juris proprietatis sancti Monasterii vestri, qui vocatur* Aula Regia: *idest Ecclesia Sancti Michaëlis Archangeli, in superiori Burgo Ferrariae sita in fundo Bagnolo, una cum mansione pro se habente, & cum Cimiterio, quam Sepulture; tam omnibus oblationibus vivorum quam defunctorum, in integrum ipsa profata Ecclesia Sancti Michaëlis, quae nos suprascripti petitores fecimus vobiscum, quam vos cum nostro adjutorio quam dispendio scripsistis; ideoque eam nobis concedistis quam largistis seu confirma-* B *stis, ad habendam, tenendam, possidendam, quam in omnibus meliorandum, quam officiandum, juris sancti Monasterii vestri. Et nos habeamus licentiam alio modo, dare vel derelinquere nos suprascripti petitores, usque nostri successores in alio quacumque parte, nisi in predicto Monasterio vestro Sanctae Mariae in Aula Regia; & de omni tempore vestra suprascripta dominatio, vestri-* C *que successores quam vestros Missos cum honore quàm obedientia suscipere debeamus. Quas susceptationes facere debemus de majoribus festivitatibus; per circulum singuli anni medietatem integram de omnibus oblationibus predictae Ecclesiae persolvere debemus ad vos, vel ad vestros Missos, dum nos superius nominati petitores,* D *& duobus vestri successores in hac luce jusserit Dominus permanere vitam. Post transitam verò nostrorum suprascriptorum petitorum, ipsa predicta Ecclesia Sancti Michaëlis restaurata, ordinata, meliorata, officiata, cum predictis rebus quam cum omni melioratione, quam jus, quam dominium predicti Monasterii vestri Sanctae Mariae* E *in Aula Regia, cujus est proprietas, modis omnibus revertatur. Quod si, quod Deus avertat divina potentia, & omnia, quae supra leguntur, non observaverimus vel non adimpleverimus, aut ipsam sanctam Ecclesiam vel nos vel nostri heredes aut successores quoquo modo expellere vel alienare fecerimus, tunc*

daturi

datori nos promittentes una cum nostris
heredibus vel successoribus pœnæ nomine
auri optimi Libras duas, & quod e-
xinde contra hæc fecerimus, nullam vigorem habeat. Quam nos paginam Petrus Tabellio Ferrariæ scribendam rogavimus sub Die, Mense, & Indictione XII.

✝ Ego Bonizo Presbiter quam pe-
titur subscripsi.

A ✝ ✝ Signa manus suprascripti Andreæ, qui vocatur Angelo, cum Joannes
filio ejus petitoris, qui huic Libello
emphiteoticario fieri rogaverunt, cui
relictum est.

Ego Petrus in Dei nomine Tabellio,
hujus paginæ Scriptor, post tradita complevi quàm absolvi.

Notitia testium, id sunt, Andreæ
Stationario teste, Leo Stationario teste,
B Bono Remurario teste.

Confirmatio ejusdem Ecclesiae facta praelaudato Bonizoni ab
eodem Venerio Abbate, Anno 972.

IN nomine Patris & Filii & Spiritus Sancti, Anno Deo propitio Pontificatus Domni nostri Benedicti summi Pontifice quàm universale Papæ in
Apostolica sacratissima beati Petri Apostoli Domini Sede, Anno . . . . Regnante Domno Ottone piissimo perpetuo Augusto, quàm a Deo servato pacifico
magno Impeatore, Anno pietatis ejus
in Dei nomine Sexto, die III. Mensis
Octobris, Indictione Prima, Comacla,
C Petimus a vobis Domnus Venerius venerabilis Presbiter, Monachus, & Abbas Regula Monasterii, qui vocatur
Aula Regia, una per consensum quàm
largitatem totius Congregationis vostrum
Regula deservientium eodem Monasterio,
unde nobis Bonizo venerabilis Presbiter sanctæ Ferrariensis Ecclesiæ, filius
qui vocatur Ursus, in mediatatem, seu
Andreas, qui vocatur Angelo, negotia-
D tore, tam pro se, quàmque pro Joannes
Clericus filio suo in alia verò mediata-
te, seu in duobus successoribus nostris,
unum post unum, quale nos per judicium testamentum assignaverimus, emphiteoticario jure a praesenti die concedissetis & largissetis seu confirmassetis de rebus sancti Monasterii vestri, idest Ecclesia una, vocabulo Sancti Michaelis,

sita in superiori Burgo Ferrariæ, in
fundo, qui vocatur Bagnolo, una cum
omni domu, cuilibet suo in circuitu sibique pertinente, casa, casibus, Curtis,
orto, putei, & cum omnibus oblatis-
ebus quàm offersionibus sibique pertinentibus vicorum ac desructorum, cum
ingressu & egressu suo, & omnia, quæ
a supra scripta Ecclesia prolegitur; concedissetis quàm largissetis nobis de aliis
rebus Monasterii vestri, quæ pertinent
E de sara Sancti Martini Monasterium
vestrum, quæ fuit quondam in eodem
fundo Bagnolo: idest Casale una cum
casa super se habente, situ in suprascripto fundo Bagnolo juxta lateras: de
prima latere Platea publica, qui vocatur Majore, descendente in Sancti Cle-
mente. Secunda latere possidet Ursus Dio-
nis. Tertia latere persistente Ripa de
Pado, via publica percurrente. Quarta
latere via Canalis persistente in fluvio
Pado, descendente in Roncagallo. Quod
habet ipso suprascripto Casale per apo-
disias in longitudine sua pedes XXV.
atque in latitudine sua pedes XVIII.
cum ingressu quàm egressu suo, & cum
omnibus ad suprascripta . . . . præfatas
res. Seu concedissetis atque largissetis seu
confirmassetis nobis in Civitate Ferrariæ

in fundo, qui vocatur Tabernulo, in Regione Sanctorum Apostolorum Petri & Pauli, idest Casale uno integro cum casa super se habente: finis de suprascripto Casale, ab uno latere possidet Joannes Vassallo, ab alio possidet Antoninus, tertio latere possidet Petrus Consul filio, qui vocatur Leo Consule, qui vocatur de Blatta, quarta latere andrenus de Cammace percurrente in flurio Pado. Sea concedistis & largistis &c. Ad habendum, tenendum &c. Pro eo quia etiam accepistis &c. Promittentes &c. Quam verò paginam tenore conscripto Petrus in Dei nomine Tabellio scribendam rogavimus, in qua subtus manus firmavimus, testibusque a nobis rogatis obtulimus roborandam sub Die, Mense, & Indictione suprascripta Prima, Comacle.

✠ Signum manus mea suprascripti Andrea, qui vocor Aucela, petitor.

✠ Ego Dominico Presbiter, petitor, manu mea subscripsi.

✠ ✠ ✠ ✠ Signum manibus nostris A'raam, & Johannes Spada, Petrus de Ferrantia, Ardengo filius quondam Paulo.

Petrus in Dei nomine Tabellio, scriptor hujus paginae vendicionis, de omnibus que superius leguntur, post roborationem atque traditionem complevi & absolvi.

Has Chartas retuli ad tempora Ottonis Magni, incertus tamen, num ad Ottonis II. an potius III. Imperium sint referendae, quam ibi Notae Chronologicae vitio non careant. Ego Indictionem sequutus sum. Laudat idem Priscianus alibi *Privilegium Leonis summi Pontificis, imperante Ottone, Monasterio Aulae Regiae Civitatis Comaclensis datum, in quo clarissime monstratur, ab mari ad Padi Vetteris locum usque, quem vulgares & ra-*

fici incolae Padiucinam dicunt, & superiores Massae Phiscaline fines, Comacli oram omnem Insulis repletam tunc temporis etiam fuisse. Tum adfert nonnulla ejusdem Bullae excerpta, scilicet: *Monasterium Sanctorum Viti & Modesti in loco, qui vocatur Insula, & cum Vallibus & Paludibus sibi pertinentibus infra se, & secus se. Item Valle, quae vocatur Supariola, & Valle, quae vocatur Minore &c.* Redeo ad Ecclesiam Sancti Michaëlis Ferrariensis, quae Monasterium postea evasisse videtur, & in jus translata Brixellensis Monasterii: de qua re videndum superest Placitum, Anno MXV. habitum Ferrariae, atque a me editum in Praefatione ad Leges Langobardicas, Part. II. Tomi I. Rer. Italicarum. Quod verò est ad Ecclesias Monasticas Ferrariae (neque enim integrum earum catalogum supra complevi) observandum est, ibi Ecclesiam *Sancti Romani* Prioratum fuisse, & ad Monachos Benedictinos olim spectasse, hoc est, ad *Monasterium Sancti Benigni Fructuariensis,* ut indicat Charta Anni MCLXXXVIII. scripta, quam evulgavi Par. I. Cap. 36. pag. 353. Antiquitat. Estensium: ibique appellatur *Monasterium Sancti Romani,* cujus *Advocatia* tradita fuit Opizzoni Estensi Marchioni. Ecclesia quoque *Sancti Clementis,* Prioratus Monachorum fuisse traditur in ea Urbe, quam titulum adhuc retinet. Praeterea *Sancti Salvatoris* Ecclesia, in antiquis Chartis, (quas mihi saepius memoratas amicus meus Joseph Antenor Scalabrinius Ferrariensis indicavit) modò *Cellae,* modò *Monasterii* nomine designatur. *Sancti Martini* Ecclesia, *Monasterium* quoque Ferrariae fuit, ab *Aulae Regiae Monasterio* dependens, ut constat e Charta nuper allata

allata Anno DCCCCLXXII. Prioratus *Sanctae Mariae in Vado* Ferrariae in jure olim erat *Canonicorum Regularium Portuensium Ravennae*, & adhuc a Canonicis Regularibus possidetur. *Sancti Vitalis Ecclesia*, Cella sive Prioratus fuit, spectans ad Monasterium Ravennas *Sancti Vitalis*, cui suum jus integrum adhuc ibi perstat: atque illic habitasse Monachi traductur. Reliquas praetereo, uti & ibi olim numerata fuisse *Monasteria Sancti Ambrosii, Sancti Georgii, & Sancti Bartholomaei*, atque alia fortasse, quorum excidit memoria. Neque hic omittam, ignorare me, quomodo magno viro Johanni Mabillonio, Monasticae Historiae parenti, exciderit in Annalib. Benedictin. ad Annum DCXCIII. scribere, uti Paulus Diaconus tradit, a Cuniberto Langobardorum Rege *in campo Coronatae ad fluvium Adduam prope Ferrariam, ubi praelio pugnaverat cum Alahi Duce Tridentino, Monasterium Sancto Georgio Martyri in facti memoriam aedificatum fuisse*. Is etiam, ne de suo mento debitemus, haec subdit: *Hoc Monasterium idem esse creditur, quod in Ferrariae suburbio sub nomine Sancti Georgii etiam nunc superest*. At qui Italiae Chorographiam norunt, e vestigio agnoscunt, nil rei esse flumini Adduae cum Ferraria. Itaque Coronatae campus, vulgo nunc Coradvicus est ad fluvium Adduam situs,

a Novocomo paucis passuum millibus distans, uti ostendit singularis olim amicus meus P. D. Gaspar Berettus Monachus Benedictinus in Tabula Chorographica praeposita Tomo X. Rer. Italicar. Quare nil rei fuit Monasterio Coronatae cum Civitate Ferrariae, ubi revera adhuc visitur Monasterium Sancti Georgii, longe tamen postea conditum. Ita auctor est idem Mabillonius in Notis ad Vitam Sancti Anselmi Abbatis Nonantulani Saeculo IV. Part. I. atque in Praefatione ad Vitam Sancti Theubaldi Eremitae Saeculi VI. Part. II. *Vanpadiense Monasterium* debere originem suam eidem Sancto Anselmo, qui Saeculo Christi Octavo floruit. At hujus sententiae nulla sunt fundamenta. Vide, quae ego nuper de eodem Coenobio supra disserui. Accipe nunc omnia etiam Coenobii exemplum. Loquor de amplissimo Nonantulano Mariensi Monasterio, cui fuisse traduntur (immo sigillatim enumerantur) complures Cellae & Ecclesiae in Urbibus & agris *Mutinensi, Bononiensi, Ferrariensi, Paravino, Tarvisino, Vicentino, Veronensi, Regiensi, Mantuano, Parmensi, Placentino, Ticinensi, Cremonensi, Vincentino, Pistoriensi, Eugubino, Faesulano, Perosino*, ac aliis in locis. Haec e multis sacri Loci monumentis constant, quorum unum tantummodo hic edendum censui.

Innocentii II. Papae Bulla, qua Monasterio Nonantulano omnia
illius jura ac privilegia confirmat Anno 1133.
sed secundum Aeram vulgarem 1132.

Innocentius Episcopus, servus servorum Dei. *Dilecto in Christo filio Ildebrando* Nonantulani Monasterii Abbati, *ejusque successoribus regulariter ibi viventibus, in perpetuum salutem & Apostolicam benedictionem. Cum omnibus Ecclesiis & Ecclesiasticis personis debitores ex Apostolicae Sedis auctoritate*

lloritate ac benevolentia existimus, illis tamen ardentius providere nos convenit, ut eas a pravorum hominum in-
cursibus defendendo arctiori debeamus
charitate diligere, quas beato Petro &
Sanctae Romanae Ecclesiae non est dubium specialius adhaerere. Dignum namque & honestae reverentiae esse cognoscitur, ut qui ad Ecclesiarum regimen
assumpti sumus, earum quieti & utili-
tati salubriter auxiliante Domino, providere curemus. Proinde, dilecte in Domino fili, Ildeprande Abbas, tuis ra-
tionabilibus postulationibus benignitate
debita duximus annuendam, & Nonantulanum beati Silvestri Monasterium, cui Domino auctore praeesse di-
gnosceris, quod utique ab Astulfo Longobardorum Rege, ejusdem loci fundatore beato Petro oblatum est, ad exemplar Praedecessorum nostrorum felicis
memoriae Leonis, Alexandri, Pasqua-
lis, & Calisti, Romanorum Pontificum, Apostolicae Sedis Privilegio communimus. Statuimus enim, ut quaecumque praedia, quascumque possessiones seu
bona idem Monasterium in praesentiarum juste & legitime possidet, firma
tibi, tuisque Successoribus & illibata
permaneant, in quibus haec propriis
nominibus adnotanda subjungimus. Ipsam videlicet Castellum Nonantulanum,
Castellum Vetus, Galianum, Cathinia-
num, Fenanum, Lizanum, Sclopinum,
Samonum, Campilium, Maranum, Pratum Albinum, Monasterium Sanctae
Luciae cum Ecclesiis & pertinentiis
suis, Ecclesiam sanctissimae Trinitatis
de Savina, Manzolinum, Ravolinum,
Rastellinum, Sanctam Mariam de Gru-
molo, Spinalberti, Solariam, Romalla,
Camoranum, Curtile Sissum, Castellum
Pollacci, Trecentula, Bundanum, Nu-
gariam, Castellum Cellam, & Mara-
liam cum pertinentiis earum. Praeterea Castellum Cellulae, Curtem Ragu-

sae, Castellum Theobaldi cum omnibus
alladiis, quae in ipso Comitatu Ferrariensi Bonifacius Marchio acquisita
possedit, vestro in perpetuum Monasterio confirmamus, quas Comitissa Mathildis de oblatione, quam Sancto Petro, & Romanae Ecclesiae dederat, vobis nuper dedisse cognoscitur, sub censa
scilicet unius aurei annuo. In Civitate
Papiensi Ecclesiam Sancti Quirici. In
Placentina Ecclesiam Sancti Silvestri.
In Monticello Ecclesiam Sancti Georgii. In Cremona Ecclesiam Sancti Silvestri, Ecclesiam Sanctae Crucis, &
Ecclesiam Sancti Benedicti. In Parmensi
Ecclesiam Sancti Silvestri. In suburbio
Vicentiae Ecclesiam Sancti Silvestri.
In Libertino Ecclesiam Sancti Silvestri. In Montesilice Ecclesiam Sancti
Danielis cum omnibus ad ipsam pertinentibus. In Tarvisina Civitate Ecclesiam Sanctae Mariae, & Sanctae Pa-
sibus cum libertate, Cappellis, & omnibus ad eam pertinentibus. Sane nec
Marianensi omnino, nec alicui cuiquam
Episcoporum, vel Principum, aut alicui Ecclesiastice, secularive personae liceat supradicto Monasterio, aut ejus
Cellis vel Ecclesiis, aliisque possessionibus gravamen inferre, exactiones imponere, Placitum, sive colloquium, preter Abbatis et Fratrum voluntatem,
indicere vel tenere. Obeunte vero tenente ejusdem loci Abbate, vel tuorum
qualibet Successorum, nullus ibi qualibet subreptionis astutia seu violentia
proponatur, nisi quem Fratres communi
consensu, vel Fratrum pars consilii sa-
lubris, secundum Dei timorem, & beati Benedicti Regulam, providerius eligendum, qui nimirum ad Apostolicae
Sedis Praesulem consecrandus accedat.
Chrisma, Oleum Sanctum, Consecrationes Altarium, seu Basilicarum, ordinationes Monachorum, qui ad sacros Ordines fuerint promovendi, sive Clericorum

rum eidem Monasterio, Cellis vel Ecclesiis pertinentium, a qua malueritis,
Catholico accipietis Episcopo, si quidem
gratiam & communionem Apostolicae Sedis habuerit, & si ea gratia & sine
pravitate voluerit exhibere. Non enim
Episcoporum cuiquam permittimus invito Abbate in Monasterio vel Monasterii Cellis seu Ecclesiis, ordinationes
facere, Missas publicas celebrare, vel
earum Decimas vindicare, nec de ipso
Monasterio, vel ejus rebus rescriptum
surripere, aut quolibet modo impetrare
cuique personae facultas sit. Quod si
forte praesumptum fuerit, irritum penitus habeatur. Nec Episcopis facultas
sit, Monasterii vestri Clericos sine tui
consensus deliberatione, interdictionis
aut excommunicationis sententia coerce-
re. Quaecumque praeterea in posterum
concessione Pontificum, liberalitate Regum, vel Principum, oblatione fidelium,
seu aliis justis modis praenominatum
Monasterium auxiliante Domino poterit
adipisci, vobis praesenti scripto firmamus. Porro illa dignitatis insignia,
quibus Antecessores tui inter Missarum
Solemnia uti noscitur, nos personae tuae
ex Apostolicae Sedis benignitate concedimus, ut scilicet in diebus solemnibus
ad Missarum Officia celebranda Dalmatica, Mitra, Chirothecis, & Sandaliis
induaris. Ad haec adjicientes decernimus, ut nulli omnino hominum fas sit
praefatum Coenobium temere perturbare &c. ut in omnibus semper Apostolicae Sedis, cujus est proprium, maximiue ac protectione congaudeat. Si quis

igitur in futurum Archiepiscopus, vel
Episcopus, Imperator, sive Rex, Princeps, aut Dux, Comes Vicecomes, Judex, Castaldio, aut Ecclesiastica, Secularisve persona hanc nostrae Constitutionis paginam sciens contra eam temere
venire tentaverit, secundo tertiove com-
munita, si non satisfactione congrua e-
mendaverit, potestatis honorisque sui dignitate careat, reamque se divino judicio existere &c.

Ego Innocentius Catholicae Ecclesiae Episcopus subscripsi.

Ego Guilielmus Praenestinus Episcopus subscripsi.

Ego Lucas Presbyter Cardinalis titulo Sanctorum Johannis & Pauli subscripsi.

Ego Georgius Diaconus Cardinalis
Sanctorum Sergii & Bacchi subscripsi.

Ego Oddo Diaconus Cardinalis Sancti Georgii ad Velum Aureum subscripsi.

Ego Romanus Diaconus Cardinalis
Sanctae Mariae in Portico subscripsi.

Datum Neapoli per manus Ai-
merii sanctae Romanae Ecclesiae Diaconi Cardinalis & Cancellarii, Quarto
Idus Octobris, Indictione X. Incarnationis Dominicae Anno MCXXXIII. Pontificatus vero Innocentii Papae II. Anno Tertio.

Itidem quot in Episcopatibus &
Urbibus celebre Pomposianum Monasterium Ecclesias possiderat, e subsequenti Bulla intelliges, cujus apographam in Estensi Archivo asservatur.

Bulla Anastasii IV. Papae, qua Monasterio Sanctae Mariae de Pom-
posia omnia illius bona ac jura confirmantur, Anno 1153.

ANastasius Episcopus, servus servorum Dei. Dilectis filiis Johanni Abbati Monasterii Sanctae Ma-

riae, quod in Insula Pomposia situm
est, ejusque Fratribus tam praesentibus
quam futuris, regulariter substituendis
in

in perpetuum. Religiosam vitam eligentibus Apostolicum convenit adesse presidium, ne forte cujuslibet temeritatis incursus aut eos a proposito revocet, aut robur (quod absit) sacrae Religionis infringat. Ea propter, dilecti in Domino filii, vestris justis postulationibus clementer annuimus, & Praedecessorum nostrorum felicis memorie Celestini, & Eugenii Romanorum Pontificum vestigiis inhaerentes, Beate Dei Genitricis, semperque Virginis Mariae Pomposianam Monasterium, in quo divino mancipati estis obsequio, sub beati Petri, & nostra protectione suscipimus, & presentis scripti Privilegio communimus. Statuentes, ut quascumque possessiones, quascumque bona idem Monasterium in presentiarum juste & canonice possidet, aut in futurum concessione Pontificum, largitione Regum vel Principum, oblatione fidelium, seu aliis justis modis, prestante Domino, poterit adipisci, firma vobis, vestrisque successoribus & illibata permaneant. In quibus hec propriis duximus exprimenda vocabulis: videlicet Massacellum, integram &c. (*) Praeterea in Episcopatu Concordiae Ecclesiam Sancti Martini in Phano. In Episcopatu Cenetensi Ecclesiam Sancti Petri in Colosis, & Sancti Danielis: In eodem Episcopatu Ecclesiam Sancti Andreae in Iiosto cum Capellis suis, aliam Ecclesiam Sancti Martini in Cambernardi, Sanctae Mariae in Roncha Marzella, Sanctae Mariae in Pilere, Sancte Benedicti cum Capellis suis, Sancte Marie in Castello, & alias, quas in partibus Illis habetis. In Episcopatu Vicentie Ecclesiam Sancte Marie in Temptisse. In Civitate Veronensi Ecclesiam San-

Sancti Matthaei. In Episcopatu Brixiensi Ecclesias Sancte Marie de Sede Marculfi, Sancte Marie de Cucumere, & Sancte Marie de Saxiliano. In Episcopatu Cremonensi Ecclesiam Sancti Stephani in Caballaria. In Episcopatu Astensi Ecclesias Sancte Marie de Plexu, & Sancti Johannis de Cerro. In Episcopatu Bononiense Ecclesias Sancte Marie de Anzellata, Sancti Venantii, Sancti Blasii de Lozaco, Sancti Marci in Turrizella, Sancti Johannis in Callagnolo, Sancti Blasii in Saliceto, & aliam Ecclesiam in Granarolo. In Civitate ipsa Ecclesiam Sancti Syri. In Civitate Mutinensi Ecclesiam Sancte Marie. In Castro Solerie Ecclesiam Sancti Johannis, & in Villa ejus Ecclesiam Sancti Michaelis. Ferrarine Ecclesiam Sancte Agnetis. In Finale Sancti Michaelis. Ustulati Ecclesiam Sancti Petri. Faventie Ecclesiam Sancti Clementis. Prate Ecclesiam Sancti Laurentii. In Episcopatu Liviensi Ecclesiam Sancte Marie in Manumizola, Ecclesiam Sancti Michaelis, & Sancte Marie Nove cum Capellis suis. Rimini Sancte Marie in Trillo. In Episcopatu Urbinensi Ecclesiam Sancti Leonis de Folia, Sancti Angeli de Insula, Sancte Marie de Petra, Sancti Martini in Ulmeta, Sancti Raciani, & Sancti Angeli in Preverzano, Ecclesiam Sancte Marie in Castagneto cum Capellis suis, Ecclesiam Sancte Marie de Vicolo cum Capellis suis, Ecclesiam Sancti Johannis de Praineto cum Capellis suis, & Ecclesiam Sancte Marie de Castro Sancti Martini cum Capellis suis. Chrisma vero, Oleum Sanctum a Comaclensi Episcopo &c. (**)

Ego

(*) ut in Bulla Callisti II. Papae, quae alibi legetur.
(**) Vide eamdem Bullam Callisti II.

Ego Anaſtaſius Catholicæ Eccleſiæ Epiſcopus ſubſcripſi.

BENE VALETE

Ego Imarus Tuſculanus Epiſcopus ſubſcripſi.

Ego Hugo Oſtienſis Epiſcopus ſubſcripſi.

Ego Gregorius Presbyter Cardinalis titulo Caliſti ſubſcripſi.

Ego Guido Presbyter Cardinalis titulo Sanſti Grijegoni ſubſcripſi.

Ego Ubaldus Presbyter Cardinalis titulo Sanſtae Praxedis ſubſcripſi.

Ego Manfredus Presbyter Cardinalis titulo Sanſtae Saviuae ſubſcripſi.

Ego Aribertus Presbyter Cardinalis titulo Sanſtae Anaſtaſiae ſubſcripſi.

Ego Jordanus Presbyter Cardinalis titulo Sanſtae Suſturae ſubſcripſi.

Ego Octavianus Presbyter Cardinalis titulo Sanſtae Caeciliae ſubſcripſi.

Ego Aſtaldus Presbyter Cardinalis titulo Sanſtae Priſcae ſubſcripſi.

Ego Cencius Presbyter Cardinalis titulo Sanſti Laurentii in Lucina ſubſcripſi.

Ego Henricus Presbyter Cardinalis titulo Sanſtorum Nerei & Achillei ſubſcripſi.

Ego Johannes Presbyter Cardinalis titulo Sanſtorum Silveſtri & Martini ſubſcripſi.

Ego Odo Diaconus Cardinalis Sanſti Georgii ad Velum aureum ſubſcripſi.

Ego Rodulfus Diaconus Cardinalis Sanſtae Luciae in ſcepta ſubſcripſi.

Ego Guido Diaconus Cardinalis Sanſtae Mariae in Portica ſubſcripſi.

Ego Odo Diaconus Cardinalis Sanſti Nicolai in Carcere Tulliano ſubſcripſi.

Datum Laterani per manum Rholandi Sanſtae Romanae Eccleſiae Presbyteri Cardinalis & Cancellarii, XIV. Kalendas Aprilis, Indiſtione II. Incarnationis Dominicae Anno MCLIII. Pontificatus verò Domni Anaſtaſii Papae IV. Primo.

Pauca tamen haec ipsa videantur, si conferas eadem cum iis, quae Monasterium Clusinum Sancti Michaëlis, in Taurinensi Dioecesi positum, olim possidebat. Prostant in Tomo 4 Ital. Sacrae, Literae Innocentii III. Papae, datae Anno MCCXVI. e quibus constat, Coenobio illi subjecta fuisse complura *Monasteria & Ecclesias* in Episcopatibus *Taurinensi, Yporegiensi, Vercellensi, Astensi, Aquensi, Tortonensi, Januensi, Papiensi, Placentino, Cremonensi, Mutinensi, Parmensi, Ebredunensi, Vapincensi, Diensi, Magalonensi, Avenionensi, Narbonensi, Gerundensi, Carcassonensi, Tolosensi, Convenarum, Conseranensi, Catarcensi, Lemovicensi, Pictaviensi, Bituricensi, Claromontensi, Lugdunensi, Aniciensi, Lausanensi, Sedunensi, Gebennensi, Tarantasiensi, Gratianopolitano, Mauriennensi &c.* An parum fimbrias dilataric ejusmodi Monasterium paucis habes. Quei verò fieri potuerit, ut non insignia tantummodo Coenobia, sed alia etiam minora, in tot diversis Civitatibus & Comitatibus [A] *Cellas,* aut *Ecclesias,* aut saltem fundos sui juris ostentarent, investigabo infra in Dissertatione LXVII. *de Modis Acquirendi.* Nimirum partim, industriâ suâ sibi Monachi non oscitantes, ubicumque poterant, hasce comparabant; aut ipsi Christi fideles varias ob caussas sponte Ecclesiae aut fundos offerre consueverunt, ut [B] Monachorum patrocinio ac privilegiis fruerentur. Quae verò Monasteria majoris nominis ac potentiae erant, felicius etiam, quàm cetera, donatores ac oblatores inveniebant; plura enim habenti & late dominanti, facilius est plura sibi conquirere, suumque in dies amplificare patrimonium, quàm pauca habenti. Sed ut [C] digito etiam tangas, quousque opulentia quorumdam Coenobiorum sese extenderet, Chartas duas exhibere juvat, quas authenticas vidi in Archivo supra laudati Nonantulani Monasterii. Prima tibi ad Topographiam antiquam nobilissime Civitatis Ticinensis dignoscendam non parum subsidii afferet.

Permutatio inter Rodulphum Abbatem Monasterii Nonantulani & Ubertum filium Armanni, facta Ticini, Anno 1019.

IN nomine Domini Dei, & Salvatoris Domini nostri Jesu Christi Chuonradus gratiâ Dei Imperator Augustus, *Anno Imperii ejus, Deo propitio, Tertio, III. die Mensis Decembris, Indictione Tertia decima.* Commutatio bonae fidei noscitur esse contractum, ut vicem emptionis optineat firmitatem, eodemque nexu obligent contradantes placuit. Itaque bona convenit voluntate inter Donnus Rodulphus Abba Monasterio Sancti Silvestri sita Nonantola, nec non & Ubertus filius bonae memorie Armanni, qui pro-[D]fitebat se ex natione sua Lege vivere Salica, ut in Dei nomine debeant dare, sicut a presenti die dederunt ac tradiderunt vicissim sibi unus alteri, commutationis nomine: in primis dedit ipse Domnus Rodulfus Abbas de parte ipsius Monasteria in causa commutationis eidem Uberti; id sunt pecias undecim de terra cujus suprascripto Mona-[E]sterio, quibus esse videntur decem ex eas intra aut Urbem, undecima suburbio ejusdem Civitatis. Prima pecia de terra jacet ad locus ubi Porta Marinca dicitur. Est per mensura justa ta-

bulas

bulas decem. Coëret ei de una parte terra Monasterio Sanctae Marie, qui dicitur Deodate, ex alia parte mare ejusdem Civitatis, ex tertia parte Via publica. Secunda pecia de terra jacet prope Monasterio Sancti Felicis, quod dicitur Regine. Est per justa mensura tabulas octo & dimidia. Coëret ei ex una parte terra Episcopio sancte Ticinensis Ecclesie, de alia parte terra Sancti Petri, ex tertia parte terra Sancti Johanni, ex quarta parte Via publica. Tercia pecia de terra prope Basilica Sancti Johannis, qui dicitur Domnani. Est per justa mensura tabulas tres & dimidia. Coëret ei ex una parte terra Sancti Sixti, ex alia parte terra Bernardi, qui fuit Comes, de tertia parte Via publica. Quarta pecia de terra jacet prope Basilica Sancte Marie, qui dicitur Capelle. Est per mensura justa tabulas duas & dimidia. Coëret ei ex una parte terra Basilice Sancti Archangeli Michaelis, qui dicitur Majore, ex alia parte terra de heredes quondam Adelberti, qui vocatur Medico, ex tertia parte ingresso comune. Quinta pecia de terra ibi prope. Est per mensura justa tabulas sex. Coëret ei ex una parte terra suprascripte Basilice Sancti Michaelis, ex alia parte terra suprascripte sancte Ticinensis Ecclesie, ex tercia parte terra de heredes suprascripto quondam Adelberti, qui vocatur Medico. Sesta pecia de terra similiter ibi prope. Est per mensura justa tabula una & dimidia. Coëret ei de una parte terra jam dicti Episcopii sancte Ticinensis Ecclesie, ex alia parte terra Aimerici. Septima pecia de terra similiter ibi prope. Est per mensura justa tabula una & dimidia. Coëret ei ex una parte terra suprascripti Episcopio sancte Ticinensis Ecclesie, ex altera parte terra suprascripte Aimeri-

ti. Octava pecia de terra cum puteum super abente, similiter ibi prope. Est per mensura justa tabulas tres. Coëret ei ex una parte terra predicti Episcopio sancte Ticinensis Ecclesie, ex altera parte terra Oddoni, ex tertia parte Via. Nona pecia de terra ibi prope. Est per mensura justa tabula una & dimidia. Coëret ei ex una parte terra Ottonis, & de duabus partibus Vias. Decima pecia de terra jacet non longe a Porta, qui dicitur da Ponte. Est per mensura justa tabulas tres. Coëret ei ex una parte Via publica, ex alia parte terra de heredes quondam Albizonis, de altera parte terra, que fuit quondam Attoni. Undecima pecia de terra, que est suburbium ejusdem Civitatis, jacet non longe da Porta Sancti Johanni, qui dicitur Cimeterio. Est per mensura justa tabulae septem. Coëret ei ex duabus partibus Vias publicae, ex tertia parte terra Adammi & Papil. Similiter dedit ipse Domnus Radulfus Abba da parte ipsius Monasterio eidem Uberto......... it sunt eas seliminas, & omnibus rebus illis, cujus supra Monasterio, quibus esse videatur super fluvio Pado in locas & fundas, ubi dicitur Cella, & in Stalrampo, seu in Balbiano &c. inter seliminas & vineas cum areis suarum, seu terris arabilis, & partis jerbis & silvis, cum illorum areis juges trescenti. Similiter & ad vicem recepit ipse Domnum Radulfus Abba a parte ipsius Monasterio ab eundem Ubertum in causa commutationis, meliorata res sicut Lex habet, idest medietate de Curte cum domnicatile, cujus ipsius Uberti, quibus esse videtur in loco & fundo Serbaria, cum medietate de Castro inibi habente, & de Capella inibi edificata in onore Sancti Laurentii, cum medietate de casis, universisque rebus ad ipsa medie-

tas.

tis de eadem Corte, Castro, seu Capella pertinentibus in ipso loco Sorba-
via &c. & partis jerbis & silvis &
illorum areis juges trescenti. Cætet &c.
da sera stavio, qui dicitur Secli &c.
Et ad anc providendam commutationis
nomen accesserunt super ipsis rebus,
idest Benedictus Presbiter & Monachus
de ordine Ipsius Monesterio, & Johannes item Presbiter, Vasso idem Domni
Rodulfi Abbatis &c. Et bergameus cum
estramensario ipse Ubertus de terra
elevavit, paginam Falconi Notarii sacri Palatii tradidi, & scribere rogavi, in qua subter confirmans testibus
obtulit roborandum. Unde dae Cartule
commutationis uno tinore scripte sunt.

Altum Ticinum, feliciter.
Ubertus subscripsi.
Ego Benedictus Monachus & Presbi-
ter subscripsi.

A Ego Johannes Presbiter missus sui
ut supra.

Signum ✠✠✠ manibus suprascriptorum Stutberti, Engelberti, seu Martini, qui super ipsis rebus accesserunt &
estimaverunt, ut supra.

Signum ✠✠ manibus Walteri, &
Dominici, ambo Legem viventes Salicha, testes.

B Signum ✠✠✠ manibus Oppizoni,
& Bonizoni, seu Azoni, Legem viventes Romana, testes.

Inmizo Judex sacri Palatii rogatus
subscripsi.

Ingezo Judex sacri Palatii rogatus
testes subscripsi.

Ego qui supra Falco Notarius sacri
C Palatii, scriptor hujus Cartule Commutacionis post tradite complevi & dedi.

Charta permutationis factae inter Rodulpham Abbatem Nonantulanum, & Widonem Comitem, & Riprandum Clericum, filios quondam Uberti Comitis, & Widonem ac Ottonem eorum nepotes, Anno 1034

,, IN nomine Domini Dei & Sal-
,, vatoris nostri Jesu Christi.
,, *Chuonradus* gratia Dei *Imperator*
,, *Augustus*, Anno Imperii ejus Deo
,, propicio, Octavo, IV. die Mensis
,, Julii, Indictione IL Commutacio
,, bone fidei noscitur esse contractus,
,, ut vicem emcionis optinead firmi-
,, tatem, eodemque nexu obligant
,, contrahentes. Placuit itaque bona
,, convenit volunptatem inter *Domnus*
,, *Rodulphus Abbas Monasterio S. Sil-*
,, *vestri* sita *Nonantula*, necnon &
,, *Wido Comes*, & *Riprandus Clericus*
,, de ordine Episcopio sancte Tici-
,, nensis Ecclesie, *jermanis filiis* quon-
,, dam item *Uberti, qui fuit item*
,, *Comes:* seu ipse *Wido* & *Otto* in-

,, pubes, item germanis, filii quon-
,, dam Item Uberti, qui & Episco-
,, pio; qui & Ipse Wido Comes ei-
,, dem Riprandi Clericus jermano
,, suo curator, & eidem Ortoni ne-
,, pote suo tutor existebat. Qui pro-
,, fessi erant omnes ex natione eo-
,, rum Legem vivere Salicha. Et
,, ipse Guido Comes eorum Ripran-
E ,, di & Ottonis consensit, & subtus
,, confirmavit, ut in Dei nomine
,, debeant dare, sicut & a presenti
,, dederunt ac tradiderunt, unus sci-
,, licet alteri commutationis nomine
,, tradiderunt. In primis dedit ipse
,, Domnus Rodulfus Abbas de parte
,, ipsius Monasterii eisdem jermanis
,, & nepotibus in commutationis no-
,, mine:

„ mine: id sunt tres portiones de　A
„ Corte una domui coltile juris ip-
„ sius Monesterii, quibus sunt posi-
„ tæ in Comitatu Ticinense in lo-
„ co & fundo Monte, qui dicitur
„ Surda, & tres portiones de Ca-
„ pella una inibi construeta in ho-
„ nore eidem Sancti Silvestri. atque
„ tres porticnes de Casis & massari-
„ ciis, & omnibus rebus, quibus　B
„ sunt positis tam in ipso loco,
„ quamque in locis & fundis Man-
„ ciori, Montelauri, Marcelungo,
„ Avvilia, Serra, Maliolo, Cucularia
„ magna, Pavariano, Pinariaro, Pa-
„ siano, Albuciano, Gabiano magni,
„ Maliano, Vasariano, Cavaoro,
„ Cambiano, Palatu Mariano, Te-
„ stona, Bobliano, Cele, Casiori,　C
„ Cistle, Andreo, Regiano, Paulia-
„ no. cum de tercia portione de
„ Castro inibi habente, Aletentino,
„ Undanore, Novole, Balbiano,
„ Montejovis, Paverio, Sulcia. Fa-
„ niolo, Casale infra finibus Bresia-
„ no, Albelenni inter Paciano, &
„ Busceli, Cavadalia, Puliano, Sa-
„ sis, Corte Cariva, Corte Descal-　D
„ ta Deis, quod Capella initi edi-
„ ficata in onore Sancti Petri. Ca-
„ sale Grafo, Caramagnola, Pulea-
„ za cum Capellas tres inibi abente
„ braida Sancti Georgio, Gramigna-
„ no infra Civitatem Torino, de
„ Capella una, que est edificata in
„ onore Sancti........ Et de medie-　E
„ tatem de Mercato ipsius Civitatis,
„ & de ortis tribus justa ipsa Ca-
„ pella, & de casa una cum Curte
„ uno tenente prope eodem Merca-
„ to. sive foris muro ipsius Civita-
„ tis in circuitu ibi prope: Corte
„ de Marcilago. & de Capella una,
„ Corneliano, Mandolone, Caliano,
„ Walfenaria, Feraria Tiliola, Cana-
„ li. Et de alia Corte justa Treveria,

„ & de Capella una, que est edificata
„ in onore Sancti Martini. & de
„ Molendinis quatuor integris, &
„ de medietate de aliis tribus: Bu-
„ scineto, Silva de Cillari, Lauren-
„ zasce, Monteserrate, Carniano. Va-
„ carla, Jermaniasco, Alpis & Val-
„ lis, Riva-alta, & medietatem de
„ Castro inibi abente: Govone, Ri-
„ vole, Alpiniano, & de Piscinaria
„ inibi abente: Raconese, Romane-
„ se, Suave, & in Valle Matega-
„ sca, & in earum ajacentiis & per-
„ tinentiis, que per ceteris locis &
„ vocabulis ab ipsa Corte & Capel-
„ lis seu rebus pertinentibus; cum
„ tres portiones de servis & ancil-
„ lis, aldiones, aldianas utriusque
„ sexus ad eadem Corte & Capellis,
„ seu rebus pertinentibus; & sunt
„ eadem tres portiones de eadem
„ Corte & Castris seu Capellis, sive
„ de sediminibus & vineis cum areis
„ suarum, seu terris arabilis, pratis
„ & silvis, seu & jerbis cum areis
„ suarum super totis insimul per
„ mensura justa juges mille quin-
„ genti.

„ Quidem & in vicem recepit
„ ipse Dominus Rodulfus Abbas a
„ parte ipsius Monasterio ab eisdem
„ jermanis & nepotibus meliorata
„ res, sicut Lex haber. Id sunt om-
„ nem eorum porcionem item de
„ Corte una domui coltile juris eo-
„ rum jermanis & nepotibus, qui-
„ bus esse videtur in Comitatu Mo-
„ tinense in loco & fundo, ubi Wil-
„ zacara dicitur, cum eorum porcio-
„ ne de Capellis tres inibi edifi-
„ cate in onore Sanctorum Cesarii
„ & Geminiani, seu cum eorum
„ porcione de casis & massariciis,
„ molendinis, & mercatis & omni-
„ bus rebus ad eadem Corte & Ca-
„ pellas pertinentibus vel aspicienti-
„ bus.

» bus, quibus funt pofiris tam in
» ipfo loco Wilzachara, quamque in
» locas & fuedas Palezatico, Orte,
» Sana, Silisno, Lizo, Piaetolo,
» Figaro, Oliveto, Valle, Parave-
» lio, Cafiliana, Mifiano, Salfina,
» Colegaria, Manfulino, Tavialo,
» Carzoleto, Cazarelli, Meifina. Per-
» ficita, Fraxaneta, Gavile, Vico-
» frigido, Doliolo, Fontanefe, Ta-
» biano, Montejenario, Sanguineta,
» Cafanova, Ara Verfelana, Camu-
» geo, Cirelli, Cafole, Samoza,
» Curano, Petra Luparia, Arzano,
» Matelano, Coflo Sefculi, & in Go-
» fta Cavalina, & in eorum ajacen-
» tiis & pertinentiis, & per exteria
» locis & vocabulis ab ipfa Corte
» & Caftris feu Capellis, que rebus
» pertinentibus, & omni illorum
» portiool de fervia & ancillis, al-
» dionos & aldianos ad eadem Cor-
» te & Caftris feu Capella, atque
» rebus omnibus pertinentibus, &
» funt ealdem portiones de eadem
» Corte & Caftris feu Capellis,
» five de fediminibus & vineis cum
» areis fuarum feu terris arabelis
» atque pratis & jerbis feu filvis
» eum areis fuarum fuper totis per
» menfura jufta juges mille quingen-
» ti feptem. Has denique jam diftis
» rebus fupra nominatis vel com-
» mutatis ona cum accellionibus &
» ingreffibus earum, feu cum fupe-
» rioribus & inferiori earum rerum,
» qualiter fuperius legitur, in inte-
» grum. Et inter fe commutaverunt
» fibi unus alteri, pars parti, per
» has paginas commutacionis nomi-
» ne tradiderunt. Infuper per cul-
» tellum, feflucum aodatum, guan-
» tonem, & walonem terre. & ra-
» muin arboris, ipfa jermanis pars
» ipfius Monafterii. exinde legiti-
» mam fecerunt traditionem, & ve-

» ftituram, & fe exinde foris expul-
» lievant & warpiverunt, abfentes
» fecerunt. Et a parte ipfius Mo-
» nafterii proprietatem habendum
» reliquerunt, facientes exinde u-
» nus quia decore ceperunt a pre-
» fenti die tam Ipfi quaque &
» succeffores vel heredes eorum,
» aut cui ipfi dederint proprieta-
» rio nomine quidquid voluerint
» aut previderint, fine omni uni
» alterius contradictione vel repeti-
» cione. Si vero, quod futurum
» effe non credebat. ipfi jermanis &
» nepotibus, quod abfit, aut ullus
» de heredibus ac proheredibus eo-
» rum fe quislibet oppofita perfona
» contra hanc Cartulam commuta-
» cionis ire quandoque tentaverint,
» aut eam per covis ingenium in-
» frangere queferint, tunc inferant
» ad illam partem contra quem e-
» xinde litem intulariet multa, quod
» eft pena auro optimo Uncias cen-
» tum, argenti ponderas duocenti,
» & quod repecierint & vendicare
» non valeant, fed prefens anc Car-
» tula commutacionis dicturais tem-
» poribus firma permaneat, atque
» perfiftat inconvulfa ftipulacione fub-
» nixa. Et obligaverunt fe ipfi com-
» mutatores tam ipfi quamque & fuc-
» ceffores vel heredes eorum jerma-
» nis & nepotibus predictis cafa &
» omnibus rebus, que ab invicem
» commutacionis nomine tradiderunt,
» in integrum omni tempore ab
» omni homine defenfare quidem,
» & ut ordo Legis depoffit. Et ad
» hanc providendam commutacionis
» nomine accefferunt fuper ipfis re-
» bus Ideft Petrus Presbyter & Mo-
» nachus de ordine ipfius Monafte-
» rio, Miffo eidem Domni Rodulfi
» Abbati ab eo directo, una cum
» bonos homines exftimatores, qui
» ipfos

„ ipfas rex extimaverunt. Eorum no-
„ mina funt, Ozo, & Ugo, feu
„ Warnerius, quibus omnibus exti-
„ mantibus comparuit eorum, & ex-
„ timaverunt quod meliorata res re-
„ cipere ipfe Domnus Rodulfus Ab-
„ bas a parte fuprafcripto Monafte-
„ rio ab eofdem jermanis & nepoti-
„ bus, quam dare & legibus com-
„ mutacio ipfa & fieri potuiffet. De
„ quibus & pena inter fe pofuerunt,
„ ut fi quis ex ipfis, aut fucceffo-
„ res, vel heredes eorum jermanis
„ & nepotibus fe de hac commuta-
„ cio removere quexierit, & non
„ permanferit in ea omnia, qualiter
„ fuperius legitur, vel fi ab unum
„ quemque hominem quifque fupra
„ dederint in integrum, ab invicem
„ non defenfaverint, componat pars
„ parti fidem fervandi, pena dublis
„ ipfis cafis & omnibus rebus, ficu-
„ ti per tempore fuerint melioratis,
„ aut valuerint fub exftimatione in
„ confimilibus locis fimul cum el-
„ fdem fervis & ancillis. Et nec eis
„ liceat ullo tempore nolle, quod
„ voluit, fed quod ab eis femel fa-
„ ctum, vel quod fcriptum eft, in-
„ violabiliter confervare promiferunt
„ cum ftipulatione fubnixa. Et ber-
„ gamena cum atramentario ipfis
„ jermanis & nepotibus de terra le-
„ vaverunt. Paginam Gribaldi No-
„ tarii facri Palatii tradiderunt, &
„ fcribere rogaverunt, in qua fubtus
„ confirmaverunt, teftibufque obtu-
„ lerunt roborandam. Unde due Car-
„ tule commutationis uno tenore
„ fcripte funt.
„ Hactum in loco, ubi Stodegar-
„ da dicitur feliciter.
„ VVIDO COMES Sub Scripfi.
„ ✠ Riprandus Clericus fubfcripfi.
„ Signum ✠✠ manibus fuprafcri-
„ ptorum Widoni & Ortoni jerma-

[A]
„ nis, qui anc Cartulam commuta-
„ cionis fieri rogaverunt.
„ ✠ Petrus Presbiter & Mona-
„ chus miffus fui, ut fupra.
„ Signum ✠✠✠ manibus fu-
„ prafcriptorum Ozoni, & Ugoni,
„ feu Warneri, qui fuper ipfas res
„ accefferunt & extimaverunt, ut
„ fupra.

[B]
„ Signum ✠✠ manibus Tetaldi,
„ & Rizoni, ambo Legem viventes
„ Romana, teftes.
„ Signum ✠✠✠ Elorici, &
„ Albini, feu Berengarii, omnes
„ Legem viventes Salicha, teftes.
„ Signum ✠✠ manibus Eboni,
„ & Senfoni, teftes.
„ Ego qui fupra Gribaldus Nota-

[C]
„ rius facri Palatii, Scriptor hujus
„ Cartule commutationis poft tradi-
„ te, complevi & dedi.

In Antiquitat. Eftenf. Par. I. Cap.
13. pag. 108. evulgavi fententiam
damnationis Anno MXIV. ab Henrico Primo inter Auguftas promulgatam contra *Ubertum Comitem filium*
[D] *Hildeprandi*, & *Otbertum Marchionem*,
Eftenfium Principum progenitorem.
Ubertus ille forte is fuit, qui *Widonem Comitem & Riprandam* filiam
poft fe reliquit, in poftrema hac
Charta memoratos. Jufte cauffa mi-
randi alicui erit, quei Nonantulano
Mutinenfi Coenoblo tanta bonorum
copia foret non folum intra ipfam
[E] Civitatem Ticinenfem, ac in ejus
agro, fed etiam per univerfum Pe-
demontem, ac in ipfa *Taurinenfi Civitate*, ubi etiam Nonantulanus Abbas poffidebat *medietatem de mercato
illius Civitatis*. Verum plurima monui, & ante fex Secula idem ani-
madverterat Chronographus Monafterii Farfenfis Part. II. Tomi II. Rer.
Italicarum, *Nonantulanum Mutinenfe*

Monasterium reliquis Italiae praestitis-
se, & cum ipso celeberrimo Farfensi
de dignitate se amplitudine certasse.
Attamen ad minora etiam Monasteria animum advertas velim . Non
tantis opibus dabatur istis frui , neque in tot Urbes & Comitatus effu-
la cernantur eorum patrimonia:
attamen est etiam, cur mireris in his
non mediocrem fortunarum copiam .
Alexander Pompejus Berti , Clericus
Regular. Lucensis Congregat. Matris
Dei , singularis amicus meus , Vir
doctissimus , quem Vasti precessit re-
ligiosae familiae Congregationis ejusdem , duas ad me Romas misit , u-
tramque ex Archivo Monasterii Canonicorum Regularium Sanctae Mariae, in Insula Tremitana existentis,
descriptam ; quarum altera ad illud
Monasterium Benedictinis Monachis
olim subjectum , altera ad Monasterium Sancti Johannis in Venere in
Lancianensi sive Anxanensi agro li-
tum itidem Ordinis Sancti Benedicti,
spectabat. Utramque hic Lectorum
oculis subjicio.

Alexandri III. Papae Bulla, qua Anastasio Abbati Monasterii Sanctae Mariae Tremitensis omnia jura ac bona confirmat, Anno 1171.

> IN nomine illius, qui carnem
> assumpsit de utero Virginis.
> Anno Natalitia ejusdem Millesi-
> mo Trecentesimo Nonagesimo Se-
> primo, Die primo Mensis Februa-
> rii . Quintae Indictionis , Pontifi-
> catus sanctissimi in Christo Patris
> & Domini nostri, *Domini Bonifa-*
> *tii divina providentia Papae No-*
> *ni* , Anno Octavo ; In mei publi-
> ci & infrascriptorum testium in
> praesentia Reverendi in Christo Pa-
> tris & Domini , *Domini Barthol-*
> *maei* , Dei & Apostolicae Sedis
> gratia *Episcopi Valvensis* , pro tri-
> bunali sedentis, & Curiae regentis
> ad requisitionem venerabilis viri
> Abbatis Raymundi de Marone ,
> Vicarii & Procuratoris Reveren-
> dissimi in Christo Patris & Domi-
> ni *Domini Pandulfi* , miseratione di-
> vina *Sancti Nicolai in Carcere Tul-*
> *liano Diaconi Cardinalis* , Guberna-
> toris & legitimi Administratoris
> Sanctae Mariae de Insula Tremi-
> tana Tremulanensis Dyoecesis , &
> aliorum Monasteriorum & loco-
> rum , ad dictum Monasterium spe-
> ctantium & pertinentium ; di-
> ctus quidem Abbas Raymundus
> asseruit coram nobis, se debere de
> necessitate certa Privilegia ipsius
> Monasterii Sanctae Mariae certis
> de causis Romam destinare, & a-
> liis locis in Regno Siciliae . Et
> timore ne ipsa Privilegia perde-
> rentur , quae pars thesauri nostri
> sunt, ut dixit . & propter viarum
> discrimina , Piratarum incursus ,
> aquarumque diluvia , petiit nobis
> & requisivit cum instantia , dicta
> Privilegia de verbo ad verbum
> transumptari , & in praescriptam
> formam redigi, nil addito vel mu-
> tato . Quae Privilegia vidimus,
> legimus , & diligenter inspeximus
> non vitiata , non rasa , non can-
> cellata , non abolita , nec in ali-
> qua parte eorum suspecta . Qua-
> rum Privilegiorum tenor unius per
> originalis erat.

Ale-

„ Alexander Episcopus, servus ser-
„ vorum Dei. Dilectis filiis
„ *...stae Abbati Monasterii Sanctae*
„ *Mariae Tremitensis*, ejusque Fra-
„ tribus tam presentibus quàm futu-
„ ris Regularem vitam professis, in
„ perpetuum. Apostolicae Sedis au-
„ ctoritate, debitoque compellimur
„ pro universarum Ecclesiarum statu
„ satagere, earum maxime, quae ei-
„ dem Sedi specialius adherent, ac
„ tamquam jure proprio subjectae
„ sunt, quieti auxiliante Domino
„ providere. Espropter, dilecti in
„ Domino filii, verè justis postula-
„ tionibus clementer annuimus, &
„ prefatum Monasterium, in quo
„ Domini estis mancipati obsequio,
„ ad exemplum Praedecessorum no-
„ strorum felicis memoriae *Innocentii*,
„ & *Paschalis Romanorum Pontificum*,
„ sub beati Petri & nostra protectio-
„ ne suscepimus, & presentis scripti
„ Privilegio communimus. In pri-
„ mis siquidem statuentes, ut Ordo
„ Monasticus, qui secundùm beati
„ Benedicti Regulam in eodem Mo-
„ nasterio constitutus esse dignosci-
„ tur, perpetuis ibidem temporibus
„ inviolabiliter observetur. Preterea
„ quascumque possexiones, quaecum-
„ que bona idem Monasterium in
„ presentiarum juste ac canonice pos-
„ sidet, aut in futurum concessione
„ Pontificum, largitione Regum, vel
„ Principum, oblatione Fidelium,
„ sive aliis justis modis, praestante
„ Domino poterit adipisci, firma
„ vobis vestrisque successoribus, &
„ illibata permaneant, in quibus
„ haec propriis duximus exprimenda
„ vocabulis. In *Comitatu Theatino*
„ Ecclesiam Sanctae Mariae in Fella
„ cum pertinentiis suis, Castellum
„ de Rivo Maris, cum Ecclesia San-
„ cti Petri, & suis pertinentiis, Ca-

Tom XIII.

„ stellum de Aquaviva cum Ecclesiis
„ & suis pertinentiis, Castellum Se-
„ nellae cum suis pertinentiis, Castel-
„ lum de Turricella, Castellum Pla-
„ nati, tertia pars de Castello Linari,
„ Castellum, qui vocatur Sparpaglia
„ cum pertinentiis suis. In *Comita-*
„ *tu Tremulano* Ecclesiam Sancti Pau-
„ li cum podio, & Ecclesiam San-
„ cti Nicolai, & aliam Ecclesiam
„ Sancti Nicolai, cum pertinentiis
„ earum, Ecclesiam Sancti Johannis
„ de Montenigro cum pertinentiis
„ suis, & Ecclesiam Sancti Silvestri
„ de Terramala, Ecclesiam Sancti
„ Leotherii cum suis pertinentiis,
„ Castellum Guillionisii, & in eius
„ territorio Ecclesiam Sancti Nico-
„ lai, Ecclesiam Sanctae Luciae,
„ & Ecclesiam Sancti Viti de Val-
„ lesurda, & aliam Ecclesiam Sancti
„ Viti de Biserno, cum omnibus
„ pertinentiis suis, Castellum de Ve-
„ trana, Ecclesiam Sanctae Mariae
„ in Arcora, Castellum de Campo
„ Abbattsie, & Ecclesiam Sancti
„ Quirici cum omnibus eorum per-
„ tinentiis. In *Principatu Beneventa-*
„ *no* Ecclesiam Sanctae Luciae, San-
„ cti Martini, Sancti Nicolai, Sancti
„ Johannis, Sanctae Mariae in Corne-
„ to, & Sancti Nicolai de Sapione,
„ cum omnibus earum pertinentiis,
„ Castellum de Tora, Castellum de
„ Petraficta, cum omnibus eorum
„ pertinentiis, Ecclesiam Sancti An-
„ dreae cum suis pertinentiis, Ec-
„ clesiam Sancti Petri in Puliano,
„ Civitatem de Mari, Castellum de
„ Vena de Causa, cum omnibus eo-
„ rum pertinentiis. In *territorio Ri-*
„ *pae altae* Ecclesiam Sancti Johan-
„ nis, Sancti Angeli, Sancti Pauli,
„ & Sancti Laurentii, cum omnibus
„ earum pertinentiis. In *territorio*
„ *Lytere* Ecclesiam Sanctae Crucis,

X   „ San-

Sanctae Mariae, & Sancti Antonii, & Sancti Andreae, cum suis pertinentiis. In *territorio Civitatis* Ecclesiam Sanctae Felicitatis, & Sancti Simeonis cum omnibus pertinentiis. Et in *territorio Castelli Serrae* Ecclesiam Sancti Johannis cum pertinentiis suis. In *territorio Tragonariae* Ecclesiam Sancti Angeli cum omnibus pertinentiis suis. In *territorio Deniae* Ecclesiam Sanctae Mariae de Mari cum pertinentiis suis, Ecclesiam Sancti Angeli de Rocca, Ecclesiam Sancti Nicolai de Lauris, & aliam Ecclesiam Sancti Nicolai de Gregorio cum omnibus pertinentiis suis. In *territorio Montis Sancti Angeli de Gargano* Ecclesiam Sanctae Mariae de Galana cum omnibus pertinentiis suis. In *territorio Transaq.* Ecclesiam Sancti Blasii cum omnibus pertinentiis suis, Sanctae Mariae de Calenella. In *Civitate * Bestiae* Ecclesiam Sancti Johannis foris ipsam Civitatem, Ecclesiam Sancti Jacobi, Sancti Laurentii, Sanctae Teclae, cum omnibus possessionibus earum. In *Civitate Trojana* Ecclesiam Sancti Vincentii cum omnibus pertinentiis suis. Chrisma verò, Oleum sanctum, Consecrationes Ecclesiarum, seu Altarium, Ordinationes Monachorum, seu Clericorum, qui ad Sacros Ordines fuerint promovendi, a quo volueritis, suscipiatis Episcopo, si quidem Catholicus fuerit, & gratiam atque communionem Apostolicae Sedis habuerit, & ea gratia, & absque ulla pravitate vobis voluerint exhibere. Obeunte verò te nunc ejusdem loci Abbatem, vel tuorum quolibet successorum, nullus ibi qualibet subreptionis astutia seu violentia proponatur, nisi quem Fratres communi consensu, vel Fratrum pars consilii sanioris secundùm Deum, & beati Benedicti Regulam, previderit eligendum. Electus autem ad Romanum Pontificem consecrandus accedat. Sciens autem Locum ipsum Apostolicae nostrae Sedi ita esse speciale ac proprium, ut nullus Archiepiscopus, Abbas, Dux, Marchio, Comes, Vicecomes, Castaldus, vel alia quaelibet magna, parvaque persona praeter eum sibi in eodem loco usurpet quolibet dominium vel aliquam molestiam eidem Monasterio; decernimus ergo, ut nulli omnino hominum liceat prefatum Monasterium temere perturbare, aut ejus possessiones auferre, vel ablatas retinere, minuere, seu quibuslibet vexationibus perturbare, sed illibata omnia integra conserventur eorum, per quorum gubernationem ac substentationem concessa sunt, usibus omnimodis profutura, salvà Sedis Apostolicae auctoritate. Si qua Igitur in futurum Ecclesiastica, Secularisve persona hanc nostrae Constitutionis paginam sciens, contra ea temere venire temptaverit, secundo tertiove commonita, nisi reatum suum dignà satisfactione correxerit, potestatis, honorisque sui dignitate careat, reamque se divino judicio existere de perpetrata iniquitate cognoscat, & a sacratissimo Corpore ac Sanguine Dei & Domini Redemptoris nostri Jesu Christi aliena fiet, atque ita in extremo examine districtae ultioni subjaceat. Cunctis autem eidem Loco sua jura servantibus sit pax Domini nostri Jesu Christi, quatenus & hic fructum bonae actionis

„ nis percipiat, & apud districtum
„ Judicem praemia aeternae pacis in-
„ veniat. Amen.

„ Ego *Alexander Catholicae Eccle-*
„ *siae Episcopus* subscripsi.

„ Ego Hubaldus Hostiensis Epi-
„ scopus subscripsi.

„ Ego Bernardus Portuensis, &
„ Sanctae Rufinae Episcopus sub-
„ scripsi.

„ Ego Johannes Presbiter Cardi-
„ nalis Sanctorum Johannis & Pauli
„ titulo Pomachii subscripsi.

„ Ego Gulielmus Presbyter Cardi-
„ nalis tituli Sancti Petri ad Vincu-
„ la subscripsi.

„ Ego Boso Presbiter Cardinalis
„ Sanctae Pudentianae titulo Pasto-
„ ris subscripsi.

„ Ego Petrus Presbiter Cardinalis
„ tituli Sancti Laurentii in Damaso
„ subscripsi.

„ Ego Ardicio Diaconus Cardina-
„ lis Sancti Theodori subscripsi.

„ Ego Cintius Diaconus Cardina-
„ lis Sancti Adriani subscripsi.

„ Ego Ugo Diaconus Cardinalis
„ Sancti Eustasii juxta Templum A-
„ grippae, subscripsi.

„ Ego Vitellius Diaconus Cardi-
„ nalis Sanctorum Sergii & Bacchi
„ subscripsi.

„ Ego Petrus de Bono Diaconus
„ Cardinalis Sanctae Mariae in Aqui-
„ rio subscripsi.

„ Datum Tusculani per manus
„ Gratiani Sanctae Romanae Eccle-
„ siae Subdiaconi & Notarii, VIII.
„ Kalendas Augusti, Indictione V.
„ Incarnationis Dominicae Anno Do-
„ mini Millesimo Centesimo Septua-
„ gesimo Primo, Pontificatus vero
„ Domini * Alexandri Papae III. An-
„ no Tertiodecimo.

„ Cujus Privilegium vidimus, le-
„ gimusque de verbo ad verbum, &
„ inspeximus diligenter non rasum,
„ non abolitum, nec cancellatum,
„ nec in sui parte vitiatum aliqua,
„ sive suspectum, ymo penitus om-
„ ni suspitione carebat: atque bulla-
„ tum bulla plumbea pendenti cum
„ filo serico, rubeo videlicet atque
„ zallo, in qua bulla ab uno latere
„ sculte erant Apostolorum ymagi-
„ nes, videlicet Petri & Pauli, cum
„ quodam in medio ipsorum sculte
„ similiter signo Crucis, & desuper
„ similiter sculta erant ipsorum no-
„ mina, dicendo SANCTVS PE-
„ TRVS; SANCTVS PAVLVS:
„ ab alio vero latere similiter scul-
„ tum erat nomen ipsius Summi
„ Pontificis, more Romanae anti-
„ quitatis. Quod praedictum Privi-
„ legium bullatum, ut supra, ad
„ instantiam & ad requisitionem di-
„ cti Abbatis Raymundi Privilegium
„ praedictum, nullo in ipso addito
„ vel detracto vel mutato, autenti-
„ cavimus, transumptavimus, & in
„ presentem formam publicam rede-
„ gimus ad cautelam antedicti Mo-
„ nasterii & presati Domini Cardi-
„ nalis Gubernatoris & legitimi Ad-
„ ministratoris predicti Monasterii de
„ Insula Tremitarum. Post cujus
„ quidem Privilegii ostensionem, &
„ lectionem, & pro cautela princi-
„ palis Monasterii supradicti, & a-
„ liorum Monasteriorum, Locorum,
„ Ecclesiarum, & Grangiarum eju-
„ sdem Monasterii principalis, pu-
„ plicam transumptam autenticam,
„ & in hac puplicam formam rede-
„ gimus, & ad predictam autem fu-
„ turam memoriam, & omnium,
„ quorum interest & poterit interes-
„ se, certitudinem atque cautelam,
„ presens transumptum & autenti-
„ cum puplicum Instrumentum fa-
„ ctum est exinde, ut prefertur, ad

,, requisitionem dicti venerabilis viri
,, Abbatis Raymundi, Vicarii & Pro-
,, curatoris dicti Domini Cardinalis
,, Barensis, ut supra, per manus mei
,, Notarii infrascripti, puplici Apo-
,, stolici & Imperiali auctoritate No-
,, tarius, meo solito sigillo signatum,
,, cum decreto & subscriptione pro-
,, priae manus dicti Reverendi in
,, Christo Patris & Domini, Domi-
,, ni Bartholomei, Dei & Apostoli-
,, cae Sedis gratiâ Episcopi Valven-
,, sis roboratum. Et ego predictus
,, subscriptus Notarius, quia officium
,, meum proprium est, & illum ne-
,, mini denegare possum nec debeo,
,, praescriptum Privilegium transum-
,, ptavi, exemplavi, autenticavi, &
,, reddegi in formam presentis pu-
,, blici Instrumenti de verbo ad ver-
,, bum, nil in eo addito, subtracto
,, vel mutato, quod sensum mutet,
,, aut viriet intellectum, interve-
,, nientibus & interpositis in hiis
,, omnibus, & singulis sollepniter de-
,, decreto & mandato ac subscriptio-
,, ne praefati Domini Episcopi, se-
,, dente, ut praedicitur, pro tribu-

,, nali cum sua Curia, supradicta
,, decernente, presenti translumpto
,, ubilibet dandun fidem, una cum
,, appositione Sigilli Pontificalis di-
,, cti Domini Episcopi Valvanensis.
,, Acta sunt haec videlicet in
,, praedicto Episcopali nostro Pala-
,, tio, ubi personaliter residemus,
,, Anno, Mense, Die, & Indictio-
,, ne, quibus supra, presentibus ho-
,, norabilibus & discretis Viris Do-
,, mino Antonio de Petrinis de Toc-
,, co, Artium & Medicinae Docto-
,, rem, Dompno Petro Laurentii de
,, Tocco Canonico Sulmontino, Do-
,, mini Valvensis Episcopi in spiri-
,, tualibus Vicario generali, Domp-
,, no Johanni de Tocco similiter
,, Sulmonensi Canonico, Onufrio de
,, Spallettis de Sulmona, Dompno
,, Nicolao Todini de Bungiania,
,, Gentilis Petrutii Nalli de Tocco,
,, Diacono Johanni de Giffo, Mutio
,, Cuti de Porta de Sulmona, testi-
,, bus ad praemissa &c.
,, Ego *Bartholomaeus Episcopus Val-*
,, *vensis* meia manu.

Innocentii III. Papae Bulla, qua Odoni Abbati Monasterii Sancti
Johannis in Venere Lancianensis Dioecesis vetera jura ac
privilegia confirmat, Anno 1204.

,, **I**Nnocentius *Episcopus*, servus ser-
,, vorum Dei. Dilectis filiis O-
,, *doni Abbati Monasterii Sancti Johan-*
,, *nis in Venere*, ejusque Fratribus
,, tam presentibus quam futuris sa-
,, lutem & Apostolicam benedictio-
,, nem in perpetuum. *Vox clamantis*
,, *in deserto: parate viam Domino Re-*
,, *ctas facite semitas Dei nostri*, mo-
,, net nos etiam rectitudinis ingre-
,, di . . . . quoniam fortitudo sim-
,, plici via Domini. Recta ergo pe-

,, tentibus non est denegandus audi-
,, tus, quia servorum Dei quieti pro
,, nostro est officio providere, quate-
,, nus a secularibus tumultribus libe-
,, ri in via Domini simplicibus ani-
,, mis fortiter praevaleant ambulare.
,, Ea propter, dilecti in Domino fi-
,, lii, vestris justis postulationibus
,, clementer annuimus, & prefa-
,, tum *Monasterium quod ad honorem*
,, *Sanctae Dei Genitricis & Virginis*
,, *Mariae, Sanctique Johannis Legis-*
     ,, *fue*

...que constructum esse dignoscitur, ad exemplar felicis recordationis *Papae Victoris, Nicolai, Urbani, & Alexandri praedecessorum nostrorum, Romanorum Pontificum*, sub beati Petri & nostra protectione suscipimus, & presentis scripti privilegio communimus. In primis siquidem statuentes, ut Ordo Monasticus, qui secundum Deum & beati Benedicti Regulam in eodem loco institutus esse dignoscitur, perpetuis ibidem temporibus inviolabiliter observetur. Praeterea quaescumque possessiones, quaecumque bona idem Monasterium in presentiarum juste & canonice possidet, aut in futurum concessione Pontificum, largitione Regum vel Principum, oblatione fidelium, seu aliis justis modis, praestante Domino, poterit adipisci, firma vobis, vestrisque successoribus & illibata permaneant, in quibus haec propriis* duximum exprimenda vocabulis; Locum ipsum, in quo praefatum Monasterium situm est cum omnibus pertinentiis suis: possessiones & alia omnia, quae in Theatino, Pinnensi, Aprutinensi, Firmanensi, & Termulanensi, Comitatibus obtinetis. In *Comitatu Theatino* has Cellas, videlicet Sancti Johannis in Malotraverso, Sancti Zaccariae, Sancti Benedicti, Sancti Romani, Sancti Severini, Sanctae Mariae ad Capellam serus Ortonam, Sancti Pauli, & Sancti Petri cum Burgo ex altera ejus Ecclesias Sancti Georgii, Sancti Philippi de Palatio, Sancti Angeli cum tertia parte Portus Otonae, Sanctae Mariae juxta rivum, qui dicitur Crucis. In *Corte Antonina* Sanctorum Martyrum Legontiani, & Domitiani cum mille

modiis terrae juxta se. In *Corte de Arrrame* Sancti Calisti Sanctarum Virginum Annae, & Petronillae, Sancti Ambrosii, Sancti Martini, Sancti Stephani ad Collem. In *Gipsis* Sanctae Crucis cum duodecim Mansatis hominum, Sancti ..... intra Oppidum septem .... Sancti Nicolai, Cellas Sancti Johannis in Rocca cum Oppido suo, Sancti ..... cum Oppido suo, Sancti Germani, Sancti Eusanii cum Castello suo, Sancti Apollinaris cum Castello suo, Sancti Nicolai cum Castello suo, Sancti Viri, Sanctae Mariae in Callaria cum Castello suo, Sanctae Mariae in Cripta Ferrinea, Sanctae Mariae de Trillio cum Castellis suis, Sancti Angeli in Pischo, Sancti Angeli Ocrubae cum Oppido suo, Sancti Marci, Sancti Quirici, Sanctae Luciae in Argellis, Sancti Pantaleonis, Sanctae Crucis cum Oppido in Velar...... Sancti Ansuani, Sancti Johannis in Ragio, Sancti Pauli in Piscaria cum Oppido suo, Sancti Laurentii in Piscaria cum parte portus de Transverso ejusdem fluminis, & quartae partis ejusdem, Sancti Nicolai cum Oppido Sangro, Sancti Cantiani cum Castello Pallito, Sancti Martini de filiis Theobaldi, Sancti Petri in Bammerio cum Serra sua & Cellis videlicet Sancti Bartholomei de Vicenda, Sancti Blasii de Montenigro, Sancti Nicolai de Plazzao; & Ecclesiae Sanctae Agatae, Sancti Pancrarii, Sancti Justini de Casule, Sancti Petri in Ormo, Sancti Linari cum Castello suo, Sancti Petri cum Castello Rosse, Sancti Petri in Parlasi. Sanctae Mariae in Villa, Sanctae Mariae in Ge-

„ Geramo, Sancti Pauli, Sanctae
„ Mariae de Rosa, Sancti Quirici
„ in Rivo Plano, Sanctae Mariae
„ in Basilica, & Sancti Petri in
„ Portula. Oppida verò haec, Fos-
„ samcaecam, Castellummuratum,
„ Roccam de Salanis Girli, Pater-
„ num, Lentiscum, Montem Octa-
„ viani, Guastameroli, Portula Ne-
„ canica, Castellum versus Valenia-
„ num, Petomurum, Sacellam, Ca-
„ stellionam, Guastum Aimonis, Tur-
„ ricellam, medietatem Collis Mar-
„ tini, Illicem, Pinnam, Gipsum.....
„ & Storciosam, Casale Sancti Be-
„ nedicti, Morum, Rivum Petri, &
„ Pescoli. In *Comitatu Pennensi* Cel-
„ las Sanctae Mariae in Frisano,
„ Sanctae Mariae in Ponsano cum
„ Castello Casavetre, Sancti Michae-
„ lis in Bocaceto cum Serra & Cel-
„ tis suis, & Serra de Sacarico, Sancti
„ Michaelis in fine cum Serra & po-
„ dio suo, & Sancti Petri in Campo
„ Rotundo, Sanctae Mariae in Lopia-
„ no cum podio suo, Sancti Johannis
„ in Rivo Sonelli, Sancti Johannis
„ in Aquaviva cum Casali suo, San-
„ cti Pelini, Sancti Johannis ad
„ Poncillum, Sancti Antimi, Sanctae
„ Mariae in Rigulo, Sancti Salvato-
„ ris in Rivoturbido, Sanctae Ma-
„ riae in Villa, Sancti Nicolai in
„ Planura, Sancti Laurentii juxta
„ Gomanam, & Sancti Johannis ad
„ Casamcombustum; Castellum ad
„ mare.......foveam, Cosen-
„ zam, Montemsilvanum, Civitatem
„ Sancti Angeli, Ilicem Sanctae Cru-
„ cis, Casamlarici, Ilicem Titilla-
„ nam, Tesorum Sciorantem, Mon-
„ tem Galterii, Mortulam, Spartu-
„ lanum, Villamassetam, Roserum,
„ Avizoum, Romelisi.........
„ Mictillanum, Casule, Murumal-
„ tum, Castellum Vecchii, Montem-

„ pictum. & Ecclesiam Sancti Joan-
„ nis de filiis Tribuni. In *Comitatu*
„ *Aprutiensi* Cellam Sancti Joannis in
„ Gomano cum Castello suo, Cer-
„ rumbisureum, Ecclesiam Sancti
„ Caesarii, Sancti Donati in Salivo
„ cum Castello Palmae, & Sancti
„ Stephani juxta Ecclesiam Sancti
„ Angeli, Montem Pagani,, & Ca-
„ sale Sancti Martini in Gomano,
„ Gratianum, Ripam filiorum Mo-
„ relli, Curtem de Padone, Anno-
„ tarum, Curtem totam de Bacel-
„ liano, tertiam partem Curtis de
„ Semproniano. In *Comitatu Firma-*
„ *nensi* Cellam Sancti Petri cum Ca-
„ stello Paterno, Materone, Mon-
„ temboranium, Castellum Nodella-
„ riscum, Caprillium Colmani, Ec-
„ clesiam Sancti Pastoris. In *Comi-*
„ *tatu Asculano* totam Curtem de Sal-
„ ciano. In *Comitatu Camerino* terras
„ cum suis cultoribus, in Curte San-
„ cti Palumbi, mediam Curtem de
„ Caseliano, quartam partem Cur-
„ tis de......... In *Comitatu*
„ *Termulanensi* Cellas Sancti Marti-
„ ni, Sanctae Mariae in Coronula
„ cum Castello de Olivastro, & Ec-
„ clesias Sancti Januarii, Sancti Vi-
„ ctorini, Sancti Laurentii, seutam
„ partem proventuum Ecclesiae San-
„ cti Salvatoris: *apud Lisinam* Cel-
„ lam Sancti Archangeli......
„ *suburbia Ferrariae* Cellam Sancti
„ Nicolai. In *Civitate Ravennae* Ec-
„ clesiam Sanctae Mariae ad muram
„ tugliatam. In *Principatu Beneven-*
„ *tanensi* Ecclesias Sanctae Mariae,
„ & Sancti Johannis in Martio, Ec-
„ clesiam Sancti Anastasii. In *Civi-*
„ *tate* ...... *In Dalmatia apud*
„ *Belpradum* Cellam Sancti Thomae:
„ similiter etiam thelonium mercato-
„ rum & pontium, decimasque &
„ oblationes mortuorum, rebus om-
„ ni-

„ nibus. Chrisma verò, Clericorum
„ ordinationem, & Monachorum, ce-
„ terorumque, qui sunt ad sacros
„ Ordines promovendi, a quocumque
„ volueritis Catholico recipiatis Epi-
„ scopo. Intra totius Abbatiae nul-
„ lus Episcopus, nisi a te invitatus,
„ Synodum audeat celebrare, vel
„ Clericos constringere, ut intelligas
„ curam sane ad tuam sollicitudinem
„ pertinere specialiter tibi ab Apo-
„ stolica Sede indultam. Obeunti ve-
„ rò te nunc ejusdem loci Abbate,
„ vel tuorum quolibet successorum,
„ nullus ibi qualibet successione, a-
„ stutia vel violentia praeponatur,
„ nisi quem Fratres communi con-
„ sensu, vel Fratrum pars consilii
„ sanioris secundùm Dei & beati
„ Benedicti Regulam providerint eli-
„ gendum. Electus autem ad Ro-
„ manum Pontificem benedicendus
„ accedat. Vos autem, filii, opor-

„ tet collatam vobis gratiam in om-
„ nibus custodire, & tantis Sedis A-
„ postolicae dignis operibus benefi-
„ ciis respondere, ne libertate hac in
„ occasione carnis & velamine mali-
„ tiae abutamini, sed quanto a se-
„ cularibus tumultibus liberiores e-
„ stis, tantò amplius placere Deo to-
„ tis mentis & animi virtutibus pro-
„ curetis. Decernimus ergo, ut nul-
„ li omnino hominum liceat praefa-
„ tum Monasterium temere pertur-
„ bare, aut ejus possessiones auferre,
„ vel ablatas retinere, minuere, seu
„ quibuslibet vexationibus fatigare,
„ sed omnia illibata & integra con-
„ serventur eorum, pro quorum gu-
„ bernatione ac sustentatione conces-
„ sa sunt, usibus omnimode profu-
„ tura, salvâ Sedis Apostolicae au-
„ ctoritate. Si quis autem in futu-
„ rum Ecclesiastica, Secularisve per-
„ sona &c. (*)

Ego Innocentius Catholicae Sedis Episcopus.

„ ✠ Ego Stegas Ecclesiae Sanctae Caeciliae Presbiter
  Cardinalis.
„ ✠ Ego Jordanus Sanctae Pudentianae titulo Pastoris Pre-
  sbiter Cardinalis.
„ ✠ Ego Gregorius Presbiter Cardinalis Sancti Martial
  titulo . . . .
„ ✠ Ego Johannes titulo Sanctae Priscae Presbiter Car-
  dinalis.
„ ✠ Ego Censius Sanctorum Joannis & Pauli Presbiter
  Cardinalis titulo Sancti Pamachii.
                                  „ ✠ Ego

(*) uti supra in Bulla Alexandri III. Papae.

„ ✠ Ego GG. titulo Sancti Vitalis Presbiter Cardinalis.
„ ✠ Ego Benedictus titulo Sanctae Susannae Presbiter Car-
        dinalis.
„ ✠ Ego Octavianus Hostiensis, & Melfi . . . . Epi-
        scopus.
„ ✠ Ego Petrus Portuensis, & Sanctae Justinae Episcopus.
„ ✠ Ego Joannes Albanensis Episcopus.
„ ✠ Ego Gratianus Sanctorum Cosmae & Damiani Dia-
        conus Cardinalis.
„ ✠ Ego Gregorius Sancti Georgii ad Velum aureum Dia-
        conus Cardinalis.
„ ✠ Ego Virgilius Sancti Eustasii Diaconus Cardinalis.
„ ✠ Ego Matthaeus Sancti Theodori Diaconus Cardinalis.
„ ✠ Ego Joannes Sanctae Mariae in Cosmedia Diaconus
        Cardinalis.

„ Datum Romae apud Sanctum Petrum per manus Johannis Sanctae Romanae
„ Ecclesiae Subdiaconi & Notarii, IV. Nonas Decembris, Indictione VIII.
„ Incarnationis Dominicae Anno MCCIV. Pontificatus verò Domini In-
„ nocentii Papae III. Anno Septimo.

Ad ista accedat Diploma Conradi I. Augusti, cujus apographum in Hospitali domo Sanctae Mariae Senensis vidit, & ad me descriptum misit, dum viveret, Cl. Vir Hubertus Benvoglientus Patricius Senensis, cujus eruditionem, subactum judicium, ac humanitatem, cum aliis in locis commemoravi, tum heic depraedicare dulce mihi est. Agitur ibi de *Monasterii Sancti Salvatoris* constructio in *Monte Amiate* Dioecesis Clusinae. Ejus fundationem Ughellius Ital. Sacr. Tom. III. in Clusin. Episcop. retulit, factam a Ratchiso Langobardorum Rege, sed fabulis scatentem. Addidit etiam ejusdem Ratchisi Diploma, minime animadvertens patentia signa foetus omnino spurii. Quippe datum dicitur *Anno Incarnationis Dominicae* DCCXLII. *Indictione X. Anno Ratchis Regis Tertio*, quum Ratchis Anno duntaxat DCCXLIV. Liutprando Regi successerit, neque *Annus Tertius* illius cum *Indictione Decima* concur-

rat, neque Langobardis Regibus mos fuerit Monogramma, & Epocham Dionysianam, sive vulgarem Annorum Christi, in suis Chartis adhibere. Mitto *Marchionum* nomen, tunc nondum natum, ibi occurrere: & subscribere *Witchingum Archicancellarium ad vicem Ledemari Archicapellani*, quod alienum prorsus agnoscas à Cancellaria Regum Langobardorum, immo ridiculum est; neque enim *Archicancellarius ad vicem* alterius signare Chartas consuevit. Mitto & alia. Neque Ratchis Rex, sed Liutprando regnante *Gregorias armipotens & robustissimus Dux Langobardus ejus aulae moenia à fundamentis dicavit*, ut habent versiculi quidam rudes & barbari, quos Ughellius ipse produxit. Verùm non insueta sunt ejusmodi figmenta. Vide Dissertationem XXXIV. *de Diplomatis*, & LXX. *de Immunitat. Clericorum*. Succedat itaque nunc Diploma, quod nuper pollicitus fui, unde constabit, quot Cellis, aliisque
        juribus

juribus fruebatur olim Amiatinum Cœnobium. Atque hæc ad Historiam Monasticam Italiae aliquando inlustrandam usui erunt, ad quam rite pertractandam multa defecere diligentiam celeberrimi Mabillonii; atque optandum erat, ut hoc munere functus fuisset ad Italiae laudem Ingenium felix, & omnigena eruditio P. D. Angeli Mariae Quirini Mo-nachi Benedictini, nunc sanctae Romanae Ecclesiae Cardinalis amplissimi, & Episcopi Brixiani, qui hujus laboris specimen illustre dedit, ac majora sperare nos fecit. Nullus enim inter Eruditos ignorat, quantum Historiae Ecclesiasticae & Seculari Medii Aevi conducere possit Monastica eorum temporum Historia.

Conradi Augusti I. Diploma, quo omnia jura ac bona confirmat Gui-nizoni Abbati Monasterii Sancti Salvatoris in Amia-te Clusinae Dioecesis, Anno 1027.

IN nomine Sanctae & Individuae Trinitatis. Cunradus divina favente clementia Imperator Augustus. Dignum est, ut qui prudenter Dei obsequia ordinare procurant, & hoc ad stabilitatem cæstram, corroboratione confirmare mas exposcant, ut tanto libentius obediant, quanto Deo placita intelligimus, & prudentia Deo præeunte bono studio ad effectum perducere procuraverimus. Igitur omnium fidelium sanctae Dei Ecclesiae ac nostrorum, presentium scilicet & futurorum, compererit solertia, quia dam nos dilecto fideli nostro Guinizoni Abbati Cœnobii Domini & Salvatoris in Monte Amiate constructam ad regendam commiserimus, & ibidem neglecta Dei obsequia, & procurationem Deo ibidem famulantium, Predecessorum suorum inscitia, multis modis reperisset, studiosus decertavit Congregationem Monachorum Deo ibidem servientium regulariter corrigere, & solummodo divinis obsequiis deditos . . . . . ad sufficientiam suorum largiremus, quatenus Prælati jam fati Monasterii Domini Salvatoris, qui per tempora fuerint, ac successores illius Abbates vel Prepositi cum subjectis Monachis, victum ibidem Deo servientium in futu-rum sufficienter habere mereantur. Ob amorem Dei, remediumque animae nostrae, ac successorum nostrorum regum aut Imperatorum, conferimus eis ad sufficientiam suorum Cellam Sancti Benedicti in Bucina, Curtem & Plebem Sanctae Mariae in Larnule, Curtem Sancti Stephani in Monticulo cum Castro Montelaterone, Curtem de Mastra cum Castro Montenigro, Curtem de Luriciana, cum Castro Montepresentulo, fuit Ubertus ad manum suam detinuit, Curtem Sancti Miniati, Curtem Sancti Cyrici in Piscinule, & Sancti Simeonis, & Sancti Peregrini, & Curtem Sanctae Mariae de Offena cum Recia, quae vocatur Sanine, Curtem de Palea, & Sancti Sebastiani, Curtem Sancti Stephani in Tutena, Curtem Sancti Clementis in Tirimiano cum servis; & apparitores, Curtem de Massona cum terra de Redula majore & minore, & Ritena, & Cauneto, & Herminula, medietatem de Corte Sancti Lazari cum sua Ecclesia, Curtem de Ferroniano, Curtem de Citiliano, & Curtem Sancti Salvatoris in Figogniano, Curtem Sancti Severi super Latum, & Curticellam de Bisento, Curtem Sancti Johannis in Vassiano, & Sancti Saturnini, Curtem San-

...i Columbani, & Curtem Sancti Salvatoris in Villa Racana. Cellam Sanctæ Marie in Valeriano, *Curticella* in *Cartarale cum terra & vinea, quæ est prope fluvio Varano, Curtem Sancti Salvatoris in Compagnatica, Curtem Sancti Petri in Cervaria, & Curtem Sancti Stephani in Viniano, Curtem Sancti Severi in Paterna cum Campo Albiniano, Curticella, quæ nominatur Crostule, & Curticella in Cursiniano cum omnibus pertinentiis & adjacentiis suis.* Cellam Sancti Petri in Latera, & Cellam Sancti Petri in Garmarita cum Sancto Anastasia. Cellam Sancti Savini & Sanctæ Restitutæ, & Sancti Petri, & Sancti Stephani in Terquino. Cellam Sanctæ Marie in Cornaita *per locas designatas. De una parte ripa cum Petra, quæ divisa est a ripa. De alia parte via publica, quæ venit per portam, & terra Azenis filii Benzi cum suis consortibus. De quarta vero parte est terra filii Aloais. Ea videlicet ratione, ut ab hac in futurum predicta sancta Congregata bis omnibus denominatis Cellulis & Curtibus cum suis omnibus pertinentiis & adjacentiis, tantummodo suis utilitatibus habentes, victum vestitumque regulariter fomentos ab ulla dilatione, solummodo divinis die noctuque persistant obsequiis, ac pro stabilitate totius Imperii nobis a Deo commissi studeant e-*xorare. Sed quod bono studio, bonaque voluntate fecimus, perpetuam habeat stabilitatem, petiit pietatem nostram, ut eandem ordinationem nostra confirmaremus conscriptione, sicut & fecimus. Denique etiam concedimus predicto Monasterio omnes Decimas, freda, & iudiciaria, vel omnem compositionem & exhibitionem publicam ex omnibus manentibus desuper memoratis Cellulis & Curtibus ob remedium anime nostre, successorumque nostrorum Regum vel Imperatorum, qui per tempora fuerint, ad partem ipsius Monasterii conferendam semper ad alios peregrinorum sustendendos in alimoniam & augmentam anime nostre propter assensiones malorum ac pravorum hominum, qui sufferre minime sustentare potuerant. Quapropter eidem sancto Loco hoc nostrum preceptum fieri jussimus, per quod precipimus, ut ab hac in futurum eadem sancta Congregatio cum omni quietudine absque ulla publice repetito, ac Rectoris loci ipsius subtracta easdem Cellulas & Curtes in suis utilitatibus et necessitatibus habeant, & ordinent, faciant, & disponant, quatenus exinde sufficientiam habentes in divinis obsequiis, & nobis rerum famulatio perficiat sempiternale remedium. Si qua vero, quod futurum minime credimus, magna parvaque persona contra hoc nostrum &c.*

Signum Domni Conradi  Invictissimi Imperatoris Augusti.

Hugo Cancellarius vice Domini Aribonis Archiepiscopi & Archicancellarii recognovit.

Data Anno Dominicæ Incarnationis MXXVII. *Regni verò Domni Conradi Secundi Regnantis III. Imperii ejus Primo, Indictione X.*

Data in Civitate Lemiana, Nonis Aprilis.

Alte-

Alterum ejusdem Conradi Diploma, datum Anno MXXXVI. eidem Guinizoni Abbati prodoxit Ughellius. Tertium Henrici Sancti Regis, ac postea Imperatoris, ego dabo in Dissertatione LXXII. *de Caussis imminut. olim Ecclesiast. potest.* Atque haec de *Callis & Ecclesiis* ad singula ferme Coenobia olim pertinentibus. Nunc alterum mihi memorandum est: videlicet antiquis temporibus inventum fuisse morem, ut praestantiora, sive ut ajebant, *fortia Monasteria* quibuscumque possent minoribus Monasteriis dominarentur. Quod duobus modis contigit. Aut enim sponte ejusmodi minora Monasteria sese subjiciebant majoribus, aut potestate aliqua legitima aut illegitima cogente, jugum subibant. Ad primum quod attinet, nulla dubitatio est, quia Monasteria olim, quo plures nutriebant Monachos, & Regularis observantiae studio fervebant, eo ampliora Privilegia a Regibus impetrarint. Celeberrima hoc titulo antiquioribus Saeculis fuere in Gallia Lirinense, Agaunense, & Luxoviense. Et Aistulphus Langobardorum Rex in Lege X. inter Leges Langobardor. id innuit, majori favore ea Monasteria prosequutus, quorum Abbas talis sit, *qui per Regulam secundum Deum vivat, & sibi subjectos Monachos usque sexaginta & amplius habeat, qui cum eo regulariter vivant.* Vulturnense Monachos quingentos, longe plures Nonantulanum aluisse feruntur. Duplici ergo de causa Monachi in Monasteriis exilibus aut mediocribus degentes, pinguiorum ditioni sese committebant, sive quod ea ratione commoda sibi fiebant illu stria ac ditissima Monasteril, cui se tradebant, Privilegia; sive quod apud se invectam aut restitutam cupiebant

Monasticam disciplinam, quae uti nostris temporibus, ita quoque vetustis, diligentius observabatur in majoribus Monachorum coetibus, quam in minoribus. Ad haec Majoribus interdum Monasteriis Minora subjiciebantur ab illorum piis Conditoribus, ut potentiori patrocinio contra improbos sacrorum raptores fruerentur. Prostat in Bullario Margarini Bullae ac Diplomata, & in Chronico Casinensi monumenta varia, quae fidem faciunt, celeberrimo Casinensi Coenobio subfuisse complura alia Monasteria. Ex iis vero minoribus Monasteriis nudum tantummodo nomen nunc superest in Chartis, at nullum in locis vestigium. Petro Diacono teste Lib. 4. Cap. 18. ejusdem Chronici Casinensis Odorisius Abbas, sive pro eo Georgius Monachus, *in praesentia Henrici IV. Imperatoris, & Henrici V. filii ejus, & Mathildae Comitissae proclamationem fecit de possessionibus Coenobii Casinensis apud Liguriam positis:* quod sane mirum, immo falsum mihi videtur, qovem ausquam legerim, Mathildem Comitissam conventum ullum temporibus iis Instituisse eam Henrico inter Reges Quarto, inimico Ecclesiae & suo, quem a communione Fidelium Romani Pontifices dudum ante excluserant. Proclamationem, inquam, fecisse traditur *de Monasterio Sancti Benedicti in Perficeta territorio Mu - nensi. De Monasterio Sanctae Mariae in Lauratiaco. De Monasterio Sancti Dammni in Curte Argellae. De Monasterio Sancti Jobannis in Frassenetule. De Monasterio Sancti Martini prope Castrum Unciola. De Monasterio Sancti Salvatoris in Pontelongo cum tota ejus eadem Curte per Comitatum Mutinensefore.* Nu rudera quidem supersunt ejusmodi Monasteriorum. Neque tantùm in continenti Italiae, sed & in Gallia, in Dalmatia, atque in Insulis erant Casinensi Monasterio alia subjecta. Inter cetera verò commemorat idem Leo Lib. 3. Cap. 25. & seq. Barasonem in Sardinia Regem circiter Annum Christi MLXII. Moraches a Casinensi Abbate Desiderio expetiisse ad fundandum in Sardinia Monasterium, Casinensi addicendum. Quod & biennio post factum est. Alterum quoque per ea tempore aedificavit Torkitorius alter Sardiniae Rex, illudque per *Chartam* beato Benedicto contribuit. Hoc mihi revocat in mentem per consilium alterius Barasonis in Sardinia Regis, illius nempe, cujus multa est mentio in Annalib. Genuensib. Caffari, in Pisanis, aliisque Historiis; & multa ego quoque disserui in Dissert. V. *de Ducibus*, & in Dissert. XXXII. *de Origine Linguae Ital.* Nam & ipse Monasterium aedificandum curavit, & Casinensi subjecit, ut subsequens Charta indicabit, ex ejusdem insignis Coenobii Tabulario descripta.

Barasonis in Sardinia Regis Diploma, quo Ecclesiam Sancti Nicolai de Gurgo donat Monasterio Montis Casini, ut ibi statuatur novum Monasterium, Anno 1182.

IN *nomine Patris & Filii & Spiritus Sancti, Amen. Peccatorum pondere praegravatis principale reperitur remedium, ut temporalem substantiam Christi pauperibus erogare studeamus,* Domino ipso dicente: Date eleemosynam, & ecce omnia munda sunt vobis. Et iterum: Facite vobis amicos de mammona iniquitatis, ut, cum defeceritis, recipiant vos in aeterna tabernacula. *Idcirque bene certe audiens ego Parason Arboreae Rex & Judex, Avi & Patris mei sequens per posse pia vestigia, consentiente uxore mea* Regina Algaburga, necnon & *Episcopis nostris* Mariniano Zorzki de Terra Alba, & Comitano Pais de Ala, *pro redemptione animarum nostrarum, & parentum nostrarum, donamus atque concedimus Ecclesiae* Sancti Benedicti de Monte Casino Ecclesiam Sancti Nicolai de Gurgo *cum omnibus pertinentiis suis, tum servis & ancillis, terris, vineis, cultis & incultis, saltibus & pratis & filtis atque piscationibus, necnon &* animalibus, & cum omnibus, quae in Cartulis ejusdem Ecclesiae scripta continentur: tali pacto atque conventione, ut duodecim ibidem ad Deo serviendum, si tamen supradicta Ecclesia lossubstinere sine sui detrimento potuerit, dirigat Monachos, ex quibus tres vel quatuor ita sint literati, ut, si necessarium fuerit, in Archiepiscopos & Episcopos possint eligi, ac etiam Regni nostri negotia sive in Romana Curia, vel in Curia Imperatoris, & ubique valeant tractare. Si verò tantos sustinere non potuerit praedicta Ecclesia, septem, vel quantos secundùm consilium nostrum visum fuerit, transmittat. De qua Ecclesia viginti Hispanios & non plus annuatim accipiat Ecclesia Sancti Benedicti Montis Casini, nisi fortè aliquid intervenerit eidem Ecclesiae impedimentum, vel pro Curia Romana, vel pro guerra, vel certe pro Regis sui negotio, vel etiam pro comparatione alicujus terrae. Mihi autem vel alicui alteri non liceat aliquo modo supraedictam Sancti Nicolai repetere vel*

in jus

inquietare Ecclesiam, si supradictam tenere voluerint conventionem. *Testes Marianus Zoriki Episcopus Terralbae, & Comitanus Peis Episcopus Ale, & Pocebus Curator de Capitano, & Comitanus de Lacon, Pedes Curator de Valenza, & Constantinus Spanus Curator de Frodoriane, Jolex Parasou de Gallul Curator de Milî, Orzacho de Lacon filius meus Curator de Gikiber, Orzachor de Lacon, Arboritesos Curator de Barbaria Demecua, Constantinus Mama Curator de Mandra Olisai, Jobtunet de Vinea, Bejulesou major cum totis suis sociis, Petrus Paganus, quamvis indignus Sacerdos, qui barcenzkia scripsit. Si quis autem circa hanc nostrae donationis Cartulam aliquid medireiri voluerit, omnipotentis Dei Patris & Filii & Spiritus Sancti, nec non & Beatae semper Virginis Dei Genitricis Mariae, & omnium coelestium Virtutum, & Sanctorum Patriarcharum & Prophetarum, Apostolorum, Evangelistarum, Discipulorum, Innocentium, Martyrum, Confessorum, atque Virginum, & omnium incurrant maledictionem eorumque, etc. Qui autem huic Cartulae consecerint, & eam confirmaverint, & verum esse crediderint, habeant benedictionem Dei omnipotentis Patris, & Filii & Spiritus Sancti, necnon Beatae semper Virginis Dei Genitricis Mariae, & omnium coelestium Virtutum, & Sanctorum Patriarcharum & Prophetarum, Apostolorum, Evangelistarum, Discipulorum, Innocentium, Martyrum, Confessorum, atque Virginum, & omnium coelestium? Amen.*

Haec omnia sunt ordinata & firmata Anno Millesimo Centesimo Octagesimo Secundo.

Locus Sigilli ✠ plumbei.

Ita Farfensi, Vulturnensi, Perusino, Pidolironensi, Nonantulano, Romano Sancti Pauli, Ambrosiano &c. alia Monasteria subwrant. ita in Dissertatione XVII. *de ..o*, Chartam produxi Indicantem, *Monasterium Pistoriense Sancti Bartholomaei fuisse subjectum Monasterio Parmensi S. via Johannis Evangelistae.* Neque aliter factum de Monasteriis Graecorum, inter quae splendidiora aliis minoribus sibi adjut. Ait imperabant. In Dissertatione V. *de Ducibus* vidimus *Monasterium Neapolitanum Sanctorum Sergii & Bacchi congregatum in Monasterio Sanctorum Theodori & Sebastiani,* cui praeerat Anno MXLIV. *Iarrentius Hegumenus.* Idem per aliam Chartam confirmatum videas, quam ad me ex Neapolitanis membranis descriptam misit Vir Clariss. Nicolaus Carminius Falco, nunc Episcopus Marturanensis, sed ia tenebris circumseptam, ut praestare non possim certum Annum, quo scripta fuerit. In eo expiscando feliciores eruet Lectores.

Concordia inter Sergium, sive Gregorium Episcopum Neapolitanum & Sergium Hegumenum Monasterii Sanctorum Sergii & Bacchi, Anno . . . .

IN nomine Domini Dei Salvatoris nostri Jesu Christi. *Imperante Domino nostro Basilio magno Imperatore, Anno Sexto, sed & Nicephorio & Constantino magnis Imperatoribus Anno Tertio, die XI. Mensis Martii,*

Indictione Nona, Neapolis. Horta est itaque intentio inter nos Sergio gra- tiâ Dei Episcopi sanctæ Sedis Neapo- li, & vos videlicet Sergio amilem Ygumeno Monasterii Sanctorum Ser- gii & Bacchi, qui nunc congregatus est in Monasterio Sanctorum Theodo- ri & Sebastiani, firum in loco, qui vocatur Casapicta in Viridario, de al- tercationem, quam inter nos habuimus de una terra, que vocatur Cicarellum, posita in Quarta majore, abeute ba parte Orientis & ba parte Septen- trionis, Gualdam scripti sancti nostri Episcopii, & a parte Meridiei est e- gripus, qui est in terre & campu, qui vocatur Catilianum, & a parte Occi- dentis est terra vestra scripti sancti ve- stri Monasterii qui fuit quondam Timo- thei Monachi vestri, qui in laicatum Taurus vocabatur, quomodo inter se tres termines exfuat. Unde vos que- sivi, dicentes: Pars nostra scripti san- cti nostri Episcopii, quod scripta terra nostra est, & nos & scripto sancto nostro Episcopio illa domina- vimus per quadraginta annos, & vos, nec Antecessores vestris illam non dominastis intus quadraginta annos. Unde multa altercationem exin- de inter nobis habuimus. Unde judica- tum est inter nobis exinde, ut si po- tuerit pars scripti vestri Monasterii ba- strationem facere, quomodo intus qua- draginta annos scriptus Monasterius ve- ster illa dominasset eas tenuisset intus qua- draginta annos, ego ponere vobis exin- de securitatem. Sin autem juravero pars scripti nostri Episcopii vobis, & dice- re, quia scripta terra, scripto nostro Episcopio ea tenuit, & dominabis, quem sandum quem per escatiam, vel si laverata fuit per quadraginta annos; vos poneretis nobis exinde securitatem. Post autem et dato, & affirmato judi- cio, Domino Deo auxiliante, qui est a-

mator pacis, combenientiam inter nobis exinde fecimus absque omni sacramen- ta, & in presentis divisimus scripta terra nobis cum per medietatem per tra- versam. Unde benis in scripto nostro Episcopio medietat a parte Orientis juxta scriptum Gualdam nostram. Unde alia medietas exinde a parte Occidentis benit vobis in scripto vestro Monasterio juxta scripta terra scripti vestri Mona- sterii, qui fuit de scripta Timothro Monacho vestro, qui in laicatus Tau- ras vocabatur, quomodo inter ipsa por- tione vestra, qui est a parte Occidentis, & inter ipsa portione nostra, qui est a parte Orientis, tres termines exfi- nas. Prima termine marmoreum, quod est filici, qui est filtus in scriptum e- gripum a parte Meridiei, qui est inter ipsa terra & scriptum campu, qui vo- catur Catisianum; & retrum in secun- dam terminem, qui est filtus in media loca; & ab ipso secundo termine re- trum in tertio termine, scilicet mar- moreum, qui est filtus & exfinat inter scripta terra, & scriptam Gualdam no- stram, qui est a parte Septentrionis. Et abet scripta portio vestra pro men- sura da scriptum terminem, qui est fil- lus in scriptam egripum, qui est a parte Meridiei. & usque ad scriptum terminem tertium, qui exfuat inter scripta terra, & scriptam Gualdam no- stram, qui est a parte Septentrionis, passi sexaginta tres. Et iterum a par- te Occidentis juxta scripta terra, qui fuit scripti Timothei Monachi vestri, ab alio termine, qui est filtus in scri- ptum egripum inter scripta terra, & terra scripta vestra, qui fuit scripti Timothei, usque ad alium terminem, qui est a parte Septentrionis inter scri- ptum Gualdam nostrum & scripta ter- ras vestras, & scripta balia terra ve- stra, qui fuit scripti Timothei, passi se- xaginta quinque. Et a parte Meri-

DISSERTATIO SEXAGESIMAQUINTA.

A — ... per ipsam egripum a scripto primum terminum, qui est fictus inter scripta medietate vestra, qui est a parte Orientis, & inter scripta medietate vestra, qui est a parte Occidentis, usque ad ipsum alium terminum, qui est fictus inter ipsa medietate vestra, qui vos a nos tetigit, & inter scripta terra vestra, qui fuit scripti Timothei Monachi vestri, habet passi sexaginta

B — dui. Et a parte Septentrionis inter scriptam Gualdam vestram, & inter ipsas terras vestras, quomodo tres termines exfinat. Insuper definivi vobiscum & de scripta terra vestra, qui fuit scripti Timothei Monachi vestri, qui in laicatus Taurus vocabatur, qui est juxta scripta terra, quam vos a nos tetigit, posita in eodem loco Citumetum, qui ad ipsa terra scripti

C — Timotheo Monacho vestro habet fines a parte Orientis scripta terra, qui nos a vos tetigit, sicuti termines exfinat, & a parte Meridiei est egripum de scripum campa de Catitium, & in sequentem de via, qui badis inter ipsa terra & campa scripti vestri Monasterii: & a parte Occidentis est terra scripti nostri Episcopii, sicuti inter se

D — fossatum communalis exfinat, seu & termines exfinat, quod sunt tres: hoc est, a primo terminum, qui est fictus juxta suprascripta via in ripa a parte vestra, in capite est ipsum fossatum communale, & retrum in secundum & in tertium terminum, qui sunt ficti in ripa bus parte vestra scriptum fossatum communale, & a parte Septentrionis

E — & scriptus Gualdus scripti nostri Episcopii, sicut inter se quatuor termines exfinat, qui exfinant inter scripta terra vestra, qui fuit scripti Timothei Monachi vestri, & inter scriptum Gualdum nostrum. Ita ut ad o-

---

A — dicrnam die & semper neque a nobis scripto Gregorio Domini gratia Episcopi scripto sanctae Sedis Neapolitana Ecclesia, atque a posteris nostris, nec a scripto sancto Episcopio nostro, neque a nobis summissas, nulla tempore unquam vos scripto Sergio venerabili Ygnumno, aut posteris tui, nec scriptus sanctus vester Monasterius, quod

B — absit, unquam habeatis exinde de scripta terra, qui vos a nos tetigit, ut supra legitur, neque de scripta terra vestra, qui fuit scripti Timothei Monachi vestri, qualiter, & quomodo per scriptis finis & terminis seu passi ex-

C — gregavimus, ut supra legitur, habeatis quamcumque requisitionem aut molestiam a nunc & in perpetuis temporibus. Quia ita nobis stetit adque combenit. Si autem aliter fecerimus de his omnibus scriptis per quibis modum aut summissas prejuncti, tunc compono

D — ego & posteris meis, scriptoque nostro Episcopio, vobis, vestrisque posteris auri Libras una byzantea. Et et Chertula securitatis combenientie, ut supra legitur, sit firma.

Scripta per manum Johanni Curialis scribendum rogavi per scripta Nona Inditionem.

✠ Gregorius Episcopus subscripsi.

✠ Ego Gregorius filius Domni Sergii, rogatus a suprascripto Domno Gregorio Episcopo, testis subscripsi.

E —

(*)

✠ ЄΓΟ CTЄΦΑΝΟΥC
ΔN Ī· ΡΟΓΑΤΟΥC Α
CCTO ΔN ЄΠΙCΚΟ-
ΠΟ TЄCTI CΟΥ͞B.

✠ Ego

✠ *Ego Gregorius filius Domni Jo-*
bannis, rogatus a suprascripto Domno
Gregorio Episcopo testis subscripsi.

✠ *Ego Johannes Curialis, qui supra-*
scriptor, post subscriptionem testium com-
plevi & absolvi die, & Inductionem
per scripta Nous.

Illud primo crucem mihi fixit,
nempe *Sergium Neapolitanum Episco-*
pum in prioribus Chartae lineis occurrere nobis; ac deinde *Gregorium*
ejusdem Sedis Antistitem, qui & subscribit. Quare pro *Sergio* scribendum videtur *Gregorio*, nisi duos E-
piscopos eodem tempore Neapoli sta-
tuamus: quod alibi factum vidi,
quum unus ordinarius foret, alter
Coadjutor, & Successor destinatus;
aut unus Latinis, alter Graecis
praeesset. Certe Neapolis utrumque
Populum alebat. Secundo perpendet
Lector, quem Annum Aerae nostrae
indicet *Annus Sextus Basilii* Graecorum Imperatoris, *& Tertius Nice-*
phori & Constantini. In Catalogo Archiepiscoporum Neapolitanorum apud
Ughellium recensentur post Annum
Millesimum *Sergius I. & Sergius II.*
& Gregorius Archiepiscopi Neapolitani. Floruit autem Sergius I. sub
Imperio Basilii & Constantini filiorum Romani junioris. Sed cum iis
consortem Imperii nullum invenio

A *Nicephorum*; & si quidem de illa
heic sermo est, Ughellius, & Cioc-
carellus emendandi sunt, qui serius
quàm par sit exordium Sergii I. statuunt. Ita Sergii II. & Gregorii
Episcopatus ne ipse quidem tres illos Imperatores conregnantes habet.
Quare anceps silere malo quàm ju-
B dicare. Animadvertas etiam, in
Charta hac *Sergium*, aut *Gregorium*,
non *Archiepiscopi*, sed *Episcopi* duntaxat titulo uti. Archiepiscopalis autem dignitas aut usurpata à Praesu-
libus Neapolitanis, aut rite eis conlata censetur tantummodo post Annum à Christo nato Millesimum.
Videndum ergo, dum Charta haec
germana statuatur (de quo tamen ego
C non dubito), an Ughellius rationes
recte inierit in aetate Praesulum illorum signandà, aut num aliquem
ex iis ipse ignorarit, & cuinam Anno tribuendae sint notae illae Chronologicae: neque enim ultra ego la-
bisce tenebris depellendis fatigari vo-
lens, cursum priorem resumo. Celebri quoque & omnium antiquissimo
D *Sublacensi Coenobio* subjunctum fuit *Mo-*
nasterium Sancti Erasmi: cujus rei testes tabulas, una cum Bulla ac Diplomate nunc evulgandis, ad me misit Nicolaus Aloisius, sacrae Eruditionis cultor, ex Archivo sacri illius
Loci descriptas.

Charta emphyteusis factae a Leone Abbate Monasterii Sublacensis
Stephaniae illustri mulieri ad preces Benedicti eminen-
tissimi Ducis, Anno 883.

A *N* *Nos, Deo propitio, Pontificatus*
Domni Marini summi Pontifi-
cis, & universalis Papae in sacratis-
sima Sede beati Petri Apostoli Primi,
Indictione Prima, Mense Aprilis die
VI. Benedictus Deus, qui justitiam ab

E *injustitia discernit, & altercatione jura,*
cujus proprietatis sit, restituit. Igitur
breve recordationi factum, qualiter libello
tertio generi de Casina Monasterii San-
cti Herasmi, quem facere visa fuit Fri-
berga nobilissima femina ad nomen A-

dria-

driani quondam bene memoria Scriniario seu Marito quondam illustris femine, quamlibet, intro domum Domni Benedicti eminentissimi viri & gloriosi Duci, ante presentiam eodem Ducem, & ordinarios Judices, videlicet Nicolaum Primicerium, Georgium Secundicerium, Leonem Scriniarium, ceteris quamplurimis nobiliores homines, a Stephania illustris femina relicta a quidam suprascripto Adriano Arcario, sed Adriano nobili viro priligno suo suprascripto libello, & tertio genere ..... Leonem Domini gratia religioso & angelico Abbati venerabilis Monasterii Sancti Benedicti, & suprascripti Monasterii Sancti Herasmi, situm in Celio Monte, cum suis Monachis religiosis, videlicet Leone Preposito, Leo qui vocatur Franco, & ceteris namque Monachis suis suprascripto Monasterio. Prefatum Leonem venerabilem Abbatem dixit ad suprascriptam Stephaniam illustrissimam feminam, & ad suprascriptum Adrianum privigno suo: Spero, ut de eadem Casina Preceptum, & aliam Chartam habeatis. Tunc respondit ipse, & suo privigno: Nullam quamlibet Chartam neque Praeceptum exinde habemus. Tunc pro rogata & inserventa suprascripto Duci Libellum de undecim Casuis in Quinta serie Portam Sancti Joannis sere predicta Abbasi ad eandem Stefaniam & suo privigno fecit, vite illorum fruendas, & post annuatim pensionem solvendam, sicut in eodem Libello legitur. De duo-

bus ipse persone, qui ante surrexerit, medietatem suprascripte Casine ad jam dicto Monasterio revertentur. Iterum prefatus Abbas & suis Monachis ad supradicti ordinarii Judices dixerunt: Postquam dicunt, amplius exinde nullam quamlibet Chartam neque Preceptum habere, dicite, quid exinde sit? Tunc Judices dixerunt, & judicaverunt: Dum illi ante nostram presentiam negant, & dicunt, amplius exinde non habere quamlibet Chartam neque Preceptum ipsis aut eorum heredibus in quolibet tempore ostendant roborem firmitatis habentem, preter Libello hoc, qui ante nostram presentiam .... vita illorum illis factum est. Unde pro futura memoria hanc brevem memoratoriam suprascripti Judices mihi Leonem Scriniarium & Tabelliam Urbis Rome rogaverunt scribendam, in qua & ipsissima manu propria subscrip eram in Mense & Indictione suprascripta Prima.

Nicolaus Domini nutu Primicerius summe Sedis Apostolice in hac brevi memoratoria a nobis promulgata interfui & subscripsi.

Georgius Dei providentia Secundicerius sancte Sedis Apostolice in hanc brevi memoratoriam interfui & subscripsi.

Neque isti Monasterio tantum, sed & aliis olim dominabatur Sublacense Coenobium, uti fidem faciunt Pontificiae Litterae ex eodem Tabulario depromtae.

Bulla Johannis XII. Papae, per quam Leoni Abbati omnia Sublacensis Monasterii bona & jura confirmat, Anno 958.

JOhannes Episcopus, servus servorum Dei. Leoni venerabili Presbitero et Monacho, atque Abbati venerabilis Monasterii Sancti Benedicti & Sancte Scolastice, quod positur in Sublaco, sanctoque tue Congregationi, successoribusque vestris in perpetuum. Cum pie desi-

desiderium voluntatis & laudande devotionis intentio Apostolicis fini semper
de his adjuvandis, quorum est solicita
de adjuvanda, ut ea, que legaliter ge-
runtur, equitate & firmitate consi-
stans, & nulla valeam refragatione
perturbari, sed irrefragabili jure atque auctoritate debeant permanere: ob
hos Apostolicis promulgatis sanctionibus
propria unicuique, que rationi suppetunt, fas exigit possidenda confirmari.
Et ideo quoniam constat, sanctitatem
vestram plurima sanctorum loca acquisis-
se, & cuncta in honore & utilitate,
vestrique venerabilis Monasterii jure &
ditione pertinere, & diversos agros una
cum Castellis & possessionibus, & famulorum multitudine videmini habere; que
omnia sub tuae reverentie ditione, sanctaeque tuae Congregationis, successorumque vestrorum servorum Domini, in
perpetuum eadem Luca venerabilia &
agros seu Massas & possessiones, cum
omnibus originalibus famulis ibidem manentibus, cum colonis & colonabus, vel
aniversis inibi pertinentibus, Apostolice Sedis Privilegiis poposcitis confirmari
detineuda. Scilicet Castellum in integrum, quod vocatur Sublaco sive quibus aliis vocabulis nuncupatur, una cum
omnibus finibus, terminis, limitibusque
suis, terris, casis, vineis, campis,
pratis, pascuis, silvis, salectis, arboribus pomiferis, fructiferis diversi generis, puteis, fontibus, rivis aquis
perhennis edificii parietinis, attiguis,
adjunctis, adjacentibusque suis, cultum
& incultum, vacuum & plenum, una
cum colonis & colonabus utriusque sexus illis pertinentibus, simulque cum
glandaticis, herbaticis, vel qualibet
alia datione, que ad Castelli jus pertinet, & nostre sanctae Romane Ecclesie
soliti sunt persolvere. Illud vobis pla-
niter cum omnibus suis ubique pertinentiis & adjacentiis perpetualiter ad

aquam & utilitatem Sancti Benedicti Cenobii confirmamus, & roborabiliter stabilimus detinendam sine aliqua datione,
una cum flumine, sicut incipis a Petra
Imperatoris recte in Ponte Terreneo
per venas incedendo usque in Latum,
qui est sub ipso Monasterio cum aquimelis suis, & deinde recte in Silicella &
Saliceto, & per lacum, ubi Mandra
vocatur, cum aquimelis ibidem habentibus, & deinde per Pontem descendentes in Sancto Angelo, item in Sancta Petro, & deinde in prata de Aja-
no. Similiter & aliam aquam, que
Coua vocatur, sita in ipso flumine, &
deinde in aqua, que Flumicello vocatur,
una cum Augusta, & Ballisa, atque
Timida, omnes decurrentes in supradicto fluvio, & usque in territorio Sancti Cosme. Cum ripis & plagis omnibus prenominatis ab utroque parte in
integrum pertinentibus: cum omnibus
loci ipsius aquis, ubi aquimoli facti
sunt, & facere poterit, sive alicumque pisces capere potuerit in totis aquis
supradictis. Nec non & Ecclesiam Sancte Felicitatis sive aliqua datione vobis
vestrisque successoribus perpetualiter concedimus detinendam in usum & sala-
rium suprascripto vestro venerabili Monasterio. Pari modo & Massam, que
vocatur Laurentiana, & Interamnana in
integrum cum fundis & casalibus, &
omnibus casalibus suis, ubicumque ad
ipsam Massam pertinentibus: videlicet
Fundum Conserere, & Marano, Se-
minarum, atque Oricula, & Arsula,
Bulsinianum, Toccanellum, Mariatel-
lum, Fundum Paternum, Fundum A-
pranio, Fundum Arpellum, Fundum
Leuana, Fundum Tessine, Montes qui
vocantur Gemini, descendentes in Tret-
tanu, Monte Gordiano, Fundum Saida,
& Colle de Ferrari, & Monasterellum, & aliam Monasterellum, Piscano,
& Coloniam juxta Sanctum Valerium

ex dubiis interibus, & medietatem de
Ibice, Fundum Miniano, Fundum Ca-
siniola, & Lavilliano, Sancta Cecilia,
Fundum Hoberanum, Fundum quod vocatur Valle, cum Ecclesia Sancti Eleutherii, Fundum quod vocatur Capramo-
leate cum Ecclesia Sancti Anastasii.
Massam, que vocatur Anjollani, cum
Ecclesia Sancti Martini. Fundum Paternum, quod appellatur Pentima, Fun-
dum Bravam, Fundum Sancti Pamphili, Fundum Danieli, Fundum Mern-
lana, Fundum Paccam, Fundum Te-
froliano cum Ecclesia Sancte Marie, &
Sancti Lutentii, Fundum Sancti Civici,
Fundum Cispo, Fundum Romani cum
Ecclesia Sancti Angeli, & Sancti Felicis, inter affines ab uno latere fluvium
Tivertino, & a secundo latere Papi,
& a tertio latere Arco Fulgurati; &
descendente in Monte, ubi fuit Cipressi,
veniente in Monte, qui vocatur Baluo-
rella, & recte per Sancta Maria descendente in Piscaro. Et cum omnibus
ad suprascriptam Massam in integrum
pertinentibus. Simili modo Fundum Ca-
blicano in integrum cum Ecclesia Sancti
Petri.

Necnon Monasterium Sancte Barbare, & Sancti Anastasii cum Curticel-
lis duabus, una ante se, & alia post
se, cum casis & fundis atque casalibus
suis, cum omnibus ad eat in integrum
pertinentibus, positum intra Civitate
Tibertina; atque medietatem de Ecclesia Sancte Marie ibi in ipso, cum casis, vineis & terris & omnibus pertinentiis suis trans Tiberim juxta Pontem marmoreum, atque clausuram super
se in integrum de vinea, que appellatur Valle Arcese, & clausuram super se
in integrum vineatam, cum arboribus
olivarum. Et Ecclesiam Sancti Sebastiani, & mediam vineam ante se cum
olivereto, atque clausuram de vinea, que
ponitur subtus Posterula Tibertina jux-

ta Silice, qui vocatur Quarrati. Pari
modo clausuram in integrum super se
de vinea, que vocatur Orto Magno.
Fundum Casaperta, clausurellam de vinea, que vocatur Aserbo, portionem in
Prato majore, que fuit de Calvo Episcopo; Fundum Stafilarum in integrum, fundum Romanlano in integrum,
fundum Pateliai in integrum, fundum
Ozam in integrum, fundum Criptale,
fundum Panel, fundum Direti, fundum Agnaniele, fundum Matraniam,
fundum Semissano, fundum Paternum,
Vallelunga, fundum Sancte Marie in
Pesile, fundum Donabelli, fundum Fe-
store, fundum Inta, fundum Catacum-
ba cum Ecclesia Sancti Laurentii, fundum Asri cum prenominatis fundis in
integrum omnibus positis territorio Pre-
nestino & Tiburtino. Item clausuram
de vinea, que vocatur Anterano, in
integrum cum arboribus suprascriptis:
terram & vineam, que appellatur Pen-
tuma, que fuit de Ternaldo Presbiteros; prias duas de vinea ad Sanctura
Laurentium in duabus latis; itemque
fundum Porclanicam in integrum cum
omnibus suis pertinentiis: fundum Ore-
rana, fundum Arterano, fundum Pala-
sano, fundum Cesaline, fundum Olrba-
no, fundum Campeliano, fundum Ojeno
& Priano, fundum Cammerano, fundum Collemundum, Catilaro, Cambalo,
Paturano. Ecclesiam Sancti Angeli cum
omnibus suis pertinentiis, posita in territorio Prenestinella minore, omnia territorio Campanino. Verum etiam fundum
Falcaniano cum Ecclesia Sancti Nicolai,
fundum Fentiniam, Colle de Morelli,
fundum Testanellam, fundum Capla,
fundum Oraro, fundum Gratuliano,
fundum Cerviano, fundum Labezano,
fundum Casanito, fundum Donnavo cum
Ecclesia Sancti Petri, fundum Pentzia,
fundum Penzorosum cum vinea clausura
super se, que ponitur juxta Ceranico,
& Val-

& Vallem mediarum quatuor cum Ca-
ftaniero suo juxta Sanctum Petrum, cum
terris, vineis & casis atque filvis per
diversa loca, territorio Aquilano positam. Itemque territorio Albanense fundum Seranum cum vineis seu terris &
criptis, & Ecclesia Sanctorum quatuor:
fundum Silva Majore: portionem, que
fuit de **Floro** Episcopo: petiam de vinea in Zizinni, feu & clusuram de
vinea in integrum, que ponitur in fundo Cerasano. Necnon Casinas duas ad
Pontem Salarum; portionem de Palmi
cum terris & hortis. Prata duo juxta
Portam Majorem. Casalinas duas, u-
nam in Pedica, que vocatur Uardona-
ria, & aliam in Campo Majore. Pari
modo domoras in integrum cum cortis
& hortis, & Ecclesia Sancti Theodo-
si, positas infra Civitatem Romae juxta Porta Majore, ficuti fuerunt de
Floro Episcopo. Similiter domoras,
que fuerunt de Johanne & Stephano de
Cripbi, cum corte & pergula & hortulo juxta Formam Claudiam. Et vineam clusuratam in integrum cum arboribus pomiferis, cum criptis juxta
viam, que ducit ad Jerusalem. Simili
modo domoras in integro cum corte &
hortulo & vinea, & cum omnibus ad eam
pertinentibus, positam Rome Regione
Septima, in qua domo est Ecclesia Sancti Viti. Necnon & vineam seu terram juxta Jerusalem. Item clusuram
de vinea in integrum in Albano in
fundo Zizinni, petie sex: atque donum in integrum cum hortulo, positam
juxta Sanctum Martinum. Similiter
domoras cum corte, que ponitur in Si-
bura.

Pari modo & **Monasterium Sancti
Erasmi** cum omnibus suis adjacentiis
vel pertinentiis, ficut in vestro com-
memor. Precepto: pariterque petias duas
de vinea Imsi, una quidem in fundo
Mauro, & alia in Calabriseto. Similiter pratum cultum & absolutum juxta
Aguzano. Que suprascripta cum omnibus Fundis, seu Casalibus, Massis,
Ecclesiis, Monasteriis, domibus, hortis,
vineis, servis, & ancillis, colonis &
colonabus, fluminibus & aquimolis, piscariis, ficut supra legitur, vel etiam
in aliis partibus vel Civitatibus, ubicumque vestrum venerabile Monasterium
tenere & possidere videtur per quodcumque instrumentum Cartarum, tam
per Precepti paginam, seu Privilegii
jura, necnon per commutationes seu
donationes, & omnia, que fideles Christiani vestre sancte Congregationi pro
suarum venia delictorum donaverunt,
vel undecumque Cartulis tam vetusti
quamque etiam novis in vestro Monasterio habere videmini, roborabiliter vobis vestrilque successoribus per
hoc nostrum Apostolicum Preceptum, confirmamus delineandum perpetualiter atque perhenniter. Verumtamen confirmamus vobis Casale unum in integrum,
quod vocatur . . . . juxta Quertum
cum prato suo inter affines, a prima
Litere Casale, quod vocatur Barbilianum; & ab alio latere fundum Muni-
tula, sabiente ab ipso prato per limites
suos usque ad parietes desertas, que
sunt ultra Formam, & exeunte in Via
publica; & a tertio latere ipsa Via
publica; a quarto latere fundum, quod
vocatur Decurisa, aqua descendente per
limites suos in Formam Jovia, & e-
xeunte per Formam, & revertente per
limitem juxta aquam usque ad predictum fundum Barbilianum. Verum e-
tiam fundam in integrum Sexta cum
prato suo juxta rivum inter affines, ab
uno latere Via, que pergit ad Pontem
Artanum, & ab alio latere Via publica, & si qui alii affines sunt. Omnia
vestris piis locis, & sancte nostre Romane, cui Domino actiore deservimus,
Ecclesie, inclinati precibus vestris, per

hujus

hujus Apostolici Privilegii seriem suprascripta omnia immobilia loca cum omnibus eorum pertinentiis, ut supra legitur, a praesenti Prima Indictione &
in perpetuum vobis vestrisque successoribus concedimus & confirmamus detinen
dam in usum & utilitatem ipsius venerabilis Monasterii. Ita tamen, ut
cotidianis diebus Sacerdotes & Monachi
ipsius Monasterii pro remedio anime nostre, nostrorumque Successorum clemen
in eadem Ecclesia centum Kirie eleyson
& centum Christe eleyson, & Sacerdotes sacra oblationes in Missarum so-
lemniis tribus vicibus per singulas heb-
domadas pro absolutione nostre anime,
nostrorumque Successorum Pontificum omnipotenti Deo afferant. Statuentes A-
postolica censura sub divini judicii obte-
stationem & anathematis interdictum,
ut nulli unquam nostrorum Successorum
Pontificum, vel alia quælibet magna
parvaque persona audeat vel presumat
de omnibus suprascriptis immobilibus locis cum omnibus illorum pertinentiis &
adjacentiis, ut supra legitur, contra
hoc nostrum Pontificale Privilegium agere vel alienare aut auferre presumat;
sed potius firmum atque stabile perpetuis ac perennis temporibus ita, ut a
nobis statuta sunt, decernimus perma-
nendum. Si quis autem (quod non optamus) contra hoc nostrum Apostolicum
Privilegium temptator extiterit, & in
quantum contra ire, & transgressor es-

A   se voluerit, sciat se auctoritate Dei
omnipotentis, & Domni nostri Apostolorum Principis Petri, cujus licet imme-
riti, Domini tamen dignatione, gerimus vices, anathematis vinculo innodatum, & a regno Dei alienum. Qui
vero pia intuita verus custos & obser-
vator extiterit hujus nostri Apostolici
Privilegii, meritis atque precibus bea-
B ti Petri Apostolorum Principis, & Sancti Benedicti in etherreis arcibus premia
ac benedictionis gratiam atque misericordiam a justo judice Domino Deo nostro, vitamque eternam consequi mereatur.

Scriptum per manum Leonis Scriniarii & Notarii sancte summae Sedis A-
postolice in Mense Majo, Indictione su-
C pra jam dicta Prima.

✠ **BENE VALETE** ✠

Datum VI. Idus Maji per manum
Marini sancte Polimartiensis Ecclesie E-
piscopi & Bibliothecarii summae Sedis
Apostolice, Anno Deo propitio Pontificatus Domni nostri Johannis summi
Pontificis & universalis X. (*) Pape
in sacratissima Sede beati Petri Apostoli Tertio, in Mense & Indictione su-
D prascripta Prima.

Accedat etiam ad majus Sublacensis Coenobii ornamentum nobile Diploma, quod itidem in ejus Tabulario adservatur.

(*) Scribe universalis XII. Papae; neque enim Chronologicae Notae cum temporibus
Johannis X. Papae alligari possunt. Ughellius Tom. 8. Ital. Sacr. in Archiepiscopis Beneventanis Bullam refert ejusdem Pontificis Johannis XII. datam per manus Marini Episcopi (idest Polimartiensi) & summae Sedis Apostolicae Bibliothecarii, Anno Domini propitio (scribe Deo propitio) Pontificatus Domni nostri Johannis Ctv. Undecimi; Mense Decembri, Indictione XV. Scribendum Anno Primo, & a Septembri Indictio nova deducatur, aut
Anno secunda.

Ottonis I. Augusti Diploma, quo Privilegia omnia confirmat Georgio Sublacensis Monasterii Abbati, Anno 907.

IN nomine Sancte & individue Trinitatis, scilicet Patris & Filii & Spiritus Sancti. Otto divina favente clementia Imperator Augustus. Si pro amore ejus, cujus dispensationis benignitate ceteris mortalibus praeferri videmur, Loca divino cultui dedita congruis nostre tuitionis manificentiis ad divinam exequendum servitium propensius substollamus, talitus majora remunerationis premia consequi non dubitamus. Omnium igitur fidelium sancte Dei Ecclesie ac nostrorum, presentium scilicet atque futurorum, industriam nosse volumus, quod Georgius vir venerabilis, & ex Apostolice Sedis Secundicerio religiosus Abbas Monasterii beatissimi Patris Benedicti, & Sancte Scolastice sororis ejus, quod dicitur in Sublacum, venit in gremium Basilice Sancti Petri Apostolorum Principis, ubi cum Domno Johanne XIII. Papa sancte Sinodo pro utilitate ejusdem Ecclesie, & venerabilium locorum intereramus, circumsedentibus cum Ravennate Archiepiscopo plurimis Episcopis ex Romano territorio, atque Italie, & ultramontano Regno, necnon presente Capuano Principe, qui & Marchio Camerini & Spoletini Ducatus, atque circumstantibus multis ex nostris ex diverso ordine fidelibus; & ostensis Domni Caroli, aliorumque Augustorum & Regum principalibus Constitutionibus factis, ad stabilimentum, defensionemque sui ejusdem Monasterii, seu omnium rerum sibi pertinentiam, postulavit nostram clementiam, ut nos quoque simili modo nostre Imperialis munitionis firmitatem super eundem sanctum Locum, & universas suas pertinentias, de qui-

bus olim instrumenta cum ipso Cenobio ignis consumpsit, fieri juberemus. Cujus precibus pro amore Omnipotentis Dei, & Sancti ac precipui Patris Benedicti, & pro redemptione nostre anime, prolis nostre salute & incolumitate, libentissime hac nostre auctoritatis preceptum fieri decrevimus, per quam omnia, que ad illud sanctum Cenobium ex tempore constructionis sue primo pertinent usque in presens, ac deinceps in futurum addita fuerint, confirmamus & corroboramus nominatim & generaliter. Id-est Casale, in quo idem Monasterium est collocatum, & Specum, ubi ipse religiosissimus Pater solitariam duxit vitam, cum discipulis duobus, eorumque Flumen, quo extenditur ejus cursus per latitudinem & longitudinem usque locum, qui dicitur Seminarium, cum universis aquemolis, que ibi sunt, & in antea fieri possunt, cum ripis exaliisque circumpositis, & piscariis. In quibus aquemolis & piscariis nullo modo quilibet audeat malum facere aut piscare sine jussione & voluntate predicti Abbatis, ejusque Successorum. Offerimus quoque & confirmamus in integrum Castellum de Sublacum cum glandatico & erbatico, atque constricto & placito, omnique dato seu reddito, quem ipsi habitatores, eorumque anteriores solici sunt persolvere Lateranensi Palatio, quemadmodum a summis Pontificibus per Apostolice preceptionis paginas concessum & largitum est eidem sancte Loco. Et omnia loca, omnesque res, que in omni territorio in eodem Loco concessa sunt, & quanta attinent circa & infra Sublacum juri pretexati Sancti Benedicti Monasterii, Sancteque Scolastice, sive per divi-

viso

visionum, sive communiter, sive quocumque acquisitionis modo, hoc est sive per scripturam, sive sine scriptura, cum montibus, collibus, silvis, campis, pratis, rivis, pascuis, ædificiis, locisque omnibus cultis & incultis: Item Casale, quod vocatur Campum Dejovo, & Castranum, Seminarium, atque Augusta, cum terminis & limitibus eorum in integrum, Cervariam quoque ex toto. Omnes etiam res, quas in Reatino territorio tenere, & possidere debet, hoc est in Valle, quæ dicitur Torre, Ecclesiam Sanctæ Anatoliæ, quam detinere per concessionem Reatini Episcopi adscriptam. Insuper quæcumque eidem ipsi sacro Monasterio Hugo & Lotharius Reges concesserunt, scilicet Cortem Sale & Carsoli in integrum cum omnibus ibi ubique adjacentibus pertinentiis. Similiter omnia, quæ in Cicutis, & in Reatino, & Savinensi, & in omni Marsicano territorio, per quodcumque modum acquisita sunt, floruisset roboramus.

In primis Sancti Angeli Monasterium cum suis in integrum pertinentiis. Res quoque Johannis Presbyteri, & Vivendam unam seminam cum Ursula piscatore, & aliis Servis cum filiis & filiabus eorum, atque rebus & possessionibus eorum, sicut per Chartam delegavit & tradidit Burgo magnificus vir in supradicto Monasterio. Terram etiam ad censum media intra Satum, quod & Gualdum, datam a jam dicto Burgone. Pari modo Cellam in Marsi, quæ nuncupatur Sancti Euticii, atque aliam Cellam in honore Sancti Benedicti, & Sancti Felicis, quam noviter construxit Palumbus Presbiter & Monachus ejusdem Monasterii, cum omnibus ad easdem Ecclesias vel Cortem suam in integrum pertinentibus in universo Marsicano territorio. Monasterium præterea unum vocabulo Sancti

A Michaëlis Archangeli, quod Barreja dicitur, situm in finibus Beneventanis supra flumen Sangrum, licet a Saracenis destructum ex integro, tamen sicut Elio Abbati per prædictorum Regum præcepta confirmatum dignoscitur. Item in territorio Tiburtino Massam, que appellatur Jubenzana in integrum, sicuti per Pontificalia Præcepta eidem

B sancto Loco tradita concessaque est, cum omnibus appendicibus suis, cultis & incultis, & cum finibus limitibusque suis. Similiter eorum, quod eidem Monasterium attinet definitum per Cartularum series in loco, qui vocatur Ilice, sicut est usque ad columnam, quæ stat sub fronte ilicis juxta viam: deinde in montem, qui vocatur Vulterella, & us-

C que Sanctam Petram in Aspreto, nec non juxta flumicellam. Item Montem, qui vocatur Rubaraus, seu & Casale, qui vocatur Riallis, in quo est Ecclesia Sancti Eleutherii, cum determinatis finibus suis in integrum: & Longerias cum terris, que dicuntur Pentome, cultis & incultis, quomodo extenditur usque in fines Merulane. Item medieta-

D tem Casalis, in quo est Ecclesia Sancti Pamphili, quæ dicitur Johannis Presbyteri. Et alibi medietatem Casalis, qui nominatur Romani minoris: & alteram ejus medietatem, quam tenuit quondam Catelus, & ipse concambiavit sive commutavit cum quibusdam Tiburtinis. Item Casalem qui dicitur Romani majoris in integrum, & Formas terreneas tres: Casale, qui appellatur A-

E pollauti, in integrum, & Casale Sancti Vincentii cum universis sibi ex integro pertinentibus. Et Casale qui vocatur Sancti Quirici ex toto & per totum, sicut Pontificalibus Præceptis, aliisque munimentis declaratum habetur. Itaque medietatem Casalis, qui vocatur Papi, & Moruula in integrum, sicut præfatus Caletro pro suo anima de-

lega-

traxit ac dereliquit in eodem sacro Monasterio. Similiter clausuram u-nam, in qua est Ecclesia Sancti Seba-stiani, & quas aliquo modo habere vi-detur in toto Tiburtino territorio. In-tra Civitatem autem Tiburim Cellam, vocabulo Sanctae Barbarae, cum omnibus ad se pertinentibus intus & foris, & aquimolum ex integro extra Portam, datum firmiter per predictum Catoleo, & alia duo aquimola in loco, qui vo-catur Trullo, sicut omnimodo saepe no-minato venerabili Monasterio per suas quaslimitas competunt. Post hec Casalia, que istis vocabulis sive aliis nominibus incognitis nuncupantur; idest Corcoru-lam, Mufonianum, Penzis, Dirutula, Anxiole, Cisternule, & Cellulam, que vocatur Aqua Alta, ubi est Ecclesia Sancti Laurentii, cum aquimolis seu omnibus adiacentiis ipsi in integrum pertinentibus. Item Casalem qui dici-tur Asbitetum, & totum Casalem Do-navelli, & medietatem Castelli, & om-nes res comparationis Leonis Presbite-ri. Et omnia que infra totam Campa-nie territorium ipsum venerabile Mo-nasterium qualitercumque habet. Idest Casalem Portianicum in integrum cum servis & ancillis ibidem degentibus & pertinentibus. Casale dictum Oja-num majus, & Casale Ojanum mi-nus, utrosque in integrum, cum om-nibus, que ipsi sacro Monasterio per-tinent quolibet contractu & in que-libet loco; sive in Ferentinello minore, Asile, Penzia, vel quod est melius, Lupoteis, Lurojare, & in Olevano per ascriptos limites & fines. Atque Casa-le vel fundum, quod dicitur Leporali, ex integro; & Casale qui vocatur Cam-pum de Fossi, in integrum; Casale Campilionis in integrum; & medieta-tem Casalis Catejani, & Montem in quo est Cella Sancti Angeli; & Mon-tem, qui vocatur Civitella, in inte-grum. Et Casale, qui vocatur Conge-sta; & terram ad modicum duodecim in fundo Casepatis; & Casale Cesinule in integrum; & portionem Constantie bone semine in Sancta Savina & San-cto Vito. Casale, qui vocatur Cefula; & Casale Casarucellis, & Artezanum, Folinianum, & Caprini, cum omnibus ex integro pertinentiis, per limites proprie, & usualiter positis. Et Cel-lam Sancti Benedicti, que vocatur Angeli, cum omnibus causis suis, posi-tam in territorio Recamiano. Post hec Cellam in Surrifeo, in qua est Ecclesia Sancte Marie cum omnibus pertinentiis suis in integrum. Et intra Civitatem Romam Monasterium Sancti Herasmi cum universis pertinentiis suis intus & foris; & Curtem ex integro, que fuit Flori Episcopi, in qua est Ecclesia Sancti Theodori, datam ex contempore ejus. Item modicam terram extra viam juxta Farmam, & Casam Johannis Crisi cum buffo suo, cum antedictis rebus prope Portam Majorem, cum terris & pratis foris prope eam fundatis. Pre-cipientes itaque precipimus ac jubemus, ut nullus Pontificum, Episcoporum, vel Abbatum praesumat vendere sive alie-nare de suprascriptis omnibus rebus e-jusdem venerabilis Monasterii nisi tan-tummodo Abbas ibidem specialiter con-stitutus. Et hoc nonnisi pro rationabili necessitate ejusdem Monasterii secundum Canonicam permissionem. Quod si ali-ter qualibet ingenio facere presumpserit, omni eo io inutiliter maneat. Insuper nulla magna vel parva persona totius Regni nostri audeat Abbatem illum, qui modo est, vel successores suos in aliqua molestare aut disvestire vel inquietare, aut ad placitum provocare absque justa & probatissima causa, neque illorum homines ad turpe servitium aut tribu-tum cogere. Si quis autem contra hanc nostram preceptionem ire presumpserit;

sciat se aut magnum exitium passurum, aut centum Libras auri cocti compositarum, medietatem in predicto Monasterio, & medietatem Kamere nostre.

A *Quod ut verius credatur, & firmiter ab omnibus observetur, manu propria roboramus, annulo nostro jussimus sigillari.*

Signum ✠ *Domni Ottonis Cesaris Augusti.*

Ambrosius Cancellarius ad vicem Umberti Episcopi & Archicancellarii recognovi & subscripsi.

Data III. Idus Januarias, Anno Dominice Incarnationis DCCCCLXVII. Imperii verò Domni Ottonis piissimi Cesaris V. Indictione X.

Actum Rome in Dei nomine feliciter, Amen.

Neque abjicienda mihi Bulla Nicolai Romani Pontificis, quam ex ejusdem Sublacensis Monasterii pergamena descripta fuit, quamquam Notae Chronologicae in ea desiderentur, & mihi non satis probetur dictio illa *sanctissimi Patris nostri Benedicti.* Cuinam verò Papae Nicolao, scilicet Primo-ne, an Secundo tribuenda sit Bulla, non satis liquet. Ad Primum quod attinet, mentio heic habetur de Privilegiis, *quae ab Agarenis olim cum omni supellectile Monasterii igne concremata fuere.* Ante aliquot B annos, hoc est Anno DCCCXLVI. Romam & contermina loca Saraceni afflixere. Praeter haec Nicolai I. temporibus floruit Leo Abbas Sublacensis; ac proinde Mabillonius, cui notae fuisse videntur ejusmodi tabulae, quum in Annalib. Benedictin. ad Annum DCCCLV. de illo scri-C bat: *qui ea Privilegia renovari a Nicolao Primo impetravit.* Verùm tum formulae, tum tanta bonorum copia, potius indicant, haec ad Nicolaum II. esse referenda. Utcumque sit, & qualecumque sit monumentum hoc, illud accipe.

Nicolai fortasse Primi Papae Bulla pro Monasterio Sublacensi, circiter Annum 864.

,, Nicolaus Episcopus, servus ser-
,, vorum Dei. *Leoni* venerabi-
,, li *Abbati*...... Quia petitis a no-
,, bis, qualiter moniminas vel *Pri-*
,, *vilegia, que ab Agarenis olim cum*
,, *omni supellectili Monasterii igne con-*
,, *cremata atque exusta* dignoscitur,
,, quantùm ad vestram memoriam
,, Domino Inspirante pertinere vide- D ,, mini, quomodo a beato *Gregorio*
,, *summo Pontifice,* vel ab aliorum
,, summorum Pontificum, vel etiam
,, ab aliis Christianis pro eorum pec-
,, catis redimendis concessa sunt, re-
,, confirmare & stabilire nostra cle-
,, mentia dignaremur; quia nobis
,, valde competit vestre petitioni an-
,, nuere, que piis desideriis conce-

" denda congruunt; igitur concedi-
" mus sive confirmamus in venera-
" bili *Monasterio sanctissimi patris no-*
" *stri Benedicti & Sancte Scolastice,*
" *quod ponitur in Sublacum.* in pri-
" mis Locum ipsum, qui vocatur
" Puzeja, ubi ipsum Monasterium
" constructum est, una cum Specu,
" ubi ipse beatissimus Benedictus he-
" remiticam duxit vitam cum omni-
" bus infra se & extra se, cum Cri-
" ptis, & omnia aedificia humana,
" que ibi nunc sunt, vel in antea
" construere possunt. Verum etiam
" & Lacum Minorem cum piscariis
" & aquimolis suis, sicuti extendi-
" tur aqua per Alancto, deducente
" ipsa aqua in Locum, qui vocatur
" Maudra, & pervenit usque in Ar-
" co, qui vocatur de Ferrata, cum
" piscariis & aquimolis, omnia in
" unum coherentem. Concedimus e-
" tiam in perpetuum & ipsi Mona-
" sterio confirmamus, ut nullus um-
" quam hominum, magna parvaque
" persona audeat in ipsa aqua, que
" vocatur Timida, vel in aqua, que
" vocatur Augusta, vel in aqua,
" que dicitur Ballica, neque in Flo-
" ricello, neque in aqua de Toza-
" cello, neque in aqua de Cona,
" neque in ulla aqua de toto terri-
" torio Sublaciano, per nullius ar-
" gumentum aliquis hominum pre-
" sumat piscari, aut aquemolum de-
" dicare absque consensu Abbatis,
" qui ibi preesse videtur. Si quis
" hoc tamen presumserit, & aut
" piscari, aut aquimolum edificare
" in totis supradictis aquis, precipi-
" mus esse compositurum auri cocti
" Libras IX. Item confirmamus in
" eodem Monasterio Castellum inte-
" grum detinendum, quod vocatur
" Sublaeum, cum omnibus suis per-
" tinentiis vel adjacentiis, cum om-

" si placito & datione sua, una
" cum glandatico & erbatico suo,
" atque cuncta publica functione.
" Confirmamus in eodem venerabi-
" li Monasterio Montem in inte-
" grum......... ad Castellum facien-
" dum, qui vocatur Agusta, & Mon-
" tem, qui vocatur Cervaria, cum
" omnibus eorum pertinentiis. Por-
" ro & Castellum, quod vocatur
" Arsule, simulque & Castellum,
" quod vocatur Rubbiananum, simul-
" que & Castellum, quod vocatur
" Maranum: unumquoque Castel-
" lum cum Ecclesiis suis, Cellis,
" domibus infra se & de foris, vi-
" neis & terris, campis, pratis, pa-
" scuis, silvis, salectis, arboribus
" pomiferis, fructiferis diversi gene-
" ris, puteis, fontibus, rivis, aquis,
" fluminibus, cum aquimolis, cum
" castanietis, & paludibus, cum
" montibus & collibus, plagis &
" appendicibus, cultum vel incul-
" tum, vacuum & plenum, cum
" omnibus ad supradictum Monaste-
" rium, seu Castella generaliter, &
" in integrum pertinentibus, consti-
" tuta territorio Tiburtino & Subla-
" ciano, mox ut per terminos desi-
" gnantur atque demonstrantur: in
" cipiente a Petra Imperatoria, un-
" de ipsum flumen redundat, deinde
" veniente in Monte, qui vocatur
" Romani, & recto tramite in Cam-
" palongo, pergente in Fossa de
" Petea que vocatur de Perera, cum
" Ecclesia Sancti Petri; Inde venien-
" te in Staffie, quod flat in Cam-
" pofarro; deinde pervenit in Arca
" Sancti Georgii, & veniente de
" Flaontino, & per ipsum Montem
" descendente in aqua, que Ferrata
" vocatur, & per ipsam aquam de-
" venit, donec suum cursum expli-
" cit in flavium Tiberis...... tran-
" seante

meante ipso fluvio, ascendente in Monte, qui vocatur Cropho, inde per cacumen montium, per concam vallium, per cavernas petrarum devenit in montibus, qui vocantur Gemini: & sic descendente in fines Telle, & exinde descendente in rivo, qui cognominatur Trave, & pro eodem rivo descendente in alio rivo de Cona, ubi Cruce vocatur; ab ipsa Cona ascendente per rivo de Baniolum, & recte veniente in locum, qui vocatur Oraru; inde iteratim ascendente in montem, qui de Aquaviva dicitur, & recte in Pontem Terraneum, & per ipsum flumen remeante in Petra Imperatoris, & deinde in monte Romano.

Verum etiam concedo & confirmo solam Civitatem, que Carseoli nuncupatur, cum Ecclesiis, domibus infra se & inde foris diversis vocabulis, villis, vineis, fundis, & casalibus, rivis, cum aquemolis, & cum omnibus suis pertinentiis, sicut in veteris antiquioribus Privilegiis constat, ita eas in omnibus in suprascripto Monasterio confirmamus, posita infra Reatino & Ciculano & Tiburtino territorio. Denique concedimus in eodem Monasterio Castellum integrum, qui Trollana vocatur, una cum Colle de Ferrari & Saffa. sive quibus aliis vocabulis nuncupantur. Et Monasterellum cum villis, fundis...... & casalibus, vineis, & terris, campis, pratis & pascuis, & cum omnibus suis pertinentiis, sicuti extenditur usque in Piscano. Et Casale in integrum, qui vocatur Ursano, & Sambuci, cum Ecclesia Sancti Thome in desertis posita, & Monte in integrum, qui

vocatur Gurdiano, cum fundis & Casalibus suis, atque medietate de loco, qui dicitur Ilice, & locum, qui vocatur Castaniola, cum vineis & terris, cum fundis & casalibus extra & intra. Sive etiam & Valle Majore, in qua est Ecclesia Sancti Eleutherii, cum vineis & terris, vel sua omnia pertinentia. Et in ipso confinio Montis, qui vocatur Bubereum cum omnibus suis pertinentiis. Concedimus etiam & confirmamus, sicuti a *beata Silvia* concessum est, . Castellum integrum, quod dicitur Ampolloni, cum Ecclesiis & domibus infra se per omnia & extra se, vineis, terris, fundis & casalibus, vel omnibus ad idem Castellum pertinentibus. Et locum qui vocatur Pentoma, cum suis omnibus in integrum pertinentia. Verum etiam & medietatem de Castello, quod vocatur de Sancto Pamphilo, cum medietate de suis omnibus pertinentiis. Verumtamen & Castellum de Collemalo in integrum. Et locum, qui vocatur Romani in integrum. Et medietatem de Villa, que appellatur Pupi; per unumquemque locum cum fundis & casalibus, vineis & terris, campis, pratis, pascuis & silvis, salictis, fontibus, rivis cum aquemolis...... omnibus singulis locis & vocabulis, generaliter & in integrum pertinentibus, omnibus jam dictis locis territorio Tiburtino positis. Concedimus etiam & confirmamus in supra dicto Monasterio *Cellam Sancte Barbare*, que est in Civitate Tiburtina, cum domibus & Cellis intra se in integrum, cum aquemolis suis positis intra eandem Civitatem; & aliud aquimolum in Ca-

„ ftravelam, & alium foris Portam
„ majorem, & de foris cum omni-
„ bus ad eam pertinentibus. Simili
„ modo portionem in Prato majore,
„ ficut dedit quondam *Calvus Epi-*
„ *fcopus,* & Maria Ancilla Dei: &
„ fundum, qui vocatur Macronia-
„ nus, cum cafis & vineis, & cum
„ omnibus ad eum pertinentibus:
„ itemque vinee claufuram fupra fe
„ in integrum, que ponitur in fun-
„ dum...... hortum magnum cum
„ Ecclefia Sanfte Helene, & cum
„ omnibus ad eum pertinentibus:
„ itemque portionem de vinea, que
„ fuit de Leone Presbitero, que po-
„ nitur in fundum Cafaperra, cum
„ aquimolo pofito in Trullo: verùm
„ etiam vinea claufurata fuper fe in
„ integrum pofita in Cafa Gallo-
„ rum, territorio Ferentinello in in-
„ tegrum. Omnia hec, ut fuperius
„ legitur, in proprium ufum & fa-
„ larium atque utilitatem ipfius ve-
„ nerabilis Monafterii concedimus &
„ confirmamus ad tenendum, & mif-
„ fa preceptione per hujus precepti
„ Privilegii feriem fuprafcripta ro-
„ boramus immobilia loca, cum
„ omnibus eorum pertinentiis, ut
„ fuperius legitur, ita fane & inte-
„ gre, ut nullus umquam noftrorum
„ Succefforum Pontificum, vel alia
„ quelibet magna parvaque perfona
„ ipfa prenominata loca a poteftate
„ & ditione prefati Monafterii au-
„ ferre vel alienare prefumat, fed
„ potius in proprio ufu omni tempo-
„ re ufque in finem Seculi decrevi-
„ mus permanere, ut cum magna
„ securitate & quiete valeatis frue-
„ re & poffidere ac detinere. Pro
„ quo fub divini judicii obteftatio-
„ ne promulgantes decrevimus, ut
„ nullus umquam, poteftatis ac di-

A　„ gnitatis qualifcumque fit, vel qua-
„ lifcumque perfona cujufcumque fe-
„ xus, eadem Loca jam fuperius ab
„ eodem pio Loco auferre aut alie-
„ nare quelibet, vel minimam par-
„ tem prefumat per quodlibet inge-
„ nium aut argumentum. Si quis
„ (quod non optamus) temerare au-
„ fus fuerit, fciat fe Domini noftri
B　„ & Apoftolorum Principis Petri ana-
„ themas vinculis innodatum, &
„ cum diabolo, & ejus atrociffimis
„ pompis, & cum Juda traditore
„ Domini Dei & Salvatoris noftri
„ Jefu Chrifti, in eterno igne con-
„ cremandum, & in voragine Tar-
„ tareoque chaos demerfurum. Qui
C　„ verò pio intuitu cuftos & obediens
„ atque obfervator hujus noftre fa-
„ lutifere preceptionis extiterit, gra-
„ tiam & celeftem retributionem &
„ eterna gaudia a jufto Judice Do-
„ mino noftro confequi mereatur,
„ & vite eterne particeps effici me-
„ reatur . . . .
„ . . . . (*Reliqua defiderantur.*)

D　Atqui percontetur, aliquis: quod-
nam jus fuit Abbatibus majorum
Monafteriorum in Abbates & Monachos minorum fibi fubjectorum? Re-
fponfum fuppeditabunt monumenta
Mutinenfis Monafterii Sancti Petri,
Ordinis Sancti Benedicti. a quo o-
lim pendebat *Candianenfe Monafterium*
in Dioecefi Patavina fitum. Inter
E　Epifcopum Patavinum, & Abbatem
Sancti Petri controverfia fervebat,
ejufdem Candianenfis Monafterii cauf-
a, atque haec coram non uno Judice agitata eft, atque diremta. Eo
fententias & acta, ex Archivo pre-
laudati Mutinenfis Coenobii defcri-
pta.

Sententia Ferrariensis & Adriensis Episcoporum a summo Pontifice delegatorum, qua Monasterium Candianense decernitur subjectum Monasterio Sancti Petri Mutinensis, Anno 1171.

„ IN nomine Sanctæ & individuæ 'A' „ si facere neglexerit, Abbas Sancti
„ Trinitatis. Anno Christi Na- „ Petri corrigat. Si verò Abbas San-
„ tivitatis Millesimo Centesimo Se- „ cti Michaëlis, quod absit, publice
„ ptuagesimo Primo, Indictione IV. „ & criminaliter peccaverit, si per
„ Mense Januario, die Beati Vin- „ Abbatem Sancti Petri non fuerit
„ centii, Civitate Ferrarie, in Ec- „ correctus, ab Episcopo Paduæ cor-
„ clesia Sancti Stephani de Ora Ca- „ rigatur. Quando Abbas Sancti
„ nalis, temporibus *Domini Papæ* „ Petri Candianam venerit, ut Do-
„ *Alexandri, & Federici Imperatoris:* „ minus recipiatur, si Frater, ut
„ in presentia testium, quorum no- B „ Frater. Annuum censum de more
„ mina subter leguntur, sententia „ persolvat. Infra annum electionis
„ talis lata est. „ investituram ab Abbate Sancti Pe-
„ „ In nomine Patris & Filii & „ tri recipiat, quia Ecclesiam Sancti
„ Spiritus Sancti. Amen. Nos *Ama-* „ Michaëlis in Candiana in alodiis
„ *tus* quidem Dei gratiâ *Ferrarien-* „ Sancti Petri sitam esse cognovi-
„ *sis, & Gabriel* eâdem gratiâ *A-* „ mus.
„ *driensis, Episcopi,* super controver- „ „ Prefatæ Sententiæ fuerunt testes
„ sia, quæ vertitur inter *Episcopum* „ presentes Wido Archipresbiter Fer-
„ *Padnanum, & Abbatem Sancti Petri* C „ rariensis Ecclesiæ, Presbiter Johan-
„ *Mutinensis,* super *Monasterio de* „ nes Discaltius, Presbiterinus Pre-
„ *Candiana,* a Domino Papa Judices „ positus, Paltotius Canonicus, &
„ delegati, rationibus hinc inde au- „ Ragnolus Canonicus, Michaël Ar-
„ ditis & diligenter inspectis: Ab- „ chipresbiter Conventus, Alexius
„ batis confirmationem, ejus & Ec- „ Archipresbiter de Cornacervina,
„ clesiarum consecrationem, Mona- „ Presbiter Falco, Presbiter Opizo,
„ chorum promotionem, curam Po- „ Presbiter Albertus, Ildebrandus,
„ puli in Synodis, Interdictis, & „ & Bonus Johannes Judices & As-
„ excommunicationibus Parochiana- D „ sessores, Albertus de Alderio Ju-
„ rum, obedire Domino Episcopo „ dex, Martellus Mutinensis Judex,
„ competere pronuntiamus. Electio- „ Wottus Judex, Falco Causidicus,
„ nem verò Abbatum de persona „ Deodatus Causidicus, & aliorum
„ honesta & religiosa, & illius ma- „ quamplurium. Item Archipresbiter
„ turitatis, per quam Ecclesia se- „ Sancti Fidentii de Millarino, &
„ eundùm Deum possit reformari, si „ Bochus Judex, Procuratores Epi-
„ de aliena Ecclesia sit assumenda, „ scopi Paduani.
„ cum consilio Abbatis Sancti Pe- „ „ Ego Dominicus, Christi miseri-
„ tri, sine pravitate, *Conventui Ec-* E „ cordiâ Sanctæ Adriensis Ecclesiæ
„ *clesiæ Candianensis* cum vinire pro- „ Notarius rogatus a prefato Epi-
„ nuntiamus. Correctionem verò Mo- „ scopis scribere, scripturæ vinculis
„ nachorum Ecclesiæ Sancti Michaë- „ adnexui.
„ lis suo Abbati assignamus. Quod   Decre-

Decretum Petri Ticinensis & Tedaldi Placentini Episcoporum Judicum a Summo Pontifice electorum, per quod decernitur, Monasterium Sancti Michaëlis Candianensis subjectum esse Monasterio Sancti Petri Mutinensis, Anno 1173.

ANno Dominicæ Incarnationis Millesimo Centesimo Septuagesimo Tertio, die Sabati, IV. Kalendas Madii, Indictione VI. in Civitate Papia. Inter *Domnum Girardum Paduanum Episcopum, & Domnum Geminianum Abbatem, & Fratres Sancti Petri Mutinæ,* super *Monasterio Sancti Michaëlis de Candiana,* coram *Domno Amato Ferrariensi, & Gabriele Adriensi Episcopis,* quibus a *Domno Papa Alexandro ter causa fuerat delegata,* controversia diucius agitata fuit. Asserebat siquidem Domnus Paduanus, quod predictum Monasterium Sancti Michaëlis ad se in integrum pertinere, excepto eo quod predictus Abbas Sancti Petri ab eodem Candianensi Monasterio de quadraginta jugeribus terre censum quadraginta Solidorum Lucensium deberet recipere; & si ipse vel Nuncius ejus ad eundem locum casu aliquo pervenerit, Nuncius debeat recipi, & ipse Abbas ut Dominus. Abbas autem idem Monasterium Candianense tam in spiritualibus quàm in temporalibus ad se pertinere omnimodis asserebat. Super hoc igitur predicti Episcopi, receptis hinc inde testibus, & visis allegationibus, Sententiam promulgaverunt. Cumque ab ea predictum Paduanum ad Domnum Papam fuisse appellatum: idem Summus Pontifex predictam causam *Domno Petro Papiensi, & Domno Tedaldo Placenti-*no *Episcopis, & Domno Bernardo Electo Sancti Sepulcri de Placentia,* sublato appellationis remedio, audiendam commisit, & sine debito terminandam. Ii autem Judices juxta mandatum Domni Pape in unum convenientes, visis diligenter utriusque partis testibus & allegationibus: predictus Domnus Placentinus in concordia & voluntate Domni Petri & Domni Electi, hujusmodi Sententiam pronunciavit. Monasterium siquidem Sancti Michaëlis de Candiare ad jus Monasterii Sancti Petri Mutinensis pertinere judicavit. Abbatia verò confirmationem & benedictionem, Ecclesiarum consecrationem, Monachorum promocionem, & curam Populi ad Domnum Paduanum censuit pertinere, & ut vocatus ad Sinodum eat: servet quoque Interdicta & * Ecommunicationes Parochianorum. Decedente autem Abbate Sancti Michaëlis, de se ipsa idoneam personam secundùm Deum & Regulam beati Benedicti in Abbatem eligant. Quod si de ipsis congruam invenire nequiverint, de Monasterio Sancti Petri Mutinensis, vel de alio, cum consilio Abbatis electionem faciant. Correctionem verò Monachorum Ecclesie Sancti Michaëlis proprius Abbas exerceat. Quod si facere neglexerit, Abbas Sancti Petri corrigat. Si verò Abbas Sancti Michaëlis, quod absit, clarescentibus culpis pecca-verit,

„ ...serit, per Abbatem Sancti Petri
„ corrigatur. Quod si ipse facere
„ neglexerit, Dominus Paduanus ejus
„ correctionem habeat. Cum autem
„ Abbas Sancti Petri Candianam ve-
„ nerit, ut Dominus recipiatur, &
„ que corrigenda sunt, corrigat, re-
„ mota omni exactione. Si verò
„ Frater Monasterii Sancti Petri
„ Mutinensis illuc advenerit, ut Fra-
„ ter suscipiatur. Annuum verò quo-
„ que censum quadraginta Solido-
„ rum Lucensium predicta Candia-
„ nensis Ecclesia Ecclesiae Sancti Pe-
„ tri persolvat.
„ Signa ✠ ✠ manuum memorato-
„ rum Domni Placentini & Domni

„ Electi, qui hanc Cartulam fieri
„ preceperunt.
„ Interfuerunt Bernardus de Ro-
„ cha, Albertus de Ser Gaizolo,
„ Basuardus de Gratia de Vilolano,
„ qui sunt de Papia; Boso Balbus,
„ Fulco Strictus, Atto de Saxilino,
„ Guilielmus Siccamelica, qui sunt
„ de Placentia; Albertus Tertius,
„ Ecelinus Judex, qui sunt de Pa-
„ dua, testes.
„ Ego Jacobus Gossonus sacri Pa-
„ lacii Notarius interfui, & predi-
„ ctorum Domni Placentini & Dom-
„ ni Electi jussu hanc Cartulam
„ scripsi.

Concordia inita inter Abbatem Sancti Petri Mutinensis & Abbatem Sancti Michaëlis Candianensis coram Graciano Cardinale Sanctae Romanae Ecclesiae: In qua statuitur Monasterium Candianense subjectum esse Mutinensi, Anno 1187.

IN nomine Domini nostri Jesu Christi. Anno ab Incarnatione Nativi-
tatis Millesimo Centesimo Octogesimo
Septimo, Indictione V. die V. intrante
Mense Novembris. In presentia bonorum hominum, quorum noticiae leguntur
inferius. Inter Domnum Michaëlem
Sancti Petri Mutinensis, & Domnum Johannem Sancti Michaëlis Candianensis Abbates, orta questione super quibusdam capitolis. Domnus
Gracianus Dei gratia Sanctorum Cosmae & Damiani Diaconus Cardinalis
se ad componendum inter eos amicabili-
ter voluntate parcium interposuit. Predictus enim Abbas Sancti Petri Abbatem Sancti Michaëlis Investituram a se
debere, & Fidelitatem jurare asseve-
rabat, immixtis duobus Instrumentis
de pacto quadam inter predicta Monasteria inita, & predicto postmodum juramento confectis, Abbate Candianense

dicente, se ad hoc non teneri, cum in
sententia, que inter Gerardum Episcopum Paduanum & Abbatem Sancti
Petri Mutinensis per delegatos Judices,
Thedaldum videlicet Placentinum &
Petrum bone memorie Papiensem Episcopos, & Berardum tunc Electum
Sancti Sepulcri de Placentia super
Monasterio Candianense lata est, non
continetur. Tandem verò mediante prefato Cardinale in hanc transactionem
per Dei gratiam voluntate parcium
convenerunt. Quod Abbas Candianensis,
qui nunc est, & Successores ejus, ab
Abbate Mutine qui nunc est, & Successoribus ejus, Investituram recipiant,
& exinde obedienciam faciant, ita quidem quod per obedienciam Abbas aut
Monachi seu Monasterium Candianen'e
ab Abbate Mutinensi gravari non debeant supra id, quod per sententiam
competit, aut fieri consuevit. Cetera
vero

vero, quæ in memoratis Instrumentis continentur, vires non habeant, nisi quantum ex eis in sententia transfusum est. Abbas igitur Candianensis à memorato Abbate Mutinensi Investituram accipiat, & obedientiam faciat. Decedente verò memorato Abbate Candianense, electus in Abbatem de cetero ad Investituram recipiendam, & obedientiam faciendam prædicto Abbati Mutinæ & Successoribus ejus Mutinam ire debet. Promiserunt quoque supradicti Abbates unus alteri per se & Fratres suos, omnia, quæ superius dicta sunt, firma & illibata servare, & hæc subnixa stipulatione firmare.

A   Album Ferrarie in Ecclesia Sancti Stephani, in Choro ejusdem Ecclesiae.

Testes ibi ad præsens Magister Wido Aretinus Canonicus, Magister Limbertius, Magister Lambertus, Johannes de Vicbola Capellanus ejusdem Cardinalis, Albertus Judex Adegerii, Magister Niger Archipresbiter Plebis Sancti Johannis, Ortus Canonicus ejusdem Plebis, B Zohonerus Judex de Padua, Alatheus de Pegulotto, Calvus de Canfetto, Homodeus, & alii multi.

Ego Petrus Notarius sacri Palatii interfui, & jussu prenominati Cardinalis & partium scripsi.

Summi Pontificis (fortasse Cœlestini III.) Bulla, qua confirmantur jura Monasterii Mutinensis Sancti Petri in Monasterium Candianense, Anno, ut videtur, 1193.

.... Episcopus, servus servorum Dei. Dilectis filiis Abbati & Conventui Sancti Petri Mutinæ salutem & Apostolicam benedictionem. Justis petentium desideriis dignum est nos facilem præbere assensum, & vota, quæ à rationis tramite non discordant, effectu prosequente....... Eapropter dilecti..... filii, vestris justis postulationibus præstum impertientes assensum, compositionem initam inter bonæ memoriæ Michaëlem Predecessorem tuum, fili Abbas, & dilectum filium Johannem Abbatem Sancti Michaëlis de Candieno, super investitura de manu Abbatis Sancti Petri Mutinensis recipienda, & obedientia sibi & successoribus suis ab ipso Abbate Candianensi & successoribus ejus humiliter facienda, sicut mediante dilecto filio nostro Gratiano Sanctorum Cosmæ & Damiani Diacono Cardinale sine pravitate provide facta est, & ab utraque parte sponte recepta, & hactenus observata,

C   & in Instrumento publico plenius continetur, auctoritate Apostolica confirmamus, & præsentis scripti patrocinio communimus. Nulli ergo omnium hominum liceat hanc paginam nostræ confirmationis infringere, vel ei ausu temerario contra ire. Si quis autem hoc attemptare præsumpserit, indignationem omnipotentis Dei, & beatorum Apostolorum D Petri & Pauli Apostolorum ejus se noverit incursurum.

Datum Laterani IV. Idus Decembris, Pontificatus nostri Anno Quinto.

E   A legitima quoque potestate interdum minora Monasteria Majoribus subjiciebantur, ut in illis restitueretur aut reflorescret Monastica Regularis disciplina. Duobus exemplis res patebit. Sancti Apollonii Ecclesiam in Arce Canossiæ Regiensis Dioecesis, à progenitoribus Comitissæ Mathildis constructam, ipsa Mathildis una cum Beatrice matre in Monasterium conver-

convertit. De ea videndus Donizo in
Vita ejusdem Mathildis. Ipsâ autem
curante, et veri mihi videtur simile, Bernardus sanctae Romanae Ecclesiae Cardinalis, Mathildi perquam

familiaris, auctor fuit, ut Canossino
Monasterio alterum Lunensis Dioecesis subderetur, uti fidem faciet Charta, quam ex Tabulario Canonicorum
Regiensium descripsi.

**Bernardus S. R. E. Cardinalis, & Papae Vicarius Ecclesiam & Mo-
nasterium Sancti Michaëlis de Monte in Lunensi Dioecesi sitam
commendat Abbati Monasterii Canusini, consentientibus
ejusdem Ecclesiae patronis, Anno 1105.**

IN nomine Sanctae & individuae Trinitatis. Bernardus Dei gratiâ sanctae Romanae Ecclesiae humilis Cardinalis
Presbiter, atque Domni Paschalis
Papae Vicarius licet indignus, omnibus Dei fidelibus per Lunensem Episcopatum constitutis salutem perpetuam,
& benedictionem in Domino. Dum olim
in Longobardiae partibus vices Apostoli-
cas haberemus, & multa de utilitatibus Ecclesiasticis agaremus, venerunt
ad nos filii Bosonis, & nepotes Rodulfi
de Casula, suppliciter nostram clementiam postulantes, ut quamdam Coenobi-
lem Ecclesiam in praedicto Episcopio
sitam, Sancti videlicet Michaëlis de
Monte a parentibus eorum ad usum
Monasterii in praedio suo fundatam,
jam verò totius religionis Ordine penitus destitutam, ad statum Ordinis Monachorum, sicut voluntas affuit defunctorum, pro loci ejusdem possibilitate
revocaremus, & alicui religioso Coenobio commendaremus. Quorum justis petitionibus annuentes, Fratrem nostrum
venerabilem Johannem Canusinam Abbatem ad nos advocavimus, ipsamque
Ecclesiam, patronis praesentibus, obnixe-
que flagitantibus, ac unanimiter consentientibus, Gairzalo videlicet, Boso-
ne, Girardo, Gai,zardo filiis Bosonis,
itemque Girardo, Guidone, Ugitione
Rodulfi nepotibus, praedicto venerabili
fratri nostro Abbati, suisque Successoribus in perpetuum, ad regendum, or-
dinandumque, jure proprietario possidendum commisimus. Quapropter jussimus fieri hoc recordationis scriptum ad
memoriam posterorum, nostra subscriptione munitum, vice Apostolica, quam
indigni gerimus, confirmatum. Roga-
mus igitur & praecipimus, ut nulla
spiritualis aut secularis persona praefatam Coenobitem Ecclesiam ab obedientia
& jure Canusini Coenobii ulterius debeat qualiter occasione subtrahere, neque ablatas sibi, aut a se emptas terre possessiones, nec illas tres Capellas
Sancti Blasii de Vioro, Sanctique Prosperi de Monzoso, atque Sanctae Julie
de Nocaeto, quas per plurima jam
possidet annos, nec illa praedia vel Basilicas, quas in antea conquisiverit,
sciat se pro patrata inquisitia Canonice
sententias subjacere, & poenam Dei ul-
timis incurrere. Quae ut verius credantur & firmius habeantur, manus
nostrae subscriptione firmavimus.

*Ego Bernardus humilis Cardinalis
Presbiter sanctae Romanae Ecclesiae hoc
scriptum confirmando subscripsi.*

*Testes vero interfuerunt idem supra-
nominati patroni illius Ecclesiae & reliqui plures.*

*Actum Anno Dominicae Incarnationis
MCV. Indictione XIIII. Septimo Kalendas Novembris apud Guastallam,*

per manum Frugerii Archipresbiteri &
Capellani.

*Ego Guido Notarius sacri Palatii
interfui & hanc concessionem scripsi.*

*Ita Cavensi Monasterio, quòd ibi
Regularis disciplinae vigor olim flo-*

A reret, subjuncta fuere complura Monasteria ab ipsis Romanis Pontificibus, atque Principibus. Cujus rei
testis mihi &t Bulla ex ejusdem Coenobii Archivo deprompta.

Gregorii VII. Papae Bulla, qua Monasterio Cavensi Sanctae Trinitatis donat & confirmat quaedam Monasteria, circiter Annum 1076.

Gregorius Episcopus, *servus servorum Dei. Omnibus Christi fidelibus Clericis ac Laicis salutem &
Apostolicam benedictionem. Notum esse
volumus omnibus Clericis ac Laicis,
Deum piâ Catholicâque fide colentibus,
nos in Apostolicae defensionis, tutelam
Cavense Monasterium suscepisse, quod
apud Salernum in Sanctae ac individuae Trinitatis honore constructum esse
dinoscitur; sui Monasterio tua quaedam
in Cilentio Monte posita Monasteria,
videlicet* Monasterium Sanctae Mariae
de Gulia, Monasterium Sancti Nicolai, Sancti Archangeli, Sancti
Magni, Sancti Fabiani, Sancti Geor-
gi, Sancti Matthei ad duo flumina,
*& Ecclesiam Sancti Angeli de Monte
Corase, Sancti Blasii de Butrano, Sancti Joannis de Tarosino, Sancti Salvatoris de Nuce, Sancti Zachariae de
Lauris, cum Cellis eorum, jure perpetuo possidenda atque regenda. & secundam Deum ordinanda venerabili Petro Abbati ejusdem Monasterii, cha-
rissimo filio nostro Gisulfo Principe
annuente, olim donavimus, & nunc
eidem Abbati, ejusque Successoribus ad
regendum, corrigendum & procurandum
ipsa committimus & auctoritate Apostolica confirmamus. Interdicimus igitur
in nomine Domini nostri Jesu Christi,
& ex auctoritate beati Petri Apostolorum Principis, cujus vice sancta Roma-*

B ae Ecclesiae presidemus, & omnino prohibemus, ut nullus Archiepiscopus aut
Episcopus, nullus Rex, Dux, Princeps, Comes, nullus Clericorum,
Laicorum, aut quaelibet omnino magna vel
parva persona, praefato Sanctae Trinitatis
Coenobio in praedictis Monasteriis vel Ecclesiis, sanctisque ad ea pertinentibus,
quacumque modo seu qualibet occasione
aliquid minuere, vel dolos vel molestias
aut aliquam violentiam inferre, aut
C Dei servos inquietare praesuma temeri-
tate praesumat, quatenus Romano soli
Ecclesiae idem Monasterium cum praefatis
Ecclesiis pleno jure videatur esse subjectum. Tanto enim Religiosi Monachi,
ibidem Deo servientes, sincetiori mente Divinum opus exequi devotissime poterunt, quanto nos eorum quieti no-
D strâ, immo beati Petri Apostolorum
Principis auctoritate, per omnia providere studemus. Si quis verò adversus
praedictam Monasterium justam se putat
habere querelam, & apud Cenobii Abbatem vel Monachos litem suam decide-
re ac diffinire noluerit, volumus atque
edicto perpetuo statuimus, ut ante nos,
vel Legatos nostros querimonia deferan-
E tur, quatenus aequitate judicii, sine
personarum acceptione, sua unicuique
justitia, Deo auctore, servetur. Si
quis autem contra hanc nostri decreti
auctoritatem ire tentaverit, sciat se
beati Petri Apostoli gratiam amissurum,

& Apo-

Sigillum plumbeum.

Et haec quidem laudanda. Sed
quod non aeque laudem, Caesares interdum alterum alteri Monasterium
subdebant, Monachis invitis; atque
in eam rem suspicari liceat, potentiores Monachos conatus suos addi-
disse. Neque enim semper ab eorum
coetibus ambitio aberat; immo quo
latius dominari poterant, eo pluris
Congregationem suam faciendam arbitrabantur. Sed praecipue insignium
Coenobiorum conditores & conditri-
ces hac ratione conabantur potentiam
ac nomen augere loci sacri a se ae-
dificati. Suum exordium (ut saepe
aliàs memini) Angilbergae Augustae
Ludovici II. conjugi debet insigne
Monasterium Placentinum Sancti Sixti, primo sacrarum Virginum, tum
Monachorum domicilium. Nihil in-
tentatum reliquit Imperatrix Illa,
etiam post obitum Augusti viri sui,
ut quot posset modis sui Parthenonis decus & opes amplificaret. Itaque Anno DCCCLXXXII. Arnul-
phum Italiae Regem pertraxit ad
subjiciendum eidem Placentino Asceterio *in Comitatu Prissanensi Monaste-*
rium Novum; Papiae verò Monasterium
Sancti Marini, atque Monasterium San-

&i Thomae, necnon Monasterium Regi-
nae, in quibus Sanctimoniales Dominae
saeculantes commorantur; in Placentino
etiam Comitatu Abbatiam, Caput Tre-
biae nuncupatam. Habes editum Diploma a Campio Tom. primo Hist.
Ecclesiae Placentinae. Quod autem
Monasterium Novum appellatur *in Co-*
mitatu Prissanensi, nibil aliud fuit,
nisi celeberrimum Brixianum Sanctae Juliae, a Sanctimonialibus adhuc inhabitatum. Ac proinde mirari
quisquam posset audax Angilbergae
Augustae consilium conatis, ut novo suo Coenobio alterum tanti nominis subderetur. Sed ausa id ea
fuerat sub Ludovico II. Imperatore
marito suo, ut Infra intelliges ex
ejusdem Imperatoris Diplomate evul-
gando in Dissertatione LXXIII. *de*
Monasteriis in beneficium datis. In
subsequentibus tamen Privilegiis Si-
xtino Monasterio concessis nibil occurrit, unde constet, Brixianum ac
Ticinensia illa Monasteria ad jus
Placentini post sublatam e vivis Angilbergam pertinuisse. Cura nempe
Regalis fuit, ut ejusmodi jugum ex-
cuterent. Nonnulla ex hisce Privilegiis evulgavit Campius: ego verò
plura

plura in hoc ipso Opere. Sed & nunc alia duo accipere Lectorem non pigebit, quorum alterum ex Archivo ejusdem Monasterii Sancti A Sixti deductum est; alterius apographum vetustum vidi in Tabulario Communis Cremonensis.

Berengarius II. & Adelbertus Italiae Reges Monasterio Monialium Sancti Sixti Placentini confirmant omnia illius jura ac Privilegia, Anno 950. seu potius 951.

IN nomine Domini Dei eterni. Berengarius & Adelbertus divina providente clementia Reges. Si sacris ac venerabilibus locis tempo. alia atque transitoria concedimus, * magnam apud Dominum remunerari in futuro nequaquam diffidimus. Quocirca noverit omnium fidelium sancte Dei Ecclesie, nostrorumque, presentium scilicet ac futurorum industria, Giseprandum sancte Terdonensis Ecclesie Episcopum, necnon Widonem sancte Mutinensis Sedis Presulem, humiliter nostram exorasse celsitudinem, quatenus ennere superne remunerationis per nostri Precepti paginam quoddam Monasterium infra Civitatem Placentinam, a beate videlicet memorie Angelberga Imperatrice constructum, & in honore Sancti Xysti edificatum, Berte gloriosissime Abbatisse, Amite nostre cum omnibus suis pertinentiis confirmare ac corroborare dignaremur; simul quoque roborantes, & in perpetuum concedentes eidem Monasterio quasdam Cortes, Wardistalla scilicet, Campum Miliarito, Curts Nova, Pegnaiariam, Sexto, Luciariam, Littora Paludana, Villola, cum adjacentiis eorum, & omnia quecumque memorata Imperatrix institutione sui judicati ubicumque eidem Cenobio diffinivit ad habendum. Quorum petitionibus tota devotione faventes id fieri annuimus, hoc nostrum preceptum scribi jubentes, per quod prelibate Berte Abbatisse eumdem Monasterium con-

B firmamus ac corroboramus, quatenus in sua sit potestate & dominio, quousque vixerit, & ibidem dominatrix & ordinatrix atque rectrix invigilet ac permaneat donec ejus fuerit vita; per quod etiam jam prescripto venerabili loco concedimus & confirmamus omnes res & possessiones mobiles ac immobiles, tam per Cartulas quam extra Cartolas, vel cujuscumque inscriptionis titulo ad partem ipsius Monasterii legibus adquisitas & adquirendas, seu quicquid per Regum vel Imperatorum Antecessorum nostrorum precepta ad eumdem sacrum locum collatum, atque Cellulam quandam, que antiquitus Monasteriolum dicebatur non procul a Placentina Urbe sitam hanc, qui Caput Trebbie vocatur, in qua Ecclesia Apostolorum Principis dicata consistis, cum omnibus ibi pertinentibus, quemadmodum Carlomannus serenissimus Rex antiquitus eamdem Cellulam cum universis suis appenditiis & pertinentiis eidem Monasterio proprietario jure largitus est, prenominato venerabili loco per hoc nostre Regalis auctoritatis preceptum ex integro perdonamus, largimur, confirmamus, modisque omnibus corroboramus: familias quoque utriusque sexus & conditionis cum Curtibus & Capellis, earumque appenditiis, cum omnibus Castellis, casis, vineis, campis, pascuis, pratis, sylvis, salectis, sationibus, palludibus, aquis, aquarumque decursibus, molendinis, flumicibus, piscationibus, ripis,

ripis, rapinis, montibus, collibus, vallibus, et planiciebus, cultis & incultis,
divisis & indivisis, mercationibus, ve-
ctigalibus, districtionibus, servis & ancillis, aldiis & aliciis, & cum omnibus ad eumdem Monasterium juste
& legaliter respicientibus in integrum
confirmamus, ita videlicet, ut preliba-
ta Abbatissa Berta, quousque vixerit,
hac nostra auctoritate roborata, de pre-
scriptis rebus eidem Monasterio pertinentibus tam per preceptorum paginam,
ut diximus, quamque aliarum Instru-

A menta cartarum, & adquisitis & adquirendis potestative omnium faciat,
magnorum, parvarumque personarum
molestatione remota. Si quis verò hanc
nostram auctoritatem violare temptaverit, centum quinquaginta Libras auri
optimi componere cogatur, medietatem
Kamere nostre & medietatem sepe fate Berte Abbatisse. Quod ut verius
B credatur, diligentiusque ab omnibus observetur, manibus propriis roborantes
de anulo nostro jussimus insigniri.

Signa Dominorum [monogramma]   [monogramma] Berengarii & Adelberti serenissimorum Regum.

Locus Sigilli ✠ cerei deperditi.

Ubertus Cancellarius ad vicem Bruningi Episcopi & Archicancellarii recognovit &
subscripsit.

Data XVI. Kalendas Februarii, Anno Dominice Incarnationis DCCCCL. Regni verò Domni Berengarii atque Adelberti sereniffimorum Regum I. Indictione Nona.

Actum Papie Ticinum, feliciter. Amen.

Otto I. Italiae Rex Bertae Abbatissae confirmat Monasterium Placentinum Sancti Sixti, eidemque Coenobio omnia jura ac Privilegia corroborat, Anno 952.

IN nomine Domini Dei eterni. Otto
divina favente clementia Rex. Si
petitionibus fidelium nostrorum libenter
annuimus, fideliores eos nobis esse minime dubitamus. Quocirca omnium universalis Ecclesie fidelium, nostrorum videlicet presentium ac futurorum noverit
industria, qualiter Hadeleyda dilecta
Conjunx nostra, & Conradus Dux
fidelissimus noster nostram suppliciter e-
xoraverit majestatem, quatinus ab a-

C morem superne remunerationis, per nostri Precepti paginam, quoddam Monasterium Infra Civitatem Placentinam,
à beate memorie Angelberga videlicet
Imperatrice constructum, & in honorem
Sancti Sixti dedicatum, Berte nobilissime Abbatisse nobis devotissime, cum
omnibus suis pertinentiis confirmare dignaremur, simul quoque roborantes, &
D in perpetuum concedentes eidem Monasterio quasdam Curtes, Wardastallam
sci-

scilicet, Campum Miliatie, Cartem Nova, Sexta, Lasiariam, Littera Pala-
dena, Villale, Pigmiariam, cum adjacentiis eorum, & omnia quecumque
memorata Imperatrix per inftitutionis
fue paginam ubique iftam Cenobium diffinivit habentem. Quorum petitionibus
tota devotione faventes id fieri annuimus, hoc noftrum Preceptum fcribi jubentes, per quod prefcibate Berte Abbatiffe idem Monafterium confirmantes,
quatinus in fua fit poteftate & dominio, eoufque vixerit, & ibidem dominatrix & ordinatrix atque rectrix
invigilet, donec ei fuerit vita. Per
quod etiam jam prefcripto venerabili
Loco concedimus & confirmamus omnes
res & poffeffiones mobiles & immobiles,
tam per Cartulas quam extra Cartulas,
vel cuicumque infcriptionis titulo ad
partem ipfius Monafterii legibus adquai-
fitas & querendas, feu quidquid per
Regum vel Imperatorum antcefforum noftrorum Precepta ad eundem facrum Locum
collatum eft: atque Cellulam quandam
non procul a Placentina Urbe fitam,
qui Caput Treble vocatur, in qua
Ecclefia Apoftolorum Principis honore
dicata modifcit, cum omnibus inibi pertinentibus, quemadmodum Carlomannus fereniffimus Rex antiquitus eandem
Cellulam cum univerfis fuis appenditiis
eidem Monafterio proprietario jure largitus eft, prenominato venerabili Loco
per hoc noftre Regalis auctoritatis Preceptum ex integro perdonamus, largimur, & confirmamus, & modis omnibus corroboramus: famulos quoque a-
triufque fexus, & conditionis, cum
Cartibus & Capellis, earumque appenditiis, cum omnibus Caftellis, templi,
cafis, vineis &c. (*) Si quis hujus noftri Precepti paginam infringere voluc-
rit, fciat fe compofiturum auri optimi
Libras centum, medietatem Camere noftre & medietatem prefate Abbatiffe.
Et ut hoc verius credatur, & attentius obfervetur, manu noftra propria fi-
gnavimus, & anuli noftri fubter juffimus adfirmari.

Signum Domni   Ottonis fereniffimi Regis.

Walgfridas Cancellarius ad vicem Brunonis Archicapellani recognovit.

Data VIII. Idus Februarii, Anno Incarnationis Domini noftri Jefu Chrifti DCCCCLII. Indictione Decima, Anno vero Domni Ottonis in Italia Primo, in Francia XVI,

Actum Papie, feliciter in Dei nomine. Amen.

Edita heic Diplomata duo conferenda funt cum iis, quae Frodoardus, Continuator Reginonis, Sigonius, Baronius, Paglus, aliique tradunt de Anno emortuali Lotherii Regis Italiae, & de exordio Regni Berengarii Secundi, Adelberti, ac Ottonis Magni. Diffimulare tamen nolim, in Diplomate Berengarii II. vitium fortaffe latere. Neque enim Anno DCCCCL. Januario Menfe decurrere potuit Indictio Nona, nifi ftatuamus, fecundum morem Florentinorum ac Venetorum novum Annum DCCCCLL Martio

(*) uti fupra in Diplomate Berengarii & Adelberti.

Martio tan'bn Mense subsequenti in-
choatum. Sed mihi veri videtur similius pro *Anno DCCCCL.* scriptum
ibi fuisse, aut scribendum esse *Anno
DCCCCLI.* quippe subsequens Ottonis
Magni Diploma & Ipsum Ticini datum, cum *Anno DCCCCLII. Februario Mense* conjungit *Indictionem Decimam.* Infra quoque in Dissertatione
LIX. *de Cler. Immunitat.* Diploma
evulgabo, *Actum Papiae X. Kalendas
Octobris, Anno Dominicae Incarnationis DCCCCLI. Regni Berengarii & A-
delberti Regum Primo, Indictione X.*
inchoata videlicet prima die Ipsius
Septembris. Ad haec in Tabulario
Arch.episcopii Lucensis Chartam vidi scriptam *Anno Primo Berengarii &
Adelberti Regum, Indictione Nond. XV.
Kalendas Septembris,* scilicet Anno
Christi DCCCCLI. ubi Conradus E-
piscopus Lucensis quaedam permutat
spectantia ad *Ecclesiam Sanctae Mariae, Plebem Baptismalem in Piscia
Majori, quae est sub potestate Episcopatus Sancti Martini,* idest Lucensis.
Item alteram ibi nactus sum, exaratam *Anno XIX. Lotharii Regis,
Quarto Nonas Martii Indictione VIII.*
hoc est, Anno DCCCCL. quo revera contigerit obitus Lotharii Regis, &
coronatio Berengarii atque Adelberti.
In Chronico Brevi Regum Italiae,
quod evulgatum a me fuit Tomo II.
Anecdotos. Latinor. & Tomo IV.
Rer. Italicar. haec leguntur: *In Vi-
crsita quarto die, qui fuit die Dominica XV. die Decembris, in Basilica
Sancti Michaelis, quae dicitur Major,
fuerunt electi, & coronati Berengarius
& Adelbertus filius eius in Regibus.*
Notae Istae Annum DCCCCL. desi-
gnant, quo die XV. Decembris, Domini dies fuit. Quare videntur a
mendandi Annalista Saxo & alii, an-
ticipantes Lotharii Regis mortem, &

[A] Berengarii II. ejusque filii Adelberti
Regnum. At institutum iter repeta-
mus. Adelais quoque ejusdem Ottonis Magni summe pia conjux, quum
nobile Monasterium Sancti Salvatoris
extra Ticinensem Urbem excitasset,
eidem subjiciendum curavit *Monasterium Sancti Anastasii una cum Curte
Olona, & insuper Monasterium Sanctae*
[B] *Dei Genitricis Mariae in loco Pompo-
sa dicto, constructum.* Id ex compluribus Diplomatis a Margarino editis
Tomo II. Bullarii Casinensis ediscimus. Eo ut antiquissimum & insigne Pomposianum Coenobium, quod
tanto tempore sui juris fuerat sub
Romanorum Pontificum, aut Augustorum Patrocinio, famulari coactum
[C] est Ticinensi Sancti Salvatoris, quo
tamen onere non diu pressum fuit.
Neque secus egere *Farfenses* Monachi, ut jam animadverti Part. II.
Tomi II. Rer. Italicar. pag. 669.
Curarunt enim, ut Henrici Tertius &
Quartus inter Augustos sibi subjicerent celeberrimum *Vulturnense* Coenobium, praeter alia, quorum mentio
[D] est in Chronico Farfensi.

Sed & alterum subjectionis genus
in Italica quaedam Monasteria invectum est Saeculo X. & XI. Quum
enim Anno DCCCCXVIII. fundatum
in Burgundia fuisset Cluniacense Monasterium, & sensim per Christianum
Orbem percrebresceret fama loci tum
ob sanctitatem Abbatum, tum ob e-
[E] nactam Regulae Benedictinae observ-
vantiam illic restitutam, immo &
multis piis consuetudinibus adauctam,
coeperunt in Gallia primum, tum in
Germania, Italia, ac Hispania complura Monasteria celebratissimo Illi
sese subjicere (variis autem pactis &
conditionibus) ejusque reformationem,
consuetudines, ac mores accipere.
Ita Cluniacensi celeberrimo Monasterio

rio latissimus factus est dominationis campus, atque illius ope restaurata est plurimis in locis Monastica Disciplina. Verùm ubi opes Monasterii illius mirum in modum auctae sunt, atque occultus ambitionis ac superbiae virus, a quo vel meliores sibi interdum cavere nesciunt, in animos Cluniacensium irrepsit: elabi quoque sensim coeperunt ex eorum manibus, qui antea se ipsis subdiderant. Monasteriis enim, ad quorum reformationem advocabantur, ut jugum imponerent, quotquot poterant artibus, studebant; & Pontius eorum Abbas (teste Petro Diacono Lib. 4. Chronici Casinensis) eo progressus est, ut se *Abbatem Abbatum* jactitaret. Sed me fortasse longius, quàm par sit, abripuit argumentum vastissimum, quod sanè quamquam a doctissimo Mabillonio mirifice illustratum fuerit in Annalibus Benedictinis, attamen, quod est ad Italiam, nondum tamen satis pro dignitate pertractatum videtur, quum viro doctissimo latuerit ingens copia Monasteriorum, seculique Monumentorum ad Historiam Monasticam Italiae spectantium. Dolendum propterea est, praelaudatum Eminentissimum Sanctae Romanae Ecclesiae Cardinalem Quirinum, cui consilium Historiae hujusmodi contexendae susceptum fuerat, variis occurrentibus caussis, manum e tabula sustulisse. Duobus exemplis rem absolvam. Nulla Mabillonio facta est mentio, praeter tot alia loca, Abbatiae sive Monasterii *Sancti Laurentii in Campo*, quod in Fanestri Dioecesi situm ad ripas fluvii Cesani non longe a raderibus antiquissimi Oppidi Suasae, nunc Eminentissimo Sanctae Romanae Ecclesiae Cardinali Alexandro Albano commendatum est. Attamen quantus fuerit sacri Loci splendor Anno MCLIII. & quot alia Monasteria eidem supposita fuerint, e subsequentibus Literis, quamquam non satis accurate olim descriptis, disces, quas ad me misit doct.ssimus vir Joseph Tirabescus Senogalliensis.

Anastasii IV. Papae Bulla, per quam jura ac Privilegia confirmat Monasterio Sancti Laurentii in Campo, ejusque Abbati Alberto, Anno 1153.

ANastasius Episcopus, *servus servorum Dei. Dilecto filio* Alberto Abbati Monasterii Sancti Laurentii in Campo, *quod in Fanensi Parochia situm est, ejusque successoribus regulariter substituendis in perpetuum .... voluntatis affectu debet prosequenter amplecti, quatenus & devotionis sinceritas laudabiliter increscit, & utilitas postulat, vires indubitanter assumant. Quapropter, dilecte in Domino fili Alberte Abbas, petitiones tuas clementer admittimus, etiam predecessorum nostrorum Joannis, Alexandri, Paschalis, & Innocentii Romanorum Pontificum vestigiis insistentes, Beati Laurentii Monasterium, quod in Campo dicitur, cui adjuvante Domino S. R. E. permanere decrevit, statuentes, ut quaecunque bona, quascunque possessiones in presentiarum juste, & canonice possidere dignoscitur, universa, quae in futurum Episcopali concessione, Regali aut Principali largitione, aut oblatione Fidelium, seu aliis justis modis eidem Cenobio, auxi-*

liante

liente Domino offerri contigerit, firma sibi, tuisque successoribus & illibata permaneant. In quibus hoc propriis duximus exprimenda vocabulis,. Monasterium Sancti Angeli de Monte cum Ecclesiis & omnibus ad eam pertinentibus: Monasterium Sancti Paterniani de Mampullo cum suis pertinentiis: Monasterium Sancti Michaëlis filiorum Alfedi: Ecclesiam Sancti Johannis de Montecalvo: Ecclesiam Mauriaae in Lucioli, cum Curte de Paleano: Sancte Cecilie cum Curte de Ferbula: Sancti Stephani cum Curte de Fenilio: Monasterium Sancti Hyppoliti cum Cellis suis, videlicet Sancto Savino cum Curte sua de Pratalia, Sancto Mauricio, Sancta Michaëla, & Sancto Damiano: Cellam Sancti Stephani: Ecclesiam Sancti Gervasii: Curte de Valdunga cum pertinentiis suis: Monasterium Sancti Adriani cum ipso Castro de Gajo, & cum Insula Arunsicuba usque ad flumen Mecauri: Cellam Sancti Martini in Bricboli, Sancti Joannis Majoris in Faro constituti, Sancti Gregorii, Sanctorum Philippi & Jacobi de Cavallaria: Curte, que vocatur Cesena Domestica: Curte, que nominatur Gurgo fusco: Ecclesiam Sancte Marie in Cratide, Sancti Paterniani: Curtem Numero; Curtem Urciano; Massa Barebi cum pertinentiis suis: Curtem de Sancto Petro in Vettelago; Curtem Reverase cum Ecclesia Sancti Joannis; Antadinam majorem atque minurem: Curtem Sancti Petri de Bolagaria: Castrum de Cerqueaupa cum pertinentiis suis: Ecclesia Sancti Severi, Sancti Donati cum Curte de Ortaria; Curtem Mauris Calvi cum pertinentiis suis: Monasterium Sancti Laurenti

situm in Urbetalia cum pertinentiis suis, Cartis & Castris. Decernimus ergo, ut nulli omnino hominum liceat eandem Ecclesiam temere perturbare, aut etiam possessiones auferre, vel ablatas retinere vel injuste datas suis usibus venditare, minuere, vel temerariis vexationibus fatigare. Que omnia integra conserventur earum, pro quorum sustentatione & gubernatione concessa sunt, usibus omnimodis profutura. Si qua igitur in futurum Ecclesiastica, Secularisue persona hanc nostre Constitutionis paginam sciens contra eam venire tentaverit, secundo tertiave commonita, si non satisfactione congrua emendaverit, potestatis honorisque sui dignitate careat.

Ego Anastasius Catholicae Ecclesiae Episcopus *subscripsi.*

Ego Gregorius Presbiter Cardinalis titulo Sancti Calisti subscripsi.

Ego Arivertus Presbiter Cardinalis titulo Sancte Anastasie subscripsi.

Ego Julius Presbiter Cardinalis titulo Sancti Marcelli subscripsi.

Ego Ubaldus Presbiter Cardinalis titulo Sancte Crucis in Hierusalem subscripsi.

Datum Laterani per manum Rolandi Sancte Romane Ecclesie Presbite.] Cardinalis & Cancellarii, Quincto Kalendas Decembris, Indictione II. Incarnationis Dominice Anno MCLIII. Pontificatus verò Domini Anastasii Quarti Pape Anno Primo.

Hujus autem sacri loci antiquitatem ut habeas perspectam, Diploma Ottonis IIL Augusti adjicio, quod pariter supralaudato Tiraboseo acceptum refero.

Praeceptum Ottonis III. Imperatoris, confirmantis bona ac privilegia Monasterio Sancti Laurentii in Campo, ac illius Abbati Petro, Anno 1001.

IN nomine Sancte & individue Trinitatis. Otho Dei gratia Romanorum Imperator Augustus. *Imperatorie felicitatis est, Ecclesiis amissa jura restituere, & de his, que ad presens possident, securitatis ac libertatis eis in futurum munus concedere, ut dum remotis jurgium litibus in summa pace quiescunt, pro Imperii statu, totiusque gentis salute sponso suo Deo vivo & vero supplicare liberius possint.* Quapropter noveris omnium Sancte Ecclesie Fidelium universitas, qualiter per intercentum Domni spiritualis Patris nostri Silvestri Secundi Pape, tibi Petro venerabili Abbati Monasterii Sancti Laurentii in Campo, *de eadem Abbatia cum omni integritate sua per hanc nostre preceptionis paginam confirmationem concedimus, & per te, tuisque successoribus Abbatibus in perpetuum confirmamus, ea scilicet pactione, ut omnia que more . . . . . . salario ad utilitatem Monasterii & Heremi sustentationem in presenti haberi videris, de hinc quiete & secure possideas, idest omnia, que in circoitu ejusdem Monasterii sita esse videtur inter fluvium Saxanum & Rivumfrigidum, usque ad Terram Sancti Apollinaris in Classe, & Ancudenam cum omnibus ad se pertinentibus:* Cella Sancti Petri in Bulgaria cum Castello suo, *& Curte, aeque illius tota . . . . . .* Cella Sanctorum Philippi, & Jacobi *cum Castello suo, quod dicitur Cavallaria:* Cella Sancti Adriani *cum Castello de Cajo a strata publica usque ad fluvium Metaurum:* Cella Sancti Martini *in Bretoli cum omnibus ad se per-* tinentibus: Cella Sancti Johannis *majoris in Fano constituta. Hec omnia cum omnibus ad se pertinentibus nostra Imperiali auctoritate licet tibi intromittere, & ad usum Monasterii, & tuarum Fratrum deinceps perpetuo possidere. Et non fit tibi fas, neque ullis tuis successoribus Abbatibus de omnibus supradictis quicquam aliquam partem, aut emphiteuticam, seu quacumque scriptione transcribere vel ordinare, nisi more teloneo ad fratres annuatim persolvendas. Cetera vero, que male sunt transcripta, & secundum Justinianam Legem non sunt ordinata, vel adventitiis emphiteuticis scriptionibus a Monasterio eodem sunt alienata, sancimus, ut potestati tue investias, & predicta preceptione intromittas, idest Curte Vetilago cum omnibus ad se pertinentibus:* Cellam Sancti Geruntii *in Goauze cum omnibus ad se pertinentibus:* Cellam Sancti Savini *in Pratalia cum Curte, & omni pertinentia sua: Cotemque sive loca, que vocantur Metivo cum omnibus ad se pertinentibus, & locum qui vocatur Arecteta cum Ecclesia in eodem loco constituta, & cum omnibus ad se pertinentibus:* Cellam Sancti Donati, *&* Cellam Sancti Saveri *cum Cortibus & omnibus appartenentiis suis. Hec omnia, & cetera quecumque ad jus ejusdem Monasterii pertinere videntur, irritis omnibus scriptionibus earum, eidem venerabili loco restituimus per hanc nostram inviolabilem Constitutionem. Decernimus etiam ut nullus Imperator, Rex, Dux, Marchio, Princeps, Comes, Vicecomes de his omnibus possessionibus, quas superius diximus.*

mas, alicui mortalium aliquid donare, vel in beneficium attribuere presumat, neque alicui Archiepiscopatui aut Episcopatui id Monasterium subjiciat, sed semper sub solo jure, & dominio sanctae Romanae Ecclesiae perpetuo consistat. Insuper pro remedio animae meae, meorumque parentum, tibi, tuisque successoribus Abbatibus in perpetuum de nostra Imperiali munificentia concedimus, ut de omnibus Castellis, Massis, Curtibus, Villis, atque cunctis possessionibus ad idem tuum Monasterium pertinentibus, nullum Fodrum alicui magnae parvaeque personae debitae persolvatur, sed tibi, tuisque successoribus, & fodrum colligere, & districtionem in omnibus supradictis possessionibus tenere liceat. Quod ut verius credatur, & ab omnibus observetur, manu nostra propria firmavimus, & Sigilli nostri impressione insigniri jussimus.

Signum Domni  *Ottonis serenissimi Augusti.*

Locus ✠ Sigilli deperditi.

Heribertus Cancellarius vice Petri Comani recognovit.

Datum Nonis Martii Anno Incarnationis Dominicae Millesimo Primo, Indictione Decimaquarta, Anno vero Tertii Othonis Regnantis XVII. Imperii . . . . . .

Actum Perusii.

Animadverte Monogramma Ottonis III. simile alteri Ottonis I. Quid hac de re dicendum, in praesentia non vacat inquirere. Porro quantae dignitatis nuper memoratum Monasterium fuerit, inde praecipue intelligas, quod alia suberant ei Monasteria, videlicet *Monasterium Sancti Angeli de Monte, Monasterium Sancti Paterniani, Monasterium Sancti Michaelis, Monasterium Sancti Hyppoliti, Monasterium Sancti Adriani, Monasterium Sancti Laurentii.* Neque exilia, neque levis momenti fuisse opinaris haec alia Monasteria subjecta Fanestri. Erant & lii *Cellae, Curtes, & Castella;* ita ut denique jam manu tangere possis, defuisse quidem vetustis Saeculis religiosas Ordines Fratrum Mendicantium, quorum domus tam frequentes nunc cernimus in Urbibus & Castellis, immo & in Vicis; sed propterea desideratos minime fuisse Monachos, qui Monasteriis ac Cellis quamplurimis Civitates ipsas & agros implerent. Demum ut, quod superius innui, altero confirmem exemplo, Mabillonio nimirum non pauca per Italiam latuisse Monasteria, quaeras quidem in ejus Annalibus Benedictinis originem & monumenta *Monasterii de Ferentillo,* at nulla reperies. Dignum tamen est antiquissimum & insigne Coenobium, cujus sit apud posteros aliqua mentio. Situm erat in agro, & Dioecesi Spoletana in Apenninis montibus, ejusque etiam meminere Leander Albertus & Ughellius. Teste Bernardino Comite Campelli in Histor. Spoletan. Lib. 12. Monasterii hujus fundator fuit Faroaldus Spoleti Dux circiter Annum Christi DCCXII. Ita vero illius opes ac potentia creverunt, ut Abbas multis Villis atque Castellis olim dominaretur: quod ex Charta edisces, quam mihi sup peditavit Reg.stum MStum Cencii Camerarii.

Sacramentum fidelitatis praestitum Gregorio IX. Papae ab Abbate & hominibus Monasterii Sancti Petri de Ferentillo Spoletanae Dioecesis, Anno 1231.

IN Dei nomine. Nos Abbas & Conventus Monasterii Sancti Petri de Ferentillo, & Homines Abbatiae juramus ad sancta Dei Euangelia Domino Papae sub hac forma, in manu Domini Stephani Capellani sui.

Ego talis juro, tactis sacrosanctis Euangeliis, stare, & obedire omnibus mandatis Domini Gregorii Papae IX. & suis Nuntiis: & quod ero fidelis ei in perpetuum, & Successoribus suis canonice intrantibus. Non ero in facto vel in consilio, quod vitam perdam, aut membrum, vel capiatur mala captione. Consilium, quod mihi credens, nulli pandam ad eorum damnum. Terram Abbatiae de Ferentillo adjuvabo ero eis & Romanae Ecclesiae ad retinendum & defendendum contra omnem personam. Item studium dabo, quod omnes alii de Terra Abbatiae de Ferentillo jurent & servent idem juramentum. Sit me Deus adjuvet & haec sancta Dei Euangelia.

Domnus Octavianus Prior juratus.
Domnus Castorius Monachus juratus.
Domnus Aegidius juratus.
Domnus Saracenus juratus.
Domnus Raynaldus juratus.
De Villa Macenani, Valerius Janni juratus. Bonajura Roini jur. Mancinus Berardi jur. Jaurus Fellis jur. Valteronus Jauri jur. Henricus Follius jur. Matthaeus Accuriobonus jur. Odorinus Valteri jur. Macaronius Janni jur. Gratilis Oddonis jur. Johannes Binnitus jur. Raynaldus Rainerii jur. Rainaccius Acli jur. Johannes Rainuccii jur. Rainaldus Preuze jur. Johannes Adae jur. Rainaldus Berardacii jur. Burlante jur. Rainaldus Petri jur. Beradus Petri jur. Johannes Petri jur. Scaniorinus Berardi jur. Todiius Janni jur. Minisbare jur. Johannes Sulci jur. Porcaelia jur. Pitercus jur. Mojaronus Jonni jur. Rainerius Janni jur. Valterius Binniti jur. Rabellus Petri jur. Romanellus jur. Valteronus ejus filius jur. Mallotous jur. Scamius Berardi jur. Bartholomaeus Oddonis jur. Brandicia Valteri jur. Johannes ejus nepos jur. Benencasa Maranti jur. Scevive jur. Munallus Janni jur. Tizanus jur. Johannes Azari jur. Blasius Azzi jur. Berardus Valteri jur. Presbiter Cras jur. Oddo Valteri jur. Johannes Valteri jur. Berardus de Militi jur. Guaribonus Railleri jur.

Villa de Ginefla, Aegidius Berardi jur. Munallus Adae jur. Guarnerius Adae jur. Janni Planus jur. Rainallus Thomae jur. Tomassonus Benencasae jur.

Item Villa Terriae, Johannes Surritinus jur. Matthaeus Adae jur. Abundus jur. Benencasa Adae jur. Laurentius Stati jur. Matthaeus Grammis jur. Andreonus Benedictae jur. Petrus Bentevege jur. Turianus jur. Matthaeus Jauni Adae jur. Jannucinus Valteri jur. Adam Murus jur. Binnictus Machari jur. Berardus Machari jur. Valterus Machari jur. Binnictus Salvarinus jur. Berardus Salvarianus jur. Petrus Salvarinus jur. Romasinthus Rubei jur. Scamius Rubei jur. Valterius Binnicti jur. Berar-

dus

dus Binnitti jur. Albertus Johannis jur. Valterus Bewencasae jur. Leso Martinus jur. Johannes Benedicte jur. Leonardus Binnitti jur. Johannes Binnitti jur. Apollenaris jur. Berardus Doni jur. Villanecce jur. Petrus Berardi jur. Bonajon Ba Berardi jur.

Villa Porcilis, Johannes Ranni Stacil jur. Gregorius jur. Gervasionus jur. Johannes Nicolta jur. Petrianne Nicolai jur. Rainaldus Nicolai jur. Berardonus Gergi jur. &c.

Villa Sanctae Catharinae, Altus Offredutii jur. Balterus Offredutii jur. Bonavita Berardi jur. Rainallus Berardi jur. Petrus Berardi jur. Oddo Jannis Donadei jur. &c.

Alensis Sancti Viti, Donnus Benacus jur. Bonensenia Petri jur. Oddo Rainerii jur. Corbus Berardi jur. Rainarius Petri jur. Alo Rainaldi jur. Paganeltus Janni jur. &c.

Villa Sancti Viti, Appiladerus Rainerii jur. Andreas Mamini jur. Thomas Offredi jur. Salvarus jur. Mattharus Presbiteri jur. Radulfus Berardi jur. Leo Donni Petri jur. &c.

Villa de Gabie, Thomas Thaddaei jur. Donnus Sinibaltus jur. Rainerius ejus filius jur. Aegidius Donni Sinibalti jur. Jannus Gentilis jur. Octavianus Alfredi jur. &c.

Villa de Ferentillo, Bartholomaeus Odori jur. Matthaeus Fensoris jur. Ormannutius Matthaei jur. Thaddeus Odori jur. Averaltus jur. Ver-

dianus Loriai jur. Benensenia Varducsai jur. &c.

Villa de Brisepto, Bernardus Jacmi jur. Aegidius Donnae Kierae jur. Stephanus Berardi jur. Leonardus Clavelli jur. Clavellus Clavelli jur. Gentilis Jacobi jur. Angelus Parenzae jur. &c.

Villa Casalis Religiosi, Sinibaldus Forzae jur. Oddo Tedini jur. Massarius ejus filius jur. Berardus Matthari jur. Matthaeus Donnebonae jur. Alaximus Brrardi jur. Thomas Berardi jur. &c.

Villa Castillonis, Donnus Moriens jur. Valterus Paganelli jur. Matthaeus Gentilis jur. Matthaeus Coradai jur. Carolus Matthaei jur. Valterus Matthari jur. Petrus Manzari jur. Todinus Clari jur. &c.

Villa Collis Olivae, Simeon Adae jur. Johannes Vaccari jur. Quintavalles jur. Berardus Petri jur. Rainerius Petri jur. Manertonus jur. Scenius jur. Adam Berardi jur. Simeon Vardavillae jur. Adam Franzae jur. Sinibaldus Raineri jur. Philippus Simeonis jur. Johannes Adae juratus.

Actum est hoc in Anno Domini Millesimo Ducentesimo Trigesimo Primo, tempore Domini Gregorii Papae IX. & Domini Prederici Imperatoris, Indictione Quarta, Mense Octobri.

Ego Matthaeus, auctoritate sanctae Romanae Ecclesiae Notarius, in iis omnibus supra interfui, & in publicam formam redegi Anno & Mense praedicto.

DE MONASTERIIS MONIALIUM.

DISSERTATIO SEXAGESIMASEXTA.

DISSERTATIO

SEXAGESIMASEXTA.

Et ab ipsis Religionis Christianae incunabulis Virginitas Nuptiis praelata est, atque jam tum inventae sunt piae Virgines, quae carnis illecebras contemnentes, ac Deo sese voventes, perpetuae Virginitatis institutum eligebant, Apolloli videlicet consilium sanctissimum amplexae. Quae firmiori mente se Deo dicabant, Velum quoque & consecrationem accipiebant. Sed eo praecipue tempore invaluit sacrarum Virginum Institutio atque frequentia, quam reddidit per Constantinum Magnum Augustum pace ac libertate Ecclesiae, pietatis palam exercendae facta est omnibus copia. Seculo igitur Christianae Aerae Quarto non solum numerabantur complures aut Devotae aut Sacratae Virgines, quae in paternis sive in propriis aedibus consistebant, sed etiam quae in Asceteriis convivebant nam eo ipso Seculo inclinante, earumdem Monasteria antea in Oriente instituta in Occidente quoque esse coeperunt Typis edita est a Bollando ad diem XII. Januarii, Regula iis praescripta Seculo Sexto a Sancto Caesario Episcopo Arelatensi. Sacris hisce puellis inter seniores aliqua praeerat, iisque

Tom. XIII.

sua erat peculiaris forma & color vestis, quae eas a Saecularibus feminis distingueret. Antequam sacro velo donarentur, Castitatis votum emittebant. Novitiatus & probatio praecedebat, interdum per triennium. Neque Viduae a sacris hisce Asceteriis, & a professione castitatis erant exclusae. Id solum Liutprando Langobardorum Regi visum est addere, ne Mulieri, nisi transacto anno post mortem Mariti, liberum foret, *Monachicum habitum induere. Dolor enim, ut ille ait, dum recens est in quamcumque partem volueris, animum ejus inclinare potest. Dolore autem refrigerato, facile desideris carnis ita redeunt, ut nec Monacha esse inveniatur, nec Laica esse possit.* Sed eam postea Legem Carolus Magnus, Langobardorum Regno subacto, abrogavit, fatigatus nempe multarum Viduarum precibus & querimoniis, uti ex Legibus Langobardicis liquet. Idem etiam Liutprandus Rex statuit, ut quaecumque femina *velamen Religionis in se receperit, quamquam a Sacerdote,* (hoc est Episcopo) *consecrata non sit, ad Saecularem vitam vel habitum transire nullatenus praesumat. Si qua vero ex iis nuptias dierit, perdat omnem substantiam suam; persona vero aut in Monasterium mittatur, aut aliter de illa Rex provideat.* Hujusmodi edicto praecipue feriuntur Sanctimoniales illae, quae alhuc in privatis aedibus, atque extra Monasterii claustra degebant, quae cauffatae, quod ab Episcopo facratae non fuissent, interdum conculcato Castitatis voto, ad Nuptias convolabant. *Sacerdotem* pro *Episcopo* fum interpretratus, quo etiam nomine olim Episcopi designabantur, & ad quos ex Canonum disciplina fpectabat jus velandi Virgines facras. Attamen fi quisquam malit, Presbyteros quoque eâ voce fignificari, praefracte non adverfabor; nam ex Canone 41. Concilii Parisiensis Sexti, habiti Anno Christi DCCCXXIX. conftat, *quosdam Presbyteros, muneris fuae immemores, in tantam audaciam prorupiffe, ut facrarum Virginum Confecratores exifterent: quod Canonicae auctoritati minime concordat.* Ex eodem etiam Concilio difcimus, non confueviffe Epifcopos *velare Viduas*, fed tantum *Virgines*: Presbyterorum verò fuiffe, *Viduis* velum facrum con-

ferre, non tamen inconfulto Epifcopo. Seniores olim Inter Moniales *Nonnae*, *Nonnanur*, *Nennones* nuncupabantur vocabulo antiquiffimo, quod nos Lombardi, aliique Italiae Populi retinemus, Avum & Aviam *Nonno* & *Nonna* nuncupantes. Nomen a fera antiquitate ad nos veniffe puto, non autem a Graeco, uti Menagius eft opinatus. Sed progreffu temporis ad quafvis Moniales *Nonnae* appellatio tranflata eft. *Abbatiffae* etiam vocabulum invaluit, atque illud Saeculo Chrifti Sexto poft fixtum. Eft mihi infcriptio, Capuae Anno MDCLXXXIX. effoffa, atque ad me miffa a Cl. V. Johanne Bernardino Tafurio Neritonenfi, fingulari amico meo. Pofita fuit *Juftinae Abbatiffae*, quae etiam Afceteril illius *Fundatrix* appellatur, Anno Chrifti DLXIX. Decurrebat tunc Annus III. *Poft Confulatum Juftini II. An ufti.* Tertia autem Indictio exordium fumferat Menfe Septembri. En ejus verba:

HIC REQVIESCIT IN SOMNO PACIS

JVSTINA ABBATISSA FVNDATRIX

SANCTI LOCI HVJVS QVÆ VIXIT

PLVS MINVS ANNOS LXXXV. DEPOSITA

SVB DIE KALENDARVM NOVEMBRIVM

IMP. D. N. N. JUSTINO P. P. AVG.

ANN. III. P. C. EJVSDEM INDICTIONE TERTIA.

Plerumque verò in facrarum puellarum Monafteriis ea fanctitas morum vigebat, atque inde tam bonus odor pietatis ac virtutum prodibat, ut vel ipfi Reges & Augufti In hujufmodi Coenobiis conftruendis certarent, atque ipfae eorum filiae Monafticam vitam ibidem profiterentur. Ticini Bertharidus Langobardorum

Rex *Monafterium, quod Novum appellatur, in honorem Sanctae Agathae conftruxit, in quo multas Virgines aggregavit &c.* ut habet Paulus Diaconus de Geft. Langobard. Lib. V. Cap. 34. Ibique *Cuniberga Cuniberti Regis filia* Abbatiffam poftea egit. Ita Cunibertus Ipfe in eadem Civitate excitavit nobile *Monafterium Sanctae Ma-*

Martae Tiburtii, seu Theodorae, quod adhuc vetustum splendorem servat. Et passim quidem *Ancillae Dei* appellabantur olim Deo sacratae Virgines, quasi essent *le Schiave di Dio*. In Concilio Romano Anni DCCLXI. haec leguntur: *quis Monacham, quam Dei Ancillam appellamus, in conjugium duxerit, anathema sit.* Ita Romoaldus Beneventanorum Dux *Basilicam in honorem beati Petri Apostoli construxit, quam in loco multarum Ancillarum Dei Coenobium instituit:* sunt ejusdem Pauli verba Lib. 6. Cap. primo. Celeberrimum quoque olim fuit, & magnâ nominis celebritate nostris etiam temporibus fulget Brixianum Monasterium sub titulo Domini Salvatoris, & exinde Sanctae Juliae, a Desiderio Langobardorum Rege, & Ansa ejus conjuge constructum. Ibi Deo se dicavit *Anselberga* eorum filia, primaque Abbatissa ceteris Sanctimonialibus praefuit. Ibi & aliae filiae Regum, postea Monasticam vestem Induerunt, & locum nobilitarunt. Nonnulla Diplomata Desiderii ac Adelgisi Regum ad idem Monasterium spectantia edidit Margarinus, vir alioqui non satis accuratus in Bullar. Casinens. Tom. 2. Haec olim nonnullis suspicionem falsi ingesserant, quorum argumenta nunc refellere non vacat. Potius, quando & mihi nobilissimi ejus Coenobii Chartas habere prae manibus licuit ea humanitate Illarum Sanctimonialium, hîc aliquid proferam, quod nondum editum vidi, ut certissima alioquin ex Regiâ munificentiâ Monasterii Illius origo luculentius confirmetur. Quod antequam facio, adnotare juvat, in super memorato Bullario Constitutionem XV. a Desiderio Rege emissam pro Monasterio eodem praeferre has notas Chronologicas: *Actum Brixiae die X. Mensis Julii, Anno feliciissimi Regni .... XII. per Indictionem VIII.* Membranam & ego inspexi, atque haec ibi legebam: *Actum Brixiae die Mense Julii, Anno feliciissimi Regni .... XV. per Indictione VIIII.* hoc est Anno Christi DCCLXXI. Itidem apud Margarinum Constitutio XVII. Desiderii & Adelchisi Regum data dicitur *Anno feliciissimi Regni nostri Quartodecimo, & Duodecimo:* ego verò legi *Sextodecimo & Duodecimo.* Alia Margarini sphalmata in ejusdem Archivi Chartis referendis suo loco emendata dabo. Accipiant ergo Lectores, quid habeat Charta ibidem a me visa atque descripta. Quam etsi mire mutilam ac deformatam, ideo edere constitui, quod ante reliquas in Bullario Casinensi editas, a Desiderio Rege emissa videatur, grataque futura sit eruditis Brixianis, ac praecipue Cl. Viro Paulo Galeardo Canonico Brixiano, cujus eruditioni illa Civitas multum debet.

Desiderius Langobardorum Rex, & Ansa Regina ejus uxor, Monasterio Sancti Michaëlis & Sancti Petri in Civitate Brixiana multa donat, Anno 758.

.... Rex, & gloriosa atque praecelsa Ansa .... Michaëli, atque Apostolorum Principis Petri, quod .... intra Civitatem nostram Brixianam, & Deo dicata Ansilperga Abbatissa .... Monacharum ibidem Domino servienti. Prosperè electi, & Regis David rititi ...... mentum *est Dominus timoratium eum. Et quia consilians omne Dominus nostrum firmamentum nostrum dignatus est .... hujus seculi possessione gloria nomini ejus ipsius sanctis locis dona tribuendo decora .... ipsius Prophetae testimonium dicentis: Domine dilexi decorem domus tuae, & locum habitationis ..... ut a peccatorum sexibus mereamur absolvi, & aeterne vitae gaudium con'equamur, per nostro ...., precepimus asserimus in jure ipsius Monasterii ex propria facultate nostra. Primum omnium .... Monasterii cum Ecclesiis, & reliquis edificiis a nobis ibidem constructum atque area vel omnia coheren- tia ibidem pertinentia, qualiter jam dudum a predecessore nostro Domno Al Rulfo Rege nobis concessa fuit, aut qua .... ibidem post .... aut qua- libet ingenio advenit, sicut postea, & clausa, atque .... ibidem a nobis largire .... (t)ionem. Itaque supra- dicta .... largimur Curtem nostram in loco, cui vocabulum est Corr .... in integrum ad ipsam Curtem perti- nentibus, qualiter nobis ab eodem ..... concessa fuit, quod postea ibidem per comparationem, donationem, aut qua- cumque .... decimis totius terre, quam earum operarum alicubi labora- runt, ad illarum commune .... supe- rius nominata, cum edificiis cum bovi- bus & .... utriusque sexus simul cum familiis, servis .... liberas, li- beris, cum omni & in omnibus mobi- libus & immobilibus rebus in integram, sicut nostro pertinuit potestati in jura jam facti Monasterii concedimus, & per presentem nostrum confirmationis preceptum .... ab hac die ..... Co- mitibus, Castaldiis, & gentibus no- stris .... in aliquo audeat molesta- re ..... Et ut hec .... docte No- ter .... Mensis Januarii ...... nostri*

in Dei nomine Secundo .... no XII........

Ni mei me fefellerunt oculi, quae literae in calce membranae supersunt, indicare mihi visae sunt *Januarium Mensem, & Annum II.* Desiderii Re- gis & *Indictionem XII.* quae Indictio Annum proderet DCCLIX. Verum quum Desiderius Regnum Inierit An- no DCCLVI. veri videtur similius ibi legi *Indictionem XI.* atque adeo ad Annum DCCLVIII. mutilam hanc Chartam esse referendam. Sed quid- nam, quaeso, priora verba significant, nempe *Michaëlis, atque Aposto- lorum Principis Petri?* Nemo non di- cat, supplendum heic esse Monaste- rium; ei autem Coenobio eadem *Ansberga Abbatissa* praeerat, quae, ut super ajebam, Desiderii ipsius fi- lia fuit, atque *Abbatissa Monasterii Domini Salvatoris,* quod postea San- ctae Juliae appellatum est. Nonquid ergo unum idemque Monasterium sub variis h. sce titulis erectum fuit? An aorea *Sanctorum Michaëlis & Petri* nomine dedicatum, postea jubente Rege, *Domini Salvatoris* nomen as- sumserit? An potius agitur heic de al- tero Monasterio, quod Desiderius construxerit, & celebriori Monaste- rio Salvatoris supposuerit? Ego in re obscura sententiam suspendere, eamque peritioribus Brixianae Urbis reservare satius duxi, atque interim proferre alias tabulas ad confirman- dam originem puellaris illius Mona- sterii, cui paria In Italia, quod est ad antiquitatem, nobilitatem ac fa- mam pauca ostendas. Hasce legi in eodem Archivo, nempe exemplum ex authentico coram Judicibus Bri- xianis Anno MCCXCIX. compro- batum.   .

Anselperga Abbatissa Monasterii Sancti Salvatoris & Sanctae Juliae
Brixiensis, commutationem multorum bonorum facit cum Natalia
Conjuge Alechis, & Pelagia Abbatissa Monasterii Lau-
densis Sancti Johannis, Anno 761.

Regnante Domno Desiderio Viro excellentissimo Rege, Anno pietatis ejus in Dei nomine Quinto, & gloriosissimo filio ejus Domno Adelchis Rege Anno Tertio, decima die Mensis Septembris, Indictione Quintadecima. Commutatio bone fidei noscitur esse contractum, & vicem emptionis obtineat firmitatem, redrosque nexo obligat contrahentes. Placuit itaque & bona voluntate convenit inter Anselperga sacrata Deo Abbatissa Monasterii Domini Salvatoris, qui fundatum est in Civitate Brixia, quam Domnus Desiderius excellentissimus Rex & Ansam praecellentissimam Reginam genitores ejus ad fundamento aedificaverunt, necnon & inter Natalia clarissima Conjuge Alechis V. M. Gastaldo Regis, ipso jugale suo consentiente, & Pelagia dicata Deo Abbatissa Monasterii Sancti Johannis, quae sita est intra Civitatem Laudensi, quam Genitor eorum quondam Gbisulf condedit, ut in Dei nomine debeat dare, sicuti & a presenti dedit habens ipsa Anselperga praedictarum Natalie & Pelagie in causa commutationis, idest in primis Curte cum Cafsa intra Civitate suprascriptam sex cum omni edificia insimul valentes solidos quingentos, seu & alia Casa intra ipsa Civitate Laudensi cum Curticella vel orto, atque usum putei extimatum est Solidos numero centum. Item Cortes duas, una in Asellias, & alia in Gambate habentes insimul ipsas Cortes, terras videlicet, pratas & silvas, juges numero triginta & novem; extimata sunt Solidos quatrinentos quin-

quaginta. Item Casa in Vico Maroni habente terra videlicet & pradas, vel omnia ad eam pertinentem insimul numero undecim. Et est Solidos numero centum quinquaginta: seu & visit intra clausura prope Celera juge una volente Solidos treginta. Item Casa in Villa .... habente juge numero viginti & octo semis; extimatum est insimul Solidos trecentas. Necnon & Casella cum terra in loco Auriate, juges numero decem, cum vidis & silvas &c. Item prato prope Civitate, qui est riba Ponte de Celera cum puteo vel Curte seu sala, insimul juges duas, & pertica una, & tavolas octo, extimatum solidas octuaginta &c. Ita omnia super suprascriptas locas pertinent de Territorio Laudensi; seu & domum totilem in alio Paterno de suprascriptis Territorio Laudensi &c. Item & de Curte in l'alie Telina dedit praedicta Anselperga ipsarum Natalie & Pelagie extimatum Solidos quinientas quinquaginta, idest & aldionis quattuor cum omnibus res eorum, extimatum est Solidos trecentos quatreginta, idest nomen eorum Drufdedit, Lopo, Garefrit, atque & Beno insimul Aldionis &c. Extimatum est hec omnia suprascriptas res per Gampert Sculdascio, Gausa, Desipert, Warnefrit &c. Adoin Notarium, & Arioald filio quondam Gertafi aurifici, toto insimul res istas, que extimaverunt Solidos quattuor millia. Et ad invicem recepit habens ipsa Anselperga Abbatissa in causa commutationis ad suprascriptas Natalie & Pelagia germanas, idest Curte super

Flu-

Flavio Ofio in finibus Brixiana, locus, qui dicitur Alphiano, cum medietate de omnibus rebus ab ipsam Curtem pertinentem tam de massariis vel de peculiare, idest cum omnem edificia, curte, ortis, area, campis &c. simulque & Recona in ipso loco a predicta Curte pertinere videtur. Unde aliam talem medietatem ante hos annos jam dicta Anselperga ex comparatione habere videris de **Epolito Episcopo Civitati Laudensi**; & quod ipse quondam Genitor noster instituerat per manus Pontificii nostri Civitati Laudensi fieri renundatus est pro ejus anima pauperibus distribuas, tantumodo de ista medietate anteposito centum viginti juges terra & silva, quam ego Natalia ante hos annos in commutatione dedit **Rodoin, Bonigno, & Beni, & Angefrit** germanis. Nam aliud omnia & in omnibus in integrum de quanta nobis de quondam genitore advenit in ipso suprascriptus locus. Ergo hiis commutatis rebus superius comprehensis una cum omni edificia, vel adjacentia & accessa sua, sibi jure ottimo vindicabunt, & faciant simul tempore ipsas vel successores eorum de res superius comprehensis, de res, que inter se commutaverunt quicquid voluerint, excepta de familia, que per istas lotas res commodaverunt in sua omnem familia ad ipsas res pertinentes usus alterius in suas reservaverunt potestate. De quibus & pena inter se posuerunt, ut si qua pars &c. Unde duas Cartulas uno tenore conscriptas inter se fieri voluerunt, atque ad invicem tradederunt.

Quidem & ego Gumpert Notarius Regis rogatus ad partibus perscripsi Ticino, die & Inditione suprascripta Quintadecima feliciter.

Signum manus .... qui hanc Cartulam fieri rogavit.

Pelagia Abbatissa huic Cartule convenientie a me facile relexi, subscripsi, & testibus obtuli recorande.

Ego Alebis V. M. huic cartule commendationis facile ad Natalia Conjuge mea ex ipsam Natalie sibi ei consensi.

Signum manus Lazaro Gastaldio Dotae ae Regine, filio quondam Piccioni de Cremona, testis &c.

Ego Gumpertus V. M. rogatus ad Natalia & Pelagia germanas testis subscripsi, qui me presente confirmaverunt, & eorum relatum est in hac Cartula convenientie &c.

Gumpert Notarius Regis scriptor hujus Cartule, quam post tradita complevit & dedit.

Hic habes, addendum esse Catalogo Episcoporum Laudensium *Hippolytum* in Charta illa memoratum. At quoniam de celeberrimo Coenobio Brixiano sermo fuit, religioni mihi ducerem, nisi & aliorum adtexerem, non minori olim amplitudine ac splendore exstructum Placentiae, sub titulo *Dominicae Resurrectionis & Beatorum Apostolorum*, nunc autem *Sancti Sixti*, quod Casinates Monachi mulieribus olim inde pulsis, incolunt. Ejus fundatrix fuit *Avgilberga Ludovici II. Imperatoris Conjux*, ut apud Campium in Histor. Ecclef. Placentin. monumenta antiqua testantur: quod & aliis monumentis in hoc ipso Opere a me editis, ac praecipue in Differtat. XI. *de Allodiis* confirmatum vidisti. Post multos annos a morte viri Augusta mulier in supra memorato Brixiano Monasterio Sanctae Juliae, aut potius in ipso Placentino Coenobio a se aedificato finem vivendi fecit; non tamen Anno DCCCCXV. ut Arnoldus Wion censuit, sed longe citius: excedit enim fidem tandiu prorogata illius vita.

dra. Fallitur autem Bouchetus in Lib. de ver. origine Familiae Regum Francorum, quum illam *Ticini Monasticum institutum fuisse* arbitratur. Certum est, Angilbergam in Brixiano Coenobio Seculo renunciasse. An verò illius pater naturalis fuerit *Ludovicus Germaniae Rex*, quem Ludovicus Pius Augustus genuit, investigatum a me fuit in eadem Dissertatione XL Alterum testem constructi ab ea nobilissimi Asceterii Placentini habeo Chartam nondum evulgatam, quae in Archivo ejusdem Monasterii adservatur.

Carlomanni Italiae Regis Diploma, quo Angilbergae Imperatrici Viduae ad utilitatem Monasterii Monialium, Placentiae ab ipsa fundati, concedit Cellam cum Ecclesia in loco nuncupato Caput Trebiae, Anno 877.

IN nomine Sanctae & individuae Trinitatis. Karlomannus divina favente clementia Rex. Omnibus sanctae Dei Ecclesiae, nostrisque fidelibus, presentibus videlicet et futuris, cognitum fieri volumus, Angilbergam divae memorie Hludowici piissimi Imperatoris fratris nostri & consobrini nostri Conjugem Augustam, dilectam Sororem nostram, quoddam noviter Coenobium Ancillarum Dei ad laudem & gloriam Dominice Resurrectionis infra muros Urbis Placentinae in solo proprio pii devotione fundasse. Ad cujus operis supplementum nos quoque ob honorem Dei, & ejusdem Fratris & Consobrini nostri amorem & nostrae mercedis augmentum, Cellulam quamdam haud procul ab eadem Urbe Placentina sitam loco, qui Caput Trebie vocatur, in qua & Felicia Apostolorum Principis honori dicata consistit, & ut fertur, Monasticis quondam habitationibus adtributa, cum omni integritate sua ad famularum Christi usus praefato Monasterio clementi liberalitate conferimus, damus atque largimur, & per hanc nostrae auctoritatis paginam in jus & potestatem praenominati loci sollemniter transfundimus, confirmamus, roboramus, stabilimus cum universis intrinsecis & extrinsecis, appendiciis, casis, & rebus mobilibus & immobilibus, ac promiscui sexus familiis ad ipsam Cellulam respicientibus, ut habeant illam famule Christi inibi militantes, & hoc anno & deinceps, & possideant jure quieto ac pacifico absque ullius in posterum repetitione vel subtractione, altissimum Dominum propter exorantes tam pro nostre anime salute, quam & pro divae memorie genitoris, fratris, ac consobrini nostri piissimorum Principum eterna requie. Si quis autem, quod non credimus, ex heredibus vel successoribus nostris hanc nostram in divinae famulatu donationem atque munificentiam infringere aut violare temptaverit, centum libras auri probatissimi componere compellatur, medietatem Palatio nostro, & medietatem supra taxato venerabili loco, & quod repetit, irritum fit. Ut autem hoc nostre auctoritatis atque largitatis preceptum pleniori robore cumuletur, manus proprie adnotatione insignitum anulo nostre sigillari precepimus.

Signum

Signum   *Domni Karlomanni fereniffimi Regis.*

Adeft Sigillum cereum.

Balda Cancellarius ad vicem Theutmari Archiepifcopi fummique Capellani recognovi & fubfcripfi.

Data XIIII. Kalendas Novembris, Anno, Chrifto propitio, Primo Regni Domni Karlomanni fereniffimi Regis in Italia.

Actum in Curte Sancti Ambrofi, quae vocitatur Caffianum juxta Astuam flavium, Indictione XI. in nomine feliciter Dei.

Eodem quoque tempore piam Regum liberalitatem imitati funt Duces, Epifcopi, & reliqui Italiae Magnates. Immo & poftremi ordinis Cives ad Sanctimonialium Coenobia aedificanda convolabant, eâ potiffimum de caufâ, ut fi quas filias haberent virginitatem Deo facrare aut jam cupientes, aut aliquando cupi- [A] turas, illic recluderent: quas etiam conftituere facri loci Abbatiffas confueverant. Egregie ritum hunc confirmabit atque illuftrabit antiquiffima Charta, quam olim deprompfi ex Archivo Lucenfi Archiepifcopi, ubi pervetuftum illius apographum affervatur.

Fundatio Monafterii Sanctimonialium Sanctae Mariae in Civitate Lucenfi, quam Urfus Clericus facit, conftitutâ ibi Abbatiffâ Unâ fil. â fuâ. Anno 722.

IN nomine Domini noftri Jefu Chrifti. Regnante Domno noftro Liutprand viro excellentiffimo Rege, Anno filiciffimi Regni ejus in Dei nomine Undecimo per Indictione Quinta. Dum prefentis vitae & tranfitus iftius temporis &c. Hinc itaque ego Urfum ex rota mente devotionis pertractans, quae prememorata funt, pro mercedem & remedium anime mee & comparationem -ite eterne, edificavi Ecclefia proprio in territorio meo in honore Sanctae Dei genitricis Marie, in qua Urfa filia mea Abbatiffa effe conftituo, una cum germana fua Anftuda .... religiofa ac Monaftica vitam gerent, in qua Ecclefia mea pro faciwora bedie [B] in prefentia Civium do, dono, trado, donataque effe volo. In primis fundum meum ubi praedicta Ecclefia fundata eft, cum Curte & puteo fuo, orto, aditu, acceffu, & .... fuo: hoc eft terra modio finis: Campo in Faftrulo, qui nobis in cambio advenit, [C] medietate de vacchis, & medietate de avibus in integra. Et Cafa Rufinli in maffa Pagani, qui mihi advenit ex domo Domni Ariperti Rege. Candido vaccario cum armento fuo..... mercato fuo in loco Tuniolo: Sala in loco Ferrasione cum duas Cafas tributarias, una qui regitur per Candido, altera per Majorem, cum familia rorum, vinea, oliveto, filva peculia-

ve.

re, prato in ipso loco supra memorato. Et Casa Asoald .... Casas duas in Novale de margine: apud mulieri mee: una, qui regitur per Fridebin, & alia per Carholo. Ut loters, ancilla .... gueda pro livera, Wilpergula pro livera, Caudula pro ancilla, Trudula pro marilla. Ut hec omnia jam dicta Dei Ecclesia jure possideat, & quod adhuc itidem largitus fuero, firmum permaneat, & Christianis temporibus sanctarum Ancillarum Monasterio nuncupetur. Et post decessu Ursie filie mee, Anstada germana ejus, Monasterii cura ipsa suscipiat. Et post earumbarum decessum eam, que sibi Congregatio eligere voluerit, ipsa in Abbatisse ordo succedat. Et ego qui supra Ursus Clericus ab .... juxta Dei voluntate in mea tota esse potestate gubernandi; nam filius mens, vel heredis meus nullam ibidem habere part..... dominandi, nisi orare & benefacere. Nec ullus Sacerdos ibidem habitare presumat, nisi quam ipsas Ancillas Dei invitare voluerint. Missarum sollempnia celebranda. Si quis contra hanc decretum meum ire quandoque presumpserit, judicium incurrat Dei, & de ipsa Sancta Dei Genitricem, anathematus subjaceat.. Quam vero Cartulam decretionis mee .... venerabili Presbitero scribendam rogavi, & subter pro confirmationem propriis manibus meis signum sancte Crucis feci, testibusque obtuli eam roborandam sub stipulatione & Spunsione, quod interpositum.

Allam Locas: Dinm & Regnum & Indictione suprascripta feliciter.

Signum manus Ursoni Autori & Donatori, seo & Conservatori, qui hanc cartulam fieri rogavit.

Ego Talesperianus eximius Episcopus nic cartula donationis rogatus et filio meo Ursone testi subscripsi.

Redoald indignus Presbiter rogatus ad Orsum testis subscripsi.

Rachiruxdus Presbiter ipsum autenticum vidi & legi, unde hoc exemplar relevatum est, in quo manu mea subscripsi &c.

Uti in praecedenti Dissertatione vidimus, alteri Chartae, in qua virarum Monasterium in Lucensi Dioecesi constituebatur, subscripsit *Talsperianus* eximius Episcopus. Huic etiam ille subscribit, eodemque titulo utitur, pro quo legendum suspicabar *exiguus:* neuterius enim monumenti archetypa Charta superest, sed tantum pervetustum exemplum. Episcopi certe, atque Abbates saepissime reperiuntur, *humilis* & *exigui* appellationem suis nominibus apposuisse. Quare utrobique subscripserit *Talsperianus,* Id caussae fuit, quod sine Episcopi consensu nulla Monasteria instituere de novo licebat. Nam & illis ipsis temporibus sua Episcopis jura in virorum, sed praecipue mulierum Coenobia, Intacta restabant; atque ad eos potissimum pertinebat in Sanctimonialium mores inquirere, earumque regimini sedulo vacare, simulque regularem observantiam in illarum Asceteriis aut vigentem promovere, aut deperditam restaurare ac restituere. Sunt autem & aliae novorum Coenobiorum institutiones, quibus nequaquam interfuit Dioecesanus Episcopus; ad perficiendum tamen opus, credendum est praecessisse aut successisse illius benedictionem atque consensum. Ita Radefridus quidam Civis Pistoriensis, inconsulto, ut videtur, Episcopo, fundationem iniit Monasterii Sancti Petri, quod adhuc Sanctimoniales olit, & reliqua sacrarum Virginum loca Pistoriensis Urbis nobilitate praecellit, sub titulo *Sancti Petri Majoris*. Pendebat olim, ut conjicere fas est, praeclarum hoc Virginum Coenobium a Benedictinis Monachis. In antiquissimo Sancti Bartholomaei Monasterio degentibus, quod nunc a Canonicis Regularibus Lateranensibus incolitur. Ego Chartam fundationis

A in Archivo eorumdem Canonicorum legi, descripsi, atque heic edendam censui. Erat autem exemplum ante annos circiter quingentos scriptum, & membrana ex una parte succisa, quae cauffam lacunis infra aspiciendis dedit.

Fundatio Monasterii Monialium, & Xenodochii Sancti Petri Pistoriensis, per Ratefridum filium Guilichisi facta, Anno 748.

IN nomine Domini. Die octavo Mense Septembris, Regnante Domno Bachis vir excellentissimus Regem Anno Quarto, per Indictione Secunda feliciter. Ratefredi filius quondam Guilichisi speravo in me divina potentia, dum complexus rejacere in infirmitate .... sine fine, ubi fures non effodiunt, nec furantur, ut illa voce audire merear, quia Dominus noster Jesus Christus ac Redemptor omnium in se credentibus promittere dignatus est : Venite, benedicti Patris ; percipite Regnum, quod vobis paratum est ab origine Mundi. *Et iterum ammonuit, dicens* .... filius Masculus. Previdimus In proprio meo edificare Ecclesiam Monasterio beatissimorum Sancti Petri & Pauli atque Anastasii, & inivi me vel anima mea commendare atque offerre medietatem de omnem parvitatem pecuniam vel adquisitam meam, qual nunc presenti die acere & .... turre, cum Casa avitationis mee, quam & Casa massaricie, seu Casalia, vinea, terra, pratis, pascuis, silvis, selvuliis, sationibus, cultum atque incultum, mobilem vel immobilem, seseque moventibus, omnia & in omnibus, ad ipsum sanctum & venerabilem locum offerri & condonare previdi .... seu & Astruelda, qui veste Monastica Induta esse videtur. In eam vero

B tenore, ut si jam dicta filia mea voluere cum Genitrice mea Mumia, atque Conjuge mea Perterada, seu Germana mea Rapperta in ipso Monasterio deservire voluere in .... Xenodochio egenos vel pauperes recipiendam & elemosina tribuendam & gubernandam per ebdomata una pauperes vel peregrinas animas, & una cum Dominico Abba-

C te Rectore, quem inivi ordinare previdi. Omnia, ut dixi, in sua habeat potestate regendum .... elemosinarum tribuendam, de quod inivi Dominus condonare dignatus fuerit : & pro anima mea gravata ponderibus peccatis meis die noctuque omnipotentem Deum, & etiam Dei Genitrice Maria, vel Beatissimi Sancti Petri & Pauli seu Anastasii inci .... nimis peccator de

D vinculis penarum eripere dignetur, & inter Sanctis & electis suis aliqua parte vel societas tribuere jubeat, quia scriptum est per ebdquiam & ministrationem Domini nostri Jesu Christi : Petite & dabitur vobis : querite & invenietis .... per ideo ego miser & nimium peccator creditur in ejus

E magna misericordia, quia pius Dominus & Redemptor omnium Celi & Terre de parvitatis mea terrenis tribuendum ad ipsa sancta virtute nominis beatissimi Sancti Petri & Pauli seu Anastasii celeste gau .... Conjuge mea Per-

terada

servata carnali vitio fuerit confecuta, & in ipso Senodochio vel Monasterio voluerit deservire, nulla de rebus meis avere debeat, nisi vacua & inane exinde foris exire deveat, ambulando ubi voluerit, & forsitan filia .... vio deservire, si de compositione mea, vadat, ubi voluerit, amplius de rebus meis, vel in ipso Monasterio nulla posset avere, vel imperatione facere. Nam si inivi permanserit, omnia cum supradicto Rectore vel Genitrice, atque Conjuge, vel s .... Dominus vitam concesserit in hunc exilium Mundi avitandum, omnia mea sit potestate regendum, remeliorandum, usufructu capiendum, nam non ad secularibus pro nullo ingenio subtrahendum nisi pro Anima mea ..... dimittendum ...... si .... mihi heredes esse deveant secundum Lex Gentis nostre, & ipse Senodochio in sua areas potestate, vel quod per ipso mihi fuerit ordinatum. Et si ad secularibus voluerit permanere, portionem suam suscipiat, & in ipso Monasterio nulla imperatione .... ordinatione justa Deo fuerit ordinatum. Et quia me operandum ire, si sive filius masculo transiero, & antea de hac luce migratus fuero, quam ipsum sanctum & venerabile locum consecratum sit, volo atque deceveo, ut ipso Oratorio vel Senodochio jam dictum .... ge, seu Sorore & filia mea de omnia medietate rebus meis, que inivi remdonare visus sum, diebus vite sue areas potestatem; & post obito eorum, quod per ipsi inivi fuerit ordinatum & servi vel ancillas meas parte mea liveri dimittendi .... ratum sit in ipsi Livertas permaneat, sicut Princeps Domnus noster bona memorie Liuprandi Rex per edictum confirmavit, & iterum confirmare previdi, ut sub nullius matricis Ecclesia subjacentem ipsum sanctum Oratorium vel Senodochio parvitate

mu .... Dominico Abbati, per me inivi positus, & ipsa Genitrice, atque Conjuge seu Germana atque Filia mea, in suam aveat potestatem diebus vite sue, aut Fratri vel Sorori, qui per ipsi inivi positi fuerint, vel postmodum unus quislibet secundum Deum electis spiri .... peres, & pro scelera mea Dominum deprecandum; nam pro nullo titulo malum hominem alienandum, aut per corruptionem inivi alio superponendum, nisi quem ille voluerit, qui inivi fuerit ordinatus & nullus de heredibus proheredibus meis quandoque aliqua possessi .... tuis temporibus stavilitum permaneat. Et qui contra hunc Cartulam vel ipso Monasterio, aut sanctum Senodochio ire quandoque presumpserit, aut ea irrumpere voluerit, in primis in ira Dei & omnis Virtutis Celorum, & Archangelorum & Angelorum .... Scarioth, qui tradidit Dominum nostrum Jesum Christum, & in Tartaro sit conscriptum. Ecce ut mea fuerunt desideria adimplevi, & Avundus Notarius scrivere rogavi.

Actum Pistoria, Regnum & Inditione suprascripta feliciter.

Signum manus .... fredus Medicus rogatus a Ratperto manu propria teste subscripsi.

Ego Lazarus rogatus a Ratperto testis subscripsi.

Ego Rachiperto rogatus a Ratperto testis subscripsi.

Signum manus Maurelli, qui filio quondam Stasari, rog ....

Signum manus Ansebni, qui filio quondam Barusule, testis.

Signum manus Tatoni, qui filio quondam Fu'oni, testis.

Ego Avundus, qui supra Scriptor hujus cartule post a testibus rocorata & tradita ipsius Abbas presense Andrea filio ....

. . . . Domni Karoli, Anno Regni ejus *Quarto* per Indictione Prima complevi & dedi.

Ego Gausperto Notario, sicut in autentica inveni scriptum, fideliter exemplavi.

Ego Gualbertus Notarius & Judex sacri Palatii Scriptor, autenticam illud vidi & legi, sic inibi continebatur, quomodo in hoc exemplar scriptum est, preter plus minusve, & manu mea propria scripsi.

Sed quando nobilis Monasterii Sancti Petri Pistoriensis injecta est mentio, Lectoribus non ingratum fore puto, si celebrem & perquam peregrinum ritum oblivioni & ego eripiam, qui olim ibi obtinuit; sed proximis tandem temporibus exolevit. Ubi novus Pistorii Episcopus Civitatem primum ingrediebatur, universo Clero ac Populo stipatus, solenni pompa deducebatur ad Templum Sanctimonialium *Sancti Petri Majoris.* Spectabatur ibi paratus dapsilis Lectus, quem sedis loco petebat Antistes. Tum Abbatissa, quae, effracto claustri muro in sacram Aedem cum universis Monialibus prodierat, ad sinistram Episcopi & ipsa super Lectum assidebat. Exinde a Praesule ejusdem Abbatissae digito annulus pretiosus inserebatur, desponsationis ad instar, & pastoralis etiam baculus dexterae illius paulisper dimittebatur. Atque his peractis, procedebat ad Cathedrale Templum Episcopus, Abbatissa regrediente cum suis virginibus ad consueta penetralia Coenobii. Testem hujusmodi antiquati ritus jam supra dedi in Dissertatione LXIII. *de Advocat.* Addere tamen in praesentia juvat, adservari in Archivo Pistoriensis Episcopatus, Librum manu exaratum cum hoc titulo: „ Liber Collationum Be-

„ neficiorum Ser Donati de Policia
„ Cancellarii Episcopalis ab Anno
„ MDXLIV. ad MDLXXV. „ Ibi verò pag. 327. caeremoniae novo Episcopo exhibendae, his verbis describuntur: „ Giunto all' Antiporto
„ della Città il Vescovo, accompa-
„ gnato da tutto il Clero Regolare
„ e Secolare, e da tutti i Magistra-
„ ti, scavalca, e sopra un tapeto s'
„ inginocchia, e adora la Croce,
„ quale gli porge il Proposto della
„ Cattedrale. E fatto questo Il Ve-
„ scovo domanda, se v' è la Fami-
„ glia de' Cellesi. E subito tutti i
„ Cellesi, quali saranno ivi prepa-
„ rati, si fanno avanti, e posti gi-
„ nocchioni, si levano in piedi; e
„ quello, a cui è da loro ordinato,
„ dice alcune parole, e gli baciano
„ la mano. Dipoi rimonta sulla mu-
„ la, e in mezzo a' Cellesi entra
„ sotto il baldacchino, e li giovani
„ de' Cellesi vanno alla Messa, e se-
„ guita la Processione dentro alla
„ Città con li Priori, Magistrati,
„ inverso San Pier Maggiore. Arri-
„ vato alle scalette della Chiesa. Si
„ cava i guanti di sera; e la mula
„ co i guanti pigliano i giovani de'
„ Cellesi deputati. Il Vescovo ac-
„ compagnato da' Cellesi entra in San
„ Pietro Maggiore, ove si pone a
„ sedere nella sedia per lui prepara-
„ ta; e la Badessa, e le Monache
„ vengono a baciargli la mano. Fat-
„ to questo, il Vescovo si ritira ap-
„ presso il Letto quivi preparato, e
„ postosi a sedere, viene la Badessa,
„ quale fatta la debita riverenza,
„ ancor lei siede da mano sinistra,
„ e dal Vescovo riceve l'anello in
„ dito, e di poi il Pastorale in ma-
„ no con quelle parole, che parrà
„ a sua Signoria Reverendissima &c.
Interea referunt, & non injuria, ipsi

etiam

etiam feveri Lectores ad hujus con-
fuetudinis afpectum, eamque idcirco
tandem fublatam intelligent, quod
vulgi dicteriis nimis facile pateret.
Mihi tamen in eo ritu nihil impro-
bandum fuiffe creditur, verique videtur fimilius, ipfum ea folum de
caufsa in defuetudinem abiiffe, quod
novi Epifcopi tam folemnem ingref-
fum non amplius ufurpent. Nam ad
ofculum quod attinet in digitum Abbatiffae immiffum, jam notum eft,
Virginibus etiam facris conferri, &
Benedictinis praecipue, folere ad fi-
gnificandum, eas nubere Chrifto. Atque is ritus multis olim in locis
frequentabatur, immo adhuc alicubi
perdurat, Epifcopo tunc dicente: *o-
fculo fuo fubarravit me.* Tum proinde
ritus hujus deformitas in *Lecto* prae-
parato fita erat, fuper quem fediffe
dicuntur Epifcopus & Abbatiffa. Verùm a recentioribus, qui nunquam
fpectaculo interfuere, hoc non fatis
rite traditum, affirmatumque fuit.
Non *Lectum*, fed *in Palio*, ideft *tabulatum* in Templo praeparatum fuiffe tradunt alii Scriptores in eadem
Differtatione LXIII. a me laudati.
Stratum paratum in Templo fortaffe
legebatur in antiquis Monafterii aut
Epifcopi Ritualibus : quam vocem
nonnulli interpretati funt pro *Lecto*,
quum *Tabulatum* quoque fignificare
potuerit. Atque in eam fententiam
vehementius rapior, quod animadver-
terim in eadem Differtatione LXIII.
parem ritum Florentiae olim obfer-
vatum in pari folennitate atque in
Templo ac Monafterio ejufdem Ordinis ac nominis. Vide praecipue,
quae fcripfit Petrus Ricordatus Cafi-
nenfis Monachus in Hiftor. Monaft.
editi Romae Anno MDLXXV. Is
enim memorat, non *Lectum*, fed *in
Palio beniffimo pararo.* Idem quoque

 Florentinorum ritus fufe defcriptus
legitur in Caeremoniali, manu exa-
rato, cui titulus *il Bullettone,* in Archivo Archiepifcopatus Florential, &
in eorumdem Florentinorum Praefulum Chronologia, a Cerracchino editâ Anno MDCCXVI. Florentiae .
Unde verò originem traxerit hujufmodi folennitas, quidve revera fi-
 gnificarit, inquirere mihi non vacat,
& praefertim quod antiquata jam
fuerit. Ego rem innuiffe contentus
ad alia progredior.

Vidifti Sanctimoniales non ita Clauftro olim addictas, ut iis inde pedem
efferre interdum non licuerit. Heia
igitur animadvertendum eft, cum in
 finem Monafteria quidem Sanctimonialium inftituta vel antiquitus fuiffe, ut
Virgines Deo dicatae, ibique colle-
ctae oblivifcerentur Populum fuum,
& Domum patris fui, atque a Saeculo remotae uni caelefti Spopfo fuo
in fancta folitudine perpetuò infer-
virent. Verùm e Clauftro quandoque
egredi nequaquam iis nefas erat, ubi
juftae cauffae intercederent, quippe
 claufurae obfervatio nondum feveris
legibus ac poenis conftituta erat, u-
ti noftris temporibus, ac potiffimum
poft Pii Quincti Pontificis Maximi
falutarem hac de re conftitutionem
obfervatur. Quod tamen ita dictum
volo, ut fimul affirmem, neque olim
defideratas leges, quibus praefcribe-
retur religiofa claufurae cuftodia fa-
 cratis Deo Virginibus . Gregorius
Magnus Lib. IV. Epiftol. 9. ad Januarium Epifcopum non tulit, Sanctimoniales Monafterii in Sardinia
fiti *per villas praediaque difcurrere,*
hanc obtendentes cauffam, quod probato quopiam Clerico carerent, qui
earum negotia procuraret. Itaque E-
pifcopo mandat, ut quifpiam ipfis
deputetur, *quatenus alterius eis pro*

quibus-

quibuslibet caussis privatis vel publicis extra venerabilia loca contra Regulam vagari non liceat. Viden', ut Sanctimonialibus *Regula* interdiceret vagandi licentiam? Ita in Concilio Vernensi Anni DCCLV. statuitur, *ne Monachae extra Monasterium exire debeant.* Carolus verò Magnus in Capitulari Anni DCCCII. haec habet: *Monasteria puellarum firmiter observata sint, & nequaquam vagare sinantur.* Quod infra repetit his verbis: *Ut Abbatissae una cum Sanctimonialibus suis unanimiter ac diligenter infra Claustra se custodiant, & nullatenus foris Claustra ire praesumant.* Denique, ut alia omittam, Concilium Aquisgranense Anni DCCCXVI. de Monasteriis puellarum loquens Lib. 2. Cap. XL satagendum esse ait, *ne Sanctimoniales foras vagandi habeant facultatem.* Quod etiam animadvertendum est. Sanctimonialibus tunc erat Ecclesia interior, in qua, & non exteriori, sacrum pro illis celebrabatur, Presbytero earum Claustra ingrediente. Propterea in Synodo Cabilonensi Anni DCCCXIII. Cap. 60. constitutum fuit: *Non debere Presbyteros amplius in Monasterio puellari immorari, nisi donec Missarum solennia celebrent, aut aliquid ibi de Dei servitio, & suo ministerio expleant.* Id ab aliis Conciliis cautum reperio. Attamen, uti supra innui, si quando legitimae aderant caussae, ut Sanctimoniales, & praesertim Abbatissae, extra Claustrum versarentur, id facere crimini aequaquam vertebatur. Idque potissimum Quarto & Quinto Ecclesiae Seculo licuit. Sanctus Hieronymus in Epistola ad Demetriadem, & in altera ad Eustochium, disertis verbis id prodit. Sed & Gregorius Turonensis publicas supplicationes a Gregorio Magno Papa insti-

tutas in Urbe referens Lib. X. Histor. Francor. haec habet. *Omnes Abbatissae cum Congregationibus suis egrediantur ab Ecclesia Sanctorum Martyrum Marcellini & Petri cum Presbytero Regionis primae.* Concilium ipsum Vernense supra memoratum haec addit: *Sed Dominus Rex quando aliquam de ipsis Abbatissis ad se venire jusserit, semel in anno, per consensum Episcopi, in cujus Parochia est, ut tunc ad eum aliqua veniat ex sua jussione, si necessitas fuerit &c.* Idem quoque statuit Concilium Turonense III. Anno DCCCXIII. Canone 30. Idem & alia Concilia decrevere. Carolus etiam Magnus in laudato Capitulari adjungit: *Sed Abbatissae, quam aliquas de Sanctimonialibus dirigere* (supple: foris Claustra voluerint) *hoc nequaquam absque licentia & consilio Episcopi sui faciant.* Idem quoque in Concilio Turonensi Tertio, Canon. 30. Anni DCCCXLVII. sub Rabano statutum de Abbatissa legas: *Et si quando foras pergat, comites habeat quasdam e Sanctimonialibus, quarum mores & actiones observet.*

Ergo non prorsus tunc interdictum Virginibus clausura obstrictis exerere pedem ex Monasterio; atque eâ de ratione Sancta Scholastica soror Sancti Benedicti, quam novimus in Coenobio Virginum Monasticam vitam ab infantia servasse, *semel per annum* ad invisendum fratrem non longe a Casinensi Coenobio se conferebat. Et in Constitutionibus Galteri Archiepiscopi Senonensis circiter Annum Christi DCCCCXV. statutum fuit: *Ut Moniales nullatenus exire permittantur, vel extra pernoctare, nisi ex magna caussa. Et si Abbatissa ex causa justa alicui permittat, eidem injungat, quod sine mora revertatur.* Anno quoque MCXL Donizone teste

Lib.

Lib. 2. Cap. 18. de Vita Mathildis,
obviam Henrico V. Regi, ad Romanam coronationem accedenti, praeter alias missae sunt

> *. . . . . Monachae quoque centum,*
> *Lampadibus multis cum claro lumine*
> *sumtis.*

Idque ex antiquo more; nam ut A-
nastasius habet in Vita Leonis III.
quum solemni Pompa invehendus esset idem Pontifex in Urbem, *et occurrerunt Proceres Clericorum, Optimates, & Senatus, cunctaque Militia, &
universus Populus Romanus, cum Sanctimonialibus, & Diaconissis &c.* Immo etiam coram Judicibus adstabant
Sanctimoniales, si quando litibus pul-
sabantur. Animadverte, quid habeat
pergamena mihi inspecta in Charta-
rio Capituli Canonicorum Cremo-
nensium, scripta *Anno Imperii Tertio
Ottoni Imperatoris Quinto, Mense Ge-
nuarius, Indictione XIV.* Idest Anno
ML. Haec inde excerpsi: *Dum in Dei
nomine Civitate Cremona in Caminata
Majore domui Episcopio ipsius Civitatis, per data licentia Domni Oletrici
Episcopi ipsius Episcopio, in judicio re-
sedisset Adelelmus, qui & Azo, Missus Domni Ottonis Imperatoris &c. Ibique eorum veniens presentia praedictus
Domnus Odelricus Episcopus, & Geza
ejus & ipsius Episcopii Advocatus; necnon & ex alia parte Roza filia quondam Lanizoni, l'esse velamen sancte
Religionis induta; seu Ailum infantulo*
(hoc adnota, opus quoque fuit, ut
in civili controversia, ejusque deci-
sione, infantulus judicio interesset)
*& Albiza tutor eorum, qui per jussione
ipsius Adelelmi Missus tutor resistebat.*

*Et coeperunt dicere ipse Domnus Oldel-
ricus Episcopus &c.* Quod tamen Roza ista *veste velamen sanctae Religionis
induta* in judicio steterit, nil fortasse mirandum. Nam paene ab ipsis
Ecclesiae incunabulis nunquam aliquot sacrae Virgines, quas *Moniales*
nunc appellamus, desideratae sunt,
extra claustrum, suisque in aedibus
Deo famulantes, quales nunc cernimus Sorores de Poenitentia Ordinis
Praedicatorum, seu Sorores Tertii
Ordinis Fratrum Minorum, Ursuli-
nas &c. Ejusmodi Virginum sacrarum
in paterna domo degentium vestigia
saepe occurrunt apud veteres Scriptores. Ego tamen alterum illustrius
magis hujus exemplum heic editum
volo. Ageltruda Adelchisi Principis
Beneventani filia, Radelchisi itidem
Principis soror, uti ex infra evul-
ganda Charta, aliisque monumentis
colligi potest, Guidoni Spoletano Duci nupserat. Is cadente Saeculo Nono Imperium Romanorum arripuit,
cujus dignitatis consors Ageltruda
divitias non paucas cumulavit. Viro
e vivis sublato, viriliter illa Lamberti Augusti filii sui coronam tuta-
ta est contra conatus Arnulphi Germanorum Regis. Demum post Lamberti mortem reliquum vitae suae
Deo sacravit, Religiosisque vestem
induens, Camerini sedem suam fi-
xisse, domique suae vixisse videtur.
Itaque ibi donationem fecit Monasterio Sancti Eusitii, ut Major Abbas inter Monachos reciperet Johannem Presbyterum. Chartam ad me
misit Philippus Camerinus, doctissimus Presbyter Congregationis Oratorii Camerinensis, sive Camertis.

Ageltrudis olim Imperatricis donatio facta Monasterio Sancti Euitii, Anno 907.

IN *nomine Patris & Filii & Spiritus Sancti, ab Incarnatione Domini nostri Jesu Christi Anni Nongentesimi Septimi, die XI. Mense Decembre per Indictione Decima. Actum in Camerino, in ipso Monasterio de Natabene. Manifesta est me Ageltruda olim Imperatrice, filia quondam Principis de Benevento, relicta, velle Religionis induta, quae fuit relicta quondam bone memorie Domni Guidoni Imperatori, quae modo in domo permanet, & per qualiter edita Lex Longobardorum continet pagina, ut Religiosa femina, que in domo permansisse, licentia & potestate sua velle de res suas pro anima sua dare & judicare tertia parte, & pro qua Domni Guidus & Lambertus Imperatoribus, qui fuerunt Virum adque Filium meum, per eorum precepta mihi confirmaverunt, & consensum prebuerunt, ut de omnibus rebus meis licentia & potestate, habuisse pro anima mea dare & judicare vel disponere omnibus, quomodo & qualiter voluissem. Propterea volo, judico, adque pro anima mea, & de predicto Viro adque Filio meo, idest in Monasterio Sancti Euritii Confessoris, quod situm est in loco, quod dicitur Campoli, hoc est Curtem meam in territorio Hesinata, locum qui dicitur Rubissiano, cum Oratorio beati Petri Apostoli, & cum Casis arilis & terris & vineis, & omnia ad ipsa cum dicta Curte pertinentes vel subjacentes res, secundum qualiter mihi da Irilgarda per Cartula evenit. Ipsa suprascripta Curte do, trado, & judico, adque pro anima mea dispono in ipso antedicto Monaste-*

rio, ubi modo Domnus Major abbas esse dignoscitur cum aliis Fratribus, regulariter victuros. Hac autem tenore, ut ibi Petrus Presbiter in ipsa Ecclesia beati Petri habitum & obedientiam habeat, sicut voluerit sicut ceteri Fratres Monachi in ejusdem Monasterium diebus vite sue; & ibidem orationes pro anima mea seu de predicto Viro adque Filio meo; & ibi faciat obedientiam ipse prefatus Presbiter, sicut aliis Fratres ejusdem Monasterii, & alia obedientia faciant, & sive voluerit, sic suprascripta res in potestate de ipso........ Monasterio vel ad ipsos Monachos, quomodo ego pro anima mea decrevi, ibi firmum & stabile permaneat; & ego pro anima mea dedit vel judicavit, quod neque a me, neque ab heredibus meis, neque ab ullo homine cumquam contradicatur, sed semper in perpetuum ibi firmum & stabile permaneat, quomodo ego pro anima mea dedit vel judicavit, sicut in edita Lex Longobardorum continet pagina, seu & quomodo per precepta dictorum Imperatorum habeo confirmata sicut supra leguntur. Quam vero Cartula Testamenti rogatus ad suprascripta Domna Ageltrada scripsi ego Gregorius Notarius sub Die, Mense, & Indictione suprascripta feliciter.

Signum manus suprascripta Domna olim Imperatrix, que hanc Chartula Testamenti fieri rogavit.

✠ *Ego Aifreda rogatus a Domna Ageltrada olim Imperatrix subscripsi.*

✠ *Ego Ausfreda rogatus a Domna Ageltruda Imperatrix subscripsi.*

✠ *Ego Tressea rogatus a Domna Ageltruda Imperatrix subscripsi.*

✠ *E.o*

✠ *Ego qui supra Gregorius Notarius Scriptor hujus Cartula Teſtamenti & poſt tradita teſtibus tradidit & dedit.*

Sed & ipſis Virginibus Deo ſacratis, atque in Clauſtro degentibus, licuit olim inde pedem aliquando efferre: quod factum oſtendunt exempla jam producta. Placcatiam quoque profectus eſt Sanctus Symeon Eremita ſub initium Saeculi XL cujus Vitam edidit Mabillonius Seculo Sexto Benedictino Part. I. pag. 157. Quum is, *antequam mediae noctis terminus incumberet,* prae foribus ſtaret Monaſterii ſacrarum tunc Virginum, nunc Monachorum, Sancti Sixti, atque odas dulciſonas decantaret, hiſce *laudibus una ex Ancillis Dei, Maria nomine, ſacriſta ejuſdem Eccleſiae, vehementer exterrita ad Baſilicae januas cucurrit, & quae veſtibus & ſeris obſſemaverat, quia apertas invenit, mirata obſtupuit.* Viden', ut liceret ils temporibus Sanctimonialibus in Baſilicam exteriorem progredi, cujus etiam portas claudere ac reſerare ad ipſas pertinebat? Immo ne hi quidem erant earum fines. Aribertus, ſeu Heribertus Archiepiſcopus Mediolanenſis in poſtremis tabulis ſuis Anno MXXXIV. exaratis, Monaſteriis ſacrarum Virginum *Majori* videlicet, & *Widelindae,* & *Aureni,* & *Dathei* &c. annuam eleemoſynam decernit. Tum imperat, *ut deinde Monachae per unamquamque Monaſterium Puellarum, quae ſuperius leguntur, veniant omnes inſimul in eodem die Veneris de praedicta hebdomada Quadrageſimae in praedicto Presbyterio Sanctae Mediolanenſis Eccleſiae ad percipiendam praedictam benedictionem omni*

anno. Immo Anno etiam DCCLXXXVII. aliquibus in Urbibus nondum vigebat rigida illarum clauſura. Quod ex Synodo Mediolanenſi ediſcas, habitâ Anno eodem ab Ottone Archiepiſcopo, quam edidi Tomo VIII. Rer. Italicarum. Ibi Cap. V. ſtatutum eſt, *Ut Abbatiſſae, vel Moniales ad exequias mortuorum non vadant.* Quid plura? Vide luculentum hujus rei teſtem, hoc eſt monumentum a me prolatum in Antiquitatib. Eſtenſ. Part. I. Cap. XIV. pag. 110. Habente videlicet Placitum publicum Ticini *Ottone Comite Palatii* una cum Otberto & Anſelmo Marchionibus Anno MXIV. *coram veniens praeſentia Eufraſia Abbatiſſa Monaſterio Domni Salvatoris praeſentavit ibi praeceptum unum* &c. Hujuſmodi exempla non pauca ex editis Libris adferre poſſem, & quaſdam etiam Abbatiſſas memorare, quae Conciliis interfuere; ſed praeſtat, Chartis nondum editis rem illuſtrare. Primam accipe, ad Annum DCCCLXVII. ſpectantem, quam olim ad me miſit Hubertus Benvoglientus Patricius Senenſis. Ex ea liquet, a *Winigiſo Comite Senenſi* Monaſterium Sanctimonialium in honorem Domni Salvatoris conditum fuiſſe Anno praememorato DCCCLXVII. eâ conditione, ut ſemper *viginti Moniales* ibi alerentur. Quod ſi conditio haec minime impleretur, tunc *licentiam & poteſtatem habeant heredibus, his proheredibus noſtris, praefata Abbatiſſa* (hoc eſt, Abbatiſſam praefatam) *de ipſo Monaſterio foras jactare, & alia Abbatiſſa ibidem mittere* &c. Integram pergamenam nunc Lector accipiat.

Fundatio Monasterii Sanctimonialium facta in agro Senensi a Winigiso Comite Senensis Urbis, sub titulo Domini Salvatoris, Anno 807.

„ *Privilegium, quod fecit Gainifcius Comes.*

„ IN nomine Domini & Salvato-
„ ris nostri Jesu Christi. Anti-
„ qui Principes, & Sancti Patres
„ statuta sanxerunt, quod nobis mo-
„ do per futura tempora conservare
„ obsequi oportet. Ut quicumque in
„ sua propria hereditate loco sancto
„ in onhore Sanctorum construere
„ vel hedificare deliberat, oportet,
„ ut idem ei in ipso sancto loco,
„ quam hedificaverit, aliquid de re-
„ bus suis conferre vel donare de-
„ beat, unde aput pium Dominum
„ mercede comula accipiat; hoc per
„ scripturarum series debet obligare,
„ ut aliquibus in posterum non va-
„ leat infrangere, sed perhenniter
„ maneat inconvulsu. Igitur ego in
„ Dei nomine *Winigis Comes Senense*
„ *filio quondam Rebiasri, & Conjux*
„ *mea Richildam, &* divina superna
„ inspiratione, sana mente, salubri-
„ que consilio, unanimiter pertra-
„ ctantes, sicut dicit in Euangelio:
„ *Vende omnia, que abes, & da*
„ *pauperibus, & ehebit thesaurum in*
„ *Celo.* Idcirco pro amore Dei om-
„ nipotentis, & remissione peccato-
„ rum nostrorum, ut pio Domino
„ largiente veniam consequi merea-
„ mur, donamus adque tradimus ad
„ Basilica nostra, quem constructa
„ ibi, quem eam in honore Domini
„ & Salvatoris unanimiter nostro o-
„ pere hedificavimus, donatumque
„ imperpetuo esse volumus, hoc est
„ ipsa area, hubi ipsa Ecclesia a
„ fundamento est hedificata in loco
„ nuncupante Campi, hubi dicitur

„ Fonte bona super fluvio Cogia,
„ pago Senense, cum ipsa terra &
„ silva, uno tenente ipsa silva nun-
„ cupante Acceptoraria & silva, &
„ terra de Piscina sarcta & Villa,
„ que nuncupante Septiminula, ibi-
„ dem prope ipsam Ecclesiam, cum
„ casis, terris, vineis, silvis, servis,
„ proservis, aldiis, proaldiis, libe-
„ ris, proliberis, omnia & in om-
„ nibus ad ipsa Villa pertinentes:
„ & Casas in ipso suprascripto Cam-
„ pi, cum servos & ancillas, cum
„ greges procorum, greges pecorum,
„ greges caprarum, greges jumento-
„ rum, greges armentorum. Et de-
„ dimus res nostras in Casprina,
„ que nobis da quondam Odane &
„ Albisinda Saligos per cartula eve-
„ nerunt, cum casis & hedinciis,
„ cum gregis ovium, & greges por-
„ corum, & greges armentorum,
„ cum servos & ancillas, & cum
„ ipsos pastores, qui ipsa animalia
„ custodiunt. Idest nomina eorum;
„ in primis ibidem ad ipsius Mona-
„ sterio in Villa, que dicitur Cam-
„ pi. Johannes Celerario cum Ro-
„ delinda uxore sua, & cum Adel-
„ berto filio suo: Waleprando be-
„ sulcus frater eidem Johanni, cum
„ uxore sua nomine Magna, & Cisa
„ filia sua: Luparl besulcus cum
„ Waleperga uxor sua, & Speran-
„ deo, & Raiatruda, & Anacla fi-
„ lie eorum: Johannes besulcu, cum
„ Scamperga uxore sua: Albini he-
„ sulcus cum Obisiada uxore sua: &
„ Donatulo bisulcus cum Kaneperga
                              „ uxore

uxore fua, & abitet in Septicrina-
le: Bertefufu cum uxore fua Ildi-
perga, & Bertifada filia ejus: Ju-
mentario uno, nomine Ildeprando,
cum Anfiperga uxore fua: Savino
pecorario, & Viccioeperga uxore
fua, & Urfula filia fuprafcripta
ejus. Felix pecorario cum Sini
truda uxore fua, & Johannes,
Lupulo, Urfianulo, Fileperga, An-
fula, Urfula filiis eorum, & Johannes Silla junior ejus. Et de
fuprafcripta Cafprina Paftores, Servos & Ancillas, nomina eorum:
ideft, Magiolo pecorario, cum
Teupla uxor fua, & filios mafcu-
los tres, ideft Johannes, Petrus,
Teupala, & filie femine due Gum-
perga & Magiperga, norvam eidem
Magioli, Raintruda cum Andrea
filio fuo, & juniores ipfios Magioli duo Lupolo & Teupalu:
Vaccario uno nomine Deodato
cum Lupula uxore fua, & Martino filio fuo: Porcario uno nomine Amulo, cum Paitruda uxore fua, cum Amalperga & Raintruda filie ipfi 1, Ganripaldo el-
dem Amuli. Et donamus ibidem
alios Servos noftros manuales mi-
nifteriales, Rudulo Coco cum
Teuderada uxore fua: Ildepran-
dello pillrinario, cum Ditiva uxor
fua: Gottefredo lavandarius cum
Fromberga uxore fua: Anaftafius
& Atriano filiis eorum: Tappeta-
rios tres, id funt, Urfulu, cum
Sighitruda uxore fua, Flodard, &
Anfipertu. Donamus atque concedimus & tradedimus in ipfo prefato Monafterio Domini Salvatori
Curte noftra ad Sanctum Paulo
cum ipfa Ecclefia, que eft pofita
prope Pifcina Infi, fuper fluvio
Bumba. Simulque donamus ibi ipfa
Cafis, Curtis & rebus noftris, quae

habemus in Cafalis Sextano, que
nobis per Cartula advinet da Teu-
datico filio quondam Arponi, feo
cafis & rebus ipfis ibi in Sextano, qui Petro Burgundio ad fuam
tenet manus. Simulque & donamus ibi alia Ecclefia noftra, quod
eft dedicata in honore Sanctorum
Cofme & Damiani, que fita eft
ibidem in Campi. Seo & donamus
ibi alia Ecclefia Sancti Petri cum
ipfa Curte noftra Dominicale fita
Calatina.

    Donamufque & tradedimus ibi-
dem Curte & Ecclefia noftra, que
hedificata eft in honore Sancti Fab-
biani fuper fluvio Arbia. Simulque donamus ibidem Oratorio noftro, qui eft conftructus in honore
Sancti Anfani fito Platea Senenfe.
Seo donamus atque tradedimus ihi-
dem Curte noftra illa in Gamuri-
fa prope Fluvio Umbrone. Et donamus ad ipfo Monafterio Servo
noftro illo in Clatino nomine Ildeprando cum Oda uxore fua, &
Johanne filio ejus. Ideo omnes
iftas fuprafcriptas & denominatas
Ecclefias cum Curtis donnicatis,
cum cafis, curtificiis, cafticiis,
manfis, mancipiis, maffaritiis, terris, vineis, pratis, pafcuis, filvis, falictis, ripis, rivis, aquis,
vel decurfibus aquarum, farinariis,
quadris, campis, perviis tam donnicatis, quam & maffaritiis, al-
diaricias, colonicas, fervi, pro-
fervis, aldios, pro-aldios, liberis,
pro-liberis, fimul & diverfis gregibus cum paftoribus, movilibus adque inmovilibus. Nifi anteponi-
mus & refervamus de predictis rebus Ecclefia Sancti Pauli ipfas
cafas & rebus in Campiano, &
ipfo cambio, que fecimus cum Il-
derico filio quondam Ildoni, quod

„ superposita faciat, nisi per singulos annos in dedicatione eidem Monasterii ad eredibus hac proheredibus nostris ibidem ad ipso Monasterio donet denarios duodecim in pensione. Et si ipsa Abbatissa predicta pensione non dederit, & dare neglexerint in primo & secundo, vel usque in septimo anno, tunc dent postea ipsa pensione insimul, quod reliquus est. Et si & tunc ipsa pensione dare neglexerint, componat ipsa Abbatissa ad heredibus hac proheredibus nostris aurum Libras tres; & postea abeat ipso Monasterio, ut supra legitur, omnia adimplendum. Si quis verò, quod futurum esse non credimus, si nosmetipsis, aut ullus de heredibus hac proheredibus nostris, seo quilibet ulla opposita vel extranea persona, qui contra prefato fulgenti Monasterio, quem nos propter nomen Domini & reverentia Domini Salvatori nostro opere edificavimus, inrumpere, aut infrangere temptaverit, quod Deus non permittat, absit: in primis ira Dei omnipotentis incurrat offensa, & ad liminibus Sanctorum simul, & ad ipso sancto loco excommunicatus appareat. Et insuper una cum distringente socio Fisci aurum Libras quinquaginta, argentum ponderas centum, partibus prefati Monasterii multa componat, & quod reppetit, evindicare non valeat; set has donatio, & tradictio omnique tempore firmam, & inviolatumque permaneat cum stipulatione subnixa. Et quod ne permittat Deus fieri, si casus evenerit, quod de meo cispite aut de Richild conjuge mea, inventa non fuerit, que in ipso suprascripto Monasterio Abbatissa esse onsat, vel si fuerit, & Abbatissa esse no-

„ luerit: tunc ipsa Monachas de predicto Monasterio habeat potestatem & licentiam una cum notitia de heredibus hac proheredibus nostris inter se Abbatissam eligere & ordinare in ipso prefato almo loco, ut omnia statuta capitula faciat & adimpleat, ut supra legitur. Et si ipsis eredibus hac proheredibus nostris vel quislibet personas, quod Abbatissa in ipso Monasterio vel in res ejus Monasterii aliquas superflua fecerint: tunc in suprascripta multa & pena subjaceat, qualiter supra legitur.

„ Facta donatio & traditio hanc in Septimo Decimo Anno Imperii Domno nostro *Ludovici Imperatori filio Lotharii quond Augusto*, Mense Februarii, Indictione Quintadecima feliciter. Unde & rememorati sumus, *ut predicta Abbatissa in ipso Monasterio habeat omni tempore Monachas viginti: & quando de ipsa Monachas aliqua mortua fuerit, habeat spatium usque ad annum integrum, ipsam numerum complendi, ut sint similiter Monachas viginti. Et si infra ipso anno ipsum numerum recomplere neglexerint, tunc componat ipsa Abbatissa ad heredibus hac proheredibus nostris, aurum Libras tres. Et si postea ipsa Abbatissa suprascripto numerum complere neglexerint, ut ipsa Monachas viginti non fuerint: tunc licentiam & potestatem habeant heredibus hac proheredibus nostris prefata Abbatissa de ipso Monasterio forat jactare, & alia Abbatissa ibidem mittere, eligere, & hordinare; ut omnia suprascripta capitula faciat & adimpleat, qualiter superius decrevimus, nisi tantum de ipsa Congregatione sit ipsam Abbatissam, qua postea ibidem ordinaverit.*

„ Ego

„ Ego Winigis Comes suprascri-
„ ptus.
„ Ego Adelom subscripsi.
„ Signum manus + ejusdem Ri-
„ childe, ut supra legitur, scrivere
„ rogavi.
„ Ego Leonardus subscripsi.
„ Ego Dionisius scribere rogatus
„ ad Winiglo Comes subscripsi.
„ Ego Leodoinus Levita subscripsi.
„ Ego Crisoconius subscripsi.
„ Ego Rainullus subscripsi.
„ Ego Bernardus subscripsi.
„ Ego Willefredus subscripsi.

„ Ego Pelerino Notarius ex ro-
„ gato suprascriptorum Jugalibus hanc
„ dote, qualiter supra legitur, scrip-
„ si, & post tradita complevi &
„ dedi.

Alterum monumentum longe nu-per allato posterius addo, quod ex Archivo Sanctimonialium Ferrarie-sium Sancti Silvestri deprompsit, mihique liberaliter suppeditavit, saepe mihi laudatus in hoc Opere Joseph Antenor Scalabrinius, impiger antiquitatum medii aevi cultor.

Testes producti a Gualdrata Abbatissa Monasterii Sancti Silvestri Ferrariensis, ad confirmanda jura sua in Ecclesiam ruralem Sanctae Margaritae, Anno 1214.

Die II. intrante Octobri MCCXII. testes Rubei Notarii, Syndici Monasterii Sancti Silvestri Ferrariae pro ipso Monasterio, contra Syndicum Popularii.

Domna Gualdrata Abbatissa Monasterii Sancti Silvestri, jurata dicit, quod bene sunt XXX. anni, secundum quod de tempore credit, & plus, quod ipsa testis apud Popularium cum Domna Julitta Abbatissa ejusdem Monasterii, ubi dicta Domna Abbatissa conscessit vicinis de Populario, ubi Ecclesia Sanctae Margaritae est aedificata, locum pro dicta Ecclesia aedificanda, & locum, ubi est Canonica, & Vineam similiter dictae Ecclesiae aedificandae concessit. Et dixit dicta Domna Abbatissa, quod volebat, quod dicta Ecclesia Sanctae Margaritae aedificanda in dicto loco, quem ei dabat pro ipsa aedificanda, ita deberet esse sub Monasterio Sancti Silvestri, & esse de illo Monasterio, & eidem omnia servitia facere dicto Monasterio, & in omnibus ei subesse, sicut Ecclesia Sancti Guimedis &

Damiani de Faxo Mortuo. Et vicini, qui ibi erant, dixerunt, quod bene eis placebat. Et dicit, quod ibi erant multi de vicinis Popularii, inter quos dicit, quod erat Dominicus de Molysriniis, Ricardinus a....... quidam de Capellis, & Galicius Stephanus, secundum quod credit; & dicit, quod erat Bonus Martinus de Anselendis, sed de aliis non recordatur. Et dicit, quod de Monachabus Monasterii cum Domna Abbatissa erant Domna Ymelda, quae mortua est, Domna Adelasia, Domna Viviana. Sed de nomine aliarum non recordatur. Sed credit, quod plures erant. Et dicit, quod post illud factum & Ecclesia facta & aedificata in die festivitatis Sanctae Margaritae, vidit dictam Domnam Abbatissam ire cum se teste, quae erat Monacha dicti Loci, & cum aliis Dominabus. Et dicit, quod inter ipsam Domnam Abbatissam & eas Monachas, fuerunt septem. Et duxit secum tres Sacerdotes, videlicet Sacerdotem rectorem ad dictam Monasterium, Presby-

sbyteshyterum Johannem, & Presbyterum Girardum morantem ad Sanctum Thomam, & Presbyterum Philippum de Sancto Laurentio, & quosdam alios Laicos; qui inter Monachos, Presbyteros, & Laicos fuerunt illi, qui iverunt cum dicta Domna Abbatissa ad dictam Ecclesiam XVIII. aut XX. personae. Et dicit, quod fuerunt bene recepti in dicto loco, & omnia praedicta ad jacendum, & victualia praestita fuerunt a Sacerdote eunc, quem audivit fore Presbyterum Lanfrancum, & a vicinis. Interrogata de tempore, quo fuit hoc, dicit, quod magnum tempus est, & dicit, quod dictam Domum Abbatissam, donec vixit, semper vidit ire & ducere quoscumque voluit, & pro sua arbitrio, & sine alicuius contradictione. Et dicit, quod numquam ibat dicta Domna cum paucioribus quatuor Monachabus, sine alia familia. Post ejus mortem ipsa testis fuit Abbatissa dicti loci, quae dicit fore XX. annis, numquam misit minus alio personis inter Monachas, & alias personas; sed ab illo numero insuper plures misit, & numquam vidit quidem fieri. Et dicit, quod consuetudinem istam & servitia ista facere debet & facit Ecclesia Sancti Cosmedis & Damiani Monachabus Sancti Silvestri, quia in festivitate ipsius recipit quascumque personas & quoscumque Domna Abbatissa dimittit, & praestat necessaria cum comestibilibus & lectualis & aliis necessariis. Et dicit, quod medietatem oblationum in Pascha & Nativitate Domini, & duas partes oblationum in die festi, & medietatem candelarum praestat dicto Monasterio, & in festivitate Sancti Silvestri, Presbyter, qui moratur in Ecclesia Sancti Cosmedis & Damiani, venire debet & de terre tornam suam. Et transacto festo Sancti Cosmedis & Damiani, desert similiter

aliam tornam; & mittere Sacerdotem, & extrahere ad suum sensum, & mittere suam Nuntiam ad Ecclesiam illam, & facere eam accipere de illo loco quidquid vult, pariter vinum, vaccas de curia, & alia omnia pro voluntate & arbitrio Abbatissae in dicto Monasterio. Interrogata, quomodo scit, quod talia facere debet; respondit, quod bene sunt XL. anni, a quo est pro Monacha in dicto loco. Et antequam foret Abbatissa, vidit fieri, & suo tempore fecit sine alicujus contradictione. Et dicit, quod eadem vidit fieri, & ipsa fecit suo tempore, excepto a parvo tempore, quo quaestio non faciendi sibi mota est. Et ipsa testis misit in dicto loco Sacerdotem Presbyterum Johannem, qualem servum in communione, sicuti voluit. Et dicit, quod hoc fecit sine consensu vicinorum. Et dicit, quod quando non erat Sacerdos, vicini venire consueverunt ad se testem, & petere Sacerdotem dicentes, quod suum erat peccatum, quod non mittebant Sacerdotem, qui ibi celebraret divina. Et dicit, quod vicini non eligunt, sed ipsa Abbatissa. Et dicit, quod numquam in suo tempore de oblationibus pertinentibus in suam partem reliquit aliquid ipsi Sacerdoti ibi moranti. Et sic ipsa testis suo tempore de una per......... dictae donavit cuidam sine alicujus contradictione. Et dicit, quod vicini illius terrae, & boni homines illam construxerunt. Et dicit, quod dictae Ecclesiae dedit Altare, viaresam, psalium, toalias, & antiphonarium unum de die & alium de nocte, & unum Psalterium, & unam Matutinale.

Domna Viviana Monacha jurata dicit idem per omnia, quod Domna Guidrata, excepto quod non est Abbatissa. Sed dictis omnibus interfuit. Et dicit, quod quando Ecclesia construebatur, de oblationibus dimittebat pro illo facto;

do; sed ab illo tempore numquam reliquit. Et dicit, quod accessio fuit facta in Monasterium Sancti Silvestri. Et dicit, quod nulla conditio fuit apposita, nisi ut supra dictum est.

Domna Tarsilla jurata dicit idem per omnia, quod Domna Viviana: excepto quod non recordatur de nominibus vicinorum, qui interfuere, quando concessio fuit facta.

Agitella Conversa Monasterii Sancti Silvestri jurata dicit idem per omnia, quod Domna Tarsilla, excepto quod non est Monacha, sed Conversa est. Et dicit, quod illo tempore erat Cameraria Domnae Julittae Abbatissae, & non Conversa. Et dicit, quod non recordatur de tempore. Sed dicit, quod sunt XXX. anni, & parum plus, aut parum minus, & excepto quod nescit, quam partem solvere debet in Nativitate Domini & in Pascha. Sed vidit venire Sacerdotem & dare: sed quid daret, nescit. Et dicit, quod multoties ivit ad dictam festam tum Abbatissa Julitta; & vidit ista fieri, & vidit ipsam ire, & istam Abbatissam praesentem mittere, quas ea volebat, & quantascumque? & venire Sacerdotes, & tartas deferre pro dicta festa; & ipsam Abbatissam mittere Sacerdotes pro suo arbitrio: & dicit, quod vidit ipsam Abbatissam, quando dabat oblationes, ad impetrationem ipsorum Sacerdotum eis dimittere. Et vidit Abbatissam Julittam vendere terram de Ecclesia Sancti Cosmedis & Damiani, & calicem argenteum, qui ibi erat, accipere, & alias res pro arbitrio suo: excepto, quod non recordatur de nominibus illorum, quas dabit Abbatissa ad dictam Ecclesiam Sanctae Margaritae. Sed ipsa testis fuit, & non recordatur de numero.

Domna Miliana Monacha jurata dicit, quod in tempore Abbatissae Julit-

tae ipsa testis erat scholaris. Et ivit cum dicta Abbatissa ad Ecclesiam Sanctae Margaritae de Popplario, & vidit ipsam Abbatissam habere ibi multas secum ad dictum festum, & fore receptas honorifice in comedere & bibere ad suum arbitrium & voluntatem Abbatissae. Et dicit, quod postquam fuit in dicto Monasterio, quod dicit fore XIII. annos, vidit ipsam Abbatissam mittere ad dictam Ecclesiam se tertiam, & alias de Monachabus, & sive illae alias personas, & non minus de octo personis ad festam Sanctae Margaritae ad Popplarium, & honorifice fore ibi receptas a Sacerdote, & vicinis dicti loci in comedere & bibere, & in jacere & stare. Et postquam ibi erat, invitabat, quos volebat, ad comedere & bibere. Et in ipso die post festum, vel alio die, vidit Sacerdotem dictae Ecclesiae venire, & deferre tortam ad Monasterium vel mittere; & hoc id in festo Sancti Silvestri vidit facere, & in festivitate Sanctae Margaritae de oblationibus dabat duas partes dicto Monasterio in Nativitate Domini & in Pascha......... am partem si firmiter de illa non recordatur. Et vidit ipsam Abbatissam, quae modo est, mittere Sacerdotem in dicta Ecclesia pro suo arbitrio, & extrahere pro suo arbitrio. Et haec omnia vidit fieri a dicto tempore infra in dicta Ecclesia. Et audivit semper dici, quod eadem omnia facere debebat dicta Ecclesia Sanctae Margaritae Monasterio Sancti Silvestri, secundum quod faciebat Ecclesia Sancti Cosmedis & Damiani. Et haec omnia vidit similiter fieri per dictam Abbatissam in dicta Ecclesia Sancti Cosmedis & Damiani, & Sacerdotem facere dicto Monasterio.

Die X. exeunte Octobri MCCXIV. Indictione III. testes Syndici Monasterii Sancti Silvestri contra Syndicum Popularii.

Presbyter Ugo de Ecclesia Fui Mortui juratus dicit, quod a quatuor annis infra transactis ipse de praecepto Dominae Abbatissae de Sancto Silvestro, cum quibusdam Monachabus dicti Monasterii, & aliis personis, ita quod cum illis & aliis, quas misit ad festum Sanctae Malgaritae, fuerunt octo personae & plus. Et dicit, quod Presbyter illius Ecclesiae, & vicini bene receperunt se testem, & dictas personas: & in duabus comestionibus fuerunt bene recepti a dicto Sacerdote & vicinis, & ad Canonicam. Et dicit, quod ipse testis ex sua parte, quos voluit, & dictas Monachas, quas voluit, vidit invitare ibi ad comedendum. Et tunc ibi fuit dictum, & in duabus ex dictis vicibus collegit oblationes pro Domina Abbatissa, & dividit cum Sacerdote eas, & medietatem candelarum habuit, & duas partes denariorum pro Domina Abbatissa. Et Sacerdos reliquit. Et sic de aliis vicibus vidit fieri. Et vidit illum Sacerdotem venire ad festum Sancti Silvestri, & deferre turtam unam. Et dictam Dominam Abbatissam audivit protestantem, dicentemque, quod potestatem habebat mittendi ad dictum festum quantascumque personas vellet ad festum Sanctae Malgaritae, & Sacerdos tenebatur illos recipere, & servire in duabus comestionibus, & debebat habere medietatem candelarum, & duas partes denariorum & turtas in ipso festo. Et in festo Sancti Silvestri deferre, & alia omnia facere, & in omnibus obedire, secundum quod Ecclesia de Foco Mortuo, in qua morabatur. Quae omnia ipse fecit & facit a tempore illo infra, quod fuit hoc, quod dicit fere quinque annos. Et dat medietatem denariorum de Nativitate & de Pascha. Et in isto anno audivit Sacerdotem, qui moratur ad Sanctam

A — Malgaritam dicentem, quod dederat. Aliud dicit, se non recordari.

Blancolinus juratus dicit, quod bene...... per octo annos cum Capellano Ecclesiae Sancti Silvestri, & duabus de Monachabus, & cum dictis in tanta quantitate, quod erant octo personae, ire ad Ecclesiam de Popilario in Vigilia Sanctae Malgaritae; & bene recipiebantur a Sacerdote dictae Ecclesiae; B & ad panem & vinum, & omnia necessaria, & in die festi ad prandium. Et videbat Monachas invitare, quos volebant, & tenere secum ad prandium sine alicujus contradictione. Et dicit, quod est unus annus, quod non ivit. Et dicit, quod vidit Presbyterum Martinum deferre unam turtam ad dictum C Monasterium in die festi. Et quando ibat, dicebat Jacobinus Capellanus, quod male faciebant, quod auferebant turtam a Sacerdote dictae Ecclesiae in die festi. Et dicit quod interfuit, quando dicta Abbatissa Sancti Silvestri investivit Presbyterum, qui modo est de Ecclesia Sanctae Malgaritae, & dixit illi, quod deferret turtam unam in fe- D stivitate Sancti Silvestri, & festivitate Sanctae Malgaritae: & ipse promisit dare; & promisit medietatem dare denariorum de Nativitate & de Pascha, & de festivitate Sanctae Malgaritae duas partes denariorum, & medietatem de candelis, & sic vidit fieri in dictis temporibus, quibus ivit, & ipse testis divisit cum Presbytero Martino.

E Sigizius juratus dicit se scire, quod Abbatissa Sancti Silvestri consuevit mittere ad dictum locum Sanctae Malgaritae, quas vult de suis Monachabus: Interrogatus, quomodo scit, respondit, quia ipse testis multoties interfuit, ubi Domina Abbatissa misit quantascumque voluit. Et jam sunt decem Anni, quibus hoc vidit fieri. Et quando vidit duas *de Monachabus ire, & mittere, & quando quotatur; & semper vidit mittere inter Monachas & alias personas ab alio personis insuper, & mittere Sacerdotem suum & Capellanum, & bene recipi ibi a dicta Ecclesia. Interrogatus, quomodo scit, respondit, quia ipse testis interfuit & facere vidit. Et dicit, quod vidit Dominam Abbatissam dunare vinum de dicta Ecclesia pro suo arbitrio, nullo contradicente. Et vidit dictas Dominas invitare ad festum quousumque vellent. Et dicit, quod quando Canonica Sanctae Margaritae fuit combusta, multoties Jacobinus Casparelli venit, & alii de vicinis ad se testem dicentes, quod dominum erat Monacharum Sancti Silvestri; & quod ipse face..... se caput; & petiit ab illis, qui dice-*

bantur fecisse. De facto tortae dicit idem, quod Blancolinus. Et dicit, quod semper audivit, quod eandem jurisdictionem in omnibus & per omnia debet habere in Ecclesia Sanctae Margaritae, sicut in Ecclesia de Foro Mortuo.

Et ego Nicolettus sacri Palatii Notarius dictos supradictos testes recepi & scripsi sub Domino Zaneto Valentini, delegato a Domino Rolando Episcopo Terrariae, ut ab eis audivi, sub Millesimo Ducentesimo Quarto Decimo, Indictione Secunda.

Tertium exemplum Ticinensis Urbs nobis suppeditabit, desumptum ex Monasterio Salvatoris, nunc Sancti Felicis, ubi autographum vidi.

Placitum Ticini habitum coram Adalgerio Cancellario, aliisque Episcopis & Proceribus, Missis Henrici Regis, in quo Helena Abbatissa Monasterii Sancti Felicis protectionem Regiam obtinet pro rebus ejusdem Monasterii, Anno 1043.

DUm in Dei nomine, in Monasterio Sancti Petri, quod dicitur Cellum aureum, in Sala murata ipsius Monasterio, quae est da Aquilone, justa muro ipsius Monasterio, per data licentia, Dominus Balduinus Abba ipsius Monasterii, in judicio residebat Domnus Adalgerius Cancellarius, & Missus Domni Heinrici Regis justiciam faciendam hac deliberandam, residentibus cum eo Domnus Aribertus Archiepiscopus Mediolanensis, & Domnus Raynaldus Episcopus Papiensis, & Domnus Riuprandus Episcopus Novariensis, & Domnus Litigerius Episcopus Comensis, & Adelbertus Comes, & item Adelbertus Judex & Missus Domni Regis, & Antonio filio ipsius Adelberti, Emilique Missus, & Lanfrancus Advocatus Domni Regis, & item Lanfrancus, qui & Otto, Richardus Vicecomes, Ingezo, Walendus, Petrus, Johannes, item Johannes, qui & item Lanfrancus, Adam, Sigefredus, item Sigefredus, Teuzo, qui & Otto, Gislebertus, Stephanus, qui & Rihaldus, Teudaldus, Arialdus, & Lanfrancus Judices sacri Palatii, & reliqui plures. Ibique eorum veniens presencia Domna Elena Abbatissa Monasterio Sancti Felicis, & Domini Salvatoris, qui dicitur Regine, una cum &c. & ibi loci mixit predictus Domnus Adalgerius Cancellarius & Missus Domni Regis bannum Domni Regis super eandem Domna Elena Abbatissa, & super omnes res ipsius

„ sius Monasterii, ut nullus quislibet [A]
„ omo eandem Donna Elena Abba-
„ tissa, ejusque successature, vel
„ partem ipsius Monasterii disvestire
„ vel molestare audeat de predictis
„ omnibus rebus juris suprascripto
„ Monasterii, centum Libras auri.
„ Qui vero fecerit, predictas centum
„ Libras auri se compositurus agno-
„ scat, medietatem Camere Domni [B]
„ Regis & medietatem predicte Don-
„ ne Elene Abbatissa, ejusque suc-
„ cessature, vel partem ipsius Mone-
„ sterii. Et hanc noticia qualiter
„ acta est causa pro securitatem,
„ quidem & Ego Bonizo Notario
„ sacri Palacii ex jussione suprascri-
„ pto Donno Adalgerius Cancellario
„ & Misso Domni Regis, & Judi- [C]
„ cum amunicione scripsi, Hanno ab
„ Incarnatione Domini nostri Jesu
„ Christi Millesimo Quadragesimo
„ Tercio, Regni vero supralcripto
„ Domni Heinrici Regis Deo propi-
„ cio hic in Italia Anno V. Tercio-
„ decimo Calendas Madias, Indi-
„ ctione XI.
  „ Adalgerus Cancellarius interfui
„ & subscripsi feliciter. Amen.
„ ADALBERTUS COMES IN-
„ TERFVI.
  „ Adelbertus Judex & Missus Dom-
„ ni Regis interfui.
  „ Antonius Missus Domni Regis
„ interfuit.

  „ Walandus Judex sacri Palacii
„ interfui.
  „ Petrus Judex sacri Palatii in-
„ terfui.
  „ Sigefredus Judex sacri Palacii
„ interful. CTΓHDPHΔOC.
  „ Richardus Vicecomes & Judex
„ sacri Palacii interfui.
  „ Ego Johannes Judex sacri Pa-
„ lacii interful.
  „ Ego Teuzo Dei adminiculo Ju-
„ dex sacri Palacii interful.
  „ Lanfrancus Judex sacri Palacii
„ interful.
  „ Habemus illustre nomen *Regine* A-
sceterio huic Ticinensi tributum.
Scriptores Ticinenses id factum pu-
tant, sive quod sancta *Adelais* Otto- [C]
nis Magni Augusti conjux illud restauravit, aut ditavit, sive quod *Fe-
licitas* eorum filia, ibi Monastica veste assumta, insigni virtutum professione floruerit. Sed falluntur. Longe antiquius est nobile istud Monasterium, ejusque mentionem habes in
Diplomate Arnulphi Italiae Regis
Anno Christi DCCCLXXXIX. apud
Campium Tom. I. Histor. Placent. [D]
Eccles. ubi appellatur *Monasterium Regine.* Neque ullum vestigium Ade-
laidis Augustae, aut cujuspiam ejus
filiae, occurrit in Diplomate Ottonis III. Augusti, quod archetypum
vidi apud easdem Sanctimoniales Ticini, dignumque est, quod e tenebris educatur in lucem.

Confirmatio trium Castrorum facta ab Ottone III. Imperatore Parthenoni Sancti Felicis Ticinensis, Anno 1001.

IN nomine Sanctae, & individuae [E]
Trinitatis. Otto Tercius servus
Apostolorum. Omnium Fidelium nostrorum tam presentium quam & futurorum noverit universitas, quod nos ob
Dei omnipotentis amorem, & animae
nostrae remedium, aut ut a peccatorum
nexibus absoluti veniam mereamur aeternam, Monasterio, in quo habetur
pretiosum Lignum Sanctae Crucis,

quod tempore gloriosi atque victoriosi Imperatoris Secundi Ottonis a bonae memoriae Benedicto Episcopo aeternae Urbis, Hierosolymis inventum est, *dedimus & confirmamus Cortes sive Castella, quae Berengerus & Adalbertus Reges tenuerunt: Maringum scilicet & Corcetula, & Gamandum, cum omnibus pertinentiis, & adjacentiis earum. Quae omnia in omnibus ad utilitatem, ad victum scilicet & usum Monacharum Deo militantium in loco ubi ipsius Crucis Domini patrocinia haberi videtur, in quo Abbatissa Domna Geppa, vel sibi successuras* A *praeesse dinoscuntur. Si quis igitur hanc preceptum violare aut corrumpere sine legali judicio temptaverit, componat centum Libras auri cocti, medietatem Camerae nostrae, & medietatem praedictae Abbatissae Domnae Geppae, sui que successoris; ipseque violator, & hujus* B *precepti contemptor authoritate perenni sit constrictus, & cum omni maledictione, quae in novo aut in veteri Testamento habetur, perenniter interemptus. Et ut traditio firmiter permaneat, hanc paginam manu propria roborantes insigniri precepimus.*

Signum Domni Ottonis  *Cesaris invicti.*

Heribertus Cancellarius vice Willigis Archiepiscopi recognovit.

Data X. Kalendas Decembris, Anno Dominicae Incarnationis Millesimo Primo, Indictione XI. Anno Tercii Ottonis, Regni XVII. Imperii VI. feliciter.

Actum Ravennae.

         Locus Sigilli ✠ plumbei pendentis olim & nunc deperditi.

Hic vides memoratum Benedictum VII. Papam sub nomine *Episcopi aeternae Urbis.* Sed quod potissimum animadvertas velim, Otto III. se inscribit *Servum Apostolorum.* Mirum est (idque repetere nunc mihi liceat, quod antea monui in Dissertatione XLVII.) quo impetu declamarit Illustrissimus Fontaninius Archiepiscopus Ancyranus, in Defensione Secundi jurium Apostolicae Sedis in Comacium pag. 327. ut falsi argueret ejusdem Ottonis III. Diploma, Anno eodem datum, (immo ipso die, atque in ipsa Urbe Ravenna) editum a Margarino in Bullario Casi- C nensi Tom. 2. Constitution. 70. Prae ceteris infestatus est ille titulum, quem sibi tribuit Augustus ille. Ego authenticum alterum Diploma cum eodem titulo ipsis Sanctimonialibus, eodemque tempore concessum, publici juris feci in nuper memorata Dissertatione XLVII. Rursus ergo habent Lectores in proxime evulgato D Diplomate, unde agnoscant, quam illegitimis interdum armis Critici nonnulli in antiquitatis monumenta insurgant. Authographum est Diploma Ticinense, ibique Otto III. diserte inscribitur *Servus Apostolorum,* ita ut certum jam & exploratum e-

goognoscas, quod Praesul Aucyranus sui tantùm fretus confidentiâ negare atque irridere antea est ausus.

In praecedenti Charta *Guinisi Comitis* a me productâ vidimus, *Abbatissam tantùm de ipsa Congregatione* fuisse eligendam, hoc est ex ejusdem Monasterii Sanctimonialibus. Atque id familiare erat in ipsis etiam Monachorum Coenobiis, dum idonea ibidem exsisteret persona. Neque enim nefas fuit aliunde optimam aut idoneam quandoque adsciscere, si postularet necessitas aut utilitas loci. Eligebantur autem Abbatissae a Monialibus pluralitate votorum, ut nunc etiam fit, nisi jus eligendi penes Monasterii fundatorem ac patronum fuisset antea reservatum. Eaque electio in publicas tabulas referebatur tum ad confirmationem actus, tum ad lites ac dubitationes in posterum tollendas. Idem quoque praestitum fuisse novimus in electione Abbatum. Egregia mihi visa est in hanc rem Charta, quam olim legebam in Archivo Lucensis Archiepiscopii; quam inde elucescat, quales ritus in ejusmodi electionibus servarentur. Hanc igitur libenter profero. Animadvertas autem velim ea verba: *Regulam, & Ferulam de manibus nostris in manum tuam dedimus.* Jam notum est, Abbatibus *Ferulam,* sive baculum pastoralem, ante complura Secula in usu fuisse. Hinc discis (idque perquam rare occurrit) eamdem Ferulam Abbatissis quoque fuisse traditam, & quidem ante annos octin-

gentem. Ita in Charta Anni MXXVIII. apud Ughellium in Episcopis Taurinensibus Tom. IV. Ital. Sacr. quae Sanctimonialibus eligenda erat Abbatissa Monasterii Caramaniae, *accipiat Baculum super Altare ejusdem Monasterii, & fiat Abbatissa.* Interfuerunt etiam, ut vidisti in Charta nuper editâ, Abbatissae electioni tum ex Clero, tum ex Populo non pauci, ut sub eorum oculis legitime factum scrutinium appareret. Propterea illi tantummodo testes fuere. Legimus tamen, ad electionem quorumdam Abbatum accessisse olim ejusdem Cleri & Populi consensum. Heic etiam Chartae subscribentes invenimus *Cardinales* quosdam Lucensis Ecclesiae: qua de re vide supra, si lubet, Dissertationem LXI. *de Cardinalibus.* Denique diligenter observa, *Atruildam* eligi Abbatissam, eidem verò Chartae subscribere *Adalfindam Abbatissam.* Num ergo, uti olim duo Abbates interdum uni praefuere Coenobio, sic duae Abbatissae heic uni Asceterio datae? An potius viventi adhuc Adalfindae seniori Abbatissae concessa est, ut ita loquar, Coadjutrix, quae ipsi demum morienti in regimine succederet? Postremum potius amplector, quamquam nihil horum ex Charta exculpi possit, quae mihi authentica sive archetypa visa est. Latuere infra non absimilem Chartam. Liberum heic erit Lectori sentire, quod propius ad veritatem accedat.

Charta electionis Atruildae Abbatissae in Lucensi Monasterio Sancti Michaëlis, Anno 915.

IN Christi omnipotentis nomine. Manifesta causa est, qualiter quandam Aliprando in proprio territorio suo hic infra Civitate ista Lucensi territorio Eccle-

Ecclesiam in onore Dei, & beati Sancti Michaelis Arcangeli, ubi de rebus suis nominative contulit, & constituit ibidem de suis esse Abbatiam, Rectrix, & Gubernatrix, vivenda juxta Regulæ ordinem : & constituit pro ipsa dotalis paginam, ut si in ipso Monasterio beati Sancti Michaelis Arcangeli post suum obitum eidem aliquis parentibus suis nominative, quæ in ipsa dotalis pagina continebat, sit, ibi congregatio Ancillarum Dei fuisset, ut qualem inter se Abbatissam inibi constituissent duas partes ex ipsis congregatio Ancillarum Dei, talem ibi Abbatissa, Rectrix & Gubernatrix esset; etiam vero tertia pars ex ipsa congregatio eorum consentiens esse debuisset, & ceteras, sicut in ipsa dotalis paginam continebat. Modo autem juxta tenorem ipsius dotalis paginæ, nos omnes Congregatio Ancillarum Dei ex ipso Monasterio pari consensu & bona voluntate ordinum adque elegimus nobis, & præesse Abbatissam Atrullda, Religionis velamen induta filia Benedicti Scabini, ut illi diebus vitæ tuæ Abbatissa esse debeas, Rectrix, & Gubernatrix, obordi, imperandi, regendi, gubernandi, adque fruendi juxta ipsam dotem. Itaque Regulam & Ferulam de manibus nostris in manum tuam, quæ supra Atrullda dedimus atque tradimus, ut omni tempore diebus vitæ tuæ in eadem stabilitate, qualiter te elegimus, persistas. Et ita te nobis Abbatissam elegimus, & confirmavimus præsentia Sacerdotum Marini Archipresbiteri, Sauripaldi, Stefani Sichardi, Natali, Ghisalprandi, & Chimundi, Andrea, Imberti, Domeli, Teuperti, Dominichi, Gandalfini, Chimundi, Bardi, Troffimani, alio Dominicho, Willeradi, alio Andrea, Lei Presbiteri, Daiprandi Archidiaconi, Andrea, Teupaldo,

Rachifusi, Filippo, Ghiselfi Diaconi: De Laicos, idest Adalpertus, & suprascripto Benedicto, & Crescento, & Petras Scabini, Tendilafio, Tendimundo &c.

Hæc factum est Anno Domini nostri Berengarii, divina ordinante clementia Rex, Vigessimo Septimo. III. Idus Januarii, Inductione III.

☩ Signum de manus Adalsinda Abbatisse, quia omnia suprascripta per consensum Monache ipsius Monasterio elegi & consensi.

Signum ☩ de manus Amaldrude Monache, quæ consensi & elegit.

Signum ☩ de manus Angalpergla Monacha, quæ consensi & elegit.

Signum ☩ de manus Inghile Monacha, quæ consensi & elegit.

Ego Marinus Archipresbiter ibi fui.

Ego Ramberto Presbiter ibi fui.

Ego Stephanus Presbiter & Cardinalis ibi fui.

Ego Sichardus Presbiter Cardinalis, & Primicerius ibi fui.

Ego Sauripaldus Presbiter & Cardinalis ibi fui.

Ego Richimundo Presbitero &c.

Ego Daiprandus Archidiaconus ibi fui.

Ego Andreas Diaconus & Cardinalis ibi fui &c.

Ceterum ad constituendas Abbatissas Episcopi consensus & confirmatio secundum Canones exigebatur, nisi Privilegia obstarent. Vide Chartam apud Ughellium Tom. 3. Ital. Sacr. in Episcop. Florentin. Saeculo Nono scriptam, in qua Berta neptis Hucpaldi Comitis Palatii, *per sonum de ipsa campana, & thuribulum*, creatur Abbatissa Monasterii Sancti Andreae, siti intra Civitatem Florentiam, & *de ipso Monasterio investitur cum consensu Domni Andreae Episcopi.* Dial, nisi privilegia obstarent : Neque enim defuere priscis temporibus Virginum sacrarum Collegia, quae aut in ipsa origine ac fundatione sua, aut progressu temporis, ab Episcoporum auctoritate avulsa fuere, subjecta duntaxat aut Abbati alicujus Coenobii, aut Metropolitae, aut Apostolicae Sedi. Quare a disciplinae Ecclesiasticae legibus abhorrere videatur, quod in institutione Monasterii puellaris de Caramania Dioecesis Taurinensis Anno MXXVIII. facta a Maginfredo Marchione, & ab ejus Conjuge Berta Comitissa legimus Tom. 4 Ital. Sacrae. Quippe statuunt fundatores, *ut nullo modo permaneat ipsum Monasterium in regimine illius Episcopi, in cujus Episcopio est situm, nec alterius personae, nisi in Dei omnipotentis, quem ejusdem facimus heredem, & sequente eo fit ordinatum.* Ad haec praecipiunt, ut nova Abbatissa *a quocumque voluerit Episcopo, se consecrandi, & eamdem ordinandi Monacham,* facultatem habeat. Saltem dimissent, sacrum locum sub jure aut ordinatione Apostolicae Sedis deinceps futurum. Verum tanta licentia atque libertas eo denique recidit, ut multiplicatis in Asceterio illo vitiis & scandalis, Anno MCCCCXLIV. expulsae inde fuerint sacrae mulieres, & in locum illum Monachi invecti. Uti in praecedenti Dissertatione monui, ad Sancti Benedicti Regulam sensim fere omnes Occidentis Monachi sese recenerunt, eamque amplexi, veluti suam effecerunt. Pariis Sanctimoniales quoque praestitere, atque ad ipsam institutum suum accommodarunt, retentis iis, quae cum muliebris sexus conditione conformari poterant. Itaque par vitae institutum, & validae protectionis desiderium, paullatim in causa fuere, cur Moniales non paucae ad se accerse-

rent Monachos, ex quarum sacris concionibus proficerent, se in via pietatis erudirentur. Eorum praeterea defensioni aut ipsae se commendarunt, aut a fundatoribus sunt commendatae. Quare antiquis etiam Seculis sacrarum Virginum Coenobia erant, quae ab alicujus Monasterii Abbate pendebant, & non solis Clericis, sed etiam Monachis ministris utebantur: quae consuetudo adhuc in nonnullis Urbibus perdurat. Plerumque tamen hi ipsi Monachi Abbatissae fuerant, ejusque nutibus parebant. Chronicon Vulturnensis Monasterii exempla suppeditat. Leo vero Ostiensis Lib. I. Cap. 9. Chronic. Cassinens. inter alia memorat celebre Monasterium Sanctae Sophiae Beneventi conditum ab Arichiso Principe Beneventano Anno Christi DCCLXXIV. quod *sub jure Beati Benedicti in Monte Casino tradidit in perpetuum permansurum.* Porro ignotum mihi est, an apud Italos spectata unquam fuerint *Monasteria duplicia,* hoc est, conjuncta Monachorum & Monialium domicilia, seorsum tamen habitante utroque sexu, & in alterius septa ingredi vetito: quam consuetudinem jamdudum, & longe antequam nasceretur Sanctus Benedictus, Orientis Monachi invexerant. Verum tam viri, quam feminae illorum temporum, eadem constabant carnis compagine, atque humorum temperie ac nostri temporis: quare in Synodo Nicaena Secunda hujusmodi Coenobia deinceps aedificare interdictum fuit. Longe vero antea Sanctus Gregorius Magnus Papa Lib. XI. Epistol. 15. Januarium Episcopum Calaritanum laudarat, quod in domo Epiphanii *Monachorum Monasterium construi voluisset, ne pro eo quod domus ipsa Ancillarum Dei Monasterio caba-*

cohaerebat, deceptis exinde contingeret animarum. Idem quoque interdixerat Justinianus L. *sanctissimarum* C. *de Episcop. & Cleric.* ut aliis exemplis parcam. Sed hoc minime obstitit, quia extra Italiam Saeculis etiam posterioribus conjuncta cernerentur Monasteria virorum atque mulierum, Claustris tamen semper separatis. Id mihi tantummodo certum, plurima sacrarum Virginum Coenobia fuisse, quae vel antiquis Seculis a Monachis regebantur. Bene huic loco sedebit Charta Veronensis, cujus vetustissimum antigraphum servant in Archivo suo Monachi Olivetani Veronenses in pariter antiquissimo Coenobio Sanctae Mariae ad Organum. Ut ex ea constat, Autconda & Natalia Anno DCCXLIV. novum Monialium Monasterium exstruont; quo facto addunt: *Defensionem verò vel admonitionem sancti Monasterii volumus habere a Monasterio Sanctae Mariae foris Porta Organi.* Quod si Abbas contra Regulam, aut contra Canones aliquam Sanctimonialibus *dominationem aut fortiam imponere quaesierit: tunc eligat sibi Abbatissa cum Sororibus defensionem vel admonitionem Sancti Zenonis & martyris nostri* (heie innuitur, ut suspicor, insigne prae ceteris Benedictinorum Caenobium Veronae, cujus adhuc amplissima Basilica, & illustre Archivum mihi visum, perdurat) vel *Praesulis*, qui pro tempore fuerit. Quibus ex verbis intelligis, Asceterium hoc primo commendari Monachis Sanctae Mariae ad Organum. Illis suo munere abutentibus *Sanctus Zeno*, vel *Praesul*, *qui pro tempore fuerit*, substituitur. Quibus verbis obscurum esse dixi, num Monasterium Sancti Zenonis, ejusque Abbas, an Episcopus Veronensis heic designetur. Quippe *Praesulis* etiam appellatione donatos interdum reperio Abbates, & nominatim in Privilegio Ludovici Pii Anno Christi DCCCXVI. apud Ughellium Tom. V. Ital. Sacr. pag. 601. memoratum certos *Praesulem Monasterii Sancti Zenonis*, ita ut heie agi videatur de uno Monasterio ac Abbate Sancti Zenonis. Contra quam in aliis monumentis Veronensibus apud eumdem Ughellium occurrat *domus Sancti Zenonis*, ubi *Hillericus Episcopus Cathedram Episcopalem repere videtur*, & in Ottonis I. Diplomate *Episcopium Sancti Zenonis* commemoretur, ut alia praeteream: veri videtur simillius, *Sancti Zenonis*, & *Praesulis* nomine heic intelligendum esse Episcopium ipsum, & Episcopum Veronensis Civitatis. Has nebulas depellendas Eruditis Veronensibus relinquam, ego Chartam ipsam tandem depromo.

Autconda & Natalia sorores Monasterium Monialium in Civitate Veronensi fondant, atque illud sub regimine Abbatis Sanctae Mariae ad Organum constituunt, Anno 744.

„ IN nomine Domini nostri Jesu
„ Christi. Regnante excellentis-
„ simo viro atque piissimo Domno
„ Ratechis Rege, Anno Regni ejus
„ Primo per Indictione XII. felici-
„ ter. Oratorio semper Virginis &
„ Dei Genetricis Mariae, que intra
„ domum Cella nostra Veronense si-
„ to in Civitate construere visi su-
„ mus simul cum Nazario Connato
                                    „ & Jo-

" & Jogali nostro *Autconda* & *Na-*
" *talia germana* pro utilis Christi
" Ancillas, presens presentibus dixi:
" Dominus ac Redemptor noster Je-
" sus Christus & admonentibus nos
" ad gremium Sanctae Marie Eccle-
" sie redire ortatus est, & dulci u-
" berum, qua primus admiserat pa-
" rens, ubertim fluentia saciare com-
" monisset dicens: Venite, saciami-
" ni: & qui non habetis precium,
" venite; bibite in letitia, sub ta-
" li vero tenore aut condicione:
" *convertimini ad me, & convertar*
" *ad vobis*; & si conveneris, quesi-
" *eritis me, ero vobis in patrem, &*
" *vos eritis mihi in filios & filios*,
" dicit Dominus. Et persemetipsa
" clamat veritas, & redemcio nostra
" Jesus bonus: *Petite, & accipietis.*
" *Querite, & invenietis. Pulsate, &*
" *aperietur vobis.* Et quia ob nostra
" neglegentia usque undecima hora
" clausa est janua vel sero venienti-
" bus, ptimus remissa de noxis.
" Hanc igitur racionem conpunctis
" nos, que supra, Autconda, &
" Natalia germana, cum consensu
" etiam Nazario Connato, & jogali
" nostro non de nostra merita, sed
" de Jesu Christi misericordia fiden-
" tes, qui & profitico exoratus elo-
" quio dicens, *nolo morte peccatoris,*
" *sed convertatur & vivat:* Previdi-
" mus in auctoritatem domine no-
" stre sanctissime Virginis Marie in-
" *tra domo Cella nostra Monasterium*
" *construere, in* ∗ *eo & regulariter se-*
" *cundum Domini fuerit voluntas con-*
" *vivere disponimus.* Item omnem
" nostram substantiam quicquid habe-
" re videmur, ibidem offerimus:
" idest in primis Casa, ubi ipse O-
" ratorius est fundatus, & alias Ca-
" sas, Curte, Orto intrinsecus, so-
" ris terris, vincis, colonicas, pra-

Tom. XIII.

" dis, pascuis, subalibus, montibus,
" servis, ancillis, peculia omnia,
" seseque moventibus, culto & in-
" culto, ere, ferro, utensilia, quic-
" quid nunc possidere videmur, aut
" in antea acquirere & laborare po-
" tuerimus. Eo scilicet ordine ut si
" nobis Dominus alias Sorores dede-
" rit, & Congregatio Monacharum
" istis facta fuerit post obitum no-
" strum exinde ipsas sibi elegant
" Matrem spiritalem, que eas secun-
" dum Domino, & Sanctam Regu-
" lam foveat adque gubernat, &
" cunctam nostram subsistant am regu-
" lariter disponendi in ipsius Abba-
" tisse vel Sororum per omnia per-
" maneat potestatem. Et si Congre-
" gatio hic facta non fuerit, post
" obitum nostrorum omnis pecunia
" nostra sit in potestatem Ecclesie San-
" cte Marie sita foris Portam Orga-
" ni, & Abba qui pro tempore fuerit,
" ipse disponet de officio vel Luminaria
" sancti Oratorii, & de pecunia nostra,
" quid a Fratribus, vel quid ad Pau-
" peribus, seu Famulis, qui cum ip-
" sam pecuniam laboraverint, debeat
" pertinere. Defensionem vero vel ad-
" monicionem sancti Monasterii volu-
" mus abere ad Monasterium Sancte Ma-
" rie foris Porta jam superius me-
" moratum, seu Andrea venerabilis
" Presbitero, & Abbati; ea condi-
" tione, ut si aliquid discordia in-
" ter Sorores fuerit exorta, quam
" non possimus per nos evellere,
" tunc Abba per semetipsum, aut
" Deo timentem personam ipsum ma-
" ll debeat monendam & corrigen-
" dum amputare, nam nulla nobis
" aut Sororibus contra Regulam vio-
" lentia imponere audeat, neque per
" se, neque per successores ejus, sed
" Abbatissa, que pro tempore fue-
" rit, semetipsam & Monachat suas

                    " di-

„ disponat. Et quod absit post di-
„ scessio Andreae Abbati, qui in
„ tempore fuerit Abba, aliqua con-
„ tra Regula vel sanctis Canonibus
„ dominacionem aut sorclam impo-
„ nere quesierit, quae Ipsas non pos-
„ sit, tunc *eligat sibi Abbarissa cum*
„ *Sororibus defensorem vel admonicio-*
„ *nem Sancti Zenonis nutritoris nostri,*
„ *seu Presulis qui in tempore fuerit:*
„ sub eo namque ordine, sicut supe-
„ rius est scriptum, et nulla eis vio-
„ lentia aut dominacio contra Regu-
„ lam imponatur. Nam noa predi-
„ cti Andrei Abbati, dum ipse ad-
„ vixerit & defensionem & admoni-
„ cionem sive inter Sorores, seu de
„ alias causas, si nobis emerserint,
„ elegimus, ut ipse nobis pater at-
„ que defensor existat. De filia ve-
„ ro & Nepte nostra Nazirimda sta-
„ tuimus, ut sit Monacha, & cum
„ alias Sororibus sic adunare fuerint,
„ regulariter vivant; quod si in hoc
„ factum non fuerint, & ipsa post
„ nostrum remanserit obitum. Abba,
„ qui pro tempore fuerit, aut succes-
„ sores sui provideat secundum Deo,
„ qualiter ipsa in Dei servicio per-
„ maneat. Et ex pecunia nostra in
„ quantum illis sufficiat victus ad-
„ que restitus procurrat, quatinus
„ sine necessitate vivant. De Servos
„ vel Ancillas nostras ita decernimas.
„ Omnes liberi & liberi sint: & a-
„ beant per caput mundio tremissis
„ singulas; in ea vero racionem, ut
„ dum nos advixerimus, nobis de-
„ serviant: post nostrum verb dies
„ suos, si Sorores, que nobis succes-
„ serint, aut sorte Abba, si ipse de
„ fuerint, aliqua eis violentia infer-
„ re voluerint, que ipsi portare non
„ possint, dent mundio per capud
„ tremisse unum in ipsum sanctum
„ Locum, & vadant solori ab omni

„ jus patronati, ubi voluerint. Hec
„ omnia superius comprehensa jam,
„ et premisimus, inconvulsa statui-
„ mus permanere. Quam vero ordi-
„ nacionis nostre paginam Bonoso
„ Archidiaconus sancte Veronensis
„ Ecclesie scribere rogavimus, & per
„ nosmetipsos, seu testibus robora-
„ vimus.

„ Acto in Civitate Verona, die
„ XV. Mensis Magii, Regnum, &
„ Indicio suprascripta feliciter.

„ Signa eorum, qui in oratorico
„ manus poluerunt: in primis Au-
„ teonda, & Natalis, que ipsa car-
„ tola fecerunt.

„ *Sigipers Episcopus.*
„ *Giselpert Dux.*
„ *Corerat Presbyter.*
„ *Auderat filius conda Wibiloal.*
„ *Sigelais filius Sigevat.*
„ *Azo filius conda Razilool.*
„ *Redoin filius conda Totoni scri-*
„ *psit.*

Jam vidimus commendatum hoc Sanctimonialium Coenobium Mona-chis Sanctae Mariae ad Organum, sive ejus Abbati, *ad defensionem vel admonitionem*. Importabat *defensio* protectionem contra quoslibet usur-patores. Quandam vero jus superio-ritatis & auctoritatis arquirebat De-fensor in loca suae tutelae tradita. *Admonitionis* autem vocabulo signifi-catum videtur, quidquid praesidii praestare possent Monachi infirmo se-xul, tum salutaribus pietatis docu-mentis, tum oeconomicis consiliis. Jus autem plenae dominationis per i-sta non tribuebatur Abbati, nisi quo-ties revera Monialium Monasteria Monachorum subjiciebantur Coeno-bio, atque ab ejus ditione pende-bant, quale, ut supra significavi, fuit Bicecentanum *Sanctae Sophiae*. Ex

Chro-

Chronico ejusdem Parthenonis edito per Ughellium Tom. 8. Ital. Sacr. constat, eidem praefuisse Abbatissam, sed simul fuisse Monachum *Praepositum* eidem *Monasterio Sanctae Sophiae*. Ita Casinatibus subiectum erat *Monasterium* Monialium *Sanctae Mariae in Plumbariola*, & *Sanctae Mariae de Cingla*, ut alia praeteream. Hoc autem a fundatoribus praecipue factum, ut essent qui exemplo, & auctoritate in officio continerent Infirmos mulierum animos, eosque ad virtutem erudirent. Quid plura? Christiani Principes soliciti & ipsi, ne, quod facile est, in religiosos coetus, irreperent vitia, & abusus, & ne Regulae observantia sensim excideret ac deperiret: *Missos Dominicos*, hoc est Regios, identidem delegabant, qui in eorum vitam ac disciplinam inquirerent. Carolus Magnus in Capitulari anni DCCCVI. constituit, *Ut Missi Dominici per singulas Civitates & Monasteria virorum & puellarum praevideant, quomodo aut qualiter in domibus Ecclesiarum, & ornamentis Ecclesiarum emendatae vel restauratae esse videntur: & diligenter inquirant de conversatione singulorum, vel quomodo emendatam habeant, quod jussionis de eorum lectione & cantu, caeterisque disciplinis, & Ecclesiasticas Regulas per-*

A *sinentibus*. Iisdem fere diebus Pippinus quoque Italiae Rex paria statuit, *Monachis* praecipue ad haec investiganda selectis, ut ex ejus Lege XXI. constat, quae inter Langobardicas habetur. *Scitit nobis* (inquit), *ut Missos nostros, unum Monachum & unum Capellanum, direxissemus infra Regnum nostrum, pro videndo & inqui-*

B *rendo per Monasteria Virorum, & Puellarum, quae sub sancta Regula vivere debent, quomodo est eorum habitatio, vel qualis est vita aut conversatio eorum, & quantam unumquodque Monasterium de rebus habere videtur, unde vivere possit*. Sed praeter haec Lotharius Augustus Ludovici Pii filius stabiles in quibusdam Italiae locis constituit sanctimonialium Correcto-

C res, eosque *Inspectores* appellavit, quorum studium fuit invigilare, ut ab eisdem sacris Puellis Regula rite servaretur. Hanc in rem, quippe parum vulgatam, lubenter adfero Diploma ejusdem Imperatoris, quod olim descripsi ex saepe laudato Archi-

D vo nobilis Monasterii Ticinensis, nunc *de Posterla* nuncupati, relicta tamen mihi dubitatione non levi, num archetypum foret, uti ejus facies praeferebat, an exemplum ad archetypi imitationem conscriptum.

Lotharii I. Imperatoris Privilegium concessum Monasterio Sanctimonialium Ticinensium Dodonis, Anno 883.

IN *nomine Domini Nostri Jesu Christi Dei aeterni*. Hlotarius Augustus *invictissimi Domni Imperatoris Hludowici filius. Cum positionibus servorum & ancillarum Dei justis & rationalibus divini cultus amore favemus, superni muneris donum nobis a Domino impertiri credimus. Iccirco notum sit*

E *omnium Sanctae Dei Ecclesiae praesentium & futurorum sollertiae, qualiter Alia venerabilis Abbatissa ex Monasterii Dodonis, quod est situm intra muros Civitatis Papiae, nostram petiit clementiam adnixe, ut eumdem Monasterium una cum omnia sibi pertinentia, sub nostrae cuvitatis tuitione et defen-*

sione ob amorem Dei & reverentiam sancti loci illius preciperemus. Cujus petitionem libenter adquirimus, & ita ut petiit concessimus, atque per hoc nostrum Imperiale preceptum confirmavimus. Quapropter praecipimus, ut vel hos &c. Sed liceat memoratae Abbatissae, Successoribusve suis res praedicti Monasterii sub immunitatis defensione nostrae quiete & ordine possidere, & quisquid exinde Fiscus noster sperare (A)

(B) *poterat, totum nos pro aeterna remuneratione praefato Monasterio concedimus, ut in alimonia Ancillarum Dei ibidem sub Regula Sancti Benedicti Deo famulantium &c. Menamaum quoque venerabilem Abbatem in eodem loco constituimus Inspectorem, quatenus diebus vitae suae studio in omnibus Regula ibi exequatur Sancti Benedicti &c.*

Signum ⳨ *Hlotarii gloriosissimi Augusti.*

Locus ✠ Sigilli cerei deperditi.

Luitcausus ad vicem Ermenfredi recognovi.

Data XV. Kalendas Majas, Anno Christi propitio, XXI. Imperii Domni Hludowici serenissimi Imperatoris, Regnique Hlotharii gloriosissimi Augusti in Italia XI. Indictione XI.

Actum Papia Civitate, Palatio publice.

Accipe nunc detestandam consuetudinem temporibus barbariei in Italia vigentem. Si qua mulier Religiosa veste induta votum pudicitiae Deo factum aut adulterio aut fornicatione fregisse deprehendebatur, inter periculas Ancillas Regis, sortesque etiam & privatorum, ad nendum ac telas & pannos elaborandum trahebatur; hoc est Illi eadem poena imminebat, qua Liberae mulieres cum Servo sese impudice miscentes plectebantur. *Gynaeceum* locus ille appellabatur. Earum corruptoribus poena tantum pecuniaria secundum Langobardicas Leges Infligebatur, quum contra in Galliis e Clotharii Secundi Regis edicto huic facinori capitalis sententia indicta fuerit. Quis (G) (D) pravum hunc usum tradendi *Gynaeceis Sanctimoniales adulteras Invexerit*, incompertum mihi est. De ipsis Regibus Langobardis dubitari potest. Liutprandi Legem primam Lib. V. habemus de Sanctimonialibus agentem, ubi haec sunt verba: *De persona verò ejusdem feminae, quae tale malum commiserit, judicet Rex, qui pro tempore fuerit, qualiter illi placuerit, aut in Monasterium mittendo, aut qualiter secundùm Deum melius providerit.* Et sane Hadrianus I. Papa in Epistol. 94 Codicis Carolini eodem Saeculo conquestus est, quod in Langobardico Regno familiares jam evasissent illicitae Sanctimonialium nuptiae. Quare ut huic morbo mederetur, Lotharius I. Aug. hoc & ipse

ipse Legem promulgavit, quae est Sexta inter Langobardicas, ubi curam castigandi ejusmodi mulieres dimittit Episcopo. *De Sanctimoniali femina, inquit, statuimus, ut si adulterium fecerit, & incestum fuerit, res, quas habet, in Fisco nostro socientur. Persona vero ejus sit in potestate Episcopi, in cujus Parochia est, ut in Monasterio mittatur.* Scilicet tunc minime deerant, & Virgines & Viduae Deo sacrae, velamen aut vestem Sanctae Dei Genitricis gestantes (ita enim Monastica earum vestis appellabatur) quae extra Monasterium, hoc est, in aedibus propriis degebant. Sed ne sic quidem sublata est abominanda consuetudo deducendi in Gynaeceum hujusmodi foedifragas mulieres. Abominanda, inquam: loca enim illa, etsi unis destinata seminis, virorum tamen ac praecipue custodum insidiis paullatim ita patuere, ut parum inter Gynaecea ac Lupanaris interesset. Immo Lupanaria reperimus *Gynaecei* nomine donata. Turpem sane locum, in quem truderentur feminae Castitatis voto etiam post crimen obstrictae. Poenae deformitatem agnovit Lotharius Imperator supra laudatus, quare alteram Legem, quae est 88. promulgavit his verbis: *Statuimus, ut si femina vestem habens mutatam* (hoc est, quae Secularem vestem in Monasticam mutavit) *mercta deprehensa fuerit, non tradatur Genitori, sicut Usque Modo, ne forte quae prius cum uno, postmodum cum pluribus locum habeat moechandi; sed ejus potestas* (idest facultas) *Fisco resignetur; & Episcopi ipsa subjaceat indicio.* Propterea Ludovicus II. Augustus Lotharii Ipsius filius ut habet Dodolinus editum in Chronico Casauriensi Part. II. Tom. II. Rer. Italicar. Monasterio

A Casauriensi donat res, quae fuerunt Gundi uxoris Justini, quae post crimen Religionis in adulterio copulata, in placitum ante Judices Sacri Palatii nostri legaliter devicta est. Ita in donatione Arichisi Principis Beneventani facta Monasterio Sanctae Sophiae, Tom. 8. Ital. sacr. legimus, B *substantiam Alipergae Domini Ancillae, quae, derelicto Religionis habitu, Tauro filio Ranisoni, illicite se tradidit Matrimonio; unde secundum Edictum* (idest secundum Legem Langobardorum) *& ejus tenorem, omnis substantia ad nostram devenit potestatem.*

Temporibus autem iis hercle ingens copia erat sacrarum Virginum, atque Viduarum, Deo fideliter famulantium, ac probos mores sanctissi- C me consectantium. Nihilo tamen secius, ut sunt mores hominum in pejora proni, nullumque institutum indicare possumus quamvis sanctissimum, a quo vitium omne, & semper, absit: barbaricis Saeculis facilius, quàm nunc, in sacratas Deo mulieres, atque in ipsas earum Con- D gregationes, morum corruptela penetravit. Potissimum vero in illas, quae velo Religionis suscepto in aedibus propriis habitare pergebant. Cujus rei non privatum testem, sed publicum habemus Capitulare a nuper memorato Arichiso Principe Beneventano sub finem Saeculi Octavi promulgatum, atque editum Tomo E II. Rer. Italicarum pag. 337. Describit ille mulierculas, quae *defunctis viris, habitum Sanctimonialis in secreto domi suscipiunt, ne vim nuptialem perpetiantur.* Tum verò *delitiis effluunt, comessationibus student, potibus vinois ingurgitantur, lavacra frequentant &c.* Addit infra: *Si quando in plateas processurae sunt, facies poliunt, menus candidant, incendunt libidinem,* ut vigentibus incendia misceas. Saepe etiam formosos videre, atque videri impudentius appetunt. Et ut breviter dicam, ad omnem lasciviam & voluptatemque animi frena relaxant &c. adeo ut cum solùm omnes, sed, quod dictu nefas est, plurimorum prostitutionibus clausula subjsternantur: & nisi uterus intumuerit, non facile comprobatur. Quapropter statuit Princeps, ut si qua innupta aut vidua velamen sanctae Religionis susceperit, neque intra anni circulum in Monasterium trusa fuerit, & stupri crimen incurrerit, componat Guidrigild suum in Palatium, atque a Principe in Monasterium trudatur. Notissimum quoque est, temporibus iis Abbatissas non secus atque Abbates, usquedum in vivis agerent, neque indignas illustri eo munere sese efficerent, Monasterio sibi commisso praefuisse. Quod e subsequenti Charta ediscas, cujus antiquum apographum in Archivo Lucensis Archiepiscopii vidi. Ea autem rationem eligendi & constituendi Abbatissam tibi rursus indicabit.

Electio Grimae in Abbatissam Monasterii Lucensis Salvatoris, nunc Sanctae Justinae, loco Theuderadae Abbatissae senescentis: ejusque confirmatio per Conradum Lucensem Episcopum, Anno 950.

IN Christi nomine. Notitia ordinationis, qualiter Domnus Choaradus gratiâ Dei hujus sanctae Lucanae Ecclesiae humilis Episcopus cum Sacerdotibus & Diaconibus seu Clericis multis venisset ad Ecclesiam Monasterii Domini & Salvatoris, qui dicitur Brisianum, situm infra hanc Urbem Lucam, & invenerunt eum destructum. Congregaverunt ibidem simul congregationes Monacharum ipsius Monasterii Domini & Salvatoris parti cum ipsa Teuderada, que erat ibi Abbatissa de ipso Monasterio. Et interrogavit eas Praesul, pro quod ipsum Monasterium esset destructum. Cui ipsa Abbatissa Teuderada dixit: Dum potui, gubernavi hoc Monasterium. Veni in tempore senectutis & caliginis oculorum, & omnium infirmitatis: Ideo non possum eum gubernare nec regere. Tantùm rogo mercedem vestram, ut in locum meum mittetis Abbatissam, que eum regere & gubernare valeat, quia ego hunc locum nullo modo tenere valeo. Volo etiam una cum omnibus istis Monachabus istius Monasterii, ut istam Sororem nostram Neporem meam, nomine Grima, que ab Infantia in hoc Monasterio nutrita fuit, in hoc venerabili loco Abbatissa & Gubernatrix dignemini ordinare ac benedicere. Eo tenore ego, quae supra Teuderada, trado tibi, cui supra, Domno Chonrado Episcopo hoc sanctum Monasterium ad ordinandum. Cum ipsa Teuderada taliter diceret, tunc ipse Domnus Chonradus Episcopus interrogavit & inquisivit ipsas Monachas predicti Monasterii Domini & Salvatoris, que ibi aderant, si ipsam Grimam voluissent Abbatissam in ipso Monasterio eligere & habere. Tunc omnes una voce misericordiam clamare coeperunt. Si jubet Paternitas vestra, volumus ac petimus, ut nobis hanc nostram electam Dei Ancillam, nomine Grima in hoc sancto regimine absolute ordinare ac benedicere dignemini, eo quod juste & rationabiliter hanc venerabilem locum secundum Deum regere bene scit, simul &

S

gubernare potest : & eam Abbatissam
eam elegimus . *Statim preditus Dom-*
nus Chonradus Episcopus adquievit pe-
titioni voluntatis earum , & per Re-
gulam , & Ferulam , quas in suis
manibus detinebat , per voluntatem &
consensum predictæ Abbatissæ Tenderade,
teste , tradidit , & ordinavit predictam Grimam in supradicto Monasterio Domini & Salvatoris , & eam
inde investivit , & Abbat.ssam ordinavit & benedixit : *& deinceps in an-*
rea , dum vita ipsius Grime Abbatissæ
fuerit , in ejus potestate constituit pre.li-
ctum Monasterium cum omnibus casis &
rebus &c. habendum , tenendum , regen-
dum , gubernandum , laborare faciendum ,
& usumfructum , dum & in ipsa Domini
Ecclesia Monasterii per ipsius Grime Ab-
batissæ dispositionem , officium Dei , &
luminaria , seu incensus , atque Missæ
fierent . Unde statuit predictus Prelus
atque constituit , ut neque a se ipso
Pontifice , neque a successoribus suis hæc
notitia ordinationis aliquo tempore di-
srumpi possit nec frangi , sed cunctis
temporibus , dum vita ipsius Grimæ
fuerit , hæc ordinationis pagina in sua
permaneat firmitate & robore . Quam
Leo Notarius Domnorum Regum pro
securitate & futura estensione eidem
Grimæ Abbatissæ scripsit .

Actum Luca tempore Domnorum Be-
rengarii & Adelberti filii ejus gratia
Dei Regum , Anno Regni eorum Deo
propitio Decimo , Tertio Idus Januarii,
Indictione III.

Ego Choonradus *gratia Dei humi-*
lis Episcopus in hac ordinatione a me
facta subscripsi .

Ego Johannes Archidiaconus ibi fui.
Ego Martinus Archipresbiter ibi fui.
Ego Petrus Presbiter & Primicerius
ibi fui .
Ego Daiprandus Presbiter & Cardi-
nalis ibi fui .

Ego Stefanus Presbiter & Cardina-
lis ibi fui &c.
Ego Diaconus Johannes & Cardina-
lis & Cantor ibi fui .
Ego Ildeprandus Diaconus ibi fui &c.
Ego Maria Monacha consensi & legi.
Ego Dominica Monacha consensi &
legi &c.
Signum manus Albifreda Monacha
consensi & legi &c.
Leo Judex Domnorum Regum ibi
fui &c.

Vidimus inventum fuisse ab Episcopo destructum Monasterium illud Lucense , hoc est , ut puto , pessime gu-
bernatum , ejusque reditus & bonos
mores pessum ire deprehensos . Et
sane non pauca olim fuere Virginum
Asceteria , quæ sive ob dissipatos ra-
ptosve fundos , sive ob morum cor-
ruptelam , esse earum habitacula desierunt ; ac propterea prorsus abolita,
aut Monachis meliorem disciplinam
pollicentibus tradita . Id quamquam
alibi innuerim , heic tamen altero
exemplo confirmatum volo , quod acceptum refero benefico in me animo
Clarissimi olim Viri Huberti Benvo-
glienti , e Senensibus membranis monumentum hoc mutuati . Ecclesiam
Sancti Salvatoris in agro Senensi æ-
dificatam ejusdem Seculares Patroni
Anno MIIII. Monachis incolendam
ac regendam commisere , qui & indicant , antea ibidem fuisse Monasterium Puellarum , a majoribus suis constructum . Cur vero inde pulsæ fuerint Sanctimoniales , reticetur . Sed
vix alia fuisse caussa videtur , quam
ab eis male adimpleta conditio eadem , quæ in ipsa Charta Monachis
successoribus præscribitur , videlicet :
Sed volumus , ut ipsi Monachi regulari-
ter vivant ; & si ipsi Monachi regula-
riter vivere noluerint , tunc habeamus
licen-

lit.utiam nos suprascripti, & nostri
heredes, illos foras ejicere, & alteros
introducere meliores, qui ipsam Ordi- | nem melius custodiant. Sed prodeat
Charta ipsa.

Monasterii Senensis Sancti Salvatoris collatio facta Monachis ab ejus loci Patronis, Sanctimonialibus inde amotis anno 1003.

IN nomine Sanctae & individue Trinitatis. Manifesti sumus nos Rodulfus & Bernardus germani Saligi,
filii bone memorie item Berardi, qui
fui Saligo ex gente Francorum, & Je-
ta Conjuge ejusdem Rodulphi, filia
bone memorie Ferulfi, & Gisla Conjux ejusdem Beraidi, filia bone memorie Roduijbi, qui presentem diximus.
Vita & mors in manu Dei est. Sed
melius est homini metum mortis vivere, quàm in spe vivendi & morte su-
bitanea provenire. Etiam recordantes
nos, quia larga est misericordia Domini, propterea quicquid in sanctis & venerabilibus Locis ex suis aliquid contulerit rebus, juxta Auctoris vocem, in
hoc Seculo centuplum accipiet: insuper
quod melius est, vitam possidebit eternam. Ideo qui suprascripti Germani,
Jugalibus, manifesti sumus, quia volumus reconciliare, & ordinare in Ordine Monachorum Ecclesia nostra, cui
vocabulo est Sancti Salvatoris, &
Sancti Alexandri, quod ibidem fuit
Monasterio Puellarum, qui Parentibus nostris edificaverunt eum,
quod est nostro in vocabulo & loco
Campi, ubi dicitur Fontebona, super
Fluvio Coja, infra Comitato Senense. Idcirco pro amore Dei omnipotentis & remissionem peccatorum meorum,
& remissionem Berardi & Erminparde
genitoris & genitrice nostra, ut pia
Domino largiente veniam consequi mereamur, donamus adque tradimus a suprascripto Monasterio ipsa terra, ubi
ipso Monasterio est edificatum, cum in-

segro dimitato & integra Silva, que
dicitur Celeraja, & alia Silva, sicut
ab omni circuito est, quia de una parte decurris eit fossato, qui dicitur La-
vanderia, & de alia latere fossato Mar-
morajo, & de subto fluvio Coja, tam
de ista parte Coja, quàm de illa, que
ad suprascripta est pertinentes, & desuper sinitis fere & termine, & infra
ipso circuito est Ecclesia Sancti Martini cum dominicato, & cum suis pertin-
uentiis, & cum casis & rebus massariciis, qui ibi sunt, prout in suprascripto Campo Massa cum Casa super se
buberutes, qui regitur per Solamore.
Alia massa obia, qui regitur per Alberto Presbitero. Tertia, qui regitur
per Petrus. Quarta Coja & Serte,
qui regitur per Dominico. Quinta, qui
regitur per Johanni. Sexta per Rezo.
Septima per Bonines. Octava obia,
qui detinet Tenzo Presbitero. Nona,
qui detinet Urso in S.o. itulo. Decima, qui detinet Dominico. Undecima
Stephano Presbitero. Duodecima predicto Presbitero. Tertiadecima, qui detinet Lamberto. Quartadecima, qui
detinet Azo Presbitero. Quintadecima, qui detinet Dominico Barello.
Sextadecima in Gollino Putido obia.
Septimodecima in Colle Genculi, qui
detinet Petrus. Octavadecima in Celli-
na, qui detinet Urso. Nonadecima in
Monte Tulli, qui detinet Martino.
Vicesima in Sextano, qui detinet Dominico. Vicesima prima in Piscivole,
qui detinet Ado. Vicesima secunda in
Ferrale obia. Vicesima tertia super Pe-

rilato

*vitule absa, seu in loco & vocabulo Ca-
sprino. Ecclesia Sancti Angeli cum do-
nicato & cum molendino & suis pertinentiis, & aquæductum predicti Molendini, quocumque loco in futurum necesse fuerit, concedimus. Nam alia omnia suprascripta Ecclesia, & Donicata, &
Molendinum cum casis & rebus massariciis quatuor: una, qui regitur per
Benizo; alia qui regitur per Guido; tertia qui regitur per Dominico
Tardello; quarta, qui regitur per
Prando Massario, una cum integra Decimatione nostra donicata de omnibus
rebus Curtis nostris; seu & Servis quatuor, ad predicto Monasterio donamus & tradimus, cum predictis Ecclesiis cum donitatis, & cum rebus massariciis, & cum silvis & rebus, sicut
jam dicti & nominati & circumdati &
aterminati, cum omnibus earum pertinentiis, & nostri arvis qua cultis,
tam Curtis, Ortis, terris, vineis,
silvis, pratis & pascuis, tam aliortis
& tastornitis, cum fontibus & puteis
& pistariis atque molendinis, cum predictis Servis: nomina eorum, Petrus,
& Uzo cum omnia & in omnibus sicut
superius legitur; totum adque integrum
donamus atque concedimus, & jexue-
dibus Lege nostra Salica confirmamus per
fistucam nodatum, & cultellum pleca-
tum, vuantone, seu ramis arboribus,
adque vvasioni, & adigilaginem tradimus ad ipsum sanctum luco de jure nostro in jure donationis ipsius prefati
Monasterii Domini Salvatoris,* qui non
in Monachorum Ordinem reconcilia-
mus, *in ea videlicet ratiunem, ut dum
eos prefati germani Rodulfi, Bernardi,
& Illa, Gisla jugalibus in eo Seculo
advixere meruerimus, in nostra sit potestate & regimine gubernandi, struen-
di, & meliorandi, non non vendendi
nec donandi nec alienandi, nisi de a-*

*versa parte nostra sit potestas defenden-
di. Et post nostrum decessum deveniat
ipso Monasterio in potestate & regimine
de eredibus, & aut proeredibus nostris.
Sed volumus adque concedimus, ut
ipsi Monachi, qui ad ipso Monasterio
sunt ordinati, regulariter vivant. Et
si ipsi Monachi regulariter vivere noluerint,* tunc habeamus licentiam nos
suprascriptorum & nostris heredibus
ac proheredibus, illis foris ejicere, &
alteris introducere meliores, qui ipsum ordinem melius custodiant. *Ipso Monachos in alias potestas non se
mittere debea, nec commendare, nisi
in nos germanis & nostris filiis, heredibus, & aut proheredibus, si nos vel
nostri heredibus licentiam non dederi-
mus. Sed qualiter de nos germanis &
jugalibus, vel nostris filiis heredibus,
& aut proheredibus, vel omnia, sicut
superius legitur, conservare voluerit de
ipso Monasterio & de suis pertinentiis,
inanis & vacuus permanet, & revocat
in potestatem ad illum Conservatore ipsum
Monasterio & ipsi Monachi, qui conservaverit omnia, sicut superius legitur. Nam
& ipsam electionem & ordinationem sine licentia & consensu nostro, & de
heredibus & aut proheredibus nostris
stabiliter esse non debet. In eo ordine,
ut non habeat licentiam vel potestatem
nos aut nostris heredibus & aut proheredibus de ipsa rebus de predicto Monasterio nec vendere nec donare nec a-
lienare, nec per ullo ingenio, nec per
scriptionem in aversa parte de ipso Monasterio abstrarre, nisi de aversa parte jure ipsius Monasterii defendere,
& mundburdire. Et ipse Abbas de
ipso Monasterio nec debeat Monasterii habere potestatem per ullum argumentum ingenii in aversa parte dare nec alienare ad dominicato ipsius Monasterii; set omnique tempore*

per nos vel pro nostris parentibus orationes, nulla alia laborationem, nec
alium censum, nec superposita facias,
nisi per singulos annos in dedicationem
ejusdem Monasterii ad nos suprascriptorum germanis jugalibus, vel ad nostris
heredibus ac proheredibus ibidem ad
ipsum Monasterio done in pensionem denarios duodecim. Et si ipse Abbas, aut
suis posteris successoris predictam pensionem
non dederit, & dare neglexerit in primo
& secundo, vel usque in septimo anno:
tunc dent postea ipsam pensionem insimul. Quod dictum est, si tunc ipsam
pensionem dare neglexerit, compona ipse Abbas nos germanis & jugalibus,
& nostri heredibus ac proheredibus aurum Libras tres, & postea atra ipsum
Monasterio, ut superius legitur, omnia
adimpleta. Et si quis vero, quod futuro esse non credimus, & si nos suprascriptorum germanis & jugalibus, aut
alius heredibus ac proheredibus, seo qua-
stibet alia apposita, vel extranea persona, qui contra prefato fulgenti Monasterio, qui nos propter nomen Domini & reverentiam Domini Salvatoris re-
conciliavimus, irrumpere aut infrangere tentaverit, aut in ordine Monachorum non conservaverit, quod Deus non
permittat absit: tunc primis omnium ira
Dei, & ipsius sancti Loci exitatus oc-
curra, & a limina Sanctorum excommunicatus appareat, & illa sententia
recipiat, quem Juda Scarios, qui Dominum tradidit, & cum Datan & A-
biron, qui terra vivo detruivit, & sit
consortio cum Antichristo, excommunicatus sit ad trecento & octo Patri Sancti,
qui Cumuex constituens; non in ea in
dextera, sit in sinistra parte cum pec-
catore & impii puniatur. Et insuper
componere promittimus nos suprascripti
germanis & jugalibus cum filiis, heredibus, & aut proheredibus a pars predicto Monasterio, si omnia, que supe-

rius legitur, & decrevi facere, non
permiserimus habere & detinere & ordinare, sicut superius legitur, multa
quod penam de auro optimo Libras centum, argenti ponderas duocenti. Ecce
qualem fuit nostro desiderio & ut voluntas Deo opitulante adimplere festinavi-
mus. Et ec traditio omnique tempore
firma & inviolata permanea cum omni
firmitatem, & stipulatione subnixa, &
pargamena cum agramentario de terra
levavimus; tibi Johanni Notario Domni Imperatoris ad scribendum tradidimus & scrivere rogavimus, in quod
subtus confirmamus, testibus obtulit ro-
boranda.

Actum Comitato Senense facto scriptum doris in Anno ab Incarnatione
Domini nostri Jesu Christi Millesimo
Tertio, Mense Genuario, Indictione XV.
feliciter.

Signum manum suprascriptorum germanis & jugalibus, qui uut scriptum
doris, sicut superius legitur, scrivere
rogaverunt.

Signum manum Petroni Saligo filio
bone memorie Berardi, qui Benizo vocatus est, testes.

Signum manum Ardimanni filio Ci-
laldi, rogatus testes.

Signum Uberti filia Mariocu, Lege
vivente Longobardorum, testes.

Signum manum Wilelmi Saligo filio
Redulsi, rogatus testes.

Signum manum Petroni filio bone memorie . . . . . . rogatus testes.

Signum Ugi Saligo filio de suprascripto Redulfo, rogatus testes.

Signum manum Petroni filio bone memorie Rolandi, qui Roiza vocatus fuit,
rogatus testes.

Ego Arduinus Notarius, rogatus
testes.

Johanni Notarius Domni Imperatoris, qui ex voito ejusdem suprascriptorum germanis & jugalibus scripsi unum
                                    scri-

scriptum datis, & post tradita comple-
vi & dedi.

Quamobrem Saeculis barbaricis etsi in plurimis Virginum Coenobiis pietas & compositi mores efflorerent, in aliis tamen non defuere calamitates illae, quibus humanum genus obnoxium est, ita ut cum iis comparatis temporibus nostris, non in Italia solùm, sed & in reliquis Catholicorum Regnis habeamus unde gloriemur, ac Deo gratias agamus. Nolo huc adferre, quae de Monachabus antiquis veteres Scriptores memoriae prodiderunt. Praestat alio oculos convertere, & susceptum cursum tenere. Neque omittendum est, ad postrema Secula referendam minime esse institutionem Sanctimonialium earum, quae *Canonicae* olim appellatae sunt, nunc verò *Canonichesse* Italice dicuntur, ac frequentes habentur in Belgio, & in Urbibus quibusdam Germaniae orthodoxis. Jonas Episcopus Aeduensis Anno Christi DCCCLVIII. uti adnotavit Clariss. Mabillonius in Annalib. Benedictinis, memorat *Monasterium sacrarum Monialium sub Canonico habitu degentium, quas praedecessor meus sanctae recordationis Modoinus Episcopus in Regularem & Monasticum transferre studuit ordinem.* Differebant ergo *Canonichesse* illae a *Monachabus.* Tomo etiam Septimo Conciliorum. Labbei, decreta quaedam Eugenii II. Papae referuntur Anno circiter DCCCXXV. efformata, nisi tamen potius ad Eugenium III. (ut verisimilius videtur) eadem sint referenda, in quibus commemorantur *Sanctimoniales, & Mulieres, quae Canonicae nominantur, & irregulariter viventes, juxta beatorum Benedicti & Augustini Regulam, vitam suam in melius corrigant & emendent,*

superfluitatemque vestium, & injunctorem deserens. Itaque Regula diversa erat Monialibus, & mulieribus Canonicis. Sed de his vide, quae congessit doctissimus Thomassinus Part. I. Lib. 3. Cap. 43. de Beneficiis. Unum tantummodo addam, scilicet ejusmodi *Canonichisse* Regulam praescriptam fuisse in Concilio Aquisgranensi Anno DCCCXVII. Illarum verò institutionem (quum ceterae sacrae Virgines antiquis Seculis post Coenobiticam Disciplinam Sancti Benedicti in Occidente propagatam, ejusdem Sancti viri Regulam profiterentur) minime probavit Concilium Romanum Anno MLVIII. sub Nicolao II. Papa celebratum. Attamen ejusmodi Canonicarum Monasteria ne nunc quidem in Italia desiderantur, quae Regulam sub Sancti Augustini nomine evulgatam amplexae, atque ab aliis ejusdem instituti puellis veste tantùm ferme distinctae, Sedis Apostolicae auctoritate & consensu comprobantur.

Olim verò uti Monachorum, ita sacratarum Virginum Coenobia ab Episcopis pendebant. Sed neque desiderata sunt Regalia, quae sub potestate ac defensione Palatii posita erant. Fuerunt & alia, quae majori alicui Monasterio itidem Virginum subjecta libertatem pristinam amisere. In Civitate Fori Julii (nunc *Cividale*) effloruit olim, & adhuc floret *Monasterium Puellarum Sanctae Mariae in Valle*. Ignotum mihi est, num ante Annum DCCCXXX. Asceterium illud a Patriarchae Aquilejensis regimine avulsum fuerit, an potius juri ejusdem Patriarchae in spiritualia, additum quoque jus fuerit in temporalia. Clarissimus Mabillonius edidit in Appendice ad Tom. II. Annalium Benedictinor. Diploma, in quo traditum fuit hujusmodi Mona-

...derium juri & potestati Aquilejensis Ecclesiae & Rectorum ejus. Datum fuit Diploma illud Anno Christi DCCCXXX. a Ludovico & Lothario Augustis Maxentio Aquilejensi Patriarchae. Quare inde colligas, emendandam esse apud Ughellium Tom. V. Ital. Sacr. Chronologiam Patriarcharum Aquilejensium. Ibi An-

A dreas Maxentio successisse traditur, citius tamen, quam par erat. Forojuliensis illius Asceterii tabulas etiam subjungere decrevi, ad ipsum spectantes, quas ex autographo eductas ad me misit Illustrissimus olim Adriensis Ecclesiae Episcopus Philippus de Turre.

Donatio quatuor praediorum facta Monasterio Forojuliensi sacrarum Virginum Sanctae Mariae in Valle a Goteboldo Patriarcha Aquilejensi, circiter Annum 1035.

Notum sit omnibus praesentibus & futuris, qualiter ego Gotebaldus Dei gratia Patriarcha quatuor Massaricias in Carnia positas, scilicet in Villa quae vocatur Amprz, Sanctae & venerabili Ecclesiae de Sancta Maria de Valle, quae est in Civitate Forijulii posita, ad servitium illarum Monacharum, quae ibi serviunt, cum omni jure in perpetuum tradidimus. Ea tenore, ut illarum quatuor Massariciarum impensa non adminuatur reliqua stipendia Monacharum, sed semotim & singulariter in quatuor festivitatibus Sanctae Mariae inter illas dividatur. Manu nostra subscripsimus, & sigilli nostri impressione confirmari jussimus.

✠ EGO GOTEBOLDVS Patriarcha subscripsi.

✠ Ora pro famula, Sancta Maria, tua. ✠

Patriarcham istum *Gotebaldum* Ughellius nuper memoratus perperam appellat *Golobaldum*. Olim ergo quum pleraeque Virginum Coenobia virtutum odore fragrarent, certabant pii cum in condendis novis Monachorum habituculis, & aedificandis etiam novis Sanctimonialium Coenobiis, tum iis locupletandis. Ac praecipue sacri Antistites ejusmodi studio ardebant, inter quos mihi nunc laudandi sunt Regienses; eorum quippe Chartas nonnullas suppeditavit mihi Tabularium Asceterii Regiensis Sancti Thomae. En quid egerit Teuzo ejusdem Urbis Episcopus.

Fundatio Monasterii Sanctimonialium Sanctorum Viti & Modesti prope Scandianum, facta a Teuzone Episcopo Regiensi, Anno 1013.

In Nomine Sanctae & individuae Trinitatis. Teuzo sanctae Regiensis Ecclesiae Praesul. Cum in omnibus causis & terrenis negotiis remotioribus humano generi id maxime occurrit ad profectum & bonum exemplum, quod mediator Dei & hominum Christus Je-

sus, sicut bonus pastor animam suam pro suis ovibus posuit: dignissimam constat, nos quoque quamvis indignos, quos tamen Ecclesiae suae praefecit pastores, ac omnium studiorum nostrorum curas erga Clerum & Populum nobis commissum feliciter agamus, ac paterno affectu cum

rogare

regere & conservare debeamus; sic quaque ad procurandas animas pastorales
excubias impotamus, ut corporum etiam
necessitates pro aliquibus indigentiis i-
nhiantes, beneficiis, quibus possumus,
suppleamus. Habet enim ratum & firmum Deo servientium mentes tanto liberius in laudes Dei continuas prome-
veri, quanto a duabus curis victus &
vestitus eas contigerit alienius semove-
ri. Et quoniam res Ecclesiae sicut a
Sanctis Patribus traditur, fidelium sunt
vota & peccatorum pretia, oblata enim
sunt ab Ecclesiae Sanctae fidelibus, ut
inde Christi pauperes nutrirentur, Ecclesiae bona ararentur, capsivi etiam pro
temporum opportunitatibus redimerentur:
proinde nos Teuzo, Christo largiente
Regiensium Episcopus in Basilicum Sanctorum Martirum Viti & Modesti,
quae sita est prope Scantianum, Monasterium Puellarum esse constituimus
pro temporis qualitate & rebus, nunc
incipientes, & in futurum amplificare
volentes. Super illas res, quae praedictae Ecclesiae pertinent ex rebus Ecclesiae nostrae Sanctae Mariae & Sancti
Prosperi, viginti Mansus inviolabili voto, Deo volente, nos daturos promittimus: de quibus nos quatuor* designare
praedictae Ecclesiae damus, videlicet
totam terram, ubicumque rejacet per
loca, quam pertinere dicimus ad eamdem Ecclesiam, & totam terram de
Geraldo, & precariam illam, quam
tenent Dominicus & Ampelus fratres de
parte nostra, & medios illos septem de
terra, quam de nostra parte tenet Presbiter Rosiprandus, ad alendas Sanctas
Moniales, quas nunc inibi ordinavimus, sub ea, quae nobiscum hoc devo-
vet opus Liuza Abbatissa, ac res,
quae pro futuris temporibus Deo concedente ibidem ordinabuntur; & per hanc
nostri Decreti paginam oblatos Mansos,
in praesentiarum & in futurum pro-

missos, & imposterum semper adndos
confirmamus, quatenus remota indigen-
tiae murmuratione, & nostra, nostrorumque Successorum molestia & contradictione sanctae Moniales inibi regulariter Deo servientes sanctae conversationis exemplo clarescant, & sic in
sancta Religione crescentes, de bono ad
melius semper procedendo, liberius vivant; & quia benefacti fuere nimium
quisquam arquit habere, itaque quae
nemini valuit impertire; orare & postulare, vos Successores meos de futuro
nos desistam, ut in Deo, & propter
Deum hoc decretum a nobis nova deliberatione corroboratum conservare, re-
formare, & augmentare nolletnus ne-
glegatis quoteuuis in seculo, ut nobiscum sitis participes sanctae retributionis, quarum sacris una exercitatio sancta laboris. Si quis vero, quod futurum minime credimus, huic nostri decreti Constitutionem perfringere aut im-
mutare quaesierit, anathematis vinculo
innodatus & vivens mortuus pereat in
aeternum. Quod ut firmiter credatur
& certius habeatur, diligentiusque ab
omnibus observetur manu propria confirmantes nostrae Ecclesiae Populo signan-
dum, & Clero obtulimus roborandum.

Ego Teuzo gratia Dei Praesul sanctae Regiensis Ecclesiae in hoc decreto
a me facto subscripsi.

Ingo Dei gratia Archidiaconus subscripsi.

Ego Adalbertus, qui & Michaël,
Archipresbiter subscripsi.

Ego Rodgerius Presbiter & Praepositus subscripsi.

Ego Ildebertus Diaconus & Praepositus subscripsi.

Ego Petrus Presbiter subscripsi.
Ego Adam Presbiter subscripsi.
Ego Albertus Diaconus subscripsi.
Ego Arduinus Diaconus subscripsi.
Ego Adel-

Ego Adelbertus Diaconus subscripsi.
Ego Gislebertus Subdiaconus subscripsi.
Ego Wibertus Subdiaconus subscripsi.
Ego Sigifredus Subdiaconus subscripsi.
Ego Walbertus Subdiaconus subscripsi.
Petrus Subdiaconus, & hujus decreti Scriptor, a Domno Tenzone Regiensis Ecclesiae Episcopo rogatus, subscripsi.

Actum VIII. Idus Junii, Anno Dominicae Incarnationis MXV. Regni verò Divi Henrici Undecimo, Imperii verò ejus Secundo, per Indictionem Duodecimam.

Novis muneribus erga easdem sacras puellas munificumse rursus exhibuit idem *Tenzo Episcopus*, eis tradita Ecclesiâ *Sancti Thomae*, unde nunc nomen nobili illi Monasterio. Animadvertendum tamen est Regiense Monasterium *Sancti Thomae* antiquitus etiam exstitisse. Mabillonius nuper laudatus in Annalib. Benedictin. ad Annum DCCCXXXV. Chartam produxit eo Anno exaratam,

in qua *Cunicunda relicta quondam Bernardi inclyti Regis Italiae*, Monasterium Parmense puellarum Sancti Alexandri a se aedificatum magnifice ditat. Inter alia eidem subdit Monasteria duo, unam in Civitate Parmensi situm; *aliam namque Monasterium foris muros Civitate Regio non longe ab ipsa Civitate, qui est ad honorem Sancti Thomei Apostoli.* Quare non aedificatum, sed reaedificatum videtur Monasterium illud a Tenzone Episcopo; idque etiam intelliges ex Sigefredi Episcopi Charta, quam infra sum producturus. Cur verò Mabillonius, vir cetera diligentissimus scripserit, hocce Monasterium *Sancti Thomae situm fuisse non longe ab eâdem Civitate Parmensi*, nil aliud in causâ fuisse puto, nisi quia magnificis molibus exstruendis intentos minuta quaedam fugere facile possunt, quae tantis viris non objicienda, sed condonanda sunt.

Traditio Basilicae Sancti Thomae facta a Teuzone Episcopo Regiensi Liuzae Abbatissae Sanctorum Viti & Modesti, Anno 1017.

IN nomine Sanctae & individuae Trinitatis. Teuzo divina respectu Sanctae Regiensis Ecclesiae humilis Episcopus. Nos, quibus cura & Ecclesiasticum regimen condonatum esse dignoscitur, sollicite ac sedulo tractare oportet, quo nobis subditas Ecclesias taliter ordinamus, ut in futuro boni Pastoris praemia capere valeamus. Quo circa omnibus Sanctae Dei Ecclesiae, nostrorumque fidelibus notum fore volumus, nostrae Ecclesiae Primates nostram adiisse Paternitatem. quo Basilicam in honore Sancti Thomae Apostoli teptam, Liuzae Abbatissae concedimus. Quarum petitionibus annuentes, tam

praefatae Abbatissae, quàm ceteris omnibus in Sancti Viti Martiris Cenobio...... ordinandis temporibus Abbatissis, nostrae institutionis pagina praelibatam Basilicam cum aliquantula Terra circa ipsam sita Basilicam, cui septem sestariorum est numerus, finis verò ab orientali plaga terra....... Sancti Prosperi, a meridie Petri Judicis, ab occidente Sanctae Mariae, & Sancti Michaelis, & Sancti Prosperi, a sera Sancti Prosperi, & heredum Landulfi concessimus & largiti sumus, eo videlicet ordine, ut sui....... post hac una sit in perpetuum Ecclesia, & alteri respondeat alter...... Quod ut

tertii

verius credatur, & ab omnibus diligentius observetur, manu propria subscripsimus. Si quis verò hanc nostrae institutionis paginam quandoque infringere....... quod absit: sciat se anathematis vinculo innodatum, & cum Juda Domini nostri Jesu Christi proditore...... damnatione damnatum, & cum Dathan & Abiron, quos terra vivos absorbuit perpetuis........ Quid plura? habeat maledictionem illorum, qui dixerunt Domino Deo: Recede a nobis...... nolumus.

Data Anno Dominicae Incarnationis MXXVII. Pontificante verò Domno Teutone Praesule Anno XLVIIII. Indictione XI.

Teuzo Episcopus in hac Constitutione a me facta subscripsi.

Ego Adelbertus Presbiter subscripsi.
Ego Adam Presbiter subscripsi.
Ego Gregorius Presbiter & Castus subscripsi.

Ego Gualderus Diaconus subscripsi.
Ego Gotredus Diaconus subscripsi.
Ego Wibertus Diaconus subscripsi.
Ego Gaudulfus Subdiaconus subscripsi.
...... sanctae Regiensis Ecclesiae Clericus subscripsi.
Ego Gisfibertus Subdiaconus hujus comessionis scriptor subscripsi.

Neque minor fuit erga Monasterium idem pietas *Sigefredi Regiensis Episcopi*, qui sedato tandem turbine saecularium procellarum, & ipse cupiens *Monacharum Coenobium* noviter a praedecessore suo bonae memoriae *Teuzone Episcopo* ad omnipotentis Dei & *Sancti Thomae Apostoli* servitium reaedificatum, olim ab Infidelibus, (hoc est, ut opinor, ab Hungaris sub initium Saeculi Decimi) funditus destructam, ditis temporalibus rebus, augere, subsequentem Bullam promulgavit.

Confirmatio bonorum & jurium cum additamento Monialibus Sancti Thomae Regiensis facta a Sigifredo Episcopo Regiense, Anno 1038.

IN nomine sanctae & individuae Trinitatis. Sigifredus divinae respectu clementiae Regiensis Ecclesiae Episcopus, ac praesul indignus. Nos, quibus divina ordinante providentia Ecclesiasticae dispositionis cura & regimen condonatum dignoscitur, ordinate ac solicite considerare debemus, quatenus cum Dei adjutorio Ecclesiasticus status de die in diem in augmentum crescendo perficiat, ut mentes fidelium ho: prospicientes in dilatandis Ecclesiasticis rebus devotiores & promptiores totidie reddantur. His & aliis ammonitionibus afflati, ac diuturna meditatione in nostri cordis penetralibus perplurima volventes, perspicaci cura rimari cepimus, quid agere possemus, unde sancto Patroni propensius servire vel placere valeremus. Inter haec divina clementia freti pertractavimus id melius omnibus negotiis fore, si Monacharum Coenobium, noviter a praedecessore nostro bonae memoriae Teuzone Episcopo, ad omnipotentis Dei, & Sancti Thomae Apostoli servitium reaedificatum, olim ab Infidelibus funditus destructam, datis temporalibus rebus augeremus, celitem nobis vitam inde mereremur, in tantum ut nos, nostrique Successores, ceterique Dominum timentes, vel eidem loco faventes felicia precum sublevatione apud Deum sublevaremur. Sed quia ba.... turbine sae-

cularium

cularium procellarum quassari, & alio-
modum lacessiri & fatigari, nec inchoa-
re, nec ad limam perducere haec quivimus. Nunc vero oppitulante Deo, &
ipsarum suffragantibus meritis, depulsa
impiorum sevitia, quasi sub portum
tranquillissima quiete fruantur, ad cal-
cem procul dubio perducere credimus.
Unde salubri consilio nostrorum fidelium,
Clericorum videlicet & Laicorum vitali exortatione animari, pro nostrae,
nostrorumque Successorum animae remedio, eidem Ecclesiae in honorem praedicti Sancti Thomae Apostoli constructae,
& aedificatae, ubi Liutza venerabilis
Abbatissa una cum Monachabus inhibi
secundum beati Benedicti Patris instituta normaliter servientibus praeesse
videtur, per decretalem paginam confirmamus fundum, in quo praefata Ecclesia sita est cum aliquanta terra in
circuitu; seu vineam illam juxta ipsam
Ecclesiam ad meridiei plagam positam,
quae est mensura sessoriorum II. & em-
bularum VI. ubi claustra ejusdem Abbatiae esse videntur, & famulos jam sta-
tae Ecclesiae cum suis possessionibus; atque Capellam Sancti Viti, cum suis
omnibus pertinentiis, seu Massaritiam
una de Giraldo & precariam; atque
aliam terram; a Dominico & Angelo
germanis elaborata fuerunt, sicut a
praedecessore nostro oblata sunt. Insuper
addimus ex nostri parte praefatam terram, ubi claustra esse videntur, &
sortem quae recta & laborata est per
Juarnem Leopardi, atque libellariam,
quae fuit Isemprandi, atque precariam Ibaldi de Liviciano, seu precariam Petri Judicis, verum etiam precariam de filiis Ugonis; nec non &
duas peciolas terrae prope ipsam Ecclesiam, quae olim laboratae fuerant una
per Giselbertum & Johannem germanos,
altera per Garibertum & Petrum; atque ceteras peciolas, quae juxta Regii

Urbem adesse videntur, quarum numero sunt viginti sex. Seu libellariam
Ildeberti Archidiaconi, & terram cum
aedificiis infra eamdem Civitatem, quam
filii Heriberti Judicis, atque Wido atque Predolfus detinent, atque vineam
unam in bragida Bulgari cum sedimine, quae regitur per Berningam, &

Marrinati germanos; seu Massaritiam
unam prope ipsum Monasterium, quae
olim recta & laborata fuit per Martinum Maironi atque Gariverium germanos. Nec non & vineam unam cum
aliquanta terra; petias duas in Rival-
to prope ipsum Plebem; quae laborare
sunt per Johannem Massarium, qui dicitur Fussario, atque Sorticellam illam
in Radana, quae recta fuit per Wido-

nem Diaconum, una cum sedimine in
Vincale; & vineam unam, quae laborata est per Frogerium cum sedimine
in Opladello. Haec igitur praecipulata
loca in integrum praedicto Monasterio
Sancti Thomae Apostoli & praefatae
Liutzae venerabili Abbatissae, suisque
successoribus, & Sororibus nunc inhibi,

& in futuris temporibus Deo servientibus concedimus, largimur, & tradimus per hanc praesentem Decretalem
paginam confirmamus ad communem utilitatem Monachorum, quatenus Domina
Abbatissa, suaeque successores, cum suis
Sororibus in perpetuum secure & quieto sub nostro, nostrorumque Successorum
regimine & potestate atque ordinatione
teneant, possideant, & fruantur; sine
omni nostra, nostrorumque Successorum
contradictione, ac pro nobis atque omnibus sibi bona facientibus, devotius Do-

minum interpellare possint. Et ut haec
verius credantur, firmiusque a nobis,
& a nostris Successoribus observentur,
manu propria roborantes. Canonicos vostra Ecclesiae inferius jussimus annota-
ri. Si quis igitur hanc Decretalem
constitutionem infringere temptaverit,
male

maledictione Dei Patris Omnipotentis, (A)
& Sanctae Dei genitricis Mariae, seu
beati Thomae Apostoli, ceterorumque
Sanctorum omnium incurrat, & cum
omnibus maledictis maledictionis sententiam percipiat.

Actum est hoc Anno Dominicae Incarnationis MXXXVIII. Pontificatus verò Domini Sigifredi junioris Episcopi VII...... Tertiodecimo Kalendas (B)
Septembris, indictione Sexta. Nec non
concedimus & largimur per hanc paginam eidem Monasterio Capellam sitam
infra Castrum de Villanova, in honorem Sanctae Mariae & Sancti Prosperi
dedicatam, cum omnibus suis pertinentiis, atque Capellam Sancti Dominici
in Fazano, similiter cum suis pertinentiis.

Sigifredus Dei nutu Episcopus, huic
decreto a me facta subscripsit.

Bernardus Archidiaconus huic decreto
subscripsit.

Rolandus Dei misericordia Archipresbiter subscripsit.

Dominicus Presbiter Magister Scolarum subscripsit.

Gregorius Presbiter & Custos sub- (D)
scripsit.

Adelbertus Presbiter subscripsit.

Adam Presbiter subscripsit.
Teuzo Presbiter subscripsit.
Gotefredus Diaconus subscripsit.
Sigifredus Diaconus subscripsit.
Walfredus Subdiaconus subscripsit.
Sigifredus Subdiaconus subscripsit.
Romanus Subdiaconus subscripsit.
Terholmus Subdiaconus subscripsit.
Teuzo Subdiaconus subscripsit.
Heicardus Subdiaconus hujus decreti (B)
Scriptor subscripsit.

*Ego Aimericus Notarius sacri Pala-
tii hoc exemplum, ut credo, a Domino
Sigifredo Regiensi Episcopo factum, vidi, legi, & scripsi; & sic in eo conturbatur, ut in hoc legitur, neque
junxi, neque minui, me sciente, sed
exemplavi.*

Sigefredus iste Regiensis Episcopus
appellatur *junior*, ut ab altero *Sige-
fredo* distinguatur, qui Anno DCCC-
LVI. Cathedram Regiensem tenuit.
Antecessoribus suis liberalitate minime concessit Curtes, hoc est, Conradus Sigefredi Successor, & Gandul-
phus, ambo Episcopi, quorum ecce (D)
tabulas ex ejusdem Monasterii pergamenis descriptas.

Donatio facta Monialibus Sancti Thomae Regiensi a Canone Episcopo ejusdem Civitatis, Anno 1050.

„ IN nomine Sanctae & Individuae
„ Trinitatis. *Canon* Christi ordi-
„ nante clementia sanctae *Regiensis*
„ *Ecclesiae Episcopus*, omnibus san-
„ ctae Dei Ecclesiae fidelibus prae-
„ sentibus scilicet & futuris, notum
„ esse volumus, *Litteram Monasterii*
„ *Sancti Thomae Apostoli* venerabilem
„ Abbatissam una cum suis Mona-
„ chabus nostram supplices petendo
„ adiisse paternitatem, quatenus il-

„ larum necessitatibus subvenientes (E)
„ aliquantulum subsidii eis imperti-
„ remur. Quarum precibus faven-
„ tes, cum consensu fratrum nostro-
„ rum nobis adquiescentium, omnem
„ terram, quam Sigifredus de Ba-
„ drione ex parte nostri Episcopii
„ nunc detinet, praeter illam, quam
„ *Sigifredus* bonae memoriae Episco-
„ pus nostrae Ecclesiae Canonicis de-
„ dit, eis cum ficto & censu con-

" cedimus & largimur. Eâ videlicet
" ratione, ut habeant & teneant ad
" usum & utilitatem praedicti Mo-
" nasterii in perpetuum pro animae
" nostrae mercede absque nostra suc-
" cessorumque relictorum contradi-
" ctione vel diminoratione, cum fi-
" nibus & terminibus suis. Si quis
" autem hanc nostrae institucionis
" seu concessionis paginam in aliquo
" infrangere temptaverit, cum om-
" nibus maledictis maledictionis sen-
" tenciam percipiat, & insuper quin-
" quaginta libras argenti optimi se
" compositurum agnoscat, medieta-
" tem Regiae Camerae, & medieta-
" tem injuriam sustinentibus. Quod

" ut verius habeatur, & firmius ab
" omnibus credatur, & nos manu
" nostra firmavimus, & nostro Cle-
" ro optulimus roborandum.
" Actum est hoc Anno Domini-
" cae Incarnationis ML. Pontifica-
" tus vero Domini Cononis Episco-
" pi Anno Primo, V. Idus Septem-
" bris, Indictione III.
" *Conon* Dei gratiâ *Episcopus* sub-
" scripsi.
" *Bernardus* Archidiaconus sub-
" scripsi.
" *Hricardus* Archipresbiter sub-
" scripsi.
" O. Praepositus subscripsi.

Donatio facta Monialibus Sancti Thomae Regiensis a Gandulfo Episcopo ejusdem Civitatis, Anno 1075.

" IN nomine Sanctae & individuae
" Trinitatis. *Gandulfus* divinae
" respectu clementiae Regiensis Epi-
" scopus. Pastoralem curam susci-
" pientem ita in subjectos vigilare
" oportet, ut in reddendis commis-
" sis ei incuriae culpa non obtenda-
" tur. Qua in re nos accusabiles
" cognoscentes, & Sancti Thomae
" Apostoli precibus & totius Congre-
" gationis illi servientium exculari
" cupientes, aliquantam nostri Epi-
" scopatus terram *Sancti Thomae Mo-*
" *nasterio & Congregationi* ibi ser-
" vientium disposuimus dare, qua-
" tenus delictorum nostrorum pon-
" dere earum intercessionibus suble-
" vemur, unde noscat posteritas, ac
" viventium universitas, quod nos
" dicto Monasterio & Congregationi
" deae Maricae, manu investitura
" nostrae concedimus, utramque seu
" jugerum, unum in Campolungo,
" alterum in Sancto Martino que

" regantur & laborantur in Campo-
" lungo per...... alter in Sancto
" Martino per...... cum redditibus,
" & porcis & operibus, & omnibus
" suis dacionibus, & piscationibus.
" Et molendinum unum in Rodano,
" quod tenetur a Johanne, qui dici-
" tur Aurura, cum via & aquaedu-
" ctu, & omnibus accessionibus suis;
" & undecim tabulas terrae cum ca-
" sa & terra vacua juxta idem Mo-
" nasterium, cujus fines sunt a Ma-
" ne & Septentrione ejusdem Mona-
" sterii, a Meridie Strada, ab Oc-
" cidente famuli Sancti Prosperi &
" ejusdem Monasterii: eâ videlicet
" racione, ut jam dicta Congregacio
" aeternaliter teneat & fruatur, &
" quidquid inde regulariter ei facere
" conceditur, faciat, remotâ nostrâ,
" nostrorumque Successorum mole-
" stia. Si quis autem hujus nostrae
" concessionis statum al quatenus vio-
" lare tentaverit, inde maledictio-
" nem

„ rem accipiat, & Herodi & Pilato
„ focietur. Et infuper ftatuimus, ut
„ centum Libras denariorum dictae
„ Congregacioni perfolvat. Hoc ut
„ verius credatur, & firmius habe-
„ tur, manu propria firmavimus, &
„ noftris fratribus dedimus roboran-
„ dum.
„ Actum eft Anno Dominicae In-
„ carnacionis MLXXV. Undecima
„ Kalendas Aprilis, Indictione De-
„ cima Tercia.
„ Ego *Gandulfus Epifcopus* fubfcripfi.
„ Ad honorem Sancti Thomae A-
„ poftoli, Manfredus Diaconus fub-
„ fcripfi.

Aequo animo Lectores quaefo accipiant hujufmodi Chartas, quippe
quae ad feriem & Chronologiam E-
pifcoporum Regienfium non parum
lucis funt allaturae. Heic certe, fi
ufquam, majorem in Ughellio diligentiam defideraffem. Errat ille non
unum errorem, quum eorum Praefulum gefta pertexit; neque ab hifce
vitiis immunis abit ipfe Fulvius Az-
zurius, qui Ughellio praeivit in Hiftor. Ecclefiaftica Regienfi, quam manu exaratam fervat Bibliotheca E-
ftenfis. Apud Ughellium *Come* cor-
rupte appellatur *Condelardus*, & ab
Azzario Condelandus. Is detru... a
Sede dicitur Anno MXLIII. Illum
non nuper vidimus pacifice fedentem
Anno ML. qui etiam *Annus Primus*
dicitur Pontificatus illius. *Gandulfus*
Regienfis Epifcopus iniiffe Epifcopa-
tum dicitur Anno MLXXII. Ejus
tabulas nuper protulimus datas Anno
MLXXV. Alias quoque legi datas
Anno MLXVI. Sunt alia non paura
apud eumdem Ughellium in Regien-
fibus Epifcopis emendationem po-
fcentia, vel poft ejus additamenta
& correctiones in Appendice Tomo
Quinto. Neque omiffum volo, me
in Archivo Canonicorum Cathedralis
Regienfis Chartam vidiffe fcriptam:
Berengarius gracia Dei Imperator Au-
guftus, Anni Imperii ejus Quinto, X.
Kalendas Decembris, Indictione IX.
Ideft Anno Chrifti DCCCCXX. Ibi
Severus filius quondam Adelperti de
Montiglo res juris fui vendit *nobis*
Fredulfi fanctae Regienfis Ecclefie Epi-
fcopus, ad jura & poteftate Sancti
Profperi &c. Attamen Ughellius *Fre-*
dulfum Epifcopum Regienfem fato
functum Anno Chrifti DCCCXCVIII.
nobis exhibet. Chorum impleat Char-
ta Alberti, cujus piam liberalitatem
fenfere eaedem Sanctimoniales.

Alberti Regienfis Epifcopi Charta, per quam terras donat Monafterio Regienfi Sancti Thomae, Anno 1147.

IN nomine Sanctae & individuae Trinitatis. *Albertus Dei largiente*
gratia fanctae Regienfis Ecclefiae E-
pifcopus ac provifor indignus. Eram
praefat vitae difcrimina confiderare o-
portet, dum fumus in via, quatenus
amiffis temporalibus commodis vita co-
mite non privemur aeternis. Sepiffime
enim dum is utinor, ab improvifa
morte rapimur, & tamen hactenus va-
gantes, fero cupimus querere, quod
obftantibus culpis non meremur accipere.
At per hoc accepta Ecclefiaftici regimi-
nis cura, decet Epifcopalem diligenciam
fic erga fubditas Ecclefias & Clericos
vigilanti animo gerere, ut de bono in
melius juvante Deo proficiant, & Cle-
rici divinis officiis per melius intenti

Ecclesiae nostrae, nobisque fideliores e-
xistant. Unde congruum, satisque con-
venientiam nobis apparuit, ut interventu Donnae Angelicae Karissimae sororis nostrae, Dei gratia Monasterii
Sancti Thomae de Regio Abbatissae,
ejusdem Monasterii Sororum necessitati
subvenientes, aliquantulum, quod habere videbamur, ad augmentum nostrae,
nostrorumque Successorum animae illi
impertiremus: quatenus secundum Apostolum nostra inopia illarum abundan-
tia, Christi largiente gratia suppleretur. Quapropter divinitus animati, po-
tionem unam de terra laborativam, quae
obvenit nobis per cartulam refutationis
ab Oliverio & Saraceno fratribus, filiis Burgundionis, ad communem utilitatem Monacharum sororum nostrarum praesentium & futurarum Monasterii Sancti
Thomae famulantium, per hanc nostrae
institutionis vel concessionis paginam jure perpetuo concedimus & largimur.
Haec autem terra jacet infra clausuras
Regii prope Ecclesiam Sancti Gervasii,
quae est per mensuram justam ad perti-
cam legitimam de pedibus duodecim
mensuratam tabulae........ cujus fines
sunt ex omni latere juris ejusdem Monasterii. Tamen a mane possidet Petrus
de Xina cum fratre: a meridie praedicti fratres Oliverius & Saracenus: a
sero Cimiterium praenominatae Ecclesiae Sancti Gervasii: de subtus terra e-
jusdem Monasterii, si ibi quae sunt aliae
cohaerentes, in interprae. Ea ratione,
ut praedictae Sorores ad communem earum mensam semper secundo praefatam
terram retineant, sine omni nostra seu
etiam Successorum nostrarum contradictione vel diminutione. Nec liceat unquam alicui Sororum eam reddere vel
donare aut infeudare, aut aliquo modo
commutare, seu a proposito officio alienare. Sed sicut superius dictum est, ad
mensam Sororum servetur & teneatur.

Quod si quis divinum post tergum dei-
ciens timorem, hanc nostrae institutionis
& concessionis paginam frangere temptaverit, maledictionem Dei Patris omnipotentis & Filii & Spiritus Sancti
habeas, & cum Juda traditore damna-
tus aeternis ignibus maneat cruciandus.
Quod ut verius credatur, firmiusque a
nobis, nostrisque Successoribus observetur,
& nos propria manu firmavimus, &
testibus roborandum attulimus.

Actum Regii in majori Ecclesia Sanctae Mariae, Anno Dominicae Incarnationis Millesimo Centesimo Quadragesimo Septimo, de Mense Augusti, Indictione X. feliciter.

Rogati testes interfuerunt, Gerardus
Judex de Panciano, Raynaldus de Ale-
manno, Berecius de Tacalis, Petrus
de Donella.

Ego Aymericus Notarius sacri Palacii rogatus interfui, & ex jussione e-
jusdem Episcopi scripsi, complevi ac dedi.

Quantis vero opibus ac fortunis
olim abundarent Sanctimonialium quaque Collegia, ex veterum monumentis intelligimus, ejusque rei complura in hoc etiam Opere exempla ego
attuli. Quippe fuere Monasteria, quae
ingentem sacrarum Virginum copiam
alebant, quod non sine multo redituum praesidio praestari poterat. Fidem tamen apud me excedit, quod
Sugerius Abbas in Epistola ad Eugenium III. Papam scripta, atque a
Sirmundo edita narrat, nempe Monasterium Virginum Fontis Ebraldi,
Anno MC. in Pictaviensi Dioecesi
coeptum, post paucos anno fere u-
fimo ad Quatuor aut Quinque Millia
Sanctimonialium jam excrevisse. Non
Monasterium, sed Urbem heic habe-
res: adjungenda quippe huic numero
foret famulorum, ancillarum, immo
& Monachorum, quibus non longe
domi-

domicilium erat, non mediocris coetus. Verùm hoc alii viderint. Neque
verò tantùm suodos immani copia
possidebant seminae Deo sacrae, sed
& Curtes & Castella, eorumque interdum jurisdictione fruebantur. Nam
quae *Curtes* in antiquis Chartis ap-
pellantur, integrae Villae erant, quibus saepe suum Castellum inerat.
Quod etsi non semel monui, liceat
tamen mihi luculentius heic ostendere, quum ad intelligenda veterum
monumenta notionis hujus multus sit
usus. In Vercellensi agro *Bugellae*
Oppidum, Civitatis etiam nomine a
Ducibus Sabaudiensibus ornatum, a
multis Seculis illustre est. *Biella*
nunc appellatur; antiquum verò ac
germanum ejus nomen *Bugella* est,

non *Bugella*, uti amicus meus doctissimus in Dissertatione Chorograph.
praeposita Tomo X. Rer. Italicar. est
opinatus. Occurrit & in monumentis
veterum *Pagus Bugellensis*, quo nomine ingens terrarum tractus designa-
batur. Verùm *Bugella* ipsa vocabulo
Curtis donata reperitur in antiquis
Chartis. *Curtis* etiam *magna* quandoque appellata fuit. Praesto mihi in
hanc rem est Diploma, ex Archivo
Monachorum Casinensium Placenti-
norum Sancti Sixti, quod etsi lacunis multis scateat, neque satis appareat, integra-ne Curtis an Mansus
tantùm in eo tradatur, attamen disertis verbis exhibet nobis *Bugellam*
Curtis duntaxat appellatione distin-
ctam.

Curtis Bugellae, sive Mansi in ea siti, in Comitatu Vercellensi concessio facta Bosoni Comiti a Ludovico & Lotha-rio Imperatoribus, Anno 826.

IN nomine Domini Dei & Salvato-
ris nostri Jesu Christi. Hludowicus
& Hlotarius *divina ordinante provi-*
dentia Imperatores Augusti..........
totam fieri volumus omnium fidelium
nostrorum tam praesentium quam & fu-
turorum industriae......... *proprietatis*
nostrae, quae sunt in Langobardia, in
Pago videlicet......... *quae pertinet*
ad Comitatum Vercellensem, idest in
Villa, quae dicitur Bugella, *Mansum*
Dominicatum cum Casa dominicata, &
aliis edificiis, & cum mancipiis desu-
per remanentibus, vel quantumcumque
ad praedictam Curtem Bugellam *prae-*
senti tempore pertinere dignoscitur, cum
omnibus edificiis, mancipiis utriusque
sexus, terris, vineis, pratis, pascuis,
silvis, aquis, aquarumque decursibus,
molendinis, mobilibus & immobilibus,
exitibus & regressibus, vel quantum-

cumque, sicut superius dictum est, ad
praedictam Curtem pertinere videtur,
tam Curtes quam loca vel alpes & sil-
vas, vel omnia quicquid, sicut jam
supradictum est, ad praedictam Curtem
Bugellam *aspicit, & nostri juris atque*
possessionis jure proprietario est, totum
& ad integrum, exquisitum & inex-
quisitum, praedicto fideli nostro Bosoni
ad proprium per hanc nostrae auctorita-
tis confirmationem concessimus. Ob hoc
scilicet, quia ille nobis tradidit de suis
propriis rebus per cartulam traditionis
in Villa, quae dicitur Bechi, *Mansos*
..to cum Cappella juxta Piscum nostrum.
Numero..., cum omnibus aedificiis,
mancipiis, terris, pratis, pascuis, a-
quis, aquarumque decursibus, molendi-
nis, exitibus, & regressibus, quan-
tumcumque in praedicta Villa est, vel
quae ad eam in quibuscumque locis aspi-
cit.

cii. *Et ideo res superius praescriptas,* | *nibus potiatur arbitrio faciendi quid-*
quas ei praesentialiter per hanc nostrae | *quid elegerit. Et ut haec auctoritas*
auctoritatis praeceptionem jure proprie- | *confirmationis nostrae firmior habeatur,*
tatis ad habendum concedimus, decerni- | *& per futura tempora melius conserve-*
mus, atque jubemus, ut quicquid ab- | *tur, manibus propriis subter confirma-*
hinc in futurum jure proprietatis face- | *vimus, & anuli nostri impressione sigil-*
re vel judicare voluerit, libero in om- | *lari jussimus.*

Signum [monogramma] *Hludowici gloriosissimi Imperatoris.*

Signum [monogramma] *Hlotharii gloriosissimi Augusti.*

Locus Sigilli ✠ cerei deperditi.

.... Clericus ad vicem Fridugiti recognovi.
Data VI. Kalendas Julii, Anno Christo propitio XIIII. Imperii Domni Hludovvi-
ci, & Hlotharii IIII. serenissimi Augusti, Indictione IIII.
Actum Engilinheim Palatio Regio, in Dei nomine feliciter. Amen.

Verùm ubi in autographo Notae | bae quidem Epochae frequentiores
Chronologicae revera conjugant *An-* | quàm reliquae, sunt: Idque confir-
num Regni Ludovici Quartumdecimum, | matum videas e monumento evulgato
decurrente *Junio Mense* cum *Indictione* | jamdudum inter Marmora Felsinea a
Quarta, de autographi ipsius fide | Carolo Malvasia. Nempe Bononiae
dubitatio justa suboriri posset. Cer- | superest frustum columnae striatae
tum quippe est. Anno Christi DCCC- | cum Inscriptione iis ferme temporl-
XXVI. qui ab *Indictione IV.* indica- | bus insculpta, dignum sane, quod
tur, Junio Mense in cursu fuisse *Ae-* | uti rarum barbaricae antiquitatis ve-
num XIII. Ludovici Pii, deductum | stigium heic denuo oculis omnium
e morte Caroli Magni ejus patris, | subjiciatur. Haec ita leguntur:
& *Anum IV.* Lotharii ejus filii. Et |

✠ IN NOMINE DOMINI NOSTRI JESU CHRISTI
TEMPORE (*) DOMNI NOSTRI HLVDOVVICUS
ET HLOTHERIUS EJUS FILIO ANNO
IMPERII EORUM CHRISTO JUVANTE
QUARTO DECIMO ET SEXTO DIE OCTAVO
MENSE NOVEMBRI PER INDICTIONE SEXTA
PETRUS PRESBITER FIERI ROGAVIT.

           Anno

(*) *vel potius Dominorum Nostrorum.*

Anno Christi DCCCXXVII. Novembri Mense decurrisse *Annum XIV.* Ludovici Pii, heic habemus. Ergo decurrere non potuit idem *Annus XIV.* die XXVI. Junii, Anni DCCCXXVI. ut habet Placentinum Diploma. Quare aut sphalma refundendum est in exemplum ad me transmissum, aut aliquo vitio Placentina membrana laboret, nisi haec omnia purgentur ab aliqua parum usitata Epocha Ludovici Pii. Quod autem in lapide Bononiae scripto nulla Romani Pontificis mentio fiat, sed Imperatorum dumtaxat, id accidisse potuit, quod Eugenius II. Papa, aut etiam Valentino paucorum dierum Pontifice e vivis sublato, Romana Sedes Novembri Mense Anni DCCCXXVII. vacaret. Si verò tunc vivebat Pontifex Romanus, quid dominationis Bononiensi in Urbe tunc foret Augustia, hinc etiam elucere posset. Haec obiter. Dial, Curtes plerasque post Sae-culum Octavum suo Castello insteoratas. Quod quamquam multis exemplis confirmare potuerim, multaque jam dederim in hoc ipso Opere, paucis tamen majori in lumine confirmatum nunc volo. Otto Magnus Imperator in Diplomate Anni DCCCCLXIX. apud Ughellium Tom. II. Ital. Sacr. in Episcop. Parmens. Ingoni nobili viro confirmat *Curtem Villanovae cum Castro super se habentes: Curtem de Gravalina cum Castro Casfullo & Trebaldo: Curtem de Brurato cum Castro Nicoloia: Curtem Deveratelim cum Castro super se habente: Curtim de Staderiano cum Castro &c.* Accedat & vetus alterum monumentum hactenus luce carens, hoc est Diploma, quod ex pergamenis Capituli Canonicorum Parmensium descriptum nostris offert oculis Oppidum Sancti Secundi *Curtis* nomine donatum, cum *Castello* ibidem constructo.

Concessio Curtis Palacioni, quae dicitur Sancti Secundi, facta Canonicis Ecclesiae Parmensis ab Ottone III. Imperatore, Anno 999.

IN nomine Sanctae & individuae Trinitatis. Otto superna favente clementia Romanorum Imperator Augustus. *Si locis divinae Sanctitati mancipatis proprietates augenda roboraverimus, in tempore praesenti & in futuro nobis remunerari procul dubio credimus. Quocirca omnium fidelium nostrorum tam praesentium quàm & futurorum noverit industria, qualiter nos interventu Sigefredi sanctae Parmensis Ecclesiae venerabilis Episcopi, maxime verò ab Dei omnipotentis amorem, suae sacrosanctae Sedi in honore gloriosissimae Virginis, Deique Genitricis Mariae constructae ad jure & proprietatem Canonicae ibidem Deo modo inservientium,* & in futuro succedentium concedimus, & per hanc nostram praeceptariam paginam confirmamus *Curtem de Palacioni, quae dicitur Sancti Secundi, cum omni sua integritate, sicut hactenus* Atto Comes *abtinuit, cum servis & ancillis, aedificiis,* Castello, & *villis, agris, pratis, campis, pascuis & silvis, aquis, aquarumque decursibus, piscationibus, molendinis, ceterisque omnibus pertinentiis tam quaesitis quàm inquirendis.* Inde praecipimus, ut nullus Dux, Marchio, Comes, Vicecomes, nullaque Imperii nostri magna parvaque persona, praedictae Ecclesiae Canonicis de jam habita proprietate disfastire aut molestare, sive conferri jure prae-

prae,vaat. Si quis igitur hac noſtrum Imperiale praeceptum violare tentave-rit, ſciat ſe compoſiturum auri obtimi Libras centum, medietatem Camerae noſtrae, ac medietatem praediſtis Ca- | A *nonicis. Quod ut verius credatur, di-ligentiuſque obſervetur, hanc paginam manu propria corroborantes ſigillari prae-cepimus.*

Signum Domni Ottonis  *Caeſaris invicti.*

Heribertus Cancellarius vice Petri Comeni Epiſcopi recognovit;

Data Kalendis Januarii, Anno Dominicae Incarnationis DCCCCXCVIIII. *In-dictione* XIII. *Anno tertii Ottonis Regni* XVI. *Imperii* IIII.

Actum Veronae feliciter. Amen.

Sigillum plumbeum pendens, in cujus antica Caput Imperatoris laurea-tum viſitur, & in epigraphe legitur OTTO...... AVGVST......... **In poſtica verò caput velut Mulieris cum ſcuto & lancea, &.......** OVATIO IMPER. ROMANO..........

Neque plura addo, in re videlicet jam nulli dubitationi obnoxii. Oc-currunt etiam in veterum Italicorum monumentis *Corticellae*, hoc eſt mi-nores Curtes: quo nomine non prae-dium tantummodo, ſive *un Podere*, ut nunc dicimus, ſignificatum reor, ſed aliquam praediorum unionem, quae multas aleret ruſticorum fami-lias, & portio alicujus Curtis majo-ris foret. In Mutinenſi agro ſub Op-pido Spinalamberti (nunc *Spilamber-to*) recenſetur adhuc Villa quaedam | B *Corticella* vulgariter appellata, cui ſuus eſt Parochus, ſuuſque Populus a finitimis Villis diſtinctus. Super-ſunt & aliae Villae in Parmenſi, Bo-nonienſi, aliiſque Comitatibus, quae idem *Corticellae* nomen retinent. At-que haec lucem praebebunt Diplo-mati Lotharii II. Regis Italiae, quod C ex Archivo praelaudati Capituli Ca-nonicorum Parmenſium deſcriptum exhibeo, de cujus Judictione infra erit mentio.

Donatio Corticellarum aliquot, in agro Parmenſi ſitarum, facta cuidam Luidono a Lothario Rege Italiae, Anno 947.

IN nomine Domini Dei aeterni. Lo-tharius divina providente clementia Rex. Omnium ſanctae Dei Eccleſiae, noſtrorumque praeſentiam ſcilicet...... | D *Domnus Deodatus venerabilis Prae-lul, noſterque per omnia dilectus fide-lis, noſtram ſupplex Regalem adiit cel-ſitudinem, qua.......... Corticellam ſuam*

suam in loco & fundo Burano. jure A. nationibus & accessionibus suit, omnia in integrum concedimus, donamus atque largimur, ut habeat, teneat, firmiterque possideat, habeatque potestatem donandi, vendendi, commutandi, alienandi, & quicquid ejus decreverit animus faciendi ipse, suique heredes, omni ara, eorumque Successorum, five omnium hominum contradictione funditus B. remota. Si quis verò, quod futurum esse non credo, hujus nostrae donationis Praeceptum infringere tentaverit, cognostat se compositurum auri Libras centum, medietatem Kamerae nostrae, & medietatem praefato Liudoni, ejusque heredibus. Quod ut verius credatur, diligentiusque ab omnibus observetur, manu propria roborantes, annuli nostri C. impressione subter insigniri jussimus.

Comitatus Parmensis, cum aliquanto aliis Corticellis, unam videlicet in Provinciano, & aliam in Viniale, & terciam in Menriglo Majore; verùm etiam de terra laborata peciam unam in loco Miliario ipsius Comitatus jure, quae est per mensuram jugis una de perticas jugiales quatuor......... continuam fidelitatem omnimodis considerantes, nostrae pietatis aures ipsius accommodavimus precibus, & per hujus nostri praecepti paginam, prout juste & legaliter possumus praefato Liudoni fideli nostro eandem praetaxatam Curticellam cum jam dictis Corticallis, unaque cum praedicto Campo, atque cum omnibus pertinentiis five adjacentiis ipsius Corticellae...... finibus, termi-

Signum Domni [monogram T I V / L R S] Lotharii piissimi Regis.

Locus ✠ Sigilli deperditi.

Olderitus Kancellarius ad vicem Bruningi Episcopi & Archicancellarii recognovi & subscripsi.

Data quartodecimo Kalendarum Februariarum, Anno Dominicae Incarnationis DCCCCXLVII. Anno verò Lotharii Regis XVII. Indictione VI.

Actum Papiae feliciter.

Redeo ad *Curtes* sive *Cortes*, quae D. Lotharii Regis facta est mentio, praeterire nolo donum trium ex hisce Cortibus ab eo factum nuper memoratis Canonicis Parmensibus, producendo ejusdem Praeceptum, ex eorum Tabulario descriptum. inter Allodia, ut alibi dixi, olim numerabantur, atque ex iis innumerabiles a sacris locis possidebantur ex donatione Regum, ac largitione reliquorum Fidelium. Et quoniam

Lotharius Italiae Rex Episcopo & Canonicis Parmensibus donat tres Curtes, scilicet Nironi, Guilzacarae, & Roncariae, Anno 948.

IN nomine Domini Dei aeterni. Lotharius divina misericordia Rex. E. Cum nihil boni operis apud omnipotentem Dominum pereat, decet nostram regalem clementiam omni tempore agere ea, quae digna sunt tanta remuneratione. Quod si ex nostris propriis facultatibus, & transitoriis rebus Subsidium omnipotentis Dei Ecclesiis & suis servis necessaria impendimus, sempiterna, ac sine fine mansura premia ab eo veraciter suscipere non dubitamus. Idcirco noverit omnium fidelium sanctae Dei Ecclesiae futurorum solertia, qualiter Adeodatus sanctae Parmensis Ecclesiae venerabilis Episcopus, dilectus fidelis noster, nostram per Attonem Vercellensis Ecclesiae Episcopum, nostrumque fidelem, deprecatus est clementiam, ut paupertati Parmensi suae Ecclesiae pro amore Dei, animaeque nostrae, parentumque nostrarum mercede subvenire dignaremur. Cujus petitionibus pietatis nostrae aures misericorditer accommodantes, & ejus erga nostrum obsequium curiosissimam fidelitatem adtendentes, concedimus atque donamus praedictae suae Ecclesiae & Canonicis & servis Dei, ibidem cotidie ministrantibus, Cortes nostras tres, id est Nironi, quae in Parmensi Comitatu sita est juxta Alpes, ubi decurrit fluvius Incia. & Guilzacara in finibus Mutinensibus, est sub strata Regia non longe a fluvio Scultenna, & illa de Monti, quae dicitur Runcaria supra jam dictum fluvium Inciam, quam etiam Domina & Mater nostra Alda ex propria comparavit pretio, & postea moriens, testamentum fecit de ea, & nos precata est, ut pro ejus anima

praedictis servis Dei pro ea in sempiternum orantibus concederemus, quod Deo annuente devotissime adimplevi, & cum istas alias jam dictas duas praedicto Adeodato Episcopo Ecclesiaeque suae, ac Domini servis, ibique pro animarum nostrorum parentum orantibus concessimus & donamus cum omnibus adjacentiis & pertinentiis suis, servis & ancillis, aldionibus & aldianis jure perpetuo, & de nostro jure in praedictas Ecclesiae, vel supramemoratorum servorum Dei jus & dominium transfundimus, ut habeant, teneant, possideant, ac fruantur perenniter tam ipse Adeodatus Episcopus fidelis noster, quamque & Successores ejus ad partem supranominatae Ecclesiae, servorumque Dei ibidem ministrantium jure perpetuo in aeternum, omni nostra, nostrorumque heredum ac proheredum & posterorum repetitione remota atque extincta. Si quis vero, quod minime credimus, nostris vel futuris temporibus contra hoc nostrae confirmationis praeceptum contraire, tollere, aut causari temptaverit, sciat se compositurum auri optimi Libras centum, medietatem Kamerae nostrae & medietatem supradicto Adeodato & successoribus ejus ad partem jam dictae Ecclesiae, eisque ministrantium quibus violentia illata fuerit. Et ut hoc firmius habeatur, diligentiusque ab omnibus observetur, manu propria firmavimus, & anuli nostri impressione jussimus insigniri.

Signum Domni Lotharii  *piissimi Regis.*

Odelricus Cancellarius ad vicem Brunini Episcopi & Archicancellarii recognovi. Data Octavo decimo Kalendas Julii, Anno Dominicae Incarnationis DCCCC-XLVIII. Regni autem Domni Lotharii piissimi Regis XVIII. Indictione VII. Actum Parmae feliciter.

Adeo-

Adrodatum Parmensem Episcopum vix agnovit Ughellius. En illustre Ipsius monumentum, in quo etiam commemoratum videas *Attonem Vercellensem Episcopum*, virum inter Scriptores Ecclesiasticos celebrem. *Curtis Guilzacara* nihil aliud est, quàm *Castrum Sancti Caesarii*, adhuc *in finibus Mutinensibus*, idest in Comitatu Mutinensi, situm. In apographo Diplomatis hujus ad me misso legitur *Indictio VII.* conjuncta cum *die XIX. Junii Anni DCCCCXLVIII.* Ita in altero nuper edito *Indictio VI.* procedit cum die *XIX. Januarii Anni DCCCCXLVII.* quum tamen *Indictio V.* procederet Anno DCCCCXLVII. & *Indictio VI.* Anno DCCCCXLVIII. Quandoquidem nulla mihi ratio succurrit sustinendi hujusmodi Indictiones, Librarii potius culpae tribuo earum vitia, illasque emendandas puto, nisi ex diversa exordiendi Anni ratione subsidium petamus. Hujusmodi autem Cortibus, earumque Castellis abundarunt olim, ut dixi sacrarum quoque Virginum Monasteria. Quot ex iis essent Coenobio Sanctimonialium Placentinarum Sancti Sixti, & Brixiano Sanctae Juliae, & Ticinensi Sancti Felicis, aliisque ejusmodi sacris Asceteriis, monumenta in hoc ipso Opere a me evulgata sat produnt. Nunc unum tantummodo exemplum proferam, quo palam fiet, *Curtem Sermetam*, nunc *Sermido*, Oppidum agri Mantuani, inter alia spectasse ad nuper laudatum Coenobium Sanctae Juliae. Chartam vidi in Tabulario Monachorum Benedictinorum Regiensium Sancti Petri, exaratam eo ipso Anno, quo *Bonifacius Marchio*, celebris Comitissae Mathildis pater, violenta morte periit.

Charta concordiae inter Bonifacium Marchionem, sive Ducem Tusciae, & Ottam Abbatissam Sancti Salvatoris, sive Sanctae Juliae Brixianae pro Curte Miliarina & Sermeta, Anno 1052.

ANno ab Incarnatione Domini nostri Jesu Christi Millesimo Quinquagesimo Secundo, Enricus gratia Dei Imperator Augustus, *Anno Imperii ejus Sexto, IV. Kalendas Aprilis, Indictione Quinta* Tibi Domna Ottane Abbatipsa de Monasterio Domini Salvatoris, & Sanctae Juliae, quae dicitur Novo, & est fundatum infra Civitatem Brixia. *Ego in Dei nomine* Bonefacio Marchio, *qui professo sum ex natione mea Lege vivere Longobardorum, presens presentibus dixi:* Promitto & spondeo me ego, qui supra Dominus Bonefacio, una cum meis filiis, filiabus, vel heredibus, ut amodo * nullamquam in tempore non absentes licentiam nec potestatem per nullamvis ingenium, nullamque occasione, quod fieri potest, agere nec caussare adversus te, quae supra, Domna Otta Abbatipsa, suisque Successatrices, seu pars praedicto Monasterio: nominative de Curte, que dicitur Miliarina, & Sermeta, cum casis cunctis, aris, campis, viveis, pratis, pascuis, silvis, sslareis, ripis, rupinis, ac palutibus, molendinis, & piscationibus &c. in integrum. Dicendusque mihi, qui supra Dominus Bonefacio Marchio aliquis perteneat, nec pertenere debeat, set omni tempore ego, & meis filiis, filiabus, vel heredibus exinde taciti sint, & fermacere debead. Quos si amodo ali-

quan.do

quando tempore ego, qui supra Domnus Benefacia Marchio aut meos heredes tibi, cui supra, Domna Otta Abbatipsa, tuisque Successatrices, seu pars predicto Monasterio, aut cui pars predicta Monasterio dederit, de predicta Carte, que superius, agere vel caussare, aut removere prejunserimus, & tacitis exinde omni tempore non permanserimus, vel si apparuerit &c. tunc componere promitto me ego, qui supra, Domnus Benefacio Marchio una cum meis heredes tibi, cui supra Domna Otta Abbatipsa, tuisque Successatrices, seu a pars predicto Monasterio dubla querimonia, unde agerim, aut causaverint, & insa per pena argenti denariis bonis Papiensis Libra centum. Quidem & ad anc infirmandam promissionis Cartulam accepi ego, qui supra, Domnus Benefacio Marchio ad te jam dicta Domna Otta Abbatipsa exinde Launebil Capelo suo, ut et mea promissione omni tempure firma & stabilis permaneat, atque persistat.

Actum in Civitate Mantue in Palacio eidem Marchionis Benefacii feliciter.

Signum manibus ✠ ✠ ✠ ✠ Tedaldi, & Ugoni de Tusinge, seu Landulfi, atque Giselberti rogatis testes.

Ego Ardingus Judex & Notarius sacri Palatii scripsi, postradita complevi & dedit.

Hanc eandem refutacionem confirmavit Domna Matildis Comitissa, sub Curid plena in loco Carpe, presente Opizone Advocato.

Ecclesias quoque complures sibi subjectas, easque interdum Parochiales, Monasteria Virginum possidebant. Et quot a suo jure pendentes recensaret olim *Monasterium Majus Mediolanense*, ubi adhuc sacratae Deo puellae habitant, e subsequenti Bulla intelliges, quam ex collectaneis MSStis Clariss. Puricelli excerpsi.

Eugenius Papa III. Abbatissae Monasterii Majoris Mediolanensis ejusque Coenobio, omnia illius jura & bona confirmat, Anno 1148.

EUgenius Episcopus servus servorum Dei, dilectis in Christo filiabus Margaritae Abbatissae Sancti Mauritii Monasterii Majoris, ejusque Sororibus tam praesentibus quàm futuris, regularem vitam professis in perpetuam memoriam. Pia postulatio voluntatis effectu debet prosequente compleri, ut devotionis sinceritas laudabiliter enitescat, & utilitas postulata vires indubitanter assumat. Ea propter, dilectae in Domino filiae, vestris justis postulationibus clementer annuimus, ut praefatum Monasterium, in quo divino mancipatae estis obsequio, sub beati Petri, & nostra protectione suscipimus, & praesentis scripti privilegio communimus, statuentes, ut quascunque possessiones, quascunque bona idem Monasterium in praesentiarum juste & canonice possidet, aut in futurum concessione Pontificum, largitione Regum, vel Principum, oblatione fidelium, seu aliis justis modis, Deo propitio, poterit adipisci, firma vobis & his, quae post vos successerint, & illibata permaneant. In quibus haec propriis duximus exprimenda vocabulis: Ecclesiam Sanctae Marine ad Circulum; Ecclesiam Sancti Petri in Vinea; Ecclesiam Sancti Quirici; Ecclesiam Sanctae Valeriae cum pertinentiis suis: Curtem de Aroxio cum Ecclesia Sancti Nazarii, & Ecclesia Sancti Petri: Curtem de Cireclate: Curtem de Purlelia: Castrum de Robiate, cum pertinentiis suis:

suis: Possessiones, quas idem Monaste-rium habet in Varedo, in Magnicago, in Septimo, in Baradaglo, in Legnia-no, in Arconate, in Pistiraga, & in Faximo: Braidam de Monte Vulpe: Braidam, quae dicitur Ticinella, & alia, quae idem Monasterium possidet in Gardesana, in Valle de Bubleidira, & in Ulmete, & in Valle Sarriana, cum suis honoribus, & aliis omnibus supradictorum pertinentiis. Decernimus ergo, ut nulli omnino hominum liceat praefatum Monasterium temere pertur-bare, aut ejus possessiones auferre, vel ablatas retinere, minuere, seu quibu-slibet vexationibus fatigare: sed omnia integra conserventur earum, pro qua-rum gubernatione & sustentatione con-cessa sunt, usibus omnimodis profutura, salva Sedis Apostolicae auctoritate, & Mediolanensis Archiepiscopi canonica po-sitio. Si qua igitur in futurum &c.

Ego Eugenius Catholicae Ec-clesiae Episcopus subscripsi.

Ego Hubaldus Presbyter Cardinalis tituli Sanctae Praxedis subscripsi.

Ego Hubaldus Presbyter Cardinalis tituli Sancti Johannis & Pauli subscripsi.

Ego Aribertus Presbyter Cardinalis tituli Sanctae Anastasiae subscripsi.

Ego Jordanus Presbyter Cardinalis tituli Sanctae Susannae subscripsi.

Ego Octavianus Diaconus Cardinalis Sancti Nicolai in Carcere Tulliano subscripsi.

Ego Johannes Papirio Diaconus Cardinalis Sancti Adriani subscripsi.

Ego Gregorius Diaconus Cardinalis Sancti Angeli subscripsi.

Ego Guido Diaconus Cardinalis Sanctae Mariae in Portica subscripsi.

Ego Jacintus Diaconus Cardinalis Sanctae Mariae in Cosmedin subscripsi.

Datum Brixiae per manum Guidonis Diaconi Cardinalis & Cancellarii, IV. Ka-lendas Augusti, Indictione XI. Incarnationis Dominicae Anno Millesimo Cente-simo Quadragesimo Octavo, Pontificatus vero Domni Eugenii Papae Tercij Anno Tercio.

Et

Et quoniam facta heic mentio est [A] *Ecclesiae Sanctae Mariae ad Circulum,* quae inter Parochiales Mediolani adhuc numeratur, praeterire nolo controversiam, quae inter Abbatissam ejusdem Monasterii Majoris, & Vicinos ipsius Ecclesiae, agitata, eo ipso Mense Julio Anni MCXLVIII. quo data est Eugenii Papae Bulla, dirempta est per Galdinum Cancellarium Oberti Mediolanensis Archiepiscopi, cum nempe, qui Sedem postea Mediolanensem tenuit, & Sanctorum catalogo adscriptus fuit. Ex eisdem Collectaneis MStis Puricellianis Chartam hanc deprompsi.

Sententia Oberti Mediolanensis Archiepiscopi in controversia de electione Parochi Ecclesiae Sanctae Mariae ad Circulum, agitata inter Abbatissam Monasterii Majoris & Parochianos ipsius Ecclesiae, Anno 1148.

OBertus *Dei gratia sanctae* Mediolanensis Ecclesiae Archiepiscopus *dilectae in Christo filiae* Margaritae Monasterii Majoris Abbatissae, *ejusque Sororibus salutem. Scriptum est:* Si vere utique justitiam loquimini, recte judicate, filii hominum. *Et Alibi:* Beati, qui custodiunt judicium, & faciunt justitiam in omni tempore. *His itaque auctoritatibus communiti, discordias inter Abbatissam Majoris Monasterii,* Vicinosque Ecclesiae beatae Mariae, quae dicitur ad Circulum, *diutius agitatae, debitum studuimus imponere finem. Controversia autem haec erat: Praenominati siquidem Vicini, quod de jure sibi competeret Sacerdotem vel Clericum, qui illi Ecclesiae beatae Mariae deserviret, petere, vel eligere, & ipsum electionem solummodo Domino Archiepiscopo, & nullatenus Abbatissae repraesentare, ut ab eo confirmaretur, asserere nitebantur. Adversa autem pars eorum refellens intentionem, praenominatam beatae Mariae Ecclesiam ad jus & dominium jam dictae Abbatissae, ejusque Sororum spectare, ita quod ibi Sacerdotes vel Clericos inconsultis Vicinis luere, & sive eorum contradictione po-*

[B] *rationibus allegabat. Nos itaque hanc litem dirimere, & cuique jus suum servare volentes, utrique parti terminum praefiximus; ad quem praedicti Vicini ante nos venientes, & adversam partem nullatenus rationabiliter improbantes, a tramite veritatis deviantes, in suis defecerunt petitionibus. Quibus propterea uti ad plenum, si quam in-* [C] *huc causa justitiam haberent, dignosceremus, eisdem alias quasi ex abundantia dedimus inducias. Ipsi vero tamquam Dei justitia diffidentes, n... sub effugiendo judicium, per contumaciam se abstraxerunt. Abbatissa autem tamquam innitens, & ut absolveretur, ad judicium properans ad nos venit, parata nostrae obedire sententiae. Communicato itaque cum Fratribus nostris* [D] *consilio, cum scriptum sit, quod absentes per contumaciam, ut nihil de sua luerentur contumacia, tamquam praesentes judicentur;* Galdino Cancellario nostro, *uti hanc promulgaret sententiam, injunximus. Qui nostro parens mandato, inquit. Si Abbatissa Majoris Monasterii per Advocatum suum* [E] *juramento praestito affirmaverit, quod* Ecclesia beatae Mariae, quae dicitur ad Circulum, *sua sit, ita quod in ipsa Ecclesia Sacerdotes vel Clericos, qui in*

Ecclesia illa divina celebret officia sive consilio praefatorum Vicinorum vel consensu, ponere, collocare possit & debeat, amodo Ecclesia illa in dominio & potestate illius Abbatissae & aliarum, quae pro tempore fuerint in Monasterio illo, perpetuo jure permaneat, eamdemque sicuti Ecclesiam suam de cetero disponat & ordinet. Cuique saepe dictae Abbatissae Advocatus, Obizo nomine, sicut in sententia fuerat promulgatum, juramento firmavit. Insuper etiam Gulielmus Casciavarca, & Ambrosius Greppus, Scutolinus Butroffus, de suprascripta Ecclesia in nostra manu per se & per alios Vicinos, suam sententiam ceruut, & nos eam vite saepe nominatae Abbatissae suscepimus.

Actum est hoc, Anno Dominicae Incarnationis Millesimo Centesimo Quadragesima Octavo, Mense Julii, Indictione Undecima.

Ego Obertus Archiepiscopus subscripsi.

Ego Tedaldus Archipresbyter subscripsi.

Ego Anselmus indignus Diaconus intersui & subscripsi.

Ego Wilielmus Diaconus subscripsi.

Ego Jordanus Diaconus subscripsi.

Locus Sigilli ✠ Archiepiscopalis.

Praecipue verò post Annum a Christo natum Millesimum consuevere Sanctimoniales non minori sollicitudine, quàm Monachi, comparare sibi patrocinium, summe semper venerandum, Apostolicae Sedis: quod Pontifices nunquam denegabant, intacto tamen jure aut Episcoporum, aut Abbatum, quibus Asceteria illa suberant. Proinde ingens copia ejusmodi Bullarum in sacrarum puellarum Archivis antiquis occurrit: aliis eolm nunc moribus vivimus. Quod autem in ejusmodi Bullis sive Privilegiis animadvertas velim, hac saepe formulà Pontifices utuntur: *Praeterea liceat vobis Viros & Mulieres liberas & obstrictas, quae sui compotes se Monasterio vestro reddere voluerint, ad Conversionem recipere, & in Monasterio vestro sive contradictione qualibet retinere.* Exemplum accipe a nobili Monasterio Lucensi Sanctae Justinae, ubi autographum a me visum adservatur.

Bulla Alexandri III. Papae pro Asceterio Sanctimonialium Lucensium Sanctae Justinae, ejusque Abbatissa Caecilia, Anno 1173.

ALexander Episcopus, *servus servorum Dei, dilectis in Christo filiabus Caeciliae Abbatissae Sanctae Justinae Lucanae, atque Sororibus tam praesentibus quàm futuris, Monasticam vitam professis in perpetuum. Prudentibus Virginibus, quae sub habitu Religionis accensis lampadibus per opera sanctitatis jugiter se praeparant ire obviam sponso, Sedes Apostolica debet praesidium impertiri. Eapropter, dilectae in Domino filiae, vestris justis postulationibus clementer annuimus, & praefatum Monasterium, in quo divino estis obsequio mancipatae, sub beati Petri & nostra protectione suscipimus, & praesentis scripti Privilegio communimus. In primis siquidem statuentes, ut Ordo Monasticus, qui secundùm Deum, & beati Benedicti Regulam in eodem Monasterio institutus esse dinoscitur, perpetuis ibidem temporibus inviolabiliter observetur. Praeterea quascumque possessiones &c. in quibus haec propriis du-*

ximis exprimenda vocabulis. Possessiones verò & bona, quæ idem Monasterium infra Civitatem Lucanam vel extra habet, videlicet libellaria & remunerata in loco Fixto & in ejus finibus, in Vico Solari & in ejus finibus, & in Marlia & ejus finibus, in Lammari, in Taffignano, in Capannore, in Paganico, in Autreccole, & eorum finibus, in Vico Moriano, in Arepensina, in Plebe de Turre, & in ejus finibus, in Plebe Monasterii Sigeradi, in Plebe Sancti Stephani & in ejus finibus, in Plebe Sancti Macharii & in ejus finibus, in loco Caprili & in ejus finibus, in loco Avane & in ejus finibus, quas Avanenses ab ipsa Ecclesia detinuerunt & detinent, in Plebe de Compito & in ejus finibus, in Calcinaria, in Valive, in Gallicano, in Alterni, in Ponte Colphi, in Filicaja, in Saxorosso, in Castro Falfi. Præterea liceat vobis, Viros & Mulieres

liberas & absolutas, quæ sui competentes se Monasterio vestro reddere voluerint, ad Conversionem recipere, & in Monasterio vestro sine contradictione qualibet retinere. Statuimus etiam, ut nulla persona vos vel Monasterium vestrum sine manifesta & rationabili causa, Interdicti audeat sententiam promulgare. Obeunte verò te nunc ejusdem loci Abbatissa, vel tuarum quarumlibet succedentium, nulla ibi qualibet subreptionis astutia vel violentia præponatur, nisi quam Sorores communi consensu, vel Sororum pars sanioris consilii secundùm Dei timorem & beati Benedicti Regulam providerint eligendam. Cum autem commune Interdictum Terræ fuerit, liceat vobis clausis januis, non pulsatis campanis, exclusis interdictis & excommunicatis, suppressa voce divina Officia celebrare. Decernimus ergo, ut nulli omnino hominum &c.

Ego Alexander Catholicæ Ecclesiæ Episcopus subscripsi.

Ego Hubaldus Hostiensis Episcopus subscripsi.
Ego Bernardus Portuensis & Sanctæ Rufinæ Episcopus subscripsi.
Ego Johannes Presbiter Cardinalis Sanctorum Pauli & Pammachii subscripsi.
Ego &c.

Datum Anagniæ per manum Gratiani sanctæ Romanæ Ecclesiæ Subdiaconi & Notarii, XVIIII. Kalendas Februarii, Indictione VIIII. Incarnationis Dominicæ Anno MCLXXV. Pontificatus verò Domni Alexandri Papæ Tertii Anno XVII.

Sepae

Saepe verò Lector in hoc ipso Opere animadverterit Romanorum Pontificum Bullas, quibus Monachorum Coenobia suo patrocinio fovebant. Ibi etiam haec formula occurrit: *Liceat quoque vobis Clericos vel Laicos, liberos & absolutos, e Saeculo fugientes, ad Conversionem recipere, & eos absque contradictione aliqua retinere.* Et ne Lectori opus sit alibi inquiri, quod nunc commemoro, exemplum moris hujus proferam ex Archivo Monasterii Benedictinorum Sancti Bartholomaei, siti in agro Astensi ad Tanarum fluvium duobus ab Urbe passuum millibus, de quo nulla mentio in Annalibus Benedictinis Mabillonii.

Innocentii IV. Papae Bulla pro Monasterio Sancti Bartholomaei de Azano Astensis Dioecesis, Anno 1247.

INnocentius Episcopus, *servus servorum Dei, dilectis filiis Abbati* Sancti Bartholomei, de Azano, *ejusque Fratribus tam praesentibus quàm futuris, regularem vitam professis, in perpetuum. Religiosam vitam eligentibus, Apostolicum convenit adesse praesidium, ne fortè cujuslibet temeritatis incursus aut eos a proposito revocet, aut robur (quod absit) sacrae Religionis infringat. Ea propter, dilecti in Domino filii, vestris justis postulationibus clementer annuimus,* & Monasterium Sancti Bartholomei de Azano Astensis Dioecesis, in quo divino estis obsequio mancipati, sub beati Petri & nostra protectione suscipimus, & *praesentis scripti privilegio communimus. In primis siquidem statuentes, ut Ordo Monasticus, qui secundùm Deum & beati Benedicti Regulam in eodem Monasterio institutus esse dignoscitur, perpetuis ibidem temporibus inviolabiliter observetur. Praeterea quascumque possessiones, quaecumque bona idem Monasterium impraesentiarum justè et canonicè possidet, aut in futurum concessione Pontificum, largitione Regum vel Principum, oblatione fidelium, seu aliis justis modis, praestante Domino, poterit adipisci, firma vobis, vestrisque successoribus & illibata permaneant. In quibus haec* propriis duximus exprimenda vocabulis, locum ipsum, in quo praefatum Monasterium situm est, cum omnibus pertinentiis suis: *Ecclesiam Sancti Stephani de Bosco, Sancti Petri de Vico, Sancti Georgii de Caasano, Sancti Genesii de Monteccato, & Sancti Michaëlis de Sancto Stephano Ecclesias, cum Parochiis, decimis, & pertinentiis earumdem; Sancti Angeli, & Sancti Petri de Aiaxo, Sancti Martini de Carexemario, & Sancti Severii de l'arixio Ecclesias, cum Parochiis, decimis, & pertinentiis earumdem; Sancti Nazarii de Viano, Sancti Meliani de Rubera, Sancti Michaëlis de Azano, & Sancti Petri de Monte Ecclesias, cum Parochiis, decimis, & pertinentiis earumdem. Villam de Azano cum pertinentiis suis. Possessiones, quas habetis in Villis de Quatuordecim, de Novo, de Montegrosso, Montealto, Scrizaleuge? & de Castageolejis, cum pratis, terris, vineis, nemoribus, usuagris, & pascuis in bosco & in plano, in aquis & molendinis, in viis & semitis, & omnibus aliis libertatibus, & immunitatibus suis. Sane novalium vestrorum, que propriis manibus aut sumptibus colitis, de quibus aliquis hactenus non percipit, sive de vestrorum animalium nutrimentis, nullus a vobis decimas e-*

xigere, vel extorquere præfumat. Liceat quoque vobis, Clericos vel Laycos, liberos & absolutos, e seculo fugientes ad Conversionem, recipere, & eos absque contradictione aliqua retinere. Prohibemus insuper, ut nulli Fratrum vestrorum post factam in Monasterio vestro professionem fas sit sine Abbatis sui licentia, nisi arctioris Religionis obtentu, de eodem loco discedere. Discedentem verò absque communium literarum vestrarum cautione nullus audeat retinere.

Cum autem Generale Interdictum Terræ fuerit, liceat vobis clausis januis, excommunicatis & interdictis exclusis, non pulsatis campanis, dummodo causam non dederitis Interdicto, suppressâ voce divina officia celebrare. Crisma verò, Oleum sanctum, Consecrationes Altarium, seu Basilicarum, Ordinationes Clericorum, qui ad Ordines fuerint promovendi, a diœcesano suscipietis Episcopo, si quidem Catholicus fuerit, & gratiam & communionem sacrosanctæ Romanæ Sedis habuerit, & ea vobis voluerit sine pravitate aliqua exhibere. Prohibemus insuper, ut infra fines Parrochiæ vestræ nullus sine offensa diœcesani Episcopi & vestrâ, Capellam seu Oratorium de novo construere audeat: salvis Privilegiis Pontificum Romanorum. Ad hec novas & indebitas exactiones ab Archiepiscopis, Episcopis, Decanis, seu Archidiaconis, aliisque omnibus Ecclesiasticis, Secularibusve personis a vobis omnino fieri prohibemus. Sepulturam quoque ipsius loci liberam esse decernimus, & eorum devotioni, & extremæ voluntati, qui se illic sepelliri deliberaverint, nisi forté excommunicati vel interdicti sint, aut etiam publice usurarii, nullus obsistat: salvâ tamen justitiâ illarum Ecclesiarum, a quibus mortuorum corpora assumantur. Decimas præterea, & possessiones, ad

jus Ecclesiarum vestrarum spectantes, quæ a Laycis detinentur, redimendi & legitimè liberandi de manibus eorum, & ad Ecclesias, ad quas pertinent, revocandi, liberâ sit vobis de vestrâ autoritate facultas. Obeunte verò te, nunc quidem loci Abbate, vel tuorum quolibet Successorum, nullus ibidem qualibet surreptionis astutiâ seu violentiâ præponatur, nisi quem Fratres communi consensu, vel Fratrum major pars consilii sanioris secundùm Deum & beati Benedicti Regulam, providerint eligendum. Paci quoque & tranquillitati vestræ paternâ in posterum sollicitudine providere volentes, autoritate Apostolicâ prohibemus, ut infra clausuras locorum, seu Grangiarum vestrarum, nullus rapinam seu furtum facere, ignem apponere, sanguinem fundere, hominem temere capere vel interficere, seu violentiam audeat exercere. Præterea omnes libertates & immunitates a predecessoribus nostris Romanis Pontificibus Monasterio vestro concessas, necnon libertates & exemptiones secularium exactionum a Regibus & Principibus, vel aliis fidelibus rationabiliter vobis indultas, autoritate Apostolicâ confirmamus, & presentis scripto privilegio communimus. Determinius ergo, ut nulli omnino hominum liceat prefatam Monasterium temere perturbare, aut ejus possessiones auferre, vel ablatas retinere, minuere, seu quibuslibet vexationibus fatigare; sed omnia integra conserventur eorum, pro quorum gubernatione ac sustentatione concessa sunt, usibus omnimodis profutura: salvâ Sedis Apostolicæ autoritate, & diœcesanorum Episcoporum canonicâ justitiâ, & in predictis Decimis moderatione Concilii generalis. Si qua igitur in futurum Ecclesiastica, Secularisve persona ac nostræ constitutionis paginam sciens contra eam temere venire temptaverit, secundo,

do.

do, tertiove commonire, niſi reatum ſuum congrua ſatisfactione correxerit, poteſtatis, honorisque ſui careat dignitate, reamque ſe divino judicio exiſtere de perpetrata iniquitate cognoſcat, & a ſacratiſſimo Corpore & Sanguine Dei & Domini Redemptoris noſtri Jheſu Chriſti aliena fiat, atque in extre-

A me examine diſtricte ſubjaceat ultioni. Contis autem eidem Loco ſua jura ſervantibus ſit pax Domini noſtri Jheſu Chriſti, quatenus & hic fructum bone actionis percipiant, & apud diſtrictum Judicem premia eterne pacis inveniant. Amen: Amen: Amen.

Ego Innocentius Catholice Eccleſie Epiſcopus ſubſcripſi.

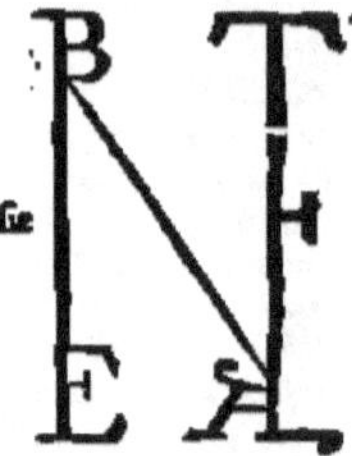

Ego Petrus titulo Sancti Marcelli Presbiter Cardinalis ſubſcripſi.

Ego Frater Johannes titulo Sancti Laurentii in Lucina Presbyter Cardinalis ſubſcripſi.

Ego Frater Hugo titulo Sancte Sabine Presbyter Cardinalis.

Ego Oto Portuenſis, & Sancte Rufine Epiſcopus ſubſcripſi.

Ego Johannes Sancti Nicolai in carcere Tulliano Diaconus Cardinalis ſubſcripſi.

Ego Willelmus Sancti Euſtachii Diaconus Cardinalis ſubſcripſi.

Datum Lagduni, per manum Magiſtri Marini ſancte Romane Eccleſie Vicecancellarii, Sexto Kalendas Auguſti, Indictione V. Incarnationis Dominice anno MCCXLVII. Pontificatus verò Domini Innocentii Pape IV. Anno Quinto.

Antiquis temporibus Converſionis nomen ſignificabat, Monaſticae ſe tradere vitae, & ejurato Seculo, ſacroque habitu aſſumto, ibi Deo mi-

B litare. Quod Monachis liceret *Laicos* vel *Clericos* viros, non ſervos e Saeculo fugientes ad Converſionem recipere, quàm aequitati & Religioni conſonum

num fit, nemo non intelligit. At quei licebat Sanctimonialibus quoque non *Mulieres* tantum, sed & *Viros*, qui se Monasterio reste reddere voluerint, ad *Conversionem* recipere, in Monasterio retinere? Horret hoc animus. At noveris, olim sacrarum etiam Virginum Collegia quibusdam Laicis viris usu fuisse ad famulitium suum, & ad Monasterii negotia. Pariter & isti Monasticum habitum deferebant, & *Conversi* appellabantur, eratque eorum domicilium extra Monasterii claustra, ita ut inservirent Sanctimonialibus eadem cautela, qua nunc tot Seculares famuli extra Monasterium habitantes ad subsidium Monialium adhibentur. Haec ejus formulae interpretatio. Quare progrediamur. Denique Ritus in sacrandis mulieribus non olim minus quàm nunc, solemnes fuere. Et triplex quidem earum genus agnovere veteres. Primum fuit Virginum Monasterio alicui addictarum; alterum Virginum domi suae castitatem Deo obligatam custodientium; tertium Viduarum; quibus quartum addere potes, nempe *Diaconos*, seu *Diaconissas*, quarum nomen praesertim apud Graecos celebre fuit, & adhuc specimen Mediolani perdurare videtur in Pleniffis Metropolitano Templo famulantibus. Atto Vercellensis Episcopus Saeculo Christi X nono in Epistol. 8. apud Dacherium i'Tis, ait, *Diaconas putaremus, quae aetate senili devitatae, religiosam vitam cum castitate servantes, oblationes Sacerdotibus offerendas fideliter praeparant, ad Ecclesiarum limina excubant, pavimenta detergunt.* Certe Viduas Deo sacratas a Diaconissis distinctas non semel reperi. Diaconissae vero eligebantur non ex Viduis tantùm, sed & ex Virginibus. Ad unam ex hisce Diaconissis pertinet Inscriptio

Ticinensi in Urbe descripta a Cl. V. & doctissimo amico meo D. Gaspare Beretto Monacho Benedictino.

✤   ✤   ✤

HIC IN PACE REQVIESCIT B. M.
THEODORA DIACONISSA QVÆ
VIXIT IN SECVLO ANNOS PL. M.
XLVIII. D. XI. KAL. AVG. V. P. C.
PAVLINI JVN. V. C. IND. IL ☙

Annos Quinctus *Post Consulatum Paulini Junioris* indicat Annum Christi DXXXIX. quem etiam designatum videas ab *Indictione II.* decurrente eodem Anno. Vetust.issimus autem Ritualis Liber adservatur in Casinatensi Bibliotheca, illi videlicet, quae ad Coenobium Romanum PP. Praedicatorum Sanctae Mariae ad Minervam translata, copia Librorum typis editorum reliquis non tantùm Urbis sed & Italiae praestat. Ibi Ritus recensentur observandi in Benedictione ejusmodi mulierum, item in Ordinatione Abbatissae. Hos omnes in Eruditorum commodum apponere statui, iis adjungendos quos jam Clarissimus P. Martene publici juris fecit.

„ Consecratio Sacrae Virginis, quae
„ in Epiphania, vel in festis Pa-
„ schalibus, aut in Apostolorum
„ Natalitiis celebratur,

Virginem Episcopo Parentes cum oblatione offerant: & ille involutam manum ejus in pallio Altaris recipiat, dicendo cum adstantibus: Ipsi sum desponsata.

Ex Canone Carthaginensi, Cap. XI.
Sanctimonialis Virgo quum ad Consecrationem sui Episcopi offertur, talibus vestibus applicetur, qualibus semper usa-
ta est, professioni & sanctimoniae aptis.

    Horá siquidem competenti procedat
Episcopus sicut mos est solemnibus diebus ad Missam, cum proceribus suis,
& imponatur.... ad inter........ &
agatur officium Missae ordine suo usque
ad Evangelium. Tunc veniet illa, quae
consecranda est, ante Altare coram Ecclesia, palamque in conspectu cum adsti-
pulatore suo, cujus licentiá Religionis
habitum est susceptura. Et dicto ei assensu, offerantur vestimenta Religionis,
& velamina ante Altare Episcopo ad
benedicendum in conspectu omnium, &
benedicat eam publice in hunc modum:

    Benedictio velaminum vel vestimento-
rum: Deus aeternorum honorum &c.
ut in Pontificali. Domine Deus &c. ut
in Pontificali. Exaudi Domine preces nostras, & hanc Vestem quam
famula tua N. pro conservandae castitatis signo se ad operiendam expo-
scit, ubertim &c. ut suprad. Etae famulae tuae N. haec sit vestis salu-
bris protectio &c. defensio, ut si continens est, sexagesimi fructus dona
accipiat. & si virgo, centesimi muneris opulentiá, in utraque parte per-
severante continentiá ditetur, per &c.
ut in Pontificali.

    Item singularis benedictio sacri Velami-
nis: Caput omnium fidelium Deus &c.
ut in Pontificali.

    His factis ipsa Virgo, Veste laicali
de capite reverenter abjecta, recipiat
ab Episcopo sacras Religionis indumenta, excepto Velo: & ingressa secreta
vium,. vestiatur: postea sub aspectu E-
piscopi & Ecclesiae suppliciter prosternat se ante Altare, dicens tunc ver-
ferentibus vocibus: Suscipe me Domine &c. Et imponat Schola lectionem.

Finita vero lectione, postquam surrexerit, inclinato capite ante altare, benedicat eam Episcopus his verbis: Dominus vobiscum. Respondeatur: Et
cum spiritu tuo. Oremus: Respice,
Domine, propitius super hanc famulam tuam N. ut virginitatis suae
propositum quod te inspirante suscepit, te gubernante custodiat per &c.
Deinde dicas excelsá voce: Per omnia
saecula saeculorum. Respondeatur A-
men. Sequitur Consecratio in modum
Praefatii: Deus castorum corporum
benignus habitator, & incorruptarum
amator animarum &c. ut in Pontificali usque ad illa verba castitate permanet.

    Benedictio explicit: & ad interroga-
tionem Episcopi de observatione sacri
Velaminis illis coram, professa Episcopi
mittat Velamen super caput ipsius Virginis, dicens: Accipe Velamen sacrum, Puella, quod perferas sine macula ante Tribunal Domini nostri Jesu Christi, cui flectitur omne genu
caelestium, terrestrium, & infernorum, in secula seculorum. Respondeatur. Amen. Tunc ipsa relata incipit
antiphonam: Induit me Dominus cy-
clade, antiphonam ceteris Sanctimonialibus, quae circumstant, prosequentibus.
Et si plures fuerint velatae, per singulas incipiatur eadem antiphona, ut
supra. Oratio post assumtum Velam. Famulam tuam, Domine, tuae custodia muniat pietatis, ut continentiae
sanctae propositum, quod te inspirante suscepit, te protegente illaesum
custodiat, per &c. Sequitur antiphona:
Ipsi......... Da, quaesumus, omnipotens Deus, ut haec famula tua,
quae pro spe retributionis aeternae
tibi Domino desiderat consecrari,
plená fide animoque in sancto proposito permaneat. Tu eam, omnipotens Pater, sanctificare & benedice-

re, & in perpetuum conservare digneris. Tribue ei humilitatem, castitatem, obedientiam, caritatem, & omnium bonorum operum quantitatem. Da ei, Domine, pro operibus gloriam, pro pudore reverentiam, pro pudicitia sanctitatem, ut ad meritum possit gloriae pervenire. *Tunc cantata antiphona:* Posuit signum in faciem meam, *dicit Episcopus Leae...... Matthaei Apostoli super eam.* Deus plasmator &c. Omnem etiam genuinum calorem &c. *ut in Pontificali.*

Ad Annulum. Accipe Annulum Fidei, signaculum Spiritus Sancti, ut Sponsa Dei voceris, si ei fideliter servieris.

Ad Torquem: Accipe signum Christi in capite, ut uxor ejus efficiaris, & si in eo permanseris, in perpetuum coroneris. *Interius dicatur antiphona:* Annulo suo subarrhavit &c.

Sequitur Benedictio: Benedicat te Conditor caeli & terrae Deus Pater omnipotens, qui te eligere dignatur ad Sanctae Matris Domini nostri Jesu Christi consortium, ut integram & immaculatam Virginitatem, quam professa es coram Domino & Angelis ejus conserves, propositum teneas, castitatem diligas, patientiam serves, & coronam Virginitatis accipere merearis, per &c. *Deinde publica voce hymnum Episcopalem imponat, ne quis eam a divino servitio sub vexillo castitatis impediat, & ut bona sua cum pace & quiete possideat. Tum imponatur Evangelium, ut illa velato capite ad manus Episcopi afferat, & Missa ordine suo.......... communicet. Postquam communicet & reservet de ipsa communione, unde usque in diem obitum communicet. Et si est, qui ei te stimoniam perhibuit, mittat eam Episcopus in manus suas, dicens:* Vide, quomodo istam Deo sacratam repraesentes immaculatam ante tribunal Domini nostri Jesu Christi.

Item Missa in...... Virginis: Tibi dixit cor meum &c. *Psalmus:* Dominus illuminatio &c. Da, quaesumus, Domine, ancillae tuae, quam virginitatis honore dignatus es decorare, inchoasti operis consummatum effectum, & ut perfectam tibi offerat plenitudinem, initia sua perducere mereatur ad finem, per &c. *Psalmus:* Miserere mei &c. *Versiculus:* Misit de caelo &c. *Alius Versiculus:* Lauda, anima mea, Dominum &c. Oblatis hostiis, Domine, quaesumus, praesenti famulae perseverantiam perpetuae virginitatis accommoda, ut apertis januis summi Regis thalamum cum laetitia mereatur introire, per &c. *Offertorium:* Sperent in te omnes &c. Hanc igitur oblationem famulae tuae, quam tibi offert ob diem natalis sui, in quo eam tibi socias sacro Velamine protegere dignatus es, quaesumus, Domine. propitiatus intende, ut tibi Domino ac sponso suo venienti cum lampade inextinguibili placitura occurrere mereatur. Domine Deus aeterne, qui utrumque sexum de interitu perpetuae mortis, per Jesum Christum filium tuum, de Maria Virgine natum, misericorditer redemisti, hanc famulam tuam, devota mente tibi servientem, omni benedictione speciali benedicere dignare. *Respondetur:* Amen. Ut integram fidem habeat, & in praeceptis Legis tuae semper perseveret, terrena & transitoria despiciat, aeterna & invisibilia intenta meditatione diligat. *Respondetur:* Amen. Ut in numero sacrarum Virginum permaneat, caelesti sponso cum lampadibus bonorum operum fiducialiter occurrere, ipso te praestante, mereatur. *Respondetur:* Amen. Respice, Domine, famulae

tuae, tibi debitam servitutis &c.
Notas sibi fecit virtutes, ut jam humanae fragilitatis incerta, nullis ad-
versitatibus opprimatur, quae de tua
protectione confidit, per &c.

Ordinatio Abbatissae, Canonicam Regulam profitentis.

IN ordinatione Abbatissae Episcopus debet Missam * *tenere, & eam bene-dicere bis mala. Post antiphonam ad Introitum, & dicta Oratione, & reli-quo officio Missae usque ad Evange-lium, prosternat se Electa ante Altare cum duabus, vel tribus de Sororibus suis; finitisque ibi Letaniae. Quibus fi-nitis, benedicat eam Episcopus inclina-to capite, dicens:* Dominus vobiscum. *Respondeatur:* Et cum spiritu tuo. *Sequitur Oratio.* Oremus. Exaudi, Domine, preces nostras, & super hanc famulam tuam spiritum tuae benedictionis emitte, ut caelesti mu-nere ditata, & tuae gratiae majesta-tis possit acquirere, & bene vivendi aliis exemplum praebere, per Domi-num nostrum Jesum Christum Filium tuum, qui tecum &c. Omnipotentiam tuam, Deus, humiliter imploramus, ut super hanc famulam tuam, quam ad sacrum ordinem assumere digna-tus es, benedictionis tuae donum dignanter infundas, eique gratiam consecrationis attribuas, ut quod te donante percipit, te protegente in-laesum custodiat, per &c. *Tunc di-tus in altare:* Per omnia secula secu-lorum. *Respondeatur:* Amen. Domi-nus vobiscum. *Respondeatur:* Et cum spiritu tuo. *Et prosequatur istam Orationem in modum Praefatii:* Do-mine Sancte Pater, omnipotens ae-terne Deus, adesto precibus, adesto votis, adesto famulationibus, adesto consecrationibus; qui omnia per ver-bum virtutis tuae mirabiliter dispen-sas, & dispensanda ministras; qui diversis floribus tuam semper exornas Ecclesiam, dum eam & Virorum exemplis, & illustrium Feminarum irradias institutis; qui etiam de In-firmiori sexu hanc famulam tuam servituti tuae applicare dignatus es famulatui: effunde, quaesumus, Do-mine, super hanc famulam tuam, quam in officium divinum fideliter dedicamus, gratiam Spiritus Sancti, ut tibi omnium temporum servitus dignanter complaceat; eamque de-xtra potentiae tuae benedicere & sanctificare, sive consecrare digneris in opus ministerii tui condignum, quatenus actum ministrationis sibi creditae fideliter exsequatur, & eju-sdem Sancti Spiritus septiformis gra-tiae virtute corroboretur. Requiescat ergo super eam, precamur, Domine, spiritus sapientiae & pietatis: ac re-pleas eam spiritu timoris tui. Con-cede ei quoque gravitatem actuum, censuramque vivendi, ut in Lege tua die ac nocte meditetur, manda-ta tua custodiat, dictis tuis obediat, sacris lectionibus insistat, terrena, & transitoria despiciat, atque omni tempore bonis operibus inserviat, omnem libidinem pravae voluntatis superet; amorem honestae castitatis te-neat, ut tibi sponso venienti cum lampadibus suis inextinguibilibus pos-sit occurrere, & praecedentium Vir-ginum choro jungi; & nec cum stul-tis excludatur, sed regalem januam cum sapientibus Virginibus licenter introeat. Abundet in ea totius for-ma virtutis, auctoritas modesta, pu-dor constans, innocentiae puritas, & specialis observantia disciplinae. In moribus ejus praecepta tua fulgeant, ut suae castitatis exemplo cunctis si-bi subditis imitationem praebeat pu-*

ra,

ra, & bonum conscientiae testimonium ostendas, in Christo Jhesu firma & stabilis perseveret, atque ita perceptum ministerium te auxiliante peragat, qualiter ad aeternam remunerationem te donante pervenire mereatur, per eumdem &c.

Tunc det ei Regulam, dicens: Accipe Regulam sanctae conversationis, simulque gratiam divinae benedictionis, & ut per hanc cum grege tibi credito in districti Judicii die Domino incontaminata repraesentari valeas, ipse te adjuvare dignetur, qui cum Deo Patre & Spiritu Sancto &c. *Sequitur Oratio:* Domine Deus omnipotens &c. quae hodie materna in cathedra super universas subditas tibi Abbatissa constituitur, ut in canonica norma tueatur &c. *ut in Pontificali.* Famulam tuam, quaesumus, Domine, tua semper gratia benedicat, & inculpabilem ad vitam perducat aeternam. per &c. *Quod si ordinatio in Domo sua facta fuerit, imponatur Te Deum laudamus; Populo acclamante: Kyrie eleison. Postea dicatur haec Oratio pro adepta dignitate:* Omnium, Domine, fons bonorum &c. *ut in Pontificali. Item si alibi consecrata fuerit, regressus ad Monasterium omnis chorus Virginum honorifice praecedat si obviam cum Crucibus, Aqua benedicta, Incenso, & Evangelio, & in ipso Ecclesiae introitu imponat Te Deum laudamus, turbā acclamante Kyrie eleison, & Presbytero prosequente Orationem, ut supra:* Omnium, Domine, fons &c.

„ Consecratio Virginum, quae a Sae„ culo conversae in domibus suis „ susceptum castitatis Habitum „ privatim observare voluerint.

Benedictio Velaminum. Require retro in Consecratione Virginis. An-

cilla Dei Virgo quum ad Consecrationem sui Episcopi offeratur, in talibus vestibus applicetur, qualibus semper usura est, professioni & sanctimoniae aptis. Procedente igitur Episcopo ad officium Missae more sollempni, imponatur antiphona ad Introitum, & cetera usque ad Evangelium. Ante Evangelium verò projecta de Religiosi habitus observatione perfectâ, projiciatur ante Altare toto corpore, obsecrans intenta Consecrationum Largitorem. Et imponat Schola Lectionem: qua finita, eademque Ancilla Dei erecta, & humiliter ante Altare nuda capite inclinata, Episcopus dicat hanc praefationem in ejus Consecratione: Oremus, fratres carissimi, misericordiam Dei, ut illud donum tribuat huic puellae, quae Deo votum vovit, vestem candidam perferre cum integritate coronae in resurrectionem vitae aeternae, quae futura est nobis. *Sequitur benedictio:* Famulam tuam, Domine, tuae custodia muniat pietatis, ut Virginitatis sanctae propositum, quod te inspirante suscepit, te protegente inlaesa custodiat, per &c. *Alia.* Te invocamus, Domine sancte, Pater omnipotens, aeterne Deus, super hanc famulam tuam, quae tibi vovit servire pura mente, mundaque corpore, ut eam sociare digneris inter illa eretum quadraginta quatuor millia infantum, qui Virgines permanserunt; & se cum mulieribus non coinquinaverunt; in quorum ore dolus inventus non est. Et ita hanc famulam tuam facias permanere immaculatam usque in finem, per immaculatum Jhesum Christum Dominum nostrum, cum quo vivis, & regnas &c. *Benedictione expletâ mittat Episcopus Velamen super caput ipsius Virginis, dicens:* Accipe Velum sacrum, Puella, quod perferas sine

macula

macula ante Tribunal Domini noftri Jhefu Chrifti, cui flectitur omne genu caeleftium, terreftrium, & infernorum in fecula feculorum. *Refpondeatur:* Amen. *Sequitur Oratio:* Preces Famulae tuae N. quaefumus, Domine, benignus exaudi, ut fumtam caftitatis gratiam te auxiliante cuftodiat, per &c. *Ad confecrationem:* Deus, qui habitaculum tuum in corde pudico fundafti, refpice fuper hanc famulam tuam N. & quae caftigationibus affiduis poftulat, tua confolatione percipiat, per &c. *Sequitur benedictio:* Benedicat te Deus Pater & Filius & Spiritus Sanctus in omni benedictione fpirituali, ut maneat fine macula fub veftimento Sanctae Matris Domini noftri Jhefu Chrifti, qui vivit &c. *Ad Miffam:* Preces famulae tuae, quaefumus, Domine &c. *Secundae* Votivis, quaefumus, Domine, famulae tuae N. adefto muneribus, ut te cuftode fervata, hereditatem benedictionis aeternae percipiat, per &c. *Infra......* Hanc Igitur oblationem famulae tuae N., quam tibi offerimus ob diem Natalis tui, quo eam facro Velamine protegere dignatus es, quaefumus, Deus, placatus accipias, pro qua majeftati tuae fupplices fundimus preces, ut in numerum fanctarum Virginum eam tranfire praecipias, quatenus tibi fponfo fuo venienti, cum lampade inextinguibili poffit occurrere, atque intra Regna caeleftia gratis tibi referat, choris fanctarum Virginum fociata, diefque &c. *Ad confecrationem:* Deus, qui habitaculum tuum &c. *ut fupra. Praefata Ancilla Dei inter alias velatas ad manus Epifcopi offeras, & ad Miffam communicet, & poft peracta myfteria, Epifcopalis benni fignaculo cum omnibus fuis infignita regrediatur ad fua.*

„ Ad Diaconum faciendam.

Epifcopus quam Diaconam benedicit, orarium in collo ejus ponit. Quando autem ad Ecclefiam procedit, portat illud fuper collum fuum, fic verò et fummiffas orarii ex utraque parte fub tunica fit. Item Miffa ad Diaconam confecrandam: Deus, in nomine tuo falvum &c. Pfalmus: Quoniam alieni &c. Oratio: Deus, caftitatis amator, & continentiae confervator, fupplicationem noftram benignus exaudi, & hanc famulam tuam propitius intuere, ut quae pro timore tuo continentiae pudicitiam vovet, tuo auxilio confervet, & fexagefimum fructum continentiae, & vitam aeternam te largiente percipiat per &c. *Lectio Regum in Dominica poft Pentecoftem.* Fratres, nefcitis quoniam &c. *Verficulus:* Amavit eam Deus, & ornavit &c. *Deinde proftrata illa ante Altare, imponatur Letania: Qua finita dicat Epifcopus fuper illam hanc Orationem:* Exaudi, Domine, preces noftras, & fuper hanc famulam tuam Spiritum tuae benedictionis emitte, ut caelefti munere ditata & tuae gratiam poffit majeftatis acquirere, & bene bivendi aliis exemplum praevere, per &c. *Sequitur confecratio in modum Praefationis:* Deus, qui Annam filiam Phanuelis vix per annos feptem fortitam jugale conjugium, ita in annis octoginta quatuor in fancta & intemerata Viduitate fervafti, ut noctibus ac diebus orationes jejuniaque mifcentem, ufque ad prophetiae gratiam fub Circumcifione Chrifti tui...... remunerator adduceres; quique deinde per Apoftolicam inftitutionem fanctarum hujus ordinationis...... feminarum fexum ipfius adolefcentulas & juniores in-

Arui cum sancti Chrismatis vibratione jussisti: suscipere dignare, omnipotens piissime rerum omnium Deus, hujus famulae tuae arduum & laboriosum, nec satis discrepans a perfecta virginitate propositum, quia tu creaturarum omnium conditor probe nosti mundiales illecebras non posse vitari. Sed quum ad te venitur per se numquam animas semel vivificatas, vel terribiles passiones, vel deliciarum blandimenta sollicitant, nam sensibus, quibus ipse dignaris infundi, nihil est desiderabilius, quàm regnum tuum, nihil terribilius, quàm judicium tuum. Da ergo, Domine, ad petitionem nostram huic famulae tuae inter conjugatas tricesimum, cum viduis sexagesimum fructum. Sit in ea cum misericordia districtio, cum humilitate largitas, cum libertate honestas, cum humanitate sobrietas. Opus tuum die ac nocte meditetur, ut in die vocationis suae tibi e se mereatur, qualem illam per spiritum propheticum esse voluisti. Praesta hic per Dóm &c. *Tunc ponat Episcopus orarium in collo ejus, dicens hanc antiphonam:* Stola jucunditatis induat te Dominus &c. *Imponat l'elamen capiti suo palam omnibus de Altari acceptum, cum antiphona:* Ipsi sum desponsata &c. *Oratio:* Preces famulae tuae, quaesumus, Domine, benignus exaudi, ut assumtam castitatis gratiam, te auxiliante, custodiat, per &c. *Ad Annulum dandum:* Accipe Annulum Fidei, signaculum Spiritus Sancti, ut sponsa Christi voceris, si ei fideliter servieris. *Ad torquem:* Accipe signum Christi in capite, ut uxor ejus efficiaris; & si in eo permanseris, in perpetuum coroneris: *prosequentibus his, qui circumstant:* Annulo suo &c. *Oratio:* Famulam tuam, quaesumus, Domine, pia devotione juvante perduc ad veniam, quatinus mereatur a cunctis mundari sordibus delictorum, & reconciliatam tibi per Christum, sereno vultu respicias. & omnia ejus peccata dimittas: severitatem quoque judicii tui hab ea clementer suspendas, & miserationis tuae clementiam super eam benignus infundas, per &c. *Tunc imponatur Evangelium secundùm Matthaeum: In illo tempore, respondit Johannes & dixit. Non potest homo accipere &c. usque me autem minui. Post Evangelium in ordine Velatarum in manus Episcopi offerat. Chorus imponat Officium. Offertorium Missae:* Munera, quaesumus, Domine, famulae & sacratae tuae, quae tibi obsecrationem sui corporis offert, simul ad ejus animae medelam perficiant, per &c. Hanc igitur oblationem servitutis nostrae, sed & cunctae familiae tuae, quaesumus, Domine, quam tibi offero pro incolumitate famulae tuae, ob devotionem mentis suae, pius ac propitius clementi vultu suscipias, tibi verò supplicantes libens protege, dignanter exaudi, diesque &c. *Benedictio:* Benedic, Domine, hanc famulam tuam, pretioso Filii tui Sanguine comparatam. *Respondetur:* Amen. Benedictionis tuae gratiam, quam desiderat, consequatur, & sine ulla offensione majestati tuae dignum exhibeat famulatum. *Respondetur:* Amen. Cursum vitae suae impleat sine ullis maculis delictorum, & superet in bonis actibus inimicum. *Respondetur:* Amen. Quod ipsa per &c. *Chorus dicat:* Servite Domino in timore &c. *Oratio:* Bonorum Deus operum institutor, famulae tuae cor purifica, ut nihil in ea, quod punire, sed quod coronare possis, invenias, per &c. *Diacona verò illa inter mysteriis communicat. Et post Missam Episcopus*

scopus ei pastorali bono pacem confirmet, ut suo tum securitate & quiete possideat.

„ Consecratio Viduae, quae fuerit
„ Castitatem professa.

Viduae post lectum Euangelium debent velari, quia decet eas per Euangelium praedicare. Vidua autem, quia soluta est a lege Viri, scripsam, si vult, Deo dare debet, & a Presbytero velari, vel etiam consecratam ab Episcopo Velamen de Altari accipere, & ipsa sibi, non Episcopus debet imponere. Presbyteris verò licet Viduas velare: solis Episcopis Virgines; & hoc ante Euangelium.

Benedictio vestimentorum Viduae, quae fuerit castitatem professa: Dominus vobiscum. *Respondetur:* Et cum spiritu tuo. *Oremus.* Visibilium & invisibilium creator, Deus, adesto propitius, ut haec Indumenta sanctitatis effigiem ostendentia, desuper gratiâ tuâ irrigante, benedicere & sanctificare digneris, per &c. *Alia:* Aperi, quaesumus, Domine, oculos majestatis tuae, ad benedicendum has viduitatis vestes, ne quae in ordinatis vestibus viri sui visibus placuit, in . . . . . . Indumenta benedictionis tuae servare mereatur, per &c. *Tunc induatur ipsis vestimentis, & agatur Letania, & ante Altare prostrata, post Letaniam, quum se erexerit, sequatur haec Praefatio:* Incorruptam aeternitatis Dominum, inviolabilis naturae Dominum, fratres carissimi, suppliciter deprecemur, poscentes pro sorore nostra N. quae corpore ac mente perfectae continentiae & pudicitiae se servituram Domino devovit, ut petenti famulae suae, ipse, qui est Judex Viduarum, perfectam tribuat continentiam.

Benedictio propria Viduae: Consolare Domine hanc famulam tuam, viduitatis laboribus constrictam, sicut consolari dignatus es Sareptanam Viduam per Heliam Prophetam. Concede ei pudicitiae fructum, ut antiquarum non meminerit voluptatum. Nesciat incentiva vitiorum desideria, ut soli tibi subdat colla, quo possit pro laboribus tantis sexagesimo gradu percipere munus delectabile sanctitatis, per &c. *Alia:* Da, quaesumus, omnipotens Deus, ut haec famula tua N. quae pro spe retributionis aeternae se tibi Domino desiderat consecrari plenâ fide animoque, in sancto proposito permaneat. Tu eam, omnipotens Pater, sanctificare & benedicere, & in perpetuum conservare digneris. Tribue ei humilitatem, castitatem, obedientiam, caritatem, & omnium bonorum operum quantitatem. Da ei, Domine, pro operibus gloriam, pro pudore reverentiam, pro pudicitia sanctitatem, ut ad meritum possit gloriae pervenire, per &c. *Tunc imponet ipsa Velamen capiti suo. Oratio post assumtum indumentum & Velamen:* Famulam tuam, Domine, tuae custodia muniat pietatis, ut continentiae sanctum propositum, quod te Inspirante suscepit, te protegente inlaesum custodiat, per &c. *Alia:* Domine Jesu Christe, omnium Deus, qui inter cetera virtutum documenta ad salutem nostram vigorem castitatis & pudicitiae reparasti, te supplices exoramus, ut hanc famulam tuam, sororem nostram, Viduam N. ad gratiam pietatis tuae ex toto corde conversam, ab omnibus temptationibus inimicorum tutam defensamque custodias, & haec capitis Velamina ad interioris hominis tutamen perseverare facias, & in tua voluntate totâ mente sinceritate perseverare concedas, qui cum Patre &c. *Alia:* Confirma hoc, Deus, quod operatus es in Vidua, ut fideles valeat custodire promissiones, quas promiserat tibi, ut castitatem corporis & animae exhibere tibi valeat, & dignè occurrat, ut sexagesimum fructum cum electis sociis ejus participare mereatur, per &c. *Alia.* Domine Deus virtutum caelestium, aeterne dominator, tibi supplices effundimus preces, ut hanc famulam tuam N. conservare digneris. quam de pristina conversatione ad novitatem vitae expolians veterem hominem, & induens novum, converti fecisti, ut sicut Anna Prophetissa multis temporibus vestibus viduitatis induta in Templo gloriae tuae jejuniis & orationibus fideliter deservivit, sic & haec famula tua tibi soli Deo in Ecclesia tua devota mente deserviat, per &c. *Postea Episcopus auctoritate pastorali denuntiet ei pacem, & omnibus, quae illa possidet. Et illa ad Missam inter oblatas offerat, & communicet. Oratio ad Missam in natali Viduae.* Deus castitatis &c. *Require ut supra in consecratione Diaconissae.* Tu famulis tuis, quaesumus, Domine, bonos mores placatus institue. Tu in eis, quod tibi placitum sit, clementer infunde, ut digni sint, & tua valeant beneficia promereri, per &c. Famulos tuos, quaesumus, Domine, tua semper gratia benedicat, & inculpabiles ad vitam perducat aeternam, per &c. *Alia:* Da famulis tuis, quaesumus, Domine, in tua fide & sinceritate constantiam, ut in caritate divina firmati, nullis temptationibus ab ejus integritate evellantur, per &c. *Alia:* Famulos tuos, Deus, benignus intende, & eis dignanter pietatis tuae impende custodiam, per &c. Respice, quaesumus, Domine, famu-

los tuos, & in tua misericordia confidentes, caelesti protegas benignus auxilio, per &c. *Alia:* Familiae tuis, quaesumus Deus, sperata concede, & ab omnibus suis culpis excusa, per &c. *Alia:* Adesto, Domine, supplicationibus nostris, & famulos tuos assidua protectione conserva, ut qui tibi jugiter famulantur, continua remuneratione ditentur, per &c.

„ Ordinatio Abbatissae Monasticam
„ Regulam profitentis. Caput ex
„ Canone Theodori Anglorum Ar-
„ chiepiscopi.

IN Ordinatione Abbatissae Episcopus debet Missam canere, & eam benedicere hoc modo. Post antiphonam ad Introitum, & data oratione, & reliquum officium Missae usque ad Evangelium prosternat se Electa ante Altare retro Episcopum cum duabus vel tribus de Sororibus suis, fiantque ibi Letaniae. Sequitur Pater noster. Versiculus: Salvam fac ancillam tuam, Deus. Respondetur: Deus meus &c. Require supra. Precibus finitis, benedicat eam Episcopus, inclinato capite dicens: Dominus vobiscum. *Respondetur:* Et cum spiritu tuo. *Sequitur Oratio:* Concede, quaesumus, omnipotens Deus affectui nostro &c. *Alia:* Cunctorum bonorum institutor Deus &c. *Require in consecratione Abbatissae. Alia:* Exaudi, quaesumus, Domine, preces humilitatis nostrae, & super hanc famulam tuam N. gratiam tuae benedictionis infunde, quatenus per nostrae manus impositionem inter fideles dispensatrices inveniatur, & cum subditis sibi gregibus placere tibi mereatur, per &c. *Heic exaltat vocem, dicens:* Per omnia &c. *Tunc imponat ei manus super caput, dicen. hanc Praefationem:* Aequum & salutare. nos tibi semper, & ubique gratias agere, Domine sancte, Pater omnipotens, aeterne Deus. Respice, quaesumus, super hanc famulam tuam, quam in tui nominis vice custodem Monacharum ordinamus. Immitte ei, Domine, spiritum sapientiae & intellectus, spiritum consilii & fortitudinis, spiritum scientiae & pietatis, & reple eam spiritu timoris tui, quatenus tua gratia praeventa nihil contrarium praecipiat, faciat, doceat, constituat, vel juveat, sed magis . . . . discipularum tam exemplis bonorum operum, quam verbo instruat, & quae discipulabus docuerit esse contraria in operibus tuis judicet non agenda. Sit in omnibus suis provida & considerata. Sit sobria & casta. Sit vita probabilis, sit sapiens, & humilis, sit benigna, & caritativa. Sit in pauperum peregrinorum susceptione assidua, sit in hospitalitate hilaris, sit pia, & misericors, & semper misericordiam exaltet judicio, ut ipsa ante aequissimum Judicem veniam consequatur. Fac eam, Domine, te solum totis viribus suis diligere, jejunium amare, corpus castigare, delicias non appetere, tribulantibus subvenire, neminem odisse, zelum injustum, & invidiam non habere, suspicionem omnino devitare, in tuo nomine pro inimicis exorare. Fac eam semper cognoscere, quia redditura est rationem villicationis suae, & quantas sub cura sua animas habuerit, ipsas sine dubio ante sedem majestatis tuae sit latura. Quapropter tibi, piissime Pastor, supplicamus, ut ad humilitatis nostrae orationes cor ejus gratia tua illustres. quo possit quaeque singula ita discernere atque temperare, ut fortes habeant, quod cupiant, & infirmae quod non refugiant. Da illi, Domine, spiritum compunctionis, ut caelestia semper diligat, & inextinguibilem gehennae ignem ante mentis oculos proponat, quatenus supernorum dulcedinem gaudiorum, & infernalium amaritudine tormentorum, semetipsam inreprehensibilem custodiat, ut cum creditis sibi ovibus in tremendo examine gaudeat, & cum omnibus Sanctis tuis immarcescibilem caelestis Regni coronam accipiat, per Christum &c.

Tunc imponat manum super caput dicens hanc Orationem in modum Praefationis: Omnipotens sempiterne Deus, affluentem spiritum &c. *Require in ordinatione Abbatissae. Tunc det ei Regulam, dicens:* Accipe Regulam, a Sanctis Patribus nobis traditam, ad regendum, custodiendumque gregem tibi a Domino creditum, quantum Deus ipse te confortaverit, ac fragilitas humana permiserit. *Sequitur:* Domine Deus *omnipotentes, qui sororem Moysi Mariam &c. Concede, quaesumus, omnipotens Deus, famulae tuae Abbatissae, ut ostendendo & exercendo quae recta sunt, exemplo bonorum operum, animos suarum instituat subditarum, & aeternae remunerationis mercedem, a te piissimo pastore percipiat, per &c. *Alia:* Omnium Deus sons bonorum &c. *Quod si Ordinatio Abbatissae infra Monasterium suum facta fuerit, imponatur* Te Deum laudamus. *Populo acclamante* Kyrie eleison. *Postea dicatur haec Oratio pro adepta dignitate:* Deus, qui omnis potestas &c. *Item, si alibi consecrata fuerit Abbatissa, regressa ad Monasterium omnis Chorus Monacharum honorifice obviam procedant cum Crucibus, Aqua benedicta. Incenso, & Evangelio. Et in ipso introitu Ecclesiae imponat* Te Deum laudamus, *turba acclamante* Kyrie eleison, *& Presbytero prosequente orationem, ut supra:*

supra: *Deus, cui omnia potestas & dignitas &c.*

Quod si apud antiquos occurrant *Monasteria Puellarum*, continuo intelligimus, illic agi de Virginibus Deo sacratis. Nomen quoque *Ancillae Dei, Devotae, Benedictae, & Sacratae*, Sanctimonialem significare consuevit, sed ita ut complecti videatur tam Virgines, quàm Viduas, quae se Deo dicarent. In Concilio Romano Anni DCCXXL. habetur: *Si quis Monacham, quam Dei Ancillam appellamus, in conjugium duxerit, anathema sit*. Vide Du-Cangium in glossar. Latinit. alia vocis hujus exempla concervantem. Clarissimus quoque Martenae Tom. V. pag 83. Thesaur. Anecdotorum, antiquum Calendarium exeruit in quo indicatur Euangelium recitandum *pro relatione Ancillarum Dei*. Et *Ancillae Dei relatae* memorantur in Capitulari Pippini Regis Franciae. In Sacramentario quoque Ecclesiae Romanae, olim edito a piissimo & doctissimo P. Thomasio, postea Sanctae Romanae Ecclesiae Cardinali, habetur *Oratio super Ancillas Dei*, quibus conversis vestimenta mutantur. Ea ipsius Orationis prima verba: *Te invocamus, Domine Sancte Pater omnipotens aeterne Deus, super has Famulas tuas &c.* Famulae nomen in mentem mihi revocat nonnullas Hispanicas Inscriptionem, quas olim uti inediras collegi, atque hele tenebris ereptas volo. quaesiturus, an appellatio *Famulae Dei* certo indicet, Sanctimonialem nomine Ancillae Dei.

Cordubae, prope Sancti Bartholomaei de las Babas, ad Portam Novam:

✠ ✠ ✠
PVRPVRIA FA
MVLA DEI VIX.
ANNOS XXXX.
MENSES VIII. RECES
SIT IN PACE (M). XII
KL. MAJAS ERA
...........LXIII.

Valentiae del Ventoso in Dioecesi Pacis Augustae, nunc Badaios, extat hic alter lapis:

GRANNIOLA FAMVLA
DEI QVAE VIXIT CVM
MARITO ANNOS XX. ET
REQVIEVIT IN PACE
AERA DLIIL

Posita fuit Inscriptio haec, uti & subsequens Anno vulgaris Epochae DXV. Tertium marmor accipe, ibidem situm:

JVLIANA FAMVLA DEI
QVAE VIXIT ANNOS
XX. ET CVM MARITO
ANNO VNO ET REQVI
EVIT IN PACE ERA
DLIIL.

Aliae duae similes Inscriptiones Hispali repertas refert Clarissimus Boldetus Lib. 2. Cap. 20. pag. 639. de Coemeter. Martyrum. Quid vero significet in iis monumentis *Famula Dei*, si quis scil. iretur, respondebo, videri quidem posse significare idem atque *Ancilla Dei*. Verum mihi videtur similius, nihil aliud eo titulo indicari, nisi feminam Christianae legi addictam. Video enim donatos eadem appellatione Seculares viros, ut constabit e subsequentibus marmoribus, in eadem Hispania sitis.

Alcalæ prope Hispalim:

CVLFINVS FA
MVLVS DEI VI
XIT ANNOS
PLVS MINVS
LXX RECESSIT IN
PACE III. KAL. A
GVSTAS ERA DC
K. I.

Idest Anno Christi Quingentesimo Sexagesimo Secundo.

In Vico Moron.

LEONCIVS FAMVLVS DEI
QVI ANNOS PLVRES VEL MINVS LXXXII.
MORTVVS EST ERA CCCCCCXIII.

Hoc est Anno Christi Quingentesimo Septuagesimo Quinto.

Talaverae in Beatae Virginis del Prado in aede:

LITORIVS FAMVLVS DEI VIXIT ANNOS PLVS
MINVS LXXV. REQVIEVIT IN PACE DIE
VIII. KAL. JVLIAS AERA DXXXVIII.

Idest Anno Christi Quingentesimo Decimo. Quum constantem intueamur hanc appellationem & in viris, qui Christiani tantum fuisse videntur, & occurrat in Epitaphio Juliani Episcopi Eborensis apud Reisensium Classe XX. num. 450 & in aliis ab ipso, atque a Grutero editis: nulla justa caussa subest, cur feminas *Famulas Dei* Sanctimonialibus accenseamus, nisi & hosce Viros Monasticam vitam professos arbitremur. Sed omnem dubitationem tollere potest Inscriptio a Grutero eodem producta pag. 1060. num. 1. in qua *Marcellianus Maritus* titulum scribit *Severillae Famulae Christi*, *quae cum viro suo vixit novem continuis annis*. Addo nunc e Schedis meis alteram Inscriptionem, Christianae mulieri in Hispania positam, quae titulo ejusmodi caret.

In

In Urbe Gaditana supra fores Ædis Sanctae Mariae.

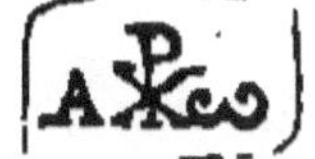

ALEXANDRA CLARISSI
MA FEMINA VIXIT
ANNOS PLVS MINVS
XXV, RECESSIT
IN PACE
ERA DXXXIII.
PROBVS FILIVS
VIXIT ANNOS
DVOS MENSES............

Spectat Inscriptio haec ad Annum Christi Quadringentesimum Nonagesimum Quintum. Neque sane desiderabantur in Hispania temporibus iis Coenobia sacrarum Virginum, uti ex Historia Hispanica constat, simul-

Atque constabit e subsequenti marmore; quod in eadem *Gaditana Civitate* olim visebatur, in *domo Draci*, *literis incauditis* ibi sculptis, & versibus barbariem referentibus:

VIVS NAMQVE TVMVLO PROCVMBIT SERVANDE
POST FVNERE CORPVS
PARVA DICATA DEO PERMANSIT CORPO
RE VIRGO
ASTANS CENOBIO CVM VIRGINI
BVS SACRIS NOBILE CETV
TERDENIS FVIT ANNIS VEGETANS
IN CORPORE MVNDO
HIC SVRSVM RAPTA CELESTI MIG
RAT IN AVLA
OBIIT JVNIAS DECIMO QVARTOVE
CALENDAS
HIC EST QVERVLIS ERA DE TEMPORE
MORTIS DCLXXXXVII

Idest Anno Christi Sexcentesimo Quinquagesimo Nono.

DE MODIS,

QUIBUS OLIM ECCLESIAE.

EPISCOPI, CANONICI,

MONASTERIA,

ATQUE ALIAE HUJUSMODI UNIVERSITATES SACRAE;
TERRENIS OPIBUS ET COMMODIS
AUCTAE SUNT.

DISSERTATIO

SEXAGESIMASEPTIMA.

DISSERTATIO

SEXAGESIMASEPTIMA.

Uer qui nostris temporibus Ecclesiasticae in Italia Reipublicae statum, & Ecclesiarum, sacrorumque Ministrorum opes ac reditus curiosis oculis metiantur, & deprehensam non levem Ecclesiasticorum opulentiam in regionibus nonnullis, continuo mirantur, ne dicam invident ac damnant, sibi facile persuadentes, longe diversam olim Ecclesiarum fortunam, ac tenues earum proventus fuisse. Verum secus rem processisse ipsis rudibus ac barbaris Saeculis, monumenta omnia clamant: Fuerunt enim Saecula, quibus sine comparatione longe plures divitiae in sacra Templa, Monasteria, & sacra Collegia effusae sunt. Neque tantum fundos uberes, latissimos, ac paene innumeros uterque Clerus possedit, sed & amplissimas ditiones, Oppida, ac Urbes. Nemo autem melius novit, quousque olim se extenderet tanta in Ecclesiasticis opum affluentia, quam qui vetera Ecclesiarum Chartaria perlustrare oculis, ac terere manibus potuere. Quamquam quid dico? neque Archiva consulere opus est, quando in tot Italiae Civitatibus, eorumque agris, incredibilis adhuc occurrit praediorum copia,

quae emphyteutico tantum nomine possidentur, directumque dominium agnoscunt alicujus aut Episcopii aut Capituli Canonicorum, aut Monasterii, aut ab aliis pendent locis Deo sacratis. Ego altera Dissertatione persequar potentiam olim Episcoporum, Abbatum, aliorumque Ecclesiae Ministrorum, ac subinde ostendam, qui a tanta rerum copia antiquitus exciderit Clerus. Nunc mihi edicendum, qua ratione tot olim commoda parta sint hominibus Deo dicatis.

Illud constat, vel ab ipsis Ecclesiae Christianae incunabulis in usu fuisse oblationes ac eleemosynas Fidelium, ut iis sacri Ministri alerentur, & reliquum in vulgus pauperum erogaretur: quae largitio tum jure naturali, tum praecepto Christi, atque Apostoli voce non semel firmata est; *dignus est enim operarius mercede sua; neque os bovi trituranti obstruxeris.* Facta autem sub Constantino Magno pace Ecclesiae, acrius tunc exarsit pius Christianorum fervor ad excitanda Deo Templa, augendumque Cleri numerum, qua divinus cultus multiplicius propagaretur, & Christiani Populi devotio augmentum in dies acciperet. Praeda de ipsis Aedibus sacris, Clericisque administris, sua dos & reditus constituebantur; ac libentissime ad eorum alimenta, & Templi, ac My-

O o 2   sterio-

Aerariorum ornatum, Fideles conferebant Decimas, Primitias, Oblationes; immo aut viventes, aut in postremis tabulis praedia, domus, aliasque fortunas in sacrorum locorum jus & dominationem transferebant. Primum ergo, ut ita dicam, Deo dicatae gentis aerarium in jure Naturae constitutum est, quum nemo negare possit, quin sacris operariis (de necessariis loquor) ministranda sint congrua alimenta; ac proinde non tantum a Conciliis & Patribus olim praescriptum fuit, Decimas Ecclesiis esse exsolvendas, sed etiam ipsa Naturae vox harum conlationem indicit, quoties aliunde Episcopis, Parochis, aliisve necessariis Clericis sustentandis consultum non est.

Aerarium vero ferundum situm erat in spontaneis Fidelium Oblationibus, qui aut nova Templa conderbant atque dotabant, aut jam fundatis nova dona, novosque reditus adjungebant, in sacrorum locorum ornamentum, simulque Ministrorum commodum atque augmentum: Et multa quidem erant, quae ad hujusmodi liberalitatem pios incitabant, videlicet Religionis conservandae, aut amplificandae laudabile studium; Misericordia erga pauperes, in quorum etiam utilitatem cedebant quaecumque Ecclesiis conferebantur; denique legitima probeque concepta spes, inre ut sacrae Legis Ministri tum in salutari Sacrificio, tum in quotidianis precibus, praecipue piis largitoribus Deum benevolum atque propitium efficerent. Propterea familiare antiquo etiam tempore Christianis fuit, venia facta per legem Constantini M. Anno 321. promulgatam, hereditates integras, aut pia legata, aut diversa alia munera conjicere in sinum Ecclesiae, & novas aedes sa-

A   cras construere, isque fundos, ac reditus conferre, ex quibus honestum victum Clerici perciperent, ipsaque divina Mysteria haberent unde ritu perenni decentique peragerentur. Eadem etiam causae prae oculis Fidelium versabantur, ut nova in dies Monasteria cum Virorum, tum Virginum constituerent, ac ditarent; im-
B   mo ad horum constructionem, aut incrementum enixius quandoque suadendum accedebant & aliae rationes. Nimirum gratificum Deo futurum credebatur, neque immerito, aut sibi, aut aliis terrena fastidientibus, atque ad sola caelestia adspirantibus, sacrum remotumque a Secularium rerum tumultu locum parare; atque
C   siere gentem ex severiore vita, ex doctrina etiam, aut saltem ex plurimis Virtutum exemplis non sibi tantum, sed & universae Christianorum reipublicae utilem atque gloriosam. En ergo stimulos praecipuos, quibus olim incitabantur Fideles, atque ipsi potissimum Reges, Principes, & Episcopi, ut crebris muneribus Eccle-
D   siarum patrimonium amplificarent. Supervacaneum foret ad rem per se lucidam aliquod exemplorum lumen adhibere.

Tertio, non levis opum accessio facta est aerario Episcoporum, Monachorum, atque Monialium, denique Canonicorum, ex ipsis divitiis. qui ejurato Seculo Ecclesiasticum
E   institutum amplectebantur. Erant enim non pauci, qui non se tantum, sed sua quoque Deo dicabant, quoties sacrae vitae jugum suscipiebant. Ad haec erant alii Ecclesiae adscripti, qui suarum rerum usu sibi retento, denique ex asse, aut simisse, aut tremisse Ecclesiam suam heredem instituebant. Immo vel sine testamento decedentibus Clericis Ecclesia succe-

succedebat, cui dederant nomen, nisi legitimi adessent heredes. Jam Anno 414. Imperatores Theodosius junior, & Valentinianus III. legem hanc dederunt, quae in Cod. Theodos. Tit. 3. Lib. V. habetur: *Si quis Episcopus, aut Presbyter, aut Diaconus, aut Diaconissa, aut Subdiaconus, vel Clericus, aut Monachus, aut mulier, quae solitariae vitae dedita est* (hoc est Sanctimonialis) *nullo condito testamento decesserit, nec ei parentes utriusque sexus, vel liberi &c. exstiterint, bona, quae ad eum pertinuerint, sacrosanctae Ecclesiae, vel Monasterio, cui fuerat destinatus, omnifariam facientur.* Quare nil mirum, si ad Episcopatum, ad Clerum, & ad Monasticam vestem Induendam solicitarentur, ac prope interdum impellerentur a Populo, a Clericis, a Monachis, viri ac feminae praedivites, quippe ex hisce rivulis sperabatur nova irrigatio Ecclesiastici aerarii. Atque hic dignum est qui memoretur celebris animorum motus exortus inter Sanctum Augustinum, & Pinianum, Albinam, & Melaniam, splendidissimos ac opulentissimos Cives Romanos, de quibus egi in Dissertat. IV. VI. & VII. Tomo I. Anecdot. Latin. Ad Augustinum invisendum Hipponem sese hi contulerant circiter Annum Christi 411. quum ecce pro more eorum temporum plebs tumultuans Pinianum ad Presbyteratum suscipiendum paene adigit: a qua violentia vix ille sese extricat, studio praesertim Augustini, hujusmodi furiosum consilium improbantis. Ubi in libero ac tuto loco positus est nobilis ille coetus, vim factum aegro animo serens, multa expostulavit cum Augustino de Hipponensi plebe, quasi cupiditate pecuniae, non dilectione justitiae servos Dei vellet retinere, pro

dideritque *cupiditatem suam, se non Clericatus, sed pecuniae causa, hominem divitem, atque hujusmodi pecuniae contemtorem & largitorem, apud se tenere voluerit.* Proinde Augustinus scripsit ad Alypium Tagastensem Episcopum Epistola 125. al. 224., & ad Albinam Epistola 126. alias 225. nihil non egit, ut Populi factius excusaret, seque & illum de sinistra fama purgaret. Verum placidius alii subinde divites ad Ecclesiastica munera, & ad claustra allecti, patrimoniis suis Ecclesiasticum penus pinguius efficere; idque potissimum Oblati Monasteriis praestare consueverunt, ut ex Chronico Leonis Marsicani, aliisque antiquorum monumentis constat. Tempore autem Caroli M. statutum tantummodo fuit, ut constat ex ejus Lege 137. inter Langobardicas: *Ut unusquisque Presbyter res, quas post diem consecrationis adquisierit propriis, Ecclesiae relinquat.* Sed & in ipso Ingressu in Monasterium, aut in Clerum, familiare passim fuit, ut cum persona, bona quoque sua sacris offerre locis. Et vix ullus puer Monasterio tradebatur, quin parentes oblationem Monachis gratiorem efficerent donatione fundi alicujus. Ex hac officina non parum emolumenti referebant Monasteria. Proderit hujus moris testem intueri Chartam, quam mihi procuravit Joseph Mosca Sacerdos Neapolitanus, meliorum Literarum sedulus cultor, spectantem ad vetustissimum Coenobium Neapolitanum Sanctorum Severini & Sosii, in quo adservatur. Annum scriptae Chartae designare non audeo; quippe notae Chronologicae in multis deficiunt. Floruit quidem Johannes ejusdem Monasterii Abbas Anno Ch. 910. sub quo facta est Translatio Corporis Sancti Severini,

rini, edita a Bollando Tom. I. Act. Sanct. pag. 1098. Constantinus quoque Leonis Sapientis filius imperare apud Graecos coepit Anno 911. Verum nulla mihi ratio succurrit conciliandi ejus annos cum annis Filii ejus heic memorati, & cum Lodictio III. Satius duxi proponere Annum Ch. 763. tunc enim decurrebat Lodictio III. & Annus XXV. Con-stantini Copronymi Augusti, sub quo vixisse potuit Johannes Abbas senior, cujus nomen in Charta ista occurrit. Atqui, si verum est quod Pagius statuit, tunc Annus XV. Imperii Leonis illius filii agebatur, quum in Charta Annum IX. ejusdem deprehendamus. Utcumque sit, si non rectam Chronologiam, certe morem, de quo egimus, Lector hinc ediscet.

Oblatio Johannis pueri facta Johanni Abbati Monasterii Neapolitani SS. Severini & Sossii ab Euphemia matre, & Vitaliano ac Sergio fratribus, una cum portione bonorum ad eam spectantium. Anno fortasse 763.

IN nomine Domini Dei Salvatoris nostri Jesu Christi. Imp. Domino nostro Constantino Magno Imperatore anno vicesimo ...... ejus filii anno nono die XXVI. mensis Februarii Inditione Tertia Neapoli. Certum est ...... & Vitalianum, seu Stephanum, hoc est Mater & Filios relicta, & filios q... Dni Marini ...... Sergium trib. de Abbatissa, nos vero ...... Stephanum germanis pro vice nostra, & pro vice Aligerni parvuli germani nostri, a presenti die promptissima voluntate offerre, & offerimus vobis Dno Johanni Presbytero Monast. SS. Severini, & Sossii, ubi eorum venerabilia quiescunt Corpora ...... supradicto sancto & venerabili Monasterio pro portione quidem Joannis filii, & germani nostri, idest integras duas petias de Terras portionis meae ...... & Euphemia b. F. ex quibus una que vocatur Clusuria de Alfinianum, & alia que ad sorbum ibidem in Alfinianum constita; insimul cum arvoribus, & introitus earum, & omnibus pertinentibus pertinebat mihi pro Parentorum meorum, & me in sorte tetigit a Stephano, & heredum Joanni .... donando germanis meis premissis divisiones, quam apud me habere videor; unde nihil nobis exinde remansit, aut reservavimus cohaerente sivi a duobus lateribus de supradicta Terra, que vocatur ad sorbum, Terra Monasterii Beatae Mariae puellarum Dei, & de uno capite Terra Jubenalis Ferrarii, & ex alio capite cohaeret Terra supradicta. Terra portionis meae de ipsa Clusuria habet finis ab uno latere Terram supradictam Stephani germani mei, & de alio latere cohaeret Terra portionis haeredum Joanni, qui supra germani mei, seu meae, taliter donandae omni tempore in quarta parte ad equale mensura ita ut a presenti die, & deinceps jam nominatas integras duas petias de Terra portiones meae supradicte Euphemiae ex quibus una, que vocatur Clusuria de Alfinianum, & alia que & ad sorbum ibidem in Alfinianum constituta insimul cum arvoribus, & introitus earum, & omnibus eis pertinentibus, unde nihil nobis exinde remansit, aut reservavimus. quatenus, & per cohaerentias vobis eas infinuavimus sicut superius legitur, a nobis vobis pro portione supradicto Joanni filii, & germani nostri

fiat

sint offertas & traditas in vestra posterisque vestris sint potestate qualiter
exinde facere volueritis, & neque a
nobis supradicta Euphemia h. F. &
Vitaliano, seu Stephano, hoc est Mater, & Filios, nos vero supradicto Vitaliano, & Stephano pro vice nostra,
& pro vice supradicto Aligerni germani nostri, neque a nostris haeredibus,
vel alia persona summissa, nullo tempore exinde habeatis quacumque requisi-
tione, aut molestia tam vos, quam supra Dominus Joannes vester Abbas Presbyter pro posteris vestris. Nempe est
ipsa portio mea de ipsa Clusuria cum
ipsa portione supradicti Stephani, &
haeredum Joanni seu suae supradicto
sancto vestrum Monasterium Monachorum
vestrorum per nullum modum in perpetuum. Insuper & ab omni homine omnique persona, & a supradicto Aligern-
o filio, germano nostro, & ab eius
haeredibus omni tempore nos, & haeredes nostri, vobis posterisque vestris,
exinde in omnibus antestare, & defendere promisimus in perpetuum. Interea promisimus vobis, ut omodo, &
semper omni anno & mense nos, &
haeredes nostri vobis posterisque vestris,
& in supradicto vestro Monasterio dare, & persolvere debeamus pro portione
de responsaticum supradicto Joanni filii,
& germani nostri, idest triticum mo-
dios quatuor triticum a nobis omni anno, usque intus supradicto sancto vestro
Monasterio mensuratum ad medium justum...... nullatenus vos, aut haeredes
vostri vobis posterisque vestris mittere
eas excusationem, propterea quod vos
supradictum Joannem filium, & germanum vestrum recipere promisimus in supradicto sancto, & venerabili vestro
Monasterio, & eum Monachum facere,
& vos, & posteris vestris eum nutri-
re, & vestire, & calceare promisimus
omnibus diebus vitae suae, sicut ceteris
Monachis vestris, & sicut docet Regula
Sancti Benedicti, & ipse vobis posterisque vestris omnibus diebus vitae suae
in oboedientiam, & servitium esse debeat, & sicut ipsi ceteri Monachi vestri, & sicut ipsa Regula Sancti Benedicti docet, & nullo modo de ipso sancto vestro Monasterio exire a praesumat
omnibus diebus vitae suae; & si exinde exire praesumpserit a tunc licentiam
habeatis, vos, & posteris vestris eum
requirere, & adprehendere, & in supradicto sancto vestro Monasterio renni-
re, revocare omnibus diebus vitae suae,
& secundum meritum culpae suae in
vestra sit potestate eum corripiendi, &
disciplinandi, quia sic inter nobis taliter. *Quod* si aliter probaveris de his
omnibus supradictis per quovis modum,
aut summissam personam, a tunc com-
ponimus nos, & haeredes nostri, vobis
posterisque vestris auri libra una bi-
sque; & haec Cartula offertionis, ut
superius legitur, sit firma scripta per
manum Anastasii........ Discipulo Dno
Joanni Curialis, & Scriniarii per supradicta Indictione tertia. Hoc signum
q. manus supradictae Euphemiae, &
Vitaliani, seu Stephani, hoc est Mater, & Filios, qui omnia supradicta
consenserunt.

Ego Gregorius filius Dni Petri, rogatus a supradicta Mater, & Filios
Testis subscripsi.

Ego Joannes filius Dni Geri......
Ego Capulus filius Dni Joannis. Ego
Joannes Curialis, & Scriniarius, post
subscriptionem Testium, & supradicti
Anastasii........ Discipuli mei, manu
mea propria percompleri per supradicta
q. Indictione. Ego Petrus Primarius
(forte Scriniarius, aut Tabularius)
Curiae huius Civis Neapolitani hoc
exemplari Charta offertionis, quam
eius Authentica nobis dedit Drus Rue-
cius venerabilis Abbas supradicti Monasterii

neris pro ista exemplaria faciendam in supradicto suo Monasterio sicut superius legitur ex ipsa Authentica relevavi, & cum nimia cautela ad singulas relectas pro ampliori ejus firmitatem manus proprias subscripsi. In die prima Mensis Martii, Indictione XI. Ego Sergius Tabularius Curiae hujus Civis Neapolitanus hoc exemplari Chartula offertionis, quam ejus Authentica nobis dedit Dnus Roccius venerabilis Abbas supradicti Monasterii pro ista exemplaria faciendam in supradicto Monasterio sicut superius legitur ex ipsa Authentica relevavi, & cum nimia cautela ad singulas relectas pro ampliora ejus firmitatem manus proprias subscripsi in die prima mensis Martii, Indictione XI.

Complura alia animadverti in Charta hac, quibus eruditio Monastica illustretur. Ego unum innuo, scilicet disputatum inter Eruditos fuisse, num Neapolitanum Monasterium Sancti Severini sub Regula Sancti Basilii regeretur, an Sancti Benedicti. Primis temporibus Basiliana Regula ibi observata videtur. At saltem procedente tempore Benedictinam ibi invaluisse, haec ipsa Charta sat prodit, ubi videns bis commemoratam *Regulam Sancti Benedicti*. Alia exempla patrimonii in Monasterium translati ab amplectentibus sacrum institutum jam dedi in Dissert. LXV. *de Monaster.* & in LXII. *de Canonic.* Chartam vidi in Tabulario Archiepiscopii Lucensis, scriptam *Anno II. Domni nostri Rachis viro excellentissimo Rege e Judith. III.* hoc est Anno 719. vel 730. diem enim minime adnotavi, in qua *Teuperius V. D. Ecclesiae Sanctae Mariae de Sex-*te, ejusque Rectori Bonualdo, una cum consensu rectorum suorum, se et sua bona offert ad serviendum ibi Deo, dum vita comes fuerit, castite-

rem servando &c. Alteram Chartam vidi exaratam *Anno VIII. Regni D. N. Liutprandi Regis in Mense Martio, Indid. VII.* Idest Anno Ch. 724. sed cum aliis Chartis Epocham Liutprandi signantibus notae istae minime consentiunt. Itaque diligentius membranam illam perscrutari opus esset. In ea vero *Ansfridus V. V. Clericus* se famulaturum pollicetur *Beato Sancto Laurentio, & sancta Valentino de Vatculo* cunctis diebus vitae suae. Sacro autem loco *omnia sua bona, Servos, & Ancillas* offert, usufructu tamen, dum vixerit, sibi servato. Sunt & aliae Chartae ejusdem ritus testes; atque inter alias unam mihi obtulit Tabularium Monasterii Veronensis Sancti Zenonis, scriptam *Regnante D. N. Karolo Rege in Italia Anno Quadragesimo per Indictione Quarta.* Annum designare nescio; nam aut aliquod est vitium in hisce notis, aut eas non satis accurate ego descripsi. *Indictio Quarta* Annum Ch. 811. exhibet; *Annus* vero XL Caroli M. Annum 813. aut 814. Utcumque sit, heic etiam habes, quod adnotavi in Dissert. X. *de minor. Ist. Minist.* videlicet Carolum M. uno titulo *Regis* donatum aliquando a Notariis fuisse, vel postquam Imperiali nomine ac dignitate fulgebat. Sequitur in membrana illa: *Domino sancto & venerabile omnium locorum Theonesto Christi Martyre, cujus Ecclesia constituta est super Civitatella, ubi cognominatur Monasterio Novo: Ego Petrus filius b. m. Oivoldo de loco Fanozio primo omnium trado & offero me ipsum in hunc sanctum & venerabilem Templum Domino deserviendum &c.* Tum suas fortunas eidem sacro loco offert. Locus, ubi olim fuit Monasterium hoc Sancti Theonasti, eruditi Veronenses nobis ali-

aliquando edicent, an censendus sit
in Civitate ipsa Verona. Haec autem verba revocant mihi in mentem
*Monasteriolum Novum situm in pago
Tarvisiano,* a Lothario I. Augusto
Monasterio ipsi Veronensi Sancti Zenonis collatum, ut est apud Ughellium in Diplomate Ludovici II.
Augusti Tom. V. Ital. Sac. in Episcop. Veron. Vide Differt. XXX. *de
Alteratib.* Ejusdem Monasterii mentio in aliis Chartis Coenobii Zeno-
niani mihi occurrit. Altera namque
has notas praefert: *Imperante Domno
nostro Karolo hic in Italia Anno Quinto, Mense Augusto, Indi. 9. Secundo,*
idest Anno 884. heic enim puto Carolum Crassum Augustum designari.
*Placuit atque convenit inter Johannes
Diaconus adque Monacho, seu Preposito
Ecclesie vel Monasterio Sancti Theoda-
fii, ubi vocatur Monasterio Novo; &
ex alia parte Stambulo de Lubia vico,
quem nominatur Ciumario filio quondam Johannis &c.* Altera exarata fuit
*Regnante adque Imperante Domno no-
stro Hildimuro Imperatore in Italia
Anno Ingessimo nono, die altava de
Mense Martio per Indictione Quarta.*
Ne heic quidem Annum certum designare audeo; nullum enim ex Lu-
dovicis Augustis habeo, qui annos
XXIX. imperarit. Mihine describen-
ti, an Chartae vitium tribuendum
sit, ignoro. In ea *Rodaldus filius b.
m. Auperto &c. Vico Teglacino* testamento sua reliquit in Monasterio,
ubi nominatur *Monasterio Novo ad
Ecclesia Sancti Petri & Theorasti.* Ad
ritum redeo offerentium sese una
cum suis bonis Ecclesiae alicui, aut
Monasterio, atque ajo, ipsum diu
perduraffe. Quippe ejus quoque usum
reperio in Charta apud Monachos
Benedictinos Coenobii Mutinensis Sancti Petri, Mutinae scripta *Anno Al-*

A *CCX. die Jovis VII. intrante Octobre,
Domino Ottone Rom. Imperatore regnante. Anselminus quondam Illumtallonis de
la Rucca Cornuta dedit & obtulit se &
sua bona omnia & nominatim petiam
unam terrae positam &c. in manu Domni Johannis divina gratia Abbatis Sancti Petri Alusinae recipienti nomine
Ecclesiae Sancti Petri Mutinensis, po-*

B *nendo inveftituram L. librarum Imperialium super Altare. Qui Anselminus
renuntiavit omni proprio, & promise
ipsi Domno Abbati continentiam, &
veram obedientiam. Et ipse Domnus
Abbas recepit eum in Fratrem & Conversum, mittendo ipsum sub panno Altaris, & osculando eum ipsum, & ejus
Fratres tunc jam Conversum. Alium
Mutinae in Ecclesia Sancti Petri juxta*

C *Altare solemniter praesentibus &c.* Immo & Anno 1273. Morenus de A-
digerio paria praestitit, atque inter
cetera juravit castitatem, & fidelitatem, & continuam residentiam, & ob-
servit se cum libro in manu sub Altare Sancti Michaelis de Monasterio de
Pevolle; nempe & illud liberat Mo-

D nasterio Mutinensi Sancti Petri. Quod
etiam animadverti, si quis Presbyter
olim sua bona Ecclesiae alicui offerebat, is in Rectorem Ipsius ab E-
piscopo statim eligebatur. Charta est
in Archivo Lucensi Archiepiscopii,
data *Anno XXIII. Caroli Regis, &
XVII. Pippini Regis, Mense Majo,
Indi. V.* idest Anno 797. quo *Jo-*

E *bannes Episcopus Lucensis,* quandoquidem Aldipertus sua bona obtulerat
Ecclesiae Domini & Salvatoris ab
ipso Domno Johanne aedificatae prope Ecclesiam Sancti Martini, Ipsum
Rectorem statuit ejusdem Ecclesiae.
Veri videtur simile, non defuisse
temporibus iis censores, qui Monachos, quasi aucupes aut hereditatum,
aut patrimoniorum arcesserent, quan-

do Novitios locupletes ad suum ovi-
le adducebant. Quare Casinenses Monachi, ut a se calumniam hanc amo-
lirentur, in more habuerunt, Novi-
tium hortari, ut potius in pauperes,
quorum ingens copia nunquam de-
fuit, aut in consanguineos, quam in
Monasterium ditissimum sua bona effunderent. Juvat huc adferre verba

A　Ritus ipsius, quae ex Casinensis Coenobii antiquissimo Codice excerpta
necum communicavit D. Camillus
Afflarosius Monachus & Cellerarius
Benedictinus, qui nunc totus est in
contexenda Historia Monasterii sui
Regiensis Sanctorum Petri & Prosperi.

Ritus Casinensium Monachorum in admittendis ad Professionem Novitiis.

”Postquam Novitius compleverit
”Annuum, & visus fuerit pa-
”tiens, & obediens, & probatus,
”tunc venire debet in Capitulum,
”& debet illi dicere Abba: si po-
”tes observare, dic; si responderit,
”domino juvante, possum, & volo,
”tunc debet illi dicere Abba: Ec-
”ce Frater, si vis Deo omnipotenti
”servire, vade, vende omnia tua,
”& da pauperibus, & veni sequere
”Christum. Sed si ille dixerit, quia
”in hoc Monasterio volo tribuere;
”tunc dicat illi Abba; Frater Deo
”adjuvante, nobis non est necessa-
”ria tua res, eo quod nostra indi-
”gentia habet unde suppleatur, sunt
”enim alii pauperiores nobis, aut
”etiam Monasteria, vel certe pa-
”rentes tui forte plus sunt paupe-
”res quam nos; & ideo melius est
”ut pro mercede illis tribuas, qui
”plus indigent quam nobis. Si au-
”tem ille dixerit quia volo pro
”mercede animae meae magis in
”hoc Monasterio tribuere, quam al-
”teri dare, tunc donare debet rem
”suam aut pauperibus, aut in Mo-
”nasterium. Cum hoc fecerit, tunc
”debet venire in Oratorio, & ibi
”exul suis vestibus, & vestiri rebus
”Monasterii &c.

B　Verùm non adeo delicate & caute
reliqua Coenobia, & Canonicorum
Collegia pro effisse videntur. Neque
Clariss. P. Martene in illustrandis
Monachorum Ritibus alterum huic
similem protulit. Vereor etiam, ut
ista Casinensium cautela satis fuerit
ad obstruenda ora censorum: quamquam non negem, quin laudanda
saltem fuerint ejusmodi hortamenta:
C　Nam ex Concilio Cabilonensi II.
Anni 813. ediscimus, irrepsisse avaritiae artem in plus ejusmodi praedas.
Constituit (ita ibi Cap. VII.) *Sacer
ille conventus, ut Episcopi sive Abbates, qui non in fructum animarum,
sed in avaritiam & turpe lucrum in-
hiantes, quoslibet homines illectos cir-
cumveniendo retenderunt, & res earum
tali persuasione non solùm acceperunt,
sed potius subripuerunt, poenitentiae Canonicae, sive Regulari, ut puta turpis
lucri sectatores subjaceant &c.* Quod
plus est, additur: *Res namque, quae
ab illustris & negligentibus datae, ab
avaris & cupidis non solùm acceptae,
sed raptae noscuntur, heredibus reddantur, qui demeruit parentum, & a-
varitid incautorum, exheredati esse noscantur.* Non haec postrema laus inclyti Augusti, Caroli videlicet Magni, hisce abusibus consuluisse ac

tentantam Epifcopis Imperii fui conftantiam infpiraffe. Denique vide, quae hanc in rem attulit Clariff. Mabillonius in Veterib. Analect. Ibi inter cetera habentur Siberti Prioris Sancti Pantaleonis, & Rodulfi Abbatis Sancti Trudonis Epiftolae, quibus hujufmodi morem tuentur. Praecipue legendum Carmen, cujus hi primi versus:

Quando vult aliquis, ut fiat Coeno-
    bialis,
Ex omni, quod habet, fortes aequos
    faciat tres.
Unam pauperibus det, & usu demi
    teneatur;

A *Tertia debetur Sanctis, ad quos gra-*
    dietur.
Hoc ego justitia magis assero, quam
Simoniam &c.

Quarta Ecclefiae, & facra Coenobia, quae rore uberiori fruebantur, praeter haec fibi alia multa Emtionis titulo, non fecus atque feculares viri, fibi conquirebant: cujus rei innumera exempla paffim occurrunt in vetuftis Archivorum monumentis, & in Chronicis Monafticis. Unum tantummodo propter vetuftatem fuam exerere mihi placet ex Archivo Canonicorum Regularium Piftorienfium, ubi antiquum apographum adfervatur.

**Charta venditionis bonorum factae Hildeperto, qui & Ildo, Abbati
Monafterii Piftorienfis Sancti Bartholomaei a Guillerardo
Episcopo Piftoriense, Anno 812.**

EXemplar. In nomine Patris, & Filii, & Spiritus Sancti. Karolus Sereniffimus Auguftus a Deo electus, & coronatus magnus, & pacificus Imperator Romanorum gubernans Imperium, qui & mifericordia Dei omnipotentis Rex Francorum, & Longobardorum in Italia, poftquam Papia Civitate ingreffus eft Anno trigefimo nono, die vigefima menfis Novembris, Indictione VI, feliciter...... Manifefti facimus nos Guvillerad Sanctae Piftorienfis Ecclefiae. Zacchaeus Presbyter filius quondam Albifi, & Torfmarno filio b. m. Jaroni, eo quod ante hos annos Ifferard Presbyter. qui ad folitaria pertranfivi vita filia quondam Gaiprandi in nos per fuum Judicatum tradadit inftitui, & judicavi quid, aut quomodo nos ex ejus fubftantia decramus venundare pretio tollendi pro anima ejus diftribuendum omnia, ita quod aut qualis notis

C ipfe Ifferad tradedit per Cartula Judicati fui conscripta per manus Anfprand Subdiaconus, & Notarius in nos confirmavi, ideoque nos jam dicti Guillerad Epifcopus, Zacchaeus Presbyter, & Tafimanno, fecundum ejus Decretum de fua fubftantia vendidimus, atque traditimus tibi Ildeperto, qui Ildo clamatur venerabili Abbati Monafterii D Sancti Bartholomaei tres Cafae, & pertinais maffaricias in locus qui dicitur Befiano, qui regitur nos ex ipfe per Alurnagula. Alia per Durinnendula. Tertia per Benella, & funt Cafae, & rebus ipfe in finibus Senenfe, ut diximus, tam praedictae Cafae & portiones cum omnibus pertinentiis, & adjacentiis de rebus ipfius Ifferadi Pre- E sbyteri ad ipfe Cafae in quibufcunque loco justo ordine pertinentibus tam in montibus, quam in vallibus, ac padalibus, fontis, rivis. aquis, aquarumque ductibus cum finibus & ...... ter-

minibus & accessionibus suis, cultis rebus & incultis, cum omnibus inferiori-
bus, & superioribus juris ad rebus ipsis...... pertinentibus, mobilibus, &
immobilibus, seu qui se moventibus qualiter superius locuimus, omnia in integrum tibi qui supra Ildo Abbas a parte Sancti Monasterium venditionis titulo tradidimus. Pretio vero pro omnia
suprascripta venditio ad se suscepimus
argento solidos viginti per novinos denarios pretium finitum & deliveratum
in tali ordine, ut si de dicta suprascripta venditio nostra quicumque homo
veniam adversus te Ildo Abbas vel adversus tuis successoribus, vel contra
pars praedicti Monasterii vestri Sancti
Bartholomaei jam qualive notificatione,
aut venditione...... ventilatione causas agendi, & vos vel posterihus heredibus, aut successoribus nostris vobis ab
ipsos suprascriptos contractores, supra
scripta venditio nostra non potueriant
defensare, tunc nihil alia patiamur
exinde molestia, nec calumniam, nisi
tantum partis vestrae reddere deveamus
alio tanto pretio quantum ut superius legitur ad te Ildo Abbas suscepimus. Nam si quacumque alias bona
fine nostra falliose, vel traditione quocumque tempore adversus vos de suprascripta venditio nostra litigaverint,
aut causaverint, tunc tu jam nominatus Ildo Abbas vel tuis successoris qualiter per melius potueritis vobis per
vos ipsi suprascriptae Casae & rebus
deveatis defensare omnino exinde Causas agendi responsum reddendi sine po-
nendi potestatives esse deveatis, nam
nos suprascripti venditoribus, neque nostris posteris haeredibus, aut successoribus exinde auctori, nec defensatori,
neque restauratoris, aut pretium reddituris quaerere non deveatis, quia &
nos vobis, nec a parte ipsius sacri Monasterii Sancti Bartholomaei de tali bo-

num, qui justa, a vobis suprascripta
venditio nostra sine aliqua tradiditione
aut falsione nostra etiam dixeris ax-
ctoris nec defensatoris, nec restauratoris, nec pretium reddituris non permittimus quam in is omnibus modis,
ut superius textum memorias designat,
tibi suprascriptae Casae, & rebus ven-
dedimus, & sub tali titulo ad te pretio ipso suscepimus, quod pro animae
remedium ipsius Isserradi juxta ejus dispositum dispensavimus, & in hoc tramite ut superius circumscriptum est,
hanc chartulam Gausfert Notarius scrivere rogavimus. Actum Pistoria Regnum, & Iudictione suprascripta feliciter.

✠ Ego Guilleradus Episcopus in
hunc scriptum a nos facto manu mea
fi. ✠ Ego Zaccbaeus Presbyter in
hunc scripta ad nos factum manu mea
fi. ✠ Ego Tassimanno in hanc chartula a nos facta manus mea fi. ✠ Ego
Petrus rogatus a Guilerad Episcopus
& Zaccbato Presbyter & Tassimanno
manus mea fi. ✠ Ego Ansbrandus rogatus a Guillerada Episcopus, & Zaccbato Presbyter, & Tassimanno testis
subscripsi. Signum ✠ manus Fasconi filio quondam Bontoni teste. Signum [C]
manus Prandolaei germano ejus teste,
& signum [f] manus Rechiprand filio
quondam de Orelli teste. Ego qui supra Gausfert scriptor post traditionem
complevi & dedi.

    Ego Gualbertus Notarius &
    Judex sacri Palatii scriptor
    authenticum illud vidi, &
    legi, ut in hoc exemplar
scriptum est, & quod inibi scriptum
inveni fideliter exemplavi.

Episcopus iste ab Ughellio appellatur Vualtretradus. Corrige ut supra.

Ac propterea in Imperatorum & Regum Diplomatis confirmata videas Ecclesiis quaecumque eis obvenerant, aut in posterum obvenire possint *ex emptione, traditione, comparatione, commutatione &c.* Quod quidem etsi confirmatione minime indiget, attamen Lectorem non pigebit intueri disertis verbis expressum in Berengarii I. Diplomate Ticinensi, quod mihi ad instar archetypi scriptum videbatur, sed fortassis archetypum dicendum non est. Hujus etiam mentionem fecit egregius Comes Donatus Silva Mediolanens. In Dissert. ad Synodum Ticinen. Tomo II. pag. 416. * 111. Rer. Italic. Ibi vero, ut ego quoque inspexi, nisi me fefellerunt oculi, legebatur *Anno DCCCXCVIII.* consulatus cum *Indictione II.* Verum Indictio II. non cohaeret cum Aprili Mense Anni 898. ac proinde scribendum videbatur *Anno DCCCXCVIIII.* & praecipue quod V. Kal. Aprilis Anno 898. minime decurrere potuit *Annus XII.* Regni Berengariani. Ad haec alterum quoque Diploma ejusdem Berengarii inspectum mihi est in eodem Archivo, hoc est penes

A Sanctae Mariae Theodotae Sanctimoniales Ticini, datum *Anno DCCCXCIIII. V. Id. Martii Anno Regni XIII. Indictione III.* quod archetypum mihi tunc apparebat, memoratumque pariter videas a supra laudato Comite Silva. Occurrunt & heic ipsissimae, quae in superiori Diplomate, B difficultates: quapropter utrumque monumentum subjicere Lectorum oculis statui, ut rem intimius perpendant. Equidem si verum fateri licet, legitima praestare nollem haec Privilegia, quum conflet mihi ex tot aliis minime dubiis Begengarii I. Diplomatis, quae in hoc Opere dedi, ipsum communi Aerae, & vulgari Indictionum ordine usum fuisse; C suntque ex iis nonnulla in ipsa Ticinensi Urbe data, atque eisdem Sanctae Mariae Theodotae Sanctimonialibus concessa. Ubi ergo pari certitudine liquebit, Berengarium diversam interdum Chronotaxim adhibuisse, tunc omnem dubitationem exuam. Sed vide quae ego ipse attuli in Dissert. XXXIV. *de Diplomat.* D En interim utrumque Diploma.

Berengarii I. Italiae Regis Diploma, quo omnia jura & bona ad Monasterium Monialium Ticinensium S. Mariae Theodotae confirmat Anno 8,8.

„ IN nomine Domini nostri Jesu
„ Christi Dei aeterni. Berengarius
„ divina favente clementia Rex. Si
„ circa servos & ancillas Dei muni-
„ ficentiam nostrae benignitatis lar-
„ gimur, credimus hoc ad animae
„ nostrae salutem efficaciter pertine-
„ re. Igitur omnium fidelium San-
„ ctae Dei Ecclesiae, nostrorumque
„ praesentium scilicet & futurorum
„ cognoscat industria, qualiter que-

E „ dam Dei ancilla Rixinda nomine,
„ Monasterii Sanctae Dei Genitricis
„ semperque Virginis Mariae Abba-
„ tissa, quod est situm infra Urbem
„ Ticinensem, & nominatur Theo-
„ dote, pro diversis Monasterii sui
„ utilitatibus . . . . . . ob amorem
„ supremi Numinis praeceptum con-
„ si mationis fieri dignaremur. Cu-
„ jus precibus, quia justa petuntur,
„ libentissime adquiesceremus, hoc im-
„ mu-

„ munitatis nostrae praeceptum con-
„ scribi jussimus, per quod omnino
„ percipientes jubemus, ut eadem
„ Abbatissa degens sub Regula San-
„ cti Benedicti idem Monasterium
„ cum adjacentiis juste & legaliter
„ pertinentibus, mobilibus atque im-
„ mobilibus rebus, adquisitis & ad-
„ quirendis usque in finem vitae suae
„ teneat atque possideat. Insuper e-
„ tiam confirmamus omnes res, qua-
„ scumque idem Monasterium longo
„ tempore dignoscitur possedisse a
„ Gregorio ipsius Monasterii Funda-
„ tore. Idest inter ceteras res, cam-
„ pos, rivumque, quem ipse quon-
„ dam Monasterii Fundator compa-
„ ravit ab Ottone & Laurentio, cum
„ Ecclesia Sanctae Mariae, quae di-
„ citur Corbellari, ac etiam alia Ec-
„ clesia in honore Sancti Vincentii
„ in loco, qui dicitur Venerosalli,
„ cunctisque aliis rebus in omnibus
„ locis atque vocabulis eidem San-
„ cto Cenobio a tanto fundationis
„ institutore concessis de jure paren-
„ tum, seu donatione, traditione
„ Regum, aliorumque hominum com-
„ paratione quorumcumque, & qua-
„ rumcumque legalium conscriptione
„ cartarum, aut postea praetaxatum
„ venerabile Monasterium a donis
„ Regum, atque Imperatorum Pre-
„ decessorum nostrorum, aliorumque
„ diversarum hominum ex emptio-
„ ne, donatione, fidelium quoque o-
„ blatione, traditione, comparatio-
„ ne, commutatione, libellorum car-
„ tarumque conscriptione adquisivit,
„ ac deinceps juste & legaliter ad-
„ quirere potuerit, tranquillo jure
„ per hoc nostre auctoritatis prece-
„ ptum possideat; & ut liceat eidem
„ per hoc nostrae auctoritatis prece-
„ ptum eidem Coenobio, secundum
„ Regulam Sancti Benedicti de pro-

„ pria Congregatione Abbatissam e-
„ ligere, sintque omnes res ejusdem
„ Monasterii, tum homines liberi &
„ servi, quamque omnes alias res
„ sub Regali defensione munitae at-
„ que defensae. Et si necessitas fue-
„ rit de rebus & Familiis ipsius,
„ per Inquisitionem circumquaque
„ manentium bonorum hominum, si-
„ cuti de nostris Regalibus rebus rei
„ veritas approbetur. Hoc quoque
„ statuimus, ut nullus Reipublicae
„ Minister, neque aliquis ex Judi-
„ ciaria potestate homines ejusdem
„ Monasterii liberos, aut servos dein-
„ ceps inquietare praesumat, nec lo-
„ ca ad causas audiendas, vel freda
„ exigenda, aut tributa, vel man-
„ siones, aut paratas faciendas, nec
„ fidejussores tollendos, aut homines
„ ejusdem Ecclesiae ingenuos vel ser-
„ vos super terram ipsius comma-
„ nentes distringendos, nec ullas re-
„ dhibitiones, aut illicitas occasio-
„ nes requirendas, ingredi audeat.
„ Et quicquid exinde Fiscus noster,
„ vel Pars publica sperare potuit in
„ eodem Monasterio, secundum con-
„ cessionem & confirmationem Lo-
„ tharii, & Ludovici Imperatorum
„ Predecessorum & Consanguineorum
„ nostrorum. Solemni ac perpetua
„ stabilitate firmamus. Damusque ei
„ licentiam, secundum eorum statuta
„ de Silva Carbonaria materiamen ad
„ reparationem ipsius Monasterii susci-
„ pere, ac ligna ad usum ignis habere
„ juxta temporis opportunitatem. Et
„ quandocumque necessitas imminet,
„ naves ejus per Ticinensem Portum,
„ tam per Portum Baricum, quam-
„ que per quemlibet alterum discur-
„ rere possit absque alicujus impe-
„ dimento, vel telonei exactione.
„ Et omnes rerum commutationes,
„ quas predicta Rixinda Abbatissa
„ fecit

„ fecit, maneant inconvulfae. Haec
„ autem omnia fuperius allegata, fi-
„ cuti a Predeceſſoribus noſtris Re-
„ gibus, ſeu Imperatoribus conceſſa
„ & confirmata funt, inconvulſe con-
„ cedimus & firmamus eiden vene-
„ rabili loco perfruendum tempori-
„ bus perpetuis jure firmiſſimo pof-
„ fidenda, ut ſub tuitionis noſtrae
„ mundburdo ſecure & finceriter per-
„ feverent. Infuper confirmamus in
„ prefata Monaſterio pro mercede
„ animae noſtrae Vadum unum In
„ Pado ad pifcandum, ubi nomina-
„ tur ad Putheolam, habentem ter-
„ rinum fuperiorem, in qua curre-
„ re folet, deinde percurrit ad eum
„ locum, ubi Agonia influit Padum,
„ conſtituentem praedicta venerabili
„ Monaſterio Infulas juxta predictam
„ jurifdictionem ex utraque parte
„ Padi, quicquid antiquo tempore
„ idem Monaſterium feu moderno
„ obtinuit, vel Padus invaſit, aut
„ in futurum irruperit, de propriis
„ ipſius Monaſterii rebus fine Nebiz-
„ fco ufque in fluvium Ugnoiſe,
„ deinde ipfe finis defcendit in Pa-
„ dum & ad termino, qui vocatur
„ Grindoiado, percurrit in Melum in
„ fitum, deinde ad Portum Caputla-

„ Ei, quantum idem Monaſterium
„ preterito tempore obtinuit fuo ju-
„ re, & nunc legaliter obinere vide-
„ tur, feu quod Cunipertus Rex inibi
„ per fuum contulit preceptum. Pre-
„ cipientes igitur jubemus, ut nemo
„ ex fidelibus Sanctae Dei Ecclefiae,
„ fimul noſtris, neque prefentibus,
„ neque abfentibus, parti praedicti
„ Monaſterii de his omnibus, qua
„ fupra a nobis conceſſa, & confir-
„ mata funt, quolibet tempore ul-
„ lam prefumat inferre moleſtiam,
„ vel contrarietatem, fed fub omni
„ integritate, ficut a nobis conceſſa
„ & confirmata funt, perenniter ibi-
„ dem ad utilitatem Monaſterii ipfius
„ fine aliqua diminutione permaneant.
„ Si quis autem, contra hujus no-
„ ſtri precepti fecuritatem, aliquam
„ violentiam aut invafionem inferre
„ tentaverit, fciat fe compofiturum
„ auri optimi libras triginta, me-
„ dietatem Palatio noſtro, & reli-
„ quam medietatem parti ejufdem
„ Monaſterii. Et ut haec noſtra au-
„ ctoritas pleniorem in Dei nomine
„ obtineat vigorem, manu propria
„ fubter firmavimus, & annuli noſtri
„ impreſſione infigniri juſſimus.

„ Signum Domni  Berengarii gloriofiſſimi Regis.

„ Petrus Cancellarius ad vicem Petri Epifcopi & Archicancellarii recognovi;

„ Dat. V. Cal. Aprilis Anno Incarnationis Domini DCCCXCVIII. Anno
„ vero Regni Domni Berengarii gloriofiſſimi Regis XII. Indictione II.

„ Actum Papiae Palatio Regio in Dei nomine feliciter. Amen.

Con-

Confirmatio Privilegiorum facta a Berengario I. Italiae Rege Monasterio Monialium Ticinensium S. Mariae Theodorae Anno 899.

„ IN nomine Domini nostri Jesu Christi Dei aeterni. Berengarius divina favente clementia Rex. Si circa servos & ancillas Dei in venerabilibus locis famulantes tuitionis nostrae munificentiam, nostros praedecessores imitantes, clementer impendimus, & apud Deum veniam promereri, & Regni nostri statum divina ope fulciri non ambigimus. Omnium igitur Sanctae Dei Ecclesiae, nostrorumque presentium scilicet, ac futurorum noverit Industria, qualiter Andreas venerabilis Archiepiscopus Sanctae Mediolanensis Ecclesiae noster fidelissimus obtutibus nostrae majestatis optulit preceptum nostra pietate collatum in Richisindam Abbatissam Monasterii, quod dicitur Theodotae, situm infra Urbem Ticinensem, suppliciter postulans, ut eodem tenore in Rixindam ejusdem neptem, quae nunc est in eodem Coenobio Abbatissa, similiter no-

„ strum emitteremus preceptum. Cujus precibus nostrae Celsitudinis animum inclinantes hoc immunitatis nostrae praeceptum conscribi jussimus, per quod omnino precipientes jubemus, ut eadem Abbatissa degens sub Regula Sancti Benedicti id Monasterium &c. possideat. Insuper etiam confirmamus omnes res, quascumque idem Monasterium longo tempore dignoscitur possedisse a Gregorio ipsius Monasterii fundatore, idest inter ceteras res Campus Zavani, quem ipse quondam tanti Monasterii fundator comparavit a Tetone & Laurentio cum Ecclesia in honore Sanctae Mariae, quae dicitur Corbellariaca, & alia Ecclesia in honore Sancti Vincentii in loco, qui dicitur Ventrosaffi, cunctisque aliis rebus in omnibus locis atque vocabulis eidem Sancto Coenobio a tanto fundationis institutore concessis &c.

„ Signum Domni Berengarii gloriosissimi Regis.

L. Sig. cer. deperditi.

„ Beatus Notarius ad vicem Petri Episcopi & Archichancellarii recognovi, & „ Data V. Idus Martii Anno Incarnationis Domini DCCCXCVIIII. Anno „ vero Regni Domni Berengarii gloriosissimi Regis XIII. per Indict. III.

„ Actum Papiae Palatio in Dei nomine feliciter. Amen.

Commentarionem vero quamquam obvia sit in Archivis Documenta, unum tamen Lectori, ut ominor, non ingratum futurum, exerere placuit, quod acceptum refero diligentiae doctissimi Viri Bartholomaei Campagnolae Archipresbyteri in Urbe Veronensi, qui illud ex Archivo Capituli Canonicorum Veronensium hausit. Mona-

Monasterium Veronense S. Mariae ad Organum permutat Servum suum pro terra & vinea cum Odelberto. Anno 944.

IN nomine Domini nostri Jesu Christi. Regnantibus Domnis nostris Hugo Rege hic in Italia Anno Nonodecimo, & Hlodorio Rege filio ejus Anno Quintodecimo, sub die de Mense Junii, Indictione Secunda feliciter. Sicut in Dei nomine placuit, atque convenit inter Petrus venerab. Abbas Monasterii Sancte Marie sito foris Portam Organi, necnon & inter Odelberto filius quondam Roteltarso, ut in Dei nomine ambe partes inter se titulum commutationis facere deberint, quod ita fecerant. Et quod in ordo legis contineri dignoscitur, ut unaquamque Ecclesia, sicut a longo tempore consuetudo fuit, ita ut servari deberint: sic in hunc Monasterium semper consuetudo fuit, ut de Servis, & Ancillis ipsius Monasterii dedisset, & rebus ad pars jam dicti Monasterii recepisset. Pro eo dedit & tradidit in primis jam ante dicti Petrus Abbas da partem suprascripto Monasterio in commutationem suprascripto Odelberto praesenti die & hora ad suam potestatem ad habendum, idest persona una Servo ipsius Monasterii nomine Leto pro Servo nomine ad habendum. Ad invicem recepit ante dictus Petrus Abbas ad partem suprascripto Monasterio in commutationem da suprascripto Odelberto presenti die & hora ad eidem suprascripto Monasterio proprietatem ad habendum, idest terra cum vineas super se habet in loco uno juris eidem suprascripto Odelberto, que posita est in finibus Veronensibus in Transfonte . . . . perticas viginti & una, pedes sex, la to de uno capite perticas duas, pedes sex, de . . . . . . & semisse uno, ad pertica legitima de pedes duodecim ad extensis brachiis mensurata: quam de uno latus via, de alio latus Johannes habet. De uno capite Suniverga habet, de alio capite ingresso commune per currentem. & infra designato loco, vel ejus confines, seu & predictas coherentias cum omnia super se habet, seu & suprascripto Servo, quem jam predictis commutatoribus, que sibi ambe partes unus alterius ad invicem tradiderant, & exinde sibidem nullam reservaverunt una cum ingresso communi. Hec autem ipsa commutatio visa atque estimata est ex utraque partem per Teudibertus & Garibertus Presbyteris, & Andibertus Diaconus missis ad partem suprascripti Monasterii; & cum eis fuerunt bonis idoneis hominibus, eorum fides amittitur, idest Pedelbertus da Ponte filius quondam Zendiberto, & Giselvertus de Castro Veronensi filius quondam Anizerto, & Modelberto filius quondam Sanizerto de foris Portam Organi. Et ipsi toti insimul estimaverunt justa legem, quod pars suprascripto Monasterio ab illo die plus meliorem & ampliorem rem recepisset, quam ipso Servo valuisset. Promittentes autem propterea ipsis commutatores, ut si ipsis, vel eorum successores atque heredes, si contra ea, que commutaverunt atque tradiderant, ire temptaverint, aut eam frangere quesierint, & ab omni homine non defensaverint, & probatum fuerint, tunc tantum & in quantum suprascripta commutatio cum omnia super se habuisset, suprascripto Servo eo tempore sub estimatione melioratum valuerint, de quantum exinde unus alterius eidem defendere non potuerint, aut contendere, vel minuare quesierint,

ut

ut in duplum restituat pars parti fidem servanti, cui super quam culpa respexerit ab ipso, qui in sua fide vel in scripto permanserint, vel ad eorum successores atque heredes, aut cui ipsi dederint. Et hac pagina commutationis antiqua tempore firma & stabilis inconvulsa, & inconvulsabilis permaneat nunc stipulatione subnixa.

Acta ad suprascripta Monasterio feliciter.

Ego Petrus Abbas in hac commutat. a me facta manu mea subscripsi.

Ego Zendibertus Presb. & Monachus in hac commutat. missus interfui, & man. ss.

Ego Cariberius Presb. Monachus atque Praepositus in hac commutat. missus interfui, & man. ss.

Ego Audibertus Diac. in hac convent. missus interfui, & ss.

Ego Grauso Presb. in hac commutat. consensi, & man. ss.

Ego Fradibertus Presb. in hac commutat. consensi, & man. ss.

Ego Zendibertus Diac. in hac commutat. consensi, & man. ss.

Ego Fredibertus Diac. in hac commutat. consensi, & man. ss.

Ego Bonivertus Diac. in hac commutat. consensi, & man. ss.

Signum † manibus suprascripti Fredelbertus, & Giseverius, & Madelbertus, qui in hac aestimatione interfuerunt, & aestimaverunt, & manus suas posuerunt.

Signum † manibus Bena filius quondam Audiberto, & Trasoerto filius quondam Teuiverto, & Adelberto qui Bandolus vocatur, viventes lege Romana testes.

Signum † manibus Lendiberto, & Lamperto germanis filiisque Nauni testes.

Signum † manibus Dancelfo filius quondam Petru Nisabio, & Johannis filii quondam Fradiberto testes.

Ego Lintesredus Clericus Notarius, qui hanc paginam scripsi, & postradita complevi.

Quæstio non mediocris bonorum copia in jus ac potestatem Ecclesiarum, sive Cœnobiorum, concessit ex pia illorum industria, qui fortunas suas publicorum tributorum oneri subtrahere cupiebant. Quum enim Episcopia, Collegia Canonicorum, Monasteria, atque aliae sacrae Aedes, aut Ecclesiastici coetus, multis privilegiis ac immunitatibus ex beneficentia Imperatorum & Regum fruerentur: Seculares homines in propriam utilitatem intenti, ut hujusmodi privilegiorum participes efficerentur, sua donabant Ecclesiis, eâ conditione tacite adjecta, ut eadem rursus ab Ecclesiis reciperent in Emphyteusim, exiguam tantummodo pollicti pensionem, qua sacri loci dominium, ut ajunt, directum quotannis agnoscerent ac testarentur. Eâ ratione, mutato duntaxat titulo seu nomine, fundos suos sagacissimi donatores retinebant sibi suisque posteris fruendo, immunesque insuper à publicis oneribus efficiebant. Ecclesiae verò, deficientibus iis, eorumve liberis atque nepotibus, ejusmodi res, tanquam postliminio ad se reversas, tandem recolligebant, atque integre jure suo possidebant. Non pauca hujusce consuetudinis exempla suppetunt in antiquis Archivorum membranis, in Chronicis Monasticis, Librisque etiam editis. Verùm Pippinus Italiae Rex, sive ut ego edidi, Lotharius I. Augustus, fraudem hanc attentius quam sui praedecessores perpendens quumque in non leve incommodum publicae rei vergere deprehendens, latâ Lege, quae inter Lotharii Langobardicas XXII. habetur, eidem frenum

num injecit, easdem ut in posterorum hujusmodi res Ecclesiis donatas, ac rursus titulo Emphyteusis receptas, publicis functionibus obnoxiae essent. *Placuit nobis* (ita ille) *ut liberi homines, qui non propter paupertatem, sed ob vitandam Reipublicae utilitatem, fraudulenter ac ingeniose res suas Ecclesiis delegant, easque denuo sub Censu utendas recipiunt, ut quaslibet ipsas res possident, hostem & reliquas functiones publicas faciat. Quod si jussa facere neglexerit, licentiam eos distringendi Comitibus permittimus per ipsas res, nostra non resistente auctoritate* (hoc est, non obstantibus immunitatibus ac Privilegiis per nos concessis cuicumque Ecclesiae) *ut fraus & utilitas Regni hujusmodi adinventionibus non infirmetur.* Attamen vel post hanc Legem Pippini, sive Lotharii, aut ut melius dicam utriusque, perrexerunt multi eo pacto sua largiri Ecclesiasticis Collegiis aut locis. Nam quamvis publica omnia onera minime hac arte evaderent, nihilo tamen secius a Fisci unguibus, atque a potentiorum violentia, sub umbra ac patrocinio Ecclesiae, bona illa emphyteutica facilius turbantur. Ejusmodi Emphyteuseon instrumenta, paene dixi, exempla adservantur adhuc in locupletissimo Tabulario Canonicorum Mutinensium, unde duo tantummodo excerpsi. Scripta est una ex iis Chartis Anno *Faricus gratia Dei Rex Anno Regni ejus Deo propitio in Italia Tertio, Sexto Kal. December Indict. Quinta. Et ideo in Dei nomine ego Werinus gratia Dei Episcopus Sanctae Mutinensis Ecclesiae per investecaria atque precario nomine concedo tibi Adelberga filia quondam Petri &c. pecies quatuor de terra infra Castro qui dicitur Nova &c. Quas ipsas pecies de terra in qua supra Adelberga per car-*

tulam offersionis pro tuam salutem emisisti in me qui supra Werinus Episcopus ad pars ipsius Ecclesie Sancti Geminiani &c. Notae Chronologicae Annum MVI. exhibent. Accipe & ulteram Chartam in eodem Tabulario Mutinensi exsistentem, & scriptam Anno Christi 841. aut 842. hisce Notis: *Latharius divina ordinante providentia Imperator Augustus bis in Italia, Anni pietatis Regni ejus Deo protegente Vigesimo tertio, die Nonodecimo de Mense Septembris Indict. Quinta. Leudubicus Gastaldus, & Crysteberga jugalibus petimus a vobis Domno Jona gratia Dei Episcopus Sancte Ecclesie Mutinensis &c. concedere nobis dignetis &c. omnes res illas, quas ego qui supra Leudubius per cartula donationis pro remedio anime mee in Ecclesia Sancti Geminiani emisi, omnia in integrum &c.* Habemus heic Epocham Lotharii I. Augusti, quae familiaris Mutinae fuit, uti indicant geminae aliae Chartae in eodem Archivo a me visae, quarum prima scripta his Notis: *Ludewicus, & Latharius divina providentia Imperatores Augusti, Anni Imperii eorum in Christi nomine Decimo, & Quarto, die Vigesimo primo Mense Junio Indictione Prima.* Idest Anno 813. Altera has Notas praefert: *Ludewicus & Latharius divina providentia Imperatores Augusti, Anni Imperii eorum in Christi nomine Septimo decimo, & Undecimo, die Vigesimo secundo de Mense Octubrio, Indictione Nona.* Idest Anno 830. Hinc habes Lotharii Epocham, ex quo Rex Italiae Anno 820. constitutus fuit, continuatam fuisse vel postquam Imperatoria dignitate auctus Coronam Romanam suscepit. Et eum quidem jam Anno 817. consortem Imperii Ludovicus Augustus pater effecerat. Idem quoque mos in Francorum Regno

gno familiaris paſſim fuit. Porro quaecumque *Precariae* aut *Praeſtariae* referuntur inter Marculfi Formulas, & in Appendice Baluzii, & in Formulis Lindebrogii, aliquid exhibent ſacris locis donatum, quod poſtea Emphyteuſis titulo recipitur, aut loco illius aliquid aliud Libellario jure poſſidendum, donatori traditur. Et ne Mutinae tantùm conſiſtam, atque ut aliunde exempla petam, en tibi Chartam Senenſem, quam mihi deſcripſit in horum temporum eruditione, dum vixit, verſatiſſimus, &

A deſtillatiſſimus vir Hubertus Benvoglientus Patricius Senenſis, ex membrana exiſtente apud nobiles viros Bichios Comites Scorgiani Senenſes. Olbertus Presbyter & Petrus Diaconus Canonicis Senenlibus *per chartulam offerſionis* duas domos dono dederant; exinde verò eaſdem petunt & recipiunt

B titulo Emphyteuſis. Eo etiam gratior Charta haec obveniat, quod iſti occurrant *Cardinales Eccleſiae Senenſis*: de quo titulo ac munere Diſquiſitionem LXL ſupra dedi.

Canonici Senenſes Olberto Presbytero, & Petro Diacono in emphyteuſim duas domos concedunt Anno 1000.

IN nomine Domini Dei & Salvatoris noſtri Jeſu Chriſti. Regnante Domno noſtro Otto Tertio gratia Dei Imperator Auguſtus Anno Imperii ejus Deo propitio in Italia Quarto, Septimo Idus Aprilis, Indictione Tertiadecima. Igitur in Dei nomine nos Johannes Clericus, & Cardine, & Prepoſtus Sanctae Mariae Domus Epiſcopio Senenſe, & Andreas Archidiaconus, &

C Diacono filio bonae memoriae Petroni, per conſenſum Fratrum Canonicorum noſtrorum: Ideſt Caſe & rebus illae duae qui ſunt in Capalis & vocabulo Rigomio de Bicolle Auguſtoli. Una Caſa, que regitur per Tupero, & per Urſo; alia Caſa, que regitur per Marto. Ab omni circuita ſunt deſignate & terminate; de una

Sigizo Clericus . . . . . . Petrus Clericus & Primicerius, Sigizo Presbiter & Cardine, Petrus Clericus & Cardine, Martinus Diaconus & Cardine; Benizo Diaconus & Cardine, Johanni Diaconus & Vicedominus, Johanni Clericus & Cardine, Johanni

D parte ſe tangunt Eccleſiam Sanctae Mariae; de alia pars . . . . . que fuit Tentii; de tertia pars . . . . a terra que fuit . . . . . . de quarta pars de Corte & via publica pervenientes atque in

Diaconus, Wido Clericus, Azzo Clericus, Sigizo Presbiter, qui ſumus de Canonica Sanctae Mariae, qui nos ſtemus ad cuſtodiendum & a regendum de pars Ilebrando Venerabilis Sanctae Senenſis Eccleſiae Epiſcopo, modo vero per eum libello, & pro noſtra terra qui ſupra reconvenientia a penſionis nomine dare previdimus vobis Olberti Presbitero

E foſſato. Alia terra, quae eſt in ſupraſcripto loco, qui vocatur Colle a Caſtelli, de una pars ſe tangunt terra mea qui ſupra Olberti Presbitero de latus, & de ſupteus, & deſuper ſe tangente a terra Sanctae Mariae . . . . ſupraſcripta terra, que per ſupraſcripta loua ſunt deſignatae & determinatae, tanta ſunt de vinea, de pomis arboribus, cum omnia intra & deſuper ſe habentes . . . . in Olberto Presbitero per cartulam offerſionis miſiſti in predicta Canonica Sanctae Mariae, ſicut ſupra legitur, io vos qui ſupra ea Olberto Pre-

filio bonae memoriae Alberti, & Petro

sbi-

sbitero, & Petro Diacono, Barbas & Nepos, diebus vestris in interrum dedi, & confirmavi alendum, tenendum, laborari faciendum . . . . & vestros reste . . . . & non permittur, & per omnia que supra legitur deris & persolvatis in pensione per vos aut per teleum de vos diebus vite vestre, vel per vos misso, nos qui supra supra-scriptorum denominati Canonici, aut a vestris posteris, Successoris Rectoris de predicta Canonica, vel a Preposito, aut a Ministeriale de predicta Canonica Sancte Marie per singulos annos de infra Mense Decembre denarios viginti & quatuor bonis ... libas. Volemus..., atque constituimus nos supradicti Canonici denominati . . . . . . devello Oberto Presbitero, & Petro Diacono, ipsa suprascripta terra & Case devenire in potestatem Alberti, & Petri; & Wilielmi germanis filii de me. Alt-girgi, qui sunt Nepotes Oberti Pres-bitero, & in filiis heredibus eorum: & qualis de illi sive filios legitimos mortuus fuerit de ille qui supravixerit in portionem defuncti succedat de supra-scripta terra cum filiis & eredibus suis ad ipse suprascripto salvo . . . . dandum & non amplius. Et per nul-la . . . . vel pro qualibet super-fitia vobis nulla super imponamus. No-tilias, & . . . . seu fruens, & laborationes in vestra sit potestatem fa-ciendum quod volueritis. Et si nos qui suprascripti denominati Canonici, aut a nostris posteris successores Recto-res de predicta Canonica vobis Ober-ti & Petro Diaconus diebus vite ve-stre, & per vos dexeto Alberti, & Pe-tri, & Wilielmi, & a filiis eredibus eorum amplius violento hordine superim-posuerimus, aut si eam vobis suprascri-pta terra & case recollete aut minime pertulerimus per quodvis ingenio nisi quod supra legitur: tunc componamse nos vo-

bis pena numerum de argento solida centum providere promittimus nos qui supra Oberto Presbitero, & Petro Dia-cono dicbus vite vestre vobis suprascri-pri denominati prebili Canonici & a vestris posteris successores predictos de predicta Canonica. Quod si omnia, qua-liter vos suprascriptus decrevisti facere, adimplere revererimus, & non adim-plevererimus, si sicut suprascripta cartula non permanerimus, sicut supra legitur, tunc componamus nos vobis pena nume-rum de argento solidos centum, quia inter vobis taliter convenit. Quam ve-ro dumbus libelli convenientia nostra, qualiter supra legitur, Wido Notario Domni Imperatoris scribere rogavimus. A.tam Sena.

Johanni Clericus Cardine & Preposi-tus si.

Andreas Archi Diaconus & Cardine si.
Ego Sigefredus Clericus & Prior Scole si.

Wido Clericus si.
Petro Clericus & Primicerias si.
Ego Johanni Clericus & Cardine si.
Johanni Diaconus & Vicedominus su.
Ego Johanni Diaconus si.
Ego Martinus Presbiter & Cardine su.
Honizo Diaconus & Cardine si.
Ego Maizo Presbiter consensi & si.
Siaizo Clericus consensi & si.
Suzo Presbiter si. Ego Petro Cleri-cus confessi.

Ego Otbertus Presbiter a me fa . . . . .
Ego Petro Diaconus a me fa . . . . .
Ego Donatus rogatus. Ego Rollando rog . . . . . .

Ego . . . . Wido Notarius Domni Imperatoris postradita complexi & dedi.

Atque ex hac potissimum causa factum est, ut potentiores Ecclesiae pluribus in dies augerentur agris & juribus. Nam quo major erat potentia

tentia, majoraque Privilegia alicujus Ecclesiae, eo facilius homines sub ejus umbra, & protectione sua bona collocabant. Ac propterea ingentem fundorum, & opum copiam congessere Episcopi, ac praecipue Archiepiscopi, seu eorum Ecclesiae, simulque Abbates ac Monasteria prae ceteris eminentia; quum illis majores essent vires ad suos clientes, subjectos, & emphyteutas tuendos, eorumque bona protegenda. Rursus ob hanc praesertim caussam accidit, ut in tot diœcesis, atque etiam remotis Comitatibus ac locis Ecclesiae & Monasteria Curtes, Ecclesias, aliasque bona possiderent. Qui enim eadem bona Ecclesiis offerebant, ita ut iis in posterum frui pergerent, remotiora non raro loca sacra conquirebant, quibus sua subjicerent, duplex emolumentum inde sperantes. Scilicet, se minime vexandos a tam longinquis dominis, & nihilominus fru-ctum certum se ex eorum patrocinio percepturos, dum levem censum quotannis persolverent. Auctor est Petrus Diaconus Lib. IV. Cap. 25. Chronici Casinensis, Anno 1105. *Mathildam Comitissam concessisse Coenobio Casinensi tertiam portem de Curte Sancti Benedicti, quae dicitur in Pastorini.* Erat ista Curtis in Lombardia, & fortassis in Regiensi, aut Parmensi agro. Neque eam concessit, aut donavit Mathildis Comitissa Monasterio Casinensi, sed quidem dimisit; quippe quae ad Casinates venerat ex parte Girardi de Curviatico, nunc Corviage in territorio Regiensi. En quibus longinquis in partibus homines quaererent, cui sua donarent. Iisdem tamen, dum viverent fruituri. Accepi ego Chartas a Petro Diacono hac de re memoratas, atque e Tabulario ipsius Monasterii Casinensis depromtas.

Judicium Mathildae Comitissae de rebus Sancti Benedicti de M. Casino in Longobardia in loco Pastorini Anno 1105.

ANno ab Incarn. Domini MCV. X. Kal. Julii, Ind. XIII. Cum resideret Domina Mathilde in loco Sancti Caesarii in judicio residentis ibique Nono Judex ceteris compluribus aliisque fidelibus adpraestantibus, scilicet Araldus da Melleognano, & Ugone Armato, & Alberto de Manfredo, & Ubaldo de Scavato, & Plaginerius filio Dulgarelli, & Teberto de Nemaurale, Causidicus quoque Odalrus, & Cavo de Bonlom, & Sigezzo filio Lamberti de Bononia, & aliis quampluribus: Petiit Georgius Sacerdos, & Monachus missus Casinensis Ecclesiae Sancti Benedicti tertiam portionem de quadam Curte, quae vocatur in Pastorini, ex parte Abbatiae Sancti Benedicti propter Deum, & animae mercedis Dominae Mathildae. Suprascripta Domina Mathilla cum taliter audisset, pro remedium animae suae remisisse & permisisse habere tertiam portionem de Curte Sancti Benedicti, quae dicitur in Pastorini, sicuti ei venerunt ex parte Girardi da Curviatico, in illis locis, sicut supra legitur, ubi inventae fuerint; & jam dictum Monasterium de Monte Casino facias in usum, & super eum Alonasterium quitquid volueris sine alicujus datione. & sine omni contradictione supradicta Domina Mathilda, & ejus heredes post ejus decessum. Et insuper addidit poenam, ut si quis Princeps, aut Comes, aut Vice-

comes,

comes, seu alia qualibet persona molestaverit suprascriptum Monasterium, ut
sciat se compositurum nominatae poenae
libras LX. auri optimi, medietatem
parti publicae, & medietatem praedictae Ecclesiae.

✠ Mathilda Dei gratia si quid est.
Ego Bonus Judex sacri Palatii interfui, & firmavi. Ego Odaldus Causidicus interfui. Ego Dominicus sacri
Palatii scripsi, & subscribendo complevi.

Alterum Judicium de eadem re Anno 1105.

A Nno ab Incarnat. Domini MCV.
mensis Junii, Indict. XIII. Dum
in Dei nomine in loco Sancti Caesarii
juxta Basilicam resideret Comitissa ad
causas audiendas ac deliberandas, residentibus cum ea Agerius, & Bono de
Nonantula, & Ubaldo Judicibus, &
Odaldo Causidico de Florentia, ibique
cum ea Saxo de Bibianello, & Ugone
Armato, & Albertus Lupo, & Miles
de Goriano, & Azzo de Macreto,
Giorgius, & Guido Algieri, & aliis
pluribus: petiis ibique in eorum praesentia Georgius Sacerdos & Monachus
missus Casinensi Ecclesiae Sancti Benedicti, Ecclesia Sancti Benedicti de loco,
qui dicitur Pastorini, ut permisisset, &
consensisset, eam habere cum omnibus
rebus juris supradictae Ecclesiae, quod
nunc habet, & acquirere potest. Suprascripta Domna Mathilda cum taliter audisset, concessit & permisit habere suprascripta Ecclesia ad praedictum Monasterium cum illis rebus, quod nunc
habet, vel acquirere debet. Et insuper
addidit poenam, quod si quis Comes,
aut Capitaneus, aut alia qualibet persona, aliquam injuriam, vel contra-
versiam, vel molestiam adversus suprascriptam Ecclesiam sine legali judicio,
ut sciat se compositurum nominatae poenae libras LX. denariorum Lucensium,
medietatem parti publicae, & medietatem praedictae Ecclesiae.
Actum est hoc in loco Sancti Caesarii
in praesentia plurium bonorum hominum
feliciter.

✠ Mathilda Dei gratia si quid est.
Ego Aggerius Regiae Aulae Judex
interfui, & subscripsi. Ego Nomininii
hos signo. Judex Bonus haec ego firmo.
Ego Adaldus Causidicus. Ego Ubaldus
Judex. Ego Dominicus Sacri Palatii
Notarius scripsi, & subscribendo com-
plevi.

Sexto, aliam viam Inierunt Ecclesiarum Rectores, ut aliorum bona
suis adjungerent; idque potissimum
in usu fuisse video Saeculo Christi
Undecimo. Petebat aliquis a sacris
Viris in Emphyteusim, annuo censu
promisso, agros, domus, Curtes e-
tiam & Castella ad Ecclesiam spectantia. Quo id faciliori negotio im-
petraret, tantumdem, plusve minusve suorum bonorum Ecclesiae illi
offerebat atque donabat; sed eo pacto, ut ista etiam unà cum portione supradicta *precario* seu *Libellario*
nomine reciperet, iisque omnibus u-
teretur ac frueretur ipse, dum vita
comes foret, aut etiam ejus filii atque nepotes. Atque huc respicere
debent, qui interdum mirantur, cur
sub onere tam levis Census tot Seculorum praedia etiam ampla possideant, ad jus Ecclesiarum spectantia.
Plerumque haec ipsa Illorum Majores sponte Ecclesiis donarant, atque
ab eis rursus Emphyteusis titulo re-
ceperant. Hac quoque methodo par
est credere, adauctum fuisse Ecclesia-
stico-

...licorum Censum. Viâ nempe functis Emphyteusis, tum sua, tum aliena facit ille locus, aut coetus recolligebat. Sed hanc methodum periculis multis obnoxiam fuisse ostendam infra in Dissertat. LXXII. ubi varias recensebo caussas, ob quas Ecclesiae a tot opibus deciderunt. Addendum quoque est, Ecclesiastico ordini ne licuisse quidem titulo Emphyteusis aliquid Secularibus perentibus concedere, nisi ab iis liberali erga se Ecclesiae donarentur agri proprii, dimidium saltem pretii valentes earum rerum, quas ab Ecclesiis accipiebant. Ita tamen dona haec plerumque fiebant, ut etiam agro donato frui liceret donatori, quandiu viveret. In Synodo Meldensi Anni 845. constitutum fuit Cap. XXII. ut *Precariae a nemine de rebus Ecclesiasticis fieri praesumantur, nisi quantum de qualitate convenienti datur ex propria, duplum accipiatur ex rebus Ecclesiae, in sua tantum qui dederit nomine, si rei proprias, & Ecclesiasticas usufructuario tenere voluerit.* Quod si rei donatae usumfructum minime sibi reservabat Saecularis, sed ejus statim possessionem ac ulum in Ecclesiam transferebat, tunc *ex rebus Ecclesiasticis triplum fructuario via in sua tantum quis nomine sumebat.* Canonem hunc laudat etiam Gratianus 1 q. 2. c. *Precariae.* Sunt & alia Concilia idem statuentia, quorum tamen legem mirum est, quot olim obliti feriat, aut imperterriti conculcarint. Ceterum in Cathedralis Mutinensis Archivo quamplurimae vetustissimae pergamenae non levem copiam eju-

A ...modi Emphyteuseon suppeditant. Ac praeter alias unam jam dedi supra in Dissert. I. *de exter. gentib.* ubi Bonifacius Marchio, & Dux Tusciae Anno 1014. ab Ingone Episcopo Mutinense onas Curtes in Emphyteusim accipit. Alteram Chartam hujus rei testem nobis nunc exhibet Archivum Estense. Obtulerat *Hugo Comes filius quondam Hugonis Marchionis,* una cum *Matbilda uxore sua* Episcopio Ferrariensi, *quaecumque sibi obvenerant de hereditate quondam Alberici tam in Comitatu Ferrariense, quam in Gravellense.* Itaque eadem die Rolandus Ferrariensis Episcopus non ea solum, quae ii donarant, sed alios Ecclesiae suae agros & decimas iis in Emphyteusim concedit. Vide in Dissert. XV. *de Manumission.* alteram Chartam, quae ad hunc iosum *Hugonem Comitem* pertinere mihi vila el. Adis & alteram Chartam, quae in Additon. ad Chronicon Casauriense a me evulgata fuit Part. II. Tomi II. Rer. Ital. quam supra expendi in Dissertat. VI. *de Marchion.* Scripta autem dicitur Estensis Charta Anno 1052. Februario mense, *Henrico Tertio regnante Anno Quinto.* Pagius in Crit. Baron. Henrico inter Augustos Tertio, inter Germanicos Reges Quarto, Epocham unicam Regni tribuit, deductam a morte Henrici II. Augusti ejus patris, quae III. Non. Octobr. Anno 1056. contigit. Heic habes Epocham Regni, ut puto, Italici serius inchoatam, fortasse quod Itali Proceres non statim censuere, puerum sibi eligendum in Regem.

**Investitura, seu Charta Emphyteosis quarumdam Plebium & agrorum
concessa Hugoni Comiti filio quondam Hugonis Marchionis,
& Matildae ejus Conjugi, a Rolando Episcopo
Ferrariensi Anno 1062.**

IN nomine Patris & Filii & Spiritus Sancti. Anno Dominice Incarnationis Millesimo sexagesimo secundo, Pontificatus Domni Alexandri Papae Anno primo, Regnante Henrico Tercio quondam Henrici Imperatoris filio Anno quinto, die quarto decimo mensis Februarii, Indictione quintadecima, in Palacio juxta Ecclesiam Sancti Georgii Episcopii Ferrariae. Notificamus ad memoriam futurae recordacionis qualiter Domnus Rolandus egregius Episcopus Sanctae Ferrariensis Ecclesiae concessit, & largitus est titulo atque investitura beneficii Domno **UGONI COMITI** *filio quondam* **UGONIS MARCHIONIS,** *nec non inclitae uxori ejus* **MATILDE** *suam, & integram plebem Sancti Georgii, quae dicitur Intramara, & integram medietatem . . . . plebe Sanctae Mariae de Gabiana, & Villa quae vocatur Rotundoli, & decimacionem, & totam decimationem habitacium omnium in Villa Corrigiae, tam ex una parte gurgi, quam ex alia. Et insuper donamus quantum nobis pertinet per testamenti paginam Arebae positam Via Uratica, vel in aliis locis, quae omnia sunt recta & laborata per manus heredum Milonis, atque heredum Almerici cum illarum consortibus. Et iterum concedimus vobis praedictis similiter pro beneficio, quoniam vos ambo scilicet vir, & uxor concessistis hodie michi, meaeque Ecclesiae imperpetuum quae vobis obvenit quocumque modo vel titulo de hereditate quondam Almerici tam in Comitatu Ferrariae, quam in Gavellente. Eo videlicet pacto atque*

tenore, ut si quis ex vobis duabus praedictis prius obierit, sine aliqua diminucione deveniant atque permaneant in potestate & lucro ejus qui supra vixerit. Et qui supravixerit si cum legitimis haeredibus mortuus fuerit, deveniant haec omnia ad haeredes eodem jure beneficii. Quod, ut absit, si contigerit vobis ambos sine haeredibus mori, haec omnia integraliter revertantur sine aliqua occasione vel mora ad praedictam nostram Ecclesiam, cujus est jus & proprietas. Et si ego Rolandus praedictus Episcopus haec omnia cum meis Successoribus non observaverimus, vel vobis eam tollere, aut diminuere vel vestris haeredibus, ego tibi aut mei Successores per vim voluerimus; tunc promitto, atque obligo me, meosque Successores dare, vel componere vobis praedictis vestrisque haeredibus auri optimi libras sex, & post solutam poenam hoc beneficium permaneat in suo robore firmitate. Quod pactum per manus meas Gregorii Diaconi, atque Sanctae Ferrariensis Ecclesiae Notarii conscriptum veraciter usque ad finem deductum sub die, mense, & Indictionibus praescriptis omnibus rogatus complevi & dedi.

✠ *Ronus Judex Romani Juris Rolandum Episcopum rogantem videns ss.*

☧ *Ego Signoricus Sacri Palacii Judex interfui & subscripsi.*

Signum manus

Guidonis de Frederico & Gerli qui

Vitelo, & Pagani Alberici filius, &
Uberti . . . . Domni praescri-
pti Episcopi, & Agistulfi, Gisulfi, at-
que Ezolo Garzonis, Arimundi, Johannis
Tabelii, Adam de Avizo, Ungarelli,
& Vettuli ad omnia praedicta, tam re-
bellum est teste sicut supra legitur.

Noticia testium, idest		vir	testis	
Guidonis		vir	testis	
Teli Johannis		vir	testis	
Pagani		vir	testis	
Uberti Adam		vir	testis	
A filii Ungarelli		vir	testis	
Gisulfi		vir	testis	

		vir	testis	
Ezoli Ezo		vir	testis	
Garzonis		vir	testis	
Arizensi		vir	testis	

    Simile exemplum Emphyteusis prae-
bebit haec altera Charta, in qua o-
lim Nobilis Familia Mutinensis, nunc
autem extincta, de Bajoaria, memoratur. Ibi animadvertas velim, Albertum de Bajoaria, quod Vassallus
esset Bonifacii Marchionis Tusciae petiisse ab eo veniam, ut hanc Emphyteusim sibi conquirens a Monasterio
Nonantulano, quorundam agrorum
donationem eidem Coenobio faceret.

Libellus Adelaxiae uxoris Alberti de Bajoaria nobilis Mutinensis, per quem petit ac impetrat in emphyteusim multa bona a Rodulfo Abbate Monasterii Nonantulani, Anno 1043.

IN nomine Sanctae & individuae Trinitatis. Amen. Anni ab Incarna-
cione D. N. J C. Millesimo quadragesimo tercio, decimo Kal. Junias, Ind.
XI. Ego Adelaxia filia quondam Manfredi de loco Lazorzena, e coniux Alberti
de loco Bajoaria, per consensu ipsius
Alberti jugale meo, ac eidem Alberti
consensi, & licenciam dedi Domno Bo-
nefacius Marchius seniori nostro, et
vos Domnos Rodulfus Abba de Monasterio Abbacie Sancti Silvestri, sito Nonantule, ut tu mihi & et filii,
hac neporibus, qui de me, & de suprascripto Alberto jugale meo communi
nostro ampliare nati fuerint masculinis
filiis ensilibrotecaria nomine usque ad
expletam tercia generatione diebus vitae
nostrae concedere dignaretis: hoc est casis
& massariciis, seu omnibus rebus territoriis illis juris suprascripto Monasterio Abbacie Sancti Silvestri, quibus
sunt positis in locas et fundus Ussillia,
& ubi dicitur Bragensina, seu ubi vocatur Caridulo &c. Et ego quidem A-

delaxia presencialiter pro ipsis rebus
omnibus, quas vos petivi, dono, &
offero, & per Cartulam offensionis a
parte predicto Monasterio abendum confirmo, hoc sunt casis, & molendino,
seu rebus territoriis, qui sunt mas-
sos &c. in locas effundas, ubi dicitur
Patianum, & ubi vocatur Runco Benvo-
li, seu ubi nominatur Paida &c. Quidem & ego ipse Rodulfus Abbate ab-on-
didi, & petisionem suam intellexi &c.

    Ejusmodi Emphyteuseon alterum
quoque exemplum vide in Additam.
ad Chronicon Casaur. Par. II. Tomi
II. Rer. Ital. pag. 951. ubi Arte
Comes Anno 957. ab Helderico Abbate de Curte quadam investitur. Hisce Chartis nunc adjectam volo unam
ex Tabulario Benedictinorum Monasterii Regiensis Sancti Petri deprom-
tam, in qua Comes Abbo, & Dubita
ejus Conjux jura ac bona praememo-
rati Monasterii in Castro Gualterii titulo Emphyteusis adquirunt, ea condi-

ditione ut eorum quæque bona post vitam suam in ditionem Monachorum veniant. Nomina ista *Comitis Abbatis, & Duchissae,* cogitationes multas mihi ingessere, quum pere-

A grica sint, si propria putem, & magis etiam peregrina, si aliquem eorum titulum sine proprio nomine designet. Judicium suum, inspecta ipsa Charta, Lector pronuntiet.

Comitis Abbatis, & Duchissae ejus Conjugis concordia cum Attisulpho Abbate Monasterii S. Prosperi, nunc S. Petri, Regiensis de rebus Castri Gualterii Anno 1155.

IN nomine Dei æterni. Anno ab Incarnat. D. N. J. C. MCLV. de mense Junii, Ind. III. Breve recordationis ad memoriam retinendam: Qualiter Domnus Guido Abbas Monasterii S. Eli Prosperi de Regio, & Comes Atuos atque Duchilla Conjux sua inter se, convestari sunt de pacto & conventa, quod ipsi olim secerunt cum Domno Attinulfo Abbate Monasterii Sancti Prosperi. Placuit Comiti Abbati, & Uxori ejus petere Domnum Attinulfum, ut eis concedere dignaretur diebus vite eorum quicquid Monasterium Sancti Prosperi possidet, vel possidere videtur in Castro Gualterii prope Campigine ex parte Comitis Bosonis, & Uberti Comitis, & Comitisse Berte intus Castro, & foris, præter Ecclesiam ejusdem Castri cum omnibus ad eandem Ecclesiam pertinentibus, & mansos, quos Beatrix Matildis Comitissa dedit jam dicto Monasterio, & donum Prauli cum omnibus ad nostram partem Monasterii pertinentibus. Et ipsi Comes debet sibi acquirere, & vendicare partem Patris sui, & partem Ugonis Avunculi sui, & quidquid filii Ugonis Gislardi videntur tenere in predicto Castro & Curte tam intus, quam foris, eo videlicet ordine, ut per eos meliorentur, & non pejorentur. Et pro suprascriptis rebus, quas Monasterium nobis, qui supra jugalibus concessit, damus, & concedimus suprascri-

B pro Monasterio Sancti Prosperi ad jus & proprietatem quicquid nos q. s. Jugales habemus, & detinemus, aut per nos detente fiunt per quamcumque modo intus Castro Gualterii, quam e foris in predicta Curte omnia & ex omnibus a nobis pertinere videntur in. In, ita ut nos q. s. Jugalibus debeamus tenere & usufructuare rem meam & vestram diebus vite nostre, & non habemus potestatem de suprascripta re, scilicet de vestra, vel de nostra dare, vel aliquo modo transferre, nisi usufructuare diebus vite nostre, sicut supra legitur; post autem decessorum nostrorum, qui supra jugalium prenominatas res vestra & nostra deveniant in suprascripto Monasterio, cujus est proprietas, sine omni molestatione, quia sic nobis bona decrevit voluntas pro anime nostre mercede.

Actum in Castro Campigine in casa supradictorum Jugalium feliciter.

Signum manibus suprascriptorum Jugalium, qui hoc breve fieri & scribere rogaverunt, in qua etiam subter confirmans testibus cum stipulatione subnixa.

Testes interfuerunt Gerardus de Nizola, Ardicio Caritatis, Blancus Abbatis, Ruba Caradinus Regenti, Vitalis de Luzaria, Gerardus Tribugelus, Rodulfus de Fugita rogati sunt.

Ego Ingo Notarius Palatinus rogatus interfui & scripsi.

Septimo, jam diximus, sub Constantino Magno Ecclesias coepisse capere hereditates integras, & legata testatorum piorum. Nunc addo, sub Regibus Langobardis, quos nonnulli tantopere contemnunt aut execrantur, amplificatum fuisse jus testantibus, ut liberaliores in sacra loca forent. Praeter Legem VI. Lib. I. Liutprandi Regis: *Si quis Langobardus, ut habet &c.* ubi cuicumque facultas *pro anima sua judicandi de rebus suis tribuitur,* altera ejus Lex: *Hoc prosserimus,* Lib. IV. Cap. I. jubet, ut ne alicui, nisi aetatem annorum XVIII. superarit, liceat alienare res suas, sed simul addit, *ut si cuicumque ante ipsos decem & octo annos evenerit aegritudo, & se viderit ad mortis periculum tendere, habeat licentiam de rebus suis pro anima sua in sanctis Locis caussa pietatis, vel in Xenodochio, judicare quod voluerit; & quod judicaverit, stabile debeat permanere.* Hinc factum est, ut deinde in Langobardico Regno, vel ipsi pueri atque impuberes testari, suaque sacris Locis largiri sinerentur. Proinde creandi sunt Clerici & Monachi non segnes ex hujusmodi Legislatoris benignitate, atque ex puerorum tenera aetate profecisse non raro. Bina consuetudinis hujus exempla ex vetustis tabulis petita Lector accipiat. Primum spectat ad Annum 794. quo Adaldus Lucensis *infantulus,* gravi aegritudine laborans, multa donat majori Ecclesiae Lucensi, ea occasione memorans *constitutionem sanctae memoriae Liutprandi Regis.* Alterum pertinet ad Annum Christi Millesimum, quo *Guaiferius Comes, infantulus infra aetatem* aegrotans, Ecclesiae Sanctae Mariae Salernitanae terras donat, mentione quoque per ipsum facta legis Liutprandinae. Dixi Annum Millesimum, sed titubans dixi; fuit enim non unus Guaimarius Salernitanus Princeps, sub quo scripta fuit Charta. En utramque membranam, quarum primam ex vetusto antigrapho olim descripsi, existente in Archivo Archiepiscopii Lucensis; alteram vero suppeditavit mihi Tabularium Cavensis Monasterii.

Adaldus infantulus Lucensis ex aegritudine decumbens, domos nonnullas & agros majori Ecclesiae Lucensi Sancti Martini donat, Anno 794.

IN *Dei nomine, Regnante Domino nostro Carolo, gratia Dei, Rege Francorum & Langobardorum, atque Patricius Romanorum, quo cepit Langobardiam, & filii ejus Domini nostri Pippini Rege Anno Regni eorum Vigesimo primo, & Quartodecimo, Duodecimo die post Calendas Novembris, Indictione Tertia. Manifestum est mihi Adaldo infantulo filio b. m. Waltperti, quia dum forte aegritudo praeoccupatus videre, & me ad mortis periculum tendere videre considerantes me Dei omnipotentis misericordia pro redemptione anime mee, secundum constitutionem sanctae memoriae Liutprandi Rege, offero Deo & tibi Ecclesiae beatissimi Sancti Martini infra hanc Lucanam [*] urbem fundato ubi domus Episcoporum esse videtur, idest Casa avitationis meae quam habere videor in loco Arme Casa ipsa cum fundamento, Curte, orto, vel aliis edificiis, una cum terris, vineis, olivis, silvis, virgareis, pratis, pascuis, cultum,* saltum, vel incultum, mobilia vel immobilia, seu qui sementibus vel hominis omnia, & in omnibus quantum in eo loco abere videor in integro, similiter & Casa mea Massaricia quam abere visus sum in loco Viniale, qui regitur per Miprandulo, seu & alia Casa mea in ipso loco Viniale, qui rectu fuit per Ursulo, simulque & una Casa mea Massaricia in ipso loco Arme, que regitur per Reppolo Uppaldo, simul & Casa & res mea illa in loco Burgo, seu & Casa & res mea illa in loco qui dicitur Veteri, omni ipse suprascripte Case cum fundamentis, Cartis seu Ortalias vel aliis edificiis, una cum terris, vineis &c. quantum ad ipse suprascripte Case & pertinentes, vel in jam disse Cajas abere videor tam Sundriatibus Casis & rebus, quam & massariciis, vel in quacumque alie locus qualibet res per qualibet genio mihi est pertinentes, vel hominis in integro, ut dixi pro remedium ani-me offero Deo, & tibi suprascripte Ecclesie beatissimi Sancti Martini, ut hoc die in tua predicta Dei Ecclesie beati Sancti Martini...... de tuis rectoribus fit potestate in presente, ut omni in tempore hec mea offersionis Cartula in tali ordine firma, & stabiliter maneat, & pro confirmationem Ghisolperti scrivere rogavi. Actum Luca.

Signum manus Adaldi, qui hanc Cartulam fieri rogavit.

Ego Gumpertus Presbiter rogatus a Adaldo infantolo me teste subscripsi.

Ego Aiprandus Presbiter rogatus Adaldo infantolo me teste subscripsi.

Ego Pascalis Presbiter rogatus Adaldo infantolo me teste subscripsi.

Ego Ghisprandus rogatus Adaldo infantolo me teste subscripsi.

Ego Erminari Presbiter rogatus ab Adaldo infantolo me teste subscripsi.

Ego Ghisolpertus post tradita complevi, & dedi.

Guaiferii Comitis in puerili aetate constituti donatio facta Ecclesiae S. Mariae Salernitanae, Anno 1050.

IN nomine Domini. Duodecimo Anno Principatus Domni nostri Guaimarii, mense Augustus, XIII. Indictione. Ideoque ego Infantulus infra etate nomine Gaiferio Comes, filius quondam Landuarii Comitis, clarefacio abere terra intus bonc Salernitanam Cibitatem inter muro & muricino a saper, & propinquo Ecclesia Sanctae Mariae pertinentem ipsius Domni Principis, & Joanni Comiti germano ejus. Et ipsa terra mihi est pertinentes a pars supradicti Genitoris mei, & ipsius Genitori meo pertinentes fuit a pars Genitori sui; & ipsius Genitori mei in sortionem obvenit a germanis sui; & ipse Genitor meus terram ipsam ad Casa faciendam datam habuit ad Foretanis hominibus, sicut continet Brevu, quod ad ipsi Foretani habui, quae est terra ipsa conjuncta ad muro betere de ista Cibitate, & de subter parte ad biam. Et congruum est mihi pro mea anima inclyta ipsa terra, in qua ipsi Foretani Casum fecerunt, offerre in praefatam Ecclesiam Sanctae Mariae, in qua Dandellus Presbyter & Abbas praeest. Et dum ego suprascripto Guaiferio a magna aegritudine deprehensus sum; & in Lex nostra Longobardorum continet, ut si cujuscumque ante decem & octo annos obvenerit aegritudo, & se biderit ad mortis periculum tendere, licentiam haberet de

rebus

rebus suis pro anima sua in Sanctis locis causa pietatis, vel in Sinodochio judicare quod voluerit, & quod judicaberit pro anima sua, stabilem permaneret. Et ideo ego Guaiferius per hanc Chartulam obtulimus, Deo, & ipsa Ecclesia Sanctae Mariae inclyta ipsa terra, in qua ipsi Foretani Casa factam habent; cum omnia intra se abentibus, & suis pertinentiis, & cum bice de bia sua, & cum fortionem meam de ipsa figmamina de ipsa Casa in eadem Ecclesia offerui ad securiter amoda, & semper pars ipsius Ecclesiae, ejusque Rectores illuc abentlum, possidendum, dominandum, omnis exinde faciendum quod voluerit. De qua obliga me quo supra Guaiferio, & meis heredibus amoda & semper amestandum & defensandum ad partes ipsius Ecclesiae, & ad Rectores ejus inclyta supradicta mea offertione de omnes homines omnique partibus. Si taliter illut ad pars ipsius Ecclesiae non defensaberimus, aut si ego, vel meis heredibus, quomodocumque vel qualicumque ratione quesierimus illut, vel exinde de potestate ipsius Ecclesiae, vel de Rectores ejus tollere aut comme, aut si quod cansationes inde proposuerimus, componere bobliga me, & meis heredibus in ipsa Ecclesia, & ad Rectores ejus tricentas auri solidos Const. & sicut superius legitur, illut in ipsa Ecclesia defensemus. Et quando pars ipsius Ecclesiae, vel Rectores ejus voluerit de supradicta nostra offertione esse ambures, potestatem habent bice nostra in omnibus inde caussare, & sinarm facere, qualiter voluerit, cum quale monimen & rationem inde habere potuerit. Tantum de supradicta nostra offertione excepsuabi quarta Albarae Genitricis meae, quod per suam Morginacaput legibus ibidem habere debet. Illo alius de ipsa terra & Casa in ipsa Ecclesia offerui; & supradicto of-

sertione feci ante presentiam Petri Judici, & subscripsi idoneis hominibus, & taliter scribere rogabimus ti Petrus Notarius. Actam Salerno.

✠ Ego qui supra Petrus Judex.

Testium consuetudinis hujus exemplum acceptum refero Lucensis Archiepiscopii supra memorati Archivo, ubi Hubertus, & quidem infantulus, ex genere Saracenorum, Liutprandi lege usus, plis locis res suas elargitur. Haec tantum inde excerpsi. *Herricus Imperator Augusto, Anno Imperii ejus una Italia Quinto, quartodecimo Kal. Octobris, Indict. Secundi,* (hoc est Anno 1018.) *Manifestus sum ego Huberto infantulo, qui Atelio vocor, filia b. m. Hughi ex genere Saracenorum, qui Bellabertis vocabatur, quia dum Dominus in egritudine dignatus fuisset ego me vidisse ad mortale occasu trahere, si justis legem, quod Dominus Liuprandus Rex in Edicto firmavit: Si quicumque infantulo ante decem & octo annos advenerit aegritudo, & si viderit ad mortis periculo tendere, abeat licentia de rebus suis pro anima sua judicandi in sanctis locis causa pietatis, vel in Sinedochia judicare quod voluerit, & quod judicaverit pro anima sua, stabile debeat permanere. Praeterea ego qui supra Uberto infantulo, qui Melio vocor, previdi pro anima mea ex rebus meis causas pietatis in sanctis locis judicare per hanc judicati Cartula pro anima mea &c.* Ita in Diplomate Ludovici II. Augusti apud Ughellium Tom. IV. Ital. Sac. confirmantur Bobiensi Coenobio res, quas Petrus infantulas in extremis positus tradidit. Neque tantum suador a piis hujusmodi Pueris consequuti sunt Monachi, sed & Castella ipsa ut parebit ex Diplomate, quod archetypum vi-

di

di in Tabulario Abbatiae Veronensis Sancti Zenonis, ubi *Castrum*, quod dicitur *Capetum*, a puero *Uberto* pro remedio animae suae, suorumque parentum Monasterio Sancti Zenonis judica- cum atque traditum cum omni arbitrio & districtione commemorantur. Et integrum praeceptum ipsum adhuc luci redditum.

Henrici Regis Quarti, Imperatoris Tertii, Diploma, quo nonnulla Castella confirmat Monasterio Veronensi S. Zenonis Anno 1090.

IN nomine Sanctae & individuae Trinitatis. *Heinricus divina favente Clementia Romanorum Imperator Augustus. Imperialem sublimitatem condecet &c. Hac ergo justa & aequa consideratione propter Domini timorem, & animae nostrae, vel parentum nostrorum remedium Monasterio beati Zenonis per hanc praesentem nostrae munificentiae auctoritatem perpetuo confirmamus, modisque omnibus corroboramus. Idest in Judiciaria Gardense Castellum, quod nominatur Pastoringo, quod Monasterio Sancti Zenonis bonae memoriae Arduinus Comes, & filius ejus Eriprandus pro remedio animarum suarum per Cartam offersionis contulerunt cum omnibus pertinentiis suis &c. Necnon & Castellum quod vocatur Insula Nonense, quod ad ipsum Monasterium per offersionem, donationem, atque comparationem devenit, cum omni reddita, & districta, & sedra &c. Placuit etiam nostrae Serenitati ob aeternam remunerationem statuendo,..... ut Castrum, quod dicitur Capevum, quod a puero Uberto pro remedio animae suae, suorumque parentum, Monasterio Sancti Zenonis judicatum, atque traditum esse cognoscitur, cum omnibus rebus jam dicti Castri pertinentibus, seu famulis, saliciis, cum omni debita districtione: Quod denique confirmamus etiam dicto Monasterio Sancti Zenonis ad suorum praebenda Monachorum eleemosinam proprietamus cum omnibus suis pertinentiis, districtiis &c. Si quis igitur Dux, Marchio &c.*

Signum Domni Henrici Tercii Invictissimi Imperatoris Augusti

Locus ✠ *Sigilli Cerei deperditi.*

Ego Opevius Dei gratia Hiporiensis Episcopus & Cancellarius vice Herimanni Cancellarii recognovi.

.... Dominicae Incarnationis Millesimo Nonagesimo. VI. Indictione, Regnante Henrico Imperatore III. Regni ejus XXXIIII. Imperii autem VIII. Hac actum est IIII. Id. Aprilis Veronae. In Dei nomine feliciter. Amen.

Alla-

Armaca, quamquam ex illa universali Lege cuicumque liceret de
propriis suis rebus judicare pro anima,
nihilominus interdum erant, qui
eamdem facultatem sibi concedendam,
aut confirmandam curabant ab Imperatoribus. Rem certam faciet Praeceptum Ottonis III. Augusti ex Archivo Sublacensis Monasterii deprom-

A. tum. Si quis verò contendat, ejusmodi facultatem a Petro Monacho
petitam fuisse, quod ageretur de terra beneficiaria, sive Feudalibus,
aut Emphyteoticis, a Fisco penden-
tibus, quas sine venia Regis donare
nefas erat, non repugnabo. Tu interim ipsam Diploma accipe.

Otto III. Imperator Petro Monacho Sublacensi facultatem concedit
construendae Ecclesiae super Cisternam in Cicerara Anno 999.

IN nomine Sanctae & individuae Trinitatis. Otto superna jubente clementia Romanorum Imperator Augustus.
Notum sit omnibus fidelibus nostris
praesentibus atque futuris, quod nos
concessimus cuidam Monacho Petro Presbitero pro animae nostrae remedio, ut
licentiam fas & potestatem habeat Ecclesiam construendi & faciendi super Cisternam, quae est posita in Cicerara,
& omnia infra & desuper eamdem Cisternam cum omnibus terris, vineis,
hortis juste & legaliter acquisitis comparatis, seu de paterno aut materno
jure sibi dimissis, hoc nostro Imperiali
praecepto confirmamus eo tenore, ut

B. omnes proprietates ejus, & Fratrum
suorum, qui portiones suas sibi dederunt, liberam habeant licentiam dandi,
vendendi, pro anima judicandi, in Ecclesia mittendi, & quicquid sibi libue-
rit, exinde faciendi. Si quis autem
hoc facere prohibuerit, & Ecclesiam
construere super eamdem Cisternam con-
tradixerit, seu in aliqua re huc prae-
C. ceptum violaverit, sciat se compositurum auri optimi libras XX. medietatem Kamerae nostrae, & medietatem
praefato Petro Monacho. Quod ut verius credatur hanc paginam manu propria corroborantes, bullari praecepimus.

Signum Domni Ottonis [monogram] *Imperatoris Augusti.*

Eribertus Cancellarius vice Petri Cumani Episcopi recognovi.

*Data III. Id. Augusti. Anno Dominicae Incarnationis DCCCCXCVIIII. Indict. XII.
Anno Tertii Ottonis regnantis XVI. Imperii IV. Acta Sublaci in Sancto
Benedicto.*

Octavo, eorum temporum mos
fuit, quam bella imminebant (saepe
verò imminebant, atque agitabantur)
ad exercitum ciere quoscumque ar-

D. mis aptos; immo hujusmodi copias
Franci Reges, Italiae quoque dominati, interdum in Gallias atque Germaniam pertraxere, ut eas hostibus
Imperii

Imperii opponerent. Tunc ergo incerti militiae eventus, & opis Divinae supra solitum implorandae necessitas in tanto discrimine, ipsaque etiam, ut par est credere, pia Ecclesiasticae gentis hortamenta, tunc nullo negotio hominem inducebant, ut rebus suis consuleret, esique, dum liberi deessent, Deo offerret. Tabulas testes profero. Anno Christi 755. inter Aistulphum Langobardorum Regem foedifragum, & eorum, quae sono praecedenti pactus fuerat, immemorem, atque Pippinum Francorum Regem, pro Romano Pontifice Stephano II. stantem, denuo belli incendia exarserunt. Tunc Langobardus quidquid militum contrahere potuit, ad Alpium fauces deduxit, Francis irruentibus iter praeclusurus.

Itaque sub idem tempus Guiprandus Civis Lucensis, V. D. (fortasse *Vir disertus*, quod vocabulum adhuc in Tabellionum Lucensium foro versatur) Ecclesiae Sancti Frigidiani dono dedit agrum unà cum domo, caussam etiam donationis praeferens, nempe *quia in exercitu versus Franciam compulsus erat ambulare*. Memorantur etiam in Lege Caroli M. inter Langobardicas *traditiones in hoste factae ad Casam Dei*. Nunc habeto Chartam ex Archivo Lucensi depromptam, quae tamen vitio laborare mihi deprehensa est; neque enim Anno Christi 755. decurrere potuit *Annus Octavus Aistulphi Regis*. Vide **Differt. LIX** *de Civium immunitatibus*.

Guiprandus Civis Lucensis, antequam militari expeditioni in Francos se jungat, praedium offert Ecclesiae Lucensi Sancti Frigidiani, Anno 755.

IN nomine Domini nostri Jesu Christi Regnante Domno nostro Aistolf Rege Anno Regni ejus Octavo, Mensis Augusti, Inditione Octava feliciter. Guiprand V. D. tibi Ecclesia Beati Sancti Frigidiano loco Gritiano p. p. sal. d. Manifestus sum ego nominatus Guiprand V. D. quia in exercitu ad Francia tefosus sum ambulandum; proinde consideratus sum Dei timore ac mercede anime me, qualiter aliquantis rebus meis pro anima mea Dominum offeras, qualiter mihi Dominus pro parva tribuat magna, pro terrena celestia, pro temporalia sempiterna. Quidquid hic relinquimus, alienum est, & quod in Sanctorum locibus condonamus, ea nobis in perpetuum latere vidimus, sicut Dominus ait, centuplum reddat vobis in vita eterna. Et ideo ego qui supra Gui-

prand. V. D. offero Deo & tibi Ecclesie Beati Sancti Frigidiani, & Preslitero, qui inibi ordinatus est, aut in antea fuerit, casa ubi Filerat Musfario residet hic in Gratiano una cum terra &c. et de ipso parvo munusculo luminaria Sanctorum Dei facias, & pro mee satimora Dominus deprecetur, & Missarum solemnitate celebriter qualiter in futuro eterno inveniat requiem: Et hoc tale ut quoad vivero mererere, ut ipsa casa cum omni ad se pertinente in mea sit potestatem; post vero meo decesso, sicut superius legitur, ipsa casa Ecclesia Beati Sancti Frigidiani possedeas. Et quis post meo obite ipso parvo munusculo da ipso Sancto loco subtragi voluerit de heredibus meis, qui mihi in divisione de germanis meis obvenit in Dei iracora judicium, & cum Juda

...la ... purtic.e, & p..., per componat ... decretum, & pagina in
sua maneat firmitatem, quam desu-
meris pagina Sichipert animo mea scribere rogavi jure stipulatione & sponsio-
ne solemniter interposita. Actum in
Griciano Regnum & Indictione suprascripta.

Signum manus Gaiprand V. D. auctori.

Signum manus Rotcaido V. D. germano ejus testis.

Signum manus Gausfert V. D. similiter germano ejus testis &c.

Ego Sichipert post roborata & ante
presentia testium super...... rio ro-
gante vidi, deplivi, & dedi.

Nota. praecedens Charta alteram
nobis veterum Seculorum consuetudinem in memoriam revocat; nempe Christianos homines, non solùm
in postremis tabulis, sed per donationem etiam inter vivos, quamplurima dedisse piae liberalitatis exempla in loca Deo dicata, quamquam
plerumque donatarum rerum usumfructum sibi reservarent, dum in vivis essent. Plerique nunc sacris locis
sua donantes, in testamentis id prae-
stant, quae liberum iis est immuta-
re ac delere, dum vivant. Certior
methodus aliena capiendi tunc erat
Ecclesiis; facile enim dona a viventibus impetrabant contractu stabili,
ac nunquam amplius scindendo, e-
tiamsi non nisi post donatorum mortem patrimonio Ecclesiastico eadem
adcrescerent. Immo quum nonnullos
interdum donationis factae poeniteret,
aliaque in aliorum jus donata trans-
ferrent, ad Cleri petitionem intercessit Carolus Magnus, ne id amplius facere liceret. Vide Legem
LXXVIII. inter Langobardicas ejusdem Augusti: *Si quis Langobardus,*
... jarum ...... &c. ubi haec ille:
Postquam unam de rebus tuis tradicio-
nem feceris, aliam de ipsis rebus fa-
ciendi nullam habes potestatem. Ita
tamen, si usumfructum voluerit habere
precariam, res traditas usque in tem-
pus definitum possidendi sit concessa fa-
cultas. Innumerabilia sunt in Archivis hujusmodi piarum donationum
inter vivos monumenta, pluraque
etiam exhibebit hic Liber: quare
exemplis parco.

Decimo, invaluit in Italiae partibus nonnullis, fortassis etiam in cunctis, opinio, quam nemo non intel-
ligat plurimum augmenti contulisse
Ecclesiasticorum opibus. Nempe de-
praedicata est veluti singularis via
demerendi Numinis in terra, ejusque
tandem beatissimi Regni impetran-
di, pia munificentia in loca Deo dicata. Proinde tam saepe occurrit in
vetustis Chartis vulgaris illa Nota-
riorum formula: *Quisquis in sanctis*
ac venerabilibus locis ex suis aliquid
contulerit rebus, juxta Auctoris vocem
in hoc Saeculo centuplum accipiat, in-
super & quod melius est vitam posside-
bit aeternam. Usitatissima fuit formula haec apud Lombardos, praecipu-
e Saeculo X. & subsequentibus.
Eam tamen vide longe antea adhibitam in Charta Anni 872. spectante
ad Monasterium Casauriense, quam
protuli Par. II. Tom. II. Rer. Italic.
pag. 934. Vide & Chartam Pauli
Regiensis Episcopi scriptam Anno
Christi 885. apud Ughellium, ubi
eadem formula occurrit. Sed omnium
vetustissima mihi videtur formula,
expressa in Charta Anni 769. edita
a Clariss. Marchione Maff.io pag.
375. Veronae Illustr. ubi legitur:
Quidquid tamen in loco venerabili con-
tuleris, centuplum accipias, & insuper
vitam hereditabit possidebit. Quid Auc-
cioris

*...*toris nomine (Actoris etiam interdum scribebant) significare voluerint
Notarii, sive homines eorum temporum, definire non ausim. Christi Re-
demtoris vocem in postremis verbis
audis; verùm priora ad divinum
praeceptorem minime spectant, qui
eleemosynam quidem in Pauperes mire commendavit, summisque prae-
miis eidem propositis inculcavit; nusquam verò diserta oratione auctor
fuit, ut eamdem in sacra Templa,
nedum in sola Templa, effundere-
mus. Itaque suspicari quisquam posset, pium aliquem Scriptorem, sed
ignotum, sub *Actoris*, aut *Anctoris*
appellatione venisse, cui haec verba
olim exciderint, quasi dicerent, Notarii: *secondo il parere d'un Autore.*
Petrus Cellensis Lib. IV. Epist. X.
Actorem pro *Auctore* & Ipse usurpat.
Verùm in Diplomate Lupi Ducis
Spoletani Anno Christi 751. edito
pag. 339. Part. II. Tomi II. Rer.
Italicarum occurrit: *quia Auctor noster pro nostra salute suum sanguinem
effudit;* ac propterea intelligimus,
sub *Auctoris* quoque voce designatum
fuisse olim Redemtorem nostrum.
Hac autem opinione tunc imbuti Fideles, quid mirum, si certatim novis donis Templa ac Coenobia cu-
mularent! Atque eo saepius recide-
bant tot laudes Eleemosynae, ut
sanctis ac venerabilibus locis populus
liberalem se praeberet. In hanc etiam
rem vidi efficacissimam formulam
adhibitam in donationis Charta,
quam ex Archivo Sanctimonialium
Ferrariensium Sancti Silvestri descriptam ad me misit Joseph Antmo?
Scalabrinius mihi non semel in hoc
Opere laudatus. Nempe ibi dicitur:
*Inter ceteras donationes maxime illa
datio principatum tenet, quae pro salute atque remedia animarum efficitur.*
Chartam ipsam exerendam puto.

Donatio facta Bertae Abbatissae Monasterii Ferrariensis Sancti Silvestri a quodam Verardo, Anno 1114.

*IN nomine Sanctae Trinitatis. Anno
Domini Millesimo Centesimo Quartodecimo, Imperante Heinrico Quarto,
anno tertio, die V. mensis Januarii,
Indictione VII. in Foro mortuo. Inter
ceteras donationes maxime illa datio
principatum tenet, que pro salute atque remedia animarum efficitur, &
per quam vita beterna speratur. Unde
profitear me ego Verardus, qui sum habitator in Villa de Foro Mortuo, zelo
Dei tactus, pro salute & remedio a-
nime mee mearumque parentum, tibi
presenti Guidoni Presbitero, qui manu-
re videris ad servientum Ecclesie Cosme
& Damiani, & per te in venerabili
Monasterio Sancti Silvestri, in quo Deo
gubernante precise videtur Domna Berta nobilissima Abbatissa, suisque suc-
cestricibus in perpetuum: hoc est ordinet
tres vinearum cum terra sua, & quas
tuncunque mihi pertinet in capite predicti ordines in integrum, qui sunt positi in eodem Foro Mortuo prope Ecclesiam Sanctorum Cosme & Damiani, ab
uno latere Guinternus & Orlandus germani cum suis confratribus, ab alio latere juxta predicti Monasterii, ab uno
capite Guilielmus, ab alio capite Via
publica, & usque ad medium Canale.
Ut modo a presente die liceat tibi in
vice antedicte Abbatisse, suisque succes-
siricibus, antedictam rem habere, tenere, & fidare jure dominii predicti Mo-*

naste-

...asterii in perpetuum. Unde investito-
rem tibi do Marlueffellum, qui te in
vice Ecclefie inveftias jure proprietatis
nomine. Quinetiam fpondeo ego antefa-
tus Verardus donator & pro meis filiis & heredibus, hanc donacionis paginam, ut fuperius legitur, firmam tenere & confervare & defenfare & au-
thorizare, fub pena rei duple reftitue-
re, & foluta pena hujus donacionis pagina in fua firmitate maneat. Quam
fcribere rogavi Dominicus, Dei nutu,
Notarius fub die menfis, & Indicione
fuprafcripta.

+ Signum manus predicti Verardi
donatoris ad omnia fuprafcripta.

Signa & nomina teftium hæc funt,
Markio de Foro Mortuo.
Martinus Boncone.
Johannes.
Petrus Bezo: teftes rogati ad omnia
fuprafcripta.

Ego Dominicus divina favente clementia Notarius rogatus a fuprafcripto
Verardo donatore, ut fuperius, complevi
& abfolvi.

Et fane injufte non agam cum
majoribus noftris, fi dixero, tum per-
fuafionibus, tum terroribus, atque
confiliis, egiffe ejus temporis Monachos, ut a piis hominibus quæcumque poffent emungerent, afferendo
non folum, omnium operum Deo
gratiffimum effe Seculo renuntiare,
& Monafticam induere veftem. Quod
fi id minime affequebantur, faltem
perfuadebant, *nullum effe melius inter
eleemofynarum virtutes, quam fi de propriis fubftantiis in Monafterium concederetur.* Mihi fidem fortaffe non ad-
hibeas, verum adhibebis Chartæ,
quam evulgare conftitui. Eam ex
Archivo Monafterii Tremitenfis de-
fcriptam ad me mifit Alexander Pom-
peius Bertius CL. Reg. Congreg. Matris
Dei, doctiffimus amicus meus. Heic
tamen Chronologicas notas vitio aliquo laborare opinor, fi legitimis calculis ufus eft Camillus Peregrinius
in Stemmate Principum Capuæ Par.
I. Tom. II. Rer. Italicarum. Pro
Quadragefimo fcriberem *Trigefimo.* A-
dam vero Abbas heic memoratus ille idem eft, qui, Oftienfi tefte Lib.
III. Cap. 27. Chron. Cafin. *multorum
facinorum reus convictus,* jubente fan-
ctiffimo & celeberrimo viro Defide-
rio Cafineofi Abbate, ab eo Monafterio amotus fuit.

Donatio Tremitenfi Monafterio, ejufque Abbati Adam facta a Malfreda, five Malfria Marchione, Taffalgardi Comitis filio, Anno 1055.

IN nomine Domini. Amen. Anno
Quadragefimo fexto Principatus Domini Pandulfi gloriofi Principis, & Nono Anno Principatus Domini Landulfi
filii ejus menfe Novembris. Octava Indictione. Idcoque ego Malfreda Marchione filius quondam bonae memoriae Taffalgardi Comitis clarefactio,
cum quadam die tacitus refiderem, cogitare cepi intra me metipfum qualiter
in peccatis conceptus fum, & natus, &
qualiter ab infantia mea die noctuque
per horis atque momentis innumerabilia
peccata commifi, & qualiter in tre-
menda judicio de omnibus factis meis,
& cogitationum mearum Domino rationem redditurus fum. & qualiter a
juxto Judice unufquifque accipiet fecundum opera fua, & cogitare cepi qualiter impii, & peccatores, qui hic peccata

cara jus redimere negligunt, & in perpetua poena cum Diabolo damnabuntur, & justi, & Dei electi cum Domino exaltabuntur. Et subito respexit in me divina pietas, & compunctum est cor meum cum tremore, & extenuatione cordis, & cepi anxie querere consilium Sacerdotibus, & Religiosis Viris, quomodo peccata mea redimere possem, & iram aeterni Judicis evadere. Accepto consilio ab eis, excepto si renunciare Seculum possem, nullum esse melius inter eleemosinarum virtutes, quam si de meis propriis substanciis in Monasterium concederem. Hoc consilium ab eis libenter, & ardentissimo animo ego accepi, & cepi querere & cogitare in memetipso quae de meis rebus offerre in Monasterium possem, & subito Domino concedente inveni locum, qui bene aptatum est, ubi dedicata est Ecclesia Beati Petri Apostoli in loco, qui Palianum vocatur. Nunc autem & integrum est mihi bona mea voluntate, & pro firma stabilitate interesse fecimus Guidonem Judicem, & alios bonos homines, per hanc enim Cartulam juxta legem trado, & offero ipsam supradictam Ecclesiam in Monasterium Beatae Dei Genitricis, & Virginis Mariae, quod dicatum est in Insula, quae Tremiti vocatur, pro redemptione animae meae, meorumque parentum, ut aeternam vitam percipere mereamur. In eadem lege sicuti Domnus Liutprandus Rex in edictis Langobardorum instituit: Si quis Longobardus habet casum humanae fragilitatis, potestatem habeat dum vivit, & recte potest loqui, pro anima sua judicandi & dispensandi, quantum qualiter voluerit; & quod judicaverit, stabile debere permanere. Similiter & in alio suo Capitulo sic affixit: Si quis in Ecclesia, aut in loca Sanctorum, aut in Sinodochia pro anima sua aliquid de-

derit, stabile permaneat. Haec omnia sicut superius legitur cum puro animo, & sincero corde trado, & offero pro redemptione animae meae ego supradictus Malfria Marchione, ut nobis Dominus Jesus Christus veniam de peccatis nostris tribuere dignetur, & ad suam sanctam dexteram cum electis suis perducere dignetur. Et ego supradictus Alalfreda trado, & offero jam praedictam Ecclesiam in Ecclesia Beatae Mariae cum omnibus infra se habentibus, & cum legitimis transitis, & exitis suis, & cum sylvis & pascuis, aquis, pratis, & cum omni suo parata ubicumque fuerit, & cum sua pertinentia intus Castello, vel de foris totum trado, & offero in supradicto Monasterio Beatae Mariae, ubi nunc presenti tempore Domnus Adam Venerabilis Abbas regimen tenere videtur, & Ecclesiam meam cum omnibus pertinentiis suis, & haec sunt fines illius terrae. In primis de capite . . . . in pertinentiis de rena de causa in capite Vallencelli, & per ipsum Allonem descendis in aquam vivam, de ipsa aqua viva vadit ad ulmum, qui est in latere Vinealis supradictae Ecclesiae Sancti Petri, & transit in pede Vinealis in via publica, & vadit in Vineas illas, & pergit in l'Allonem de lo Rovito, & per ipsam Vallem descendit in Via publica Sancti Leucii, & intrat per vallem Cole Maritelli a parte Sancti Petri, & ascendit usque in Via publica, quae redit ad Serram, & descendit per ipsam viam in priori fine, in predicto Vallecello de Vena de Causa, & offero unam Ecclesiam vocabula Sancti Johannis Baptistae de meo Castello Venamajoris, cum uno Libro Comite, & duo Antiphonaria unum diei, & alterum de nocte, & cum omni ornata de rebus mobilibus pertinentes prefatae Ecclesiae Sancti Johannis Baptistae, quae

est

est juxta Castellum meum de Vesa majoris exterius. Simulque offero in praedictam Ecclesiam, & tibi Adam Abbati tres partes de una Ecclesia vocabulo Sanctae Mariae, quae constituta est in eadem Castella mea, cum tribus partibus de omnibus rebus, quae pertinent ad praedictam Ecclesiam. Si quis autem de ista mea offertione qualiscumque de meis heredibus aut ... fuerit aliquam causationem, vel minuere, aut molestare, sive invadere presumpserit, per hoc in ira summae, & individuae Trinitatis incurrat. & descendat super eum Paterna maledictio, & habeat partem cum Juda traditore Domini, qui ab Apostolico Agmine segregatus est, & cum impiis & sacrilegis aggregatus est. Et pars illius sit in Stagnum ignis ardentis, & sulphuris. Et insuper promitto ego supradictus Malfrid Marchione, & obligo me & meos heredes in predicto Monasterio Beatae Mariae eisque Rectoribus, quod omnia sicut supra scriptum est si sic non adimpleverimus, aut si non observaverimus, aut si quis hanc nostra scripta offertione, atque traditione aliquid tollere, vel minuere nos quaesierimus, ut componamus ego Malfrid Marchione meosque haeredes in praephato Monasterio eisque Rectoribus cui ex nostris culpa clarum erit poena auri centum libras. Et Cartula ista offertionis, atque traditionis omni quoque tempore firma, & stabilis permaneat, & nos ab omnibus hominibus autestemur, & defendamus. Et hanc Cartulam offertionis rogata a supradicto Malfrid Marchione scripsi ego Agelbertus Notarius, Acta in Civitate Campomariai feliciter &c.

   ✠ Ego quis Guido Judex.
   ✠ Ego Lardumannus.
   ✠ Ego . . . .
   ✠ Ademulfus.

Potissimum verò erga illa Templa, ubi sepulturam fideles sibi conquirebant, liberaliores esse consuerunt. Abundant ejus moris exempla: ego unum tantummodo innuam. Insignem Curtem de Lemonia Ambrosiano Coenobio Mediolanensi collatam saepe Lector invenerit in Monumentis Basilicae Ambrosianae a Puricellio evulgatis. Eadem verò Benedictinis Monachis, sacrum illum locum tunc incolentibus, dono data fuit a Lothario I. Augusto Anno Ch. 830. ad petitionem *Hirmingardis* dilectae coniugis, ex dilectione fratris sui, puerili elegantia delati, *Hugenis* nomine, ad emolumentum mercedis in loco, quo ipse corpore humatus extitit, Coemeterio scilicet *Sancti Ambrosii*. Ut hoc obiter adnotem, Sammarthani in Genealogica Historia Regum Francorum mortem *Hirmingardae Augustae* Anno 851. contigisse tradunt. Sed vide Additamenta ad Chronicon Casauriense a me edita Par. II. Tom I II. Rer. Italic. pag. 936. ubi Charta legitur, Anno Ch. 856. scripta, in qua Liuthardus Diaconus, & Conradus germani, quasdam *Cortes* vendunt *Domnae Hermengardae Reginae* adhuc viventi. Vide etiam pag. 808. Diploma Ludovici II. Augusti ejus filii Anno Ch. 874. confirmantis Monasterio Casauriensi ipsas easdem Cortes, quas bonae memoriae *Hirmingarda* genitrix nostra per Chartulam a quibusdam fratribus *Liutardo Diacono*, & *Conrado* germanis conquisierat; ut intelligas. *Hirmingardam Reginam* eamdem fuisse cum Augusta conjuge Lotharii I.

Undecimo, praeter ea, quae Imperatores, Reges, aliique veterum Seculorum potentes in pia loca conferre solebant, alia quoque Secularibus viris, amoris, liberalitatis, aut remared...aerationis gratia largiebantur, addita etiam potestate *judicandi pro anima*, hoc est ea, si vellent in Ecclesiarum, Monasteriorum, ac Hospitalium jus transferendi, quamquam Beneficio, sive Feudo obnoxia. Ea ratione fiebat, ut multa Regum dona, etsi non recto tramite, saltem per alienam manum, Ecclesiastico patrimonio adderentur. Exemplum accipe, quod mihi suppeditavit nobile Canonicorum Regiensium Archivum in Diplomate authographo insequenti.

Donatio quarumdam terrarum facta a Berengario I. Italiae Rege Roberto Vasso Adelgisi Comitis Anno 8no.

IN nomine Domini nostri Jesu Christi Dei aeterni Berengarius Rex. Si Fidelium nostrarum petitionibus aures clementiae nostrae inclinamus, fideliores ac promptiores eos in nostro esse credimus servitio. Quapropter omnium fidelium Sanctae Dei Ecclesiae, nostrarumque praesentium scilicet ac futurorum temporum industria, qualiter interventu ac petitione Adelardi Venerabilis Episcopi, nec non & Adelgisi Illustris Comitis & dilecti fidelis nostri, pro amore Dei omnipotentis, animaeque nostrae, omniumque parentum nostrorum mercede, & ejus servitium assiduum, contedimus Roberto Vasso ejusdem Adelgisi Comitis sortes sex cum omnibus pertinentiis earum, & filiis in Vico, qui dicitur Reverete, infra fines Pasteras, vel Fossa Robeda, quam pertinent de Corte nostra Mercomadego, adjacetque in Comitatu Regiensi, omnia, quae de suprascripta Corte nostra pertinent in ipsa Villa in integrum transfundimus jure proprietario, ac perdonamus, Casis videlicet, servis, hortis, pratis, pascuis, vineis, campis, cultis & incultis, arboribus pomiferis, & impomiferis, silvis, montibus, vallibus, planisque rebus, ripis, rupinis, aquis, aquarumque decursibus, seu & molendinis, servis quoque & familiis atriusque sexus; ut habeat, teneat, atque possideat, faciatque exinde quidquid ejus decreverit animus vel voluntas, potestatemque habeat donandi, vendendi, commutandi, seu pro anima judicandi, vel quicquid voluerit faciendi, remota totius potestatis inquietudine. Si quis autem contra hoc nostrum praeceptum quandoque insurgere temptaverit, sciat se compositurum viginti libras auri optimi, medietatem Palatio nostro e medietatem sepe nominato Roperto, suisque heredibus. Ut autem ab omnibus verius credatur, diligentiusque observetur, manu propria subter confirmavimus, & anuli nostri impressione insigniri jussimus.

Signum Domni Regis  *Berengari Gloriosissimi.*

Re . . aldus Notarius juffione Regis ad vicem Adelardi Epifcopi & Archicancellarii, recognovi.

Data XIII. Kal. Novemb. Anno Incarnationis Domini DCCC. & XC. Anno vero Regni Domni Berengari Gloriofiffimi Regis III. Indic. VIIII. Actum Verona ad Ecclefiam Sanctae Anaftafiae in Dei nomine feliciter. Amen.

Quae heic Berengarius elargitur Roberto Vaffo Adelgifi, Comitis, ut puto, Regienfis, en par eft credere in Ecclefiam Regienfem fuiffe transfufa, quando apud eofdem Canonicos Privilegium adfervatur. Tu interea Si- | A | gillum *Berengarii Regis* intuere, quod incolume adhuc membranae adfixum legitur. Quantum quidem mihi vifum eft, Berengarii facies juvenem Principem, ne dicam adolefcentem; exhibebat, ita ut optmari cogamur, eum viridi aetate Anno 888. Regnum iniiffe. Alia exempla facultatis conceffae judicandi pro anima fuppeditabuntur nobis a duobus aliis Diplomatis ejufdem Berengarii Imperatoris. Eo primum. quod ex Archivo Coenobii Veronenfis Sancti Zenonis defcripfi, ubi ejus archetypum exftat.

Donatio Manfi unius facta a Berengario I. Rege Boniperto Presbytero & Oratori fuo Anno 896.

IN nomine Sanctae, & individuae Trinitatis. Berengarius divina favente clementia Rex. Si famulos Dei divinis obfequiis jugiter vacantes clementer juvare ftuduerimus ob hoc nos poffe aeternam adipifci praemia liquido confidimus. Quapropter omnium fidelium Sanctae Dei Ecclefiae, noftrorumque prefentium fcilicet ac futurorum noverit induftria, qualiter Alkerius nofter fideliffimus Comes adiit Sereniatis noftrae clementiam fuppliciter petens | B | pro quodam Reverendo Presbitero Ecclefiae Sancti Praudi, & fideliffimo Oratore noftro, nomine Boniperto, ut ei per paginam noftri precepti in proprietatem concederemus manfum unum juris noftri Regni pertinentem de Comitatu Veronenfe fitum in Villa, quae nominatur Runco, habentem vinearum, & terra arabilis plus minus jugera triginta, adjectis ibidem octo jugeribus, quae | C | excolantur per Gifempertam liberam hominem. Cujus petitioni libenter affen-

fum

sum præbentes, & perspicientes continuas preces ejusdem Presbiteri pro nobis nostrisque parentibus, ac pro Regni
nostri corroboratione Domino oblatas, ob
amorem Dei & remedium animæ nostræ nostrarumque parentum, supra prædicta loca per largitionis nostræ præceptum concedimus eidem Boniperto Re-
verendo Presbitero, & fidelissimo nostro
Oratori in proprietatem, quæ excolla-
tur per predictam Gisempertum libyrum

A | hominem, cum omnibus adjacentiis &
pertinentiis suis, quæ dici vel nominari possunt, in integrum ad habendum,
tenendum, vendendum, donandum, commutandum, vel pro anima judicandum,
seu quisquid ejus voluerit animus, vel
voluntas jure proprietario faciendum,
remota totius potestatis inquietudine &
minoratione. Contra quod nostræ fir-
B | mitatis statutum si quis nefario an-
su &c.

Signum Domni

Berengarii gloriosissimi Regis.

Locus ✠ Sigilli Cerei extantis & Caput Regis
fere pueri præseferentis cum solita epigraphe.

Vitalis Cancellarius jussa Regis recognovi, & subscripsi.

Data pridie Kal. Decembris Anno Incarnationis Domini nostri Jesu Christi DCCCXCVI.
Regni vero Domni Berengarii Serenissimi Regis VIIII. per Indictionem XV. A-
ctum Corte Aquis. In Dei nomine feliciter. Amen.

In altero Diplomate Berengarius
idem, jam Imperator, Curtem Muse-
stram Hinoni cuidam cum eadem Libertate judicandi pro anima elargitur,
Antiquum Chartæ exemplum adserva- | C | tur in Tabulario nobilis viri Antonii
Rambaldi Comitis de Collalto, inti-
mi Consiliarii Augustissimi olim Caesaris CAROLI VI.

Berengarius I. Imperator Hinoni, qui & Azo, fideli suo Curtem Musestre elargitur Anno 921.

IN nomine Domini Dei eterni. Berengarius divina favente clementia
Imperator Augustus. Noverit omnium
fidelium Sanctæ Dei Ecclesiæ, nostrorumque, presentium scilicet & futurorum industria, Grimaldum gloriosum
Marchionem, & Ubertum inclitum
Comitem Henrisque fideles nostros suppliciter nostræ pietatis exorasse clemen-
tiam, quatenus quandam Cortem juris | D | Regni nostri, quæ dicitur Musestre, a-
djacentem videlicet in Comitatu Tervi-
sianense, cum Silva de Valda, seu &
cum Villa nuncupante Barbarana, &
cum universis ad eandem Cortem pertinentibus, vel aspicientibus, nec non &
piscationem in Fluvio, qui dicitur Si-
le, per hanc nostri Precepti paginam
jure proprietario Hinoni, qui & Azoni, dilecto & fideli nostro concedere di-

gauderem. *Quorum petitionibus aures nostre pietatis inflectentes jam dictam Cortem, que dicitur Musestre, adjacentem in Comitatu Tarvisiense, cum Silva de Valda, seu cum Villa nuncupante Barbarana, & cum universis ad pretaxatam Cortem pertinentibus & aspicientibus, cum terris arateriis, seu vineis, vineis, tempis, pratis, pascualis, silvis, venationibus, salteis, saricibus, possessionibus, reditibus, sterpatoriis, paludibus, aquis, aquarumque decursibus, molendinis, piscationibus, servis & ancillis, aldionibus, & aldianis, montibus, planiciebus, arboribus pomiferis, & impomiferis, seu cum omnibus, que dici vel nominari possunt ad prefatam Cortem pertinentibus, nec non & piscationem in Flavio Syleris, sicut ollenus ad nostram Imperialem pertinuit partem, jam dicto Inmi, qui & Azoni Clerico, & fideli nostro per hanc nostre donationis, seu concessionis paginam jure proprietario concedimus, & perdonamus, & de nostro jure & dominio in ejus jus & dominium omnino largimur & delegamus ad habendum, tenendum, vendendum, donandum, commutandum, pro anima judicandum, faciendam exinde quisquid eius decreverit animus, nostra plenissima largitate, omnium hominum contradictione remota. Si quis igitur hoc nostre donationis, seu concessionis Preceptum aliqua in parte infringere aut contradicere quesierit, sciat se compositurum auri optimi mancosas mille, medietatem Camere nostre, & medietatem jam dicto Inmi, qui & Azoni Clerico, suisque heredibus, vel cui ipse dederit, aut habere concesserit. Quod ut verius credatur, diligentiusque ab omnibus observetur, manu propria roborantes de anulo nostro subtus insigniri jussimus.*

Signum Domni Berengarii   *Serenissimi Imperatoris.*

Johannes Episcopus & Architancellarius Imperiali jussione recognovi.

Datum V. Kal. Augusti Anno Dominice Incarnationis DCCCCXXI. Domni vero Berengarii Serenissimi Regis XXVII. Imperii autem sui VII. Indictione X. Actum Verone in Christi nomine feliciter. Amen.

Indicium autem veniae datae a directis dominis sive Senioribus, ut Vassalli rem quampiam transferre possent in pia loca, esse illud solet, quum nempe donatores profiteantur, se eam donationem facere *pro mercede* non tantum animae suae, suorumque cognatorum, sed etiam *Senioris* sui. Hunc ritum Innol Par. I. Cap. XII. pag. 96. Antiquit. Estens. Chartae videlicet productae Rodulphi Normannal, qui *pro mercede & remedio animae Ugonis Marchionis* Monasterio Vangadicensi Anno 1040. multa dono dedit. Videant alii, ad eumdemne *Hugonem Marchionem,* unum videlicet ex majoribus Marchionum Estensium, an potius, uti ego opinor, ad alterum *Hugonem Marchionem.* Ripuariae fortasse nationis. de quo supra facta fuit mentio. spectet altera Charta, in qua similis donatio habetur facta pro remedio luminariae animae de quondam Domini Ugoni Marchio Monasterio Sancti Bartholomaei in Musiliano. Eam debeo diligentiae Josephi Antonoris Scalabriuli Ferrariensis, **A** Rectoris Ecclesiae Sanctae Mariae de Bucca, & Sacrarum Literarum in Lyceo Ferrariensi Interpretis, qui ex authentico Bononiensi Ipsam descripsit.

Donatio facta a filiis Benandi Antonio Abbati Monasterii Sancti Bartholomaei in Musiliano Anno 1061.

IN nomine Sanctae & individuae Trinitatis, Anni ab Incarnatione Domini nostri Jesu Christi Millesimo Sexagesimo primo, Regnante Dominus Enricus Rex, filius quondam Domini Enrici Imperatoris Anno *Quinto*, die septimo & decimo mensis Februarius, Indictione *Quartadecima*. Omnibus manifestam est, adque congrua ratio dispositus, libenter annuere, que a venerabilia Loca utilitatibus meliorandi causa profui .... scripture circulum oportet confirmari. Hallum est igitur Christo auxiliantem, quod nos in Dei nomine Lambertus, & Bonus Vicinus, fro Ugoni, & Raginerio, Teuza, germanis, filiis quondam Donando da Camneria, bona animo & bona voluntate placet, adque convenit .... **B** dictis germanis, ut per hoc membrans donacionis, manifestacionis, concessionis, seu transfersionis, adque perpetuali: tranchalicuis nostra propria hanc spontanea voluntatem, una pro amore omnipotenti Deo, & remedio luminarie anime de quondam Domini HUGONI MARCHIO, & de quondam Lamberto Presbiter, & de quondam suprascripto Benando, & Wille jugalibus, genitor, adque genitrice nostra, damus, & donamus in Monasterio Sancti Bartolomei Apostoli, quod vocatur in Musiliano, & no...... Donnus Anto Presbiter & Monachus, & gratia Dei Abbas Ipsius Monasterii, tuisque successoribus & Fratribus Monachi, ad a**C**bendum, tenendum, & possidendum in perpetuum ad usum Monachorum; idest nostra portione de Ecclesia Sancti Salvatoris que est constructa in loco, qui dicitur Bertolesba, cum suis pertinenciis, cum decimis, & primiciis, cum terris, & viris, & campis, & castagnetis, & cum omnibus arboribus, arboribus, cultum, incultum, divisum, & indivisum, & quotacumque a nobis pertinentibus omnibus usertum, largitum, vel ostiumque fuerit, similiter de Sepulturis. Et nos relevamus in ipsa Ecclesia, die noctuque saciatis Psalmis, & laudis, & Misse, & Matutinis, & Ore Canonices. Finis, ubi ipsa Ecclesia, & suprascripta terra vineata, & ara**D**teria, & agra, & silva, & castagneto esse videtur, ab uno latere Rivo torrentem, qui dicitur da Daniela, ab alio latere fluvio Sepra, tertio latere Via publica, quarto vero latere positi heredes quondam Domini ALBERTI COMES, infra istis designatis lateribus, sicut latera designat. Et cum omnibus super se, & infra se habentem, omnia que nobis pertinet integriter in integrum, vel si quis aliis adfines sunt, omnia qualiter superius legitur ..... **E** die damus nos suprascriptis germanis donamus dicto Monasterio, & tibi suprascripto Donno Anto Abbas, tuisque successoribus, vestrisque Fratres Monachi, ad habendum, tenendum & possidendum, ordinandum, & disponendum, & faciendum quidquid vobis placuerit in

in perpetuum ad jura propria ad usum
Monachorum; et neque ab nos, neque
ab nostris heredibus, aut per submissam vel
rogativam personam nostram, neque per ullum vispuenium, nullam exinde oblatis molestationem, aut causationem. Sed
promittimus nos suprascripti Lamberto,
& Bonusvicinus, seo Ugo, & Rainerio, Tenza, germanis, nostrisque heredibus de predicta nostra portione de jam
dicta Ecclesia & de suprascripta terra
vineata, & oratoria, & agris, & castagneto, qualiter supra legitur, suprascripto Monasterio, & tibi Donno
Anzo Abbati, tuisque successoribus, vestrisque Fratres Monachi, omni tempore ab omni omine defensare, & auc-
torizare promittimus. Et si minime defensare potuerimus, aut contra hoc membrana donacionis, manifestacionis, concessionis, adque perpetualis transbailio-
nis, a nobis facta, aliquando per quodcumque ingenio, quod amana sensu agere potest, agere, aut causare, vel
querere, aut molestare, vel aliquid removere presumpserimus, aut agentibus
consenserimus, & non permanserimus in
ea omnia, qualiter supra legitur, tunc
daturi promittimus nos suprascripti Lambertus, & Bonusvicinus, seo Ugo, &
Rainerio, Tenza, vel heredibus nostris
componere & dare in suprascripto, &
tibi Donno Anzo Abbati, tuisque successoribus, vestrisque Fratres Monachi,
pene nomine . . . . Et post penam solutam presens hoc membrana donacionis, manifestacionis, sicut supra
legitur, omni tempore in suo robore,
& firmitatem permaneat.

Actum in Castro quod vocatur Pla-
vara, Indictione suprascripta Quartadecima.

Signum +++ manibus suprascripti Lamberti, & Bonusvicinus, seo
Ugo, & Rainerio Tenza, germanis
donatoris, qui hoc membrana donacionis, sicut supra legitur, fieri rogavit.

Signum +++ manibus Arardo,
qui vocatur Alegreto filius quondam Ze-
navius, seo Johannis filius quondam Petrus de Casulia, atque Johannis, qui
vocatur de la Valle, & Silvestro, qui
vocatur Fascolo filius quondam Sichizo
de Bonroa, rogatis testibus.

Scripta hoc membrana donacionis per
manus Sichizo Tabellio filius quondam
Aza, rogatus a suprascriptis Donatoris,
sicut supra legitur, post roborata a testibus tradita vidi, complevi, & dedit.

Quod si novam facultatis datae
transferendi in Ecclesias bona etiam
Feudalia, aut Emphyteotica, luculentius expressum cupis, animum ad-
verte ad Chartam subsequentem, cujus antiquam apographum exstitit in
Archivo Sereniss. Domini mei Ducis
Mutinae. Celebre est Monasterium
de Columba, situm inter Placentiam
& Parmam, ejusque mentio occurrit
in Historia Ecclesiastica. A Sancto
Bernardo Claravallensi Abbate fundatum fuit opibus Oberti Marchionis Pelavicini ejusque consortum, qui sacro
loco impetratam agrorum copiam contu-
lere, simulque omnibus per illos in
Corte de Basilica Ducis terram tenentibus (idest Vassallis, Emphyteutis &c.)
liberam potestatem dandi praefato Monasterio dederunt. Haec in illa Charta, quae facultatem indicant dotare
judicandi pro animo, quoties Monasterio de Columba quisquam ex iis
terras donare vellet Marchionibus ob-
noxias.

Notitia bonorum spectantium ad Monasterium S. Mariae de Columba
prope Florentiolam, scripta circiter Annum (*) 1154.

Constat, quod Obertus Pelavicinus Marchio una cum uxore, & filiis, & Conradus Cavalcabovem Marchio cum uxore sua de terris sui Juris pro remedio animarum suarum Venerabili Monasterio Sanctae Mariae de Columba consilio suorum Baronum, & aliorum bonorum virorum concesserunt, & suis propriis manibus posuerunt, & ponere fecerunt, atque in cartis, quas praefato Monasterio fecerunt, scripti sui munimine roboraverunt, Anno Incarnationis Domini nostri Jesu Christi MCXXXVI. sunt haec. Sicut Rivas de Pontiore transit usque in viam, quae vadit ad Serlam & sicut ipsa confinia posita sunt desuper Sabreterum, usque ad viam, quae vadit ad Castellianum, & sicut eadem via vadis desuper eandem de Luxerelo usque in Rivum veterem, & sicut ipse Rivas vetus vadit usque ad Bodraccam, & sicut ipsum Bodraccum vadit usque ad Cavate de Burgundione, & sicut ipsum canale vadit usque ad Clusam ejusdem Burgundionis, & sicut Rivus de Fraxineto vadit ab ipsa clusa usque ad praedictam humam de Pontiore. Totum, quod praedicti Marchiones intra praedicta confinia possidebant ad proprium, praedicto Monasterio de Columba pro remedio animarum suarum eo modo, & honore, quem habebant obtulerunt; & omnibus per illos in Corte de Basilica Ducae terram tenentibus libertatem potestatem dandi praefato Monasterio dederunt. Haec praedicta confinia Dominus Innocentius Papa II. confirmavit. Haec eadem Dominus Lucius Papa II. scripti sui munimine roboravit. Hic idem Dominus Eugenius Papa III. privilegio confirmavit. Lotharius III. Romano-

rum Imperator Augustus hoc idem confirmavit.

Infra suprascripta confinia S. Mariae de Columba Dominus Malavredus Vicedominus de Placentia pro Domino nobis donavit unum Mansum. Dominus Fulco Advocatus pro Domino nobis donavit unum Mansum. Petrus Isabelli pro Domino nobis donavit medium Mansum. Obertus de Casteldarda & Resasini frater ejus pro Domino nobis donaverunt medium Mansum. Ardengus Vicedominus pro Domino nobis donavit unum Mansum. Tedaldus Fulconis, & Corvus frater ejus pro Domino nobis donaverunt totum, quod ibi habebant. Bernus de Florenzola pro Domino nobis donavit jugerum unam. Obertus Coppa nobis donavit totum, quod ibi habebat. Domini de Casale Albino pro Domino nobis donaverunt unam partem unius Mansi. Obertus de la Porta pro Domino nobis donavit duas biolcas. Asta Calvus pro Domino nobis donavit medium Mansum. Mala corigia in praesentia mali parentis, & multorum bonorum investivit Ecclesiam S. Mariae de Columba alterius medietatis praedicti Mansi Arnonis Calvi. Dominus Tado de Castello Arquato pro Domino nobis donavit unum Mansum, quod emit ab Alberto Sartaro, & tertiam partem alterius Mansi similiter pro Domino nobis donavit. Obertus filius Bellonis de Carreta pro Domino nobis donavit duas biolcas. Dominus Bonizzo de Laudito pro Domino nobis donavit totum, quod ibi habebat. Giustentia, & Calvus & Bernardus, & Joannes fratres filii de Salvi Ardicionis pro Domino nobis do-

(*) Anno Dom. MCLIV. hoc adnotato Indictio II. Anno autem MCXLIIII. Indictio VII. decurrebat, ut in calce Notitiae hujus legimus.

nuerunt unum Mansum, & Braidam, in qua Monasterium debet construi.

Infra suprascripta confinia S. Mariae de Columba in Curte de Seragna Dominus Albertonus de Brimbio pro Domino nobis donavit unam Sortem. Lanfrancus de Bellina pro Domino ibi nobis donavit alteram Sortem. Dominus Bonizzo de Landico & Ardingus Vicedominus, & Torsellus pro Domino nobis donaverunt totum quod ibi habebant. Odolo de Costamezzana, & Giribertus frater ejus pro Domino nobis donaverunt totum quod ibi habebant. Johannes pel de Lucca pro Domino nobis donavit totum quod ibi habebat, de quo Aicardus de Seragna coram bonis hominibus finem, & refutationem nobis fecit. Jacobus de la Porta, & uxor ejus pro Domino nobis donaverunt totum quod ibi habebant.

Infra eadem suprascripta confinia S. Mariae de Columba filius Burgundionis filii Oberti Pelavicini Marchionis in Curte de Basilica Duce vendidit nobis totum, quod ibi habebat. Dominus Trojelus vendidit nobis totum, quod ibi habebat. Alatus nepos, & Albertus frater ejus vendiderunt nobis totum quod ibi habebant. Albertus filius Martini Porcelli, & Richelda uxor ejus vendiderunt nobis totum quod ibi habebant. Ecclesia de Florenzola dedit nobis totum per commutationem quod ibi habe-

bat. Ecclesia de Castellione per emptionem, & commutationem dedit nobis totum quod ibi habebat. Amizo Umbaldis de Florenzola per commutationem dedit nobis totum, quod ibi habebat. Minaldotis, & Rainerius frater ejus vendiderunt nobis totum, quod ibi habebant. Guinizo Magnano vendidit nobis totum, quod ibi habebat. Ghirardus de la Turre, & frater ejus per commutationem nobis dederunt mediam Mansum. Trojanus de Burgo per cambium dedit nobis quod Spilonam tenebat per eum in loco Sancti Michaelis. Trojanus de Burgo, & Malagonella de Florenzola per cambium nobis dederunt totum quod ibi tenebant per Dominum Mafaldum de Curo. Homelmus de Florenzola vendidit nobis totum quod ibi habebat. Rainaldus Sardus, & Miseria nobis dederunt per cambium totum quod ibi habebant.

Infra eadem suprascripta confinia S. Mariae de Columba in Curte de Seragna. Filius Burgundionis filii Oberti Pelavicini Marchionis vendidit nobis totum quod ibi habebat. Dux de Florenzola vendidit nobis totum quod ibi habebat. Johannes Calvinus vendidit nobis totum quod ibi habebat. Ecclesia de Castellione per emptionem & commutationem dedit nobis totum, quod ibi habebat. Filius Dalmiani vendidit nobis totum, quod ibi habebat.

De omnibus praedictis donis, & emptionibus, atque commutationibus Ecclesia S. Mariae de Columba bonas Cartas bene attestatas habet.

Coram bonis hominibus & fratribus de Columba, quorum nomina subter leguntur. Albertus Angexanus ab Abbate Columbae nomine, & testimonio veritatis de confinibus Columbae interrogatus, respondit dicens. Sicut vadit rivus vetus de Longemella, qui est in capite fossati, quod fecistis per pratum Minaboris, quod exilit ab eo ubi Obertus Pelavicinus Marchio posuit unam crucem confinium Columbae usque ad Bodraccum, & sicut ipsum Bodraccum vadit usque ad Canale Burgundionis ab illa parte versus Castellionem sic sunt

consi.

tonfinia S. Mariae de Columba, & ob-
fus aliam rivum veterem exiguam ibi
vidi neque intellexi, quoniam tum Cor-
vo, & Teditlo fratre eius Florenzolae
in domo eorum ipfa confinia Columbae
ordinavi, & in cartis Marchionum,
fcilicet Oberti Pelavicini, & Conradi
Cavalcabovis de bonis eorum, quae fecerant in Ecclefiam S. Mariae de Columba pro remedio animarum fuarum
fcribi, & ordinari dixi, & feci, ficut in praedictis cartis ipfa confinia
funt fcripta, & ordinata. Verfus Sanctum Andream ficut Canale Burgundionis vadit a Rodrazzo ufque ad Clafem
Burgundionis de Praxeno ab illa parte fic funt confinia S. Mariae de Columba ufque in rivum de Pontiore, &
fine rivus de Pontiore tranfit ufque in
viam, quae vadit ad Srolum, ab illa
parte fic funt confinia Columbae. De-
fuper Correttam fic funt confinia Columbae, ficut Obertus Pelavicinus Marchio cruces confinium pofuit, & haec
funt confinia S. Mariae de Columba,
quae nos intelleximus, & fcribi divi-
mus, ficut in praedictis cartis Marchionum funt fcripta & ordinata. Ibi
Corvus hoc idem coram eifdem hominibus nomine veritatis interrogatus re-
fpondit, confirmavit.

Ibi fuit Malus parens, & Ardenzur,
& Simon, & Rogerius de Sarturiano,
& Abbas Columbae, & Johannes Sub-
prior, & Albertus Cantor, Guillelmus
Sacrifta, & Oddo, & Guido, & Pe-
trus, & Johannes, & Vitalis fratres,
& Monaci Columbae. Actum eft hoc
infra domum Columbae II. Nonas Martii
Anno Incarnationis Domini MCXLIIII.
Indictione VII.

Quare quum fe nobis offerunt homines pii, qui bona etiam vinculo
emphyteufis aut feudi obligata in Ecclefias, five manus mortuas transferunt, opinari decet, impetratam antea fuiffe facultatem a Dominis directis; nullius enim roboris ejufmodi donatio fuiffet. Ex Archivo infi-
gnis Monafterii Claffenfis, ubi Ravennates Monachi Camaldulenfes Deo
ferviunt, miffa ad me fuit Charta,
quam perpendas velim, ibi enim id
genus bona donantur, nulla tamen
facta mentione veniae a directis Dominis impetratae.

**Charta Tebaldi, filii Pagani, qua Johanni Priori Ecclefiae S. Crucis
eremi Fontis Avellani concedit Ecclefiam S. Apollinaris
in Nartianula Anno 1084.**

IN nomine Domini temporibus Donni
Gregorii Summi Pontificis, Anno ab
Incarnatione Domini noftri Jhefu Chrifti
Milleſimo Octogefimo Quarto, Regnante
Henrico filio quondam Henrici Imperatoris, Indictione Sexta. Ergahio,
Ego in Dei nomine Tebaldus filius
quondam Pagani de Nartianula refutationem, & tranfactionem, & definitio-
nem facio Ecclefiae Sanctae Crucis Heremi Fontis Avellani, & tibi Johanni
Priori, tuifque Succefforibus imperpetuum, de ipfa Ecclefia Sancti Apollinaris pofita in Nartianula, & praedia
fibi pertinentia, & muribus, & Altaribus, & paramentis, & de omnibus
patrociniis Sanctorum, quae ibi funt,
quae fuit de jure Sancti Apolenaris in
Claffe de Ravenna: tam de ipfa parte,
quam ego teneam ex parte Genitoris
mei jure infiltitiario, aut meo jure
& omni alia portione, quam ego tenebam

bam jure Episcopii Sancti Mariani, aut qualicumque modo ego tenebam, aut qualecumque homo meo jure. Et medietas unius medioli de mea proprietate de Silva Majore. Omnia suprascripta res & Ecclesia confirmo ad habendum, firmiterque possidendum jam dictam Ecclesiam Sanctae Crucis, sicut superius diximus, pro redemptione animae meae, & Genitoris mei, & Genitricis, & Fratrum meorum, & presto quod recepi aquam unam, & denarios quantos simul convenimus pro hac supradicta causa. Obligo me meosque heredes nullam molestiam inde facere nec nullam actionem movere, sed semper tueri. Et si omnia non observavero, & non adimplevero cuncta quae superius promisi, obligo me meosque heredes dare & componere poenae nomine de argento libras decem jam dictae Ecclesiae, & suis Rectoribus imperpetuum. & post poena soluta haec pagina finitionis & transactionis firma, & stabilis permaneat omni tempore.

Signum manu ego Tebaldus, qui hanc paginam finitionis, & securitatis scribere rogavi.

Ego Ubertus filius Uberti Judicis testis sum.

Ego Peccinellus testis sum,
Ego Addamulus testis sum.
Ego Johannes scripsi & complevi.

Duodecima caussa, quae multas opes intulit in Ecclesiasticum aerarium, & quam in Disser. LXII. de

A Episcop. potentia etiam laicam, ea est: Nempe Episcopos atque Abbates antiquis Saeculis sese politicis immiscuisse negotiis, & Aulam Regum frequentasse, ut non secus atque Saeculares eorum gratiam, fructusque inde consequentes, lucrarentur. Quum vero controversiae exsurgebant de Regno, aut electione Regum, aut bel-

B la flagrabant, quicumque ex Ecclesiae Principibus aut Abbatibus latensiorem in iis concertationibus operam dabat ad comparandum alicui Regnum, aut juvandam alicujus caussam, ei etiam in bellicis tumultibus adhaerendo, is prae ceteris effusiorem in se liberalitatem Principis sentire fere semper consuevit.

C Anno 1091. Henricus Rex IV. & Imperator III. ad deditionem compulit Mantuanam Urbem, ibique, pulso Hubaldo Praesule legitimo, Cheonem (quo nomine Conradus significatur) intrusit. Nihil non fecit Schismaticus ille Episcopus, ut Henrico se utilem praeberet turbidissimis iis temporibus. Quare suum censuit Hen-

D ricus liberalem se quoque praeberet erga illius Ecclesiam, eidem concessis tribus Castellis, quibus, ut arbitror, spoliata deinde fuit, statim ac Mantuam Marhildis Comitissa recepit. Tenebris ereptum accipe Diploma Henrici, nobis servatum in suis Collectaneis MStis a Peregrino Prisciano Ferrariense.

Donatio Castri Novi, Campitelli, & Scorciaroli facta Cononi Episcopo Mantuano, ejusque Ecclesiae, ab Henrico Rege IV. Imperatore III. Anno 1093.

IN nomine Sanctae & individuae Trinitatis. Henricus Imperator semper Augustus. Quoniam opportunum nobis, & utile valde statui ac decori Regni & Imperii nostri evidenter esse cognoscimus, sanis nostrorum fidelium consi-
liis,

liis, in his maxime, quae ad curam & honorem nostri regiminis pertinent, diligenter considerare, si quid forte occurrit, quod honorem nostrum non minuat, & Sanctam sublimet Ecclesiam, earum nullatenus debemus salutaria consilia contemnere. Dixit namque Sapientia: Omnia fac cum consilio, & postea non poenitebis. *Est quoque juxta Psalmistam Regis bonum judicium & justitiam diligere, & in veritate posse dicere cum Psalmista:* Domine, dileximus decorem domus tuae. Ut igitur per honorem & amplificationem donorum Dei, cujus servitio vacare debemus incessanter ex dilectione, si futuri cupimus & aeternam consequi gloriam, saltem sane fidelium consilia piis auribus exaudiremus, & ad dignam & humilem, & laudabilem petitionem Choannis Mantuani Episcopi clementer respicientes, *Castrum novum,* & *Campittellum,* atque *Scorsiurolum* cum omnibus eorum pertinentiis intus & foris, salva nostra Regali justitia, per bonae nostram praeceptalem paginam habendo perhenniter atque possidendo sine molestia jure proprietario Mantuanae Ecclesiae concessimus. Si quis igitur Dux, Marchio, Comes, Vicecomes, aut alia quaelibet persona, cujuscumque conditionis fuerit, hanc nostram praeceptalem paginam violare praesumpserit, mille libras auri puri compositurus, bancae nostro subjacebit medietatem nostrae Camerae, & medietatem praedictae Ecclesiae. Ut autem inviolabiliter ab omnibus observetur, imagine nostri sigilli insigniri diligenter jussimus.

Signum Domni Henrici Imperatoris Augusti.

Datum Anno Dominicae Incarnationis MXCIII. Regnante Domno Henrico Romanorum Imperatore Augusto XXXIX. Imperante vero IX. Indictione vero V. Actum Mantuae feliciter.

Porro quam multa ab Ottone III. Augusto Vercellensi Ecclesiae conquisierit Leo Episcopus, alia monumenta in hoc Ipso Opere edita, atque ab Ughellio partim indicata, satis produnt. Is obsequio sedulus in Ipsum Augustum, nullam occasionem excidere patiebatur, qua novis ab eo cumularetur donis. Eo novum liberalitatis Imperatoriae erga Illum pignus, donatio scilicet insignium duarum Curtium; nam sub *Clavasiae* nomine venisse puto Oppidum, quod nunc *Chivasso* appellatur. Hujus donationis tabulas, nondum editas, adjicere huic juvat.

Ottonis III. Augusti Praeceptum, per quod Leoni Episcopo Vercellensi, ejusque Ecclesiae, duas Curtes Clavasiam & Bedolium elargitur, Anno 1001.

IN nomine Sanctae & individuae Trinitatis. *Otto Tertius, secundum voluntatem Jesu Christi Romanorum Imperator Augustus, sanctarumque Ecclesiarum fidelissimus dilatator. Notum sit fidelibus nostris, qualiter interventu & petitione* Ugonis Marchionis *nostri dilectissimi fidelis, dedimus Sancto Eusebio, cui Domnus Leo Episcopus praefuisse videtur, duas Curtes juris nostri Clavasiam & Pedolium in integrum cum omnibus servis, massariciis, silvis, pratis, pascuis, vineis, piscationibus, venationibus, ripis, aquis, aquarumque decursibus, molendinis, omnibusque terris cultis & incultis, cum omnibus Ser-*

vis, Ancillis, Aldionibus & Aldiabus, & cum omnibus rebus mobilibus & immobilibus ad easdem Cortes in integrum pertinentibus; & cum omnibus, quae dici possunt, ad easdem Cortes inspicientibus: ut tam Leo Episcopus, quàm omnes sui Successores habeant, teneant, ordinent, & quodcumque velint, faciant, salvâ tamen Dei reverentiâ, & honore Sanctae Ecclesiae; quia omnino de nostro jure, & de nostra proprietate in jus proprium, & proprietatem Sancti Eusebii Vercellensis Episcopi contulimus, ut omnem potestatem habeant tam Leo Vercellensis Episcopus, quàm omnes sui Successores, ita de illis praedictis duabus Cortibus Clavasia & Bedulio, & omnibus mobilibus & immobilibus illas respicientibus facere, sicut de aliis terris, quas Sancta Vercellensis Ecclesia pacifice & quiete tenet, & tenuit. Interdicimus autem, ut nullus Dux, nullus Marchio, nullus Comes, nullus Vicecomes, nullaque Imperii nostri magna aut parva persona, ullam contrarietatem, aut minorationem facere de quacumque re audeat, aut undequaque per aliqua placita aliquo ingenio fatigare. Si quis autem Diabolico suasu ductus, hujus nostri Praecepti violator extiterit, mille Libras auri obrizi componat, medietatem nostrae Came-

ræ, & Sancto Eusebio alteram: hocque Praeceptum omni tempore in sua permaneat firmitate. Quod ut verius credatur, & in aeternum conservetur, manu nostra roboravimus, & nostro Sigillo jussimus insigniri.

Signum Domni Tertii Ottonis Serenissimi Imperatoris Augusti.

Heribertus Cancellarius ad vicem Petri Comani Episcopi recognovit.

Datum XI. Calendas Februarii, Anno Dominicae Incarnationis Millesimo Primo, Regni verò Domni Tertii Ottonis XVI. Imperii verò V. Indictione XIV.

Actum Romae in Palatio feliciter. Amen.

Verùm haec omnino levia, si cum illis Regum atque Augustorum largitionibus erga Ecclesias conferantur. Hîc autem quisquis est inter Lectorum morosus, ac rigidae censurae adsuetus, sinat ut exeram Chartam informem, cujus antiquissimum apographum latueri, ac describere mihi licuit ex reliquiis Tabularii Augusti Monasterii Nonantulani, in Mutinensi agro sit. Minutissimis ac rotundis characteribus exarata erat membrana illa, quorum forma alicubi prae vetustate exciderat.

Charta donationis bonorum immanis, factae Nonantolano Monasterio; ejusque Abbati Anselmo, a Carolo M. Francorum & Langobardorum Rege, atque (*) Morteperto Duce. Circiter Annum 774.

Exemplum donationis factae per Carolum Regem Francorum & Norteperium Ducem.

VEnerabile Cenobio Sanctorum Apostolorum sito in Castro Nonantulae territorii Mutinensis, ubi Domnus Anselmus . . . . nobis Karolus Rege Francorum & Saxiae . . . . & Leo-

gobardorum, una cum Nortepertus Dux, damus, simulque offerimus omnia nostra Cortes, & Domica in Comitatu Fossolano, in Comitatu Pistoricense, atque in Comitatu Lucardo, & in Comitatu

(*) Legendum Norteperto, ut Infra.

miratu Lucense, & in Comitatu Ri-
gensem, atque in Comitatu Senensi.
In primis omnia de ego Domino Carolus duo qualdas mea Donica in Comitatu Fossolano super fluvio....... ja-
centes cum Ecclesias suas, idest Sancta
Maria in Adversa, & Sancta Maria
in Manum, quod est per singulos qual-
dos scriptos meas massaritias C. una
cum selvas ad ipsas pertinentes. Seu
& Monasterium in Civitate Fessolana
Sanctus Michael atque Monasterium Sancti Miniati in ipsius Civitate, cum
Cellis suis in ipsius Civitate vel foris
ad ipsas pertinentes. Seu & Corte Vi-
selle, & Corte Bibiano, Plebe Sancti
Gavini, & fundo Justiniano, Matali-
dula, & Culle Fenaria, & Corte Ti-
gano, Plebe Sancte Marie Villole, &
Plebe Sancte Hierusalim, seu Plebe
Sancti Romuli, & in loco Bernardi,
seu in Grave, & Sancti Illarii, &
Corte Pretorio, & Sancti Michaelis,
& Corte Sobrinario, & Monte Miniano, Turiniano, & Gorzano, Gene-
ficio, & Spaleti, Plebe Sancti Pan-
ehrasi, & Corte Bergovigiano, & Scul-
lo, Fagnana, & Sancti Petri in Man-
visiani, & Corte Axsinia, Corte nostra Spandola, Corte nostra Meleda,
cum Ecclesia in Musello, in Caprilis,
.... niano, & Turri in Pineta,
seu in Sexa, atque Corte nostra de
Novole, & Corte de Fenaria atque
Calcinaria, & Valvigne, Arzana.....
Corte Monachorum, & Simbriano, Corte Fissa, Corte Pesa, Campi, Ingone,
Quinto, Melego, Apreniano, Suficana,
.... ano, Popponi, Grappena Sancti Benedicti, Sancti Georgii in Plebe
Sancti Petri in Perimone: Seu in Pi-
Floriensa, Corte......... Pinsago, Plebe Sancti Petri de Groppina, & Plebe
Sancti Laurentii de Petriolo loco, qui
vocatur Ancina. Seu in Comitatu A-
retino, Plebe Sancti Stephani, sita in

Ciste, & loco Pissinale juxta fluvio
Ciste. In Comitatu Lucerdo Corte
nostra Sancti Petri in Mercato, seu
Corte nostra Monte Calvo, & Corte
Campane, & Corte Petroniano, Plebe
Sancti Leonardi, Corte a Parvo, &
Castro Ciliano, atque Monte Bonisi, &
Sancti Petri cum Corte Quintole, &
juxta fluvio Gosinsia Corte Deminisi,
& Sancti Donati, Corte Decimo, Ple-
be Sancte Cecilie, Corte Penise, Plebe
Sancte Marie, Corte Melmo, Corte
Monacile, Vadulongo, Quarte, Plebe
Sancti Petri, Rabuciana cum Capella
Sancti Petri, Cortem Sepi cum Ecclesia
Sancta Maria, Corte Caracle cum Ec-
clesia Sancti Martini, Corte Casentino,
Corticella nostra una, qui vocatur Sa-
tri, Corte Pinsingo cum Cella Sancti
Apostoli prope fluvio Selice. In Comitatu Lucense Sancta Maria cum Corte Pulinanbo, seu & alias omnes Cortes nostras in predictis Comitatibus,
Territorio Tuscia in donico nostrorum,
quod est......... duo millia quingento-
rum. Et si amplius de nostro domnico
invenire in pagina ista permaneat una
cum omnia sopidalia & tensearia, seu
& decima qui ad ipsas Cortes pertinet, ut sit in villa pauperorum atque
Monachorum pro veneratione religio,
& ut fabeant ipsi Monachi, vel Monasterio nisi ad Ecclesiam Romanam. Omnia ipsas Cortes cum adjacentia & per-
sinentia sua, seu cum appendisiis suis
quanto ad nostras Cortes depertinet infra ipsius Comitatibus, tantis una cum
selvas ad ipsas depertinentes una cum
alivetis & vineis, arbustis, arboribus
pomiferis, fructiferis & infructiferis
diversisque generibus, jura fluviorum,
qui decurrit per de ipsos Comitatos,
alpibus & sollibus, omnia a sibi pertinentia & adjacentia in integrum. Et
si qui de hominibus qui precepta nostra
neglexerit, vel.......... decerit, si-

sibi

*fibi pene compofitore bona ejus publica-
tur, & in exilio mitteremus. Hanc
vero paginam Arruinus Notario a feri-
vere tolli & roborianda cum teftibus tre-
dita compleri & abfolfi.*

Ego Mericho Clericus rogatus.

Ego Raimpret rogatus.

Ego Aldoinus rogatus.

Ego Joseph a rogatus.

Melchione Medicus a rogatus.

Signa † † † † *de conteftibus Wer-
nifret, Arroinus, Merbois, Josephus,
Stravius, Ariprct, Johannes, Pauli-
nus, Rufiugus, Mauro, Leo, Gamper-
to, Stamperto, Stabile, Da Villa,
Vanielri.*

Quifquis Chartam hanc legerit, animoque intento confideraverit, aut continuo eam ad apocrypha aman-det, aut anceps dubiufque in ejus contemplatione confidat oportet. Et ego haefi, atque adhuc haereo. Fidem paene excedit tanta honorum, Villarum, atque Ecclefiarum effufio, uno tempore ac die facta in unam Abbatem, unumque Monaflerium. Deinde nulla eft Chartae huic germani Diplomatis facies; & quifque novit, quibus verbis, & formulis Reges, atque Imperatores donationes ac Privilegia fua concipere confueruut. Mirari etiam fubeat, cur fefe cum Rege *Norrepertus Dux* immifceat in ejufmodi donatione facienda. Haec profecto, atque alia, fateor, meae quoque menti obverfabuntur, quum Chartam defcripfi, cujus authenticam originem praeflare certe nolo, fed quae mea fit de illa opinio taetum caponere. Suppofititium foetum affirmare non aufim; fi enim antiqui Monachi animum adjeciffent ad confingendam adeo magnificam donationem; longe minus negotium fuiffet Diploma comminifci-

A fci, quum & fibi ad manum effent; & ubique facile haberentur Diplomata a Regibus emiffa, quae imitari potuiffent. Deinde fubfequentibus temporibus nulla fupererant, uti videtur, veftigia tantarum opum Nonantulano Coenobio in Tufcia collatarum: ac
B proinde quem quaefo in ufum impo-Rurae huic indulfiffent Monachi? Ad hacc quis *Comitatum* illum *Luardum*, de quo mihi fermo fuit in Differt. XXI. *de Italiae ftatu*, pofterioribus Saeculis excogitaffet, quando ne u-num quidem verbum de illo antiqua Hiftoria habet? Quamobrem jufius opinandi locus relinquitur, nil fig-mentari in ea Charta haberi, ipfumque fuiffe privatam veluti fcripturam
C a *Carolo Rege*, ac *Norteperto Duce* fectam. Sed cur tanta tamque (prae-ne dixi) enormis infuetaque donatio facta Nonantulano Coenobio? Ve-niam a Lectoribus peto, fi fortaffe facilius quam par fit in quandam fufpicionem inclino, eamque etiam referre nunc audeo. Sufpicor, inquam, tantam Caroli munificentiam in *An-*
D *felmum Nonantulanum Abbatem* inde ortam fuiffe, quod Anfelmus ipfe auxiliares manus porrexerit Carolo ad arripiendam Coronam Langobardici Regni, fructumque ceperit operae bene navatae magnificam illam tot bonorum donationem. At, inquies, Anfelmus genere Langobardus fuit: quis credat, hominem a gentis
E fuae amore defeciffe, ut in Francos tranalatum vellet Regnum Langobardorum? Equidem id minime certum ftaruam; attamen non defunt, quae mihi rem ea ratione proceffiffe fuadere videtur. Uti conftat ex Opufculo *de fundat. Monaft. Nonantul.* Par. II. Tomi I. Rer. Ital. pag. 189. An-felmi foror *Gifeltruda* nupta fuit *Ai-ftulpho Langobardorum Regi.* Is autem
Anfel-

Anselmus, ut fertur, Ducis titulo Foro Julii praeerat, quum abjurato Seculo Monasticae vitae sese addixit, ac Nonantulanum, aliasque Coenobia construxit, Aistulphi liberalitate adeo insigni corroboratus, ut Anonymus Salernitanus in Paralipom. Chronici sol Part. II. Tom. I. Rer. Ital. pag. 177. dignum duxerit hanc etiam inter laudes illius Regis recensere, scribens: *Idemque etiam fecit Monasterium in finibus Aemiliae, ubi dicitur Mutina, in loco qui nuncupatur Nonantula: nam pro ejus cognato Abbate Arsenio* (Anselmo restituendum est) *illi virorum Coenobium fundatum est; nec non sibi ad sacra Monachorum Coenobia aedificanda per certas Provincias* (quae scilicet Nonantulano deinde supposita fuere) *multa est dona largitus.* Sublato e vivis *Aistulpho*, Desiderius Langobardorum Rex est renuntiatus, sed repugnante *Ratchis*, germano Aistulphi, eo videlicet, qui Regnum ante Aistulphum tenuerat, & Monachus in Casinensi Coenobio degebat. Quid Ratchis egerit, quantoque conatu bonus Monachus novo Regi obstiterit, accipe ab Anastasio in Vita Stephani II. Papae, & ab eodem Anonymo Salernitano, qui heic Anastasium exscripsit: *Hujus* (Desiderii) *personam despectui habens Ratchis dudum Rex, & postmodum Monachus, germanus praefati Aistulphi, sed & alii plures Langobardorum Optimates cum eo, eundem Desiderium spernentes, plurimam Transalpinae, vel ceterorum Langobardorum exercituum multitudinem aggregantes, ad dimicandum contra eum profecti sunt.* Intercessit tot modibus ad Desiderii preces Stephanus II. & pacem inter diffidentes composuit. At Desiderius exulceratum deinde animum gerens, pro more conditionis humanae adversus eos, quos contra se conjuratos senserat, in Anselmum quoque desaeviit, quippe illum, ut justa conjectura suadet, Ratchisio sororii sui fratri conjunctum, sibique adversantem, deprehendit. In Catal. Abbat. Nonantul. Tom. V. Ital. Sac. in Episcop. Tarvis. Anselmus dicitur rexisse *Abbatiam Nonantulanam annis quinquaginta; & ex his septem passus est exilium a Desiderio apud Casinum, sicut multorum seniorum relatione didicimus, pro eo quod nescio quid deliquerit in Desiderio; & Vigilantius Presbyter in praedicto tempore feliciter Nonantulanum gubernavit Coenobium.* Quod heic dicitur de Vigilantio Presbytero nescio an certo fundamento nitatur. In Dissert. LXIV. *de vario statu Dioeces.* Catalogum prodidi quorumdam vetustiorum Diplomatum eidem Coenobio concessorum, inter quae unum *Privilegium in papyro Adelchis Regis in Silvestro Abbate, confirmans omnia Privilegia superius annotata &c.* Ergo non tantummodo in exilium actus est Anselmus, sed ejus loco substitutus fuit alter Abbas, nempe *Silvester*, ad regimen Nonantulani Monasterii. Simul autem hinc discimus, nisi post debellatum Desiderium Anselmo Abbati restitutam fuisse Coenobium suum; nilque obstare, quin suspicemur Anselmum ipsum quantis potuit viribus, apertis aut occultis, curasse, ut venientem Carolum Langohardi proni amplecterentur, dejectoque Desiderio sibi infesto, Francorum Principem in suum Regem lubenter acciperent. Neque Anselmi singularem pietatem huc arcessas velim. Summa quoque pietas fuit Hadriano I. Summo Pontifici; at nemo in illum injurias sit, si reputet, & ipsum minime Indiligentem fuisse, ut in Langobardorum ultione Regi inviso Rex amicissimus succe-

succederet: ex qua victoria in ipsum quoque Pontificem, ejusque Successores, emolumenta non modica redundarent. Quis verò fuerit *Nortepertus Dux* in Charta nuper evulgata memoratus, ignotum est mihi. Attamen *Norteperti Ducis* mentio est in Charta Bononicali commentitia, quam edidi in Dissertatione LXIV. *de vario statu Diœces.* isque floruisse dicitur, regnante Ratchisio Langobardorum Rege, atque inter Duces ejus gentis refertur. Vetustus illius Chartae artifex vetustiora forsitan monumenta prae oculis habuit. e quibus promere potuit *Norteperti* illius notitiam. Magni ergo nominis vir Anselmus Abbas, & singularis apud gentem suam existimationis, multum contulisse non immerito credendus est, ut Carolo M. tam prospere procederet bellum, per quod avitis Regnis Italicum nobilissimum adjecit. Neque plura pro hujusmodi conjectura adferam. Ad Romanos tamen Pontifices quod attinet, bene quidem eis cessit sub Pippino Francorum Rege, ejusque filio Carolo Magno; tunc enim non Exarchatui tantùm, sed & Romae, ejusque Ducatui dominari coeperunt. Plura etiam tunc eis promissa videntur, quam effectus ostenderit. At procedente tempore, quamquam ab ipsis Imperialis

A　Coronatio penderet, per quam titulus & jus Imperatoribus tribuebatur, & quam nonnulli multis donis emebant: parum tamen emolumenti inde in Ecclesiam Romanam manavit. S.licet nihil novae ditionis ei additum fuit, immo antiqua etiam imminuta atque subtracta videntur. At ineunte Saeculo XIII. sub Innocen B　tio III. grandis animi Pontifice, ac uberius etiam sub Nicolao III. Romana res felicius promoveri coepta est, ita ut partim liberalitate Regum & Imperatorum, partim armorum subsidio, in illum Romana eadem Ecclesia statum progressa fuerit, quem nunc cernimus, eique perpetuum & pacatum semper optamus. Justum Li C　brum conficeret, quicumque recensendam sibi proponeret in hocce negotio modò secundam, modò adversam, Romanorum Pontificum in rebus temporalibus fortunam. Ego unum exemplum adferam, e Cencii Camerarii Regesto excerptum, Diploma videlicet Friderici II. tunc Romanorum Regis, & postea Imperato D　ris, qui dum de Imperio contenderet cum Ottone IV. Augusto, ut sibi cujusdam gratiam conciliaret praelaudati Innocentii III. & Romanae Ecclesiae, erga Richardum Pontificis fratrem liberalem se praebuit, uti ex hisce tabulis constabit.

Literae Friderici II. Romanorum Regis Sorano Comiti, quibus omnia jura, quae in Civitate Sorana, & quibusdam aliis Castris Comitatus ipsius habebat, Ecclesiae Romanae tribuit & concedit, Anno 1213.

FRidericus *Dei gratiá Romanorum Rex, & semper Augustus, & Rex Siciliae, dilecto filio suo Ricardo Comiti Sorano, gratiam suam & omne bonum. Licet ad retribuendum digna pro* E　*meritis beatissimo Patri ac Domino nostro Innocentio Summo Pontifici, germano suo, nos insufficientes & impares reputemus, ne tamen judicari debeamus ingrati, si nihil egerimus, quod gra*

tiae

tiae suae debeat esse gratum, nos fa-
tientes ad praesens, quod possumus, in
posterum dante Domino majora facturi,
omne jus, quod habemus in Civitate
Surana cum Rocca Sarellae, Arpino,
Arce, Fontana, Pescasolido, Brocco,
& Rocca de Vivo, quas datum tibi
concessimus, & heredibus tuis, cum
Insulis, Castellario, & Terras Johannis
Pagani, quas etiam tibi concessimus in
Barecias, sacrosanctae Romanae Ecclesiae, a qua praedictas Terras fatemur
& recognoscimus nos habere, in perpetuum concedimus, & donamus. Ita tamen quod tu & heredes tui Terras
ipsas, cum omnibus pertinentiis & juribus suis a Romana dumtaxat Ecclesia de cetero teneatis, fidelitatis sibi
praestito juramento, servientes eidem de
ipsis, pro ut nobis servire tenebamini.
Ne vero super hac aliqua possit in posterum dubitatio subiri, praesentem
Chartam auream Bulla nostra communi-
tam tibi, & heredibus tuis in testimonium dedimus concedendam.

Hujus rei testes sunt, Theodoricus
Treverensis Archiepiscopus, Berardus Pa-
normitanus Archiepiscopus, Conradus
Metensis Episcopus, Imperialis Aulae
Cancellarius, Comes Adolfus de Schauen-
burg, Henricus Comes de Gemino Ponte, & alii plures.

Actum est hoc Anno Incarnationis Domini Millesimo Ducentesimo Quinto-
Decimo, Indictione IV. Regnante Domino Frederico II. divina favente gratia
Romanorum Rege, & semper Augusto,
& glorioso Rege Siciliae, Anno Romanorum Regni ipsius Tertio.

Datum apud Spiram, Anno & Indictione supradictis, Quinto Idus Octobris.

Decima tertia causa ditati Ecclesiastici aerarii, quidam mihi creditur ex piis antiquorum temporum
moribus. Nimirum Patres & Concilia concordi voce Christianos passim
hortabantur, ut viventes, aut in postremis saltem tabulis eleemosynas ad
animae suae redemptionem, hoc est
pro eluendis peccatis, relinquerent:
qua de re multus mihi sermo fuit
in Lib. Italica Lingua scripto de Caritate erga proximum. Christum sibi
cum filiis aut agnatis coheredem facere hoc pacto pia gens dicebatur.
Proinde vix ullus erat, qui sine
eleemosynarum largitione suos dies
clauderet. Immo probrosum quodammodo erat sine testamento decede-
re, hac ipsa potissimum de causa,
quod Christianus intestatus e vivis
abiens, nullamque eleemosynam decernens, nullam aut exiguam aeternae suae salutis curam habuisse videretur. Ut ergo ejusmodi Ignomi-
niae eriperentur quicumque intestati
diem postremum claudebant, invectus sensim alicubi fuit mos, ut E-
piscopus, defuncti hominis loco, testamentum conderet, hoc est, id sta-
tueret in eleemosynas erogandum,
quod relictum fuisse crederetur Christianus vita functus, si testamentum
suum vivens conscripsisset. Id primo
factum est piis, ut puto, heredibus
consentientibus; fortassis etiam rogantibus: procedente autem tempore
in consuetudinem ac veluti legem
res abiit. Ejusque prostant exempla,
praesertim in Anglica Historia, &
adhuc mos durat in aliquibus, immo
pluribus Regni Neapolitani locis,
uti testantur Episcopus Montis-Mara-
ni in Praes. Episcop. Neapol. & Mol-
fet. ad Consuetud. Neapol. Par. IV.
Quaest. LXIV. Ad haec primo sacris Pastoribus data est ejusmodi facultas, ut hereditatis portio in pauperes ac egenos dispergeretur; sed
sensim Ecclesiae quoque in pauperum
censum

censum -venerant, atque intestatae gentis mens credita est proclivior in eas futura fuisse: qua ex re pinguius illarum patrimonium evasit. Immo Episcopi ipsi in rem suam ejusmodi consuetudinem interdum convertebant; ac tributum evasit, quod antea pii moris fuit. Id significare videtur Charta Aimerici Caesenatis Episcopi Anno 1174 scripta apud Ughellium Tom. II. Ital. Sacr. *Largior, inquit, do, trado Canonicam portionem* (ergo par Canones hoc Episcopis indultum) *Testamentorum, & aliarum ultimarum voluntatum, de jure spectantem mihi, meisque successoribus per totum Plebatum Sancti Mariari &c.* Rursus infra meminit Canonicae portionis, idest *Quartae Testamentorum, & aliarum ultimarum voluntatum.* Attamen haec obscura fateor. *Quarta* illa fortasse fuit de mobilibus tantum; reperitur enim *Tertiagium & Nonagium,* hoc est jus Episcopo & Clero datum exigendi *tertiam* aut *novam* partem de bonis mobilibus testatorum. Consule Du-Cangium in Gloss. Lat. Utcumque tamen ista explices, satis habes ad dignoscendam aliam fontem, unde opes in Clerum antiquis temporibus defluebant.

Neque tantum eleemosynae causa testatoribus suadebatur liberalitas in Ecclesias, sed etiam justitiae intuitu, ut si quid in humanis commerciis inique sibi tribuissent, specie illa restitutionis emendarent, quotics videlicet certae personae non essent, quibus facienda restitutio foret. Obiso I. Marchio Estensis in postremis suis tabulis Anno 1193. confectis, atque a me evulgatis Par. I. Cap. 37. pag. 364. Antiquitat. Esten. *reliquit libras CC. pro Malatolo.* Hoc nomine (*Malatolia* quoque dicebant) veteres praecipue significabant tributa indebita a subditis exacta, aut alio quovis modo injuste ablata. Ita Anno 1338. Marsilius Carrariensis Patavii dominus, *videns se in articulo mortis, pro suis male ablatis restituendis Florenos centum millia consignavit, quos deposuerat Venetiis.* Haec in Chronico Cortusii Lib. VII. Cap. X. Interdum etiam (idque alibi in hoc ipso Opere animadverti) in necessitatibus Ecclesiae Romanae Thesauri Ecclesiarum impendebantur; Pontifices vero pacis tempore beneficium hoc eisdem Ecclesiis rependebant, conferendo eis suedas, immo & quandoque Castella, unde augebantur reditus & potentia Abbatum atque Episcoporum. Id factum Canossinae Ecclesiae vide post Vitam Mathildis a Donizone conscriptam Tom. V. Rer. Italic. Sed & ipsa Mathildis Comitissa, quod thesauro Nonantulani Coenobii usa fuisset bellorum tempore, eo quo pacto se munificam praebuerit erga ejusdem sacri loci Monachos. Exemplum antiquum Chartae hujus in Tabulario Nonantulano vidi.

Mathildis Comitissae Charta, per quam varia Castra ac bona confert Monasterio Nonantulano ad thesauri ejusdem Ecclesiae a se expensi restaurationem, Anno 1103.

IN nomine Domini nostri Jesu Christi. Anno ab Incarnatione ejus Millesimo Centesimo Secundo, quinto decimo Kal. Aprilis Indictione Undecima. In Dei

Dei nomine ego Matildis Comitissa Dei gratia si quid sum, jussione & data licentia Domni Bernardi Dei nutu Sanctae Romanae Ecclesie Cardinalis, atque in Lombardie partibus Vicarii Domni Paschalis divina favente clementia ejusdem summae Sedis Antistitis, *in meorum peccatorum remissionem, & ad thesauri sanctae Nonantulane Ecclesie restaurationem,* in qua Corpus Beatissimi Silvestri Christi Confessoris requiescere noscitur, *quem prefate summe Sedis jussione, ejusdem tuitione, quae tunc temporis ab adversariis intolerabili infestatione vexabatur,* expendi: *Tibi Domno Jobanni Preposito, & Adjutrici ejusdem prefati Cenobii Avocato, a parte scilicet prefate Ecclesie in perpetuum ad habendum concedo: idest nominative Castrum & Curtem Cellule cum edificiis & Ecclesiis una in honorem Beati Jobannis Baptiste, alia Sancti Cassiani, tertia Sancti Michaelis Arcangeli, ibidem consecratis, & Curtem Raigosule cum Ecclesia dedicata in honore Beatissime Virginis Marie, & omni jure ad predictam Castrum & Curtes pertinente. Castrum etiam Teddaldi cum Ecclesia in honore prefati Sancti Johannis Baptiste edificata, & omnibus ejus pertinentiis, omnesque res territorias, quas in toto Comitatu Ferrarie videor possidere: omnes scilicet res supradictas, quas prelibate Sanctae Romane Ecclesie jure proprietario tradidi, & nunc ab ea videor possidere. Eo vero ordine ut pars predicte Ecclesie Sancti Silvestri omnes predictas res ut dixi, in perpetuum teneat, ac prout ei melius visum fuerit, utiliter disponat sine omni mea queque supra Matildis meorumque heredum ac proheredum contradictione. Ita tamen ut pro omnibus suprascriptis rebus a parte jam fate Nonantulane Ecclesie annus bisancios annualiter in Lateranensi*

Palatio presentis nomine persolvatur, illi videlicet prime Sedis Pontifici, qui per Catholicos Cardinales ibi pro tempore fuerit ordinatus. Quidem & ego que supra Matildis una cum meis heredibus &c.

Actum in Castro Panciano feliciter.

✠ *Ego Bernardus dictus Cardinalis Presbiter Saxile Romane Ecclesie, & Domni Pape Paschalis Secundi Pape in Longobardie finibus Legatus atque Vicarius, dictante justitia ex utraque parte, hoc scriptum fieri jussi, & manu mea subscripsi.*

✠ *Ego frater Johannes peccator Monachus dictus Prior tunc temporis affui, & ideo subscribo, ut si oportuerit, saltim mearum Litterarum valeat comparatio.*

MA	TIL
DA	DEI
GRA	SI
QID	EST ss.

✠ *Ego Ardericus Judex interfui, audivi, subscripsi.*

✠ *Ego Bonus Judex interfui & s.*

✠✠ *Ego Albericus m. m. ss. Ugo Armatus, Albericus de Nonantula de hac scripta pagina rogati fuerunt testes.*

✠ *Ego Wido Notarius sacri Palatii scripsi, postraditam complevi & dedi.*

Scripsi *Anno* 1103. quum Anno Illi respondeat *Indictio XI.* Nisi error Librarii heic subsit, Annus 1102. Florentinorum more continuatus fuit usque ad diem XXV. Martii Anni vulgaris 1103. ac propterea cum *Indict. XI.* conjungitur in Charta Annus MCII. Quod Mathildis fecit, fecisse credendi sunt & alii Principes

pie-

pietatis non obliti, nam eis fere
nunquam in donationibus Ecclesiae
alicui factis, remunerationis ac restitutionis titulum commemorant:
quum tamen Ecclesarum thesauris
vel sponte oblatis, vel vi sublatis,
non raro uterentur ad bellorum necessitates, opinari licet, rependisse
postea beneficium, aut emendasse ma-
leficium, collato quopiam insigni
dono eisdem Ecclesiis. Titulum autem istum disertis verbis expressit
Fredericus II. Siciliae Rex postea
Imperator, quum se liberalem erga
P. Acensem Ecclesiam exhibuit. Debeo illius Diploma amicissimo viro
P. Sebastiano de Paulis ex Congreg.
Matris Dei, Theologo Augusti olim
nostri, cujus eruditionem editi Libri, & Eloquentiam praeclariora Italiae pulpita testantur.

Friderici Siciliae Regis Diploma pro Episcopatu Pactensi, cui concedit dimidium Terrae Nasi, Anno. 1200.

Fedricus divina favente clementia
Rex Siciliae, Ducatus Apuliae &
Principatus Capuae.

Gratum Creatori munus offerimus
cum sacrosanctis ejus Ecclesiis Regiae
manus extendimus largitates, & illis
praecipue, quae nobis in necessitatis
articulo de bonis ejus, devote libenter
satis & liberaliter subvenerunt, ad
quarum etiam retributionem condignam
justa nos ratio provocat, & honesta.
Inde est itaque, quod cum Pactensis
Ecclesia medietatem Terrae Nasi, quiete teneret, concessam sibi a felicibus
Regibus praedecessoribus nostris, Nos
divinae charitatis intuitu, & pro nostra nostrorumque Parentum justitiae recordationis salute, pro eo etiam quod
venerabilis Pactensis Episcopus fidelis
noster in nostrae necessitatis articulo decem & septem millia tarenorum exhibuit Gualterio dilecto consiliario &
Cancellario fideli nostro, pro servitiis
nostris, & thesaurum, & alia bona
Ecclesiae suae devote, satis liberaliter,
& libenter exposuit. Et pro nostris
dedit servitiis exequendis; nec non pro
magnis dispendiis, & multis jacturis,
quas ipsa Ecclesia pro nostra fidelitate
subjacuit, & honore: de innata benignitatis nostrae Clementia, eidem Pa-
ctensi Ecclesiae & ipsi Episcopo ac successoribus ejus perpetuo concedimus, &
donamus medietatem aliam Terrae Nasi, quam videlicet Abbas de Guarras
tenuit, & ex judicio Domini Imperatoris divae memoriae Patris nostri rationabiliter & juste amisit, pro eo quod
ejus proditor est, postmodum autem ipsam Simeon Pisanellus Pisanus tenuit
& possedit, & quia similiter proditor
noster inventus est, fuit ea justa judicio destitutus: ipsam siquidem medietatem Terrae Nasi concessimus, & donavimus integre, & sine aliqua diminutione cum omnibus justis tenimentis, &
pertinentiis suis: tam in demanio,
quam in servitio, quod in demania in
demanium, & quod in servitia in servitium, salvo servitio quod Curie nostrae
inde debetur. Ad hujus autem concessionis ac donationis nostrae memoriam, &
inviolabile firmamentum praesens privilegium scribi, & Majestatis nostrae sigillo jussimus communiri: Anno, Mense,
& Indictione subscriptis. Datum in
Urbe felici Pan: manus Gualterii Regni Siciliae Cancellarii, Anno Dominicae Incarnationis M. Ducentesimo, Mense Novembris, Tertiae Indictionis, Regni

gni verò Domini nostri Federici Dei gratia Regis Siciliae, Ducatus Apuliae, & Principatus Capuae Anno XI. feliciter. Amen.

Ad haec in nonnullas Ecclesias translatum a Principibus fuit jus colligendi hereditates hominum sine justis heredibus, ac sine testamento decedentium. Atque hujusmodi Privilegio potissimum donata est Salernitana Ecclesia a Principibus Salerni. Testem profero Chartam eductam ex Tabulario Monasterii Cavensis.

Gisulfi I. Principis Salernitani Diploma, per quod Petro III. Episcopo Salernitano, ejusque Ecclesiae, jura varia largitur, Anno 946.

,, IN nomine Domini Dei Salvato-
,, ris nostri Jesu Christi, nos Gi-
,, solfus Dei providentia Longobar-
,, dorum gentis Princeps per roga-
,, tum & postulationem *Domni Petri*
,, *Venerabili Episcopi* & Oratori no-
,, stro, & pro amore omnipotenti
,, Deo, & salvatione gentis nostre
,, & patrie, concessimus in Sanctam
,, Sedem Salernitane Ecclesie, ubi
,, nunc ipse supradictus Domnus Pe-
,, trus preesse videtur, omnia & in
,, omnibus rebus, & substantia Pre-
,, sviterorum, atque Diaconorum,
,, Subdiaconorum, & omnium Cleri-
,, corum, serensium vel Civium Ec-
,, clesie, ordinis, gradus fungentium,
,, etiam illorum Clericorum secula-
,, rem bavitum induuntur, sub toto
,, nostro Principatu commorantium,
,, qui sine heredibus defuncti sunt,
,, vel qui inantea fuerint defuncti
,, absque herede, cum omnes illorum
,, semine, quod in partes adulterii
,, habuerunt vel habuerint. Sive con-
,, cessimus in eadem Sancta Sede om-
,, nes servos ex ipso Episcopio per-
,, tinentes cum uxoribus suis, live-
,, ra femine, quod usque modo tule-
,, runt, vel abuerunt, aut in antea
,, tulerint. Simulque concessimus in
,, eadem Sancta Sede omnes rebus ex
,, Mortuorum, que infra rebus ipsius
,, Episcopii est, vel que ejus muni-

,, mina declarant, seu si pars eidem
,, Episcopii qualemcumque hominum
,, vivo se recolluerint, qui non fiant
,, Censiles, & nullam angariam aut
,, dationem in partibus Reipublice
,, faciant, aut persolvant. Simulque
,, concessimus in eadem Sanctam Se-
,, dem omnem portaticum, quod a
,, pars ipsius Episcopii, vel ab om-
,, nibus Clericis, seu omnibus homi-
,, nibus ipsius Episcopii dari debent
,, vel debuerint per quamcumque Por-
,, ta introierint in Civitate nostra Sa-
,, lernitana, sive in omnibus locis
,, vel Castellis nostri Principatus su-
,, bjecto, seu cetera omnia & in
,, omnibus que a singulis Principibus
,, antecessores nostros in ipsam San-
,, ctam Sedem concessa fuerint. To-
,, tum integrum omnia que supra le-
,, gitur in prefatam Sanctam Sedem
,, concessimus, in ea videlicet ratio-
,, ne, ut amodo & deinceps per hoc
,, nostrum roboreum preceptum om-
,, nia, que superius legitur, prefatam
,, Sanctam Sedem & ejus Presul &
,, successores habere & possidere va-
,, leatis, & inviolabiliter & securi
,, exinde permaneant. Et concessi-
,, mus iterum in prefatam Sanctam
,, Sedem, ut quanti Censiles sunt
,, vel fuerint de ipso Episcopo, ut
,, nullam angariam aliquando aut
,, dationem in partibus Reipublice

,, faciant aut persolvant per quale-
,, cumque ratione, & per hoc no-
,, strum roboreum preceptum omni
,, tempore securi & illesi exinde per-
,, maneant omni tempore, & a nul-
,, lo ex nostris Judicibus, idest Co-
,, mitibus, Castaldeis, vel a quibus-
,, cumque agentibus de omni, quan-
,, tum superius legitur, habeat ali-
,, quando presatam sanctam Sedem
,, sequisitione aut molestatione. Sed
,, omnia qualiter prelegitur, firmiter
,, habeant & possideant. Quod verò
,, preceptum concessionis ex jussione
,, suprascripte potestatis scripsi ega
,, Johannes Notarius.
,, Actum in sacro Salernitano Pa-
,, latio de Anno quartedecimo nostri
A ,, Principatus, Mense Junius, Indi-
,, ctione IV.

Idem significari videtur in alterâ Chartâ spectante ad Guillielmum II. Siciliae Regem, & ex eodem Caverß Chartophylacio deprompta. Quod tamen in ea mihi insuetum videtur, est ejusdem Regis Inscriptio, quum dicatur *Siciliae, & Hierusalem Rex*. B Dissentit ejusmodi titulus ab usitata formula Principis illius. Fridericus II. ille fuit, qui Siciliae Regno titulum quoque Regni Hierosolymitani adjunxit. Fortassis *Italiae* scriptum in membrana fuit. Attamen ad omnium examen proferre Chartam placuit.

Romualdi II. Salernitani Archiepiscopi petitio ante Landulphum Judicem, ut Diploma Gisulfi I. pro sua Ecclesia explicet, Anno 1171.

IV nomine Dei eterni & Salvatoris nostri Jesu Christi amen. Anno ab Incarnatione ejus Millesimo Centesimo Septuagesimo Primo, & quinto Anno Regni Domni nostri Guillielmi Sicilie & Jerusalem gloriosissimi Regis, mense Martio, Quarta Inditione. Ante me Landulfum Judicem venit Johannes filius quondam Vivi Presbiter & Cardinalis hujus Salernitani Archiepiscopii, in quo Domnus Romoaldus Dei gratia venerabilis secundus Archiepiscopus preest. Et ex mandato supradicti Domni Archiepiscopi, & pro parte supradicti Archiepiscopii ostendit unum preceptum corea bulla sigillo quodam Domni Gisulfi Principis impresfa, roboratum, quod continebat: In nomine Domini Dei Salvatoris nostri Jesu Christi concessimus nos Gisulfus Dux gloriosissimus Longobardorum gentis Princeps, pro amore Domini Jesu Christi, quam C etiam per remedium salutis anime nostre per rogum Domni Petri venerabilis Pontifex in Episcopio Salernitano, in quo ipse Dominus Petrus preest, omnes res quantum nostri Palatii pertinentes est, aut nostro tempore fuerit, sive de mortuorum, seu undequaque de rebus qui dicitur Traolu, & usque aeque de Cornia D usque flaviam Tusciani, desuper usque serras de montibus. Simulque etiam concedimus in eodem Episcopio quantum quantoque nostri Palatii pertinentes est aut fuerit. videlicet ipsum Tuscianum nominative in capa in terra, & in Dossa, & in Scabbella, in Vacessano, & Liciniano. Ideo ac omnia & in omnibus E quantum infra ipse finis est, & extra ipse finis, quomodocumque predicti Palatii pertinentes est aut fuerit in ipse nominatibus locis, &

intra

intra ipse finis transatibus, & a fun- A
dibus, cum aquis, & omnia infra se
abentibus in ea dictam Sanctam Ecclesiam concedimus, In ea ratione ut
amodo & deinceps per hoc nostrum
roboratum preceptum ea que prelege-
rit pars ipsius Episcopii & ejus Rectores omni tempore ipso habendum,
dominandum, possidendum, & omnia
exinde faciendum quod voluerit; & B
a nullo ex nostris Judicibus, Comitibus, Castaldeis, vel a quibusque
agentibus habeatis exinde aliquando
aliqua molestia vel contradictate, sed
perpetuis temporibus se vera nomine
ipsa sancta Ecclesia eos habeat &
possideat. Quod verò preceptum concessionis ex jussione suprascripte potestate scripsi ego Riccardus Nota- C
rius. Actum Salerni in sacro Palatio, de Anno XXV. supradicti magni
Principis, mense Martius, Indictione L. (*idest Anno 958.*) *Cum autem
ipsum preceptum ostensum fuit, ipse Presbiter pro parte supradicti Archiepiscopii
& ex mandato predicti Domni Archiepiscopi me deprecatus quanto citius ipsum preceptum declarari jubere. Cujus* D
*ego precibus annuens, ipsum preceptum
illum per ordinem in hanc cartam pro
parte ejusdem Archiepiscopii eo Johannem Notarium declarare jussi.*

Ego qui supra Lautulfus Judex.

Decima quarta caussa amplificati
Ecclesiastici patrimonii dicenda est E
Sanctorum veneratio. Ubi enim Corpora illorum quiescebant, quas eximia Pietas Caelitum albo dignos effecerat, ac eorum praecipue, quas
major fama Virtutum ac Miraculo-
rum commendabat, illuc certatim
Fidelium coetus confluebant & non
solùm donariis quotidie altaria tu-
mulosque illorum ornabant, sed &

seudas certatim in sacri illius loci
honorem elargiebantur. Millena hujus moris exempla suppeditat nobis
Historia Ecclesiastica, ex quibus ne
unum quidem adferre opus est, quando temporibus quoque nostris eadem
pia consuetudo perdurat, eo tamen
decremento, ut in hujusmodi liberalitate Secula nostra cum antiqua
conferri vix possint. Tunc enim le-
viori negotio sibi persuadebant homines, recuperatae valetudinis donum,
& negotia quaeque bene gesta, aut
mala evitata ex uno Sanctorum patrocinio ac ope imploratâ procedere:
quare frequentioribus Votis eorum
praesidium poscebatur, & in illorum
Sepulcris dirandis operosior tunc erat
Christianorum pietas. Neque deerant
(ut par est credere) Ecclesiasticae
gentis hortamenta in hanc rem. Sed
ii potissimum industriam suam pro-
didere, qui auctores populo fuerunt,
ut si quando filii peterentur intercess-
ione Sanctorum a Deo, aut in ae-
gritudinem inciderent, parentes eorum ad Sanctorum Sepulcra tantum
conferrent, quantum ponderis Corpora ipsorum ad stateram apprensa haberent. Impetrato ergo filio, aut
receptâ illius sanitate, tantumdem
ponderis Ecclesiae pro eo offerebatur,
paupere vulgo praebente triticum,
panes, caseos, aut quid simile cum
aliquot summis, divitibus autem
tantumdem argenti aut auri. In
Chronico Vulturnensi Part. II. Tomi
I. Rer. Italicarum pag. 430. legitur
Diploma Guidonis Augusti datum
Anno 891. ubi Imperator ille fatetur, se pro nato sibi Lamberto filio,
postea Augusto tantum auri contulisse Monasterio Sancti Vincentii *Ir-
super, inquit, afferimus in praefato
Monasterio auri puri libras, quantum
idem karissimus noster pensat filius. Attamen*

tamen sunt, quae mihi suspicionem crearunt conficti Diplomatis, uti in Notis jam prodidi.

Postrema denique causa, cur Monachi potissimum amplissimam olim fortunarum segetem collegerint, non est reticenda: nempe illorum Pietas, Doctrina, aliaeque animi & ingenii laudatissimae virtutes. Plerumque enim (quod fateri aequum puto) antiquis Saeculis viri Monasticae vitae addicti reliquis Ecclesiae militibus Sanctimoniâ morum praestabant. Erant tunc Abbates non pauci, quos non immerito posteri in censum Sanctorum retulere. Quo se luculentius prodebat Virtutum splendor in iis, eo etiam lubentius in illorum sinum Christiana plebs opes effundebat, quae non melius ac sapientius collocatae credebantur, quàm quum traditae e-

rant viris, tanto favore Pietatem ceterasque Virtutes excolentibus. Atque id praecipue animadvertendum est, alienationem videlicet bonorum Ecclesiae interdictam fuisse Episcopis; licuisse tamen eis olim partem aliquam eorum in Monasteria Monachorum & sacrarum Virginum transferre. Nullaque fortasse Civitas est, quae Episcopum aliquem ex suis non memoret aut conditorem alicujus Monasterii, aut erga illud Liberalem. Mutinae Anno 996. Johannes Episcopus nobile Monasterium Sancti Petri aedificavit, ejusque Successores in eo ditando certarunt, ut monumenta in hoc Opere producta fidem faciunt, quibus adjuncta volo & subsequentia ex Archivo ejusdem Coenobii desumpta, ubi autographa adservantur.

Guarinus Episcopus Mutinensis Monasterio S. Petri confirmat oblata; ac ipse nova addit, Anno 1065.

„ IN nomine Sanctae & Individuae „ Trinitatis. Postquam omnium „ Conditor me Warinum omnium „ Sacerdotum humillimum &c. *ut in* „ *praecedenti Johannis, Anno 996.* quam „ si Monasterium situm juxta Mutinam in honore Sancti Petri Apostolorum Principis aliquo meo sublimarem commodo. Ideoque omnibus orthodoxae Fidei cultoribus notum sit, qualiter venerabilis *Johannes praedicti Monasterii Abbas*, nostram humiliter adhiesit clementiam, quod omnia, quae ad ac supradicto Monasterio a meis Praedecessoribus conlata sunt, similiter consentire, & concedere dignaremur, quatinus idem opus. Deo auxiliante, sub nostro regimine fructificaret. Quapropter ea, quae

„ petiit libentissime concessimus. Unde tamen Imperatores, quàm Reges &c. (ut in *Charta* supra edita in Dissert. XVIII.) quae est laborata per Ademarium &c. Donamus etiam jam dicto Coenobio campum unum continentem jugera octo ultra Fossam Milenariam a Solis ortu, & de subto ipso Monasterio habente, a meridie & sera Sancto Geminiano habente. Concedimus namque Massariciam unam &c. Concedimus etiam terram juxta Castrum Vetus, quam tenet Restanus Gastaldius per precariam, inter vineatam, & arabilem, & prativam, jugera quattuor, cum Decimis ipsius terrae. Conferimus etiam praenominato Coenobio dominicatum nostrum de Turri cum

,, ri cum omni integritate, idest terra arabili, vineata, cum frascario super se habente. Statuimus etiam ut ipsi nostri homines de Turri, tam hi qui nunc sunt, quam posteri perpetim ibidem morantes ad nutum & jussionem praedicti Fratrum Monasterii jam dictas vineas & terram excolere & laborare debeant, & pro tempore ipsas vineas vindemiare. Damus etiam praedicto Coenobio Molendinum unum supra ipsam Civitatem Mutinam in loco qui vocatur Gajolinus cum X. jugeribus de terra, quinque supra ipsum Molend.num, & quinque inferius cum accessione, & aquario suo. In Massa etiam donamus Massaricias duas; unam quae recta & laborata fuit per Dominicum Malapelle; alteram, quae laborata est per Johannem Leongni. Haec omnia supradicta in usum & in sumptum supradicti Monasterii Fratrum consentio, & confirmo. Denique nostra conscriptione hoc inibi tutum confirmantes, quatenus nostri Successores ex illum nostri pectoris, devotionemque perpendentes, quae semel Sancto devovimus & mancipamus Coenobio, inviolata atque inlesa permanere concedant. Si quis igitur &c. *ut in praecedenti.* Actum est autem

,, Anno Dominicae Incarnationis Millesimo V. Indic. III.

WARINVS XPI MISERICORDIA MVTINENSIS ECCLESIAE EPISCOPVS IN HOC DECRETO A ME FACTO SS.

,, Ego Sigefredus Archidiaconus m. m. ss.
,, Ego Oddo Archipresbiter m. m. ss.
,, Ego Ursevertus Diaconus & Prepositus m. m. ss.
,, Ego Domnicus Presbiter & Primicerius m. m. ss.
,, Ego Motinensus Presbiter & Custos m. m. ss.
,, Ego Cigardus Presbiter m. m. ss.
,, Gisulfus Judex Sacri Palacii & Advocatus Sanctae Mutinensis Ecclesiae m. m. ss.
,, Johannes Sanctae Mutinensis Ecclesiae . . . . hoc Decretum jussu Domni Warini Episcopi scripsit.

Signum Bullae pendentis deperditae.

In eodem quoque Mutinensis Monasterii Tabulario Bulla exstitit Gulberti Episcopi, cujus haec tantum verba excerpsi.

Confirmatio jurium & privilegiorum Monasterii S. Petri Mutinensis facta a Guiberto Episcopo Mutinensi, Anno 1038.

,, IN nomine Domini nostri Jesu Christi. Postquam omnium Conditor me Wibertum omnium Clericorum, Sacerdotum, Pontificumque humillimum atque Indignum &c. ut in praecedenti *Instrumento* Anno 1033; qualiter Ardericus, predicti Monasterii Abbas &c. Actum est autem Anno Incarnationis Domini nostri Jesu Christi Millesimo Tricesimo Octavo, XIII. Kal. Mar. Indictione VI. Praesulatur Domni Wiberti Episcopi Primo hic in Mutina.

,, Wido

„ Wido Dei gratia Sanctae Mutinensis Ecclesiae Episcopus in hoc
Decreto a me facto spontanea voluntate confirmavi, atque omnibus
Fratribus confirmandum tradidi,
& precepi.

„ Guido ejusdem Ecclesiae Archidiaconus conlaudans m. m. pp. ss.

„ Ego Alfredus Diaconus m. m. ss.

„ Guido ejusdem Ecclesiae Diaconus m. m. pp. ss.

„ Airo Diaconus m. m. ss.

„ Walkerius Diaconus m. m. pp. ss.

„ Waibertus Subdiaconus m. m. ss.

„ Amizo Subdiaconus m. m. pp. ss.

„ Joannes Subdiaconus m. m. pp. ss.

„ Ego Adelbertus Presbiter ss.

„ Ego Mauricius Presbiter m. m. pp. ss.

„ Ego Martinus Presbiter m. m. pp. ss.

„ Ego Johannes praedictae Sanctae
Ecclesiae Mutinensis ejusdem nihilominus Archipresbiter hujus paginae devotissimus Scriptor toto ni-
su totaque voluntate manibus propriis subscripsi ac confirmavi feliciter.

Sigtum Bullae pendentis
deperditae.

Benedictus Episcopus Mutinensis quaedam donat Monasterio Mutinensi S. Petri, Anno 1096.

„ IN nomine Domini nostri Jesu
Christi. Anno ab Incarnatione
ejusdem Millesimo Nonagesimo Sexto, Indict. V. Quarto decimo Kalendas Junii. Ego *Domnus Benedictus
Servus Servorum Dei minimus, licet
indignus Sanctae Mutinensis Ecclesiae, Dei dispositione dictus Episcopus,* omnibus tam presentibus,
quam futuris notum esse volumus,
quod per hanc paginam fieri precepimus. Quoniam exigentibus peccatis nostris assidue labimur, &
crebris ruinis atterimur, & quia
in hac fragili & caduca vita diu
esse non possumus, & quoniam
omnes Prelatos, maxime Episcopos, erga subjectos curam oportet
semper impendere, precipue erga
eos, qui Sanctorum Patrum preceptis obedire volunt, & imitari
Prophetae vaticinium, dicentis:
*Ecce quam bonum & jucundum ha-
bitare fratres in unum;* Considerantes, qualiter melius crimina &
peccata delere valeremus, tandem
divina inspirante clementia, quod
sepe audivimus Scripturam, dicentem: *Oratio continua & officium pres-
tum valet ad delenda crimina:* Va-
cuit itaque, atque dignum visum
fuit humanitati nostrae, ut pro
remediis animae nostrae, & absolutione peccatorum nostrorum, atque Predecessorum nostrorum, sive
Successorum Fratrum Episcoporum:
Concedimus, & largimur, atque
damus, & tradimus Monasterio
Sancti Petri Apostolorum Principis, sito juxta Mutinam in manibus *Domni Poncii, Dei gratia venerabilis Abbatis,* & ejus Successoribus in perpetuum Ecclesiam Sanctae Mariae positam & hedificatam
in Curte Ambiliani, cum omni
jure, & honore, & usu, & cum
omni integritate el Ecclesiae in
in pertinente, quam *Beatissimus
Pater Geminianus* propriis manibus
consecravit, cum omnibus terri-
„ toriis,

„ toriis, & possessionibus eorum
„ sibi pertinentibus, videlicet pe-
„ ciam unam de terra, in qua ipsa
„ Ecclesia fundata est, aratoria, vi-
„ neata, prativa insimul tenente.
„ Sunt ei fines a mane Flumen, a
„ meridie Sancti Geminiani, a sera
„ via, de subto via, & terra Sancti
„ Geminiani. Et peciam unam de
„ terra aratoria cum aquario ad ae-
„ dificandum molendinum. Sunt ei
„ fines a mane mansum unum, quem
„ nominatur de Calzario, a meridie
„ Marchescila, a sera & de subto
„ Flumen. Et Campum unum, qui
„ nominatur de Teuzo de Panzano
„ jacens juxta stradam. Sunt ei fines
„ a mane terra Sancti Silvestri, &
„ Sancti Geminiani, a meridie stra-
„ da Claudia, a sero ortum molen-
„ dini domnicati, de subto Flumen.
„ Et quamdam aliam peciam de ter-
„ ra aratoria, quae jacet juxta viam
„ Bisentuli, & est circumdata fini-
„ bus, a mane, & meridie, & de
„ subto ejusdem terrae Sancti Gemi-
„ niani, a sera via. Et duo jugera
„ de terra aratoria juxta Lacum,
„ qui vocatur Marmeticus. Et man-
„ sum unum, qui nominatur de
„ Calzario, qui jacet in prefata Cur-
„ te Ambiliani. Habet fines a tri-
„ bus lateribus Sancti Geminiani, a
„ mane via Bisentuli, Goique sunt
„ aliae coherentes, in ia. cum om-
„ ribus suis Decimis & Primiciis,
„ quas suprascriptus Sanctus Gemi-
„ nianus eidem Ecclesiae concessit.
„ Et talis nostra est voluntas, ut
„ exinde in perpetuum pred.ctus Dom-
„ nus Abbas, & ejus Successores,
„ & eorum Fratres habeant supra-
„ scriptas omnes nostras res, ut su-
„ pra legitur, cum omni jure ac
„ integritate, & dominio, & usibus,
„ ad usum & sumtum & utilitatem

Tom. XIII.

„ Domoi Abbatis, & ejus Successo-
„ rum & Fratrum, qui nunc sunt,
„ aut qui in sempiternum servie-
„ rint. Si quis Episcopus, vel alius
„ Clericus, sive Laicus irrumpere,
„ aut frangere hoc nostrum prece-
„ ptum voluerit, & hanc nostram
„ concessionem, & donationem, ob-
„ servare noluerit, sciat se esse ana-
„ thematem, & compositurum no-
„ mine penae libras triginta dena-
„ riorum Lucensium ipsi Monaste-
„ rio, vel ei servientibus, & post
„ penam solutam ea, quae superius
„ leguntur, rata & firma teneantur.
„ Predictus Domnus Episcopus haec
„ jussit fieri in presentia Alberti
„ Archidiaconi Mutinensis Eccle-
„ siae, & Guidonis Prepositi, Ro-
„ landi Archipresbiteri, & Aimonis
„ Magister Scholarum, & Mauricii
„ Presbiteri, & aliorum Canonico-
„ rum, & in testimonio Alberti
„ Causidici, & Gotifredi Causidici,
„ & Uberti Advocati, & Rolardi,
„ & Azonis de Choarado, & Te-
„ telmi, & Grasulfi de Civitate
„ Nova, & aliorum quamplurium.
„ Actum est hoc in Palatio domni-
„ cato feliciter.
„ Ego Benedictus, Dei gratia Mu-
„ tinensis Episcopus m. m. sr.
„ Ego Albertus Archidiaconus m.
„ m. ss.
„ Ego Guido Prepositus m. m. ss.
„ Ego Aimo Magister Scolarum
„ m. m. ss.
„ Ego Mauricius Presbiter m. m. ss.
„ Ego Martinus Presbiter m. m. ss.
„ Ego Johannes Subdiaconus m.
„ m. ss.
„ Ego Teodericus Diaconus m.
„ m. sr.
„ Ego Bernardus Diaconus m. m.
„ m.
„ Ego Benzo Clericus m. m. ss.

Y y   „ Ego

„ Ego Albertus Sacri Palacii No-
„ tarius scripsi & complevi.

Porro piissimi ipsi Abbates & Monachi alienum minime a Sanctitatis
norma excedebant, quanto possent studio excitare piorum liberalitatem erga sua Coenobia; immo id maxime
gratum Deo arbitrabantur, ex eo
quod aut nova Monasteria condeban-
tur, aut Deo famulantium numerus
augebatur, atque officia Caritatis in
egenos & hospites compleri poterant
abundantius. Immo in antiqua Monastica Historia multas retulere laudes, qui in accumulandis praediis,
atque in amplificanda re sui Monasterii, ante alios excelluere. Anselmus ipse antea memoratus, quem
uti Sanctum colit Nonantulana Dioecesis, non solùm idem Nonantulanum
Mutinensis agri Coenobium construxit,
sed & aliorum complurium Fundator *sub regimine suo Monachos regulares MCXLIV.* numeravit, *exceptis
parvulis & pulsantibus,* idest Novi-
tiis, ut in ejus Vita habetur. Quanta autem bona Ille sui nominis celebritate, suâque industriâ congesserit,
inde elucere potest, quod eo etiam
Fundatore vivente Nonantulanum
Monasterium inter praecipua Italiae
effulserit, tum copiâ ac possessione
Fundorum atque Villarum, tum numero Coenobiorum ab eo penden-
tium. Neque segnius se habuere illius Successores, ita ut Saeculo X.
inter omnia Italica Monasteria *Nonantulanum* ac *Farfense* primas tene-
rent. Audi Johannem Chronogra-
phum Farfensis Coenobii ad Annum
Christi DCCCCXXVII. Par. II. Tomi
II. Rer. Italic. pag. 417. hæc de
Farfensi scribentem: *Monasterium hoc*

a Sanctis Patribus beatissimè ac reli-
giosissimè dispensabatur, atque in dies
augebatur & accumulabatur in spiritualibus, corporalibusque beneficiis, non
mediocriter, sed perfectè, ita ut in
toto Regno Italiae non inveniretur simile huic Monasterio, nisi quod vocatur
Nonantulae. Atque utinam tempus
ac homines Tabulario insignis Ido-
nasterii Nonantulani pepercissent, neque immanem copiam Chartarum
aut alio advexissent, aut absumsis-
sent; antiquam enim sacri loci opulentiam eâ ratione certius intellige-
remus, non sine proventu Ecclesiasticae Historiae, ipsiusque profanae E-
ruditionis. Et Anno quidem 1279.
adhuc in Archivo ejusdem Monasterii vetustissima, ac prima ei collata
Privilegia *in papyris, & membranis*
adservabantur, uti in Dissertatione
LXIV. *de vario statu Dioeces.* demonstravi. Quod plus est, vel ipso Anno
1632. superstes ibi erat ingens Chartarum copia: cujus rei testem habeo Catalogum MStum, jubente Antonio Barberino S. R. E. Cardinali
ac ejusdem Abbatiae perpetuo Com-
mendatario, exaratum. Ego quando
cetera aut abdita sunt, aut periere,
in Eruditorum gratiam quaedam excerpsi ex eodem Catalogo, quae aliqua ex parte splendidiora mihi visa
sunt, privatorum hominum Chartis
omissis, atque heic edita volo. Monumentorum hujus generis suus etiam
usus est, isque non mediocris, ut
eruditi norunt. Praesertim verò Abbatum continuatam seriem exhibeo,
quam etsi Ughellus Tom. V. Ital.
Sac. in Tervisinis Episcopis evulgavit, uberiorem tamen heic addo, &
emendatiorem a me Lector accipiet.

EXCERPTA
E CATALOGO MSTO
TABULARII MONASTERII
NONANTULANI.

Gisulfo Duci Forojuliensi in Ducatu Successor fuit Anselmus, Giseltrudae Flavii Aistulfi Langobardorum Regis uxoris frater, qui Religionis amore flagrans, relicta Petro filio Successore, Ducatu se abdicavit, & Clericus factus, primo Monasterium cum Xenodochio apud Fananum in montibus Mutinensibus extruxit, tum biennio post alterum Monasterium in agro Mutinensi trans Scultennam in loco, cui Nonantula nomen, condidit, ibique vitam Monasticam professus est. Anno quarto Regni Aistulfi, die III. Martii, Indict. VII. Aliprandus habitator Cremonae, una cum Waldruta nobilissima conjuge donat Monasterio Apostolorum omnium sito Nonantula, cui Anselmus Abbas praeest, omnes rel. terras, vineas &c. infra Curtem Cremonae, & foris per totum Comitatum, una cum Cella Sancti Silvestri sita foris ipsius Civitatis Cremonae. Sergius Archiepiscopus Ravennas Ecclesiam Nonantulanam consecravit; eamque a jurisdictione Archiepiscoporum Ravennatem, & Episcopi Mutinensis exemit. Jam Anno III. Aistulfi Regis Ecclesia Sancti Silvestri donata fuerat Monasterio omnium Apostolorum sito Nonantulae, atque in eam Anselmus Abbas impetrarat Corpus Sancti Silvestri Papae Primi a Stephano summo Pontifice impetratum; quare titulus Sancti Silvestri Monasterio additus fuit, eo subinde incremento, ut amplitudine privilegiorum, jurium, & bonorum, ac multitudine Monachorum, clarissimum inter cetera Italiae Coenobium illud evaserit. Aistulfus Rex, & Giseltruda jugales Anno Regni ejus III. eidem Monasterio sub die XVIII. Septembris, praesentibus Sergio Ravennate Archiepiscopo, Romano Episcopo Bononiensi, Geminiano Episcopo Mutinae, & Geminiano Episcopo Regii, multas Ecclesias & bona donarunt, inter quas Castrum Crepakorii, cum tota illius Curte. Ab Anselmo Abbate Hospitium etiam in Via Aemilia constructum fuit longe a Monasterio ad excipiendos eos, qui ad se iter flectere non possent, atque illud sub Sancti Ambrosii numine consecratum prope Scultennam fluvium diu stetit. A Desiderio Rege, qui Aistulfo successit, in exsilium pulsus Anselmus Abbas Montem Casinum adiit, Vigilantio Presbytero interim Nonantula-

tulanum Monasterium per aliquos annos gubernante. Ab exsilio revocatus confirmationem ab Hadriano Papa I. impetravit donationem sibi factarum per Aistulfum Regem. Tum eidem Johannes, & Ursa filii Ursi Ducis, ad luminaria, & ad usum servientium Monasterio Nonantulano donarunt multa in Caroli Coriola, & in Curte Perisoli, Curte Cambi l'italis, & Roncho in Tanaro, Tusliano, Castillium, in pago Montebellio atque in Brajolam, ut constat ex Tabulis Stephani Notarii scriptis die VI. Martii Anno II. Regni Caroli Magni. Item Carolus Rex confirmavit Anselmo Abbati, quae Lamobardus bona Adam donarat Monasterio in territorio Vicentino, & Veronensi. Insuper & ipse donavit eidem fundum Calderium, & Celarium de Casametulo in territorio Bononiensi. Camaranum, Solarium, & Girunulum, cum aliis Ecclesiis; quae tenebantur a Regibus a tempore usque Albcini, cum pascuis &c. Ejusdem Caroli Regis exstat Sententia in contradictorio judicio contra Vitalem Episcopum Bononiensem pro Ecclesia de Liznano ad favorem Abbatis Anselmi, data IV. Kal. Junias Anno XXXIII. Regni Francorum, & XXVIII. in Italia. Sed & idem Carolus Imperator Monasterio Nonantulano multas Curtes, Monasteria, Plebes, Ecclesias, Oratoria, bona, & jura in Farfulana, Arretina, Florentina, & tota Tusciae ditione confirmavit, aut concessit, & privilegium Aistulfi Regis ratum habuit. Quidam etiam Dux, Gherardus nomine, pro remedio animae suae Ecclesiam Sanctae Mariae, Sanctae Crucis, & SS. Synesi & Theopompi in suo proprio aedificavit, & Coenobio Nonantulano subdidit, Monachis in eam intraductis. Alberguada etiam memorati Ducis uxor post obitum viri multa eidem Ecclesiae

bona tribuit, & vita functa una cum viro ibi tumulata est. Ecclesia ista sita est prope Tarvisium, ubi Corpora Sanctorum praedictorum recondita fuerunt. Inter Anselmum Abbatem, & Canonicos Ecclesiae Mutinensis, secuta est quaedam commutatio de Castro Finali. Johannes vero Dux Persiceti, & Pontis Ducis, Carolo Magno imperante, Ursonem filiam in Monasterio Nonantulano sub Anselmi cura collocarat, cui Abbati dono dederat multa bona in Monte Velio, in Olivero, Cento, Arquato, aliisque Territoriis. Urso post aliquot annos ratam habuit donationem patris, addendo omnia sua bona in Cento, Arquato, Painano, & aliis locis. Extat donatio originalis, in qua rogat omnes homines Deum timentes tam Principes, quam Judices, ut omnia conservent perpetuo Monasterio praedicto. Et qui contra fecerint, cum Apostolis Christi, & Confessore Silvestro in conspectu Dei judicium habeant. Sub Carolo Imperatore Liutfredus Cremonae Comes dono dedit multa Abbatiae Nonantulanae. Anselmus vero Anno 804. V. Nonas Martii obdormivit in Domino. Corpus tumulo datum in ejus Ecclesia, & ipso obitus die illius Festum agunt Monachi Ordinis Sancti Benedicti. & Abbatia Nonantulana per totam suam Dioecesim, uti de Confessore inter Sanctos relato. Regnantibus Dominis Carolo & Pippino Anno Caroli XXVII. & Pippini XVIII. a Rothario Duce filio quondam Sabiniani Ducis multorum bonorum donatio facta est Ecclesiae Beati Martini Confessoris sitae in Curte Cantiana, ubi dulcissimus Domnus servus noster Anselmus Abbas Monachus praeesse videtur, inter quae bona enumerantur Silva Garofa, Silva Gatta, Silva Major, & Silva Lucella in finibus Arellae, Scolteuza vecchia, Casale Cento, & alia loca.

lota. Tabulas confecit Hildebrandus Notarius. Alia similis donatio facta fuit per Mochium Ducem, filium quondam Sabiniani, fratrumque, uti videtur, praedicti Rotharis, de portione sua in eisdem bonis, ac locis supra descripsit.

PETRUS ABBAS II.

Vita functo B. Anselmo, Petrus ejusdem Ordinis & Coenobii Monachus electus est a Monachis Abbas Anno Christi 804. Hic totam Abbatiam, & illius reditus conscribi jussit, & ex eis quatuor partes pro eleemosynis pauperum, pro suscipiendis hospitibus, ornamentis Ecclesiarum, & necessitatibus Monachorum constituit. Iste Abbas Anno Christi 813. una cum Amalhario Fortunato S. R. E. Cardinale, & Trevirorum Archiepiscopo a Carolo M. Romanorum Imperatore Legatus ad Michaëlem Orientis Imperatorem, Nicephori generum & successorem, in Graeciam mittitur pro foedere inter ipsos sanciendo. Verum quum Legati iidem Constantinopolim pervenissent, non Michaëlem (excesserat enim e vivis) sed Leonem Armenum Imperatorem invenerunt, a quo sunt auditi & dimissi. Carolo eodem Anno vita functo, Ludovicum ejus filium, & in Imperio successorem Aquisgrani residentem Legati convenerunt. Permutaverat Petrus Abbas cum Redulfo Priore Monasterii Sancti Salvatoris siti intra muros Urbis Brixiae Villas nuncupatas Castelliorum, Silvinianum, & Monsitellum, recipiens ab illo Villam nuncuparam Redindo, quae dicitur Corticella in Pago Perfecti. Huic autem commutationi confirmationem addidit Ludovicus Imperator Diplomate manu propria subscripto Kal. Augusti Anno Imperii Primo. Eidem Abbati praedictus Imperator in alia

Charta mandat, ut suo Monasterio subjectos in Galha, & in Lizano indebite non gravet. Exstat & aliud Diploma ejusdem Augusti, in * quo narratur concordiam initam inter Petrum Abbatem, & Gisonem Episcopum Mutinensem super quibusdam Ecclesiis Baprismalibus, eamdem confirmat sub gravibus poenis Anno Imperii sui VI.

Exstat etiam Privilegium ipsius Ludovici confirmantis paternas concessiones, in quo irritae decernuntur omnes alienationes factae de rebus Monasterii, & statuitur, ut in Plebe Lizani Bononiensis Dioecesis Abbas Nonantulanus habeat electionem, & praesentationem Archipresbyteri.

Idem Augustus concessit Privilegium Monasterio Vallis Fabriae in territorio Affinate, ut nemo ejus possessionibus & juribus molestiam inferat, datum Aquisgrani VI. Idus Decembris Anno Imperii VII.

Oddo Mantuae Comes locum tenens Ludovici Imperatoris in contradictorio judicio sententiam protulit contra Mantuanos pro Abbatia Nonantulana, & contra homines Flexi, qui sunt in Regiensi Comitatu, & alios, ubi decernitur, piscatores & aucupantes a finibus Alantuae usque ad Bondenum debere tradere dimidium praedae Abbati Nonantulano, id praecipientibus Privilegiis Aistulfi, Desiderii, Caroli, & ipsius Ludovici. Quae sententia lata fuit coram Judicum Sacri Palatii, & subscripta manu Rataldi Episcopi Missi Domni Imperatoris, Andreae Episcopi Vicentini, Andreae Judicis, Liutprandi Comitis Civitatis Veronae, Odonis Comitis Mantuae, Bonifacii Novaril, & testium.

Liutprandus Veronae Comes cogitur restituere Abbati & Monasterio Nonantulano quartam partem Silvae Hostiliae, quae est prope Padum, & Tarta-

Tartarum, & alia bona in Veronensi agro, Anno Ludovici Imperatoris VII. pridie Kal. Aprilis, Indictione X., & bus per sententiam Rataldi Episcopi Missi Domni Imperatoris Ludovici ad singularum hominum deliberandas intentiones, cuius decreti originale ad-bat in Archivo Nonantulano conservatur documentum. Quo Anno IV. Kal. Junii Petrus Abbas Anno suae ordinationis XVII. obdormivit in Domino.

ANSFRIDUS ABBAS III.

PEtro successit Ansfrith, sive Ansfridus Monachus, piscate & bonis moribus vir praestans. Hic fecit Capsam Evangelii auream, quam pretiosissimis lapidibus ornavit. Fecit & Calicem cum Patena argentea, gemmis & auro mirifice ornatum.

Sub eodem Ansfrido Stephanus, & Oldepertus Episcopi vices gerentes Ludovici, & Lotharii Imperatorum, in Placito sententiam tulerunt pro Abbate Nonantulano contra homines Flexi Regienses, & alios accusatos de violatis juribus piscationis, & venationis.

Idem Ansfridus Abbas, & Halitgarius Cameracensis Episcopus Anno Christi 828. Legati Constantinopolim a Ludovico Pio, & Lothario Imperatoribus missi incomfecte a Michaele Imperatore Leonis successore suscepti sunt.

Sed & iidem Augusti eo remedium animarum suarum Monasterio Nonantulano largiti sunt jugera centum terrae cum censu, & Silva nuncupata Wilzacara in Dioecesi Mutinensi apud Sanctum Caesarium. Tabulae scriptae Anno XII. Kalendis Decembris. Iisdemque imperantibus inita fuit concordia inter Episcopum Mutinensem, & Abbatem Nonantulanum, super Basilica Sanctae Mariae in Fortiliano, & omnibus re-

bus ad eam pertinentibus. Obiit Ansfridus Abbas Anno ordinationis suae XVII. Christi 838.

RUTPERTUS ABBAS IV.

IN Ansfridi locum suffectus est Anno 838. Rutpertus Monachus, qui Anno sequenti e vivis excessit. Ludovico & Lothario Imperantibus Adelbertus Presbyter & Fratres petunt in Emphyteusim loca Monasterio donata in loco Castri Arquensis Anno XXIV. VI. Kal. Augusti.

ROTICHILDUS ABBAS V.

ROtichildus Ansfrido succedit a Monachis electus Abbas anno 839. Ructhildus etiam dictus. Hujus temporibus Lotharius Rex & Imperator dona dedit Monasterio Nonantulano Insulam quamdam Viciciam nomine inter Padum & Rondensm in territorio Aemiliense ad partem Mutinensem cum nonnullis Casalibus pro piscariis, & usibus ejusdem Coenobii. Exstat originalis donatio in Archivo Nonantulano scripta Anno Imperii XVIII. Kal. Februarii, Indictione V. signo ejusdem Imperatoris munita.

Exstat & confirmatio ejusdem Imperatoris Lotharii de institutis Ecclesiasticis, & de Viceadvocato in Diplomate Gothicis literis conscripto; necnon & Privilegium ejusdem pro hominibus de Lizzano, & Gabba, quo praecipitur, ne Abbas eosdem subditos suos indebite gravet. Anno 842. Rotirbildus XV. Kal. Januarii inter vivos esse desiit.

EGISELPRANDUS ABBAS VI.

EGiselprandus a Monachis electus in locum Rotirbildi successit. Annis novem Monasterium rexit. Circa haec

tempo-

tempora Lotharius Imperator Monasterio eidem multa donavit in Aemiliensi
territorio ad partem Mutinensem infra
suos confines expressos de rebus suis
dominicatis, & colonicatis, ad forum Regalem domum pertinentibus, ut quod
debetur ad suam domum, id in eodem
venerabili Monasterio Nonantulano tribuatur: quae donatio manu propria
praedicti Imperatoris est subscripta Ama-
sa Augusti, Indictione V. Obiit iste Abbas IX. Kal. Junii Anno reparatae salutis 851.

LITEFREDUS ABBAS VII.

EGilseprando datus est eodem Anno
851. successor Litefredus, sub cujus regimine, Anno Ludovici piissimi
Imperatoris Augusti, Monasterio Ber-
tissimorum Apostolorum, & Christi Confessoris Silvestri sito Nonantula in territorio Mutinensi, Warnis Vassus praedicti Imperatoris donat multa bona in
Veronensi in loco nuncupato Cortina.
Iste Abbas diem suum clausit Anno ordinationis suae IV. Christi 855. XVI.
Kal. Decembris.

LEO ABBAS VIII.

LEo Litefredi successor primo suae
ordinationis Anno vita functus est.

PETRUS II. ABBAS IX.

LEoni successit Petrus, sive Erper-
tus Anno Christi 859. Lotharius
Imperator Anno Imperii * su XVIII.
cum ad Coenobium Nonantulanum orationis caussa accessisset, orationes Monachorum profuturas ad Regni sui stabilitatem, & sui perpetuam felicitatem
judicans, eisdem concessit ad conser-
vandam inter ipsos concordiam, ut ex
eadem Congregatione talis eligatur perpetuis futuris temporibus Abbas, qui

secundum Regulam Sancti Benedicti Congregationem prudenter regere valeat.

Iste Abbas Adelberto Marchioni,
& pro cuidam Lamberto locat ad Annos XXIX. Capellam S. Silvestri in
loco, qui dicitur Monasteriolum, Papiensis Dioecesis, eademque locatio exstat subscripta manu Abbatis, qui Anno Domini 863. ordinationis suae Nono, VIII. Kal. Novembris vivere desiit.

WARNEFRIDUS ABBAS X.

PEtrum sequutus est Warnefrit, sive
Warnefridus eodem Anno 863.
Vixit Annos IV. Obiit X. Kal. Novembris Anno 869. Sub hoc Abbate
exstat Hadriani Papae II. Privilegium
super investitura Monasterii Nonantulani, & Anno XII. Imperii Ludovici
donatio Silvae nuncupatae Witzacara
in Dioecesi Mutinensi apud S. Caesarium.

RAGUMBALDUS ABBAS XI.

POst Warnefridum a Nonantulani
Monasterii Monachis electus est
Abbas Ragumbaldus, qui & ab aliis
dicitur Ragimbaldus. Hic Anno sequen-
te ad meliorem vitam vocatus est VIII.
Idus Octobris.

BENEDICTUS ABBAS XII.

BEnedicti Abbatis nomen in Privilegio Johannis Papae IX. eidem
concesso invenitur una cum confirmatione Privilegiorum Hadriani, Johannis,
& Praedecessorum. Nusquam amplius
de eo memoria. Quod vero Theodorico
praecesserit, ex Mariani Sammi Pontificis Diplomate constat, Theodorico
eidem concesso. & ab Henrico S. R. E.
Striniario jussu Innocentii Papae III.
exemplato, & sub ipsius Bulla conscripto.

THEO-

THEODORICUS ABBAS XIII.

IN locum Benedicti Abbatis vita functi electus est Theodoricus, qui Ecclesiam S. Michaëlis extra Castrum Nonantulanum aedificavit. Haec postea multis aucta bonis Archipresbyterali titulo fuit insignita. Sub Theodorico Adhelardus Veronensis Episcopus, timorem Dei parvipendens, contra sacras Romanorum Pontificum institutiones, quibus de propria semper Congregatione, & de numero & gremio Monasterorum, electio Abbatis facienda deternitur, Monasterium Nonantulanum callide occupavit, & in suos rsu reditibus redulis in extremam egestatem Monachos compulit. Qui sicuti Abbas commutavit quaedam bona Coenobii Nonantulani cum Abbate Monasterii Novi de Brixia. Johannes VIII. Summus Pontifex, qui Privilegia Antecessorum concessa Nonantulanae Abbatiae confirmaverat, temerariâ Adhelardi praesumptione increpatâ, quam nil proficeret, XV. Kal. Maji, Indictione X. Carolum Calvum Imperatorem, & IV. Kal. Maji Johannem Ravennatem, Anspertum Mediolanensem, & Wilpertum Aquilejensem Archiepiscopos monuit, se Adhelardum Episcopum Veronensem communione privasse, quod Nonantulanum Coenobium invasisset, saecularisumque manibus perdere non formidasset contra Sanctorum Patrum regulas, & Apostolicae Sedis, Sacraeque Synodi sententiam.

Sub Rayambaldo, sive ejus Praedecessore, Hadrianus II. Summus Pontifex concessis Privilegium Abbatiae Nonantulanae, quod cum aliis Johannis, & Marini Pontificum de mandato Innocentii Papae III. Henricus S. R. E. Scriniarius exemplavit, & sub ipsius Innocentii Bulla transcripsit Anno 1215. Anno XVI. Pontificatus.

Carlomannus Rex ad preces Theodorici Abbatis Nonantulani confirmat Abbatias praedictas per suum praeceptum Privilegia Regum, & Imperatorum, & praesertim Avi, & Atavi ipsius, Caroli scilicet, & Ludovici, seu & Lotharii Proavi, nec non Ludovici Consobrini piissimi Augusti, & quidquid praedicti Imperatores, Reges, & Reginae, aliique Deum timentes praedicto Coenobio donarunt. Datum est Diploma Pridie Idus Novembris Anno I. Regni Carlomanni Serenissimi Regis in Italia, Indictione XI.

Stephanus VI. Pontifex Maximus eidem Monasterio, & Theodorico Abbati confirmavit immunitates, & jura quaeque.

Berengarius quoque Rex idem praestitit per suum Diploma.

Martinus quidam lege Romana vivens habitator Vercellis, facultate a Widone Imperatore impetrata dispenendi de bonis suis, eadem Monasterio Nonantulano elargitus est.

Theodoricus verò Abbas cum Aymone Advocato suo coram Officialibus Regis in publico Placito obtinuit sibi relaxari per sententiam Judicum bona sui Monasterii, cujus fines in eadem sententia describuntur a Gandulfo Mauritii filio occupata, qui Gandulfus ipse falso possessore se abdicavit, iterumque per Abbatem investitus est.

Martinus II. Papa Praedecessorum suorum Hadriani & Johannis Romanorum Pontificum praecepta Monasterio Nonantulano confirmavit, interdicens omnibus Episcopis, & praesertim Mutinensi Episcopo, in cujus Parochia praedictam Coenobium noscitur constitutum, ne jurisdictionem aliquam ibi exerceant, nisi ab illius Abbate requisiti, & ne ullo modo Baptismales Ecclesias sibi vendicent.

Exstat etiam fragmentum Privilegii Stephani Papae V. Theodorico Abbati concessi, uti & Hadriani III. Papae Bulla super duodenario numero Canonicorum in Ecclesia Sancti Michaëlis Nonantulae in Plebem erecta.

Ermenaldus de Rastellino die 15. Octobris Anno 886. bona, quae possidebas in eodem territorio, donavit Theodorico Abbati, ut ex tabulis Erbertini Notarii. Eidemque multa elargitus est Simplicianus quidam posita in territorio Mediolanensi in eo loco appellato Petrisino prope viam dictam Coromanna, eamque postea jure precario recipit ab ipso Abbate Theodorico. Obiit diem suum ille Abbas Kalendis Martii Anno 887., & in Ecclesia supradicta a se aedificata in marmoreo sepulcro tumulatus est. Cessavit Abbatia Annis IV.

LANDEFREDUS ABBAS XIV.

Landefredus successit Theodorico Anno IV. post illius obitum, Christi 891. Rexit Annos XIII. Circa haec tempora Berengarius Rex prohibuit Papiensibus, Cremonensibus, Veneciis, & Ferrariensibus piscaturam piscium a fluvio Rondeno ad locum Spina nuncupatum, illam reservando Monasterio Nonantulano, sicut ad Sanctum Martinum in Spina, sine Abbatis licentia.

Arnulfus etiam Imperator Abbatiae privilegia concessit. Sed & Lambertus Imperator Anno Christi 898. eidem elargitus totam Salicatam Solariae, & bona in Coligaria, Munisno, & Albareto pro aedificanda & manutenenda Infirmaria Monasterii.

Exstat adhuc sententia Widonis Comitis locum tenentis praedicti Lamberti Imperatoris ad favorem Abbatiae Nonantulanae contra Episcopum Mutinensem, & homines Solariae, fundata super aliis fraternitiis de Solaria,

Tom. XIII.

Cametolo, sua Puleto, & aliis locis, in qua enunciantur Privilegia antiqua eidem Abbatiae concessa, cum subscriptione prima Manfredi Anno 898. Praeterea exstat concessio facta praedicto Abbati per Lupam filium Flori de Reno de quatuor Massaritiis in Riario, ubi dicitur Albaretulo. Iste Laufredus Abbas Kal. Aprilis Anno 899. vivere desiit, & in Abbatiali Ecclesia sepultus est.

BENEDICTUS II. ABBAS XV.

Laufredum excepit Benedictus Abbas a Monachis electus eodem Anno 899. Sub hoc Abbate Ludovicus III. Rex Diplomate suo rata esse omnia jubet, quae Monasterio Nonantulano a Regibus donata fuerant Aistulfo, Desiderio, Adelgiso, Carolo Magno, Ludovico majore, Lothario, Ludovico piissimo, Carlomanno, Carolo juniore, Arnulfo, Widone, & Lamberto Imperatoribus. Datum est Diploma Papiae Kal. Junii Anno Christi 901. Regni Italiae Primo. Quo eodem Anno habebantur ordinationes quaedam pro Ecclesia S. Michaëlis Berseldae ipsius Leopardi Abbatis manu scriptae.

Sub illo Abbate Hungari e Pannonia egressi magnam Italiae partem ferro ac flammis populando, ipsum Nonantulanum Coenobium diro incendio vastarunt. Codices ibi multi conscripti, ex Monachis nonnulli occisi, reliqui cum Leoparde Abbate fugam arripuerunt. Sedata jam procella, Leopardus ad restituendam Ecclesiam suam studium omne concurrit, idemque Anno Christi 909. revocavit, qui discesserant, Monachis, Monasterium reparavit simulque Ecclesiam, quam consecravit, accepta a Sergio III. Summo Pontifice, ut ad ejus consecrationem advocaret aut Johannem Ticinensem, aut Widonem Placentinum, aut Albungum Parmensem E-

pisco-

piscopos, Ejusdem Pontificis Bulla habetur de Decimis solvendis Ecclesiae S. Michaëlis de Nonantula.

Anno 910. Berengarius Rex ad preces Conjugis suae, & Regni Consortis Berthilae donat fideli suo Anselmo Comiti Veronensi, illiusque Compatri, & Consiliario, ob fidei illius puritatem, Curtem quamdam juris Regni sui, quae dicitur Duas Robores de Comitatu Veronense, nec non terras & praedium in Roverselia, cum Capella, quae in honorem Beati Zenonis ante irruptionem Paganorum in eodem loco constructa erat, cum omnibus ad eamdem Curtem pertinentibus. Has easdem bona Anselmus Comes Monasterio Nonantulano donavit, eamque donationem Berengarius suo Diplomate confirmavit scripto Papiae V. Kal. Novembris Anno Dominicae Incarnat. 911. Regni Berengarii XXIV. Indictione V.

Eodem Anno 911. Bonifacius Marchio Monasterio Nonantulano donavit in Comitatu Veronense Castrum Nogariae non longe a supradicta Curte ad Duas Robores. Kalendis autem Julii Anno eodem Leopardus Abbas e vivis sublatus est.

PETRUS III. ABBAS XVII.

Leopardo vita functo datus est a Monachis successor Petrus Anno 911. Qui Anno Aet. XIV. Decembris Anselmus Veronae Comes prole carens dono dedit Coenobio Nonantulano bona sua in Comitatu & finibus Veronensibus, Martino Notario tabulas scribente. Inter bona donata erat Curtis nuncupata ad Duas Robores, Curtis Roverselia, & Capella Sancti Zenonis in eadem Villa Roverselia, cum omnibus ad ipsas Curtes & Capellam pertinentibus usque ad fluvium Menago percurrentem in Tartaro, sicut idem An-

selmus per paginam donationis acceperat a Rege Berengario.

Berengarius ipse Monasterio Nonantulano Pontificum Romanorum, Imperatorum & Regum, aliorumque donationes confirmavit, dando facultatem Monachis, ut mortuo Abbate successorem de gremio Monasterii eligant, quem digniorem ipsi judicaverint.

Iidem temporibus Johannes Archiepiscopus Ravennas conquestus est per literas Petro Abbati, & Monachis Nonantulanis, quod se a superioritate Ecclesiae Ravennatis subtraxissent, iisque praecepit, ut debitum illi Ecclesiae honorem tribuant, & ut Ministrum revereantur, & cognoscant.

Quum vero Hungari Monasterium non longe a Tarvisio situm, & a Gherardo Duce Anno 780. in proprio praedio aedificatum, una cum Templo, in quo erant Corpora SS. Synesii & Theopompi, delevissent, Petrus Abbas Nonantulanus, cui Monasterium illud erat obnoxium, Anno Salutis 912. misit, qui ea Corpora inde Nonantulam deportarent: quod factum solemni pompe.

Quidam Comenses faciunt se isisce temporibus adscriptitios Monasterio Sancti Silvestri de Nonantula, & promittunt se secaturos prata, & curaturos oliveta prope Civitatem Papiensem. Charta ipsa subscripta fuit manu propria Petri Abbatis. Qui Anno 913. Kalendis Octobris vivere desiit.

GREGORIUS ABBAS XVIII.

Gregorius Monachus Petrum subsequutus est in regimine Abbatiae, vir summe pius. Permutavit ille quaedam bona cum quodam Presbytero Ecclesiae Veronensis, unde Coenobio Nonantulano obvenere quaedam terrae intra fines Civitatis Veronae non longe ab Oratorio Sancti Quirici. Gregorius

Anno

Anno 929. relicta Abbatiae administratione, ardiorem vitam eligens in locellum Solariae se recepit, ibique per tres annos commoratus, & reversus postea Nonantulam sub regimine Ingelberti, qui in ipsam totam succefferat, ibi III. Nonas Augusti Anno 933. ad meliorem vitam evocatus est.

INGELBERTUS ABBAS XIX.

Ingelbertus, ex quo Gregorius Abbas Solariam secefferat, a Monachis Nonantulanis electus est Abbas Anno 929. & a Petro Ravennate Archiepiscopo consecratus V. Kal. Aprilis. Ab isto Abbate Saalon Placentiae Comes accepit in feudum Cartem Afolae in Brixiano Comitatu, censu promiffo in annos singulos mense Novembri.

Sub eodem Abbate per commutationem acquisita sunt bona Monasterio intra Civitatem Laudensem prope Ecclesiam SS. Silvestri & Eustorgii. Pro Abbate subscripsit quidam Monachus Nonantulanus ab eodem Missas. Obiit Ingelbertus XIII. Kal. Martii Anno 941.

GERLO ABBAS XX.

Gerlo succeffor datus est Ingelberto, vir summa prudentia praeditus, qui Abbatiam a multis aerumnis, Deo adjuvante, liberavit, & ab hostibus defendit. Is Anno suae ordinationis VI. Solariis 947. IX. Kal. Septembris vitam cum morte commutavit.

GOTTIFREDUS ABBAS XXI.

Gottifredus, Hugonis Arelatensis olim Comitis, postea Italiae Regis filius, Patris auctoritate Abbas Nonantulanus post Gerlonem Anno 947. adlectus a Monachis, non diu tenuit Abbatiam; nam Patre ex Italia exter-

dense, & Lothario Rege ejus Fratre e vivis sublato, succefforem in Abbatiae administratione, sive Praepositum habuit Widonem Episcopum Mutinensem ab inimicis Patris, & Fratris intrusum.

WIDO EPISCOPUS MUTINENSIS ABBAS XXII.

Wido Episcopus Mutinensis, relicto Ugone Italiae Rege, quamvis opima Nonantulae Abbatia ab eo donatus, Berengario, qui postea Rex Italiae fuit, adhaesit. Nam eamdem Abbatiam rursus ille obtinuit Pridie Nonas Octobris Anno 962. ab Ottone I. Imperatore Papiae commorante, Adeleidae Augustae precibus adjutus, quippe ejusdem Ottonis is erat Archicancellarius & Consiliarius. Sed & ante conceffionem Ottonis abusam fuifse Widonem nomine Abbatis & Abbatiae administratione, inde patet, quod Anno VII. Berengarii, & Adelberti Regum ipse Wido Mutinensis Episcopus, & Abbas Nonantulanus locavit Aufredo de Gaifvertis, qui dicebatur Gifo, Curtes Negariae, ad Duas Robores, & Fildiano, impofito annuo censu. Scriptae tabulae in Castro Negariae mense Aprilis.

Exstat etiam Diploma Anno supradicto 962. Imperii Primi, die II. mensis Octobris ab eodem Ottone Augusto datum, quo omnia Privilegia Regum & Imperatorum Abbatiae Nonantulanae concessu confirmat. Ante Annum 970. Wido e vivis exiiffe.

HUBERTUS EPISCOPUS PARMENSIS ABBAS XXIII.

Hubertus, sive Humbertus Episcopus Parmensis Nonantulanus Abbas, sive Praepositus (Abbatis enim

bonor a Berengario II. Rege ad Praepositos translatus fuerat,) quamdam fecit permutationem, in qua, datis nonnullis terris, accepit donum in Civitate Ticinensi prope Ecclesiam S. Mariae
de Capella.

JOHANNES ABBAS XXIV.

OTTo II. Imperator in Italiam veniens, ac Coenobium Nonantulanum inveniens iniquum hominum pravitate paene desolatum, quippe diu Abbatibus variis destitutum, quum nullum
inter Monachos aptum inveniret, Johannem quemdam Graecum Archi-
mandritam, & Comprovincialem suum,
probis moribus, & scientia ornatum,
in Pastorem ejusdem Monasterii promo-
vit. Cui rogatu, & interventu Theo-
phaniae Conjugis, & Consortis Imperii sui, Anno 982. Privilegia confirmavit, mentionem in suo Diplomate faciens Fanani, Lizzani, & Gallia, simul cum Silva Majore usque ad finem
Cremanani, & Aquae torrentis juxta
Castellum Fanani, quae vocatur Zena.

Exstant tabulae Geriberti Notarii
de commutatione quarumdam bonorum
in Civitate Papiensi inter Johannem
Abbatem, & Bernardum Monetarium,
scriptae Anno 984. VIII. Martii. Quo
eodem Anno, tempore Ottonis II. Regis
& Imperatoris sub Indictione XII. habetur praedia in Careto, Monsecello,
& aliis locis agri Papiensis concessa per
eundem Abbatem Giselberto filio quondam Leoprandi.

Biennio post Thedaldus Attonis Comitis filius, idemque Comes & Marchio, Missus Domni Imperatoris,
sententiam pronunciavit in favorem Abbatiae Nonantulanae super Ecclesia Sanctae Mariae de Solaria contra Bosum
Comitem.

Ilum Johannem Abbatem Romani
auctoritate Crescentii Consulis Pontificem in schismate contra Gregorium V.
declaravunt Anno Christi 996. Placentinae quoque Ecclesiae Archiepiscopum, in superbia inflatus sese appella-
bat. Certe inter eum titulo Archiepiscopi Placentini & Nonantulani Abbatis donatum ex una parte, & Gunde-
fredum, qui & Azo, Magistrum Mo-
netae ex alia, sequuta est permutatio
quarumdam terrarum intra Civitatem
Ticinensem prope Basilicam S. Mariae,
aliorumque bonorum in agro Ticinensi
exsistentium in loco, ubi dicitur de
Ponte, ut ex tabulis Warimberti Notarii scriptis die III. Januarii, Anno
989. constat.

MARTINUS ABBAS XXV.

MArtinus Diaconus, & Praepos-
tus Monasterii S. Silvestri de
Nonantula Anno 992. commutationem
fecit quarumdam terrarum in loco Cla-
venatia cum Dominico, qui Boniza dicebatur, filio quondam Restaldi, ut apparet ex charta Adelberti Notarii.

Exstat & venditio manu supradicti
Notarii scripta die VIII. Septembris,
Anno 992. ad facrum Adietrasbertae
filiae quondam Ildebrandi de Comitatu
Lucrase, medietatis Curtis Monsironi
prope Raffillinam, & nonnullorum bonorum in locis Resentuli, & Gavilli in
qua charta proditur, libram valere denarios CCXL.

LEO ARCHIEPISCOPUS ABBAS XXVI.

ANno Salutis 996. ordinatus fuit
Abbas Nonantulanus Leo Archiepiscopus, ut puto, Ravennatis
Ecclesiae, cui Otto III. Imperator
veteres possessiones confirmavit, & novas addidit.

JOHANNES ABBAS XXVII.

Leoni in Abbatia Nonantulana successit Johannes Anno 998. ordinatus Abbas: Is biennio post Kalendis Novembris vitam cum morte mutavit.

LEO ABBAS XXVIII.

Johanni vita functo successit Leo, qui usque ad Annum 1002. in vivis egit.

RODULFUS ABBAS XXIX.

Monachis Nonantulanis Abbas, quo per multa tempore carverant, ab Ottone III. Imperatore, eisdem fuit redditus, electo Rodulfo Abbate Anno 1002. Quo Anno per eumdem Abbatem Culprando procuraturi Communitatis Ratisone facta fuit concessio silvarum, aliarumque terrarum incultarum in Spinarella, Monte Chiavello, & Monte Castellione pro annuo canone solidorum quinque Lucensium ex subulis Gaffredi Notarii.

Huic Abbati preces obtulit Bonifacius Marchio Thedaldi filius pro aedificanda Ecclesia in loco ubi dicitur Roverella, in Dioecesi Mutinensi, & donatae ab ipso Marchione fuerunt terrae juxta flumen, quod dicitur Cremorella.

Anno 1009. Regnante Henrico II. facta est commutatio inter Domnum Warinum Episcopum Mutinensem cum consensu Canonicorum suorum, praesente Aldegerio Judice sacri Palatii, & Advocato Ecclesiae S. Geminiani de Mutina, & Domnum Rodulfum Abbatem S. Silvestri de Nonantula cum consensu Fratrum suorum, praesente Adelfredo sacri Palatii Judice, & Advocato ipsius Monasterii. Episcopus dat medietatem Castri, quod est situm in loco qui dicitur Finalis, cum medietate Capellae in ipso Castro dicatae in honorem S. Laurentii Confessoris, cum clausura, terris &c. Ipse vero Episcopus recipit jugera centum terrae in loco qui dicitur Rosale, jugera XXIII. in loco Cosala, & alias terras. Actum in Villa Saliceti.

Anno 1011. Rodulfus Abbas Ecclesiam S. Michaelis extra Castrum Nonantulae a Theoderito Abbate olim fundatam erexit in Plebem cum potestate decimandi, quam constitutionem Henricus II. Rex confirmavit suo Diplomate. Qui Henricus Anno 1013. Rodulfo eidem donationem fecit multarum terrarum in agro Mutiarense.

Anno 1016. IX. Kal. Decembris, Inditione XV. Henrico Imperante, Arnulfus filius quondam . . . . & Simbaldus filius quondam Alberti de loco Rastellini pro remedio animarum suarum donarunt Domno Rodulfo Abbati & successoribus, arream de terra, ubi Castrum Rastellini est aedificatum, una cum ipso Castro, domibus, & casis suis, & quinque partes de Capella in honorem S. Michaelis dedicata infra ipsam Castrum.

Anno 1017. & Quarto Henrici Imperatoris VII. Kal. Aprilis, Inditione V. Bonifacius Marchio Thedaldi filius, & Richilda ejus Uxor donarunt Monasterio Nonantulano jus eligendi Canonicus in Ecclesia S. Silvestri ad ipsos spectans in fundo Nogariae Comitatus Veronensis, si tamen ipsi obierint sine filiis filiabus, & nepotibus legitimis.

Anno eodem 1017. praedicta Richelda Bonifacii Marchionis Uxor emit a Petro Presbytero de Ruvere multa bona in Ruvere, Nogaria, & aliis locis, quae postea donavit Coenobio Nonantulano.

Anno Henrici Imperatoris Octavo, die V. Martii Rodulfus Abbas concessit

titulo precariae nonnullis Judicious Ar-
chidiaconissae Ecclesiae Placentinae terras & Cellam in honorem S. Silvestri
constructam sub annuo canone solidorum
duorum Papiensium de argento.

Anno 1017. Bonifacius Marchio
filius b. m. Thedaldi Marchionis, &
Richilda ejus Uxor filia Giselberti
Comitis Palatini, *donant Rodulfo Abbati casar, & res in Antedo, Aura-
tica, seu Granariola, in fundo Tre-
tae, & medietatem Curtis Tresenta-
lae cum casis, areis, & Capella S.
Michaelis Archangeli, & alia multa
bona, ut videre est in tabulis Donati
Notarii Sacri Palatii.*

Anno V. Henrici Regnantis in Italia die II. Martii Dominus Warinus
Episcopus Mutinensis confitetur, se
accepisse a Domno Rodulfo Abbate precariam in Remene & Navisella juxta fluvium Panarium, ex tabulis Ni-
gri Notarii.

Anno III. Henrici Regis, Indictione
IV. concessa fuit per Domnum Rodulfum Abbatem precaria magna in agro
Papiensi Aledramo filio b. m. Alberici.
Qui Aledramus in compensationem donavit Monasterio Nonantulano jugera
50 terrae in Ronco Rondonarii ex tabulis conscriptis per Walfredum Notarium.

Anno Henrici Regis & Imperatoris
Decimo Monasterium Nonantulanum totum igne concrematum est.

Anno 1025. Conradi Imperatoris Secundo, X. Kalendas Februarii Walde-
rada filia quondam Marchionis Ottonis emit Curtem Sorbariae.

Anno 1026. Nonantulana Abbatia
Heriberto Mediolanensi Archiepiscopo subjecta fuit. Quo eodem Anno Rodulfus Abbas recepit quaedam bona in
Civitate Placentiae, ubi dicitur Cam-
parna, & Apatonra, & Albarano,
dedit autem Presbytero Ingelramno de

Ordine Ecclesiae SS. Antonini, & Victoris potiam terrae cum aedificio ligneo
& horto positam Placentiae prope Ecclesiam S. Agathae ex tabulis Amandi
Notarii.

Anno 1030. XVI. Kal. Januarii extat quaedam commutatio, in qua Rodulfus Abbas concessit quibusdam terris in
agro Papiensi Abbati S. Salvatoris
Ticinensis, recepit ab ea Ecclesiam S.
Ambrosii prope fluvium Secchiam, ubi
dicitur Campo Gajano, ut ex tabulis
Petri Notarii apparet.

Anno 1032. Conradi Imperatoris O-
ctavo Rodulfus Abbas permutavit cum
Comitibus Widone, & Riprando
quondam Uberti Comitis Filiis, &
cum Widone, & Octone praedictorum
Nepotibus, qui professi sunt omnes se
ex Natione sua Lege vivere Salica,
tres partes bonorum quamplurium in finibus Brixiae ad jugera 1500. recipiens
ab eis multa bona in Comitatu Rege-
niense, & Mutinense, & in Civitate
& Territorio Taurinense, in Carma-
gnola, in Rivolo, & aliis locis, inter
quas bona enumerantur Wilzagora cum
Curtibus & fundis suis (nunc Castrum
S. Caesarii nuncupatur) cum Capellis
ibi aedificatis in honorem S. Caesarii,
& S. Geminiani, cum Castro Marza-
lino, Garzoleto, Taisolo, & aliis.

Eodem Anno commutavit ipse Abbas
quartam partem sibi residuam supradictorum bonorum cum Adelberto Comite filio quondam Uberti Comitis, &
Sophia illius Conjuge filia Pachlen-
nandi Comitis, quae profitetur Natione sua se Lege vivere Langobarda-
rum, sed nunc pro viro suo Lege vivere videtur Salica. Recepit autem a
suprascripto Adelberto Comite, & e-
jus Uxore, portionem, quae ad illos
spectabat in Castro Wilzagora, aliisque
locis supra nominatis.

Anno

anno 1034. VII. Kal. Octobris Conradus Imperator concessit Abbatiae Nonantulanae loca in Plebe S. Agathae, S. Martini, in Castellione, Casale Brancatini, Castellione Cavalasio, Falsignano, Valmanina, Brazalino, Formilasio, Frequanello, Ronalia, & Persiceto. Exstant etiam literae ejusdem Conradi Augusti scriptae sub die XI. Novembris, Anno 1034. super discordia inter Rodulfum Abbatem Nonantulanum, & Albertum filium quandam Amezani habitatorem Mantuae, subscriptae ab Almzo Notario.

RODULFUS II. ABBAS XXX.

ROdulfus Canonicus Metropolitanae Mediolanensis Ecclesiae, Rodulfi Abbatis defuncti Nepos, eidem in Abbatica regimine non a Monachis, sed ab Heriberto Mediolanensi Archiepiscopo electus, successit Anno 1036.

Anno Conradi Imperatoris XI. die III. Decembris, Indictione XIII. Rodulfus Abbas concedit multa bona sui Monasterii Uberto filio b. m. Ammant, qui profitetur se ex Natione sua Lege vivere Francorum, & recipit ab eodem medietatem Curtis, & Castri Subariae cum Capella S. Laurentii.

Anno 1040. coram Gotehaldo Misso & Capellano Henrici Imperatoris disceptatum est inter Azanum Praepositum Ecclesiae S. Michaelis de Florentia adhaerentem Monasterio Nonantulano, & Willelmum Clericum defendentem pro se Ecclesiam S. Miniati ejusdem loci; sententia fuit, etiam ex renuntiatione spontanea praedicti Willelmi, eamdem Ecclesiam cum area sua spectate & spectare ad Monasterium Nonantulanum.

Anno 1043. facta fuit concessio per Abbatem Rodulfum Alsinae nobili feminae Ferrariensi de Haslitia Mantuana, & aliis locis.

Leo IX. Papa Anno 1049. ad preces Bonifacii Marchionis, ejusque Conjugis Beatricis, confirmavit Abbatiae Nonantulanae Privilegium Hadriani Papae Primi Anselmo Abbati concessum. Subinde Curtem Quarantulae cum Castello Mirando, & Ecclesia S. Mariae, & S. Possiduii Idem Bonifacius Marchio a Rodulfo Abbate precario jure accepit; quam Curtem postea Matildis ejus filia dono dedit Hugoni de Manfredis, salvo jure Abbatiae. Obiit Rodulfus eodem Anno 1049.

DEODATUS ABBAS XXXI.

DEodatus Abbas successor Rodulfo datus est a Monachis Anno 1050. Sub isto Anselmus Veronae Comes, qui multa bona a Monasterio Nonantulano jure precario tenebat, promittit se numquam ei moturum quaestionem de dominio, neque allegaturum praescriptionem aliquam Anno 1055.

COTHESCALCUS ABBAS XXXII.

POst Deodatum ab Anno 1056. ad Annum usque 1058. invenitur Gothescalcus, modo Abbas, modo Praepositus Monasterii Nonantulani appellatus.

LANDULFUS ABBAS XXXIII.

GOteschalco vita functo Landulfus Rodulfi II. Abbatis Nepos, Civis Mediolanensis, circiter Annum 1061. factus est Abbas.

Anno 1065. interposita fuit appellatio per Syndicum ejusdem Landulfi Abbatis Nonantulani, eo quod Vicarius Domni Manfredi Electi Veronensis voluit confirmare electionem factam per Domnum Abbatem de Johanne in Archipresbyterum Ecclesiae S. Petri de Nogaria.
Anno

Anno 1067. Landulfus ab Alexandro Papa II. obtinet Privilegium pro
exemtione Monasterii sui, cum confirmatione Aliorum Privilegiorum. Data
est Bulla Lucae VII. Idus Junii, Pontificatus VII. Indictione V.

Anno 1068. XVII. Kal. Januarii i-
dem Abbas accepit libellario jure in
perpetuum Monasterium & Ecclesiam S.
Bartholomaei de Porta Ravignana Civitatis Bononiae a Petro & Bernardo
de Civitate Bononiae, promittens ipse
Abbas & Fratres se quotannis soluta-
ros eisdem tertiam partem oblationum
advenientium in Festis Paschatis, Na-
tivitatis D. N. J. Christi, & S. Bartholomaei ad eandem Ecclesiam.

Eodem Anno ipse Abbas prope flumen, quod dicitur Gambacauis juxta
Palatam construxit Ecclesiam in honorem Sanctorum Silvestri, Johannis, Nicolai, Synesi, & Theopompi, pro utilitate Monasterii, & eundorum navi-
gantium per flumen, quod dicitur Fossa
nova, & illam dotavit.

Anno 1072. VIII. Idus Februarii
Guido, Albertus, & Gottifredus filii
quondam Rodulfi de Castro de Carte in
remedium animarum suarum donant Lan-
dulfo Abbati Castrum Tortillam cum te-
nimento & fossato, exceptis casis dom-
nicalibus cum areis suis. Eodem atque
die idem Abbas praedictis Gaidoni,
& Alberto concessit precario jure supradictum Castrum Tortictli.

Anno 1088. V. Kal. Martii Comitissa Matildis concessit Abbatiae Nonantulanae Ecclesiam Sancti Silvestri,
sitam in Castro Nogariae cum omnibus
terris &c. confirmans donationem ejusdem Ecclesiae factam a Richilda Comitissa, seu a Bonifacio, & Beatrice
ipsius Mathildis Genitoribus.

JOHANNES ABBAS XXXIV.

Johannem Landulfi successor in Abbatia Nonantulana reperitur. Anno 1092.

Anno 1095. die I. Junii Imelda mu-
lier Papiensis, filia quondam Tidonis,
Lege vivens Romana donat Abbatiae
Nonantulanae Ecclesiam S. Quirici &
Juditae prope Portam Palatii, & Ec-
clesiam SS. Simonis & Judae, & S.
Silvestri Civitatis Papiae, & terras in
vicis Manonis & Thidonis.

Anno 1100. Indictione IX. mense Septembri, Monachi & Monachae Ecclesiae S. Benedicti de Cremona omnia sua
Monasterio Nonantulano, & se in perpetuum subjiciunt.

Anno 1102. XV. Novembris, Indictione II. Matildis Comitissa de licentia Domni Bernardi S. R. E. Cardinalis in Lombardiae partibus Generalis Vicarii Domni Paschalis Papae,
in suorum peccatorum remissionem, &
Sanctae Nonantulanae Ecclesiae reparationem, in qua Corpus Beatissimi Confessoris Silvestri requiescit, Johanni Abbati, & praedictae Ecclesiae in perpetuum donavit Castrum Tedaldi cum Ecclesia S. Johannis Baptistae, eo onere ut
Nonantulanum Monasterium unam bi-
zantinam quotannis in Lateranensi Palatio nomine pensionis persolvat. Actum
in Castro Pausiani, scribente Widone
Notario Sacri Palatii, subscribente ipsa
Matilde, & Bernardo Cardinale, Judicibus, & testibus.

Eodem Anno Albertus Comes cui-
dam elargitus est bona in loco Castellia-
ni Plebatus S. Laurentii in Collina,
quae postea pervenerunt ad Abbatiam
Nonantulanam.

DAMIANUS ABBAS XXXV.

Damianus Monachus Johannem Anno 1104. Excepit. Qui VIII. Idus Martii donavit quaedam bona Fratribus Canonicis Ecclesiae S. Petri in Sicula.

JOHANNES ABBAS XXXVI.

Successit inde Johannes Anno 1113. II. Idus Novembris a Paschale II. Papa consecratus, & a quo & retulit Diploma datum Laterani per manum Johannis S. R. E. Cardinalis Bibliothecarii III. Idus Junii Anno 1114. in quo confirmatur donatio Comitissae Matildis & aliorum.

Eodem Anno 1114. Comitissa Matildis ad preces Domni Bernardi Episcopi Parmensis, dum apud Hondenum erat una cum Johanne Abbate Nonantulano, & Amato Priore Nigariae, pro illa pensione, quam debebat persolvere Monasterio Nonantulano pro Castro, & Curte Nigariae, eidem concessit Brandam, & Palmatam, & Alnorsum & alia ad habendum & possidendum. Chartula scripta est Indictione VII. VIII. Kal. Novembris per manum Ubaldi Capellani cum signo ipsius Matildis.

Anno 1115. XII. Kal. Decemb. Johannes Abbas investivit Monasterium S. Benedicti de Cremona, quod est sub regimine Abbatiae Nonantulanae, de una petia terrae porticarum XII. Eodem Anno homines Castri Gippi restituunt praedicto Abbati Misso Domni Henrici Imperatoris multa bona posita in Curte Baigofiae.

Anno 1117 Die VII. Junii Johannes Abbas locavit Johanni Comiti bona in Sc aredula Cremonae.

A Anno 1121. die I. Martii Indictione IX. habetur Syndicatus jussu Johannis Abbatis & Monachorum factus a Priore Monasterii S. Crucis de Cremona super administratione bonorum ejusdem Monasterii, & Ecclesiae SS. Benedicti & Silvestri de Cremona, necnon Sancti Silvestri de Placentia, & in eisdem Civitatibus, suburbiis, & territoriis.

B Anno 1124. Johannes Abbas concessit literarum fundandi Castrum S. Mariani in partibus Tusciae in Dioecesi Arretina habitatoribus illius loci. Et sequenti Anno iidem homines S. Mariani, Milites in tabulis nuncupati, se obligarunt Johanni Abbati de emendo equos infra certum tempus sub poena amittendi bona feudalia.

C Anno 1125. Callistus II. Papa confirmavit Johanni Abbati, & Monasterio Nonantulano omnia privilegia, Castra, Curtes, Ecclesias &c.

Anno 1128. idem Abbas Monialibus S. Benedicti de Cremona non pauca bona elargitus est.

Anno 1132. Mense Augusto praedictus Abbas concessit in emphyteusim ad centum annos Abbati & Monachis S. Proculi de Bononia omne id & totum, quod habuit Johannes per scripturam a Comitissa Matilda in Curte Cellulae, & duas petias terrae, quae fuerunt

D Alberti Beuruenani.

Eodem Anno exstat oppigneratio facta per Monasterium Nonantulanum Communi & Populo Ferrariensi de Hostilia, & aliis locis.

E ## HILDEBRANDUS ABBAS XXXVII.

Hildebrandus Abbas Nonantulanus, Johanne ipso adhuc vivente, reperitur, fortasse ob schisma tunc exortum in Ecclesia Romana: nam Anno 1131. chartae habentur ipso rectore conscriptae.

Anno 1131. Innocentius II. Papa per Bullam datam Laterani VII. Kal. Decembris praecipit Militibus & bonis hominibus Nigariae, ut recognoscant in suam dominam Ecclesiam Nonantulanam. Qui idem Pontifex Anno 1133. Diplomate dato Nonantulae per manum Aymerici S. R. E. Diaconi Cardinalis & Cancellarii IV. Idus Octobris, Indictione X. Pontificatus Anno III. amplissimum Privilegium Hildebrando Abbati concessit, in quo vetera omnia confirmantur, & conceduntur insignia pastoralia.

BIERLO ABBAS XXXVIII.

Vigente adhuc Hildebrando, Bierlo Abbatem Nonantulanam gessit, qui Anno 1137. die X. Aprilis confirmavit Aymoni & Adelberto Statino investituram Silvae, quae est infra Pagum Persiceto territorio Mutinensi.

ANDREAS ABBAS XXXIX.

Successit Anno 1142. Andreas Abbas, qui privilegium concessit Plebi S. Mariae de Bondeno de Decima & aliis rebus.

ALBERTUS ABBAS XL.

Albertus Abbatiam regere coepit Anno 1144. quo Anno Conradus Rex ad preces Geltrudis Reginae Conjugis, Abbatiam Nonantulanam sub sua defensione suscipiens, ea omnia privilegia confirmat. Datum est Diploma Ratisbonae Anno XX. ejusdem Conradi.

Anno 1147. Eugenius III. Summus Pontifex controversiam diremit inter Albertum Abbatem Nonantulanum, & Theobaldum Veronensem Episcopum super Plebe Nigariae, decernens, ut Episcopus haberet jus Parochiae, Abbas jus eligendi Archipresbyterum, qui de Plebis cura Episcopo respondeat, & Episcopus consecrationes & ordinationes faciat gratis.

Eodem Anno 1147. Azo Florentinus Episcopus declarat, Ecclesiam S. Silvestri de Rastignano spectare ad Abbatiam Nonantulanam.

Anno 1152. de XXV. Januarii donata fuit Monasterio Nonantulae Ecclesia S. Michaëlis de Casaleccbio.

Conradus Romanorum Rex ad Abbatem Nonantulanum scribit, se mittere duos viros disertos, & magnae auctoritatis, Abbatem videlicet Corbejensem, & A. Cancellarium suum, qui negotia Abbatiae in melius commutabant, & de ipsorum terris recuperandis operam dabant. In aliis item literis significat, se in Italiam mittere Henricum Protonotarium suum, virum prudentissimum, qui ex discussionis suae decreto Abbatiae Nonantulanae negotia secundum honorem Regni ordinabit.

Anno 1156. Mense Augusto Albertus Abbas Widoni, & Alberto filiis quondam Malitiae concessit in feudum omnia, quae Malerba acquisierat a Marchione Conrado, & quod fuit feudum Comitis Alberti.

Eodem Anno Hadrianus Papa IV. Abbatiae Nonantulanae amplissimum largitus est Privilegium.

Anno 1164. Fridericus I. Imperator Privilegia renovavit eidem Abbatiae.

Quum inter Monasterium Nonantulanum, & Episcopum Mutinensem controversia foret super possessione Lavoleti coram Hildebrando Cardinale, & Legato, idem Episcopus ad audientiam Alexandri III. Summi Pontificis appellavit. Alexander eandem causam commisit Ottoni de Brixia Diacono Cardinali S. Nicolai ad Carcerem Tullianum, Apostolicae Sedis Legato,

& pr.

& [sequa] Manfredo S. Georgii ad Velum aureum Diacono ejusdem Sedis Legato, qui sententiam tulit pro Monasterio. Sententia ab Alexandro Pontifice confirmata est.

Anno eodem praedictus Papa O. Veronensi, & V. Mantuano Episcopis mandat, ut nobilem Turrisendum Parochianum Veronensis Episcopi, qui Cartem Nogariae ad Monasterium Nonantulanum spectantem invadebat (acceperat ille in feudum a Friderico Augusto*) & in suae salutis periculum detinebat, solicite moneant, & Ecclesiastica severitate, appellatione remota, rogent, ut eamdem Cartem pacifice Monasterio dimittat. Scriptae sunt literae Veteri VII. Idus Aprilis.*

Anno 1168. Hildebrandus S. R. E. Cardinalis Basilicae XII. Apostolorum, & Apostolicae Sedis Legatus *sententiam dedit, in [mare] Mense Aprilis, Regnante Friderico Imperatore, Anno Imperii ejusdem XIV. contra* Henricum Episcopum Mutinensem *ad furorem Alberti Albatis Nonantulani pro silva Lavaletti Solariae.*

Anno 1170. VI. Kal. Maji, Indictione III. Alexander Pontifex *Literulli moram Diploma dedit Abbatiae Nonantulanae per manum Gratiani S. R. E. Subdiaconi confirmans Privilegia & immunitates eidem.*

Ad hunc ipsum Annum pertinet sententia Odonis S. Nicolai in Carcere Tulliano Diaconi Cardinalis *& Apostolicae Sedis Legati, lata Brixiae die XV. Mensis Martii in controversia vertente inter Albertum Abbatem Nonantulanum, &* Offredum Episcopum Cremonensem *super Monasterio Sancti Benedicti de Cremona, in qua Abbati restituitur eadem Ecclesia & Monialium Coenobium quippe ereptam ipsi tempore Octaviani Schismatici, qui Cremonam venditus Abbatissae interdixerat, ne Ab-*

bati Nonantulano *de cetero obediret, quia idem Abbas obedientiam eidem Octaviano praestare recusabat.* Alexander Papa III. *per suas literas datas Vercellis VI. Kal. Maji sententiam istam confirmavit.*

Conradus Legatus Friderici Imperatoris restituit Ecclesiae de Valle-Fabrica praedia, quae filii Munaldi abstulerant. Fridericus vero Imperator eamdem sententiam ac restitutionem ratam habuit tam in his, quae restituta sunt in Comitatu Assisi, quàm in Comitatu Nucerino, vel in aliis locis, videlicet Cartem S. Donati, Cartem Porcili, Castrum Casagaldi, ipsamque Ecclesiam de Valfabrica Nonantulano Monasterio subjectam sub sua Imperiali protectione suscepit, Diplomate dato Assisi Anno 1177. XIII. Kal. Januarii, Indictione XI.

BONIFACIUS ABBAS XLI.

BOnifacius, *adhuc vivente Abbate* Alberto*, & ipse Abbas est nuncupatus, fortassis a Paschale Antipapa. Reperiuntur ejus Acta Anno 1172. & sequentibus.*

*Anno 1180. Indictione XIV. die XIX. Mensis Octobris ** Fridericus I. Imperator Ecclesiae S. Silvestri de Nonantula per suum Diploma datum Atreburgii restituit possessionem veram, quas Turrisendus Veronensis in loco Nogariae vel ejus Curia injuste tenebat, eo pacto ut quocumque tempore ipse Fridericus, vel filius ejus Romanorum Rex, vel alius ex suis successoribus Nonantulanae Ecclesiae censum vel pensionem, quam Comitissa Matildis, vel Antecessores* Henricus Imperator, *&* Rex Conradus *inde solvere consueverunt, & ipse solvere voluerint, praedicta Ecclesia Nonantulana illam censum recipiat, & ipsam Fridericum & Filium, ejusque Successores sub jam dicto censu possessionem prae-*

praedictam sine contradictione tenere permittat.

Anno 1191. Caelestinus Papa Diplomate dato Romae per manus Egidii S. Nicolai in Carcere Tulliano Diaconi Cardinalis *VI. Kal. Julii*, Pontificatus Anno I. confirmavit omnia praedecessorum Privilegia Bonifacio Nonantulano Abbati ejusque Ecclesiae. Quo eodem Anno praedictus Pontifex mandat hominibus Civitatis Cremonae, ut se intromittant in Ecclesiam S. Crucis ejusdem Civitatis, sed illam Abbati Nonantulano dimittant.

Anno 1192. Bonifacius Abbas removit Episcopo Ferrariensi concessionem illi alias factam de Hostilia, & aliis locis.

Anno 1194. VI. Kal. Martii idem Abbas Bonifacio Priori S. Silvestri de Nogaria donavit omnes terras, quas Monasterium Nonantulanum habebat ultra Lacum Gardae versus Brixiam in Episcopatibus Veronense, & Brixiense in Scovolo, & aliis locis, & etiam in Tridentino Episcopatu. Tabulae scriptae sunt Veronae coram Domno Fidantio Presbytero Cardinale titulo S. Marcelli Apostolicae Sedis in Italia Legato, ipso ratam habente donationem,

RAYMUNDUS ABBAS. XLII.

INnocentius III. Summus Pontifex, amoto ab administratione Abbatiae Nonantulanae Bonifacio ejusdem dilapidatore Raymundi Amici ex Abbate S. Mariae in Strada XII. Kal. Julii, Anno 1202. eidem Monasterio Abbatem dedit. Idem Pontifex Anno 1209. Privilegia confirmavit praedicto Coenobio, Bulla data IV. Nonas Julii, Indictione XI. Viterbi per manus Johannis S. Mariae in . . , ... Cardinalem S. R. E. Cancellarium.

Anno 1210. Raymundus Abbas amplissimum ab Ottone IV. Imperatore Privilegium obtinuit, quo praecedentia confirmantur.

Subsequuntur ceteri Abbates, nempe Landulfus, sive Rodulfus *Anno* 1248. Cursaccus *Anno* 1250. Bonacursius *Anno* 1256. quibus etiam temporibus inveniuntur Abbates Nonantulani Guido Albertus & Raymundus. Tum Landulfus *Anno* 1264. Guido 1286. Frater Nicolaus de Prato Ordinis Praedicatorum, Magister in Theologia, ex Episcopo Spoletino, & Vicario Papae in Urbe, a Benedicto Papa IX. Episcopus, Cardinalis Ostiensis & Veliternensis creatus, *Anno* 1303. vivente adhuc Guidone Abbate, Monasterii Nonantulani generalem administrationem per Sedem Apostolicam obtinuit. Deinde Fridericus Abbas *Anno* 1311. Deodatus *Anno* 1312. Nicolaus filius quondam Domini Açi de Baratris de Parma *Anno* 1312. Tum Guido Episcopus Mutinensis *Anno* 1320. Postea Bernardus *Anno* 1322. & Nicolaus iterum; cum Bernardus iterum *Anno* 1329. Guillielmus *Anno* 1334. Fridericus *Anno* 1347. Deodatus *Anno* 1351. Ludovicus *Anno* 1357. Ademarus *Anno* 1363. Thomas *Anno* 1369. Nicolaus de Aſſiſio *Anno* 1397. Baptista Guzzadinus Bononiensis *Anno* 1398. Delfinus Guzzadinus *Anno* 1400. Jacobus Episcopus Veronensis *Anno* 1401. Balthassar Cossa Diaconus Cardinalis S. Eustachii, & Legatus Bononiae *Anno* eodem. Johannes Galeatius de Pepulis *Anno* 1406. Guronus Maria Estensis Nicolai Marchionis Ferrariae filius *Anno* 1450. Julianus de Ruvere S. Petri ad Vincula Cardinalis *Anno* 1483. Galeottus de Ruvere S. Petri ad Vincula Cardinalis *Anno* 1508. Julianus Caesarinus S. Angeli Diaconus Cardinalis *Anno*
1505.

1565. Johannes Matthaeus Sertorius Macinensis Archiepiscopus S. Severinae *Anno* 1509. Johannes Jacobus Sertorius, tum Antonius Maria Sertorius *Anno* 1531. Julius Sertorius Archiepiscopus S. Severinae 1551. Carolus Cardinalis Borromaeus Archiepiscopus Mediolanensis Bononiae & Romandiolae Legatus *Anno* 1561. Johannes Franciscus Bonhomus Cremonensis *Anno* 1568. Guido Cardinalis Vercellensis *Anno* 1572. Philippus Guastavillanus S. Mariae in Cosmedin Diaconus Cardinalis S. R. E. Camerarius *Anno* 1582. Hieronymus Matthaeus Romanus Diaconus Cardinalis S. Hadriani *Anno* 1589. Alexander Matthaeus Camerae Apostolicae Clericus *Anno* 1603. Ludovicus Ludovisius S. Mariae Transpontinae Presbiter Cardinalis, S. R. E. Camerarius, & Archiepiscopus Bononiensis *Anno* 1621. Antonius Barberinus S. R. E. Cardinalis *Anno* 1632.

Si *Nonantulanum* excipias, ut supra vidimus, cum *Farfensi* nullum aliud in Italia Monasterium antiquis temporibus certare poterat, amplitudine, aliisque praerogativis poterat. Sed prae Nonantulano Farfense felix, quod Archivi sui monumenta vetusta fere omnia in hunc usque diem servarit. Nam etsi Diplomata ceteraeque membranae depopulata sit aut flamma, aut hominum iniquitas, insigne tamen Chartarium, sive *Regestum*, quod *Registrum* alii dicere amant, incolume temporis injurias evasit, uti jam commemoravi in Praefatione ad Chronicon Farfense Par. II. Tomi II. Rer. Italicarum; in quo sacri illius loci Chartae usque ad Annum MXCII. descriptae fuerunt. Egregium sane volumen, quod omnibus bonarum Literarum amatoribus optandum est ut integrum aliquando in lucem prodeat; inde enim non solum ediscere liceret, quanta rerum copia praestantissimo illi Coenobio olim fuerit, sed etiam multa ad eruditionem Saeculorum rudium praesidia possent derivari. Ego quod possum, seriem priorum Chartarum illic descriptarum, qualem olim accepi publici juris facio.

CA-

CATALOGUS

NONNULLARUM CHARTARUM REGESTI MSTI

MONASTERII FARFENSIS.

Praefatio Johannis Grammatici, qui collegit, & disposuit Regestum jubente
Berardo Abbate Anno MXCII. Imper. Henrico IV. Indict. XV.
XIII. Kal. Majas. Scriptor Benesti Gregorius e Sabinensi
Comitatu oriundi Nobilissimis parentibus ortus.

*Refas experimentes rerum supradictarum * seriem & temporum.*

Imago Beatae Mariae Virginis, & Abbatis offerentis librum, & Scriptoris, & Collectoris.

Epistola Farualdi Ducis Spoletani Joanni Papae, in qua recenset multa a se donata Monasterio Sanctae Mariae Farfensi, & dicit Monasterium a se restauratum per Thomam Abbatem. *Circ. Annum* 703.

Joannis Papae Privilegium Thomae Abbati, in qua originem Monasterii retenset, fundatum videlicet a Laurentio quondam Episcopo de peregrinis veniente in fundo, qui dicebatur Acutianus. Datum pridie Kalendas Julii, imperante Domno nostro piissimo D. N. Augusto Tiberio Anno VIII. Principatus ejus Anno VI., sed & Theodosio atque Constantino. Circ. Annum 703.

Venditio Oliveti facta Thomae Abbati, Altare ad Sanctum Petrum in Germanitiano territorii Sabinensis. Quam vero Cartulam venditionis ego Arichis Notarius per jussionem Sindolphi Ca-

A) *...ldinus Civitatis suprascriptae scripsi. Circiter Annum* 691.

Alia venditio oliveti eidem Abbati temporibus Transmundi Ducis Langobardorum, *&* Sindolphi Castaldionis Civitatis Reatinae. *Circ. Annum* 691.

Obiit Thomas post XXV. annos & VII. menses regularis, & dies quinque, IV. Idus Decembris.

B) *Successit Antepertus Tolosanus, qui praefuit annis VII. mens. V. & diebus XVIII.*

Successit Lucerius Maurigena ortus Provincia, qui praefuit annis XVI. mens. VI. & dies X., & obiit XVI. Kal. Julii.

Transmundus Dux Langobardorum Lucerio Abbati donat Ecclesiam Sancti Geralii. Datum mense Majo, Indictione VII.

C) **Anno 724.**
Flavii Liutprandi Regis Lucerio Abbati Privilegium, qua confirmat donata Monasterio a Ducibus Spoletanis, & aliis, & concedit, ut defuncto Abbate, Monachorum Congregatio alterum eligere possit. Actum Spoleti in Palatio XV. die mensi Junii.

Circ.

Circ. Ann. 724.

Transmundi Ducis donatio. Datum mense Januario, Indictione VIII. sub Ritone Castaldione.

Anno 725.

Testamentum Adoaldi, & Audolphi temporibus Luponis Ducis Langobardorum Anno ejus Primo, mense Novembris.

Anno 746.

Fulcoaldus Aquitanus praefuit annis XIX. & mens. VI. & dies XII. Obiit IV. Nonas Decembris.

Donatio Luponis Ducis. Datum Spoleti in Palatio Anno Ducatus nostri in Dei nomine Primo, mense Decembri, Indict. XIV.

Anno 746.

Luponis altera donatio. Datum jussione Civitate extra Reatina Anno in Dei nomine Ducatus nostri Primo, Indict. XIV. sub Pertone Castaldione.

Anno 746.

Ejusdem Luponis alia donatio pro mercede Ratchisii Regis. Datum jussione in Gualdo nostro in Pontias, Anno Ducatus nostri in Dei nomine II. mense Octobri, per Indictionem XV. sub Restone Castaldione, & Casualdo Archipincerario, vel Gandualdo Actionario nostro.

Ejusdem alia donatio ex jussione Ratchis Regis. Data jussione in Civitate Ticino, Anno Ducatus nostri in Dei nomine II. mense Julio, per Indictionem XV. sub Gandualdo Actionario nostro.

Anno 747.

Ejusdem Luponis confirmatio Monasterio Sancti Petri in Classicella concessi a Transmundo Genitrici Fulcoaldi Abbatis. Datum jussione Spoleti in Palatio Anno Ducatus nostri in Dei nomine III. II. die praesentis Novembris, Indict. I. sub Gudefrid Castaldione.

Anno 747.

Ejusdem alia donatio. Datum jussione in Civitate nostra Reatina Anno in

A Dei nomine Ducatus nostri V. Indict. III. sub Immone Castaldione nostro.

Anno 749.

Ejusdem Luponis jussio, ne mulieres ambularent per certas vias secus Monasterium, nisi per viam, quae Salaria est a Sancto Pancratio recte in Pontem Sancti Viri in Sala, & exinde in Testam, de Testa in Supplegiam. Datum jussione in curte nostra ad Varrionam Anno Ducatus nostri in Dei nomine V. mense Decembris, per Indictionem III.

Anno 749.

Ejusdem alia donatio. Datum jussione in Palatio nostro Spoletano Anno Ducatus nostri in Dei nomine VI. mense Novembri, Indict. IV. sub Immone Castaldione.

Anno 750.

Luponis, & Hermeliudae confirmatio bonorum Parthenonis Sancti Georgii Martyris prope murum Civitatis Reatinae, subjecti Monasterio Farfensi. Datum jussione Spoleti in Palatio Anno Ducatus in Dei Nomine VI. mense Aprili, per Indictionem IV. sub Immone Castaldione nostro.

Anno 751.

Haistolphi Regis confirmatio bonorum. Datum jussione Ravennae in Palatio IV. die mensis Julii Anno felicissimi Regni nostri III. per Indictionem IV.

Anno 751.

Donatio Rotfredi temporibus Luponis Ducis Langobardorum, & Gausfredi Gastaldaxis Reatini.

Anno 751.

Donatio Bonae relictae Averialphi Gastaldaxis temporibus Luponis Anno Ducatus ejus IV. mense Decembri, Indict. II. Actum Spoleti.

Anno 748.

Donatio Remundi, & Teudimundi fratrum Anno IV. Luponis sub Vati-

terio

...erio Gastaldione Reatim mense Julio, Indict. II. Actum in Reate.

Anno 749.

Judicium de supradicto donatione, jubente Lupone &c.

Venditio acceptis in praesenti loco pretii Cavallis VI. pro solidis IX. & aura tolla pensante solidos CCCXL. Luponis Anno V. sub Taciperto Gastaldione Reatino. Actum Reate.

Anno 749.

Diremptio litis pro Monasterio Sanctae Mariae, & Sancti Archangeli Michaelis, constructo in Terentiano a Claudiano Presbytero & Monacho Farsensi per Luponem Langobardorum Ducem mense Decembri, per Indict. IV. Spoleti.

Anno 750.

Testamentum Palumbi Diaconi tempore Luponis. Actum in Civitate Reatina.

Anno 750.

Donatio Bonae tempore Luponis. Actum in Sabinis in Casa Beati Martyris Hyacinti mense Majo, per Indict. XV.

Anno 747.

Donatio Luponis, ex jussione Potestatis. Actum in Curte nostra ad Varrianum Anno Ducatus nostri in Dei nomine VI. mense Decembris, Indictione IV. sub Immone Gastaldione.

Anno 750.

Commutatio Teudemundi Allocarii temporibus Tralmundi Ducis, & Piconis Gastaldionis Reatini mense Aprilis, per Indictionem XII. Actum in Reate.

Anno 739.

Judicium in Insarii ex jussione Ratchis Regis Anno Domni Ratchis Regis in Dei nomine III. die XVII. mense Aprilis, Indict. XV.

Anno 747.

Contentio inter Tofontdum Abbatem, & Grimoaldum, & Anzonem pro

rebus Claudani Presbyteri & Monachi. Regnante Haistulpho Rege Anno Regni ejus III. sub Probato Gastaldione Reatino mense Novembris, Indict. V. Actum in Reate.

Anno 751.

Donatio Rotharii Abbatis, & Hirae Sanctimonialis Coniugis ejus, Anno Aistulphi Regis IV. mense Februarii, per Indict. V. Actum Spoleti.

Anno 752.

Venditio facta a Teudme Monacho Monasterii Sancti Salvatoris per concessum & assensum Domni Asualdi Abbatis, & cunctae Congregationis. Regnante Domno Haistulpho Rege Anno Regni ejus IV. sub Probato Gastaldione Reatino mense Novembris, per Indictionem VI. Actum in Reate.

Anno 753.

Judicium Teutonis Episcopi, & Laicorum Judicum, inter Farcoaldum Abbatem, & Miscrum Clericum.

Donatio Miscionis Anno IV. Aistulfi Regis sub Probato Gastaldione Reatino mense Aprilis, per Indict. VI. Actum in Reate.

Anno 753.

Donatio altera Anno I. Aistulphi Regis mense Julio, per Indictionem VII.

Anno 754.

Cambium Teutonis Episcopi Anno VIII. Haistulphi Regis mense Novembris, per Indictionem VIII.

Anno 754.

Donatio Guinealpi Scaldais, & Coniugis Stephaniae Anno I. Albuini Ducis sub Alefrido Gastaldione Reatino mense Martio, Indict. X.

Anno 757.

Donatio Felicis coloni, Albuini temporibus.

Dario Curtis ad laborandum, Albuini Anno I. XIV. Kal. Novembris, Indict. XI.

Anno

Anno 757.

Quintus Abbas Guandelbertus, qui eam praefuit anno, menses VII., & postulavit Fratres, ut alium eligerent: quo facto in Firmana Civitate Monasterium S. Hippolyti a Fratribus accepit.

Sextus Halaunus praefuit annos VIIII. menses III. dies VIII. Obiit V. Nonas Martias.

Conventio quaedam Theoderae pro Oratorio Sancti Angeli, imperante Constantino, a Deo coronato Imperatore Anno XLVII. & .... ejus Anno XXVII., sed & Leone ejus Filio Anno XVII. Indictione V. mense Augusto, die XVII. in praesentia Leonis Episcopi Civitatis Castri Urb........

Anno 767.

Venditio Anno I. Ducatus Gisulfi Ducis mense Aprili, per Indictionem XIII. Pesta..... pro remedio solido, sex modia milii pro medio solido, & solidum in auro suum.

Anno 760.

Venditio terrae facta ab Allone & Albrichino Monachis Sancti Vincentii cum concessione Hermeperti Abbatis, & confratrum Anno II. Gisulfi. Actum in Marsis mense Januario, Indictione XIV.

Anno 761.

Compositio pro Cavallo forte sublato, Gisulfi Anno II. mense Martio, Indict. XIV.

Anno 761.

Judicium Gisulfi in Civitate Reatina Anno ejus II. mense Aprilis, Indict. XII'.

Anno 761.

Aliud Judicium ejusdem cum Missa Domni Regis, & Judicibus suis, Teutone Episcopo &c. mense Februario, per Indictionem XIV.

Anno 761.

Donatio Aliperti cum formula Qualisquis in Sanctis &c. Anno II. Gisulfi VIII. Kal. Apr. Indict. XIV.

Tom. XIII.

Anno 761.

Donatio Gisulfi Anno ejus II., & V. Regni Desiderii, & II. Adelgis Filii ejus, sub Alifrido Gastaldione, & Lupone Archipresbytero.

Anno 761.

Commutatio Heletrici Altovarii Anno supradicto mense Julio, Indict. XIV.

Anno 761.

Donatio Theodori Desiderio & Adelchis Anno Regni eorum VI. mense Octobri, Indict. I.

Anno 762.

Desiderius Rex confirmat donationem quandam factam ab Ahnetruda cum filiis suis de Monasterio Sancti Hippolysi. Datum jussione Ticino in Palatio XVII. die mensis Decembris Anno felicissimi Regni nostri VI. Indict. I.

Anno 762.

Venditio, Regnante Desiderio, & Adelchis Anno VI., & IV. " Theodicii Ducis Spoletani. Indict. I.

Anno 763.

Donatio Theodicii Ducis Anno supradictorum Regum VII. & IV. Data jussione Spoleti Anno Ducatus ejus I. mense Julio, Indict. I. sub Alferido Gastaldione.

Anno 763.

Donatio Audefis de Reate Anno supradictorum mense Augusto, Indict. I.

Anno 763.

Alia donatio Hisemundi Anno supradictorum, Indict. II.

Anno 764.

Refutatio Anno Regni supradictorum VIII. & V. mense Martio, Indict. II.

Anno 764.

Cambium Anno eodem.

Confirmatio Theodicii Ducis Anno eodem, & Theodicii III. mense Decembris, Indict. III.

Anno 764.

Donatio Larciani coloni Anno supradictorum VII. & IV. mense Decembris, Indict. III.

Bbb   Anno

Anno 764.
Venditio Siuuit Anno supradictorum VIII. & VI. mense Decembris, Indict. III.

Anno 764.
Venditio Lacanali Anno eodem, mense Martio, Indict. III.

Anno 765.
Venditio Mansi Anno eodem, mense Martio, Indictione III.

Anno 765.
Cambium Ratperti Anno eodem, mense Septembris, Indict. III.

Anno 764.
Oblatio Silonis Anno supradictorum IX. & VII. mense Decembris, Indict. IV.

Anno 765.
Cambium Theodosii Anno eodem, mense Januarii, Indict. IV.

Anno 766.
Donatio Scamberti Anno supradictorum IX. & VII. mense Aprilis, Indict. IV.

Anno 766.
Venditio Aliccinelli Anno supradictorum X. & VII. mense Aprilis, Indict. IV.

Anno 766.
Donatio Teudicii Ducis Anno supradictorum X. & VII. Ducatus Teudicii IV. mense Junii, Indict. IV. sub Godistaldo Actionario.

Anno 766.
Venditio Feruli Anno eodem, mense Junio, Indict. IV.

Anno 766.
Donatio Crisodoni Anno supradictorum XI. & IX. mense Augusti, Indict. V.

Anno 767.
Cambium Fulcualdi Monachi Anno eodem, mense Aprili, Indict. VI.

Anno 768.
Donatio Antonii Anno eodem, mense Decembris, Indict. VI.

Anno 767.
Donatio Taneldis relictae Pandonis Anno supradictorum XII. & IX. mense Martii, Indict. VI.

Anno 768.
Commutatio inter Abbatem Parfensem, & Ansilpergam Abbatissam Monasterii Domini Salvatoris fundati infra muros Civitatis Brixianae Anno eodem XIX. die mensis Aprilis, Indict. VI.

Anno 768.
Testamentum Teuderacii Anno eodem, mense Majo, Indict. VI. Monasterio Domini Salvatoris, sito in Leubranae, donat is Casale in Villa Maria. Factum in Reate.

Anno 768.
Donatio Theodicii Ducis Anno eodem, Datum Spoleti Anno Ducatus ejus VI. mense Septembri, Indict. VIII.

Anno 769.
Venditio Mauri Anno supradictorum XII. & X. mense Februarii, Indict. VII.

Anno 769.
Hic Alanus Abbas in extrema die suasit cuidam Episcopo, cui nomen Guichertus, facere promissionem Regatae, & ipsum adhuc hospitem constituit Abbatem, qui per XI. menses exercuit tyrannidem. Rogantibus Monachis jussu Regis Desiderii Alefridus Gastaldius Reatinus de Monasterio expulit eum.

Septimus Probatus praefuit annis XI. mensibus IV. diebus XV. Obiit quarto Idus Augusti.

Confirmatio Guillerami donationis factae a Patre suo Anno supradictorum XIII. & XI. mense Februario, Indictione VIII.

Anno 770.
Testamentum Acrisii filii Stephani Anno supradictorum XIV. & XI. mense Martio, Indict. VIII.

Anno

Anno 770.
Confirmatio donationum facta a Teodicio Duce Anno supradictorum XVI. & XIV. Teodicii X. mense Julio, Indict. X.

Anno 771.
Donatio Ubaldini Anno supradictorum XVI. & XIII. mense Martio, Indict. X.

Anno 772.
Donatio Ilderici, & Matris ejus Anno supradictorum XVII. & XII. mense Martio, Indict. XI.

Anno 773.
Judicatum pro quibusdam bonis Monasterii, in quo subscribit inter alios Gumpertus Episcopus.
Donatio Ilderici Gastaldionis Anno supradictorum IX. & VII. mense Aprili Indict. III.

Anno 765.
Donatio Helenae Sanctimonialis Anno supradictorum XIV. & XI. mense Maji, Indict. VIII.

Anno 770.
Alia donatio ejusdem Anno supradictorum XI. & XII. mense Maji, Indict. IX.

Anno 771.
Donatio Ianfredi Anno supradictorum XII. & XIV. mense Februarii, Indict. X.

Anno 772.
Testamentum Johannis Archipresbyteri Beatini Anno supradictorum XVII. & XII. mense Septembris, Indict. XII.

Anno 773.
Commutatio Teutberti & Probati Anno Desiderii XI. mense Augusto, Indict. II.

Anno 764.
Adriani Papae Privilegium constituens Priorem Vestiarii Sanctae Ecclesiae Judicem pro rebus ablatis Monasterio. Datum X. Kal. Majas, Imperantibus Domno nostro piissimo Augusto Constantino a Deo coronato Alagno Imperatore Anno LIII. & Principatus ejus

Anno XXXIII. sed & Leone Magno Imperatore ejus Filio Anno XXI. Indict. X.

Anno 772.
Donatio Hildeprandi Ducis temporibus Beatissimi & Congregatisi Domni Hadriani Pontificis, & universalis Papae.

Anno 774.
Oblatio Vimi, & Petri filii ejus habitatorum Castri Viterbii, Regnante Domno nostro Karolo Viro Excellentissimo Rege, Anno Regni ejus in Dei nomine II. in Italia, mense Julio, per Indictionem XIII.

Anno 775.
Donatio Hildeprandi Ducis Spoletani, Regnante Domno Karolo Excellentissimo Rege Francorum atque Langobardorum, Anno Regni ejus in Italia, Deo opitulante II. Anno Ducatus Hildeprandi III. sub Rimone Gastaldione.

Anno 775.
Alia donatio ejusdem eodem Anno.
Judicium Hildeperti Ducis.
Donatio ejusdem Hildeperti Anno eodem.
Judicium Hildeperti cum Adeodato Episcopo, Gualtar Episcopo de Firmo, Vatoerro Episcopo Bilbensi, Auderis Episcopo Esculano, & aliis.
Donatio Teuterii Anno Regni Karoli IV. Mense Septembri, Indict. I.

Anno 777.
Donatio Aliperti Anno eodem, mense Januario, Indict. XV.

Anno 777.
Donatio Hateradi & Ursi Anno eodem, mense Januario, Indict. XV.

Anno 777.
Donatio Pleonis Anno eodem, mense Martio, Indict. XV.

Anno 777.
Contentio cum Valentione Anno eodem, mense Martio, Indict. XV.

    Anno

Anno 777.

Judicatum Ducis Hildeprandi de Ecclesia Sancti Michaëlis de Reate.

Donatio facta ab Hildeprando Duce Monasterio Beati Archangeli Michaëlis, sita foris ponte secus Civitatem Reatinum, anno eodem, Ducatus ejus V. mense Martio, Indict. I. sub Bimino Gastaldione.

Anno 778.

Donatio ejusdem eidem Monasterio Anno V. Karoli, & V. ejusdem Hildeperti.

Anno 778.

Oblatio Pimpulae Anno Karoli IV. mense Junio, Indict. XV.

Anno 777.

Donatio Gemmuli cum fratre suo, anno eodem, mense Februario, Indict. XV.

Anno 777.

Donatio Villeris Anno Karoli V. mense Octobri Indict. I.

Anno 777.

Donatio Theudemundi Anno Karoli V. mense Novembri, Indict. I.

Anno 777.

Donatio ejusdem Anno eadem, mense Martio, Indict. I.

Anno 778.

Donatio ejusdem Anno Karoli III. mense Decembri, Indict. XV.

Anno 776.

Oblatio sui, & suorum Teudeberti Clerici Anno Karoli V. mense Aprilis, Indict. I.

Anno 778.

Donatio Hildeperti Ducis Anno eodem, & Ducatus ejus V. mense Aprilis, Indict. I.

Anno 778.

Cambium cum Petro Episcopo Anno eodem, mense Aprilis, Indict. I. Actum in Reate.

Anno 778.

Donatio Arnualdi Anno eodem, mense Majo, Indict. I.

Donatio Hildeperti Ducis Anno eodem, mense Majo, Indict. I.

Testamentum Johannis Presbyteri Anno eodem, mense Majo, Indict. I.

Donatio Baffiloni Anno eodem, mense Julio, Indict. I.

Donatio Ansei Anno eodem, mense Junio, Indict. I.

Cambium cum Stephano Notario Anno eodem, mense Junio, Indict. I.

Donatio Gudescalbi Anno eodem, mense Junio, Indict. I.

Donatio Hebremundi Anno eodem, mense Augusto, Indict. I.

Anno 779.

Donatio Guderisii Anno Karoli VI. mense Aprilis, Indict. II.

Donatio Zononis Anno eodem, mense Augusto, Indict. II.

Anno 779.

Donatio Ursi Anno eodem, mense Septembris, Indict. II.

Karoli Francorum Regis, & Langobardorum, & Patricii Romanorum Privilegium. Datum III. Kal. Junii Anno VII. & I. Regni nostri. Actum Carisiaco Palatio in Dei nomine feliciter.

Anno 780.

Ejusdem aliud Privilegium, ut Monasterium gaudeat eisdem Privilegiis, sicut cetera Monasteria Liriniensium, Agaunensium, & Laxoviensium, ubi prisca Patrum Basilii, Benedicti, Columbani, vel ceterorum Patrum Regula custodiri videtur. Datum sub die IX. Kal. Junii, Anno VIII. & I. Regni Domni nostri Karoli gloriosissimi Regis. Actum Karilego Palatio publice in Dei nomine feliciter.

Anno 780.

Guitbertus Episcopus concedit Monasterium Sancti Angeli, positum inter duo flumina ad pontem fractum ante Civitatem Reatinam, & Monasterium Sancti Angeli in Narnate. Actum Spoleti.

tit. Regnante Karolo Anno Regni ejus in Italia VII. & Anno VII. Hildeprandi Ducis Spoleti, mense Junio, Indict. III.

Anno 773.

Donatio Liutperti Presbyteri temporibus Adriani Pontificis, & universalis Papae, & Hildeprandi Ducis, & Rimundis Gastaldionis Reatini, mense Decembri, Indict. XIV.

Anno 775.

Venditio vinearum Cantuli Anno Karoli VIII. & II.

Donatio Spermanis Anno eodem, mense Aprili, Indict. XIV.

Anno 776.

Donatio Teudemundi Anno eodem, mense Aprili, Indict. XIV.

Anno 776.

Karoli Francorum, & Longobardorum Regis, & Patricii Romanorum confirmatio Privilegiorum, Datum V. Idus Junias, Anno VIII. & III. Regni nostri. Actum Vincentia Civitate in Dei nomine feliciter.

Anno 781.

Octavus Abbas Ragambaldus praefuit annis III. mensibus VII. diebus XXIII. Obiit V. Non. Martii.

Judicatum Karoli pro Monasterio Sancti Angeli Civitatis Reatae ad Vadum Medianum finibus Florentinis, mense Julio, Indict. IV.

Anno 781.

Donatio Hildeprandi Ducis, Regnante Domno nostro Karolo, & Pipino filio ejus Excellentissimis Regibus Francorum, atque Langobardorum, & Patricio Romanorum, Anno Regni eorum in Italia, Deo propitio X. & II. Datum Spoleti mense Aprilis, Indict. VI. Anno Ducatus ejus X. sub Rimone Gastaldione, & Adrodato Actionario.

Anno 783.

Cessio Teudemundi Anno Karoli & Pipini XI. & IV. & XII. Hildeprandi Ducis.

Anno 784.

Karoli Regis Francorum, & Langobardorum, & Patricii Romanorum Privilegium pro Sancto Angelo in Reate. Datum XV. Kal. Septembris Anno XIV. & IX. Regni nostri. Actum Heristallio Palatio nostro feliciter.

Anno 786.

Nonus Abbas Altpertus praefuit annos V. menses X. & dies XI. Obiit XVIII. Kal. Januarii.

Oblatio Romualdi Anno Karoli, & Pipini XIII. & V., & Ducatus Hildeprandi XIII. mense Septembri, Indict. IX.

Anno 786.

Venditio Paulo Factionario Anno eodem, mense Julio, Indict. IX.

Anno 786.

Donatio Hilderici, & Tacipergae Genitricis ejus de Monasterio Sancti Jacobi Apostoli, quod Avus ejus a fundamentis aedificaverat. Anno Karoli & Pipini XIV. & VIII. & Hildeprandi XIV. mense Decembris, Indict. X. Actum in Reate.

Anno 787.

Donatio Hilderici Clerici Anno eodem, mense Decembri, Indict. X.

Anno 787.

Donatio Hildeprandi Ducis Anno eodem.

Oblatio Gayri. Anno Deo propitio Pontificatus Domni nostri Adriani ter Beatissimi, & Apostolici Papae in Sacratissima B. Petri Apostolorum Principis Sede XVI. mense Februario, Indict. XI. Actum ad Sanctum Valentinum in Silice.

Anno 788.

Donatio Aribonae Adriani Papae Anno XVII. mense Januario, Indict. XII. Actum Viterbi.

Anno 789.

Donatio Teudemundi, & Filii ejus Anno Karoli & Pipini XVII. & IX., & tem-

& temporibus Guinichis Ducis Spoletani Anno I. mense Octobris, Indict. XIII.

Anno 7 8 9.

Karoli Francorum, & Langobardorum Regis, & Patricii Romanorum confirmatio donationum Hildeprandi Ducis. Datum V. Kal. Aprilis Anno XX. & XIV. Regni nostri. Actum
in Ghillinbaim Villa nostra in Dei nomine feliciter.

Anno 7 9 3.

Decimus Abbas Mauraldus praefuit
annos XII. menses IV. dies XV. Obiit
VIII. Kal. Novembris.

Donatio Lauris Scaldrii filii Teude-
randi Anno Karoli & Pipini XVIII.
& XI., & Anno III. Guinichis Ducis
Spoletani, mense Junio, Indict. XIV.

Anno 7 9 1.

Donatio Palumbi Anno supradictorum
XIX. & Guinichis IV. mense Februarii, Indictione XV.

Anno 7 9 2.

Testamentum Pauli, & Taffiae Conjugis ejus eodem Anno, mense Majo,
Indict. XV.

Anno 7 9 2.

Donatio Goderisii, & Ahlae Conjugis ejus eodem Anno, mense Februario, Indictione XV.

Anno 7 9 2.

Judicatum Guinichis Ducis. Actum
Spoleti mense Januario, Indict. * XIV.

Anno 7 9 1.

Oblatio Gemuli Anno supradictorum
XX. & XIII. & Guinichis Ducis IV.
mense Junio, Indict. I.

Anno 7 9 3.

Oblatio Mauri Clerici, Anno eodem,
mense Junio, Indict. I.

Donatio Probati, & Piconis fra-
trum. Anno supradictorum XXIX. &
XXI. XII. die mensis Augusti, Indict.
I. Inseritur Flavii Liutprandi Regis
Diploma favore Piconis latum. Actum
Spoleti XII. die mensis Novembris,
Anno Regni ejus XXXI. Indict. XI.

Anno 7 9 3.

Commutatio Mauraldi cum Usualdo
Abbate Sancti Salvatoris in Territo-
rio Reatino loco, qui vocatur Latenan-
dus, sive Rojandus. Anno Karoli, &
Pipini XXV. & XIX. mense Augusto,
Indict. VII.

Anno 7 9 9.

Judicatum pro Monasterio. Anno Karoli, & Pipini XXVII. & XXI. mense Augusto. Dum in Dei nomine con-
junxisset Pipinus Magnus Rex Can-
cello in finibus Spoletanis, & resedis-
sem ego Atebroard Comes Palatii in
judicio, residentibus ibi Adelmo Episcopo, qui nobiscum aderat &c.

Anno 8 0 1.

Karoli Regis Francorum, & Langobardorum, & Patricii Romanorum,
confirmatio donationum Hilderis, &
Tacipergbae. Datum mense Augusto Anno XXIII. & XVIII. Regni nostri.
Actum Reguasburg Civitate, Palatio
publico in Dei nomine.

Anno 7 9 7.

Concessio ad usum facta Sereno Mediolanensi rerum Monasterii existentium
in Territorio Medicliensi, & Ticinensi. Anno supradictorum XXV. &
XIX. mense Majo, Indict. VII. Actum
Medioliani.

Anno 7 9 9.

Cambium cum Urso Presbytero, seu
Petro, & Sindoni germanis. Anno su-
pradictorum XXVIII. & XX. mense
Octobris, Indictione VIII.

Anno 8 0 0

Judicatum Atebroard Comitis Palatii residentis in Cancellis finibus Spoletanis. Anno Karoli, & Pipini XXVII.
& XXI. mense Augusto, Indict. IX.

Anno 8 0 1.

Investitio Mauroldi de Cella Sancti
Petri in Clifficella per Halabolt Abbatem & Missum Domni Pipini Regis. Sub die XI. mensis Maji, Indict.
IX. An-

IX. Anno Deo propitio Domni Karuli,
& Filii ejus Pipini XXVII. & XX.
in diebus illius, quando Domnus Karolus ad Imperium coronatus. Testis Johannes Episcopus. Actum in ipsa Missa
Sancti Ausimi mense Majo...

Anno 801.
Oblatio Rainaldi Clerici. Anno su-
pradictorum XXIX. & XXI. XX. die
Mensis Octobris Reate.

Anno 802.
Donatio Opteramni. Anno supradicto-
rum XXIX. & XVI. XII. die Mensis
Novembris, Indict. X.

Anno 801.
Donatio Gulferti. Regnante Domno
nostro Piissimo, perpetuo, & a Deo re-
vocato Karulo Magno Imperatore, anno
Imperii ejus I. seu & Domno nostro
Leone Summo Pontifice & universali
Papa in sacratissima Beati Petri Apo-
stolorum Principis Sede anno VI. mense
Junio, Indict. VIIII.

Venditio Arionis, & Atriciasi. Anno suprascripto Mense Augusto.

Anno 798.
Judicatum Meminolis Abbatis, &
Hisembard Missi Domni Regis, Spo-
leti, Anno Karoli, & Pipini Regis
XXII. & XVIII. Mense Majo, In-
dict. VI.

Anno 796.
Testamentum Alticausi. Anno I. Pon-
tificatus Leonis Mense Octobri, Indict.
V. Actum ad Fontem.

Anno 803.
Undecimus Abbas Benedictus prae-
fuit Annos X. Menses V. dies III.
Obiit III. Id. Augusti.

Karolus Serenissimus Augustus a
Deo coronatus, Magnus & Pacificus
Imperator, Romanorum gubernans Im-
perium, qui & per misericordiam Dei
Rex Francorum, & Langobardorum,
confirmat Privilegia & res Monasterii.
Datum Idibus Junii, Anno III. Christo

propitio Imperii nostri, & XXX.
Regni nostri in Francia, atque XXIX.
in Italia, Indict. XI. Actum Aquis
Palatio nostro publico in Dei nomine
feliciter. Amen.

Anno 803.
Donatio Desiderii. Anno Karoli &
Pipini Regum in Italia XXX. &
XXIII. die VI. Mensis Martii, In-
dict. XL.

Anno 804.
Redditio mutui Probato, & Piconi
fratribus. Anno ab Incarnatione D. N.
J. C. DCCCIV. & auxiliante Domino
Anno IV. Imperii Karoli a Deo coronati Magni & Pacifici Romanum gu-
bernantis Imperium, qui & per misericordiam Dei Rex Francorum, &
Langobardorum, anno Regni ipsius in
Francia XXXV. & in Italia XXXI.
seu & Regnante Pipino Filio ejus anno in Dei nomine XXIV. Mense Februarii, XIX. die per Indictionem XII.
Actum in Reate.

Anno 804.
Donatio Liuderis. Anno eadem, Men-
se Majo, die XXVIII. Indict. XII.
Actum Reate.

Anno 805.
Venditio fuguli. Anno Imperii Ka-
roli Magni V. Leonis Pontificis X.
Mense Augusti per Indictionem XIII.
Actum Castro Viterbi.

Anno 805.
Commutatio cum Pinziolo. Anno eadem,
Mense Septembri, Indictione XIV. A-
ctum Viterbi.

Anno 802.
Venditio Gualfredi, & Aginerri fratrum. Anno II. Imperii Karoli Magni, & VII. Pontificatus Leonis, mense Februarii, Indict. X.

Anno 806.
Donatio Mellici. Anno ab Incarna-
tione DCCCVI. Sexto Imperii Karoli
Magni, Regni in Francia XXXVII.

in

in Italia XXIII. Pipini vero Filii
ejus XXV. mense Martio, die IV. Indict. XIV. Actum in Reate.

Anno 806.

Ususfructus concessus quarundam re-
rum Mellito. Anno VI. Imperii Karoli
Magni XXXVII. &c. ut supra mense
Aprilis, die I. Indict. XIV.

Anno 806.

Donatio Racemdae. Anno ut supra,
mense Aprilis, die I. Indict. XIV.

Anno 806.

Judicatum Romani gloriosi Ducis
in Castro Viterbiensi. Actum compari-
bus Karoli Domni nostri piissimi, per-
petui Augusti, a Deo coronati, Magnifici Imperatoris Anno Deo propitio
Imperii ejus VI. atque Domni nostri
Leonis Summi Pontificis, & universalis Papae in Sacratissima Sede Beati
Petri Apostoli Anno XI. in mense Maji,
per Indictionem XIV.

Anno 807.

Judicatum Ardemanni, & Gaidualdi
Missorum Karoli Imperatoris, & Domni Regis Pipini XXII. die mensis Februarii, Indict. XV. Reate.

Anno 807.

Venditio Homuli. Anno Imperii Karoli Magni VII. Leonis Papae XII.
mense Aprili, Indict. XV. Actum ad
Casalem in Curte Monasterii.

Anno 808.

Investitio Abbatis facta a Rodeperto
XIV. die mensis Januarii, Indict. I.
Anno VIII. Imperii Karoli Magni,
Regni Franciae XXXVIII. Italiae
XXXVI. Pipini XXVIII.

Anno 808.

Donatio Rodoviti. Anno Imperii Ka-
roli VIII. Regni Franciae XXXVIII.
Italiae XXXVI. Pipini XXVIII. ab
Incarnatione DCCCVIII. mense Janua-
ria, die VIII. Indict. I. Actum in
Reate.

Anno 808.

Donatio Framperti. Anno ab Incarnatione DCCCVIII. Imperii Karoli
VIII. Regni Franciae XXXIX. Italiae XXXVI. Pipini XXVIII. mense
Martio, die XXX. Indict. II. Actum
in Reate.

Anno 809.

Donatio Maffioli. Anno supradicto,
mense Junio, die XIII. Indict. II.

Anno 808.

Venditio Ursiperti. Anno VIII. Imperii Karoli Magni, Leonis Papae
XIII. mense Aprilis, Indict. I. Actum
in Vico Arnena.

Anno 808.

Commutatio cum Teudalto. Anno supradicto, mense Februario, Indictione
I. Actum Viterbi.

Anno 809.

Cambium cum Scapualto. Anno supradicto Karoli, & Pipini, mense Julio, die XVIII. Indict. II. Actum in
Reate.

Anno 809.

Donatio Pauli, & Antarii fratrum.
Anno Imperii Karoli IX. Pontificatus
Leonis XIV. mense Februario, Indict.
II. Actum Viterbi.

Anno 810.

Donatio Spentonis, Statii, & * riit
fratrum. Anno IX. Karoli, Regni Francorum XXXIX. Italiae XXXVI. Pipini XXVII. mense Martio, die XVII.
Indict. III. Actum in Monasterio Sanctae Mariae.

Anno 810.

Donatio earundem. Anno ab Incarnatione DCCCIX. cetera ut supra,
mense Martio, die XVII. Indict. III.
Actum in Monasterio Sanctae Mariae.

Anno 810.

Cambium Grifonis Sanldais. Anno
supradicto, mense Aprilis, die XVII.
Indictione III. Actum in Reate.

Anno

Anno 811.

Judicatum Guinichi Ducis, Ilemundi Episcopi, & aliorum inter Istomem Presbyterum & Monachum Farfensem, & Leonem S. aldain, mense Januario, Indict. IV. Anno Imperii Karoli Magni X.

Anno 812.

Donatio Teudolphi. Anno ab Incarnatione DCCCXI. Imperii Karoli Magni XI. Regni Francorum XLI. Italiae XXXVII. mense Majo, die XXIV. Indict. IV. Actum in Reate.

Anno 813.

Judicatum Leonis Summi Pontificis in Sacro Palatio Lateranensi cum Johanne, & Tasseldo Episcopis, Theodoro Numiculatore, Georgio Bibliothecario, Germefo Vestiario, Alminino Quisdelori, Agiprando Cubitalario, Nordo Romano, Namingo de Viterbo. Anno Imperii Karoli Magni XIII. Pontificatus Leonis XVIII. mense Majo, Indict. VI.

Anno 814.

Donatio Actifisi. Anno DCCCXIV. Imperii Karoli XIV. Regni Francorum XLIV. Italiae XL. die XXVIII. Octobris, Indictione VII.

Anno 814.

Donatio Melrane ancillae Dei. Anno DCCCXIV. cetera ut supra, mense Julio, die XVIII. Indict. VI.

Anno 814.

Donatio ejusdem. Anno eodem, mense Julio, die XVIII. Indict. VI.

Donatio Ursi, & Hdeperchae. Anno eodem, mense Julio, die XVIII. Indict. VI.

Anno 807.

Notitia Judicati inter Ruphonum Abbatem Monasterii Sancti Salvatoris, siti Baugiano, & Benedictum Abbatem Farfensem. Actum ad Sanctum Angelum forsit Pontem, mense Aprili, Indict. XV.

Tom. XIII.

Notitia Judicati inter Benedictum Abbatem, & Romualdum, facti a Guinico Duce, & aliis Judicibus.

Traditio facta a Lupo.

Anno 814.

Judicatum Adhalardi Abbatis Missi Domni Imperatoris Karoli inter Benedictum, & Leonem. Actum Spoleti. Anno Dominorum Karoli, & Bernardi Regum XLII. mense Februario, Indict. VII.

Redditio Molendini facta a Misso Guinichi Ducis in Reate.

Locatio emphiteotica Gualperto Viterbiensi.

Donatio Hilderici Gastaldionis, Ludovico Serenissimo Augusto a Deo coronato, Magno, Pacifico Imperatore, Romanum gubernante Imperium, Anno ejusdem in Christi nomine I., seu & Regnante Bernardo Rege Langobardorum Anno ejus in Dei nomine II., sed & temporibus Guinichis Ducis Ducatus Spoletani, Anno ejus in Dei nomine XXV. mense Majo, die XVIII. Indict. VII. Actum in Reate.

Anno 814.

Concessio vitalitia Curtis cujusdam Hilderico Gastaldioni, & Conjugi ejus, sub certa solutione annuati, mense Martio, Indictione VII. Anno Imperii Ludovici I., Bernardi Regis Langobardorum II.

Anno 814.

Redditio cujusdam terrae per Missum Guinichis Spoletani.

Donatio Grifonis. Anno I. Ludovici. II. Bernardi. XXV. Guinichis, die VIII. mense Novembris, Indict. VIII.

Anno 815.

Donatio Scatolphi, & Formosae Conjugis ejus. Anno II. Ludovici, II. Bernardi, XXVI. Guinichis, mense Januario, die XVII. Indict. VIII.

Anno 815.

Donatio Ragifredi Anno II. Ludovici, XX. Leonis Papae, mense Martio, Indict. VIII.

Anno 815.

Ludovici Imperatoris Privilegium confirmatorium Privilegii Karoli Magni. Datum II. Non. Augusti, Anno Christo propitio Imperii Domni Hludowici piissimi Augusti, Indictione VIII. Actum Francofurt in Dei nomine feliciter. Amen.

Anno 815.

Ejusdem alterum Privilegium confirmatorium ut supra. In hoc recensetur inter cetera bona, Monasterium Sancti Evangelistae, situm juxta muros Spoletanae Civitatis, Monasterium Sancti Salvatoris, situm non procul ab eadem Civitate Spoletana, Monasterium Puellarum, quod nuncupatur Sancti Georgii, constructum sub muro Civitatis Reatinae, Monasterium Sancti Silvestri, vel Sanctae Marinae in territorio Firmano. Datum II. Nonas Augusti. Anno Christo propitio II. Imperii nostri, Indictione VIII. Actum Francofurt Palatio Regio, in Dei nomine feliciter, Amen.

Anno 816.

Duodecimus Abbas Ingoaldus praefuit...... Obiit VII. Kal. Aprilis.

Donatio Donuli Transpadini. Anno Ludovici III. Leonis XXI. mense Alajo, Indictione IX.

Anno 816.

Donatio Spentonis. Anno Ludovici III. Bernardi IV. die XXIII. mense Junii, Indictione IX.

Anno 816.

Venditio Ruponis. Anno III. Ludovici, & I. Stephani Papae. Actum Viterbi,

Anno 816.

Donatio Benedicti, & Leponis fratrum. Anno ut supra, mense Augusto, *Indictione IX. Actum in Monasterio Sanctae Mariae.*

Anno 816.

Ludovici Imperatoris Privilegium concedentis Monasterio res Majorani, & duorum filiorum ejus. Datum XI. Kal. Julii Anno Christo propitio III. Imperii Domni Hludowici piissimi Augusti, Indict. IX. Actum Aquisgrani Palatio Regio in Dei nomine feliciter. Amen.

Anno 817.

Stephani Papae confirmatorium Privilegium omnium bonorum, quae recensentur, & praecipue commutata cum Ecclesia Romana sub Adriano Papa, cum conditione, ut Monachi quotidianis diebus pro remissione peccatorum suorum centum Kyrie eleison cantent, & solvant pro praefatis fundis existentibus ex corpore Patrimonii Sabinensis pensionis nomine decem auri solidos. Scriptum per manus Christophori Scriniarii in mense Januario, Indict. X. Bene valete. Datum X. Kal. Februarii per manus Theodori Nomenclatoris Sanctae Sedis Apostolicae, Imperante Domno Hludowico Augusto a Deo coronato, Magno pacifico Imperatore Anno III. & Pontificatus ejus Anno III. Indictione X.

Anno 817.

Paschalis Papae Privilegium confirmatorium &c. Scriptum per manus Christophori Scriniarii Sanctae Romanae Ecclesiae, in mense Februario, Indict. X. Bene valete. Datum Kalendis Februarii per manus Theodori Nomenclatoris Sanctae Sedis Apostolicae. Imperante Domno Hludowico piissimo perpetuo Augusto a Deo coronato, Magno pacifico Imperatore, Anno III. Indict. X.

Reliqua desiderantur.

In accumulandis autem tot opibus ac bonis jam monui, praeter sponta-
neæ

...eas Fidelium oblationes, infudisse, etiam non levi studio atque industria Monachos, & reliquos in Clero militantes; eosque majoribus Elogiis cumulatos, qui prae ceteris opulento jam patrimonio majora procurabant augmenta. Et sane hominum genus idem semper fuit, semperque futurum erit. Verùm mihi minime in praesentia dissimulandum, antiquis etiam Seculis non defuisse, quibus tantum terrenarum rerum studium in sacris viris nequaquam probabatur. Debuisset enim, ut ipsi sentiebant, Ecclesiasticae, ac praesertim Monasticae vitae institutum ab humanis affectibus suos expurgare sectatores; atque alibi potius quàm in Claustris exquirenda fuisset, non dicam Avaritia, sed ansia illa rei alienae ac divitiarum cupiditas. Et quamquam perfectionem sibi ante oculos pingere, facillimum sit, at difficillimum sallis attingeret; attamen ne cum primis quidem Evangelii rudimentis componebatur tanta Religiosorum hominum sollicitudo, ut sua Templa, suumque Coetum, quot possent modis ditarent. Quae enim Chartae supersunt, satis indicant, nunquam lucrum factum novis in dies oblationibus procurandis, & lubentissime suscipiendis. Huc minime derivabo, quae in hanc eamdem rem olim congessi in Tract. *de Charitate Christiana*, potissimum Cap. XVIII. Sed ea tantum addam, quae inclytus ille, semperque memorandus Romanorum Imperator, & Francorum Rex Carolus M. in Capitulari Anni DCCCXI. sive Memoriali excogitabat. „ Inquirendum est (ita ille ajebat) si ille Saeculum dimissum habeat, qui cotidie possessiones suas augere quolibet modo, qualibet arte non cessat, suadendo de Caelestis Regni Beatitudine, comminando de aeterno supplicio Inferni, & sub nomine Dei, aut cujuslibet Sancti, tam divitem, quàm pauperem, qui simplicioris naturae sunt, & minus docti, atque incauti inveniuntur, si rebus suis expoliant, & legitimos eorum heredes exheredant; ac per hoc plerosque ad flagitia, & scelera propter inopiam, ad quam per hoc fuerint devoluti, perpetranda compellunt, ut quasi necessario furta & latrocinia exerceant, cui paternarum rerum hereditas, ne ad eum perveniret, ab alio praerepta est „. Haec ipsa, quaeso, rursus lege, memoriâ simul recolens, hic loqui Principem summe pium, & Christianissimum, summeque prudentem. Qui & haec alia infra addit: „ Iterum inquirendum, quomodo Saeculum reliquisset, qui cupiditate ductus propter adipiscendas res, quas alium vidit possidentem, homines ad perjuria, & falsa testimonia pretio conducit; & Advocatum, sive Praepositum non justum ac Deum timentem, sed crudelem ac cupidum, ac perjuria parvipendentem inquirit, & ad inquisitionem rerum non qualiter, sed quanta, adquirat. *Pergit idem Augustus infra dicere:* „ Quid de his dicendum, qui quasi ad amorem Dei, & Sanctorum, sive Martyrum, sive Confessorum, Ossa, & Reliquias Sanctorum Corporum de loco ad locum transferunt, ibique novas Basilicas construunt; & quoscumque potuerint, ut res suas illic tradant, instantissime adhortantur? Ille siquidem vult ut videatur quasi bene facere, seque propter hoc factum bene meritum apud Deum fieri, quibus potest persuadere Episcopis. Palam

„ fit, hoc ideo factum, ut ad aliam
„ perveniat poteftatem. „ Ita ille de
aevo fuo. Sed quàm vetuftus fit hic
morbus e Sancto Hieronymo difces
in Epiftola ad Rufticum. „ Vidi ego,
„ *inquit*, quofdam poftquam renun-
„ tiavere Saeculo, veftimentis dom-
„ taxat, & vocis profeffione, non
„ rebus, nihil de priftina converfa-
„ tione mutaffe. *Tum in epitaphio*
Nepotiani: „ Alii nummum addunt
„ nummo, & marfupium fuffocan-
„ tes, matronarum opes venentur
„ obfequiis; fiant ditiores Monachi,
„ quàm fuerant Saeculares. „ Ut e-
tiam habetur in Vitis Antiftitum
Cenomanenfium apud Mabillonium
in Analect. Cap. XII. Alano diviti
viro eripuerat unicum filium mors
importuna. Propterea ad illius hereditatem *multi fervi Dei* inhiabant
cum ornatos; „ ut ad loca Sancto-
„ rum, quibus infiftebant, fuas res
„ traderet; & fi vellet, ab eis pre-
„ tium acciperet, & utrumque habe-
„ ret, & eleemofynam ex eis, &
„ munera. Haec fuadebat ei Abbas
„ de Monafterio Turonenfi, in quo
„ Sanctus Martinus requiefcit; fimi-
„ liter & Abbas, qui dicitur Duo
„ Gemellenfis Monafterii, five alii
„ Praepofiti, & Abbates, & Servi
„ Dei multi. *Haec circa circiter An-*
num Ch. 626.

Non ergo excogitandum, in tael-
turnos femper Monachos fponte ef-
fluxiffe rorem terrenarum hereditatum. Nihil eos remorabatur, quin
plus homines ad liberalitatem erga
fuas Ecclefias folicitarent quotidie;
atque de ejufmodi confuetudine nihil
remiffum fuerat, vivente Carolo Magno, ut vidimus. Certe ejufmodi
Ruzarum rerum aviditatem in minime probabat in iis, qui Seculo &
divitiis fe valedixiffe proficebantur.

Propterea neque in fupra memoratis
verbis conftitit inclyti Imperatoris
providentia. Habemus illius Legem
CXXII. Inter Longobardicas Par. II.
Tomi I. Rer. Italic. ubi ait: „ De
„ liberis hominibus, qui ad fervi-
„ tium Dei fe tradere volunt, ut
„ prius hoc non faciant, quam e
„ nobis licentiam poftulent. Hoc au-
„ tem ideo dicimus, quia audivimus
„ aliquos ex illis non tam caufâ
„ devotionis hoc feciffe, quàm pro
„ exercitu, feu pro illa functione
„ Regali fugienda. Quofdam verò
„ cupiditatis caufâ ab his, qui res
„ illorum concupifcunt. Et hoc ideo
„ fieri prohibemus. „ In additamen-
tis quoque ad eafdem Leges Langobardicas pag. 162. a nue editis con-
ftitutum hoc videas a Ludovico II.
Augufto; „ Ut nullus Canonica aut
„ Regulari inftitutione conftitutus (*i-*
„ *deft nullus Canonicus, nullus Mona-*
„ *chus*) aliquem confecrari propter
„ res adipifcendas deinceps perfua-
„ deat. Et qui hoc facere tentave-
„ rit, Synodali vel Imperiali fen-
„ tentia modis omnibus feriatur. „ Et
nullum quidem tempus fuit, quo
humana cupiditas, vel in ipfa Sacra,
piorumque cellas non penetrarit; eoque ea numero exclufura minime
cenfeo Secularem Clerum, quamquam is non pari ac regularis fuc-
ceffu in ejufmodi venatione procef-
ferit. Sed & nullum fuit Seculum,
quo Sancti viri non floruerint, qui
paucis contenti, a rebus alienis fibi
fuove Monafterio, conquirendis, atque a domibus ambitiofis abhorre-
bant. Teftar omnium effe poffet Sia-
tus Nilus Monachus natione Grae-
cus, cujus egregia acta refert magnus
Annalium Ecclefiafticorum parens ad
Annum Ch. 1000 integra autem e-
dita habemus a Clariff. PP. Martene

& Du.

& Durando Tom. VI. Veter. Script.
Habitabat ille in humili Monasterio
Calabriae, quo quum veniffet Otto
Tertius Imperator, „ & vidiffet Fra-
„ trum tuguria circa Oratorium con-
„ ftructa, dixit: Ecce tabernacula
„ Ifrael in deferto. Ecce habitatores
„ Regni Coelorum. Illi non ut habi-
„ tatores, fed ut peregrini manent
„ heic. „ Obtulit autem ei Imperator *Monafterium & proventus,* eumque hortatus eft, ut curam de fuis
alumnis haberet, ne ipfo Nilo fu-
blato e vivis, anguftiati paupertate
ac loci difficultate diffiparentur. At
Sanctus vir omnia recufavit, inquiens: „ Si omnino funt Monachi
„ fratres mei, & cuftodient pro vi-
„ rili Chrifti mandata: ipfe, qui u-
„ fque adhuc mecum curam geffit
„ de illis, multo majorem geret ab-
„ fque me de iis, qui fperant in e-
„ jus mifericordia. *Offerebant ei alii*
„ *praedias,* praetexentes Monachorum
„ indigentiam, & pauperum diftri-
„ butionem. Is autem in ftercore
„ ea vitabat, *Monachos beatus praedi-*
„ *cans,* fi labores manuum fuarum
„ manducaverint; „ nam nihil habentes, omnia poffidentes. Scilicet,
ut eft in eadem Vita Cap. 77. intel-
ligebat ille, „ rerum abundantiam
„ multis cauffam effe intemperantiae,
„ & impietatis. „ Hifce adde quid
fenferint Sancti celebres duo Corbe-
jenfes Abbates *Adbalardus & Wala.*
Illi (ut Auctor eft Pafcafius Radbertus Lib. I. Cap. 18 de geftis ipfius
Walae) ejufmodi cupiditatem in
fuis Monachis averfabantur, fuaden-
tes, „ ne rebus multum ditefcere
„ gauderent, neque divitias Saeculi
„ appeterent, ita ut in eis cor ap-
„ ponerent. *Ad haec* fuos praemone-
„ bat filios, ne rebus affluerent hu-
„ manis, pro quibus Saeculo defer-

„ virent &c. „ Nihil tamen mirandum, tantum in humanis cordibus
potuiffe rerum terrenarum concupi-
fcentiam, cui tamen fe renuntiare
profitebatur, quifquis Monafticae vitae fe fe addicebat. Luculentiora e-
tiam exempla fuppeditavit aetas fub-
fequuta. Certe haec de Monachis
Cartufianis Robertus de Monte Continuator Sigeberti fcribebat ad Annum 1131. „ Monachi Cartufienfes
„ paullatim pullulabant, qui prae ce-
„ teris continentes, pefti Avaritiae,
„ qua plurimos fub Religionis habi-
„ tu laborare videmus, terminos po-
„ fuerunt, dum certum numerum
„ hominum, animalium, poffeffio-
„ num, quem eis praetergredi nullo
„ modo liceat, ftatuerunt. „ Benedictionis Abbas fuit Robertus Mon-
tenfis, adeoque luculentum in eo
teftem habemus cupiditatis (*peftem*
„ *Avaritiae* is appellat) qua *plurimi*
„ *fub Religionis habitu tunc labora-*
„ *bant.* „ At quid tandem factum
de tam fevero, & paupertatis amico
Inftituto? Nihil opus eft, ut digito
ianuam vaftiffimas eorum Bafilicas,
ampliffima Monafteria, latifundia innumera. Haec fi vidiffet Sanctus
Bernardus, qui nafcentis inftituti paupertatem ac virtutes tantopere Saeculo XII. laudavit, mutato ftilo car-
pfiffet, arbitror, in iis, quae in Clu-
niacenfibus quoque graviffime impro-
bavit. Et fubfequenti quidem Saeculo
XIII. Humbertus Burgundus, Quinctus Ordinis Praedicatorum Magifter
Generalis, animadvertit, quos fructus pareret jam abrogatus a Cartufianis priftinus opum contemtus. Sunt
ejus verba in Serm. XXIV. ubi de
eifdem Cartufienfibus agit: „ Quan-
„ tum eft in terminis poffeffionum.
„ Ut finis poneretur cupiditati, ordi-
„ natum eft apud iftos, quod omnia
„ domus

„ domus habeat terminos, ultra quos
„ non liceat eis aliquid habere. Sed
„ quia sunt aliqui, qui paullatim
„ per quasdam dispensationes anti-
„ quos terminos sunt transgressi, o-
„ stendendum est eis, quomodo ex
„ hoc crescentibus terminis Ordo de-
„ crevit. Animosius etiam, quàm
Sanctus Bruno paupertatem plenissi-
mam amplexus est, atque opibus bellum indixit Franciscus Assisinas, mi-
rae sanctitatis vir; nihil enim possidere, fundamentum Instituto suo sub-
struxit: quod ante eum (si primos
Aegypti Monachos excipias) nemo
alius excogitarat. Quid contra egerit
Frater Elias Ordinis illius Minister
Generalis, ipso etiam sanctissimo Institutore vivente, Historia Ecclesiastica satis prodit. Successerunt & alii
Religiosi ordines, apud quos paupertas eadem summa lex facta est; &
hos tamen quotidie cernimus, reque
miramur, aliis nominibus eludere
mentem Institutorum suorum, ac terrena concupiscere: quasi paupertas
intolerandum monstrum sit, a quo
sibi cavere quisque pro viribus debeat.

Illud etiam animadvertas velim,
interdum piorum Fidelium liberalitatem diversis verbis Monachorum
gulae fomenta praebuisse, quum ea
largirentur Monasteriis, *ut opulenta
refectio constitueretur Monachis certo
quodam die, quarnas illi quoque ipso
tempore anni in vigiliis, & Missarum
celebrationibus liberius retarderentur no-*
bi, ut est in donatione Anni 853.
Monasterio Sancti Maximini Treverensis facta Tom. I. pag. 131. Veter.
Scriptor. Marteoe & Durand. Fre-
quenter autem sunt in antiquis Chartis hujusmodi *Refectionum* exempla,
quum sibi donatores pii persuaderent,
Monachos lubentius Deum pro se e-

xoraturos, si hilaritatis caussam eis
conferrent. En ut sensim in corporis
voluptates rigida Monachorum disciplina deflecebat. Eo autem devene-
rat omnium ferme Monachorum terrena cupiditas Saeculo Ch. Undecimo, ut palam quodcunque solicita-
rent ad effundendas opes in sua Monasteria. Quod aegre ferentes Parochi, aliique Seculares Clerici Deo
militantes, querimoniam detulere ad
Leonem IX. Pontificem Romanum,
insignis Sanctitatis, ut omnes norunt, virum: Itaque ille *ad omnes
per Italiam Episcopos* Epistolam dedit, quae ad Labbeum Tom. IX.
Concil. Octava est. En ejus verba.
„ Leo Episcopus &c. Relatum est
„ auribus nostris, esse quosdam per-
„ verse agentes, qui subvertere at-
„ que dividere conantur Ecclesiae u-
„ nitatem. Videlicet Abbates & Mo-
„ nachi, qui non studio caritatis,
„ sed zelo rapacitatis invigilant. &
„ docent atque seducere non cessant
„ Saeculares homines, quos illaquea-
„ re possunt, ut res suas atque pos-
„ sessiones, sive in vita, sive in mor-
„ te, in Monasteriis illorum tradant;
„ & Ecclesiis, quibus subjecti esse
„ videntur, & a quibus Baptismum,
„ Poenitentiam, Eucharistiam, nec
„ non pabulum vitae cum lacte ac-
„ ceperunt vel accipiunt, nihil de
„ bonis suis relinquant: Hanc deni-
„ que formam discordiae nos ani-
„ madvertentes, omnibus modis in-
„ hibere volumus; & ne amplius
„ fiat, omnino prohibemus; consi-
„ derantes, non esse bonum, ut il-
„ li, qui olim fuerunt socii passio-
„ num, secundum Apostolum, sint
„ immunes a societate consolatio-
„ num; & quia dignus est operarius
„ mercede sua. Ideoque praecipimus
„ atque jubemus, ut quicumque a-
„ modo

„ modo in Monasterio se converti
„ valuerit, sive in vita, sive in mor-
„ te, omnium rerum & possessio-
„ num, quas pro salute animae suae
„ disponi decreverit, medietatem Ec-
„ clesiae, cui ipse pertinere digno-
„ scitur, relinquat ; & sic demum
„ in Monasterio, pro ut libitum si-
„ bi fuerit, eundi convertendique
„ habeat licentiam. Quicumque au-

A „ tem hujus Decreti contradictor ex-
„ titerit ac temerator, anathematis
„ gladio subjaceat. „ Quae verò tur-
bae & controversiae Seculo Ch. XIII.
& subsequentibus invaluerint inter
Parochos, & Fratres Mendicantes,
ejusmodi de caussis, libens praetereo. Atque etiam nos meliore Seculo nati, Charismata etiam meliora aemulemur.

ELEN-

ELENCHUS
TOMI DECIMITERTII.